中·国·知·青·情·恋·报·告

青春炼狱

此中爱情实录，如镌似镂，
有别一切童话、寓言、野史、史记、碑刻、铭文记载。

章德宁 岳建一 编

中国知青文库
生命之歌

武汉大学出版社
WUHAN UNIVERSITY PRESS

图书在版编目(CIP)数据

青春炼狱/章德宁,岳建一编.—武汉:武汉大学出版社,2013.5
中国知青文库生命之歌
ISBN 978-7-307-10679-6

Ⅰ.青…　Ⅱ.①章…　②岳…　Ⅲ.长篇小说—中国—当代
Ⅳ.I247.5

中国版本图书馆 CIP 数据核字(2013)第 070069 号

责任编辑:张福臣　　责任校对:黄添生　　版式设计:马　佳

出版发行:**武汉大学出版社**　(430072　武昌　珞珈山)
(电子邮件:cbs22@whu.edu.cn 网址:www.wdp.com.cn)
印刷:武汉中科兴业印务有限公司
开本:880×1230　1/32　印张:15.875　字数:359 千字
版次:2013 年 5 月第 1 版　　2013 年 5 月第 1 次印刷
ISBN 978-7-307-10679-6　　定价:30.00 元

总　　序

叶　辛

40 多年前，中国的大地上发生了一场波澜壮阔的知识青年上山下乡运动。“波澜壮阔”四个字，不是我特意选用的形容词，而是当年的习惯说法，广播里这么说，报纸的通栏大标题里这么写。知识青年上山下乡，当年还是毛泽东主席的伟大战略部署，是培养和造就千百万无产阶级革命事业接班人的百年大计，千年大计，万年大计。

这一说法，也不是我今天的特意强调，而是天天在我们耳边一再重复宣传的话，以至于老知青们今天聚在一起，讲起当年的话语，忆起当年的情形，唱起当年的歌，仍然会气氛热烈，情绪激烈，有说不完的话。

说“波澜壮阔”，还因为就是在“知识青年到农村去，接受贫下中农的再教育，很有必要”的指示和召唤之下，1600 多万大中城市毕业的知识青年，上山下乡，奔赴农村，奔赴边疆，奔赴草原、渔村、山乡、海岛，在大山深处，在戈壁荒原，在兵团、北大荒和西双版纳，开始了这一代人艰辛、平凡而又非凡的人生。

讲完这一段话，我还要作一番解释。首先，我们习惯上讲，中国上山下乡的知识青年，有 1700 万，我为什么用了 1600 万这个数字。其实，1700 万这个数字，是国务院知青办的权威统计，应该没有错。但是这个统计，是从 1955 年有知青下乡这件事开始算起的。研究中国知青史的中外专家都知道，从 1955 年到 1966 年“文革”初始，十多年的时间里，全国有100多万知青下乡，全国人民所熟知的一些知青先行者，都在这个阶段涌现出来，宣传开去。而发展到“文革”期间，特别是1968年12月21日夜间，毛主席的最新最高指示发表，知识青年上山下乡，掀起了一个前所未有的高潮。那个年头，毛主席的话，一句顶一万句；毛主席的指示，理解的要执行，不理解的也要执行，且落实毛主席的最新指示，要“不过夜”。于是乎全国城乡迅疾地行动起来，在随后的10年时间里，有1600万知青上山下乡。而在此之前，知识青年下乡去，习惯的说法是下乡上山。我最初到贵州山乡插队落户时，发给我们每个知青点集体户的那本小小的刊物，刊名也是《下乡上山》。在大规模的知青下乡形成波澜壮阔之势时，才逐渐规范成“上山下乡”的统一说法。

我还要说明的是，1700万知青上山下乡的数字，是国务院知青办根据大中城市上山下乡的实际数字统计的，比较准确。但是这个数字仍然是有争议的。

为什么呢？

因为国务院知青办统计的是大中城市上山下乡知青的数字，没有统计千百万回乡知青的数字。回乡知青，也被叫作本乡本土的知青，他们在县城中学读书，或者在县城下面的区、城镇、公社的中学读书，如果没有文化大革命，他们读到初中毕业，照样可以考高中；他们读到高中毕业，照样可以报考全国各地所有的大学，就像今天的情形一样，不会因为他们毕业于区级中学、县级中学不允许他们报考北大、清华、复旦、交大、武大、南大。只要成绩好，名牌大学照样录取他们。但是在上山下乡“一片红”的大形势之下，大中城市的毕业生都要汇入上山下乡的洪流，本乡本土的毕业生理所当然地也要回到自己的乡村里去。他们的回归对政府和国家来说，比较简单，就是回到自己出生的村寨上去，回到父母身边去，那里本来就是他们的家。学校和政府不需要为他们支付安置费，也不需要为他们安排交通，只要对他们说，大学停办了，你们毕业以后回到乡村，也像你们的父母一样参加农业劳动，自食其力。千千万万本乡本土的知青就这样回到了他们生于斯、长于斯的乡村里。他们的名字叫“回乡知青”，也是名副其实的知青。

而大中城市的上山下乡知青，和他们就不一样了。他们要离开从小生活的城市，迁出城市户口，注销粮油关系，而学校、政府、国家还要负责把他们送到农村这一“广阔天地”中去。离开城市去往乡村，要坐火车，要坐长途公共汽车，要坐轮船，像北京、上海、天津、广州、武汉、长沙的知青，有的往北去到“反修前哨”的黑龙江、内蒙古、新疆，有的往南到海南、西双版纳，路途相当遥远，所有知青的交通费用，都由国家和政府负担。而每一个插队到村庄、寨子里去的知青，还要为他们拨付安置费，下乡第一年的粮食和生活补贴。所有这一切必须要核对准确，做出计划和安排，国务院知青办统计离开大中城市上山下乡知青的人数，还是有其依据的。

其实我郑重其事写下的这一切，每一个回乡知青当年都是十分明白的。在我插队落户的公社里，我就经常遇到县中、区中毕业的回乡知青，他们和远方来的贵阳知青、上海知青的关系也都很好。

但是现在他们有想法了，他们说：我们也是知青呀！回乡知青怎么就不能算知青呢？不少人觉得他们的想法有道理。于是乎，关于中国知青总人数的说法，又有了新的版本，有的说是2000万，有的说是2400万，也有说3000万的。

看看，对于我们这些过来人来说，一个十分简单的统计数字，就要结合当年的时代背景、具体政策，费好多笔墨才能讲明白。而知识青年上山下乡运动中，还有多多少少类似的情形啊，诸如兵团知青、国营农场知青、插队知青、病退、顶替、老三届、工农兵大学生，等等等等，对于这些显而易见的字眼，今天的年轻一代，已经看不甚明白了。我就经常会碰到今天的中学生向我提出的种种问题：凭啥你们上山下乡一代人要称“老三届”？比你们早读书的人还多着呢，他们不是比你们更老吗？嗳，你们怎么那样笨，让你们下乡，你们完全可以不去啊，还非要争着去，那是你们活该……

有的问题我还能解答，有的问题我除了苦笑，一时间都无从答起。

从这个意义上来说，武汉大学出版社推出反映知青生活的“黄土地之歌”、“红土地之歌”和“黑土地之歌”系列作品这一大型项目，实在是一件大好事。既利于经历过那一时代的知青们回顾以往，理清脉络；又利于今天的年轻一代，懂得和理解他们的上一代人经历了一段什么样的岁月；还给历史留下了一份真切的记忆。

对于知青来说，无论你当年下放在哪个地方，无论你在乡间待过多长时间，无论你如今是取得了很大业绩还是默默无闻，从那一时期起，我们就有了一个共同的称呼：知青。这是时代给我们留下的抹不去的印记。

历史的巨轮带着我们来到了2012年，转眼间，距离那段已逝的岁月已40多年了。40多年啊，遗憾也好，感慨也罢，青春无悔也好，不堪回首也罢，我们已经无能为力了。

我们所拥有的只是我们人生的过程，40多年里的某年、某月、某一天，或将永久地铭记在我们的心中。

风雨如磐见真情，

岁月蹉跎志犹存。

正如出版者所言：1700万知青平凡而又非凡的人生，虽谈不上“感天动地”，但也是共和国同时代人的成长史。事是史之体，人是史之魂。1700万知青的成长史也是新中国历史的一部分，不可遗忘，不可断裂，亟求正确定位，给生者或者死者以安慰，给昨天、今天和明天一个交待。

是为序。

目　录

序言　以青春为碑林

章德宁　岳建一

流年似水，往事一去悠悠。

我们常常自问和诘问，那独特、复杂、迷乱、荒唐于我们这颗行星上一切历史与文明而又最具共性的精神现象，那辽阔、混沌、苍凉、斑斓而又被三千万少男少女共同拥有的最真实、最生命、最个人也是最集体的精神世界，也悠悠一去吗？那整整一代青年流放者与时代同步的癫狂、盲从、愚昧、迷信，应该永远流浪在世人的记忆与遗忘里吗？那将生命的精华——青春和纯洁的爱情，都献给了一场是非颠倒的革命，也应该匿迹于世态炎凉、沧桑更迭吗？

属于历史的，不应永远空白于历史。

理应忏悔的，不能再永远拒绝忏悔。

从红卫兵到知青，从大抄家、大批判、大串连、大武斗、大分化到上山下乡，从轰轰烈烈到凄凄惨惨，从盲目到盲从，从无知到无畏，直至最深刻、最无奈、最残酷的幻灭，我们一步一个脚印，始终颠沛在具有东方特色而又过于古老和似曾相识的黑暗里。我们苦难深重，可是，我们也制造过多少苦难。我们被剥夺过青春、思想、希望和爱情，然而，我们也亲手葬送过无数幸福与梦想。我们失学、失业、背井离乡，我们也曾使多少人无家可归、妻离子散，甚至家破人亡。在爱情历尽围剿、批斗、监视、查禁、告密、声讨的日子里，一切爱情书籍被打为黄色书籍，一切爱情歌曲沦为下流歌曲，一切相爱男女成为流氓分子。那么，我们呢，也制造过多少惨绝人寰的爱情悲剧。那难以计数的破镜难圆、颠倒命运、以泪洗面里，真真切切地有我们罄竹难书的罪错。扪心自问，在我们集体地叱咤风云、不可一世时，我们是否不仅丧失过理性，而且丧失过人性，甚至有不少人丧失了动物也应该有的属性。可是，我们反思过吗？我们可曾对自己的灵魂有过一鞭一笞？是勇于正视自己灵魂的质量和灵魂的处境，还是漠视和无视；是拒绝遗忘、躬身自省，还是善于遗忘、讳莫如深；是义无反顾地寻性以寻思自己与他人巨大不幸中积蕴的个人、社会、文化和历史内涵，还是无怨无悔、自慰自恋乃至自欺。几乎是以最后的机会，历史性地决定了知青这一代人的前途；也几乎历史性地决定了我们民族能否迎接21世纪的挑战。因为，如今已经砥砺在社会的方方面面、层层次次、角角落落的知青一代，由于被放逐而亲近过神话般贫瘠的土地和神话般贫穷的父老乡亲，以史诗般的苦难与幻灭为代价，真正深入最底层，逼近过对中国的真知，较之上一代与下一代，有着不可比拟、无以替代的社会洞察和生命体验；深切的忧患意识和责任意识，已经融入血液中。如果知青一代能够自反思始，自我升华，那么，整个民族对十年浩劫及其产生的根源——我们民族历史与现实的精神结构、文化结构、经济结构、政治结构的反思，也许有希望由知青一代——“文革”最主动、最主要的参与者——完成最重要、最基础的内容。然而，抢救和还原历史、抢救和还原五千年文明中独一无二的精神文物，则是基础内容中的基础。作为过来人，更作为普普通通的两名北大荒知青，自 1989 年冬天始，我们决定开启一项系列图书工程，即编辑出版《中国知青情恋报告》。我们认为，从知青情恋这样一个切口突入，更容易进入最深邃、最丰富、最复杂也最是布满风、雨、雷、电的知青精神世界，以一斑而窥全豹。没有想到，工作起来并不顺利，不仅仅因为收集不易，编选浩繁，更因为力难从心，竟然几度中断，一干就是八年，直至第一批图书——《青春极地》、《青春炼狱》、《青春祭坛》付梓时，我们已由满头黑发成了两鬓灰白。尽管苔藓、歌声、灌木、蒿草、建筑早已淹没了当年知青的足迹，人间已是沧桑几度，万壑风回；尽管我们与来自沙漠、草原、胶林、水乡、荒野、深山的男女主人公们共过苦难，更共过灵魂和命运，但是，当我们直面这一篇篇知青情恋实录时，依然肝肠寸断，不忍卒读。我们可以坚定地断言：这片比历史还悠久的古大陆，载沉载浮，积荣积辱，然而，上下求证，不会有过如此畸形、浑浊、错乱、苦涩、苍凉万端而又极其独特和浩瀚的爱情景观。书之确确。言之凿凿。这里，使永恒的宇宙改变了一切的爱情，本应是一种美好、一种崇高、一种透明的精神向往，是生命中的生命，是不可企及而又无法索解的阔大境界，但是却无罪而戴罪，被钉在耻辱柱上，折磨得百死一生。这里，爱情世界遍布孤独、失落、迷茫、焦虑、恐惧、无奈、憾恨、惨烈和悲凉，更遍布绝境、绝恋、绝唱和绝耻。那蛙鸣那蚊阵那狼嗥与星辰之间，也有爱情照亮的生命和痴情的极致。这里，至清至浊，离凡离圣，大奇大怪，极惑极悟。读者们不难发现，字里行间，几乎全是历尽沧桑的灵魂轻易不启的珍藏，可以说，纵有铁石心肠，也难禁潸然泪下。或许，今天和今后的青年人会认为不可思议，一代人的爱情，何以是如此千人一色一类？没有花前月下，没有缠绵细语，没有神秘而浪漫的生命体验，连纯洁的初恋，也置于一种极地、一种炼狱、一种祭坛。在这种光怪陆离而又气象万千的青春极地、青春炼狱、青春祭坛里，无数少男少女渴望爱情而又谈情色变，远离爱情，鄙视爱情。一位公开别人情书的女知青，由于放声朗读义正严辞的回信，批判资产阶级、小资产阶级爱情观，一夜之间，被封为“无产阶级爱情专家”，人人瞩目，红得发紫。还有一位女知青，为了显示自己与“反动”家庭划清界限，不仅决裂了一切亲情，言必称父母“老混蛋”，而且蔑视爱情。她追求“极端革命”近乎荒唐——故意数月不洗脚，臭气熏天，并以虱虫爬满一身为光荣。滑稽的是她终于难奈寂寞，不仅向爱情缴械投降，并且屡屡偷尝禁果。因为犯了“恋爱罪”，有的妹妹批判姐姐；有的心上人斗争心上人；有的自杀身亡；有的断决关系后饮恨终生；有的被扒光衣服后批斗；更有的合法知青夫妻遭到五花大绑，严令交待最隐私的细节，冠以“大流氓大破鞋”无情斗争；还有的留下遗书：“永别了——我们要光明正大地死在一起。”多少花蕾一样的生命，一去不返，带走了破碎的心灵，带走了怯生生的初恋，带走了美丽的伫望，带走了生命的默契、灵魂的依托、无限孤独中最亲密最深挚的理解，也带走了留给苍凉人间最后的圣洁。人，本是天地之至尊，万物之至贵，可以苦难，可以惨痛，可以百死一生，但是必须是尊严的。然而，就是这样——人们不能守护住天赋权利的最后领域——爱情最卑微的尊严。这是一种什么样的劫数和荒诞！一位男知青渴盼返城不果，口含雷管自杀，从此，他的心上人精神失常了。一位才艺非凡的英俊小伙子，当返城成了对方的爱情条件时，他为返城更为爱情拒绝治病，直至丧失生命。更有一批批女知青，为返城而选择了形形色色的错误婚姻，有的甚至出卖肉体。在与其说是大返城莫如说是惊天动地的大溃逃中，多少知青的情感世界有着光明不能穿透的苦涩和沉重。这些沉甸甸的记述文字，一如主人公们沉甸甸的人生与命运。那噩梦般的斗私批修，更是荒唐得可怕，从人人亮私到人人争放“隐私原子弹”，越放越离奇，越奇越攀比。最后，竟然连性错乱、性饥渴的细节也公开自我曝光，直至人人自己对自己进行最彻底、最残酷的出卖。一位青海兵团的女知青，因为坦白了“梦见与美帝国主义头子肯尼迪结婚”，以及种种隐私，投井自杀。畸形的时代，连“忠诚坦白”也是畸形的，况命运乎？黄土地、红土地、黑土地的知青们，命运是严酷的，也是光怪陆离的。有的嫁给当地农民，至今家徒四壁。有的流落在撒哈拉大沙漠，当了原始部落酋长的女婿。有的走上贩毒生涯，竟是为了筹资出版情侣的诗集。有的已是贵妇人，却寂寞地自杀在异国。有的离散 30 年，苦恋 30 年，女主人公从红颜到白发，写下了四千多封情书，足以感天泣地；终于熬到相见时，心上人却意外身亡……一章章，一页页，无一不是来自历史的瓦砾与灰烬中的精神史记，有百味莫辨；有泣尽以血；有无情痛苦，痴情更苦，挣脱爱情竟比挣脱死亡还要难；也有文字表层下运行的律动与沉响。尽管读来或工朴、精致、粗犷、枯冷，或缠绵反复、温文淳厚、行气如虹，但是，几乎无不具有原色、原质、原性、原义的隽永与珍贵。尤为珍贵的是——由于种种原因而鲜为人知的青海生产建设兵团的知青情况，在该三册书中首次被予以披露。另外，当年煊赫一时的张铁生、柴春泽、朱克家等知青风云人物，情感经历与众不同而又引人长思，作为重要和翔实的史料，也一并编选在册。

往事已经沉入历史。知青经历过的苦难，首先是一种精神苦难，虽然新奇却又是和历史一样古老，一样周而复始，就像古老的黄河，苍苍茫茫，浊浪排空，就这样，历史地在这一代人的生命里浑洪山立……应该说，这日夜流浪着的辽阔世界，只要尚未彻底治理，我们就无权背对，更无权漠视和遗忘。缺少苦难的经历，当然是一代人乃至一个民族的一种苍白。然而，拥有苦难经历，未必就是一种富有，也许拥有的仅仅是一种更深刻的苍白。这里，富有和苍白的界限分明——是否具有坦荡以对的反思和诚实地自省、自救态度，是否以博大的人类意识和高蹈的宇宙情怀努力于自我剖析、自我批判、自我超越和自我重建。是否真正敢于直面自己精神深处的丑陋、麻木、盲从、迷信、卑怯、愚昧以及农民式的非理性理想主义。我们曾经有过的苦难，是人类苦难的一部分。我们曾经集体地经历的爱情危机，实质上是生命质量与文明质量的深刻危机。可以更改的，是昨天的历史。不能更改的，是未来的选择。为了太多的毁灭成为无限新生的开始，为了如此惨重的代价可以换取不再重蹈覆辙的真正保证，为了凄凄荒草下长眠的知青亡灵能够安魂，为了爱情能够永远还原为爱情，面对选择，我们别无选择。我们盼望这种选择不是一时的孤旅求索，而是一代人的共识和恒久的集体意志。我们应该做的事情，才刚刚起步。我们愿将《中国知青情恋报告》坚持编选下去，使之具有更高的质量和再现真实世界的的广度与深度。我们欢迎来自大荒、大漠、大泽、大山的知青朋友们的真诚参与，以青春为碑林，与青铜、化石、千峰万峦一同——为历史作证。

是为共勉。

是为序言。

1986年6月18日　北京　建国门

失落的花季

梁丽荣

●小土屋：这里曾禁闭过一个女兵团战士●合法婚姻，惨遭批判●严令新娘交待细节，女生羞得面红耳赤●斗争会：把大流氓大破鞋晓兰押上台来●奇耻大辱者谁

我们以为她是“流氓”、“破鞋”，厌恶她，鄙视她，深深地伤害过她。
——作者

我们回来了，内蒙古二顺才（地名）。

房屋依旧，只是易了主人，食堂、马圈、粮仓……已成断壁残垣，显得凄凄惨惨戚戚。

这是一间孤零零的小土屋，屋里的土炕早已坍塌，门窗没有了，屋顶的枯草在秋风中瑟瑟发抖，望着这间土屋，我一阵心酸，一阵内疚。这里曾禁闭过一名女兵团战士。我们以为她是“流氓”、“破鞋”，厌恶她，鄙视她，深深地伤害过她。

1969 年，我们响应毛泽东上山下乡的号召，满怀崇高理想来到了内蒙古生产建设兵团。兵团领导三令五申：兵团战士不许谈恋爱，男女不许单独说话。心理定势形成了，我们认为，男女之爱是肮脏的，只有

同志的情谊才是可贵的。我们这些十六七岁的女孩子，将男女接触视为洪水猛兽，但那些年龄长我们几岁的知青，却按捺不住青春的骚动，男女间开始偷偷交往。晓兰就是其中的一个。

不知从什么时候起晓兰同马车班长大黄相爱了。大黄是来自农村的复员战士，32 岁。他的两个兄弟病亡，老家的父亲半瘫在炕上。儿子娶不上儿媳，老父死不瞑目。晓兰同情他，愿意和他同甘共苦。大黄准备回老家探亲，临行前向连队打了结婚申请报告。报告说，他与晓兰相爱，探亲回来即结婚，然后匆匆赶回河南，向老父报喜。

连首长们震怒了：居然敢提出结婚！准备开批判会，大黄不在，就拿晓兰开刀，杀一儆百，看谁以后再敢干这些无法无天的事。

晓兰逃跑了。在一个夜深人静的晚上，她偷偷乘上南下的列车，她要去找大黄，要和大黄按农村习俗举行隆重的婚礼，然后双双返回连队。那时他们将是合法夫妻，谁还会再批判他们呢？

他们回来了，带着糖、瓜子、花生。

晓兰把自己简单的被褥搬到了大黄的房间，这里将是她的家，她内心虽然不安，脸上却溢出喜悦的微笑。

连长来了，她捧出了花生。“你真不知羞耻。”连长手一挥，花生滚落了一地。泪水顺着她的脸颊缓缓淌下。

晓兰、大黄被分别关了禁闭，晓兰就被关在这间小土屋里。她蜷缩在屋角，嘤嘤哭泣。“哭什么？”岗哨喝斥。“我，我害怕……”“怕？知道怕就不要做不要脸的事。”

沉默。

女生排开批判会，斗争晓兰。她被严令交待细节，我们反被羞得面红耳赤。“多丑呀！”我们义愤填膺，“批倒晓兰！”呼声四起，我们恨不得把她打翻在地，再踏上一只脚。晓兰忍着泪，低着头，咬紧嘴唇，一声不吭。

排里开完了批斗会，接着是全连的斗争会。“把大流氓大破鞋晓兰押上来。”随着一名男知青愤怒的吼声，晓兰神情木然地走了上来。没有悲伤，没有悔悟，也没了耻辱感。她拿出了检查，大声地念着：“是我把一个党培养多年的好党员拉下了水……我资产阶级思想严重，追求腐朽的生活方式……”

批斗会进入了高潮，凡是平常有过接触的男女都被点了名，受到了严厉警告。

两个月后，处理意见终于下来了。晓兰交群众监督改造，大黄被遣送回河南老家。临行前，他们多么希望见上一面啊，但他们已没有了这样的自由。自从被关禁闭后，他们就再也没有见过面，即使在批斗会上，也是分别被押上台的。他们只有在心底默默地为爱人祝福。

后来，有人告诉我们晓兰怀孕了，但她每天仍干着最重的体力活——挖渠、打场……10个月后，她没有分娩。是消息有误，还是把胎儿打掉了？此中真情人们不得而知。

一年后，大黄带着家乡土产探望晓兰，刚到团部就被扣住了，然后连夜又将他送回河南。

知青大返城，晓兰终于得以去河南和大黄团聚。以后，我们再也没有听到她的消息。

睹物思情，这坍塌的土炕曾是晓兰睡过的。晓兰也许永远不会原谅我们，也许她已把悲伤的过去从记忆中抹去。站在这间小小的破土屋前，我久久不愿意离去，为晓兰，也为自己失落的花季。

蓦然回首

蒋　巍

●共过苦难，共过灵魂●似歌似笑，如泣如诉●洒酒祭死者，默哀致意深●为公开当年秘密，干杯●迟到的歉意更深沉●怯生生的初恋●“造反大队”司令义救“苏修特务”●长夜伤别离，谁识青春泪●妈妈经受了皮带抽、冷水浇、跪洗衣板的轮番批斗●患难与共，生死相依●我们错过了另一种人生●时代畸形命运畸形性格畸形●强奸爱情者谁●如此屈辱，情何以堪●一念之差，重铸命运●残酷而懦弱的绝交信●寂寂失恋苦女子，夜夜呜咽入梦乡●批斗会上，朝我脸上吐唾沫●哀大莫过于心死●大返城乎？大溃逃乎●疯狂而悲怆的告别酒●我伤害了她，悔恨终生●当年指导员，今日小力工●我站出来了，竞选厂长成功●家庭土崩瓦解，弱女子心又破碎●太阳终究是不可能埋葬的

多少青年的好年华，多少人的理想和幸福，因此被葬送了。生命只有一次，青春只有一次呵！

——女主人公

我们默默地同历史相对而坐。

满室灼烫而闪烁的泪光，波动在久远的回忆里。

满桌杯盏狼藉，有如岁月历尽沧桑后被遗忘的废墟。只有徐来的风依旧温柔，从飘拂的窗帘那儿伸进纤细的手指，抚慰一颗颗赤裸着的创痛的心灵。

我们沉寂着。微明的暮色里，黑发黑眼睛黑色的肌肤泛着黑土的光泽。酒喝得并不多，但思绪和呼吸已然被酒烧红，搅动着历史留给我们的那许多苍凉，苦难，坚强，成熟，一切一切，那些无论怎样遥远，此刻都觉着极切近极清晰的记忆，仿佛就在昨天，仿佛大家都还年轻，狂热，单纯，冲动，莽撞，勇敢，满身血汗跌跌撞撞地走向中国的觉醒。

我们是一群中年“北大荒”。早就相识的和刚刚相识的，聚在一起就有着兄弟姐妹般的亲情与坦诚。黑土地铸就了共同的爱憎与共同的魂灵。

哦，那年代给我们留下的东西太多太多了，从心底从生命中滚滚滔滔地涌流出来，每个人都争抢着回忆了感叹了激动了，一忽儿噙着泪花一忽儿忘情大笑一忽儿陷于思索，我们把那段历史在感情的潮水里浸来浸去。

她抽着烟侃侃而谈（只是在我们中间她才抽烟）。一位干练果决的女性。举止沉稳，感觉敏锐，只是在开怀朗笑的时候，那双明丽而又调皮的眼瞳才会显露出奔放热烈的性格。在北大荒，她喂过猪，养过鹿，还驾驶过三挂大马车，鞭头练得极准。有次秋天野花遍布的山野路上，迎面来的一位牛样壮实的车老板见她只身一人，便涎着脸道：“姑娘，累了吧？上苞米地歇会儿……”她咬咬嘴唇，一扬手，一声崩脆的鞭花，那家伙的脏帽便打着旋儿飞进路旁的苞米地。1979 年返城时，她只能在街道维修队里给人家刷墙抹炕通烟道，整日浑身白浆黑灰。苦干 10 年，时下是哈尔滨某街道办事处副主任兼党委副书记。

饱尝辛酸的一代。不屈不挠的一代。我的兄弟姐妹们，我不能不为你们感到骄傲！

夜色渐渐浓了，一弯月芽儿静静地挂在窗前的柳梢头。她似乎受了什么触动，忽然说："我给你们讲一段故事吧，咱们知青的。但我不能披露当事人的真实姓名。这，你们听完后就会理解的……"

（一个美丽而又凄凉的故事在我们眼前展开。为了叙述的方便，这里给主人公取了代名。）

夏兰（讲述人）：

去年7月10日，是我们下乡整整20周年的日子。我们中学的各年级500多人是坐一列车走的，一晃20年过去了，大家各自东西，各忙各的事情，在城里极少有见面的时候。这一天，我们高一（二）班10多个同学约好了，都来我家聚会，恰好我爱人出差到南方，我们疯到啥时候都行。

这样一个难忘的日子，又有共同的一段难忘的人生，返城后又极少接触和交流，大家聚到一起，就像我们今天这样，那激动就甭提了！一声声感慨，一阵阵唏嘘，好半天，大家才坐下来，细数班里的同学，来的没来的，在北京的，在河南的，在大连的，在国外的，赚了大钱的，当了这个长那个长的，留在北大荒的，死了的……我们班一共51个同学，死了两个，一个在农场翻车砸死了，一个插队时得病做手术感染了……为了祭奠这两个同学，我们庄严地斟满两杯酒，倒在地上，默哀致意，我们都哭了。

后来，就是震耳欲聋的嘈杂。大家争抢着回忆每个人在校园时的傻事趣事，在山区在乡村的苦难经历，返城后的奋斗，各自的家庭、孩子、妻子或丈夫，同时就惊叹着时光已过去了这样多这样多。

一时间，大呼小叫，此伏彼起，干杯的名目多得数也数不清。

到晚上，已经喝完三瓶白酒一箱啤酒。大家都有些微醺，脸色红红的，眼睛亮亮的。因为痛快，谁都没有醉意。这时候，我们的副班长，现在是一家大企业的分厂副厂长，举着酒杯站了起来，笑盈盈地说："我提议，在座的每个男同学，都把酒斟满，然后挑一位在座的女同学，一起干杯。不过，在干杯之前，一定要说明理由！"

大家愣了一会儿，接着就鼓掌叫好表示同意。

"不许乱点鸳鸯谱，一定要有充分的理由。"副班长接着说，"我先来，我挑李玉莲，她是我入团介绍人，在学校时，她尽找我谈心，还常上我家去，我妈以为我俩搞对象呢，偷偷提醒过我注意点。说真的，我那时对她真挺有好感的。要不是后来搞'文革'，下乡，她哪能是人家的人呢！"

大家哄地笑了。李玉莲脸色涨得通红，"去去去，我不跟你喝！"

"喝！"大家一起呼应。

"喝就喝！"李玉莲站起来，大大方方干了杯。

一个又一个"老爷们儿"站起来，点了一个又一个女同学的名，说明了各自的理由。经历了那些艰辛困顿的岁月，都豁达而成熟了，没有了少男少女的羞赧，没有了孩子气的天真与幻梦，以往的纯真友情，或是一瞬间的美好印象，或是一件小事的感激，或是一直深藏在心底的单纯的爱慕，或是屡经周折而终于各自东西的初恋，此刻都赤裸裸地真诚地，依然闪现着原来的美丽光环，倾诉出来。有些是大家早就知道的，有些是一直珍藏在记忆中的小秘密。大家欢笑着，感慨着，惊异着，一杯接一杯干着。

轮到秋石。他站起来，神情竟那般沉郁忧伤，黧黑的额头渗着细汗，一对浓眉紧锁。国字形脸膛上的络腮胡子刮得青青的，那细长锐利的眼睛隐约闪着泪光。

"我点冬阳。"他的声音沉沉的，仿佛有些颤抖。

我正坐在冬阳的对面，感觉她浑身一震，迅即垂下头，脸色变得苍白，眼里似乎有了泪。我蓦地觉察到，聚会到这会儿，秋石和冬阳一直话不多，神情也一直有些抑郁，常常是静静地听别人喧哗，或是呆在那儿冥想着什么。他和她的事情，当年我和同学多少风闻了一些，而且悄悄议论猜测过，但究竟怎样，谁也不怎么清楚。后来生活风起云涌，大家星散了，也就渐渐淡忘，各自忙着自己的事情，他和她也各自走了自己的道路。

“理由?”“快说理由!”不明就里的人叫喊，多少知道点儿的也叫。

“我实在没有想到，20 年后我们还能有这样一天!”秋石坐下来，声音有些哽咽，“过去的事情毕竟都过去了，说出来也没什么。反正我们都是同学，同学之间的友谊和理解是最真诚的。说起过去的事情，我曾埋怨过命运，埋怨过那畸形的时代，甚至把那些当做孩子气的表现想彻底忘却。但是，随着时光的推移和沉淀，我开始用成人的眼光审视自己的一切，我发现我错了。我首先应当责怪自己，责怪自己的怯懦和自私！我不是个男子汉！我伤害了冬阳。20 年了，一切该发生的都发生了，一切都不能挽回了。说出来，我心里会平静些，也算是对冬阳表示我深深的忏悔和歉意！冬阳，你是不是也可以说说，你我之间的遭际或许是这一代人挺典型的事情呢。”

冬阳依旧垂着头，不吭声，但也没表示反对。大家都是不惑之年上下了，生活都有了自己的归宿和既定的轨道，刚才无非是拿少男少女那点记忆那点趣事重温一下如诗如梦的好年华，半是感叹半是调侃。秋石这么一说，屋里的空气顿时沉重而悲凉起来，大家都收敛起笑容，静静地听着……

秋石:

每个人的一生都有些决定性的一瞬间，这一瞬间常常要影响我们的一生。事情过去了 20 多年，可那一夜的记忆始终鲜明清晰地印在我的脑海，怕是终生不能忘记了。

和大家一样，1965 年夏，我考进咱们学校。我父亲是个老木匠，母亲在困难年代去世，家里穷得叮当响。上小学的时候，为了节省，我都是拎着鞋子上学去，快到学校时才把鞋穿上。父亲本来不同意我上高中，让我赶紧干活挣钱，帮着拉扯弟妹。我是哭着绝食了两天，父亲气得摔了酒壶，最后无奈才同意了。所以入学后我就是埋头读书，谁也不接触，同学不是老叫我“闷葫芦”么。

好长时间，我和同学们都不太熟悉。冬阳虽然是同班同学，但真正注意到她，还是 1965 年底冬天的那个夜晚。我家里穷，买不起冰鞋，所以一直不会滑冰。进了高中，冬天上体育课滑冰，我笨笨磕磕的像个企鹅，直跌跤，惹得同学们直笑，臊得我脸通红。我有个不服输的犟脾气，于是下决心偷偷学，一定要让同学大吃一惊。

那是一个飘着清雪的夜晚，我匆匆吃了饭，带上白天从老师那儿借出来的冰鞋跑回学校冰场，一个人跌跌撞撞地练着滑。

突然，前面钻出个胖滚滚的小男孩，横穿跑道朝冰场中心跑去。老天，我还没学会疾停呢！眼睁睁任凭自己朝小孩冲去，一点转弯的动作也做不出。没招儿，我只好一闭眼睛，就势一坐，在撞上小孩的瞬间，一把搂住他，我俩就像大狗熊抱个小狗熊，顺着冰面溜到冰场边的雪堆上才停住。

一阵悦耳的笑声在身后响起。回头一看，是冬阳！灯光下雪影里，她显得是那样美丽，眉弯弯的，眼睛亮亮的，长睫毛忽闪着挂着晶莹的小霜粒，因为运动和风吹，脸色红润润的。在此之前，我只知道抠书本，从未注意过周围的人，更没注意过女生，仿佛她们根本不存在。但此时，一种从未有过的激动的感觉刹那间涌遍全身，同时我就感到极度的狼狈，在这样好的姑娘面前，一个男子汉是不应该露丑的。

冬阳当时穿着白色的高领毛衣，蓝哔叽裤子，头戴一顶红绒线帽，脚蹬雪亮的速滑刀，浑身上下没一点雪沫儿，显见滑得相当好。她这一身红白蓝的装束，色彩是如此鲜丽，衬托着她窈窕的身姿和俏丽的脸蛋，竟像一张高贵的油画深深印在我的心底。少年的心都是单纯透明的，印上什么就留下什么。从此我发现自己特别喜爱红白蓝这三种颜色。

当时我窘极了，尴尬地笑笑："哦，我不太会。"

"你的姿势不对。"她噘起下唇，把垂到额前的刘海儿吹开，然后一拧腰肢滑到我对面。"来，我教你。"她大大方方地拉住我的手，"蹲下去，再蹲。好。记住，膝弯处大约成 90 度角，头部抬起，左腿向侧后方蹬，用力！用全刃，别用刀尖……好，右腿同样……"

响铃了，该闭场了。"谢谢你。你滑得真好！"我摘下毛线织的耳包，汗湿的乱发冒出蒸腾的热气。

"你也不笨。"冬阳抿嘴笑笑，又噘起下唇，吹开额前的刘海儿。这真是个奇特的动作。从此我只要想到冬阳，就会想起她这个孩子气的动作。

我们开始换鞋。冬阳很快换好了，她摘下手套，大大方方伸过手来："再见，以后咱们再一起滑。"

我懵了。从城边子的中学考来的我呆头呆脑，根本还没学过怎样和人家握手哩。我慌慌张张站起来，顾不得从膝盖滚落下去的帽子手套冰鞋什么的，还提着没来得及套上棉鞋的左脚，怯生生地握了握冬阳温热的指尖，窘得满脸通红。

"再见。"我嘟囔了一句。

这是我有生以来第一次握手！

冬阳用雪白的牙齿咬住下唇，忍住笑，装做没看出我的狼狈样，摆摆手轻盈盈地跑开了……

冬阳：

小时候我简直就是一个骄傲的公主。我以为来到人世上就是为了证明幸福的存在。

我父母都是中国电机制造业的专家，20 世纪 50 年代长期在苏联留学和实习。我生在莫斯科，直到 1959 年才随父母回到祖国。生活在俄罗斯孩子中间，在莫斯科的公园和郊外度过的那些快乐的时光，给了我许多美好温馨的记忆，也赋予我开朗奔放的性格。

冰场上的那一夜晚，秋石以笨拙而又有趣的憨态第一次闯进我的视野，可很快我就淡忘了，因为我活得太无忧无虑无牵无挂，而他也太普通，普通得就像一片树叶。

那是 1966 年寒假后不久，学校召开全校师生大会，校长非同寻常的开场白一开始就吸引了我的注意。

“在今天这个会上，我们大家将听到和看到，一位普普通通的同学用他默默的行动，证明了雷锋精神，也就是共产主义精神，具有多么高尚的震撼人心的力量！我不想多说了，请苏秀秀同学讲话吧。”

一位陌生的拄着双拐的姑娘，在校长的搀扶下缓缓走到讲桌后面坐下。

“老师们，同学们，我叫苏秀秀。”姑娘的嗓音清亮纯净，“你们大家除了一个人，谁也不认识我。可是，我却知道你们中间的好多人，就像和你们朝夕相处的同学一样。”

姑娘接着讲述了她的身世。她两岁多的时候患了小儿麻痹症，瘫痪在床，几乎失去了生活的勇气。

是偶然认识的一个小男孩决心教她认字读书，后来又帮她联系了一所小学，还约集了一帮同学，天天背她上学下学。这个男孩子几乎天天到她家去，帮助她温习功课，做家务。闲暇，就给她讲故事，讲学校里的人物，趣事……

“就这样，我渐渐熟识了你们中间的许多人，好像我整天就和你们生活在一起!”姑娘越说越激动，声音渐渐高亢起来，“我从此彻底忘记了自己的孤独……”

暴雨般的掌声响彻大厅。我感动得热泪盈眶。

“现在，我的这位‘老师’已经是高中生了，再有两年他就要考大学了。我下决心不再耽误他的时间。他应该有他美好的前程。所以今天我和爷爷商量，决定到学校里说明这一切。过去好多次爷爷都要到学校里表扬他，可他坚决不同意。今天，我要向学校表示衷心的感谢，向我的‘老师’表示衷心的感谢！他就是我们生活中的活雷锋！说到底，他究竟是谁呢？他就是你们学校高一（二）班的秋石同学!”

“秋石?!”全场发出海潮般的回响，接着是经久不息的掌声。原来是他，冰场上那个笨拙的“大熊猫”！我赶紧擦擦眼里的泪水，朝秋石坐的位置上看去——刚进会场时他还在哩——这会儿他已悄悄躲出去了。

一颗多么美好善良的心呵！晚间，在我的小房间里，冰场上的秋石那憨态可掬的模样，苏秀秀讲述的一幕幕动人的场景，久久在眼前晃动，我情不自禁写了一首诗，赞美这种“雷锋精神”。

第二天上学见到秋石，我把诗悄悄塞给了他。他的脸一下子红了，慌忙看看四周，赶紧把叠成方块的纸片揣进口袋。那时候的中学生单纯极了，“初恋”、“爱情”之类的字眼儿既神奇又可怕，仿佛是一种大逆不道的罪过。秋石当时一定以为我写给他的是这类东西，那双眼睛定定地望了望我，灼灼地闪亮，厚厚的嘴唇翕动了几下，像是要说什么，但终于还是什么也没说，急转身匆匆跑走了。

从那以后，我们仿佛有了一种默契，有了一种相互吸引的磁力。只要有他在篮球场上，我就一定去呐喊助威；而只要我在，他就龙腾虎跃八面威风，投篮频频得分；只要我去打乒乓球或去图书室，秋石准保不大会儿就悄悄出现在那里，好像偶然碰见似的，交换一下目光或微笑，说几句话，这一天就过得极充实极有意义。我们的心悄悄接近着相互温暖着并且怯生生地渴望着。但我们不敢说什么也不敢做什么。唯其单纯和朦胧，今天回忆起来才觉得又遗憾又美好。

秋石：

“文化大革命”铺天盖地把我们，把整个中国都卷进了史无前例的狂热之中。

我祖宗八代根红苗正，是学雷锋的楷模，又有着“捍卫红色江山”的一腔热血，自然成了红卫兵的头，整日里轰轰烈烈，叱咤风云。

冬阳的父亲当然是不能幸免的，成了“苏修特务”、“资产阶级反动技术权威”，报纸上点了名。原来在校园里娇艳得像一朵玫瑰花儿，那样引人注目又令人艳羡的冬阳一夜之间凋零了。乌油油的一根长辫子剪成短发，鲜艳的连衣裙换成了不知从哪儿弄来的黄军衣，以往整日忽闪的快乐的大眼睛失却了光彩，再也听不到她格格的笑声，再也看不到她轻灵奔跳的身影。只有沮丧、忧郁、惴惴戚戚。

生活不应该这样无情地摧残美，不该摧残她也不该摧残她的父母。我依然清楚地记得那年寒假我和两个同学到她家里去，她母亲端雅清秀，坐在钢琴前弹琴，她父亲靠在钢琴角上，用俄文唱《莫斯科郊外的晚上》，唱《卡秋莎》，唱《伏尔加船夫曲》，唱得我们如痴如迷。当时我对冬阳有这样美好的家，有这样多才多艺的父母羡慕死了。这样的好人会是“苏修特务”吗？

从此，冬阳成了我们“造反大队”的“红外圈”。调浆糊，刷标语，刻钢版，印小报，每件细小的事情都干得极认真。

那是一个晦暗的黄昏，我正在“造反总部”埋头研究“两报一刊”的新社论，门开了，冬阳慌慌张张走进来。见屋里无别人，她急急地说:“前天我妈妈被北京她原来那个单位的造反派抓走了……”

“为什么?”

“说也是‘苏修特务’。”说着就呜呜地哭起来，“刚才我爸单位有人偷偷告诉信儿，说我爸单位的造反派明天也要采取行动，把我爸关起来批斗，要抢在北京战友前面把‘特务’材料抠出来。他们打人打得特狠，我爸他……他给我一些钱，还把头发都剃光了，做了死的准备……咋办啊？……”

慌恐，悲戚，孱弱，绝望，簌簌发抖，半年前还那么娇美飘逸的冬阳啊！

良知冲决了蒙昧，同情化为了果决。我紧张地思索着对策，不知不觉抓起别的战友扔下的半盒“葡萄烟”，抽出一支吸了起来，呛得眼泪都出来了。这是我有生以来吸的第一支烟，从此就再没扔下。我豁出一切，决定冒一次大风险。

当夜，我约集了 8 个“铁杆战友”，戴上明晃晃的红卫兵袖标，在路上拦住一辆车（不敢找熟悉的车，怕泄露天机），风驰电掣赶到冬阳家，故意大呼小叫地冲进去，乱翻乱砸一气，并对邻居们宣布，我们把“苏修特务”和他的狗崽子女儿一起抓走，要送往北京。他的房子用“革命封条”封起来，不许擅入，以备随时回来查找“特务电台和密码”。然后，车一溜烟儿开到火车站，我便让战友们带车先走，假意说他们父女要去北京。半夜，我和冬阳父女悄悄摸出车站，抄小路溜进我家……

那以后，冬阳父女就躲在我那儿，白天晚上都不出屋。我家住在道外区的一条小胡同里，半地下室的房子，极少有什么人光顾。吃的由爷爷负责弄，晚间，爷爷和冬阳父亲睡炕，我和冬阳就睡地铺。

开始，白天我照样去学校当我的“造反大队”司令，而且表现得更加“革命”，以避免被人怀疑。一有空就溜回来看看有什么动静——家里藏着两个“黑人”，心里总是发毛啊！冬阳父亲单位的造反派听说“功劳”被别的造反派抢走，遗憾地骂了一顿“他妈的”也就拉倒了，慢慢的，红卫兵和造反派满世界去串联，游山玩水；后来又动枪动炮打起了派仗，互相夺权，也就没时间再理这个茬儿。我干了一段时日觉得越来越没意思，便假说出去串联，司令不当了，成了逍遥派，整日泡在家里。

整整三个多月，我和爷爷同冬阳父女厮守在一起。

那真是一段难忘的困窘而又美好的时光。冬阳心境平静了一些，和在北京的妈妈也联系上了。一家都还安好，冬阳便又有了粲然的微笑和格格的笑声。我们铺挨铺躺着，天南海北地聊啊聊，聊命运，聊未来，聊明天，无所不谈。冬阳那娇美的面容，细腻白皙的肩膊，半裸着的隆起的胸脯，最初不能不使我怦然心动，眼睛都不敢抬。相处得久了，心里反倒安然了，甚至有了点兄妹样的亲密感情。在那样一种“革命”气氛浓烈的狂飙时代，我们又是那样的单纯和纯洁。几乎忘记了生活中还有爱情的存在。其实，爱情的蓓蕾已悄然滋生在心底，只是我们还未察觉，还把它当做“革命友谊”罢了。

1967 年初，冬阳父女准备悄悄去北京和她母亲会合，临别的前一夜，我才突然发觉自己是那样地喜欢冬阳，那样地舍不得她走。我的心沉甸甸的，老想流泪却又流不出来。我们并排躺在地铺上，她盖着她的被，我盖着我的被，我却分明地感觉到她的青春胴体的灼热，好像第一次发现她脖颈的曲线是那样的美丽，半露的肩膊是那样的柔美，起伏着的胸脯是那样的诱人。我甚至嗅得到她的秀发和身子的温馨。一种想亲近她的强烈欲望灼烧着我，但是我一动不敢动，浑身绷得紧紧的，仿佛轻轻的一个碰触都是对她的亵渎。同时我的第六感觉告诉我，冬阳也有着相同的心情相同的感觉，那个美丽的灵魂渴望着什么又害怕着什么，有多大的渴望就有多大的害怕。

爷爷和冬阳父亲早已沉入梦乡，家里的老式座钟发着单调的声响。灯闭着，屋里一片幽暗。

“睡了吗?”我终于鼓起勇气悄悄问，其实我知道她还没睡的。

“没。”同样的悄悄声。

“……走了，还回来吗?”

“回的。真的……”

“早点，好吗？我爷爷挺喜欢你的。”

“我也是。我也喜欢爷爷……”

“人真是挺怪的。走了好像心里空落落的……”

“我也是。人真怪……”

“你得回来，你的学校还在这儿呢。”

“我当然得回来，咱们还是同班呢……”

沉默，沉默。

“一定回来，啊。别忘了我和爷爷。”

“我不会忘。真的不会忘。”她的声音哽咽了。

成串的泪水从我的眼角流下。

“冬阳，你真好。”我说。

“你也好，真好……”冬阳喃喃地。

缠绵悱恻的一夜，睁眼做梦的一夜。只有这样的低语而没有任何些微动作的一夜。那么纯洁而又难忘的一夜。我们并排躺着，只是静静地躺着……

我们依依惜别了，相互间连手指尖都没碰触一下！我们就这样分手了。

冬阳：

在北京度过漫长肃杀的冬天，妈妈经受了皮带抽、冷水烧、跪洗衣板等惨无人道的轮番批斗后，那里的造反派忙于夺权和自相残杀，再无暇顾及“黑帮”们了。爸爸也不敢在外面躲得太久，这样，我和爸爸妈妈便返回哈尔滨。这是 1967 年 5 月。这里的造反派们也在“文攻武卫”，爸爸妈妈回来，照样无人顾及，塞进“黑帮队”扫厕所擦玻璃，心境和生活倒也安静了许多。

在学校，我碰见了秋石。五个月不见，他长高了许多，但那个微显笨重的大脑袋，微微凸出的圆圆的前额，以及淡眉下的不断眨动的长眼睛，依然带着孩子气。见到我，他一愣，随即就惊喜地微笑了，两只嘴角好看地深陷下去。

“你爸妈呢?”他关切地问。

“都回来了。在‘黑帮队’劳动呢。”

“你们到我家玩去呀，爷爷老念叨你们……”

“‘黑帮’只许星期六回家。”

“平时就你一个人?”他的眉头紧锁起来，“那吃饭咋整?”

“……”我不知该怎样回答，反正都是瞎对付，或是买两个劣等面包，或是到邻居家，或是下一点面条。

“干脆你就到我家来吃吧，没啥好的。”秋石热情地说。

有过那一段患难与共的友情，我自然也就没什么忌讳，一星期总要跑他家几次。尽管是粗食淡菜，毕竟有热汤热水。爸妈听说后又是好生感慨。

那真是难熬的一段时节，贫穷、困窘、孤寂，唯有秋石和他的家才能使我忘却烦忧和寂寞，给我一点温暖和慰藉。爷爷干木匠活很累，挣钱不容易，可弄点好吃的总不忘要秋石去找我。夏天，我和秋石悄悄跑到太阳岛上去横渡松花江。游累了，我们就躺在热烘烘的沙滩上，把身子晒得红红的，黑黑的，聊啊聊啊，常常不知不觉太阳就西斜了。

那时他 18 岁，我刚刚 16 岁。我们朦朦胧胧地依恋着，却什么都不懂得。他碰都不碰我，只是像兄长一样细心地关怀着爱护着我。我们心里都渴望着时时在一起，以后也不分离。但“爱情”这个字眼儿对于当时的中学生来说，实在过于神秘也太令人畏惧。我们都还把自己当做孩子，而“爱情”，那是属于遥远而朦胧的未来，是成人的事情。

我们没能走出勇敢的一步。我们错过了另一种人生，对我来说是曾经日夜梦想着的美好的人生。如果那时他勇敢一些甚至莽撞一些，或者我勇敢一些，生活会完全是另一种样子！命运是瞬息万变的，该抓住的时候没有抓住，就可能悔恨终生！（说到这儿，她潸然泪下。好一会儿，才恢复了平静。）

1968 年夏，大规模的上山下乡运动开始了。

我和秋石想要去“反修前线”黑龙江建设兵团。那天报名后，我们高兴极了庄严极了，浑身的血在沸腾，情不自禁跑到松花江又畅游了一番。

很快。回信来了。秋石被批准，而我被拒绝！理由不言而喻：那里是边防前线，而我是不被信任的“黑帮子女”，尤其又是“苏修特务的子女”！

我傻眼了。秋石他……能不能干脆也不去呢？不，在那个被

“革命”激动得浑身发颤的时代，因为个人感情这点卑微小事而放弃自己的神圣职责是不可想象的。

只能分手了。

那天，我和爷爷送他上站，临到分别，我和秋石反而不知说什么好了，只觉得心里涌动着那么多那么多，可所有的早已说过千百次。我的眼圈红红的，他的眼圈也红红的，但都装出平静的样子。

“到了就来信。”我戚戚地说。

“嗯。”

“爷爷那儿我会常去的。”

“告诉你爸爸妈妈，别上火。”

“……”我猛地起了一股冲动，想投进他的怀里痛哭一场，可控制住了，一动未动。

这就是我们讲的所有的话了，重复过无数次的话，在那样一种惨烈的时刻，在人生就此分手的路口！

铃响了，他转身登上车梯，我的眼泪一下涌流出来，可嗓子完全哽住，一点声音也发不出。

车轮缓缓启动，刹那间，车上车下，整个站台爆发出惊天动地的恸哭声，我一辈子也忘不了那巨大的声浪和惨景！真是“泪飞顿作倾盆雨”。我和所有的人一样大声哭着喊着，跟着跑了几步，没多远就跌倒在人群中，那一瞬间我看到他哭得像个孩子，急急忙忙地用拳头揩抹着眼泪，仿佛要最后看我一眼，再看我一眼……

我们就这样分手了，是深藏着极其神圣而纯洁的初恋之情分手的。谁都没想到命运后来发生了难以逆料的变化。

秋石：

畸形的时代造就的是畸形的命运和畸形的性格。

1971年冬那个“大烟泡”呼啸的夜晚，把我逼进了生活的死角。

那天晚上，连队党支部书记兼指导员和一个老排长找我谈话，我的心怦怦直跳，又兴奋又有些说不清的担忧。他俩是我的入党介绍人，组织上已重点培养我两年多，回顾自己到边疆来的日日夜夜，苦吃了不少，汗得成水桶拎，换来的是一帆风顺。在这个最令人艳羡的武装连队，由副班长而班长而副排长而排长，表明了组织的充分信任。我反正是木匠爷爷带大的，穷苦出身，根红苗正，什么苦啊累啊险啊全不在乎。进山伐木住帐篷，我睡在门帘口那儿；跑荒救火，我冲在最前头，甚至用棉袄蒙了头卧倒滚压肆虐的火浪；枪法我练得最准，回回打靶是优秀；铲地收割我全是打头的……这样的表现，入党还能有什么问题呢！可是不知为什么，或许这毕竟是神圣的第二生命，是最光荣的称号吧，我的心总有些忐忑不安。

风雪在荒野群山间呼啸，尖厉的雪粒打在脸上生疼。我走进连部，两位转业兵出身的入党介绍人正襟危坐，一脸庄严神圣，正坐在那儿等我。

指导员麻利地卷了一支蛤蟆烟点燃，慢腾腾地开口了：“你来到边疆三年多，思想坚定，表现不错。党组织一直把你列为重点发展对象。前些日子，我们派人出去外调，你家庭出身、社会关系、个人历史都清白，是个根红苗正的好青年……”

我心里高兴极了，但脸上仍保持着极庄重极虔诚的样子继续聆听。

完全没想到指导员慢悠悠地来了个“但是”：“但是，我们了解到，你好像有了一个对象，叫冬阳，是不是？”

我呆若木鸡，一时无言以对。

“组织上很严肃地做了调查，我们总要对党负责嘛！据了解，她的父母都是地主出身，又有‘苏修特务’嫌疑，虽然没有最后定案，但现在还在工厂车间里劳动。这可是件严重的事情，你得站稳阶级立场，主动划清界限，我们还是爱惜你的，不希望你受到她的反动家庭的影响和牵连……”

我懵了。屋里的火炉呼呼作响，我觉着脑袋里也轰轰作响，汗水顺着腋下直淌。

“我……考虑考虑，”我麻木地嗫嚅着，“谢谢党组织的关心爱护……其实那也不是对象……”我完全语无伦次了。

整整一夜，我没有睡。我在漆黑的风雪路上走啊走啊，忘记了寒冷也忘记了时间。我的心我的灵魂仿佛被两股力量争夺着撕裂着绞杀着。脑海里不断浮现出校园冰场上彩色的夜晚，和冬阳在太阳岛上的嬉戏神聊，在家里和她度过的那些难忘而温馨的时光，她那美丽真诚的眼睛，轻盈修长的身姿，银铃般格格的欢笑，车站上送别的泪水……

这个风雪之夜，这一切忽然变得那样遥远那样零乱那样沉重……

当时以及后来，为了提干返城入党，哪怕是仅仅调换一个轻松点的工作，一些女孩子付出了何等惨重的代价，留下了终生的创伤！

非人的时代非人的生活逼的！

从此沦为被遗弃的农工把一生埋葬在黑土地里，还是要入党要发展要改变自己的命运？面对这水火不相容的冷酷的抉择，我痛苦得心在流血。

我终于决定了。有生以来第一次决定撒谎！假装跟冬阳断绝音讯来往，争取尽快入党！当时我觉得我只能做出这样的选择；今天，我不能不鄙视我人格的堕落。我远不是个男子汉。

我含泪给党支部写了份“决心书”表示“坚决听党话，坚决跟党走”。同时偷偷给已经下乡到七星泡农场的冬阳写了封信，要她尽量少写信，有信也先寄到爷爷那儿，要爷爷再加个信封寄给我。

被迫欺骗别人就等于屈辱自己。半年后，我入党了。当面对鲜红的党旗举手宣誓时，我痛苦地发现，我完全没有了最初的激动和神圣感，我失去了对那里的“党”的信任、赤诚和献身精神，而仅仅是为了给自己创造一个好一点的命运。这是我个人的悲剧也是党的悲剧。在那个畸形的时代发生这种悲剧的又何止成千上万！

我仍和冬阳偷偷地时断时续地联系着。纯洁无瑕的恋情完全成了鬼鬼祟祟的“地下活动”。人性和爱情都被强奸和宰割了。家里每来一封信，我都赶紧掖起来，等没人的时候再打开，或者躲进草棵房后，或者装作大便小便，一看是冬阳写来的，匆匆看过就匆匆撕掉。我给她写信就更为艰难，偷偷写上几行一见有人就忙藏起来，总是最后才写上信首的名字。作贼一样的心理使得爱的激情丧失殆尽，信里几乎没有了热烈的浪漫，倒尽是胆战心惊的提醒与叮嘱。收信和发信更是提心吊胆，生怕被什么人半道截获被党支部发现惹下灭顶之灾。

这种虚伪的生活和被阴影笼罩的爱毕竟太苦太累太屈辱。尽管我很快又当上武装连队的副连长，是响当当的青年骨干，但工作、劳动我已没有了发自内心的热情，只是努力在扮演“骨干”的角色，以维持优越的地位。

精神的巨大压力，内心的分裂与争斗，表里不一的伪装，使得我郁郁寡欢。有时望着那苍黄的原野、莽莽的群山和寂寂的黑龙江水，真觉得活得太没意思。和冬阳的爱被压抑得没了最初的甜蜜与温馨，她那美丽鲜活的音容笑貌在记忆中也渐渐变得模糊了。

从1971年开始，一些被“三结合”进“革命委员会”的老革命开始执掌“一把手”的权柄，他们的子女随即兴高采烈扑打着翅膀纷纷从乡间飞走了（党的威信在人民和青年中间的急剧下降就是从这时开始的，引起广泛不满的腐败现象也由此发端），千百万知青大军仿佛一下子清醒过来，“原来如此啊!”——军心从此涣散，理想从此崩溃。虚幻的“反修大业”失去了迷彩，未来又看不到出路和希望，知青们开始变得狂放不羁，玩世不恭，精神王国陷入一片迷茫与黑暗。

“恋爱风”由此在乡野里像荒草般疯长起来。

渐渐地，我注意到一双眼睛，一双柔情脉脉总是向我闪动的大眼睛。那是我们连队的文书。她叫伍小玲，人也长得跟名字一样娇小玲珑，小手小脸小鼻子小嘴，一双大眼睛倒相当精灵媚气，她见七星泡农场再也不来信了，以为我和冬阳断了，便常常主动和我接近。递给我家信或什么东西时，我感觉到她温软的手指有意无意的碰触；人群中只要有我，她便分外地活泼娇媚；笑声格外地响亮；对我说什么的时候，便微微歪了头，眸子亮闪闪的，一副撒娇的模样。我做副连长，工作忙，她做文书，便顺理成章地常为我洗洗涮涮缝缝补补。她要求入团，找我“汇报思想”，后来当了团支部宣传委员，又找我研究工作……

开始我是木然的，我的心始终被冬阳占据着。但是，在那样苦辛和空虚的年月，极左的迷雾弥漫着，望不到边也想象不出有什么出路，返城没门路也没本事，继续干下去要活得好些，就得循规蹈矩小心翼翼不能越雷池一步。而且生活那样的贫乏单调，只有谈情说爱才能有一点填充。人终究不能老靠记忆和想象活着，冬阳远在他乡而小玲近在咫尺。我不敢想象也无法想象究竟何年何月能和冬阳走到一起，每当晚饭后独坐在黑龙江边看残阳在水里浸得血红，天地一片寂寥苍茫，我就愁苦着未来的渺茫。那时的生活没有明天。

我毕竟不够坚强。我渐渐地不能不被伍小玲的热情和娇媚所吸引所激动了。冬阳已成晚霞般的幻影，而小玲却是伸手可及有血有肉的魅惑和存在。

1973 年麦收后的一个夜晚，令人疲累不堪的秋收“大战役”终于结束，知青们都长长地松了口气，顿觉轻松了许多。小玲来找我研究“团支部工作”，我们信步走到麦垛边坐下，挨得很近，我嗅到她秀发的温馨，觉到她青春胴体的灼热，不知道说了什么也不知道是怎样触发的，我们的肩膀和手轻轻地碰触了而后就紧紧地拥抱在一起长久地吻在一起。北大荒的情欲是唯一的欢乐和享受，因此也是难以遏制的。人生最神圣领地的堡垒就那样轻而易举地被冲垮，我们相互占有了。在最狂热最冲动的时刻，我们才喃喃说到了“爱”，说到了难以预料和把握的“明天”。

一周以后，我稍稍冷静了些。命运已经铸成，生活只能这样子了。我含着热泪给冬阳写了封充满无可奈何的哀叹与歉疚之意的信。

今天想来，那信是极懦弱和冷酷的。

冬阳：

时间已经过去很久很久了，可至今想起那封由秋石爷爷转来的信，我的心就不由自主地发抖。就像一首歌唱的，“一切都不需要提起，一切都不会忘记。”

好些个白天，我强忍住泪水，默默地去上工，发疯一样地苦干，以期忘却内心的痛苦。入夜钻进蚊帐，在那个孤独黑暗的冰世界，我才任泪水长流，呜咽着直到沉入梦乡。

我是 1968 年冬来到这个原劳改农场的。劳改释放的就业人员被称为“二劳改”，知青，特别是像我这样的“黑九类子女”就被当做“三劳改”。当地干部都是管教出身，打人骂人喝斥人惯了，他们怕知青去了不服管，一开始就给“下马威”，以严苛的纪律和无情的惩罚把我们弄得服服帖帖。像我这样的家庭背景，更是不敢乱说乱动，只能像不会说话的牛马一样拼命干活。

就这样，我也时常是“阶级斗争的新动向”。最初的两个月，我还偷空记记日记，可后来发现被别的知青偷看过并且向上汇报了，队领导在大会上声色俱厉不点名地把我批了一顿，端出我日记里的好多“活思想”，吓得我半夜偷偷起身把日记投进宿舍的炉子里。从小养成的记日记的好习惯自此中断，再没拣起过。

有一次冬天打夜班脱谷，康拜因一启动就得紧着往里塞豆捆，那天已是下半夜了，我累得头昏眼花筋疲力尽，一甩手竟把豆捆带铁叉子都投进了喂入口，只听格嚓嚓一阵响，康拜因停止了，坏了。我吓得脸无血色呆若木鸡。果然，第二天晚上，队里召开了气氛空前激烈的批斗大会，声称这是“破坏抓革命促生产”的“反革命行动”，是“资产阶级反攻倒算”、“阶级斗争新动向”。批判的“纲儿”越上越高，好些知青战友“义愤填膺”，指着我的鼻子吼叫，朝我脸上身上吐唾沫。本来因为惹下大祸，我惊惧得一天没怎么吃东西，这会儿精神几乎整个崩溃了，连哭都忘了，只傻呆呆地低头立在大食堂的中央，浑身冒汗，像枯草一样簌簌发抖。后来，我终于支撑不住，眼前一黑昏死过去，批斗会才不了了之……

在那些黑暗严酷的日子里，秋石和他的来信是我心灵里唯一的一束温馨的阳光。对他悄悄的思恋是灵魂中唯一的太阳地。每当玩命割完一条望不到头的地垄，气喘吁吁瘫倒在荒草萋萋的地头上，每当漫无目的地走在空旷的原野上，任心绪纷涌，每当夜色沉沉躲进蚊帐那唯一属于自己的宁静的空间，我就不由自主地忆起冰场上他那像熊猫一样可爱又可笑的形象，忆起在他家那个狭小的半地下室度过的日日夜夜，忆起我们一起在松花江太阳岛嬉戏神聊的情景。每逢这时，我才会悄悄绽出微笑，给自己的微笑，给遥远的他的微笑。除此以外我就绝不再笑，也没权利笑。

后来，他要入党，提干，来信变得越来越少，越来越谨慎，以我当时的处境，完全能够理解他。我仍痴痴地相信着他的真情。

我完全没有想到，1973 年秋天，那个多雨的泥泞的秋天，他会写来那样一封信！

我完全垮了。我的心被击碎了。眼泪夜夜流湿了枕头。秋石曾经那么纯朴那么善良那么勇敢，而这会儿怎么变得如此陌生如此冷酷如此怯懦！

我大病了一场，高烧整整三天三夜，昏迷不醒。苏醒过来后，我发现自己在场部医院里。秋风一阵一阵地吹过，田野渐渐变得斑斓而苍凉。我勉强能支撑着走动了，但已瘦削得像棵纤细的玉米秆儿，肌肤薄得透明，风一吹就要倒的样子。除开打针吃药吃饭睡觉，我常常到医院后面那片寂静萧瑟的白桦林中散步，漫无边际地思索命运、人生。我发现病魔吸干了我的热血、热情、热望乃至爱和憎，我变得冷静甚至冷漠了。细细地想来，有什么必要又有什么理由埋怨命运人生，责怪秋石的怯懦和畏缩呢？凡是发生的就是必然的合理的。

想到这里我的心也就渐渐淡漠渐渐冷却。无论怎样生命都要一刻不停地流逝，结束时无非有如倏然而逝的电光石火。那就听凭生命之舟在这时代的涌流里漂荡罢，只要不沉下去总会有它的港湾和岛屿出现的。

瞧，那时的我真的无权责备秋石。我也软弱。我简直成了宿命论者。

两年后，我结婚了，在农场的一幢破旧的砖瓦房里。丈夫叫潘峰，上海知青，是那次住院期间认识的病友。他的出身也不好，是个小业主，两人便有了“同是天涯沦落人”的共同感触和心境。他有着南方男子所特有的那种对女性的细腻和周到，在那困顿艰辛的偏乡僻壤，有这样一个人关心照料着你，你不能不感到温暖与宽慰。

1975 年，我们一起去上海他家，一家六口挤在 17 平方米的小屋里，我和他只能睡在闷人的小阁楼上。那样的环境那样的夜晚，我们结合了。这一夜，与其说是幸福不如说是悲惨，因为和我少女时代的瑰丽的梦想相去太远了。这一夜，我也不能不想起秋石，我的第一个恋人，因此我没有冲动没有激情，想到一切憧憬和理想都破碎了，不觉黯然神伤。潘峰将我紧紧揽在怀里，惊异地问："你怎么哭了？"我能说些什么呢……

后来生活不如意的时候，我常常独坐在窗前灯下，默默咀嚼回思自己的前半生，甚至想过，当初我和父亲在秋石家避难，要是那时我就悄悄把自己给了秋石，或许我们会走到一起的。

但是，一切都已经过去了。晚了。

秋石：

1978 年，中国历史上一次巨大的转折，也是我们这一代命运的巨大转折。成千上万的知青潮水般卷回了城市，我也是其中的一个。我们杀猪宰羊甚至捉老百姓的鸡鸭鹅狗，喝了一顿疯狂而悲怆的告别酒，一些不得意的家伙还把队部砸了，把那里的饭店食堂砸了。所有那些城里用不着的东西，大头鞋破被褥烂棉衣狗皮帽子洗脸盆，我们全撇了，满地都是，像国民党溃逃一样的狼藉破败，任老百姓随便拣。我们流着泪，最后深深地望一眼苦熬苦斗了 10 年的乡野，便头也不回地踏上了归程。

整整 10 年，共和国走过了一个可悲又可怕的怪圈，我们也走过了一个可悲又可怕的怪圈。对于历史来说，10 年不过是短暂的一瞬；对于我们呢，人生最宝贵的最美好的青春年华全丢在那儿了，何况人生又能有几个 10 年呢！

伍小玲没来接我，我有些失望甚至忿懑，但很快就被回城的激动与狂喜冲得无影无踪。我们是1976年春结的婚，夏天就分配来哈尔滨某大学招收工农兵学员的一个名额。她父亲是省里一家公司的经理，早已在大学里做了一番手脚，我又是连队的指导员兼党支部书记，大权在握，跺一脚全连乱颤，伍小玲自然顺顺当当远走高飞了。

然而，最初的狂喜与轻松很快被逼迫上来的现实冲荡得一干二净。我们到处找不到工作。“知青办”整日涌着黑鸦鸦的一群，暴躁地骂娘，摔杯子摔门，可没用。我们痛楚地发现，我们响应毛泽东老人家和党的号召上山下乡奋斗了10年，回到城里竟然成了多余的人。没有我们的位置了。

妻子伍小玲仍在大学日语系里读书，住宿舍，周末回来住一夜。相见之初当然是欢快的，但不知为什么，情感里总缺少一种激情一种红火的劲头，开始我还以为是因为她学习的繁重（作为工农兵学员基础毕竟太差），因为我工作上的困顿。后来才隐约意识到，是因为和冬阳那青梅竹马般的初恋在心底留有太鲜丽太美好的印记。每每想到冬阳，灵魂便像背负着十字架抑郁而沉重。我辗转听说她和一位上海知青结婚了，但不知她是否幸福，丈夫是否能好好待她。她太单纯太透明也太娇柔，是不能也不该受到任何伤害的。我已伤害了她，为此将感到终生的歉疚与悔恨。这伤痕对她，怕也是终生难以忘却的。

终于因为老木匠出身的爷爷的情分儿，1979年春，我进了街道上办的兴华木器厂当了工人。百十号人，有家庭妇女待业青年返城知青社会闲杂人员，乱糟糟聚在一起，喝大酒耍大钱的，打架斗殴坑蒙拐骗的，一塌糊涂。厂长“盲流”出身，整日办公桌上离不开酒瓶子，床上离不开女人。

在这样龌龊混乱的环境里，我的心情相当恶劣。当年在北大荒，作为连队的指导员兼党支部书记，掌管着五六百号人马，呼风唤雨说一不二，工作搞得有声有色，是全团颇有些影响的青年干部。返城到了这木器厂，却成了受人摆布的小力工，混迹于家庭妇女闲杂盲流之间，沦落于社会最底层。10 年奋斗白搭了，到头来还是个“零”！

1979 年，伍小玲毕业了，分配在外事部门当翻译。国家开放了，“老外”们腰缠万贯纷至沓来，小玲分外忙碌起来，今天宴席，明天洽谈，后天导游，整天出入高级宾馆风景胜地，过的完全是灯红酒绿莺歌燕舞的贵族生活。而我整日是灰尘满面汗流浃背浑身木屑油漆味儿。一个家庭两个天壤之别的阶层，就很难亲近融洽了。她的新潮服装花样变幻，高级香水化妆品叫不出名字，花钱大手大脚像流水一样，加上又添了个女儿燕燕，家里日子便弄得十分拮据。为此我和小玲不免时常口角，不时别着脸儿天不说话。

经历过北大荒磨难的人毕竟不会是孬种。我曾经怯懦过，为此付出了失去冬阳的无可挽回的沉重代价，此后我不能不要自己刚强起来坚毅起来。改革的时代开始了，生活骤然变得激荡起来，一切令人厌烦的老规矩正在被打破，机会愈来愈多地向所有有志之士敞开大门，我们这一代像遍体伤痕而又坚韧不拔的斯巴达克斯一样进入现代中国的角斗场。谁是强者谁就是胜者。木器厂被那个五毒俱全的厂长折腾得外债累累濒临倒闭，上头决定公开竞选厂长。

我站出来了！拿出当年北大荒知青头儿的气势，发表了一篇激动人心的悲壮的竞选演说，全厂掌声雷动。我走马上任。

我大刀阔斧进行了改革。精简科室人员，清除那些社会渣滓和风骚娘们儿，取消铁工资，实行承包、计件，引进先进工艺最新样式……困难当然多如牛毛，到我家泡蘑菇的砸玻璃的，扬言要和我玩命的，上头来说情的，四面八方的“地头蛇”来敲诈勒索的，一个外号“烂菜花”的女人甚至跑进我的办公室当场脱裤子撒泼……所有这一切我都顶住了，都战胜了。北大荒的人对国情有痛切的体察，什么苦累都尝过，办厂这点难处根本不在话下！

后来，我又兼并了几个街道小厂，事业红红火火地发展起来，年盈利100多万元。前年，我调到区工业公司当了经理，手下8家大小工厂，几千号人。细细一想，转眼又是10年，我终于凭借北大荒锻炼出来的意志和力量，证明了自身的价值，证明了自己是条汉子！

唯一使我感到不快的是家庭生活。伍小玲依然是贪恋于灯红酒绿花枝招展的浮华生活，我们的共同语言和相互的趣味愈来愈少，经常搞得很不愉快，甚至几次吵到要闹离婚的程度。迈出这一步终归是不容易的，何况还有女儿的牵扯。去年，一家日本老板相中了她巧于周旋和精明能干，要聘她到香港分支机构当代理人，条件和报酬当然相当优厚，远非国内所能比拟，她动心了。而我经历了这么多年的风风雨雨，早把金钱啦生活条件啦看得很淡。我不赞同她去，因为我肯定去不了，女儿还在念书，那样家庭不就分崩离析了吗！但她的心一直没死，日本老板也总催她快点办离职手续。前些日子，我们还大吵了一顿，女儿倒支持妈妈，也想以后到香港那花花世界开开眼。以后的日子会怎样，我也说不准，只是觉得不愉快，心里抑郁得很，常常感到寂寞……

有时候，妻子陪同老外公出，夜深人静睡不着觉，我就会想到前半生经历的坎坎坷坷，想到冬阳，下乡前她赠给我的那本日记我还精心保留着，扉页上是她娟秀的字体：“海内存知己，天涯若比邻。”里面记满了我下乡后的种种酸甜苦辣，一页页翻读起来真是令人感慨唏嘘。倘若不是那扭曲人性的畸形时代，不是那令人难以承受的政治重压，我的生活怎么会发生那样大的错位，怎么会有这样多的惆怅和不愉快！这些年，几次老同学集会，我都没去。怕看到冬阳，怕看到她那双幽怨的眼睛，怕回忆起以往美好的一切、令人心酸的一切！一步走错，百年遗恨！

我又想，大概因为我伤害了最不该伤害的，生活今天才加倍地惩罚我吧。这过错，终生无法弥补……

冬阳：

我和潘峰结婚后，在农场安了个小家。生活难以想象的清苦，他体质弱，干不动很累的活，我更不会喂猪喂鸭这些，两个人 64 元，还要拉扯一个儿子，还要给他家老人寄点钱，日子就一个铜板一个铜板地算计着花。潘峰是上海人，很精细；而我生长在高级知识分子的家庭，又是独生女，从未过过困窘日子，花钱不会算计。这样两人难免在经济上有些小摩擦。但我们的感情还是好的，在那样艰难困苦的日子，只能相依为命。

1979 年，返城大潮势不可挡地在北大荒蔓延开来。为回城，知青们不惜动刀动斧子玩命，谁都不敢不放行。一个尖锐的问题突然地摆在我们面前，上海知青才能回上海，拖家带口是不能的；哈尔滨也是如此，根本没精力也没可能安置家属。

毫无疑问，返城是压倒一切的渴求！北大荒 11 年的苦辛闭塞枯燥的日子实在过够了，商议再三，我们决定先各回各的城市，等安顿好了再设法调转到一起。儿子这几年一直寄养在爷爷奶奶家，就先那样吧。

春天，我们洒泪而别。他回上海后，很快顶替母亲进了一家工厂，后来因为有点笔头子，又进了厂宣传科，环境条件都渐渐好起来。我父母也落实了政策，恢复了高级工程师的待遇，我也被照顾安排到研究所当了资料员。

生活安稳了，该商量商量调转的事情了。一家人总不能老这样天各一方啊。可是不知为什么，潘峰的信忽然渐渐稀少了，有时两三个月才见一封。要他调哈尔滨来，他说："在南方惯了"，"一切都挺顺心"，"父母不同意"。我调上海，他又说这难那难，总是泥牛入海无消息。信中寥寥数语，冷漠得像陌路人。那年中秋节，我想他又想儿子，深夜跑出去打长途电话，渴望听听他的声音听听儿子的声音。可是，把他传呼来，口气那么冷漠生硬："这么晚了打什么电话！我和孩子都挺好，不用挂记。"他连我的情况问都不问一句，我要他把儿子找来讲讲话，他不肯找，说孩子睡了，接着很不耐烦挂断了电话。

我呆若木鸡，泪流满面，怔怔地站了很久。我毕竟是妻子和母亲啊，我们毕竟在北大荒共过患难啊，为什么对我这样呢？为什么不让母亲听听儿子的声音以宽慰她强烈的思念之情呢？

我踉踉跄跄走在空寂的长街上。秋风沁凉如水，拂过泪湿的脸颊，我的心在发抖，我的身子在发抖。不祥的预感阴云般笼上心头……

1984 年春节，我去了上海。潘峰对我彬彬有礼却相当疏冷，他的父母和弟妹也都用一种感情复杂的目光看我，半是冷淡半是怜悯半是畏缩。饭桌上，火炉旁，一家人没有了以往的欢乐与喧闹，言语都特别的谨慎。我预感到什么却又害怕着什么。一个下午，我领 6 岁的儿子上街，路上，儿子天真地吐露了真情，"杨阿姨总来看我，有时还去幼儿园接我，总给我买苹果、巧克力……"

我恍然大悟，不禁心痛欲裂！双腿软软地再也迈不动步，支撑着赶紧靠在商店的门柱上才没有瘫倒下去。8 年患难与共相濡以沫的生活就这样土崩瓦解了么？一个被命运分割的家真的要毁在命运的手里么？将来怎么办？儿子怎么办？从此要孤独地度过自己的下半生么？

“妈妈，妈妈，你怎么啦?”儿子哭了，我也哭了。

也许潘峰发现了我的异样和愁容，也许他下决心要彻底摊牌。周末的晚上，他要和我出去走走。那天春寒料峭，天上飘着绵绵细雨，街上萧索而清冷。我们并肩缓缓而行，他把一切难处和不便都讲了，只是没讲那位“杨阿姨”。“两地分居终究不是长久之计，我是长子，肯定不能去哈尔滨……你调上海实在太难，没钱又没房子……儿子在上海生活惯了，是爷爷奶奶的命根子。要是去哈尔滨，爷爷奶奶会活不长的……总得想个办法才行……”讲来讲去，就是一个意思——这个家拢不到一块了，要我拿主意，实际上就是逼我先说出“离婚”两个字。

我的心又悲哀又愤懑，“那位‘杨阿姨’是怎么回事?”我冷冷地问。

潘峰猝然一惊，脸色大变，但很快镇静下来，矢口否认。

接连几天，我陷在极度的痛苦之中。在那个家，我没有一个可以倾吐心曲的人，只能默默煎熬着自己！我曾经愤恨得满街疯走，心里像就要爆炸的火药桶。我真想冲进他的单位，找到他们的领导，好好核查一下他和那个“杨阿姨”的关系，要是真有那回事，就要他身败名裂，出一口闷气。可几次走到他单位的门口，又怯步了。要是没那回事呢？自己不是显得又可笑又可鄙吗？即便真有那回事，没抓住什么，人家又能说什么呢……闹过一场，满城风雨，将来怎么办？是分还是合，合又怎么合，合了同床异梦又有什么用？何况，我的家庭背景，我所受的教育和我的性格都决定了我不肯也不会做那种非亲即仇的粗俗撒泼的事情……数不清的设问数不清的设想数不清的答案在脑子里来回撞击搅动，做了好多好多噩梦，流了好多好多眼泪，身心疲惫到了极点也痛楚到了极点。

这些天，潘峰按时下班回家了，并且照例彬彬有礼地微笑，小心翼翼地问寒问暖，可我蓦然发现，他这一切是那么做作那么虚假，背后隐藏着一个已经完全冰冷的灵魂！他的两只眼睛望着我的时候，里面竟是那么空洞！

他的冷漠渐渐给了我冷静。事已至此，再说什么再做什么也没用了。那就有礼貌地分手吧。对于一个女人来说做出这种决定是加倍痛苦和困难的，但在别无选择的时候也只能做出这唯一的选择。是苦海也要跳下去。女人也应有自己的尊严自己的独立人格，干嘛非做男人身上的附着物不可！

可是儿子怎么办？一想到要和儿子分手我就肝胆俱裂泪流不止。

我对潘峰说："我该回去了。你提出的问题我会认真考虑并且很快答复的。我想把儿子带回去，过些日子再带回来……"

潘峰惊惧地连连摇头："不行不行。他爷爷奶奶离不开他呀！没有这个孙子，老人家会活不长远的……"

我不能不痛苦地承认，爷爷奶奶对孙子确实无法割舍；儿子因为从小是老人带大的，也不愿意离开。

又僵持了几天，我终于还是不能带走儿子。爷爷奶奶似乎察觉到什么，每时每刻都惊恐地注视着我和孩子，寻找各种借口不让我带孩子哪怕出去遛遛。

我不能不启程了。这个家的一切已然变得那么陌生那么隔膜甚至隐隐地含有敌意。临行前夜，我搂着熟睡的儿子整整恸哭了一夜。第二天，冒着霏霏细雨，潘峰送我到车站。月台上，默默相对，我哭得像个泪人儿，浑身簌簌发抖，像一片秋风里的枯叶，潘峰也流泪了，他脸色苍白，嘴唇紧闭，眼镜后面泪水和雨水一起流下来。那一刻，我多渴望他说句话呀！只说一句，要我留下来，我会毫不犹豫地投进他的怀里……可是，他没说，他什么也没说。一切都无可挽回了。凡是发生的就是必然的，这是生活也是命运中不可逃遁的铁的规律。

铃响了。我转身登上车。

“再见。请多保重。”我惊异我的声音竟那样冷静。

“再见……”潘峰的声音有些颤抖，欲语又止。

半年后，我们离了婚，儿子给了他。当然，我相信儿子和母亲是永远无法分割的，永远。

这几年，我一直孤独地生活着，白天忙工作，夜晚就看看书，或独自坐在灯下窗前想心事。随着时光的推移，我发现，共同生活了八九年的潘峰，记忆中留下的东西愈来愈少，而童年和少年时代那些美好的印象反倒愈来愈清新和生动起来，或许是因为已届中年，活得又太苦太累，所以才愿意回忆轻松和快乐的事情吧。

我常常想起莫斯科郊外的小白桦林，常常想起校园里的嬉戏和冰场，常常想起那金子般的少女时代，想起生活中那真善美的一切。生活本该是那样子的，它不该发生后来的大悲剧。多少青年的好年华，多少人的理想和幸福，因此被葬送了。生命只有一次，青春只有一次呵！

我犹豫再三，最后下决心来参加这次集会，因日子毕竟不同寻常——上山下乡整整20年了。同时也因为这儿都是我的同学和战友，是我少年时代的朋友，而我们在一起度过的年月，是我一生中最幸福最美好最温馨的时光，我永远怀念着那一切……

夏兰：

秋石讲完了他的故事，冬阳也讲完了她的故事，每个人都已泪流满面。大家好悲怆好沉痛，良久良久，都沉在死寂里。

蓦地，一位男同学起身举杯，喑哑着嗓子叫：“来，干杯！”

“干！”“干！”大家呼呼啦啦地起身，酒杯撞得砰砰响，然后都干了，一饮而尽。

为什么干？没说明名目。为我们这一代历经磨难而又不屈不挠的命运？为秋石和冬阳曲折而悲惨的遭际？为他们和我们大家共同怀念的少年时代梦一样美好的记忆？为这一代在改革开放历史新时期的崛起？为我们大家在艰难的人生旅途上始终未泯的理想与追求？为我们过去的20年经历了共和国两个最特殊的时期——“文革”10年与改革10年？为我们未来的20年将跨越两个世纪？为我们的爱与憎、泪与笑？……

不需要说明名目。一切都为，为了一切。我们一饮而尽，眼睛湿湿的。

遗憾的是，没有不散的宴席。夜已很深了，大家纷纷起座，依依告别。“再见！”“再见！”“一定！”“一定！”一声声那么凝重那么深情。

我的心情一直没能平静，我仍然被秋石和冬阳的故事深深激动着。我作为东道主，送走了一个又一个同学，但仿佛是出于某种冲动，某种感觉，或某种愿望，一个念头闪电般掠过脑际并且当即就决定了。这或许是一个错误的决定，甚至可能是悲剧性的决定，但我没有半点犹豫。我直感地觉得这样做值得。

历尽坎坷的这一代负担实在过于沉重。蓦然回首，我们会发现，有太多未完成的半途中断的东西压在肩头，有事业上的学业上的理想上的生活上的。那么，该完成的就完成它，该完美的就完美它，该继续的就继续它，该发展的就发展它。

人到中年的我们，有着悲壮的过去也应该有壮丽的未来呀！

我留下了冬阳：“你反正是一个人，就留下吧。咱们好好聊一聊。”

我又悄悄拉住秋石。

人都散尽了。我转过身，对静静坐在那里，隐隐有些激动不安的秋石和冬阳说："我看你们好像还有话没有唠尽。我今晚到母亲家去睡，明天直接去上班。你们俩就留下来好好聊聊吧，秋石你的那位不是又跟老外公出了吗？你们愿意聊到什么时候就聊到什么时候，走时把门带紧就行。我有钥匙。"

不容分说。我扔下有点目瞪口呆一时回不过味儿的秋石和冬阳，旋风般走了。

我重重地关上门。历史该结束了。其实历史每一刻都在结束，现在以及未来每一刻都在开始，正如生命和生活每一刻都是新的。只是我们常常还不自觉罢了。新的你我他，每一刻都肩着初升的光芒四射的太阳朝我们走来！

故事到此似该结束了。不，或者说新的故事该开始了。我只想说，这一夜，一个悲伤的故事结束了，一个充满希望的故事开始了，共和国的生活，我们大家的生活，正向着它本该就有的样子，向迸射着真善美光辉的广阔地平线，一往无前地挺进！

笔者附记：后来，我见到了秋石和冬阳。这里记述的故事，当然是补充了他和她提供的大量材料的结果。秋石饱经风霜的凝重与男子汉的刚烈，冬阳的美丽与成熟的恬静，是那么令人难以忘怀。

能够走到今天，他们是幸福的，我们大家都是幸福的。哦，东方已是一片橘红，太阳终究是不可能埋葬的，清新的风正在吹来。

草原上“十五的月亮”

刘　音

●志同道合●流言蜚语●除了纯洁，一无所有●苦涩的黑茶●没人辟谣●令人酸楚的婚礼●我搞对象犯什么法了●认罪态度恶劣●批斗大会●生离死别，一纸遗书●呼勒黑——呼勒黑（真可怜、真可怜）●孩子夭折了●我不怨恨草原

永别了，草原，永别了，牧民，永别了，知青。永别了爸爸妈妈和亲人们。我们为了革命来到草原，我们没做见不得人的事。今天，我们要光明正大地死在一起。衣物及一切，由知青和老乡任意选取……

——男女主人公遗书

回忆起草原的生活，我总会想到她，想到她曾在草原恋爱、结婚和生育。她是在众人的鄙视下离开草原的，这不公平。我总希望能有个机会，和熟悉她的人、和与她同甘共苦过的知青们谈谈她的过去，她应该得到人们的理解。

她独自躺在花草浓密的草甸子上，听着羊群咔嚓

咔嚓地吃草。她衔着一根泛着香气的青草，哼着“蓝蓝的天上白云飘”。她拥有初恋者的快乐，以为世界从来是美的。她曾一本正经地问他：“你要做什么样的人?”他一本正经地回答：“我要做雷锋、王杰那样的人。”恋爱着的人是盲目的，她被他的话感动了，她愿意和他一同做高尚的人，在草愿贡献自己，牺牲自己。

有一天，她和他站立在草地上，一阵风儿吹过，吹落草上颗颗水珠儿。她冷得哆嗦了一下，他脱下自己的衣服给她。她披上带有余温的上衣的刹那，一种异样的感情油然而生。她知道，那就是爱了，野马般的他在她面前变得格外温存。

然而一天，三个少年嘻笑着撞开了知青蒙古包的门，看见正在包中的他和她，这三个少年又嘻笑着离去。从那一天起，流言传遍了乌日图河畔。我急不可待地骑马去找她，满怀期望地盯住她问：“都说你们干了坏事，告诉我，是不是真的?”她也许已听到了什么，铁青着脸恨恨地说：“我什么坏事也没干！我不欺骗你，我干嘛要欺骗你!”我相信了她，一直信了十几二十年。直到前不久，我又一次问起那事的真伪。她在电话里尖叫了起来：“真是混蛋！当初我们那么年轻，除了纯洁一无所有，我们会干那种事吗?”

流言像发了疯的牛似地跑遍草原。多少牧人不再亲切地叫她乌兰其其格（红花），而生硬地直呼她的汉名；多少知青眼里露出鄙夷的目光，像是责怪她给知青丢了脸。对那一段事，她只在一次信里提到“军管会来了以后，队里有的知青做了伪证”。进一步追问，便无回答。她不肯再谈起有的知青怎样在路遇时昂首而过，对她不屑一顾，怎样用伪证助长了莫须有的流言，怎样背地里称她为“知青的败类”……

一瞬间她似乎真的变成了坏女人、坏知青。一些妇女用咄咄逼人的目光上下打量她，逼得她扭转了头。她们执意要审度出她的生理变化。有时她经过的蒙古包里会冷不丁地甩出一句“姆德葛得斯布冬、布冬巴勒那（以后肚子会大起来的）”，流言更以它无比强大的力量征服了许多善良的人。一次我们几个女知青去一个熟悉的牧民家串包，一向善待我们的女主人给我们的碗里填满了炒米、奶皮和飘着香的奶茶，最后鄙夷地递给她一碗“浩森茶”（不加奶的茶水）。她强咽了一口苦涩的黑茶，哭着跑了出去。从此，再不和我们一起去串包。

没人辟谣，没人澄清流言，舆论完全在谴责她。她被分到“牛鬼蛇神组”去脱坯，干着男人干的沉重的活儿。从没和知青打过交道的“牛鬼蛇神”们以为她是个怪物，离她远远的。那个男生远在饲料基地。我们到远处放牧去了，她就无声无息地独住在小学校教室里。一个寂静的夜里，光棍汉×××一边猛烈地撞门一边叫“毕温勒那，毕温特那（我进去，我要睡觉）”。她倚住门，被撞开，她又挤紧，又被撞开……她竭尽全力用脚勾过桌子，一张，再一张，门被堵住了。她筋疲力尽地坐在地上，默默地流泪，第一次感觉到了自己的软弱。

天气渐渐变凉，小学校的学生们又开始上课，她无处可住。她不在乎和“黑五类”一块儿卖力，但她需要一席生存之地。她更怕严冬的到来，她找大队，找公社，找军管会，像“牛鬼蛇神”一样没有马骑，走着去，走着回，一次又一次，一趟又一趟……。“黑五类”们在严冬尚能有顶又黑又破的蒙古包遮风避寒，她却无处可居！连“研究研究”的希望都不曾给过她，她见到的只有冰冷。她的心也变得冰凉，以为人世间的温暖原是靠不住的，她只想靠自己找一条生路。

一个有月的夜晚。我在羊群边打更，她默默在我身边坐下。许久许久，她蓦地说：“我要结婚。”我吃惊地转头望她，看见了她坚毅的面容。“不，你不能！”我怕她走上自暴自弃的路，“和我们一块儿放牧，工分也够用的了。”她没有听从我的劝告。

婚礼上，饲料基地所有的邻居都来了，二十几人不分男女长幼地围坐在炕上的小桌周围，男人们吐着烟，孩子们剥着糖，特古斯阿爸操着一口地道的通辽蒙话和汉话主持婚礼。“向毛主席像一鞠躬。”“他们的爹妈不在跟前，向贫下中牧、贫下中农二鞠躬。”“夫妻对拜，三鞠躬。”炕上的女人和孩子笑着叫着。我和知青王立新倚在门边，看着那欢腾的情景，看着他俩认真遵守阿爸的婚礼程序，看着她给牧民鞠躬时满含感激的泪水，看着他俩不知是幸福还是痛苦的表情，我心里涌起一股说不出的酸楚。我不住地问自己，他们为什么非要走到这一步？他们怎么会走到了这一步？

那天上午，他俩曾又一次去公社，军管会的人还是鄙夷地说：“就你俩还想结婚！”最后，她向那些人扔下一句话：“不给登今天也要结！”

一年以后队里整团，她一次次地检查，一次次地通不过。最后，面对质问，她干脆扔下检查稿说：“我为什么就得委屈做人？我搞对象犯什么法了？为什么把我当成坏人？我的困难谁过问过？公社大队解决不了我的住处，我只能自己解决！”她又说：“我不是矛浑（坏人），我结婚也为了证明我们关系的清白！队里没登记就结婚的牧民好几个了，人家能好好地活着，我为什么就不能？”连珠炮似的发言把在场的人都说怔了。上边最后以“认罪态度恶劣”延长了她的审查期。

当晚，我和王立新住在她的邻居特古斯家，睡到后半夜，我们被狗叫声惊醒，额吉点亮了油灯。一片马蹄声逼近，只见她的门前有十几个骑马的人。“快出来，要不然砸门了！”一会儿，她的包门开了，几个骑马人一拥而上，把她的新郎捆绑着带往公社。这一切的发生几乎就在瞬间。马走人静，她回到包里插住门，任我们和额吉怎样打门也不开。门上的喜字被撕去了一半。后半夜，饲料基地的人都未能成眠。

第二天，太阳高高升起，人们惊讶地看见她早已俯身麦田之中，麦子已倒下了一片又一片，在朝阳的照射下闪烁着金光。她紧咬着牙关。她要让全世界的人知道，她是一个结了婚的新娘，有贫下中牧作证。从今，她和一切人一样，和一切知青一样，有权利过那种正常的生活。

几天以后，公社召开批斗他俩的大会。开会的头一天晚上，她被叫到公社，由两个当地干部看管着，不许出屋，我不信她是坏人，我看见她时，她正呆坐在屋里，门口坐着看守她的女干部。见到我，她“哇”地哭了，我拉住她的手，也忍不住哭起来。

会场坐满了牧民和知青，举着红宝书义愤填膺地批判他们的坏行为坏思想，震天动地高呼着“千万不要忘记阶级斗争”，他俩像真正的坏分子一样被淹没在口号声中。不知为什么，我心里忽然涌起一片寂寞，一片茫然。但我不知迷失了什么。我不明白，这个老高一的班主席、优秀学生、高举着红宝书来到边疆的红卫兵，一瞬间怎么就成了被揪斗的坏分子？

批斗会开过，那个男生被送到旗公检法听候处理。她常常在收了工后，坐在小桥旁，怀着期望，等待新婚丈夫的归来。很久以后的一天，公社农业队的大车带给她一个信儿，说是就要处理她的问题了，要把她的丈夫远远地调开。她锁了家门，没告诉任何人，三步并作两步往旗里赶。她只有一个念头，赶去见一面，也许是最后一面。此时，她感到一种从未有的乏力和一种抑制不住的恶心，她确信是怀孕了，她辨不清是喜是忧。她大步流星往北走。走到马勒根界地，遇到了公社的大车，好心的车老板劝她跟车回去：“天快黑了，这边有狼呢!”她头也不回，一直向北走，天越来越黑，她一步不敢停留，小跑着往前走。小风吹着她淌汗的脸，脚上磨起了水泡。她拼命地奔跑，她怕遇见坏人，怕遇见狼，也怕流产倒在无人经过的地方。路旁的得勒苏草摇摆着，像狼追逐她。她记起有一回狼偷袭她的羊群，发现时狼已经蹭到了她的身边，她“啊”的一声惨叫，手电筒正打在狼屁股上，狼吓跑了……蹚过了巴勒根河，她顾不上穿鞋，一鼓作气向北，怀着巨大的恐惧，又怀着一线希望。

终于有一天，她的丈夫即将被发配到离我们公社很远很远的一个牧场。得到消息的那个夜晚，他谎称上厕所，连夜逃了出来，一口气跑了八九十里。第二天一早我见她的门虚掩着，推门进去便见到了他。“逃出来了?”他俩都不回答，眼睛红肿着，呆坐在炕头。“怎么回事?”她“哇”地哭了。两人以为这一见就是生离死别，再无在一起生活的希望了。军管会的人早就有话：在你们档案里记上一笔。以后你们和谁结婚都成，就是你们俩不成。他俩说了又说，觉得与其永诀还不如上吊，也落得死在一处。他们流着泪烧了珍藏的情书和家信，流着泪收拾了他们的东西，他们痛哭着。我看见炕上塞得鼓囊囊的帆布书包，看见炕头一纸遗书：“永别了，草原，永别了，牧民，永别了，知青。永别了爸爸妈妈和亲人们。我们为了革命来到草原，我们没做见不得人的事。今天，我们要光明正大地死在一起。衣物及一切，由知青和老乡任意选取……”我再也忍不住了，只觉得心中的血快要凝固了。

忽然，她记起沙窝子里挂了霜的通红通红的山丁子，记起了野天鹅的飞翔，记起了长长鬃毛的神话般的野马。“不，我们不死!”她止住了哭，在绝望中想起了世界的美好，“也许，我们还会再见，也许，我们还能团聚”。她喃喃着又流下了泪。

后来，她的丈夫被调到很远很远的一个牧场，成了一个沉默寡言的打石头、脱坯的汉子。

他走了以后，队里不再给她派活儿。于是她向队里借钱买粮。后来，她终于又回到了牧业队，回到了我们的知青包，她成了不被法律认可的人妻。上了年纪的额吉们见到她都很怜惜她，总给她斟上热腾腾的奶茶，她总是很感动地一笑，并不抬眼看别人。

肚里的孩子一天天长大，她一天天有了笑容，眼里也有了光彩。她一日日地盼着孩子降临，医生却告诉她胎儿是横位，分娩将十分危险。她跑到公社，求爷爷告奶奶似地请求公社给她开张介绍信和防火证，让她回北京去生。公社铁面无私，断然拒绝。

她又一次偷偷地步行近百里到了旗镇。她求车场的司机，要搭车回北京去。热心的卡车司机一口答应，听说没有介绍信，又答应让她在车场值班室过夜，她的心总算踏实下来。却不料那人面兽心的司机晚上到了值班室，说要交个朋友并随手关了灯。她尖叫着扬手打了那司机一个耳光。

一回到北京，她就早产了，没几天那孩子便夭折了。那年春节一过，她就急匆匆地赶回大队，直奔白音陶勒盖山，爬上高高的山顶，坐在山顶的积雪上，很久很久……她想念儿子，她把失去儿子的悲哀倾诉给大山。她只觉得，她和这大山和这草原永远生生死死不可分离了。

回到知青包，她总是呆坐着，机械地一块一块地往炉子里添加牛粪，燃烧的火焰映照着她忧伤的脸，她总是说："当初怎么就给儿子起名叫春节呢？他真地给截回去了。"听了她那木讷讷的话，我们心里也都一片凄苦，禁不住泪流满面。20年后我问她，她经受过的一切父母知道么？她摇了摇头。我们这代人的插队生活，当初我们的父母不了解，更不消说自己的子女了。

在草原生活了数年，我调到锡林浩特。我常常在傍晚独自沿着通往机场的小路散步，思念队里的牧民和知青。那一天也是黄昏时分，我走到一群席地而坐的砸石头的妇女身旁，感叹她们用柔软的双手把坚硬的巨石砸成碎块，感叹草原的新路就出自这些被叫做“盲流”的女人们的手。忽然，在人群中我认出了她，看见了尘灰蒙蒙的头巾下的她的眼睛。刚才的对于劳动创造世界的感慨，对于夕阳余晖，铿锵的敲打声响的美好感觉顿时荡然无存。看见她风尘仆仆地混迹其中，我不禁热泪满面。她用粗糙有力的手攥住我的双手，对我说：“不要这样！”

她拉我去了她家，她的丈夫已抽调到盟里当工人，因为能干，连年被评为五好工人。他俩终于登记结婚，成了合法夫妻。那时她在盟里既无工作又无户口，每天去砸石头，活得十分艰辛。她的家就在大路旁，因为地势低洼，抬眼从窗户只看见路边小树的下部。屋子虽小却很温暖，自制的镜框里挂着一幅很美的风景画。那天在她家喝了许多酒，红的葡萄绿的青梅掺和在一块，格外醉人。她流着泪唱起《敖包相会》，唱起那首她恋爱之初不离口的歌儿，“十五的月亮升上了天空哟，为什么旁边没有云彩……”那歌声超越了她恋爱之初的欢快和优美，使人感到她不是在唱恋歌，而在倾诉那融进了生活的心声。

很多年以后，她离开了草原，到了一个北方城市。她写信给我，谈到过去，她说：“牧民相信了流言，但我不怨恨他们，我不怨恨草原，相反，我想念那儿，我爱他们。好像，我和那儿早就融为一体了。”

只有在草原上生活的知青，才能理解为什么那颗备受屈辱的心，为何深深地眷恋着草原，眷恋着牧民。

我问自己一千次

蒋 巍

●1973 年夏·一赴广东●中国轰轰烈烈地发疯了●小亡命徒●父亲成了黑帮●巧遇红卫兵“君子”●山盟海誓的完结●终日以泪洗面●有情人岂在朝朝暮暮●1980 年夏·二赴广州●生活依然空虚●此物最相思●他肯定把我忘了●又一次错过人生机遇●你们……毁了我的心●痛彻心肺的叹息●大放悲声●令人心碎的误解●一幕惨烈的人间悲剧●母爱，有时又是多么残酷呀●你觉得北方姑娘伤我的心还不够吗●1986 年夏·三赴广州●她走火入魔了●有学就上，饥不择食●生命的运动变幻莫测●咫尺天涯●1988 年·四赴广州●再次撕裂的心●相识终难相见

命运究竟是什么？这古老而巨大的问号，她问过自己一千次，至今也没有弄清楚。她只觉得命运对于她和她的同代人实在过于严酷，让这一代艰难地活在新世纪和旧世纪的夹缝之中。

——作者

她那美丽的梦一次次被命运击碎。她蹬着石块踮起脚尖，攀住历史的沟沿儿，偷望自己切近而遥远的

人生，竟那般嶙峋那般苦涩那般悲凉，于是清秀而永远孩子气的眸子蒙上盈盈泪水。苦到极处，她也就咬紧嘴唇一身汗执拗地前行，沿途捡拾梦的碎片，用泪水和血丝缝合。于是成就了这个女人，一位极普通而又极特殊的女人：普通得走进人群就无法再寻找她；特殊得中国古往今来似乎还没有过她。

——尽管那破碎的梦已缝合成一只口袋，里面装的全是未完成未结束的什物。

命运是什么？她一千次地问自己。

1973 年夏．一赴广东

我的整个身心憔悴极了，苦痛极了。那时代就像一架巨大的绞肉机，把我和我的同代人绞来绞去。倘若活着不是人的第一本能，我也许早已把自己送到那不可知的彼岸。我不能不作这次旅行，为的是寻找黑暗人生中的一只萤火虫。列车向江南疾驰，天底下横着苍凉萧瑟的原野。车厢里一片肮脏一片破败一堆堆灰蓝色的人群和一张张呆滞的脸，活脱是那时中国的集中写照。座位上地板上横七竖八歪着许多探亲的知青，全是变了形的，或者瘦骨伶仃面带菜色，或者肥壮得像快要胀破的气球——那是过度的劳累加上过度的积食造成的畸形。清一色是枯草样的乱发，黑而粗糙的皮肤，僵硬的手和凶狠的脾性。一路上谁踩着他们碰着他们，就狼也似地跳将起来，眼珠子血红，把“接受再教育”学来的全套脏话冰雹般倾泻出来甚至大打出手，撒野玩命。每逢这时我的心就流血流泪。我曾是他们中间的一员，我理解他们。他们仇恨那个时代，仇恨所有的人。他们恨不得再来一次世界大战，原子弹乱甩一气，哪怕死也要改变一下苦不堪言的命运。

残阳渐渐落进血色的地平线。夜深了。车轮在铁轨上发出单调的响动。我靠在椅背上，合上眼睛，任思绪缭乱开去。哦，7 年了，7 年没见到他了。那文静的微笑，那黑框眼镜后面温和敦厚的目光依然历历如在眼前。想到他，我的心才稍稍有些暖意……

一夜之间　中国轰轰烈烈地发疯了

仿佛一夜之间，中国轰轰烈烈地发疯了。程小晴的童年和少女时代，那捉着天使的翅膀发出喃喃甜呓的金色梦幻，像电影院断电一样突然陷入黑暗。

16 岁的程小晴娇娇小小，张大那双秀气灵动的眼睛，望着北京车站站台上潮水般涌来涌去的红卫兵。整整一天一夜没吃没喝，她饿极了冷极了。牙齿捉对儿打战。她干脆把白底蓝花裙子套在脖颈上，蹲在栅栏那儿晒太阳取暖。小可怜。

她有点想哈尔滨的家了。在省委工作的父亲是繁忙的，又是慈爱的。母亲一天给她换一条头绫子，一件布拉吉。温柔的保姆阿姨整日围着她和弟弟转个不停。她整个生活就是一支甜美的歌儿。小学校园里紫丁香如烟如云，进教室要换干净鞋子。要学手风琴，家里就给她买琴。要滑冰，家里就给她买冰鞋。参加了学校合唱队、舞蹈班，到叔叔阿姨召开的大会上献辞，到机场为来访的国际友人献花。哦，她最喜欢游泳，松花江是她蓝色的梦。她太任性也就出奇地勇敢，第一次下水就一个猛子扎下去，喝了几口水以后居然就能浮起来，一个月后这刚 14 岁的小丫头就独自击浪过江了。当年那些趣事有意思极了！一次下大雨，游人们乱纷纷往回跑，她却把衣服埋进沙滩，欢叫着跑向大江，等游回来在雨浇过的沙滩上再也找不到埋衣服的地方了。还有一次在江心，被隆隆驶过的大船吸进船底，她好镇静，憋住一口气从船那头钻了出来，还像小海豹似地摇摇脑袋跟船上的人做了个鬼脸。嘿！船上的人脸都吓白了。她为此事受到学校的通报批评，同学们还送了她一个雅号“小亡命徒”。她不在乎，还挺得意哩。

进了初中，学习开始用心劲儿了。数学竞赛、语文竞赛都是学校前三名，珠算苦练一周就得了个二等奖。少女的梦是瑰丽的，而她的梦尤其瑰丽，作文里都漾着笑意和关于北大、清华的憧憬。一个任性的小公主哟，想干什么就干什么，而且自信一定能干成什么。

突兀地，1966 年的红色海洋吞噬了一切。红颜色成了疯狂的颜色血腥的颜色，父亲成了黑帮。她不信，挺着小脑袋跟所有的人辩论，那双大眼睛虎虎生光，全班 40 名红卫兵集体到北京串联，不让她去。她擦干眼泪，乘夜色从霁虹桥那儿的土坡滚下去摸进车站，红卫兵们只好收留了她。一进北京，出站就有庄严的红卫兵问：“什么出身?”有人嗫嚅：“富农。”“滚回去!”而她一挺胸脯：“革命干部!”终于看到梦魂牵绕的天安门了！浓烈的神话氛围和当时全民族图腾式的崇拜使程小晴好激动，她偷偷照了个相。当夜，全班红卫兵进行了猛烈围剿，“我们的革命任务是串联，抄大字报，你为什么照相!?”“我们都是革命的黄军装，看你，花裙子，花凉鞋，羊角辫儿，纯粹是资产阶级臭小姐!”她强忍住泪水。不哭，绝不哭。当夜，偷偷逃离了这个狂热的集体。反正回哈尔滨也要挨批，那虎劲儿又上来了，干脆自己串联，到上海去——那是个海市蜃楼般美丽的城市呢!

在车站蹲了一天一夜，也没碰上南下的火车。她不敢出站，怕再也进不来，就这样饿着冷着，小身子缩在裙子里瑟瑟发抖，绿书包里还有 5 元钱。可不敢出去买吃的。她向栅栏外张望着，咦，栅栏外坐着一个红卫兵，脑袋靠在膝上正打瞌睡呢。

小晴用手捅捅他：“哎，革命战友，我求你点事儿好吗?”他揉揉眼睛，戴上眼镜，用生硬的南方普通话说："是叫我吗?""我饿坏了。给我买点饼干行吗?""行。"小晴把5元钱和3斤全国粮票递给了他。他很快消失在人流中。

等了好久好久，小晴开始后悔了。没问姓名没问地址，他要自己去享受了，上哪儿找他去？又过了好长好长时间，嗬，他回来了！一身黄军装，腰间扎个皮带，挺英武的，不过那微笑却文文静静，裤腿高高卷起……

"等急了吧。附近商店卖的都是整盒点心，我跑了好远的路才买到半斤饼干和一个梨，6角8分钱，还剩4元3角2分，你点一点。"

那可能是小晴生平最香的一顿饭，半斤饼干和梨一古脑儿下了肚。看到小晴狼吞虎咽的样子，他只是一个劲儿笑，肚子饱了，身子暖了，这才聊起来。"你什么成分?"小晴问。"工人。""哪儿的?""广州××中学初三乙班的。""叫啥名?""常河。""这名字怪好听的，咋你一个人呢?""和同学走散了。想去沈阳，进不去车站，在这儿等等看。""我看你这人挺实在的，我去上海，咱们搭伴走呗。"小晴热情地邀请道，她为自己这主意挺高兴，眸子扑闪扑闪地也来了神采。

"不。"常河摇摇头，"我喜欢文学，想去沈阳故宫看看。"怎么也没劝动他，只好作罢。"哎，你的像章挺好，夜明的吧？送我吧。""不，"他又摇摇头，"我就这一个。你留个地址，我回家弄到，一定给你寄去……"太阳渐渐升高，天空清明澄蓝。这两个16岁的少年，一个天南一个地北，一个栅栏里一个栅栏外，从学校聊到社会，从社会聊到未来……聊着聊着，忽听广播说去上海的车进站了，小晴忽地跃起，"呀，我要上车了。再见!"随即匆匆分手了。

这疯丫头独自一人，悠悠然在上海、杭州、绍兴玩了个够，回来早把那个擦肩而过的红卫兵忘了。初冬的一天，小晴正吃午饭，妈妈交给她一个小邮包。有生以来第一次有人给她寄东西。迫不及待地打开来：一本《毛主席语录》里夹着几枚像章，其中有她想要的那枚夜明像章，所附笺上寥寥数语："君子岂能言而无信，受人之托哪有不办之理……"

"这家伙还挺讲信用的哩！"小晴高兴地提笔给常河写了回信。从这以后，两地书便有时一月一封，有时两月一封，不断地传递了。

山盟海誓的完结

上山下乡的大潮卷着狂热也卷着眼泪，扫荡着都市。小晴翻开地图查找着，查哈阳农场——那是中国第一位女拖拉机手梁军工作生活过的地方，还听说那里土豆有洗脸盆大，大米雪白雪白，清一色机械化作业，根本不用人干活。她意气昂扬地告诉哭天抹泪的妈妈："你放心，我一定脱胎换骨和贫下中农打成一片！"便义无反顾地走了。那天列车一动，车上车下满世界一片凄惨的恸哭……

那是艰巨困顿因而布满幻灭与绝望的岁月。18 岁——小晴的如花如梦的青春被掷到这蛮荒而贫瘠的黑土地上。住进知青大宿舍的第一夜，她躺在滚热的炕头上哭着入睡了，凌晨被灼醒过来——褥子毯子烧出洗脸盆大的窟窿。

连队里没电，每个宿舍只发一根蜡烛。夜夜大家挤作一堆，围着衣箱搭成的"桌子"，在昏黄飘忽的烛光下给远方的亲人写信。小晴有许多信要写，给新疆的战友，给广州的常河，给海岛上一位当了解放军的男同学，给爸爸妈妈……她额前像小鸟翅膀一样美丽的刘海儿因此全被烛火燎没了。生活像学过的几何图形空虚而单调，劳作像古老的风车枯燥而疲惫，写信仿佛是和残存的人间温情唯一的维系……

"接受再教育"就是"左"的教育，"神"的教育。"最新指示"传来，半夜把知青轰起来，敲锣打鼓围着屯子转，声嘶力竭喊着“毛主席最新指示万岁！”然后开进大食堂跳“北京有个金太阳”，凌晨再轰起来下地干活。半疯半傻的中国哺育着这伙半疯半傻的孩子……

娇小而又任性的小晴像受惊的小鸟慌惧了。那年麦收，大雨狂泼数日，她和知青们蹚在齐腰深的水里“龙口夺粮”，整整两天一夜。连长还有心开玩笑：“你们姑娘家家的。撒尿不用找地方了。”回到宿舍，腿肿胀得裤子都扒不下来。秋收时，她累得直抹眼泪，便悄悄溜到地头躺下，扯一些干草盖在身上，在那里梦想松花江有层层波浪纹的金色沙滩，清澄碧蓝的水，3 分钱一根的冰棍……她睡着了。一台履带拖拉机轰轰隆隆从这片干草上轧转去，驾驶员根本没瞧见底下有人！当机车过去，她从干草下跳起来，驾驶员几乎吓瘫了——幸而小晴是躺在一条垅沟里，才奇迹般地死里逃生而且居然毫发无伤……

还有一件趣事。那天一间农舍失火，小晴这虎丫头奋不顾身爬上房顶，用洗脸盆泼水。浓烟呛得她睁不开眼，冷不防一脚踩空，从房上跌下，她挣着爬起来，突然发现一根生锈的长铁钉穿透农田鞋，钻出脚面一寸多长！她顿感痛彻心脾，呜呜哭起来。卫生员说，这钉子拔不得。连长下令连人带钉子底下那块木板一块抬上拖拉机，火速送团部医院！手术室里，医护们立正站好，齐诵“最高指示”，“救死扶伤”云云，然后小心翼翼用剪刀绞开泥糊糊的胶鞋、袜子……蓦地，医护们爆发出响亮的笑声——铁钉不偏不斜恰好从大脚趾缝中穿过！小晴睁开眼抬身一瞧，不禁也破涕为笑了。这事至今想来仍又心酸又好笑……

日子那般愁苦落寞。忽有一天，小晴惊喜地睁大美丽的眼睛：在哈尔滨红卫兵广播站结识的高中生施卫华出现了！他含情脉脉地说：“爸妈不同意，我还是带户口本来了。我是为你来的！”小晴好羞赧又好感动，两颊飞一片红云。终于有个相熟的朋友为伴了，她像水银珠般活泼起来，在宣传队里唱呵跳呵，心里漾起一片春情……施卫华那瘦瘦高高的影子常在她左右，神情矜持而又痴迷，渐渐地，小晴发现，施卫华那目光简直就像无形的绳索，死缠着她。她嗓音清脆悦耳，团部要调她当广播员；她聪慧伶俐，营部要调她当通讯员……“不许!”“不许!”施卫华哪儿也不许她动，能够摆脱每日十几小时的繁重的农田劳动，对知青来说就如同上了天堂。而他却把她死死拴在身边，甚至新疆战友来信，广州常河来信，海岛同学来信，他也要撕……她并没有把自己给他，而他这种透着浓重封建气味的极端自私的占有欲，已经压得她喘不过气来，小晴这勇敢而任性的姑娘，天生是热爱自由并渴望广大的友谊的。愤怒攫住了她那颗激跳的心。一刀两断!

酸溜溜的施卫华困惑而又失望地先她离开了黑土地。尽管一位武汉姑娘深深地爱上了他。甚至为他跳了井，痴迷到精神失常的地步，他也不再回顾……

这以后，海岛那位军人同学渐渐热烈起来。雪片般的来信，给她带来温馨的慰藉和如火的激情。在学校同桌时，她还给这个淘气包补习过功课呢，而今照片上的他那么英武那么潇洒。他说他始终记着那位“笑声响亮、敢独自游泳过江的小姑娘”。悄悄地，“爱”这个美妙迷人的字眼儿，微笑在纷飞的信笺。他发誓说：“永远!”她回答说：“永远!”小晴每天都记日记，记白日的苦辛与郁闷，记夜晚的思念和梦里的欢聚。每记完一本就寄向海岛——她把自己炽热的心，全部情感，整个生命，都坦露和奉献给那位年轻的军官!她每月只有32元的收入，除去饭费和买些日用品，还给远方的海岛寄鞋，寄各种食品。那爱是赤诚的，唯其赤诚才神圣而动人。

边乡的劳苦终使程小晴无法支撑了。父母亲也日夜思念着独生女。母亲一次次冒着风雪北上。1972年，疲惫不堪的小晴返回阔别了4年的哈尔滨。她该欣喜若狂的罢，像小鸟儿回到自己的窝。可她的眸子却漫着深深的哀楚——海岛的来信明显减少，语气也冷漠了。姑娘的心是敏感的——他已调进军部，该不会——

那年秋，军官回哈探亲。两人漫步到江心岛，坐在空阔寂寥的沙滩上，心境是那样沉郁。江水呈着苍黑色汩汩东流，片片落叶在沙地上飘零。军官只是唉声叹气，“你要是不下乡就好了……”“你什么时候能找到工作啊……”翻来覆去只是这两句。小晴的心痛楚地紧缩了，以往信里那些“永远”、“永远”呢？那些激情如火的话呢？小晴默默无语，走了。沙滩上留下一行孤独的足印。

很快，她从同学口中得知，军官爱上部队医院的一位护士。很快，军官来信，退回她的所有照片和日记，信只是寥寥的几句，“我很内疚……”

海誓山盟完了。

直到这时候，小晴才痛切地感觉到，上山下乡竟成了一种耻辱，一种被人可怜或鄙视的理由。这一代知青呵，活得太苦太累。即使返城回来，城里已没有了他们的位置，一切都要从头开始，从头挣扎。他们似乎成了被遗忘甚至被遗弃的一代。

小晴够坚强的了，这时的她也只能整日闭门不出，终日以泪洗面。

新疆那位好友不幸游泳身亡。唯一可以写信诉诉苦闷的只有广州的常河了。他也下了乡，在雷州半岛一个小乡村。他来信说：“呆在家里烦闷，不如到我这儿来散散心，看看迷人的亚热带风光。”小晴心动了。恰好爸爸的一位老战友回南昌，她谎说去南昌住些天，便随那位伯伯出发了。

命运要恩赐她还是要再次伤害她呢？

她一定回来 回来找他

小晴在南昌只住了两天，便登车奔向广东，车窗外一方方水田一层层梯田一座座青山同一片片红土如画掠过，她觉得火车好慢好慢。下了火车又上长途汽车，再步行翻过五道岭，来到常河栖身的小村子。

经人指点，小晴登上村西口那幢简陋的竹楼。正在木盆里洗衣裳的常河一见小晴清丽的身影，那双微陷的眼睛刹那间闪亮了！小晴细细打量这位串联时萍水相逢的红卫兵战友，赤膊穿着红背心，一双旧塑料凉鞋，蓝裤腿依然像当年那样卷起，膝盖处打着补丁。他音容笑貌依旧，只是比以前粗犷多了也老练多了。那粗壮的胳膊，宽厚的脚板，方阔的额头，黑黑的脸膛，望来又朴实又亲切。见到小晴，他只是呵呵笑，看出来他打心眼儿里高兴。让坐，沏茶，忙不迭地打水要她洗脸。小晴好奇地环视他的住处，竹子和藤编织的墙，缝隙处用泥抹着。房间里挺整洁，竹床、木桌、竹书架、雪白的蚊帐，仅此而已。晚餐的时间到了，半盆大米稀饭，盐水煮空心菜。他不知从哪儿还弄来了几个香蕉、几个杨桃，一古脑儿堆在小晴面前："吃吧。这是岭南名果，北方没有的。"

那一夜，两人守着小木桌，聊啊聊啊一直聊到下半夜。北京站的短暂相识，整整7年的阔别，一切都那么新鲜又那么亲切。小晴抱怨起自己的命运、知青的命运，不禁黯然神伤，秀目含泪。常河在这儿虽然也度着类似的日子，却那样豁达、自信、乐观。

"你还在读书吗?""我的书都进了废品收购站。"

"还是要多看点书。随便翻一翻就有用的。"

"下乡苦，回城也苦，还有什么指望啊?"

"事在人为。世界上的事都是人做的。别人能做到的，为什么我们不能做?”……

那一夜，小晴睡得特别香特别沉。在家里，3间大屋，沙发、电话，但她觉得空虚无聊极了；而在这南国简陋的竹楼里，她却感到从未有过的充实和愉快。

第二天一大早，常河跑来叫醒了她。两人背起竹篓上山采菜。举目望去，南国的山好绿，南国的天好蓝，遍山的亚热带植物婀娜多姿郁郁葱葱。“这叫咖啡树”，“那种是芒果”，“这是椰子树”，“你知道英雄树吗?它们在一起互相比着长，都想长得最高……”“你知道广州为什么叫穗城和羊城吗?五羊是广州的标志……”常河兴致勃勃，他的知识那样广博，好像什么事情都知道。小晴忘却了一切烦忧，欢快得像出笼的百灵鸟儿，在绿丛中轻盈地飞来飞去。

傍晚归来，他们又一起煮饭，然后坐下来聊天。“你知道岭南的四大名果吗?荔枝、菠萝、香蕉、芒果。杨贵妃最喜欢吃荔枝，皇上就下令用快马传递……”“你们北方的雪是什么样的?吃起来什么味道?”“冬天滑冰好吗?冰棍什么滋味?火炕什么样?”哦，每夜每夜都有聊不完的话题。风清月明时，两人弄几张大芭蕉叶铺在地上，趴着，坐着，或者肩并肩，或者膝促膝地神聊，他教她闽南话客家话，她教他普通话。他问：“你喜欢这地方吗?你喜欢这里的人吗?”她回答：“一切我都喜欢。”白天，有时她帮他为队里算算账，做些抄抄写写的事。小晴暗暗希望算错点什么或抄错点什么，这样重新来过，她可以陪他到很晚很晚。一次下大雨，小晴叫道：“我喜欢在大雨里淋，淋得越痛快越好!”常河笑道：“我陪你!”两人在雨中尽情地跑尽情地淋，回到竹楼里相对哈哈大笑。常河那样会体贴人，一次小晴把自己心爱的钥匙链不小心弄断了，她伤心得落了泪。常河说：“我有办法叫你高兴。”说着咔叭一声，把自己的钥匙链也弄断了。尽管是孩子气的小事，小晴却好感动。

一晃，28 天过去了。小晴惊异地发现自己深深地迷恋上这地方了。记忆中的北大荒的高中生，海岛上的军官，尽管使她痛苦过，但和好学、稳重的常河相比，是那样黯然失色。和常河在一起，小晴觉得天不热，蚊虫不咬，上顿下顿的青菜汤也不烦。他问她什么时候走，她总说："明天"、"明天"。这一天，常河终于郑重其事地说："你该回家了，否则家里会着急的。"小晴在北大荒时端过盘子，看会了几道菜，中午，她把常河那一小瓶菜油全用光了，做了一盘烧茄子，一盘熘土豆。过后他回忆说，这两种菜他没吃过，是他平生最好吃最难忘的一顿菜。平时两人有说有笑，这顿饭却相对无言，想说点离别的话却找不到合适的语言。他在小晴的书包里装了一件绿军衣，一个香皂盒（她至今还珍存着），一块手帕和一串香蕉。

两人终于上路了。情切切，路漫漫，相对无言，小晴只是一个劲儿流泪。常河一路上只是反复唠叨："路上要小心，注意安全，多来信。"他越说，小晴的泪流得越多。看着他那双粗壮的大手，宽阔的额头，小晴多想去拉拉他或者吻吻他呀，可她没这个勇气。此刻，她多么盼望地上再出现一条蛇，因为这 28 天里，他拉住她的手时都因为蛇。一次在山上，一条酷似蛇的大蚯蚓滑过脚前，她惊叫一声差点吓昏过去，常河手疾眼快一把把小晴拉到身后。还有一次在山下的池塘游泳，一条水蛇忽然出现在水面，束手无策时，又是他把她拽上岸。可是这会儿遗憾极了，连个大虫子也没遇到。来时，小晴觉得这五道岭那么长，这会儿却那么短。在公共汽车站，小晴兀自垂泪，两人似乎都有许多话要说，却什么都说不出。一对纯洁无瑕的青年，"爱"这个字眼儿对于他们来说实在是太神圣因而也太沉重了。

小晴问了一句："你怎么没有泪？"

常河答了两句："男儿有泪不轻弹，有情人岂在朝朝暮暮。"

汽车无情地启动了，小晴含泪从车窗伸出双手要和他握别，却被售票员制止了。她急忙把头伸出窗外频频扬手，常河跟着汽车奔跑着也频频扬手。他还是那样子：红红的背心，高高卷起的裤腿……泪眼模糊中，他终于消失了。小晴禁不住俯在前面的椅背上放声痛哭。同座旅客问："他是你未婚夫？"小晴摇摇头。"是你哥哥？"小晴还是摇头。他究竟是谁，小晴也说不清。

换上火车，哭了一整天的小晴打开书包，一方纸片映入眼帘，是常河遒劲的字体："人有悲欢离合，月有阴晴圆缺，此事古难全。但愿人长久，千里共婵娟。"

我一定再回来，回来找他。小晴想。

1980 年夏·二赴广州

什么是命运？我一千次地问自己。这个古老的命题，古往今来的哲人都无法回答清楚。我觉得命运就是遗憾，就是遗恨，尤其对我们这代人来说。每个人面对死神的时候，都觉得许许多多事情没能做好，没能完成。而这一年我才 30 岁，已经觉得命运对我太残酷了，好些事情已经成了终生的遗恨。

列车向南疾驰。我的血像在燃烧，愤怒使我的心爆裂。我浑身瑟瑟发抖，一刻也不能平静。我恨不能立刻插翅飞到南国，飞到羊城。可是，有什么用呢？有什么用呢？

生活依然空虚和百无聊赖

1973 年夏，小晴风尘仆仆从广东回到哈尔滨的家。一进门，母亲上来就是一个大嘴巴："死妮子！你疯哪儿去了？没家教的东西！"父亲也阴沉着脸，一声不吭。小晴没哭，那个思考了一路的念头此刻脱口而出："我要下乡。我要到南方去！""天哪，你还反天了！"母亲哭晕了过去，"我为你的户口，跑了六趟兵团，""下乡时没人动员你，你偏去，后悔还来不及呢!”“只要我活着，你就死了这份儿心!”……

望着多病苍老的母亲，望着愁眉不展的父亲，小晴没有多说什么。

日子慢慢地流逝，两地书信传递着两颗思念的心。他写道：“既然你母亲不同意你来，就不要再任性了。来日方长，后会有期。”“我翻山越岭，走了好多里路，才找到四粒红豆，寄给你，诗云，此物最相思。”（她也至今珍存着）“记得我同你说过的英雄花吗？今天想去寻几朵给你寄去，可惜花期已过，没找见。明年我一定寄，希望在明年!”……

生活依然空虚和百无聊赖。但小晴的精神充实多了，那双眸子又有了明丽的光彩，每天每天，她最大的愿望就是能收到南国的来信。秋去了，冬来了，常河突然不再来信了！小晴又连着去了五六封信，可还是“泥牛入海无消息”。

可怕的第三次幻灭。小晴由疑惑而失望而绝望而几乎到了精神崩溃的地步。白日饮食难咽，夜晚要靠安眠药才能入睡。每每做完家务，她便拿出那4颗晶莹玲珑的红豆，望着流泪发呆。他可能调走了？或许当了工农兵大学生？他肯定把我忘了。是的，不想理睬我了。姑娘那颗柔弱的心经历过两次创痛。这回痛极之后几近麻木了。并不是人人都有良心的，良心值多少钱！世界上的男人就那么回事。谁不想攀高枝？谁不想好中挑好？人人都有追求幸福的权利，可又有多少人真正幸福?

祸不单行。外面的大世界又因“反回潮”、“批复辟”而动荡起来，父亲受到触及，小晴被迫第二次下乡，来到市郊公社一家供销社当服务员。北方的严冬风雪呼啸，滴水成冰。供销社满墙是霜，地面潮冷。小晴单身住一间小间壁房，一两周才能回家一次。晚间连吹带捅，把小炉子烧得旺旺的，第二天早起，脸盆里的水已结了冰。小晴郁郁寡欢，对什么都失去兴致，对什么都没了指望，生命的源泉淤塞了，活着就是活着了。星期日，有时当年的同学相约来看她，或是留城未走当了工人的，或是返城回来了有了职业的，好多都是家境不如她学业也不如她的。而这会儿，不无骄傲地晃荡着叮当作响的饭盒，炫耀着蓝色工作服或一身城市装束，临了留给她几句怜悯和劝慰的话。这使她更加痛苦，更加怨恨自己的命运多舛。

小晴索性极少回家了。在市郊供销社，她和那些朴实淳厚的当地人，和那里的知青，甚至和附近劳教所里常来这儿干基建活的劳教人员都相熟了。无论心境怎样愁惨，她毕竟是个个性泼辣爽直的姑娘，并且因为自己的诸多不幸而更加同情别人的不幸。她常常把那里的知青召到自己的小房间里，吃呀喝呀唱唱样板戏呀，胡欢乐一通，也算生活有了些许的亮色。每月发工资，她那点钱常被清贫的农民一借而空，还或不还她也就不再问。不知怎么的，她对那些劳教人员抱有深深的同情，她觉得他们都是被生活逼的，日子这样艰难，又没有职业，叫他们怎么活呀！他们挨管教人员揍，她看到就挺身出去管，甚至拿身体护住他们；他们将扁扁的酒壶夹在腋下偷偷来买酒，她就悄悄地卖。有人来调查，她则是一问三不知；有时家属来探望，不让见，东西还摔出来，她就把包裹留下，再悄悄转给劳教人员……她不知道也不懂得那些自命为“马克思主义者”的人怎么会对“人道主义”深恶痛绝，视若洪水猛兽。她只看到兽性大泛滥的“文革”是怎样的血腥与丑恶。天长日久，程小晴成了有名的“仁义姑娘”、“小菩萨”。哪位蛮不讲理的顾客和她吵了架，“劳教”们见了，不吭气。等那人走远了，再追上去狠揍一顿。一天清晨，小晴起床后发现后门被撬，许多烟酒和钱匣子被盗！她慌慌张张报了案，民警们若有其事地这里看看那里照照，第二天把小晴抓进拘留所关押起来——他们认定是“里应外合”。审讯，咒骂，吓唬，一连关了3天，“劳教队”里这几日却翻了天，不少人恶声恶气地骂娘：“谁他妈干的赶快交待！干嘛让程姑娘受委屈！”“日他奶奶，谁要装熊老子知道了，把他的舌头割下当菜炒！”第三天，作案人偷偷给派出所寄了封信，告诉赃物埋在哪里哪里，声明和程姑娘无关。赃物取出来，小晴也放了出来。

当她重新回到柜台上的时候，好多“劳教”偷偷跑来向她问好：“大姐，你没受苦吧?”小晴好感动。人世间总是有温暖有友情的，无论在哪里。过了一些年后，小晴常在街上碰到他们，他们高兴地告诉她：“大姐，我们学好了。我当了基建队工长……”“我现在出摊床，万元户了……”小晴打心眼儿里为他们高兴。

她悲戚地认命了

1975年，她招工返城，到一家小杂食店当了集体所有制的售货员。也许是经历了太多磨难的缘故，没有欣喜，没有宽慰，依然只有无尽的忧郁和寂寥。整日套一件脏乎乎的蓝大褂，风里雨里泥里水里忙碌着奔波着，看不到尽头也看不到希望。少女时代那上北大、读清华的玫瑰色憧憬已然那样遥远和陌生，仿佛是上一个世纪的事情。生病住院，看到斯斯文文的实习大学生，她就黯然神伤；卖货时见到佩戴校徽的大学生，她也阵阵心酸。幸运的天使只站在远远的地平线那边朝她冷笑。

不幸与孤寂使小晴渴望着爱，渴望着真正的知友。她不时想起常河的影子，那宽宽的额头，文静的微笑，高高卷起的裤腿。走在街上，她常常想，“哈尔滨250万人怎么没一个像他?”“我要是生在广东有多幸福!”可想终归是想，现实终究是现实。他已经几年不理睬她了，好像从人世间消失了一样毫无音讯。妈妈开始整日唠叨给她找对象的事，“老大不小的，快找个婆家吧。”“别整天作梦想这个想那个了，安安稳稳过日子比什么都强。”

小晴悲戚地认命了，该得到的不想也能得到；得不到的再想也得不到，亲朋好友忙忙火火地给她介绍对象，不行，不行，不行，她根本提不起兴致，她总不自觉地拿常河的影子和走到近前的小伙子相比较……但是，总“不行”也不行啊。她想起一位在北大荒认识的小伙子，强壮，开朗，曾经像兄长一样，照顾过她，但两人先后返城后再没有联系过。去看看他吧，也许……那是一个风和日丽的星期天，小晴按照记忆中的地址找到小伙子的家，刚进院门口，一阵喧哗的说笑声扑面而来，那位新郎官打扮的小伙子和头戴鲜花的新娘正出门送客呢！小晴迅疾抽步，回身就走……

1976 年春节，他来了。赵江，贫农出身，中共党员，相貌端正，因表现良好上过工农兵大学，现在是机关干部。一谈，还是同一中学上一届的校友。“在学校时我就认识你，”他热情地说：“那时你可活泼了，全校都出名。”小晴想打羽毛球，他陪着；小晴要游泳，他不会游，就坐在岸上看衣服，本本分分的，行啊，就这个吧。26 岁，该嫁人了。别总等了，而且又有什么值得等呢。他们结婚了，搬进一间只有 8 平方米的小平房。灰色的时代，灰色的生活，已把这位当年俏丽聪慧、活泼开朗、极富个性的姑娘磨蚀成灰色的人，并且淹灭在芸芸众生中……

平地一声春雷，在她犹如炸雷轰顶——1977 年恢复了高考制度！天，儿子刚刚出世，她没时间也没精力去读书、去补课。她好悔恨，恨自己怎么这样没耐心，恨自己为什么不晚一年结婚，恨命运又一次捉弄了自己。高考那天，她把孩子哄睡，悄悄跑到一处考场去看，看那些精神昂奋的男女青年抱着书本，捏着准考证，络绎不绝步人教室。人生又一次重大的机会被她错过了！踉踉跄跄回到家里，禁不住俯在枕上失声痛哭……

作为一个普通人家的家庭主妇、妻子、母亲，沉重的生活摆在她的面前。和丈夫相处日久，她才痛楚地发现，两人的秉性、思想、追求、爱好是那样不同！“你要考大学，孩子怎么办？掐死啊！”“看什么书，关灯！别人家电费才1元5，什么人家能抗得起你这么破费！”“怎么学还不是个卖菜的！我当了科长，你伺候好我就行了！”最初的温情面纱已荡然无存，在繁琐而平庸的日常生活中，剩下的只是发火、咒骂，甚至拳头。每天中午，小店同事的丈夫会笑呵呵送来热乎乎的饭菜，而她只能在炉子上烤烙饼。晚间，她们的丈夫会等在门口接妻子回家，而她只能在夜色中踽踽独行形只影单。还不知回家又起什么事端。无论回家多晚，锅总是凉的，她便用布带将孩子背着，去厨间做饭……家庭生活愈是不和谐，她就愈发难以抹去常河的影子。一次同事闲聊时说广州人小气，她竟和人家吵得脸红脖子粗，两天不说话。偶尔有广州人来买东西，她便极热情，问这问那，“英雄花开过了吗？五羊塑像很高吗？金鸡岭好玩吗？”为此一位广州人曾莫名其妙地问她：“你好像和广州有特殊的感情哩！”

是的。这曾激动和占据了她全身心的感情确实无法忘却。在粗暴面前她不能不怀念温柔，在忧伤面前她不能不怀念欢乐，在平庸面前她不能不怀念杰出。何况她曾有过那么绚丽多彩而又富于梦幻的少女时代。

几近枯木死灰的生活和小晴的眼泪一起延续着。她愈来愈真切地发现丈夫的兴趣并不在家里……几次“大战”回到娘家，母亲就说那些仿佛已回响了几千年的老话：“出一家门进一家门不容易”，“年纪再大些就会好了”，“咱这样的家庭，离婚多让人耻笑”，“再好的婚姻也不能十全十美”……那就过下去吧，生活没有尽头的而生命还是有尽头。聪明好学的儿子是她唯一的欢乐和安慰。

令人心碎的1980年！那天中午她跑回母亲家吃午饭，记得是要找什么东西，她钻进床下拉出装着破烂儿的箱子，蓦地，她惊呆了，一只旧鞋里塞了厚厚一叠信！信皮上全写着“程小晴收”，“程小晴收”……而且很脏很旧。数一数一共9封。一瞧那熟悉的笔体，底下署明的广州地址，刹那间她全明白了。当年不是常河不来信，不睬她了，而是母亲偷偷把信藏了起来！她捧着这叠信，双手，不，浑身激烈地发抖了！信也不必再拆开，那内容全知道了！

小晴拿着信，脸无血色冲进母亲房中。她的声音在战栗：“你们都是国家干部，有知识的人，扣压我的信……我……我……你们不只是割断了我和他的联系，而是毁了我的心，毁了我的后半生啊！”说着热泪汹涌而出。

母亲吓呆了。她流着眼泪抱住女儿：“妈一切都是为了你好，我太自私，因为你是我唯一的女儿啊……事实已经证明我错了！你并不幸福……让妈说一句对不起你吧……”

小晴哀哭着。猛地，她站起来，口气决绝：“我要立即去广州，找他说明白。一切都已无法挽回。你们放心，不会出什么事情的。”

发出一声长长的　痛彻心肺的叹息

5天之后，小晴抵达广州，盛夏，这里花红柳绿，流光溢彩，妩媚而俏丽的南国情调，改革开放窗口的绚丽多姿，分外诱人。但心急火燎的小晴没心思欣赏这些。7年没了联系，茫茫人海里哪儿去找常河呀！

先到广州市公安局。费了好一番工夫，终于找到常河的户籍卡。下午4时，一辆三轮车把小晴拉到常河家门口。是常河的妹妹开的门。他正在家拖地板，一晃7年未见，还是那样子，黑边眼镜，温和文静的目光。只是黑发稀疏了，显得额头更加宽阔。裤腿仍高卷着，脚下一双旧塑料拖鞋。见了仿佛从天而降的小晴，常河激动得两眼炯炯放光，一下扔掉拖把："天！这些年你跑哪儿去了？"他拿毛巾擦擦手，就把小晴拉进自己的房间。

来不及说什么话，也没什么中间环节，难以遏制的种种复杂情感像决堤的洪水淹没了小晴。她一把搂住常河的脖颈放声大哭，她委屈，她冤枉，她悔恨，她……百感交集，一时间都化做滚滚泪水倾泻而下。

"哭什么呀？"常河惊异了，他抚摸着小晴的柔发，"你瞧，我满屋都是你的照片。我始终记着你哪。下学期我要去东北实习，还打算去看你哪！"听着这些，小晴哭得更加伤心。好一会儿，她才稍稍平静了些，于是边呜咽边叙述，边叙述边呜咽。家里的扣信，痛苦绝望，无奈的婚姻，家庭的不幸，乃至最后的发现……一个令人心碎的误解，一幕惨烈的人间悲剧，摊开了。

沉默。教人窒息的沉默。只有小晴断断续续的啜泣声。房间里静静的，可以感觉到，常河的母亲和妹妹也在外屋倾听。常河轻轻扶小晴坐到床边，好久好久，才发出一声长长的、痛彻心肺的叹息："实在没想到……唉，你该有一点耐心啊……"小晴还能说什么呢。命运的轮子已把她深深地轧进悲惨的现实。车上两天两夜没有合眼，这会儿又哭得头昏脑胀，说得精疲力竭，她昏睡过去。

待蒙眬中醒来，已是夜半时分。房间里只有她躺在床上，她揉揉眼睛，刚想坐起来，忽听一阵轻轻的脚步声，常河进来了。他要做什么？小晴蓦地感到一阵紧张，闭上眼睛不敢动。常河轻手轻脚走到床边，给她加盖上一条毯子，把敞开的窗扇关好，又悄悄出去了。多好的人呵！小晴的眼角又溢出了泪花……后来她上厕所时，才发现常河睡在走廊的地板上，整夜都听得见他辗转反侧难以入眠的响动……

一清早，常河的妹妹来到床边，眼圈也是红红的："我哥哥对你好诚心，你的照片一直压在玻璃板底下。谁给介绍对象，他都不看……他总向我讲起你，说你开朗、活泼，有个性有勇气，要我学你的样子……哥哥是我最佩服的人，初中文化程度，硬啃书本，每天到后半夜。1977 年没考上，1978 年继续考，终于实现了自己的愿望。现在，他已大学三年级了……"小晴默默地听着，心里一阵阵刺痛一阵阵哀伤。事实证明，她对常河是没有看错的，可是，可是……母亲的爱是神圣的，可有时又是多么残酷呀！

早饭桌上，大家都沉寂着。一人一碗白米稀饭一个咸鸭蛋。常母白发苍苍瘦小干枯，看得出一生饱经忧患。老人家垂着眼睛嘟囔了几句听不懂的广东话，从表情上看，很不满意小晴。儿子白等了她许多年，结了婚还来干什么。每人一个咸蛋，唯独小晴没有。常河不言语，默默把自己那个蛋敲开，放到小晴面前。小晴不敢抬头，泪珠叭嗒叭嗒往碗里掉……

中午，上午，一连几天，常河领着小晴观光，黄花岗烈士陵园、中山纪念堂、雄伟的五羊雕塑、繁花似锦游客如云的公园……常河好像努力要忘却过去的一切和已发生的一切，每到一处，都如数家珍地为她讲解名胜古迹的由来，跑前跑后地为她拍照，买南国风味小吃和水果。可小晴的心沉浸在深深的忧伤中，什么也没听到，什么也没看到，什么也吃不下，眼前恍恍惚惚只是交错着今天昨天，昨天今天……晚间，家中气氛仍然压抑沉闷，常河便带她来珠江边散心。江面波光粼粼，两岸灯火阑珊，漫步在幽静的长堤，坐在温软清馨的草地，举目望见的都是一对对偎依着喁喁私语的情侣，那亲爱，那甜蜜，那缠绵，更使小晴备觉伤感。呵，此情此景，要是在 7 年前多好。可现在，眼前的一切，那皓月那星空那如梦江波那婆娑花树包括面前这始终不能忘怀的常河，一切都不属于她了！那一夜，谈着谈着，小晴又哭了。她冲动极了，悲痛极了，她甚至想把自己的一切都给他。她搂住他的脖颈，激动地说："我要离婚，到这里来！你同意吗？同意吗？只要你一句话！"熬过几天几夜的痛楚，常河已经冷静多了。他沉默良久，轻轻解开小晴揽着他的手臂："别闹那样大的风波了。我们千里迢迢，谈何容易。你父母不会欢迎，我母亲更是个保守的人，她也不会同意的……我们永远做最好的朋友吧……""既然一切都没有发生，就让它结束吧……"

几天过去，小晴也渐渐平静下来，到这种时候，人是不能不认命的。在风光绮丽的白云山头，小晴说："你也该处理个人生活问题了。同学中间有没有合适的……"常河眉宇幽然："倒是有些女孩子常到宿舍来，要我陪她们去玩。可是……她们哪个也没你这种开朗活泼勇敢的气质，南方姑娘都是娇滴滴的。"

"那我在北方帮你找一个？"

"你觉得北方姑娘伤我的心还不够吗？"他忧郁地勉强笑道。

20 天后，大学要开学了。小晴也不能不启程了。临行前的那一天，他们促膝长谈到深夜。与小晴同龄的常河像兄长一样殷切嘱咐她："凭你的聪明和勇敢劲儿，是不应该随波逐流的。这不是看不起售货员这个职业，而是你应当有更大的发展。要下决心读书，学习，我不会看错你，好好努力吧。"小晴热泪盈眶，频频点头。

第二天清晨，小晴悄悄在他房中留下一本影集，扉页上写了 7 年前常河赠给她的那几句词："人有悲欢离合，月有阴晴圆缺，此事古难全。但愿人长久，千里共婵娟。"

常河在另一间房里，给她书包装满了点心、菠萝，还有新买的手帕、香皂、毛巾，比 7 年前丰富多了。

一路上仍是相对无言。7 年前的送别路，许多话想说不敢说；7

年后的送别路，那些话想说却不能说了。——呜呼，情依旧而人事非！

月台上，尽管列车员一遍遍招呼，小晴仍恋恋不肯上车。多想再一次搂住他那强壮的脖颈，多想吻吻他那宽阔的前额呵，然而周围人来人往，众目睽睽。小晴泪水淋漓，使劲扯着衣角，呜咽道："此一别不是永别吧?"常河强笑道："哪能。两年后我毕业工作了，有出差机会一定去看你！"列车一声长啸，缓缓启动，列车员一把把小晴拽上车梯。那一瞬间，小晴看到他的眼眶里闪着泪光。

不久，常河寄来一首古诗，工工整整抄录在一张白色信笺上，笔触所及，力透纸背：

"上邪！我欲与君相知，长命无绝衰。山无陵，江水为竭，冬雷震震，夏雨雪，天地合，乃敢与君绝。"

1986年夏·三赴广州

一晃又是6年。火车在江南水乡绿油油的田野上疾驰，我凭窗而望，觉得心境漾着一种前所未有的欣悦甚至是昂奋的感觉。此次休假，由北京而郑州而西安而成都，然后乘船从重庆顺长江蜿蜒而下，到达武汉。由武汉乘上开往广州的快车，去看望那阔别已久的挚友。

车厢里挤得像沙丁鱼罐头，座位和过道上闹哄哄挤满了倒爷们。他们旁若无人高谈阔论，聊起关内关外沿海内地的市场行情真个是如数家珍。那鼓鼓囊囊的腰包，花花绿绿的衣着和挥金如土的气派，与我十几年前面对的灰色与菜色的人群，形成巨大的反差。时代终究发生了激变。连我个人的命运都发生了戏剧性的转折。绕半个中国玩了一趟，余兴未尽，去看看常河的念头又强烈地攫住我的心。我有自己的家，他也有自己的家了，在爱之路上我们只能默默分手了。但历史就是存在，而历史——那令人心醉又令人心碎的一切，是不能也无法忘却的。即便它成了废墟，旧日的风光只能更加令人惋叹更加强烈地牵动人的情肠。我急切地等待着到达广州的时刻。见了我，他还会那样温和而亲切地微笑吗？还会牵着我在街市上走来走去吗？见了他，我还能和他在灯下促膝倾谈吗？还能搂着他的脖颈，告诉他以往使我忧伤的一切，今天使我振奋的一切吗？我无法预先做出设计。我不知见了他我会怎样……呵，什么是命运，这些年我一千次地问自己，每次都有不同的感受和答案。回首这6年的人生里程，跌宕起伏，有血有泪有汗有笑……我忽然觉得，命运就是偶然之树的果实。这是一棵倒长的树，谁也不知道它是怎样从必然的土地汲取原动力和灵感的。

她走火入魔了

小晴走火入魔了。1980年从广州归来，身心交瘁，灵魂布满创伤的她，仿佛坠入失望的深渊之底，本能地向上挣动了。饱尝了苦水之后，她悲哀地发现，自己所得的唯一报偿就是，在历史的瓦砾灰烬上冷落着一个被异化的教人瞧不起的小晴！当年那个玫瑰花般骄傲聪颖的小公主呢？那位勇敢的极富色彩与个性的少女呢？那些朝晖般绚丽的梦呢？仿佛世上根本不曾存在过。在庸庸碌碌的生活浊流里哀叹，在凄凄惶惶的家庭圈子里抱怨，在为填饱肚子而奔波的社会最底层挣扎残喘——如今只有这样一个小晴，灵魂锈迹斑斑，整个被命运磨蚀成灰色的小晴。这一代被掷向边乡僻壤那贫瘠而苍凉的土地以后，有多少人被苦难浸成了这种可悲的颜色！

或许是常河奋斗的启示，或许是痛定思痛的结果，羊城归来的小晴激动得神经战栗双眸如火了。小可怜的顿悟？灰姑娘的警醒？反正是死灰复燃，她几乎把嘴唇咬出血：命运一定要毁掉你那是没有法子的事情；但你自己不能毁掉你自己！

无聊苦闷忧伤愁怨，所有精神的枷锁全部崩落，心灵掣动着电光雷火。小晴玩命了。她开始写，每天写读书笔记文学日记，狂热地一本接一本写，见到第一场春雨写，见到第一片落叶写，见到红领巾扶盲人过马路写，见到倒儿爷胡吹乱编写，见到种种世态炎凉写，见到种种喜怒哀乐写，然后满世界乱投稿，雪片般寄出去，又雪片般打回来，然后是丈夫及许许多多人的冷嘲热讽，她照样写写写……

她到处上学，有学就上，饥不择食，仿佛餐桌上迟到的客人。职工业余大学中文班 12 门功课，广播电视大英语班二年级 6 本书，黑龙江商学院商品知识班会计统计班，电视大学党政干部培训班，业余科技大学化学分析班，甚至业余书法学院初级班……那是怎样发愤的日日夜夜呵！月工资仅仅 31 元，而她上学全部自费。整日穿着蓝大褂风来雨去，夏天的一双布鞋露着脚趾头，一夏天不吃一根冰棍。还要买许多资料许多书，《辞海》、《中国通史》、《书法大全》，古今中外文学名著……后来书店的营业员都认识她了，看她穿得那样破，以为是穷学生，便把弄脏的样品书特意留下来折价卖给她……报考党政干部培训班，上级公司的人一见她脏乎乎的蓝大褂，眼白一翻："你是干部吗？什么人都想来混文凭！"她眼泪汪汪掉头就走，到另一处报了名。而那个公司一窝蜂报了 30 余人，全部公费，4 年后坚持到最后，一堂课没拉，并顺利通过高等教育自学考试（12 门）的，只有她一人！

她太好强，不想因上学误工。早班时寒冬腊月早 5 时摸黑出门，晚班时提前 6 小时上班以腾出晚间上课的时间。为多攒点钱，还要主动出早市出摊床卖秋菜。小店没报纸，她留意和对门单位的人拉好关系，卖点好货便宜货什么的。午休时招呼同事："哎，帮我看一会儿柜台。"她跑进对门借了报纸一边啃烧饼一边读……那血汗那苦心呵！腿部的一个瘤动了手术，第二天上课她悄悄从住院处溜出来，到上课地点仅仅300米，她竟走了50分钟，坐到课堂上衬裤已血迹一片……那年盛夏暴雨倾盆，8平米的简陋居室拉起塑料布，她穿上雨衣，给儿子打着雨伞，娘儿俩一起伏案用功。忽然棚顶一块带水泥的砖头掉下来，正砸在她的后脑上，血流如注。第二天戴上个大草帽又去上课，一个星期里连续呕吐，终于有一天昏倒在路上。自此，左耳永远失去了听力……哦，她痴迷到这种程度，家里不慎失火，烧得只剩个放在屋角的写字台，丈夫心急火燎给正在听课的小晴打电话，“家里着火了！”“灭了吗？”“灭了。”“那行了。”她搁下电话回到课堂上……

尽管还在卖菜卖油盐酱醋茶，但她忽然觉得心境如此的平和安详了，觉着生活如此的充实开阔和丰富了。晚间站在街头卖水果，楼上的孩子拿梨核苹果核打她的头；火爆性子的大学生买东西不满意，骂她“你不就是个卖菜的吗！”混进邻近单位的食堂买点汤菜，被人认出轰出来……这一切羞辱一切嘲骂她都能忍了。在过早地学会叹气之后她重新美丽地微笑了。有了高尚的追求，灵魂就得到了净化与升华，心灵就拥有了属于自己的灿烂的世界。

广州的常河依然是她真诚而执着的挚友。那是她的一角蓝天一方绿地一片温暖的湖。“给你买了一本英汉辞典寄去……”“你要的政治经济学辅导提纲寄去，其中还有一条纱巾……”“广州流行太空服，给你选了一件红颜色的，不知你喜欢不……”“寄去中国历史大纲，努力！……”“别人介绍一个航运局统计员，人很温顺，寄照片你看看……”“送你几朵米兰花，夹在书里，告诉我，香吗？……”“我毕业了，这是我第一个月工资，给你买条裙子……”“这位是某研究所的助理工程师，照片寄去……”“今天我结婚了，祝贺我吧……”“你获得了大专文凭，在我意料之中。再努力……”“今天给业余班辅导，其中有好多孩子妈妈，我又想到了你。为人妻子，为人母亲，为人媳妇，又做事业，难矣！……”

一颗温情而宽厚的心。一片纯洁而执着的友情。所有沉重地压在小晴心头的一切，都被南国那友谊的肩膀分担着。是的，两个人分担一个痛苦，只有半个痛苦；两个人分享一个快乐，却有两个快乐。

日子慢慢地流逝，小晴默默地坚韧地努力着。她不知道将来会发生怎样的变化。她也不奢望。能够找回那个勇敢的像一团红焰的小晴，能够找回心灵的流畅、宁静与安详，能够充实自己，这就足够了。1983 年的一天，她的一篇只有 200 字的稿件竟然出乎意料地在《哈尔滨日报》上发表。小店轰动了，那些朴实敦厚的人呵，差点把小晴抬起来！他们欢叫：“噢，小晴当了作家喽！小晴当了作家喽！”

生命的运动变幻莫测，没有规则

法国思想家蒙田说：“生命是一项不尽平衡的，没有规则的、变幻莫测的运动。”一个极其偶然的机遇悄悄接近了程小晴。

她的儿子在市政府幼儿园。那里多是官员的孩子。她整日穿着灰尘爆土的蓝大褂来去，没有谁会注意她。倒是省里一家报纸的总编室主任，因为孩子在同一个班，略略有些相熟了，“来啦?”“走啊?”点点头而已。

1984 年冬天的一个傍晚，这位主任信步转到一家小店买菜。外面清雪霏霏，店内人影寥落。蔬菜柜台里，一位售货员正抱着本大厚书埋头看，嘴里还叨叨咕咕发出细微的响动。这不是幼儿园里那位孩子妈妈么，“噢，你在这儿呀!”“来了……”小晴站起来，还不知道怎样称呼他。“看什么书呢?”小晴把书递过去，是王力主编的

《中国古代汉语》，上面密密麻麻布满小晴的钢笔字。“你还这么用功哪!”主任惊异地扬起了眉头。“小晴是我们这儿的大秀才呢!”旁边一位女售货员插嘴，那语气还挺骄傲的，“她贼用功，自费上好多学，报纸发了她不少文章哩!”

“噢,”出自编辑的职业好奇心，主任忽然对这位年轻的孩子妈妈产生了浓厚的兴趣，“拿给我看看好吗?”

小晴不好意思地直摆手：“我那些东西算啥呀!”看这位干部斯斯文文的模样，像是有点什么身份。热心的同事生出些朦胧的预感。他们早已觉得“大作家”程小晴整日在这里卖菜给埋没了冤屈了。他们直劲儿怂恿小晴：“给他看看，给他看看呗!”

“没在这儿，都在家放着呢。明天吧，明天你能来吗?”小晴也模模糊糊生出点企望，或许……

第二天晚上，主任如约来了。他仔细翻阅了那一本本读书笔记和文学日记，看了总共11篇的剪报（都是“豆腐块”式的小稿子，最长不过300余字），又问了问小晴的经历。小晴从北大荒讲到市郊农村供销社，从干过的种种临时工讲到小店里的工作，从生活的困顿讲到学习的艰辛。围拢在一旁的同事们连顾客也不管了，七嘴八舌给小晴做着补充，为她抱委屈。一条渗着血汗的惨淡的人生之路，一个女知青的发愤苦斗的形象，那样真切地展示在这位报社总编室主任面前。他不仅为小晴的经历深深感动了，也为她那些同事的热心所感动了。当年作为记者，他多次到北大荒去过，对那知青创痛累累的心，有过深切的认识和理解。从行家的眼光看，小晴的文字虽然有不错的基础，有一种难得的灵气儿，但文笔还嫌稚嫩，间杂着星星点点的错别字。不过，可敬可叹可信的是她这种坚韧不拔的奋斗精神……

“好吧。”他站起身，笑着说：“你，还有你们大家把我感动了。

小程同志，我会尽力帮助你的。希望你继续努力!”

1985 年 10 月，一份短短的通知书寄送到小晴的手上。这家报社要招聘记者编辑，通知她去报社进行为期一个月的考察学习，不合格者仍将退回原单位。

人生能有几次搏？这就是一搏了！数年含辛茹苦的奋斗能否结出丰硕的果实，关键在此一举！同事们为她高兴，要搞欢送会，她慌忙说：“不不不!”可这些同甘共苦的朋友说：“我们就是要断你的后路。就是不要你回来!”热泪涌上她的眼睛……

小晴怯生生地，然而又是抱着决死一战的决心，跨进矗立在市中心的报社大楼。这里，白天是静悄悄的，记者们像鱼似地在社会生活的大海里游弋；夜晚，办公室灯火通明，甚至通宵达旦。一个月的实习期，何其短暂又何其紧张呵！所有来实习的都玩了命干，一篇接一篇见报。小晴却奇怪地闲着。那位负责指导她的记者根本没有给她创造独立采访成稿的机会。每日只让她编编来稿，学学报纸……

报社内部不愧是一群消息灵通人士。风言风语在各个办公室流荡：“来实习的都是各单位的通讯员、报道干事，怎么还来了个卖菜的?”“听说她爸是省里的什么干部，肯定走后门来的!”

一种出自于对不正之风的强烈反感，无形地围困着不明就里的程小晴。她只是干着急，却因初来报社，不敢随意行动。一个月过去了，报上没有一篇稿子署着“程小晴”。报社编委会很快要开会定人。绝不能让这次机遇白白滑过自己的身边！小晴找到政工处长，搬去自己的所有笔记和剪报，激动地叙述了这些年的苦斗以及这个月的奇特境遇。精诚所至，金石为开。善良的人们总会被真诚和执着打动的。

编委会为程小晴的去留展开激烈的争论。那些笔记剪报全部摊开在那儿，经受着这些新闻界专家的严肃评判……

那天，电话机响了，是总编辑的声音：“程小晴同志，我正式通知你，你留在报社工作了。”

生命终于扬起高高的风帆，冲进激浪千叠的广阔而多彩的大海！小晴缓缓放下话筒，泪水夺眶而出……

她热切而来　郁郁而走

阔别了6年的广州，就像毕加索的画布，现代的丰姿现代的气派现代的色彩汹涌着扑面而来。闪闪发光的高楼伟厦比肩而立，五颜六色的外国轿车风驰电掣，千姿百态的新潮时装令人眼花缭乱……

常河不在母亲家。见到小晴来，常母和妹妹热情极了。她们不能不为小晴这种执着的情感所感动，特别是听说小晴已当了报社的记者，更觉得早年常河对她的评价是对的——小晴是个有志气有毅力的姑娘。

小晴在旅店里住，每天出外游览都弯到常家来坐坐。常母每次都竭力留饭，而且搞得很丰盛。小晴也就留下。她多希望再呆那么一会儿，常河就会推门而进，微笑着翩然来到她的面前。但每次她都失望了。走出常家，她还要在街口多流连一会儿，怕错过迟归的常河。但依然是一次次的失望。常母绝口不提她的儿子，老人家显见不愿儿子与小晴见面。常河的妹妹同小晴特别要好，陪她玩了两天，路上谈起哥哥和嫂子，隐约露出点口风：嫂子挺反对丈夫和小晴的交往，为此闹过好几次不愉快。常河是坦诚的，把以往的一切都讲了，但妻子依然总疑心丈夫和小晴那时已越过了爱恋的栅栏，因此绝不允许常河和小晴再有丝毫的联系，以至于后来常河的信那样少……

中国这片古老的土地上，习俗的积淀同样古老而且凝结成厚厚的岩层。男女之间除开爱情是不承认也不允许有任何情感的，健康的也罢纯洁的也罢，一律问斩。

小晴怅然若失。那天走在街上，忽然发现有一路公共汽车通往常河所在研究所。他家就住在那个院子里。她情不自禁抬腿上了车。在研究所门口，她却踟蹰了。他的妻子是那样一种心态，见了面只能给常河带来许多麻烦和烦忧。自己不会平静，常河也不会平静，但只能说些礼貌性的客套话，你好我好孩子好，仅此而已。这对她与常河之间那种纯真而深厚的友情无异于一种亵渎和窒息。她不愿意那样做，要活就应该活得真实！别进去了，别去打扰人家平静的生活了。小晴痴痴地在门口流连了2个小时，希望能碰到常河，哪怕只那么一会儿，说几句真诚的心里话，然而，她失望了。

第二天，雨夜，第三天，月夜，小晴依然在这里徘徊流连，依然是失望。夜色沉沉，人影寥落。她那孤寂的身影一会儿被路灯拉长，一会儿被路灯缩短……

白天，她出去游泳，不知不觉沿着1980年常河带着她的路线走下去——

在雄伟的五羊雕塑前，她默立着。空中清晰地回响着当年常河那深沉的声音：“这是广州的象征。希望你以后见到它时就想起我……”此刻，她的心在回应：“我在这儿了。我从未忘记过你……”

在那间冷饮厅，她静静地坐了一会儿。眼前清晰地浮现出那时她和他争着付钱的情景，最后服务员笑了：“算了，你们别争了。我收谁的就是谁的——当然得由男士付钱。”两人相视响亮地笑了……此刻，她的心在呻吟：“我又来到这里。却听不到你的笑声……”

在黄花岗烈士陵园的自由女神像前，她伫立着。耳边清晰地响起他那充满信心的声音：“可惜，这儿的自由女神像‘文革’中被砸了。你再来的时候，她一定会重新站立起来！”此刻，小晴的心在颤抖："这座美丽而崇高的雕像已经站立起来了，但自由与民主的光辉并没有光顾还在黑暗中的角落。你也会痛感到这一点的……"

在公园那片青碧的湖边，小晴凝思着。眼前清晰地浮现出那有趣的一幕：那年玉莲也是这样盛开着摇曳着，常河指着那圆圆的巨大的莲叶，一本正经地说："这叶子可以承载45公斤的分量。"话音未落，小晴已纵身跳了上去，紧接着扑通一声栽倒在湖中，激起周围游客一片笑声。常河慌忙伸手把她拉上岸，笑道："我说了你就信哪，疯丫头！"此刻，小晴的心在回应："我信。如果现在你在我身边，我还会跳下去的……"

6天。短暂而又漫长的6天。小晴就这样热切地来了而又郁郁地走了。常河，咫尺天涯，你在哪里？

1988年夏·四赴广州

此次休假南行，我带着采访本和11岁的儿子，同时也带着一个决心：一定要见常河一面！前年从广州回到哈尔滨，我的心情极为忧郁，那种深深的孤寂感像影子一样时时刻刻跟着我。有时，同一些知心的朋友谈起广州之行，谈起常河，她们都嗔怪我，"你小晴不是很勇敢吗？不是很个性吗？怎么那样瞻前顾后的，为什么不去看看他！世界上还有什么比这种真诚纯洁的友情更重要呢！"听了这些话，我好后悔。

一路风光，美不胜收。上海大世界、南京路、城隍庙，厦门鼓浪屿、望海楼……白天游览回来，夜里整理采访笔记、记日记、写报道。紧张、劳累、充实，从当上记者那一天开始，我就这样工作着生活着。因为我热爱这个职业，也因为我企盼用工作占据心灵的全部空间和时间……

难以名状的言行与快乐

记者是历史的速记员，时代的弄潮儿。

报社接到许多群众的电话和来信："国家提倡储蓄，可储蓄所服务质量太差，存、取款十分不便！"一位女记者出发了。3 天时间，跑了大小 30 余家储蓄所，并带着 200 元现金，先后在上班后、中午、下班前存、取款 17 次，一篇充满现场感的报道《你到储蓄所存款满意吗?》见报了……

中央大街为民药店的夜间售药窗口，26 年来一天未间断过营业。他们是怎样工作的呢？一位女记者出发了。白天详细采访了店主任，夜间寒风刺骨呵气成霜，她又在窗口外站了两个多小时现场观察现场采访，然后踏着积雪回家，连夜成稿……

春节前，报上刊登了 10 家商店节日期间将昼夜为群众维修电视机的消息，除夕之夜，这位女记者做好饭菜，便披衣出门，挨家调查，发现好几家商店关门下锁，根本无人提供服务。只有家用电器批发商店说话算数。于是她来个"随军采访"，跟着维修工人走了 3 个区，17 家，从晚 8 时到凌晨 2 时……第二天，《电视维修工人的除夕之夜》和《谁家言行一致，谁家表里不一》两篇报道见报了，在商店和群众中引起强烈反响……

早晨 6 时，女记者换上收购员的旧工作服，和废品收购站的一个小伙子出发了。他敲皮鼓，她推车。行人厌恶的眼光，社会各行业管理人员的喝斥与白眼，坐在树荫下纳凉的一位中年妇女瞪眼吼道："收破烂的，离远点，敲得我这个心烦！"午间，小伙子买来两个面包。女记者的肚子早咕咕叫了，可一看到车上堆满的烂骨头，脏酒瓶，瘫痪病人穿破的棉裤，发出霉味的鞋，一口也吃不下。可是，她饱含感情写下这样一篇报道：《收购工人需要理解和尊重》……

她就是程小晴。一个从北大荒草莽中走来的女人，一个在卖货摊旁整整站了10年的女人，一个饱尝生活艰辛、同平民百姓血肉相联融为一体的女人，一个不断被命运摆布又不断同命运抗争的女人。她或许还缺少把自己的笔化为倚天长剑长河奔涛的本事，但做一支小箭一朵浪花总是可以。虽小，毕竟有它的锋芒，它的美丽，它的穿越大时代的轨迹。每月，她都见报2万字左右，有时一天的报纸上就有她三五篇稿件。她被同行们誉为“全天候记者”……

丈夫渐渐能理解她了。“我的妻没白学没白干！”但他也有自己的事业，长年在大江南北奔波劳碌，无暇顾及家里，小晴依然自己带孩子做家务，以柔弱的肩膀支撑着家庭的重负，日夜播洒着辛勤的汗水，匍匐在一页页稿纸上呕出一颗真诚的心。

有时候，夜阑人静，孩子睡了，稿子写完了，她会取出5大本影集，细细欣赏那数百张色彩缤纷的旅游照片，那是她的欢乐她的梦她的生命的独特印记。

或许是少女时代就闪耀着对大世界的向往和憧憬，或许是以往的生活过于寂寥沉郁，一年一次的休假旅游成了她找回青春找回欢乐找回色彩的强烈追求。日子曾那样拮据，几个月不吃荤腥，一年不添一件衣裳。哈尔滨姑娘的服饰素以勇敢和时髦著称，而小晴从未对新潮有过什么反应。工作还要拼命加班加点，一夜常常只睡四五个小时。积攒下来的钱，除了交纳业余上学的学费外，全部花在每年20天的旅游上了。

1979年夏，第一次出来旅游，一路逛山海关，玩北戴河，身在壮阔的山海之中徜徉，人间的一切烦忧都抛在脑后了。最后来到北京，住进一家小店。当小晴在旅客登记簿的“外出事由”栏里填上“旅游”二字时，管事的老头儿睁大了一双老花眼，怀疑地把她上下好一阵打量。那年月，“旅游”这个词儿对中国人来说犹如不明飞行物一般神秘和高不可攀，何况她那穷兮兮的样子：旧衬衫、布裙子，黑扣带布鞋，背一个黄书包，果真半夜就来查夜的了。民警直奔她的房间，二话不说，把她带到派出所。姓名年龄籍贯工作单位家庭地址……拍桌子瞪眼好一顿审问！搞到凌晨实在没发现什么“破绽”，末了来一句“一个女人单身出来逛什么！回去吧。”于是用她的钱给她买了张返回哈尔滨的票，算是“押解出境”，可小晴是何等样个性的人物！到了火车站，押送的人一转身，她猫下腰扭头钻进人群，然后卖掉车票，悠哉游哉继续自己的旅程。登长城，攀烽火台，望万里关山好不心旷神怡；游故宫，观十三陵，看皇家陵阙真觉往事如烟……

这以后每年夏天成了惯例，后来儿子稍大些就带儿子一块走。中国式的“初级阶段”的旅游，公费的当然不乏好喝好吃，不亦乐乎。像小晴这种自费的实在得有点苦行僧云游四方的吃苦精神。背个水壶，带两件换洗内衣，一本《中国地图册》，一部《中国名胜辞典》，为节省开销，尽量晚间乘车，白天游览，有时到理发店、饭店求个人情梳梳头洗洗脸。有时玩乏了，躺在公园、路旁的长椅上就睡过去。

苦是苦点儿，但那乐处和益处也难以名状。

在黄山，迎客松迎风而立，飘然若仙。幽深的古涧之上，横一座满身黛绿的拱桥。仿佛刚有骑驴的古代文人骚客，在此吟哦而过。望着那满山浓绿如瀑如云，她只觉得自己的生命和这绿云绿浪一起奔涌跳跃，好似从中获得了永恒的生机……

在华山。从下午开始攀登，沿着闻名天下的“华山自古一条路”一步步艰难前行，路只有二尺宽，一侧是千仞峭壁，一侧是万丈深渊，她和儿子的草帽都被吹落到山涧之中。许多游客中途而返，而她和儿子终于在第二天上午11时攀上华山峰顶！呵，这里远离喧嚣的人世，当她和儿子快乐地朝寥廓江山呐喊时，那连绵的回声也仿佛是天宇的回响。在这里，她感到了超脱感到了宁静，同时也感到了人生搏战的欢欣……

在乐山大佛脚下，她觉得她看到的不是极乐世界的"佛"，那巨大的坐像没半点仙风道骨。憨厚的面容，壮实的身躯，疲惫地搁在膝上的大手，简直就像个干累了活的庄稼汉，坐在那儿歇息。他不是高高在上的"神"，而是无数生息劳作在黄土之上的劳动者中的一员……

从 1979 年到现在，她游历了大半个中国。不必说东北的镜泊湖、天池、棒槌岛了，西安兵马俑、南京雨花台、苏州虎丘塔、杭州岳王庙、曲阜孔圣府、厦门鼓浪屿，还有青岛海湾、桂林山水、武汉东湖、绍兴酒店、长江三峡，还有黄山、庐山、华山、泰山、峨嵋山……以后两三年，她还计划去新疆、青海、西藏，那样整个大陆的名山胜水，她就走遍了！有朝一日当然还要去台湾……

难以名状的艰辛又是难以名状的快乐。似乎在超脱什么又似乎在追求什么。一个普通女人自费游历着整个中国，历史上似乎还没有过。

仅仅因此她也感到骄傲。

伊人相识不相见

两年了，常河家还是老样子，还是那样简朴那样沉静。白底碎花的门帘依旧飘动着，窗台上几盆南国花草依旧摇曳着，甚至玻璃板底下依旧压着小晴的照片，不过只有一张了。

只是常母苍老了许多，发丝如银，步履蹒跚。见到小晴来，比起上一次又热情了许多，鸡鸭鱼肉的，做个不停。常河仍住在研究所的大院里，只是星期日抽暇回这里看看。

小晴留在这儿过夜。老母亲守着她，像见了远方亲人一样喋喋不休地唠这唠那。儿媳妇外出讲学了，要一年的时间……平日里挺好学，就是不大干家务活儿，事情都推给常河……头一个孩子得病死了，常河半年时间没个笑脸……眼下，常河自己带着第二个孩子，又当父亲又当母亲，柴米油盐家里家外忙得团团转。累坏了，疲多了，心情也不好……可苦了常河啊……说着说着，老人落下泪来，这些事情，小晴在来信中稍稍知道些，但常河没有详说也不肯详说。难道是命中注定，生活怎么都过得这样不易？小晴劝慰着老人，自己也不禁潸然泪下。

老人接着幽幽地说，以前，常河同家里人谈起小晴，总是滔滔不绝，眉飞色舞。但是，前年小晴走后，他回家才知道这个消息。他在椅子上呆坐了一会儿，一言不发，末了回身跑到自己的房间失声痛哭。泪水滴滴落在玻璃板上，他一遍遍擦净，望小晴的照片……“闺女呀，因为你，常河的心苦死了……你来了，就是见了他，也还要走的。可他怎么办啊！什么事情他都会想起来的，他不好过……”老母悲悲切切难以成声。

小晴明白了老人的心。老人不愿意她和儿子见面，常河的日子本来就艰难，心情抑郁，再见小晴，情感上会受着加倍的折磨。想到这儿，她的心也苦涩极了。这次来不是下了决心的吗？不是一定要见常河一面吗？已经8年了！难道8年前的一别竟是永别；难道这次千里迢迢地奔来，又是咫尺天涯不得相见；难道如此纯真深厚的友情在这片古老的土地上永无维系的权利，永难为世人所容?!

第二天夜晚又是同前年一样的雨夜。雨淅淅沥沥，路面反射着朦胧的灯光。小晴披着雨衣，在街上踽踽独行，脸上湿漉漉的，不知是雨滴还是泪滴。不知不觉，又来到常河住的研究所大院门口。她泪眼朦胧，凝望着院子里灯光通明的宿舍楼，心里争斗得那样苦。她多想多想跑进去看看8年来朝思夜想的挚友啊！他变得什么样了？

头发又少了吗？额头还那样宽吗？裤腿还高高卷起吗？此刻，只有常河和孩子在家，扑进去她或许什么也不会看，只想搂住他大哭一场……但是，眼前又浮现出常河母亲那苍老的面容，凄苦的目光，耳边又响起老人那些哀伤的话语。是的，老人的话是对的。他有了家，我也有了家。天南地北，各在一方。就是见上一面，匆匆地还要分手。相见难，别更难啊！生活已经这样子了。过去的虽然不曾过去和忘却，已经开始的毕竟早已开始了。回首往事，环顾现实，除了流泪和叹息，除了使心灵的伤痕再迸裂再流血，我又能做些什么呢？他又能做些什么呢？

来时的决心整个粉碎了，垮了。雨愈下愈大，小晴一步一回头，泪珠滚落进嘴角，苦涩得像血。千里迢迢的南北之隔，那样容易就过来了，而这近在咫尺的一步之隔，却没有跨过去！

第二天，小晴带儿子去了海南岛，到了著名的“天涯海角”。背后，椰林婆娑，细沙如银；面前，海天茫茫，波澜壮阔。翡翠色的海浪扑打在峥嵘礁石上，发出雷一般的轰响。小晴伫立良久，思绪万千。无论中国多大，我已走到了天涯海角，可是，常河，我们竟无法相见。为什么为什么为什么？她好悲怆。

星期六上午，和儿子返回广州。要一位朋友订的是星期一的飞机票。临行去告告别罢。进了常家，老人照例去忙活好吃的，妹妹悄悄跟她说：“我哥哥明天星期日可能回来，你来吧……”

小晴蓦地无比激动了！什么顾虑、担忧、犹豫，全然一扫而空，为这一时刻，她等了8年，盼了8年，就这样空落落地归去，不行不行！一定要见，要见！

女人的心是多么柔弱啊，而情感又是多么难以捉摸和控制啊！小晴跑到理发馆，吹了吹头发，又跑到商店买了件素雅的花衬衫。她焦灼地激情地等待着明天到来。

临近傍晚，有人敲门。朋友送票来了，提前了一天，是星期日早9时的机票。

小晴傻眼了。坐在椅子上呆呆地不动。难道要失去这苦等了8年的机会吗？不不不……可是广州的机票那样难买，假期已到，一推又不知得多少天。再望望老人那蹒跚的弯弯的背影，愁惨而劳累的面容，理智终于占了上风。她不能违逆老人的意愿。只能走！

气氛一下子变得令人窒息。小晴默默地帮老人准备晚餐。老人忽然吞吞吐吐地问："听说你们的烧茄子挺好吃的……你教教我，好吗？"泪水刹那间涌上小晴的眼眶。这是1973年她离开常河插队乡村时，给他做的最后一道菜呀！他当时说，那是他生平吃得最香的菜。时隔15年，常河竟还记着这道菜，跟母亲念叨着这道菜。——一切他都没有忘记！

虽未见面，又是离别时，又是这道菜。小晴强忍住泪水，手把手地教老人怎样切，怎样过油，又把一道道程序写好，压在案头上。

夜里，小晴失眠了。辗转反侧到凌晨2时，她披衣而起，摊开信纸：

常河：

一别8年，记得上次分别时你说过，那部小说《第二次握手》中的人物分离了8年，但愿我们不会那么遥远。然而，8年后我又一次来到广州，仍是咫尺天涯不得相见！以后来广州的机会怕不会有了。我只有一个愿望；此一别不是久别。能再见你一面或许是我一生最大的愿望。但愿人长久，千里共婵娟。再见！保重！

小晴草于凌晨3时

写罢掷笔，她已是泣不成声。接着，她从玻璃板下取出那片已经发黄的竹叶。那是1973年她和常河上山时采撷的，常河留存到现在。她决定带走它。她要永久珍存着，永久，她那少女时代的照片则还留在那里，永久带着如梦的微笑，永久。

第二天，广州航空港候机厅。小晴和儿子刚刚步入，广播中传出女服务员的甜柔的声音："开往哈尔滨的班机因故延至下午4时起飞……"呵，命运怎么这样无情地捉弄人！还有整整7个小时，为什么不去看看常河！这或许是最后一次机会了！她拉着儿子转身冲出大厅，挥手叫一辆"的士"。但是，11岁的儿子把她拉住了，他当然不会明白母亲的心深藏着怎样的苦痛和热望。这位跟母亲走遍了半个中国的"小旅游家"只怕误了飞机："妈，要是飞机提前了呢？……"

是呵，这也是常有的事，何况去也匆匆，走也匆匆，何况老人家那深深的忧虑，何况见也不会快乐的，命中注定是不会快乐的。沉重的脚步托着沉重的心，她领着儿子回到候机厅。下午3时，三叉戟客机滑过跑道，怒吼着昂首冲向万里碧霄。巨大的前冲力使小晴紧紧贴在椅背上。她合上双目听凭着命运的摆布，向北，向北……她觉得她的心被撕裂了。

命运究竟是什么？这古老而巨大的问号，她问过自己一千次，至今也没有弄清楚。她只觉得命运对于她和她的同代人实在过于严酷，让这一代艰难地活在新世纪和旧世纪的夹缝之中。他们的生活中到处回响着旧时代的忧伤的挽歌，而他们又怦然心动地听到：不远的地平线那儿已升起新时代的嘹亮的序曲！

我们　陷阱中的千军万马

冯骥才

●第二天醒来一看全傻了●“小镰刀精神万岁!”●把大蒜和鞋油搅合一起叫她吃●胡志明小道●如花似玉的姑娘●怀疑产生了●当时流行的一首《知青歌》●我们是国家的功臣

1970 年　17 岁　男

H 省农场某团某连知青

1970 年 5 月 17 日，我们在 M 市火车站兴冲冲登上列车，奔赴遥远的北大荒。车站上一片连哭带叫，知青从车窗里伸出手，死死抓着站在月台上那些送站的亲人的手臂，直到车轮启动也不撒手，维持秩序的人手执小木棍，使劲打才把他们的手打开，真像生离死别一样！这之中唯有我是另一个样子，我特别兴奋，起劲地敲锣打鼓，拼命喊口号。那时我刚 17 岁，浑身带着在红卫兵运动中激发出的热情，脑袋里只有“在广阔的天地里大有作为”这几个字，其他什么具体的东西也没有，只是一团火热的、膨胀的、闪闪发光的感觉。再加上人在少年时那种离家出走闯一闯的傻乎乎的愿望。一路上兴高采烈，敲敲打打，又喊又叫，列车走了两天两夜，还没到站嗓子就没声音了。

列车在深夜到达农场车站。一开门，漆黑一片，哗哗下雨，极冷。我们是从炎热的M市来的，身上还穿着衬衫呢！赶紧从行李包抻出军大衣穿上。下了车，在站台昏暗的灯光里，只见大家一片绿，全都穿上了棉衣，冷雨沙沙打在棉衣上。

一辆大卡车将我们运往农场。农场似乎很大，好像没有边儿，按照军队的方式，一个连队一个地方。我们的卡车每到一个连队，便下来一些人。我在第×连下车，一同来到这个连队的知青大约有60人。我们被领到一个很冷很黑的大房子里睡下。由于天黑，什么也没有看见，只觉得满地泥污。太累了，倒下立刻睡着，连梦也没做。第二天醒来一看，傻了！我们全傻了！

哪里是房子？原来是个极大的老式帐篷，缝缝补补，撒气漏风，帐篷里边也满是烂泥，长长的野草居然从床底下长起来。这就是我们长久的住处了。吃饭要天天踩着烂泥走出一百多米到伙房去，我这才明白为什么临来时学校再三叫我们准备高筒靴。一看这情况，几个年岁小的学生就哭了，扭身要回去。但怎么可能回去呢！这大帐篷有两个，每个住30人，相距有50米。当天夜里，大家躺下，谁也不说话，渐渐就有了哭声。先是女知青哭，后来男知青也哭，最后两个帐篷的哭声连成一片。在这荒凉的野地里，哭声和风声水声一样，谁理你？那时我们才十六七岁呀。

我们大多被分配在"农业连队"干农活。这儿的农活可不好干。没有排水系统，到了收割时，赶上大雨，地里成了汪洋，机器下不去，割麦子就得用"小镰刀"解决问题。干活也是突击式的，天亮时露水一干，马上下去割，因为麦子沾露水不好割；这样一来要干到天黑露水下来时才收工。一天干下来人都快散架了。割大豆时就更难了，那是在9月份，地里全是水，夜里结上冰，一脚下去，全是破冰碴子。所以，毡袜、皮靴、绒裤全得穿上。但干起活来，太阳一晒，上边反而热得穿单褂。上热下凉，那难受劲儿就甭提了。后来许多知青关节炎、肾炎、风湿病都是这么得的。可那时没人退缩。舆论强有力，懒汉是可耻的！我们的口号是“小镰刀万岁！”“磨断骨头连着筋！”有时完全可以用机器也偏不去用，因为用“小镰刀”才可以“颗粒归仓”，那股子精神真了不起，尤其女孩子们更不容易。农场的老职工大多是转业兵和从山东、四川来的重劳力，根本不懂得照顾女孩子们。女知青们来了例假，不好意思说，照样把双腿插在刺骨的冰水里，默默地忍着干活。现在想起来都心疼她们。

至于生活的艰苦，你根本无法想象。

举个例子吧。知青得了病才能有资格享受一次“病号饭”。这“病号饭”不过是用豆油、葱花和大盐粒子炝锅，再倒进去开水煮一碗汤面。有一次，只剩下一碗“病号饭”了，两个知青为了争这碗面，一个知青就啐一口唾沫到面里，他想用这办法独吞这碗面，另一个知青马上也啐一口，说：“我不嫌你，咱们就一人一半吧！”这一碗破面汤，不过是让肚子舒服一点吧。

那儿人的饭食一向很粗。一个馒头半斤重，一个包子三两重，一两个月吃一次猪肉；吃猪肉那天呵——我那时没有照相机，真应该叫你看看那些孩子一张张心花怒放的脸儿！那脸儿才叫漂亮好看呢！没肉吃怎么办？猫肉、兔肉、鸟肉、老鼠肉……有一次我们的拖拉机压死一条蛇，大伙就用小刀把蛇切成一段段的。我在地上找到一个破罐头盒，里边放点水，点着树枝，把蛇肉一块块煮了，那滋味真是鲜美极了。回去讲给伙伴们，人人听了都咽口水。

这儿的自然环境还不错。山上是原始森林，地上是“水泡子”，水草茂盛，一碧千里，非常开阔，绝对没有污染。如果你做旅游者看一看，当然很好。如果叫你像我这样生活 8 年，恐怕——别说不好听的话——恐怕你早跑回家了吧！

就说天气吧！冬天最冷的时候，耳朵和鼻子冻得“邦硬”，有时老职工搞个恶作剧，拿起洋镐对知青说：“这镐刃上怎么有点甜呢，你舔舔！”如果这知青傻冒，一舔，舌头就粘上了。再一拉，舌头准掉一块。这时必须赶快到屋里去，叫别人哈气，帮助“哈”开。逢上“刮烟泡”——那种雪后的大风，常常在风口的地方把雪立起三米多高，扰得周天寒彻，漫空迷雾，往往使人迷路。迷路的结果大半是把人冻僵冻死。

我说艰苦，你别以为我们就会喊爹喊妈，叫苦连天。一次我们从山里干活回来，车坏了，徒步走了一百多里路。路上渴急了，大伙就嚼树叶，我忽然看见地上车辙沟里积着一些雨水，便趴下去，挥手轰走水面上的一层小飞虫，去喝雨水。我这个创造发明得到大家一致称赞，大家便都这样喝个痛快。嗓子得到滋润，便又唱歌又呼口号又念语录，一鼓作气回到农场情绪依然十分高涨。

可以说从“文革”初期到这时，我还没有丝毫的反省意识。

“文革”初，我们批斗一个老教师。她原先是个老校长，反右时被划为右派，在学校做清洁工。在逼她交待问题时，有些顽皮的同学就叫她大口大口不停地吃大蒜，她说受不了，便叫她搅合鞋油一起吃，再把蘸了稀泥的葡萄叶子塞进她嘴里。那时我们决不会认为是在迫害人，相反觉得我们很英雄，很正义，立场坚定。这便是当时学生们的自我感觉。

在我来支边之前，还参加过动员别人插队支边。记得我们到一个不肯放子女走的“钉子户”家中做工作。所用的办法是“熬鹰”，也就是白天黑夜不停地动员，软说硬说，不让他们睡觉，直到把他们熬垮，点头同意了，马上给他们办理户口迁移手续，这法子真有点缺德！记得这家该走的是个女孩子，母女俩住一间平房。我们七八个人都挤在他们家，连水缸边都坐上人了，你一句我一句直到深夜，这母女俩就是不说话，我实在熬不住，不知不觉睡着了，天蒙蒙亮时醒来一看，嗨！被动员的和动员的全睡着了，东倒西歪，一片鼾声，大伙全垮了。当然，最终她们还是被我们征服。但我哪里会多想一想，毛主席的号召既然这么伟大，为什么又要用这强制的手段呢？

有时，没有思想也就没有痛苦。

所以我一直是快乐的，意气风发。

那时我们的业余生活主要是批判会，这也是唯一的文化方式了。干了一天活儿后，晚上就被连部集中起来，搞大批判。对于我们来说，写大字报是练书法，写批判稿是做文章，唱《东方红》和《大海航行靠舵手》是唱歌曲；我们也写诗，当然都是按要求写的了，绝对没有个人的诗句。尽管这种文化生活充满政治，但也可以人尽其才，一样干得有声有势。我们是绝对不准看马列和毛主席著作之外的任何书籍的。偶然有人从别的连队偷偷借来一本小说，大家都抢着看，但千万不能叫连队领导知道。记得有一本外国小说《俊友》，莫泊桑写的吧，传到我手里是吃晚饭的时候，我瞪着眼一直看到夜里两点，两点半另一个知青就起来接着看。书的利用率可是极高的。

要说到看电影，那简直是我们的节日！一部电影从师部借来，就一个个团部传着放映。多是到一个集中的地方，各连队的知青都来了，就像一个大聚会。老朋友见见面，也可以认识些新朋友。记得一次听说要放映香港片子《杂技英豪》。知青早早地聚在广场上，从天擦黑直等到夜里三点。片子一送到，广场欢声雷动，那声音撼山动地，不知是表达一种满足还是一种饥渴。还有一次看朝鲜电影，电影里下大雪，广场上也下大雪，但没有一个人离开。电影里人进了屋子，我们却在大雪里站着。这感受真是奇特又奇妙极了。

我们有大块大块空白的时间，又寂寞又孤独，爱情便出现了。连长像个封建时代的管家，常常晚上到桥头和道口去堵那些外出散步的男男女女。有时还躲在解放牌卡车的车楼子里，监视我们的一举一动。但我们有一条由帐篷后面通往森林的秘密小路，是知青们恋爱的幽径。知青们都爱称它为“胡志明小道”。这小道弯弯曲曲穿过一片开花的草地，还有许多小白桦树遮遮掩掩，又美又静又神秘，许多知青把伴随着心灵颤栗的足迹留在那小道上了。

我不能落下这个细节，这很重要——从连队的大院子里远望，有一棵枫树。它长在平坦坦的草甸子上，周围没有任何别的树，只它一棵，也许因为它所处的地势好，单独地生存下来。它又矮又大，由于太远，平时看起来模模糊糊；可逢到秋天，它红极了，像一束火把，非常吸引人。有时心情孤独，看它一眼，似乎就好受一些。它好像是一种寄托，一种期望。有的人心里有苦难言，就跑到那树下呆一会儿，静一会儿，哭一会儿，便会好些。于是人们都说它能消解痛苦，非常灵验。我吗？我——今天我特别不爱说我自己。我只想说，近来很奇怪，我常常恍惚间想起这棵树来。说不定哪一天我专为这棵树跑回去一趟呢！什么？你说我的眼圈有点红？我昨晚又睡晚了。

我们的知青生活的重大转变是缘于一个意外事件。一个老职工与一个女知青关系暧昧，他晚上控制不住，钻到女知青帐篷里，被当场抓住。虽说这事在连队里炸了锅，又决不这么简单，在给这老职工办学习班时，一打一逼，他交待出自己的风流艳史，居然还有不少女人！有女职工，也有别的女知青。这时人们就把疑点放在我女朋友身上。我的女朋友是副班长。那时帐篷里很冷，一个烧“半子”（一截树干立着劈成四半）的汽油桶根本不顶用。我那朋友就住到这老职工家里，跟他的女儿作伴，不过是图个暖和。中国人在这方面既有兴趣又有想象力，于是就在我女朋友身上打个问号：难道他眼前放着一个有眉有眼的大姑娘会不动心？

我女朋友是个很好的姑娘，我与她从小同学，互相印象都好，但我那时受传统教育很深，男女之间特别封建，表达非常隐晦。一次我被氯气熏着，她来看我时，马上把自己身上的大衣和手套给了我，那可比现在年轻人随随便便一个吻强烈得多了。但这事一出，无论对我的打击还是舆论压力都太大了……我还是先不讲我自己的事吧！

这件事之后，跟着又出了一桩类似的事。连部一看问题不小，加紧一抓，揭发检举，知青揭发知青，老职工也相互揭发，居然涉及几十人！所牵扯上的知青大多是女孩了。连部就把那些有事的男的关起来打。说是搞“群众专政”，实际上是“逼、供、信”。这样，不管是老实供认，还是屈打成招，反正愈揭人愈多。我们惊讶了，乱伦啦！这不成流氓窝了？尤其是那些女孩子最不能同情，她们是给知青丢脸！那时我们还有一种很强的集体尊严与荣誉感，对上山下乡运动还抱着理想精神呢！

有一个女孩子是 B 市来的。她也是怕冷——你在这里，根本想象不到那儿的冷是什么滋味！她借着去马号买奶，在马号里多呆一呆，暖和暖和。卖奶的老职工就献殷勤，给她热奶，好言安慰，小恩小惠，再采取手段，终于把她弄到手，这姑娘怀了孕。人人骂她，谁也不去想，这个姑娘个子高，又苗条，如花似玉，非常好看；那老职工又矮又丑，还是独眼。这姑娘怎么会看上那老家伙？谁也没有同情她，都认为她无耻，给知青丢脸！她到师部医院打孩子时，医院不留她住；从医院回连队的路上，长途车不叫她坐。因为医院护士和汽车上卖票的都是知青，没有人怜惜这个“轻贱”的女子。一次，这姑娘与另一个知青吵嘴，立刻好多人一拥而上，把她的上衣撕得粉碎，里边全露出来了。当然是为了羞辱她。从此这姑娘颓废了，接二连三，跟了好几个。最后团长看她长得特别好，占为己有。好好一个姑娘毁了！

从这事，我眼前遮上一层黑雾。

这样的事闹出来，往后便层出不穷。有一个团的招待所所长、参谋长和团长，把许多女知青调去，说是给她们好工作，不干农活，有吃有喝，实际上三个人轮流玩。一百多女孩子叫他们玩了。其中有个高干子弟告到中央，才把那几个家伙毙了。

自从发生这件事，我们才对那些无辜的女知青寄予同情。她们离乡背井，无依无靠、孤独难熬，没有出路而充满绝望，才被人使用小恩小惠与手中权力欺负与迫害。还有那些为了上大学和想离开这里的，只好委曲求全，责任又怎么能放在这些可怜无助的弱女子身上？

由于同情心产生，怀疑也随着产生。

这期间，社会的不正之风到处泛滥，也刮到了连队。我从 M 城探亲回来，送给连长一本年历，其实我并没有别的意思，不过在这偏远的地方很难见到这种年历。连长为此居然把我调到农场小学当教员。一本年历不是瓦解了他，而是瓦解了我；神圣感没了，嫌恶感来了。我这才开始降温。我也真够笨的。

我更笨的则是一直到 1978 年才返回 M 城。我几乎是最后一个离开连部的。当地人都戏称我是“珍贵动物”了。

从 1975 年，知青可以选调上大学和办理病退返城。上山下乡这场运动走向分崩离析。当时流行一首《知青歌》。开始只是偷偷唱，渐渐连长听到也不管了，歌词已经记不全了，反正有这么几句：

告别了妈妈，再见吧故乡。
还有那金色的学生时代，
只要青春进入了史册，
一切就不再返回；
告别了妈妈，再见吧故乡，
我们去沉重地修理地球，
那是我们的神圣天职，
我可怜的命运哟！

歌词挺粗糙，流传却很广。唱起来十分的忧郁，很适合我们内心低落的情绪，所以大家总在唱。当领导的都很灵，从这歌中听出一种不吉祥的东西。中央开始组织各地的慰问团来看我们。我还记得哈尔滨慰问团带来了“消炎药片”，天津慰问团送给每个知青一件绒衣，上海慰问团赠送什么已经忘了。但我们有意带他们参观那些最脏最破、条件最差的住房，还让他们看看我们的厕所——这里的厕所是用木头和草围当做墙，没有上下水，只挖一个坑，大小便多了，冻成一个冰砣子，最上边是个冻得硬硬的粪尖，上厕所必须带一根棍子，先把粪尖打断，否则扎屁股……

他们看了很惊讶。但最多只是说几句好听的话劝劝罢了。谁都知道，他们来是为了安抚，而不是安慰。每个人心里那只眼睛都睁开并且愈来愈亮了。

我和R两个人在帐篷里，脱光衣服，相互找病。我忽然发现他的胳膊有点弯，他写信给家里一问才知道从小摔断过。他就用这个“理由”办回城了。我把他送走，在荒野里一站，才着着实实感到一种被遗弃感。而实际上早在1970年我们就被遗弃了。只不过我们当时是一群傻子！

在农场最后的日子，一般人绝对受不了。

我们刚来时晾衣绳上晾满衣服，现在零零落落，寥寥无几；过去打饭时要排很长的队，最后只剩下几个，好像破衣服上几个没掉的扣子。在大帐篷里，如果不认真看往往就看不见人。

从公路通往连队的道儿，来时只是一条细细的小路。8年里被我们沉重的脚步踩成一条三米宽的大道，但人们一个个走了，道路又变窄了。“胡志明小道”已经被野草埋了起来，每当我感到孤独和寂寞之时，就跑到那棵红枫树下坐一坐，但这枫树已经不灵验了，无论我怎么落泪，也难以摆脱心里的苦闷……

有背景，有门路，有办法的人都走了。最后我还是经人指点，用四筒挂面收买了医院的化验员，把化验单改了，这才返回M城。你看，我这8年不过和四筒挂面一个价钱。是呵，此时已是1978年12月30日，眼看就是1979年了。60岁的老妈妈见我回来，高兴得居然像小孩那样双脚离地蹦了起来。但谁问过我在那生活了8年的地方，我们留下了什么？

我们连的知青还算齐齐整整，60个全都活着。旁边连队的一个姑娘，出窑往外挑砖时忽然窑塌了，活活砸死在里边。人弄出来早已经烧成煳干，不敢叫她家里来人看，赶紧埋在荒地里了。最惨的是一次森林大火，团长指挥知青去灭火。森林大火，别看白天都是烟，晚上看像点天灯一样，全是火，几百度高温，人一进去就烧化了。绝对不能哪儿有火扑哪儿，只能在外边打出一条防火通道。但这团长是蛮干。结果烧死了40多名知青。森林里着火，火是追人的，比老虎还猛烈；男的跑得快，烧死的大都是女孩子。可是……谁对这些无辜的白白死在里面的孩子们鞠过一个躬呢？

如果这些女孩子知道知青最终都返回到自己爸爸妈妈的身边，她们岂不更是自觉悲哀？如果她们阴间有灵，准会发出凄惨又愤怒的呼号！

在我即将离开农场那些日子里。知青们已然怒不可遏。一个团部里爆发了知青焚烧劳资科长家里房子的事，因为到处传说这科长收取知青们的礼物堆成了山。后来，知青返城不再要医院证明，也无须理由了！

知青一走，另一个悲剧就出现了。那就是有些知青在当地有了女朋友。他一走了之，把苦难结下的果子交给了女友。这很像那支歌曲《小芳》。于是有人自杀。有一个当地的女孩子在遗书上写道："我劝本地青年千万别爱城里的知青！"于是又引起当地人对知青的反感。苦难是一种传染病。谁知"文革"的遗害究竟有多大？

你问我对自己知青这段特殊经历怎么看。说实话，我很矛盾，一直矛盾着，这辈子甭想解开了。我想，你问任何一个知青，他也会给你同样的回答。

从悲观的角度看，8年的艰辛苦难还在其次。我们十几岁就被赶到边疆，如今40多岁了。心里带着很多阴影，身上带着许多伤病。许多人身体早早垮了，像肾病、胃病、腰背病、风湿病，终生终世也不可能甩掉了，这也其次。最主要是我们失去学习的机会，很多知青有才华，但知识不够，没有学历，虽然现在还算正当年，却无法和大学生、研究生们相竞争。是呵，我们是被糟蹋了。

从乐观的角度看，8年困境锻炼了我们，我们什么都经受过了；最冷的天气、最苦的生活、最累的工作，都受过了。我们还怕什么？

我们有极强的适应能力，对困难不犯愁，承受力强，还能应付各种难题。我刚返城时，电力局招人，去了一百人，大多数是知青。当时电力局想在院子里盖几间平房办公，缺木匠，立即有十多人说，我们都是木匠。再一问，全是知青。知青个个是好样的。他们都在“文革”的“老君炉”里炼过，岂不神通广大？然而，最使我们感到自豪的是，每一个知青都已经明白，他们为国家承担过什么——

实际上，红卫兵运动之后，也就是1970年，国民经济完全搞垮了。国家已经没有力量给两千万知青安排工作，放在城市又不安全，怕出乱子，这才想出“在广阔天地里大有作为”的冠冕堂皇的口号，把我们放逐四方。于是我们这支曾经为他们冲锋陷阵、赤胆忠心的千军万马，统统落入安排好了的陷阱里。尽管我们曾经悲哀之极，尽管我们吃了苦头，但连国家也挑不动的担子，叫我们十几岁孩子们瘦弱的肩膀扛住了。是我们撑住这倾斜的柱子，才避免了国家大厦的坍塌。你说，难道我们不伟大、不是功臣、不是货真价实的国家栋梁？尽管这一切一切，都是事后我们才明白的。

可是，我有时又想，我们这自封的功臣又能被谁所认可呢？就像前边说的，谁会去面向那大火烧死的40个女孩子的地方鞠一个躬呢？

我的话说得差不多，现在轮到你说一说了！

历史已经全部记住，就看人们自己是否把它忘掉。

梦里回归的爱

方　芳

●失去做人的尊严●永诀心上人●严冬肃杀酷，寒逼兴凯湖●难忘相爱的小路●音信千里绝●婚礼无欢笑●曲线返城●插队10年带回个“小东北”●苦笑再婚里●谁知梦中思念苦●茫茫人海，故影何觅

我呼喊着，呼喊着，在茫茫人海中拼命地挤着，找着，呼喊着，呼喊着……

——作者

女儿站在我面前，穿一双白皮鞋，一件360°大裙摆的白色连衣裙。她不施脂粉，中长的披肩发，一双秀丽的大眼睛望着我：“妈妈，我像你当年吗?”“清秀像我。无邪的眼睛也像我。比我当年更美。”女儿笑了，笑得那么甜。我的心酸了，又酸又苦。我想起了许许多多的往事和那蹉跎的岁月，暗暗叹了口气。

但愿孩子的命运别像我。

别　离

这么多年了，我没有一刻忘记他。

在史无前例的1966年夏天，我也是穿着白色的连衣裙，但那上边沾满了泥污和血迹。曾经被多少人妒嫉和羡慕，长过膝盖的大辫子被剪掉了，一头人不人鬼不鬼的乱发盖在我这18岁少女头上，使我羞得不敢抬头。没有了做人的尊严，因为父亲是知识分子，会两门外语，似乎又有历史问题，我和妈妈便成了专政对象。抄家之后据说要把我们遣送回老家“密云”。但是，不知是因为一字之差还是因为红卫兵要把我们清除到更远的地方，却命令我们去火车站。我挽着被打得遍体鳞伤、脖子上挂着“反革命”大牌子的妈妈，抖抖擞擞地站在车站的角落里，不知无情的列车将把我们带到什么地方。嘈杂的车站到处是“革命者”的怒骂声，讨还血债的鞭打声，“反革命”们绝望的呻吟声。

一声令下，我们被连拉带拽地搡上列车。从红卫兵的交谈中得知这列车是开往东北的。我们将被送往密山。车开了。一声撕心裂肺的呼喊传来：“方芳，来信!”我看不见他的身影，也不敢看，怕连累他，更怕他看见我似人非人的样子！但我知道，他是我心中的大海。

就这样别离了，直到今天。

苦　绪

来到北大荒兴凯湖农场一个月了。“文化大革命”的烈火还没燃烧到这儿。农场给了我们一间当地人叫“连锅炕”的小屋。尽管四面透风没有炕席，但被扫地出门之后我和妈妈总算又有了“家”。

北大荒的冬天来得特别早。刚近10月，已是漫天冰雪。连打带吓，沉重的刺激，妈妈病倒了。我要上工，要照顾妈妈，下了工别人都回家了，我还在湖岗上一把一把地割柴禾。当地人说：“镰刀快不快，全凭力气拽。”我又冷又饿，镰刀割不动柴草却一个劲地往胶鞋的鞋头上割。脚也冻麻了……

忽然想起了一年前的冬天，有一次大海的脚也冻麻了。那时我和大海的家离得很近。他正在邮电学院读书，常借小说给我。我去他家还书，他出来送我，不知怎么竟越走越远。走到了正义路（后来我俩管它叫相爱路），大大的华灯照下一片寒冷的光，树影依稀。我俩坐在街心的长椅上谈《悲惨世界》，谈《复活》……忘记了时间，忘记了寒冷。18 岁的我第一次听到一个男子汉低声地为我唱《小夜曲》，娓娓的男中音通过椅背的木板使我感到了颤动。和他的共鸣好极了。那时我觉得他的声音比李光曦的还美。一支托赛里的《小夜曲》唱完了，他轻轻地问我："小夜曲是唱给谁听的你知道吗?"说真话，那时我并不知道，只是凭直觉。夜虽然很冷，但我觉得暖极了。月亮升得很高了。那时我们都没有手表，于是猜测几点了。他突然说："我的脚冻麻了。"原来他出来时匆忙竟没有穿袜子。我们俩都笑了。那天夜里，望着窗外的月亮，我第一次失眠了……

湖岗上早已没了人。远处村里已升起了缕缕炊烟。难道历史就这样把我和大海永远地分开了吗？冰冷的泪水流在脸上，顷刻就结成了冰滴。

婚　变

改造"黑五类"子女，接受贫下中农再教育的生涯继续着。1969 年"六一八批示"之后，兴凯湖农场组建了建设兵团，我也转到了兵团。5 年里，我每隔一星期就给大海发出一封信，但全都杳无回音。为了生存，也为了证实自己扎根边疆世世代代接受改造，做一个可以教育好的子女的决心——1971 年 4 月 5 日，在大田里念了几段毛主席语录，我和一个当地的职工就算结婚了。没有糖果，没有欢笑。这天晚上我脱下白天干活的脏衣服，换上妈妈给做的一身粉红色布衣裤。我做了新娘。丈夫说："多年了，没看见过穿粉红色衣服的少女，这粉色真像桃花，你为什么不像桃花一样笑一笑。"我"笑"了，流出一串串擦不干的泪水。躺在土炕上，我想起了1965年4月5日——清明节……

作为穷学生的大海和我背着借来的照相机去颐和园。他要去照第一枝桃花。在繁花似锦的桃树前，他让我把长长的辫子放在胸前，悄悄地说："芳，我爱你。"我笑了。他说我比桃花更美，还说他如果现在死了就让我把这张照片一定放在他的胸前。那天，他第一次吻了我……

一年之后的3月，我生下了女儿，取名宁宁。含义是别像多灾多难的妈妈，安安宁宁过一辈子，还有一层含义是宁为玉碎不为瓦全。"玉"是我心中那圣洁的爱，瓦是……

独生子女返城的政策传到了兵团。妈妈已先我落实政策回京恢复了工作。为了曲线回到朝思暮想的北京，我与丈夫离了婚。带着女儿，在北京我成了待业青年。女儿会说的第一句完整的话是"姥姥会上班，妈妈不会上班。"不管怎样我和女儿总算又成了北京市民。我经常说的一句话就是"插队10年带回个'小东北'，值了。"

女儿到了该上小学的年龄。我带着她去附近的小学报名。好心的负责招生的老师给我介绍了一位本校的体育教师，他也离过婚，8月新生报名，10月18日我第二次领了一张红色的印着喜字的结婚证。我长长地叹了口气。不用当女儿问"爸爸什么时候从老远的地方回来呀"的时候，回避那期待的目光。没有婚礼，没有糖果，没在屋里贴喜字，我们照常上班，丈夫建议我剪去辫子，烫头发，好有个新面貌。我苦涩地笑着摇了摇头，又想起了大海。

当年他最喜欢我的长辫子。他说我走起路来它们左一摆右一摆，节奏分明像在跳舞。他曾经送我一对白色的缎带，给我系在辫子上，说让这一对蝴蝶永远飞在一起。他还让西单一位小有名气的剪影家给我剪了一张辫子长长的侧影。他的姐姐听说我俩相爱后一定要看看我。但是，他调皮地不介绍，让姐姐猜。哪个姑娘最窈窕，辫子最长，眼睛最温柔，哪个就是我。结果我远远地走来，大姐一下子就认出了我。

尽管过了 30 岁，我仍旧舍不得剪去两条大辫子。

寻找归途

风风雨雨地与这位体育教师一起生活了 10 年，为了安定，让女儿也随着他改了姓氏。含辛茹苦，我从没想过离婚，怕人说这个女人离了两次婚。但是仍旧没能逃脱。丈夫提出了离婚，理由是感情不合，性格不合。再三挽回无效。但我也不后悔。我换来了大学文凭，换来了自我，补回了失去的时间。

一张白纸黑字铅印的协议离婚书递到了我手里。同年，母亲也离我去了。拿到离婚协议书的这一夜我睡得很沉很沉……大海来了！还是当年的样子，高高瘦瘦的。一件白衬衣，一条浅灰色裤子，一双白网鞋，清清秀秀的 60 年代大学生形象。我一下子扑到他怀里，任泪水无尽地流着，诉说着多年的思念，多年的哀愁，多舛的命运。他轻轻地为我擦着泪水，像当年一样，拥着我的肩膀。我们走啊走，走在颐和园的桃花树下。他说我依旧像桃花一样美，走在相爱路依稀的树影下，又听到了低回的《小夜曲》，走在熙熙攘攘的西单大街上……忽然，大海不见了，我呼喊着，呼喊着，在茫茫人海中拼命地挤着，找着，呼喊着，呼喊着……

弯弯井坡

白　描

●色狼行恶，知青激愤●苦女苦命心更苦●山雨夜惊魂●爱河凶险，不甘自拔●真情人败露，叵测者要挟●悲剧中的悲剧●公判徒刑五年，全县游街示众●父母恩断绝，女儿心枯死●红尘沦落更尊严●以后不要来看我●无爱的婚姻●以心换心大丈夫●沧桑多变化，中年更冰清

李娅，原名李茹，1952年生。先在县马庄公社插队，为躲避不轨之徒的戕害，后转到黑峪公社。在黑峪，爱上已婚青年农民刘超远，遂因种种纠葛，被逮捕判刑，在女监服刑五年。刑满释放，在Y县工作安家，竭力保护自己的人格和尊严，数年后，终成一位令人刮目相看的人物。

——作者

在Y县，她的名气可谓不小。

这不仅因为她曾被押在刑车上，在全县三个镇子19个公社周游了一遭，还因为后来她居然在全县千人大会上登上领奖台，从县委书记手里接过“先进人物”

的奖状和奖品。人们对她的评价，像她自身的经历一样矛盾；有人说她是个不正经的女人，有人说她是个大好人，各执一端，莫衷一是。她呢？对外界舆论毫不理会，只是顺着自己的心性做人。她使眼界狭窄的Y县人见识了一种奇特的性格。

这就是李娅。

我去采访她时，出现在我面前的是一位穿戴整洁、文静干练的女人。中等个头，烫发，眼睛黑而大。明白我的来意后，她用一种不信任的眼光把我从上到下打量了一遍。这是我在整个采访过程中几乎没有碰见过的眼光。显然，她把我看成一个猎奇的、好打听轶闻趣事的人。我理解她的这种警惕心理，在她的生活环境中，也许这号人太多了。但她最终还是相信了我。她需要别人的理解，而她周围，真正能够从深层理解她的人并不多。

然而，她并不是毫无保留地向我讲述了有关她的一切。有些事情，她显然不愿提及。但为了再现一个完整的她，我从别处了解到的那些事情，不能不在这里写出来。

也许这是她不乐意的。我只能祈求她的原谅。

19岁以前，她叫李茹。

她插队的那个地方是马庄公社一个十分偏僻的村子。村子里大都是王姓一个家族的人，她与10多个老初一、初二的学生，分散住在老乡家里。

她住在队长家。

队长是个复转军人，党员，叫王仓满。三十二三岁，已经有了六个孩子。她本不愿意住进这家，这家喂了一只大黑狗，动不动就朝她呲牙咧嘴。可是队长一家很热情，大黑狗过了几天转而对她变得亲热了，她也就安心住了下采。

她与队长的两个女子住一个窑。吃饭在知青集体灶上吃，劳动随村里妇女一块出工，开始的日子平平静静。

与很多知青不同的是，从一开始，李茹就不相信插队生活会长久过下去。她认为发出知青上山下乡的号召，不过是“文革”把一切闹得乱了套，国家难以替中学毕业生找到出路才采取的权宜之计。一个最简单的看法支撑着她的这种认识——人总是要老要死的，厂矿、机关、商店、学校总得不断补充新人手。学校毕业生全在乡下，不从乡下招人从哪里去招？所以她并没有打算在农村待多久。当然她也不敢奢望回北京，如果三年五年之后，能在本地为她安排一份工作，她也就心满意足了。

怀有这种思想的人，被看做是不安心与贫下中农相结合，在知青中是要遭到谴责的。她不会掩饰自己的思想，在一群刚刚插队热情勃勃决心终生献身农村的同伴当中，她很快就遭到了冷落。

她落落寡欢，除了劳动、吃饭，然后就是想家。父母亲都是中学模范教师，她的家庭年年被街道居委会评为五好家庭。父母亲很疼爱她，但从小就对她要求很严。在家时，她曾非常反感父母亲过于严厉的管束，但来到陕北农村，尝到生活里孤独和寂寞的滋味，才觉得家庭终归是温暖的。

队长王仓满是个五大三粗的汉子，脸上黑苍苍一圈络腮胡子，左眼下边有一块疤。那块疤据说是在新疆当兵时，在一次民族纠纷中被维族人拿匕首戳的。他性情粗暴，年龄虽说不算大，但在村子里辈分不低，常常见他站在街畔上，手指着那些干活偷懒的人的鼻子骂得跟龟孙子似的。他的婆姨也长得人高马大，粗壮结实。村子里的男人都敢打婆姨，王仓满不敢，动婆姨一指头，那婆姨就会跟他拼命。

这一对厉害男女，对李茹却不错。王仓满的孩子多，婆姨照应不过来，李茹有时便帮着干点洗洗涮涮、缝缝补补的活儿，那婆姨便亲姊热妹一样待她。家里日子过得不景气，但做一顿可口饭，一定要留下李茹来吃。王仓满是一队之长，手里捏着给全村人派活的权力，他常常有意照顾李茹，给她派些轻松活儿。比如，别的知青都去掏地，她却被派去看护庄稼；全队劳力都在运粪，她却被安排站在路口给运粪的人发票。她觉得总是这样不大合适，把她的感觉婉言对王仓满讲了。王仓满嘿嘿一笑，说："就是特意照顾你哩，我看他谁敢放半个屁！"

第二年，李茹当上了队上的记工员。

这一切，李茹全看做是她和队长一家有层特殊关系，队长好心好意照顾她。她并没有往其他方面想。她不能不感激王仓满。特别是王仓满知道她不愿在农村长期待下去，许愿说一有机会，他一定给大队公社推荐她出去，这以后，她更把王仓满看成一个可依赖的人了。

她没有料到会发生那样可怕的事情。

那天她不舒服，没有出工。王仓满的婆姨出工去了，孩子们有的去上学，有的在街畔上玩耍，家里只剩她一个人。她正在窑里给北京家写信，王仓满从外边回来了。

她听见他的脚步声在窑院里转了一圈，最后停在她的窗户前。片刻后，他又走开。大门响了一下。接着，他走进她住的窑里。

他在她的面前出现时，她吃了一惊，只见他目光发直，脸孔发紫，肥厚的嘴唇打着哆嗦，像被什么事情强烈地激动着。她恐骇地问："你……怎么啦？"

他不说话，勉强地、很不自然地笑笑。突然，他一步冲向前，把她紧紧地抱住。

是这样意外，她惊惧得浑身打战，想喊喊不出来。本能使她不顾一切地推他，企图从他的搂抱中挣脱。王仓满不松手，把嘴巴直往她的脸上贴。她扭动脑袋躲避着。她觉得她已喘不上气来，眼前一切都在旋转。她听见王仓满用干燥的声音在耳边一声声急唤："叫我亲亲，叫我亲亲。"她仍企图挣脱，推他的下巴，掰他的手指头。然而她的力气太小了。他的嘴巴按在了她的脸颊上，一条胳膊死死把她搂住，另一只手向她的衣服里边伸探。她终于叫出声来，像被蛇咬那样尖叫了一声。王仓满愣了一下。她流出了眼泪，不再叫喊，低声苦苦哀求他松手。王仓满收住激烈的动作，在她脸上看了半天，很不情愿然而又无可奈何地慢慢松开手。

她冲出窑，打开院门，奔过街畔，扑进村边一片玉米地里，软绵绵坐在地上，动也不能动了。泪水在她的脸上恣意流淌。

她搬出王仓满的家，住进知青的公窑里。

她不愿意将这件事情张扬出去。搬家的理由，她告诉别人是因为王仓满的两个女子睡觉不老实，弄得她睡不安稳。

也许王仓满料她不敢吭声，一点也不在乎他曾经做出的事情，在她面前显出一副若无其事的样子。她恨他，怕他，尽量躲着他。也恨自己太傻。知人知面不知心，可是她居然长久以来都把他当成一个可信赖的人。

王仓满照旧给她派些轻松活。她不能拗着不去干。

一天，她在原坡照看秋庄稼。她坐在地头，忽然听见玉米叶子一阵唰啦啦响，她以为是贼偷庄稼，正想喊几声把贼吓跑，却见王仓满从玉米地里闪了出来。她心里一阵恐惧。没容她多想，王仓满已经蹿到跟前抱住了她，什么也不讲，像猛兽一样，把她往玉米地里拖。

天苍苍，野茫茫，荒郊野外阒无一人。她不敢喊叫，苦苦地挣扎、哀求。王仓满哪里理会，看来这一回他决不会轻易放手了。眼看她已没有力气反抗。就在此刻。不远处传来一个女人的喊声："三焕子，你个死鬼钻到啥地方去啦?"

是本村的三焕子他妈。她正在野外扒猪草，一定是看见了这边这幕情景，才有意嚷叫。

王仓满像被抽了一鞭子，慌忙松开手，一猫腰。钻到玉米地里消失了。

肯定三焕子他妈把这件事情给王仓满的婆姨讲了。这天后晌，李茹正在知青窑里掉眼泪，王仓满的婆姨闯了进来。这个把李茹当亲姊热妹一样对待的女人，气势汹汹，指着李茹破口大骂："不要脸的骚货，狐狸精，卖×的贱坯子，勾引开我的男人啦！我叫你拉汉子！我叫你拉汉子！"一边骂一边伸手抓李茹的脸。李茹惊慌地抵挡着。隔壁窑里几个知青闻声赶过来。他们不明白什么事情，但见同伴被欺，不问三七二十一，先把那个撒泼的高大粗壮的女人按倒，然后才问怎么回事。

李茹只哭，不说话。王仓满的婆姨在几个男知青的手下挣扎，嘴里叫骂不止："她勾引我的男人！妖精，骚货，我要撕她的脸皮！"

几个知青迷茫地看看李茹，又迷茫地相互看看，然后，把王仓满的婆姨连推带搡，轰出了知青院子。

他们回到窑里再次追问情由。李茹哽哽咽咽把前后两次发生的事情讲了一遍。

"告！妈的，贼胆不小！"知青们激愤难捺，一哇声开了腔。

没等知青们上告，王仓满的婆姨倒先告到了大队。她认定是李茹勾引她的男人。去跟李茹算账时，又被一帮子知青撂倒在地，这口气她怎么也咽不下。

事情闹大了。

先是大队、公社来人调查，后来县公安局的人也来了。

王仓满的婆姨自讨苦吃，调查结束后，王仓满被抓了起来。

但是，李茹在村里也待不下去了。村子里王姓人多势众，王家门上出了丑事，全家族都恨她。她只好改名李娅，被县知青办从北原上的马庄公社远远地迁转到南原上的黑峪公社插队。

这只是她的故事的序曲。

李娅新的插队地点，就在黑峪镇子上。

从镇口一条沟拐进去，靠着一条小河的半坡上，有三孔窑洞。附近有一片苹果园，窑洞是早先看守苹果园的人住的。后来苹果园遭虫害，荒芜了，窑洞再没人住。李娅一个人住在边上一孔窑洞里。这条沟叫河沟，是黑峪镇埋死人的地方，从窑洞口望下去，一边是几户农院，一边是公社大院。往上看，沟两边的坡地上，坟包一个挨一个，有些新坟头上还残留着飘零的花圈和纸幡。镇子上有电，但不通河沟这三孔窑洞。一到晚上，李娅早早就关了窑门，不再出去。门外那条黑乎乎的沟，令她心惊胆战。

有关她的传说，随同她一块来到黑峪镇。事实在传说中严重地走了样儿，她成了一个在作风上出了事儿、在原来插队地方混不下去才迫不得已转队的风骚女子。这种传说，使她既成为黑峪镇人们注目的对象、又是众人不大愿意理睬的一个人。孤独和痛苦使她变得沉默寡言。她没有朋友，没有欢乐。她把自己看成一个不过暂存在这里的物件，等待着慈善的命运之神有一天把她召唤到一个新的生活天地里去。

然而她的希望一次次落空。此时招工已经开始，知青走了一个又一个，一拨又一拨，始终没有她的份儿。她宁肯默默地等待，不愿再去求助于任何人。

她天天随社员们出工，队上干部派什么活儿，她就干什么。掏地、背庄稼、拿粪，无论活儿多苦，她都不吭一声。苦熬吧，一切总会有个终期。她想。

一次，她从山上往下背高粱秆。一捆高粱秆，竖起来比人还高，背在背上头重脚轻，下山时，不是朝后仰，就是朝前折。她不会捆高粱秆，背绳留得过长，走起路来高粱秆碰磕在地上，脚步就更不稳当。深秋天气，小路上落了一层薄薄的白霜。下一个塄坎时，她只防不让高粱秆磕在地上，不小心脚下一滑，一下子折了个跟头，连人带背上的高粱秆，一块滚到旁边一条沟里。

幸亏沟不深，但这一跟头也摔得不轻。她昏昏沉沉躺在沟底，半天爬不起来。她听见头顶有谁惊叫了一声，接着便听到有人顺着坡坎溜下来。是本队青年刘超远。他急急奔到她跟前，先拿掉套在她肩上的背绳，踢开高粱捆，搀扶着她坐起来。见她膝盖被磕破，额上鼓起一个大包，他慌忙问她还有哪儿受了伤。她勉强站起来，试了试，还能走路，便摇摇头。他嘘出一口气，让她坐在一个土塄上歇了歇。待她缓过劲儿，他背起她的高粱秆，让她扶着他的肩膀，绕了一个大弯，从沟底攀上来。

他把她一直护送到她住的窑里，又替她把高粱秆给队上送去。

经历了这件事情，李娅心里非常感激本队这位平时给她印象并不深的小伙子。

刘超远是队上为数不多几个初中毕业生之一，高挑挑个头，人长得挺文气，不爱多讲话，跟不熟悉的人讲几句话就脸红。他是生产队的出纳，家住在离河沟不远的一个半山坡上。在这件事前，李娅从没跟他说过话，只知道他是大队支书的女婿。即使在他救护李娅之后，她心里感激他，但见面也只是打个招呼。她已经变得不善于同人交往了。

一天，生产队分谷草，刘超远称秤。分到李娅跟前，刘超远说："放下吧，我一会给你背回去。"

李娅说："不用。"自个把谷草背回住处。

回到窑里，李娅面前不时浮出刘超远那关切的眼神。她忽然觉得自己有些不近情理，从他救护她的那天直到今天，她连一句感谢话也没有对他讲过。箱子里有一包从北京家里寄来的水果糖，她决定找机会把这包水果糖送给刘超远。

机会是在一个下午来临的。当时刘超远正在他家门前一块石头上磨镢头，李娅从跟前路过。她在他身边站住了。

"你能到我窑里去一下吗?"她问。

他眼里有种迷茫的神情，但是点了点头。

不一会儿，刘超远来了。她拿出水果糖，刘超远不接受。她说："给孩子吃吧。"刘超远说："我还没孩子哩。"她说："那就给你吃。"刘超远说："这么大的人，还吃啥糖?"说罢，拔脚就要走。

她拦住他，叹了一口气，说："你是不是也信了那些传闻，可怜我，又怕我给你带来不好影响?"

刘超远笑笑说："啥话！我是队干部，对你的情况知道得一清二楚，你一转来上边就交待过。我是觉得你过于费心思了。"

他接受了那包水果糖。

这一年冬季，生产队大搞农田基本建设，全队劳力齐上，不分男女，都是包工活。给李娅分的活儿，无论她怎样努力，天黑前咋都干不完。眼见着别人完工回家，暮霭在山坡上散漫涌起，她的心里便一阵阵焦急。这时她的体力已快耗尽，几乎难以支撑下去了。蓦然，浓浓暮色中，她发现一个高挑身影朝她走来，是刘超远。他不声不响帮她干起来。她心里一热，身上也有了劲儿。干完活，两人一块回镇子。他知道她害怕进河沟那条路，一直把她送到窑门口。

每一天，他都这样帮助她。她不知该怎样来表达自己的感激。两人虽说比以前熟稔多了，彼此间也喜欢拉拉话，但她仍摆脱不掉拘束的感觉。他呢，好像也不愿意谈论自己，特别是不愿意谈论自己的家庭。接触了好长时间，她对他的情况所知甚少。

直到过年的时候，李娅才第一次见到刘超远的妻子。

大年三十，队长派李娅和几个女子挨家挨户贴“破四旧、立四新”的对联。贴到刘超远门上，刘超远走出来，让她们进去坐坐。

进了院子，李娅看见一个歪脖颈、个子很小的女人正往厨房里抱柴禾。她不知这是刘超远的什么人。在窑里坐下，几个女子正和刘超远说笑，那个女人进来了，问她们渴不渴。从几个女子与那女人谈笑中，李娅听出，站在她面前的这个身材矮小、脑袋歪扭、近乎半残废的女人，就是刘超远的婆姨。

她感到非常惊讶。

从刘超远家出来，几个女子对她讲起刘超远和他婆姨的事情——刘超远的婆姨生下来就是个歪脖，以后个子又不长，她的父亲、大队支书怕日后找不到婆家，在她14岁时就托人找到刘家门上。刘超远比女的小两岁，那年刚刚12岁，小学还没有毕业。虽说还憨着，但对女人也能分出个好赖，高低不同意。可是刘超远的父亲觉得女方家底子厚，能和支书攀上亲，脸面上有光，保不准还能沾上啥便宜，便做主把这门亲事定下来。刘超远18岁那年，双方家长硬逼着他和歪脖姑娘结了婚。女人不能上山劳动，结婚几年，也没有生下娃娃。刘超远除了自认倒霉，一点法儿也没有。

几个女子对刘超远抱有明显的同情态度。李娅听罢这番叙述，也为刘超远深深感慨起来。

李娅是个不易动感情的人，起码今天，她给我的印象如此。但时过境迁若干年，当她向我谈起刘超远对她的关切及刘超远的不幸婚配时，我看她依然深深地感激和同情这个命运不济的小伙子。她丝毫不想避讳这一点，尽管后来的一切事端均由此而生。她动情地回忆着往事，语调低缓轻柔，眼睛里闪烁着星星亮光。

我访问那些熟悉李娅过去生活的人们，他们说李娅在黑峪镇跟谁也不来往，后来见她跟刘超远接触渐渐多起来，心里生出疑惑，但大家都知道刘超远老实本分，料定不会发生丢人现眼的事情，谁知……说到这里，有人便摇头叹气。让我奇怪的是，这些人了解的只是发生了什么事情，几乎没人能说清楚这中间的详情。事情在他们眼里很简单——不过是千古以来男男女女那种苟且之事。可是，当我追踪着李娅的感情脉络深入了解下去的时候，我发现，这里边有许多深挚真诚的东西。

开春以后，又有单位在农村招工。李娅忐忑不安地等待着，看这一次有没有她的份儿。

刘超远知道她想出去，给她想了一个办法——去公社找北京知青带队干部老宋。

“你去给老宋说说，让他推荐你。这种事，北京带队干部是要参与意见的。”

李娅没有去找老宋。说不清为什么，她有点反感那个长着一张小白脸的男人。即便不反感，她也不愿意求情于任何人。既然地方上的干部了解她在马庄公社那档子事，她来黑峪镇后又不惜气力地在队里劳动，那么这次招工轮也该轮到她了。想归这么想，她仍然不免有些担心。她知道在这么一个偏远小地方，什么事都是掌权的说了算，自己的命运是在别人手里捏着。

刘超远同样为她担心。一天，她正在队上切洋芋籽，他来到她身边，说：“大队马上就要定人了。”

她问会定谁，他说不知道。

刘超远在她身边蹲下来，拾起两个洋芋，拿在手里看了看，又扔在地上，说：“要不，我去给我丈人说说。”

“起作用吗?”她问。

“不知道。”他说，“我跟我丈人不太来往，他可能对我有意见，不过这件事情，兴许他能给点面子。”

当晚，刘超远来到她的窑里。一看他的脸色，她便知道事情没有办成。

“不行，人定了。”他沮丧地说。

“定的谁?”她问。

“二队一个北京知青，还有三队一个当地回乡青年。”他有点耿耿不平，“三队那个回乡青年，给我丈人提了二斤点心、一条卷烟，我丈人就把名额给他了。”

她不说话，呆呆地看着窑壁。他想安慰她，又似乎很难找到适当的话，闷闷不乐地坐了会儿，走了。

这次没有走成，对李娅情绪影响很大。她实在不愿意再在这个地方待下去，不愿意清白无辜地背着一个不干净的名声，再去忍受别人看她时那种奇怪的眼光。沉重的体力劳动，恶劣的生活条件，对于她倒是次要的，只要有希望在心里支撑，她什么苦都能吃。怕只怕失去了希望。

夏天，又招了一次工，还是没有她。

这一次使她对刘超远曾经讲过的那句话怀疑起来——这里的干部，是不是真的清楚她转队的真实原因？他们了解的情况，会不会像疯传的那样，她是在马庄犯了作风错误才被转送到这里？也许上边有关方面可能给这里的干部交代过事情的原委，但也有可能，这里的干部谁也不信，把那一切不过看成一种托词。人们对男女间的事情最敏感，最能驰骋丰富的想象力。如果是这样，她有口也难为自己辩解了，而干部们，有谁愿意落下话柄去为一个“作风不好”的女人的前途着想？

想到这层，她不寒而栗。她绝望了，精神一下子垮下来。

一连两天，她没有出工。

晚上，刘超远来看她。她和他的关系已经变得越来越亲近。他心底善良，和她谈得来，什么事情都替她着想，常常帮她干这干那。他知道她心情不好，给她拿来两个白馍馍，还有厚厚一本书。书已被撕得无头无尾，书角翻卷起来，纸张脏乎乎的。

“是《林海雪原》。”他告诉她，“很好看，我在过去一个同学家专门给你借的，闷得慌了看一看，换换心情。”

李娅早在上小学高年级时就读过《林海雪原》，这是一本她很熟悉的书。她见刘超远如此为她着想，心里不由涌起一股热流。

他看她脸色黄黄的，又说：“这次走不成，还有下次，不要自个跟自个过不去。你一个人生活，身子垮了，就麻烦了。”

李娅知道这是宽心话。她不再相信还有什么机会。不过，她很想在刘超远跟前证实一下她那个推测。

她问刘超远：“你说我来黑峪时，上边把我的事情向这里干部交代过?”

“交代过。”

“你相信吗?”

“咋不信?”

“别人呢?”

刘超远不言声了，看着她，隔了好大会儿才说：“你咋又想起说这件事情?”

“你先说别的干部信不信?”

刘超远诚实地摇摇头，说不知道。

无须再刨根问底，看来事情就是这个样子。李娅心里凉透了。

刘超远一再劝慰她，该吃就吃，该喝就喝，不要把身体弄出毛病来。

刘超远的担心不是多余的，祸不单行这句话在李娅身上应验了——相隔三天，李娅便上吐下泻，脑袋昏昏沉沉，一阵阵发晕，身子也很难挺起来了。

这病好像不是自个折腾出来的。李娅浑身软瘫地躺在窑里。没有人知道她闹病。这一天刘超远也没有到她这儿来。到了后晌，她愈发难受，恐惧随之像魔影一样钻进她的心里。她勉强支撑起身体，走出窑洞，摇摇晃晃地向镇子上的医院走去。

半道上，本队一个妇女看她那副模样，惊骇地搀扶着她一同来到医院。

检查结果：食物中毒，很可能是蓖麻油。

刘超远闻讯赶到医院。她正挂着吊针。他问她怎么能吃蓖麻油，她摇摇头，也不清楚是怎么回事情。

刘超远问："你吃的油是哪里来的？"

她强打精神说：队上分的麻籽，她不会榨油，跟老乡兑换了。她吃的油，是用麻籽换来的。

刘超远追问："跟谁兑换的？"

她回答："随子婆姨。"

他拔腿就走。

他先来到李娅窑里，找见油瓶子，闻闻，再用舌头舔舔，舌尖涩麻。没错，是蓖麻油。他气愤地大骂："黑了心肝，敢这样坑人！"提起油瓶子，就去找随子婆姨。

随子婆姨一口咬定她换给李娅的是麻油。刘超远平日不愿与人多说一句话，但对这件事情不能容忍，与随子婆姨大吵了一通。油瓶子被他摔碎在随子家门口。

他气呼呼跑到医院，把事情给李娅叙说了一遍。

"何必呢，"李娅见这位平素腼腼腆腆的好心人为她的事激愤难平，心里发热，眼眶发潮，嘴里却说着另一样话，"把人认清就行了，不值得去吵。"

住了一天一夜医院，第二天后晌，李娅回到她的窑里。还有些头晕目眩，心里苦极了。在炕沿上坐下，环顾寂寞冷清的破窑，心里更生出无限凄楚与悲凉。她不知道以后还会遭遇到什么，不知往后的日子该怎么过。她没有勇气，也没有力量再去对付朝她袭来的种种不测。无论是身体，还是精神，都变得非常虚弱。她想哭，想北京的家，想父母。她知道北京的父母也在为她着急，他们不断来信，询问她的情况，盼望她早日从农村拔出脚。然而几个月来，她一封信也没有给家里写过。她无法向亲人谈她的情况。此刻，她却很想给北京家里写信，真实地倾诉她的境遇，她的痛苦，她的思念。她真想一头扑进亲人怀里，痛痛快快大哭一场。

她找出笔和纸，伏在炕栏上写起来。刚写了爸爸妈妈四个字，泪水就涌出来，这一哭便收不住了，直哭得心口一阵阵刺痛。她扔开笔，把纸揉成一团。不能，不能带着这种情绪给爸爸妈妈写信，他们得知她的境况，不定会难过成什么样子。

伤心的泪水断线似的在她的脸颊上流淌。

当夜，一阵迅猛的雷声把李娅从迷迷糊糊的梦中惊醒。下暴雨了。她听见风的呼啸和雨点在黄土上、石头上击打。风在河沟里穿过的声音像野马奔腾，又像一群人在悲哭。惨白的闪电不时把窗纸刺亮，映出破窑里一团团黯淡的影子。雷声不断，远的像铁轮碾过天际，近的像在窑背上炸响，叫人一阵阵发怵。李娅感到恐惧，莫名其妙的恐惧。这种恐惧在她心里不断加重。蓦地，她好像听见窑外有谁扑沓扑沓走动的响声，时轻时重，时断时续。风裹着雨斜淋在窗棂上，窗户纸被打得啪啪作响。她不敢往窗户那儿看，总觉得那儿有人，脚步声就在窗户下边响着。她战战兢兢穿上衣服，想看看窑门关好没有，脚探出去够着了鞋，但又不敢挪动脚步了。她强迫自己定下心。也许是心里犯疑，耳朵听岔了，她给自己壮胆。再屏息静听，扑沓扑沓的声音还在响，而且，隐隐地，她听见仿佛有另一种脚步声自远而近响过来。真的，真有另一个人的脚步声，沉重地踩在地上，一步一步朝她的窑洞走来了。这一回，恐惧更像窑外的暴风雨一般呼啸着袭来，她浑身软瘫，几乎快喘不上气来。在一道刺目的闪电和随之而响的炸雷之后，风声雨声里，自远而近的脚步声在离窑门不远的地方停住，哗啦一声，有什么东西重重地摔倒在地。她听得太清楚了，说不出的恐惧令她不由得惊叫了一声。

她的叫声无疑惊动了窑外的人。脚步声急促地走向窑门，随即响起了敲门声。她惊恐得缩成一团，一声不敢吭，连企图躲藏的力量也没有了。

敲门声还在继续。一个男人的声音大声询问："李娅，你咋啦?"

像是刘超远的声音。李娅探了探身子，颤声问："谁?"

外面回答："是我，刘超远。"

李娅一下子蹿起来，奔过去开了窑门，急慌慌一把拽进刘超远，赶紧又关上窑门，嘴唇哆哆嗦嗦地说："外边还有一个人!"

刘超远说："没有呀，就是我在外边。"

李娅惊魂未定，说："你听!"

扑沓——扑沓——那声音还在响。

刘超远听了听，打开窑门走出去。李娅不知他去干什么，不知所措的当儿，刘超远又回来了。

"是墙根一块牛皮纸在响。"刘超远对她说。

她一下子松弛下来。

直到这时，她才借着闪电的亮光，看见刘超远头发贴在头皮上，脸上挂着水珠子，浑身上下被暴雨浇得透湿。

"你来干什么?"她问。

"前天我给你背了一捆柴，撂在河沟路边晒着。刚才正睡觉，听见下开了暴雨，我怕河沟发水把柴冲走，就把柴背了上来。"刘超远淡淡地说道。

李娅再也控制不住自己了。她一下子扑到他的怀里，把头俯在他湿漉漉的胸脯上，呜呜地哭起来。

李娅给我讲上边这件事情时，我看见她眼角闪烁着点点泪花。

这是在县招待所的房间里。房间背后，招待所正建锅炉房，打夯机的声音震得窗户玻璃嗡嗡作响，震得人心里一揪一揪。工队的人大声指挥一辆运砖的手扶拖拉机停靠在什么地点，手扶拖拉机可能没有听从指挥，工队的人用粗鲁的话呵斥。隔壁房间里，不知哪里来的两位客人正在下象棋，啪啪的吃子声和互不服气斗嘴皮子的声音从敞开的房门飞到楼道。飞到这边房间来。这一切，都使人感到一种躁动不安的气息。

后来发生的事情，李娅这次没有给我讲。在以后的采访中，她也谈得很简单。我知道，她不愿意回首那段给她终生留下巨大阴影的日子。

李娅与刘超远的关系，急速地发展起来。

她和他都已陷入感情的泥沼，难以自拔。他的爱，他的关心，使她感觉到从未体验过的激动和温暖，同时又忍受着难以消除的恐惧和不安。她知道自己走上了一条危险的路子，但是她无法对付自己，无法控制她对他的感情。在这黯淡无望的日子里，她需要人的爱，也需要爱别人。唯有爱，使她才觉得生活有一丝暖意，才不至于痛苦得窒息。这爱不是轻飘飘抛出去的，它含着血，带着泪，连接着她甘愿作出牺牲的献身渴望。她不知道这种爱会有什么结果，冥冥中那种鼓荡着感情的力量，迫使她不容多想地朝前走去。

然而这种爱也是胆怯的，躲躲藏藏的，像一只提心吊胆跑到水潭边饮水的小鹿。刘超远对她的关心照顾比以前更加细腻周到，但却不能像以前那样坦然了。他害怕众人眼光的注视，不能不注意影响，不能不保护自己和他心爱的人。虽说结婚多年，他却没有尝到过爱情的滋味，一旦获得爱情，便像一个焦渴的跋涉者俯身于一泓清凉沁脾的泉水狂吸痛饮。他有着说不出的激动，但这种激动只能深深地埋藏在内心。他总是悄悄地来到李娅身边，然后又悄悄地离去。他表面平静，内心却如狂涛翻卷。

这种状况自然不可能持久地维持。刘超远想到了与妻子离婚。

他把他的打算给李娅讲了。

李娅默不作声。许久，她才不无忧虑地问："离得掉吗?"

他说："我已拿定了主意。"

刘超远回到家，不知怎样给婆姨讲的，那个可怜的女人睡了一夜，第二天早晨起来喝了半瓶子煤油。刘超远发现时，她已难受得在炕上打滚。于是一家人惊慌失措地撬开她的嘴巴往肚里灌醋，又拿手指头挠她的喉咙，迫使她呕吐。可怜的歪脖女人没有发生意外，一家人也不敢声张这件事情，刘超远暂时不敢再提离婚的话了。

李娅得知这件事情后，难过得暗自哭了一场，为那个歪脖女人，也为她，为刘超远。

也许注定这是一场无望的爱情？一场悲酸的人生插曲？也许一切应该就此打住？李娅心里乱了。她曾下定决心：为了她与刘超远的爱，她甘愿留在黑峪镇，甘愿接受命运的所有挑战，然而现在，横在她面前的障碍不光有那个不幸的女人，还有自己的道德良心。她缺乏跨过这双重障碍的勇气。

她心里打起了退堂鼓。

但是刘超远却不愿意失去她。他鼓励她，相信总会有随心如愿的一天。他依然经常悄悄地来到她的窑里，把炽烈的爱情献给她。

她抵御不住这种烈焰般的爱的进袭。幸福与痛苦复杂地交织在她的内心。

然而，不久后发生的一件事情，把她彻底推向了痛苦屈辱的深渊。

一天清晨，刘超远正打算从李娅的窑里离去，外边有人敲门。

李娅和刘超远都吓得不知如何是好，不敢吭声。敲门声不断地响，看着很难扛过去，李娅硬着头皮把门打开。

来人是北京知青带队干部老宋。老宋惊愕地瞥了一眼惶悚不安的李娅，又飞快移动目光盯住神色惊慌、手足无措的刘超远。刘超远钻出窑，急慌慌地走了，老宋这才问李娅："你们队里的？"

李娅迫不得已点点头。

"叫什么？"

她没有告诉老宋。

大清早老宋来找她肯定有事。但老宋不再对她说什么，用一种难以琢磨的眼光看了她一阵子，走了。

她怕得要命，六神无主地在窑里坐下，站起，又坐下。她不知道老宋会拿这件事情怎么办。

一连几天没有动静，她还是悬着心。

又是几天过去。没有发生任何事情，也没有见到老宋。她渐觉安心。北京干部总归会袒护北京知青，老宋一定好心眼儿，不愿意把事情捅出去。她在心里开始感激这位宽厚的人了。

刘超远也松了口气。他对李娅说，如果有人追问，啥都不要承认。不承认谁也没有办法。

七八天后，一个晚上，老宋来到李娅的窑里。

李娅忐忑地接待着这位 30 多岁、白白净净的知青带队干部。老宋坐下来，先把窑内环顾了一圈，然后盯住她。她低下头，不敢看他的眼睛，沉默中，李娅已经明白，老宋此趟来这里，肯定要谈那件麻烦事情。

老宋比她想象的和蔼客气得多。他是用一种深切惋惜的语调谈起那件事情的。他说她太年轻，容易上当受骗，往往分不清谁是好心谁是坏心。他抱怨她不应该抛弃自己的前程，对生活应该有更高的追求。他告诉李娅：他已经辨认出来了，那男的叫刘超远。“简直想象不来，你怎能甘愿与这种人保持那种关系？”老宋痛心而又大惑不解地说。

见老宋一片诚心，又什么都知道，李娅便把她与刘超远前前后后的事情对老宋讲了一遍。

老宋听后叹口气，久久不语，他仿佛有着重重心事。过了半天，问李娅：“你知道这种事情的严重后果吗？”

李娅不安地望着他。

老宋要说什么，又摇摇手：“不说了，这后果你知道，只要有人捅出去，就难以收场。”他瞥了李娅一眼。李娅把头低了下去。

老宋又说：“当然，有感情了，这事情可以理解，人嘛，谁没有个七情六欲，问题是你找的那个农民……唉，叫人真可怜你！”

老宋坐了很久，才站起身来准备离去。她送他出门，他走到窑门跟前，手扶门扇，愣了一下，忽然把门翕上，转过身来，一把拉住她的手。

“我真同情你，可怜你，你是个好姑娘，你太善良了……”他脸色苍白，嘴唇哆嗦，一边喃喃低语，一边把她的手往他怀里拉。

李娅被他的举动吓懵了，想抽出手，却被对方使劲攥着。她嗓眼里打颤，问：“你怎么啦？你怎么啦？”

老宋鼻子嘴里喷出一股滚烫的气息，一下子把她揽到怀里。她不知哪来的一股力量，一把把他推开，跳到一边，恐惧和愤怒使她连气都喘不上来。她想呵斥他出去，但是发出来的声音却是哀求："你不能这样，不能这样。"

老宋有些垂头丧气。他重新在炕沿坐下，望着远远躲开的她，乞怜地用颤悠悠的调子说："我真的同情你，也喜欢你……我也过得很苦，有家不能回，你不要把我想得太坏……你和刘超远的事，我对谁也不讲，我能设法保护你们。你可以看我是不是真心……"

李娅没让他讲下去。"你出去，出去！"她觉得自己不能再软了。

老宋望着她，没动。

"你再不出去，我就出去啦。"

老宋灰灰地站起来，脸上白白净净的肌肉一阵抽搐，勉强笑着说："好，我走。不过我的话你再想想。刘超远和你的关系已经有人议论，如果事情捅开……也许你们能保护自己，不过刘超远婆姨喝煤油自杀的事……"老宋把话说了半截打住。他又笑了笑。这一回笑得一点也不勉强。然后，又悻悻地看了她一眼，这才朝门外走去。

李娅像木头人一样站在那里。老宋最后几句话，还有那种笑，那种眼光，使她突然意识到可能发生的可怕后果。她胆怯了，害怕了。在心慌意乱的一瞬间，神差鬼使似的，她冲出门，喊住了正朝坡下走去的老宋。

老宋又踅回来。

她祈求地望着他，急促地说："我和刘超远的事，我求你……"

老宋没待她说下去，就把她抱在怀里。她喉头哽咽，说不出话来，也没有力量反抗挣扎。她像被人抽去了骨头，抽去了灵魂，软绵绵成了一堆动也不能动的瘫肉，脑子里一片麻木。她什么也感觉不出来，唯觉到从眼睛里滚落到脸颊上的温热的泪水。

像秋天的豆秧子遭了霜，李娅蔫得挺不起脖颈。

她痛恨自己，心里涌起一种难以名状的龃龉的滋味。她不愿意再见刘超远。每次刘超远到她这里来，她就急急地催他快点离开。刘超远不明白中间原委，以为她怨恨他迟迟没有离婚。他向她解释。她显得愈加烦躁，说她谁也不怨恨，只怨恨自己。这更让刘超远摸不着头脑。苦苦地思来想去，最后得出这样一个结论：她厌倦了，后悔了，不再爱他了。

这对刘超远是个很大的打击。在李娅面前，他本来就有一种难以摆脱的自卑，现在只好沮丧而知趣地退下。

但是，爱的火焰仍在他心中噼噼啪啪地燃烧，他将这爱火牢牢地锁在心里。他变得少言寡语，无精打采。有些时候，肝火却特别旺盛，动辙就跟人吵架。一次为碾面的事，跟他父亲吵起来，起因莫名其妙；他父亲说把面罗四遍，他偏偏只罗三遍，他父亲去罗时，他却从碾道里把牲口卸了。他父亲气得直骂他犯邪。

李娅清楚刘超远的痛苦。她的心像被人揪扯似的难受。她不忍心让刘超远再感到冷落。她又一次把握不住自己那颗脆弱的心了。

几个月后，李娅发现自己怀了孕。

她不敢声张，恐惧得不知如何是好。刘超远知道的时候，她已经隐约显出形状了。

刘超远抱怨她没有早说，她低头啜泣不止。

第二天，刘超远悄悄把她送到县上，刘超远在一个熟人那里落下脚，她独自来到县医院。

县医院的大夫一听她的口音，便明白是怎么回事。推说时间长了，不给她手术。她没有料到的是，大夫马上又给县知青办挂了个电话。知青办来人把她带走了。

知青办追问男方的名字，李娅死活不吭声。偏偏在此时，刘超远不知事已暴露，在熟人家等不住她，跑到县医院去找，又跑到知青办来打问。知青办的人立即怀疑到他。李娅见刘超远不知深浅干了蠢事，心一横，报出了男方的姓名。

她说的是带队干部老宋。

老宋立即被隔离审查。

她被知青办送到医院，做完手术，又被送回黑峪镇。这时候，黑峪镇对于她的议论已是满城风雨了。人们早已看出她跟刘超远的蹊跷，现在抓起来的却是带队干部老宋，既让人们惊疑，又使人们的兴趣更加浓郁。有议论传出：刘超远拔了萝卜，老宋不过填了个坑儿。议论归议论，并无人去追究。而老宋除了承认自己的问题，其余多一个字也没说。于是，舆论沸沸扬扬了一阵子，慢慢也就平息了。

李娅在众人面前，再很难抬起头了。

又过去几个月，到了1974年底。

年底刘超远结出纳账，发现随子家借队里30块钱没有还。他去催要。随子婆姨说还了，是她还的，说得有鼻子有眼。刘超远怎么也想不起这女人还过钱。他记得随子借钱时打过一张借条，找那借条，却找不出来。于是刘超远只好自认倒霉。

过了几天，刘超远的歪脖婆姨从炕席底下翻出一张条子。正是那张借条。刘超远拿着条子又去找随子婆姨。

那女人仍不认账，反咬刘超远在她还钱时有意不抽条子，存心坑她。刘超远气得牙根打颤，和那女人大吵起来。

这一架，吵得刘超远彻底翻了船。

随子婆姨寻小队干部哭闹，寻大队干部哭闹，末了，又去公社，捅出刘超远和李娅的事情。有人出面告状，公社便派人调查，一查，事情全抖露开了。

刘超远被公社隔离看管起来。

刘超远一关，李娅料定一切全完了，谁也难救刘超远了。老宋被隔离审查，后被送回北京处理，她虽说心里负疚，觉得坑苦了老宋，但刘超远被保护下来，使她稍觉安慰。她感激老宋只字未讲她与刘超远的关系。她清楚自己横竖丢了人，一辈子算完了，重要的是不能再给刘超远惹灾带祸。然而，她最担心的事情终于还是发生了。

她最怕给刘超远判刑。

刘超远被关在镇子粮站。四五天后，公社一个干部的婆姨来到河沟李娅的窑里，说了会话，那婆姨请李娅去为她起个毛衣头儿。

李娅跟随那婆姨来到公社。

进了房子，那婆姨又出去了。不一会儿，门里进来两个穿公安服装的人。李娅知道这回轮到自己了。公安人员让李娅交待作风问题。其中一个扬扬手里一沓材料，告诉她，刘超远把事情全交待了，现在要看看她的态度老实不老实。

“没有什么好讲的，责任全在我身上，怎么处理，由你们。”李娅说。

她被留在公社，由本队三个女子看管起来。

黄昏时，一个与刘超远相好的小伙子来看她，悄悄告诉她说，晚上刘超远要见她。

夜里，看管她的几个女子在隔壁房子睡了，门锁着，她从窗户跳出来。

夜很黑。刘超远在粮站后墙根下等她。看管他的也是本队几个人，平素和他关系不错，他说服他们把他偷偷放了出来。

一见面，刘超远头一句话就说他什么也没有承认，让她也别承认什么。

李娅闭上眼睛，慢慢扬起头，有气无力地告诉刘超远：她已经承认了，并且把责任全揽了。

刘超远立即像垮了一样，靠在身后的土墙上。

夜，寂静无声。寒风冷漠地贴着他们的脸颊和肩头擦过。

刘超远先被抓起来。公捕大会在黑峪镇粮站门口的空场子上召开。绳子把刘超远的脸勒得乌青。

李娅仍在公社被隔离审查。有一件事情让她感到恼火和莫名其妙——审查中，公安人员不厌其详地询问她在马庄公社的那段经历。她隐约觉出这里边有什么蹊跷。早先，她曾从过去的熟人那儿风闻到，王仓满被抓后，他的婆姨一直不服，咬住说是她李娅勾引了王仓满。现在旧事重提，莫非公安人员也起了疑心？

羞辱和气愤逼得她透不过气来。她不愿意重提过去的事情，连眼前的事情，也不愿意再讲什么了。她的态度惹恼了公安机关的人。几天后，她被送到县拘留所。

换了一茬审问的人，又让她把事情经过从头叙述一遍。那些审问她的人，仿佛对某些具体过程特别感兴趣，非叫她如实详细道来不可。她不讲，一次被逼急了，她冷冷说道：“那个过程跟你们的还不一样？”审问者拍案而起：“好啊，叫你顶！叫你顶！”随即，咔嚓一声，把铐子给她带上了。

在县拘留所关了一个月，然后是公判大会。因破坏知识青年上山下乡罪，刘超远被判处有期徒刑两年，戴上坏分子帽子，监外执行。因流氓罪，李娅被判处有期徒刑五年。公判大会之后，刘超远、李娅，还有几个赌博犯，被押上一辆安着大喇叭的刑车游街示众。刑车载着他们，转遍了全县所有的公社。

县文化馆馆长老裴，向我叙述过多年前那场公判大会的情景。他讲了一个笑话：当时他在县革委会通讯组工作，大会交给他的任务是管广播。大会马上开始，在广播员播放大会纪律的间歇，他随手操起一张唱片播放起来。稍顷，威严一排坐在台上的本县党、政、军领导人中间一阵骚动，一位县革委会副主任急赤白脸离开座席向他冲来，嘴里喊着："广播！广播！"

广播响得好好的，声音很大，他莫名其妙。那位副主任见他痴愣愣地，更加恼火："唱片！唱片放错啦！"

他侧耳一听，顿时一头冷汗——大喇叭里李玉和正在慷慨激昂地唱道："狱警传，似狼嚎，我迈步出监……"

老裴给我讲罢这个笑话，笑了，说："为此我一连写了四五份检查，当时党组织正准备发展我入党，结果黄了。"

我问："当时县上一般群众对处理这案件有何看法？"

老裴说："啥看法都有。有人说处理重了，有人说处理轻了。那阵儿，啥事都没个准头，处理一件案子，关键看碰在啥碴口。中央二十六号文件刚下发的时候，当地人一跟北京知青发生关系，抓起来就判 10 年、15 年。后来觉得判得太重，对北京知青又太宽容，于是一遇到这种事，对北京知青也不客气了。李娅正碰在这碴口上。"老裴说到这里，停了一下，沉吟着又说："刘超远的丈人在中间做工作，也有可能。虽说是个大队书记，职位不高，但也有些能量。李娅判得越重，他女婿的罪就越轻。我是这么想。”

老裴说罢，缓缓地摇摇头，叹了口气。

5年后，李娅服刑期满，从西安女监放回来了。

两个监狱管教人员直接把她送到县公安局，要求县上给她安排工作。

这5年她大变了样儿。不光岁月在她额头刻上了浅浅的皱纹，显得老相了许多，她的性格，也变得更加内向了。5年间，她跟外界没有任何来往。监狱里可以与外界通信，但是没有任何人给她写信，她也没有向外发过一封信。北京的父母知道她出了事，气得死去活来。这一对非常疼爱女儿但把名誉看得更为重要的模范教师，毅然决然地和她断绝了关系。她在监狱中搞缝纫，做绒手套，寂寞冷清地度过了5年劳改时光。

县上并不好安排她的工作。公安局与很多单位联系过，都推说她年龄大，不要。后来县印刷厂一个头头表示愿意接收，可是一上会，又吹了。县建筑社是公安局看准的单位，说服了两个头儿，另外三个头儿的工作却怎么也做不通。他们推说她是女的，到建筑社来没有合适的安排。她无着无落，像一件弃物，冷落地被闲挂起来。

她暂且在公安局吃住。

这一住就是一个多月。没有工作，自然没有收入，而在公安局是要掏饭钱的。她心里着急，但她执意不求任何人。听天由命好了，总能活下去。

刘超远获悉她出狱，并且了解到她眼下的处境，打发一个朋友来看望她。刘超远实际只服了一年刑，另一年被免了，坏分子帽子也摘掉了。他托那位朋友给她捎来50块钱。她没有收钱，对刘超远的情况也只字未问。冷淡地把来人打发走了。

她觉得她的心早已枯死，人世间什么事情也勾不起她的热情了。

然而，她面临这样一种处境，竟然还有人来给她提说婚事。

来人是县中队的大师傅马师。马师要把她介绍给他的一个徒弟。那徒弟姓屈，宁夏人，孤儿出身，原在县中队当兵，因为生性极其老实，干活很能吃苦，服役期满后，县中队舍不得把他复员回老家去，便把他的户口落到城关公社一个村子，人留在灶上当了炊事员。在县中队灶上干了三年，县招待所又看上这个人，硬下手挖了过去。如今这姓屈的将近30岁，只因人太老实，还没有成家。马师说：姓屈的户口虽在农村，但每月拿工资，说是农民，又不是农民。马师还说：只要李娅愿意，他徒弟那头没意见，人家对她的情况一概尽知，不嫌弃。

胖乎乎的马师正经八板说了一河滩，然而李娅根本无心去听。她毫不犹豫，一口就回绝了。

她这一辈子，已经不打算结婚成家了。

她的去处，依然悬而未解。

公安局仍在四处努力。后来工作做到县食品公司，食品公司的张经理是个50多岁的老头子，沉吟片刻，拳头往桌上一砸，呼地站起来说："谁不跌跤？跌了跤就不给人一条活路啦？这个人，我要！"

从此，李娅成为县食品公司的一名职工。

开始工作几年，李娅被安排在食品公司下属的七里坪养鸡场工作。

养鸡场共六个人，喂了一千多只鸡，有混合饲料，工作并不累。这地方离县城7里路，不算远，但李娅从不进县城。生活中的必需品，有人去县上，就托人家捎买回来。给县上送鸡送蛋，场领导知道她的心思，从未派过她。干完活，她便钻进她的那间位于养鸡场角落的住室，不同任何人来往。她过上了一种近似隐居的生活。

日子缓慢向前流淌。

一天，县上一个干部来买鸡蛋。她过完秤，那干部又向她要水喝，并跟随着来到她的住室。她倒水的时候，那干部嬉皮笑脸地说："你叫李娅，我认识。"

她没吭声，把水放到桌子上。

那干部过来没端水杯，却说："你比过去胖了。"话落，伸手在她的胳膊上捏了一把。

她一转身，拿起靠在墙根的火捅条，毫不客气地朝那人胳膊抡过去。那人狼狈地溜了。

是的，她是一个风尘沦落人，但她并不认为这就失去了人格的尊严。她要保护这尊严。

命运，把她的一切剥夺殆尽，唯一能够保留在身边的，也许只有这一样东西了。

然而她发现，即使想保护住这最后一点属于她的东西，也是非常困难的。

养鸡场总要来一些买鸡买蛋的。来人当中，不时会碰到这样一种人：他们用窃贼一样的眼光在她身上瞟来瞟去，变着法儿搭讪和她讲话，有的甚至敢嬉皮笑脸地说出一些带有挑逗意味的话来。在这些人眼里，她是一个不正经的女人，是一块已经被揉搓烂了的抹布，他们认为也许很容易就能在她跟前讨点便宜。可是，当他们尝过她那火辣辣的教训之后，这才明白，他们估计错了。

不时地要鼓荡起力量，抵御这一类事情，李娅感到一种难捺的心理上的疲惫。她知道，她不能松懈，丝毫不能。她牢固坚守的并不单纯是一道防线，也是向苍凉人生进击的一道冲锋线。然而她还是感到疲惫，她脚下的坑坑洼洼太多了。

一天，她正喂鸡，觉得身后走来一个人。那人一声不吭地在离她很近的地方站住。

她回过头，顿时愣住了。站在她眼前的，是刘超远。

"你！是你！"她脸色苍白，喃喃说道。

刘超远嘴角抽搐，说："知道你在这里，早就说来看你，可……"他手里提着一只篮子，上边盖着一张黑麻纸。大热天气，整整齐齐捂了一身长衣服。他黑了，瘦了，也显老了，背竟然驼下去，原来的高挑身材，显得矮了许多。

李娅心里猛地擂起乱鼓。她把刘超远带到自己住室。

她给他倒水。他端起杯子喝水。沉默。谁也不看谁，谁也不知道该说什么。好像无话可说。分手 5 年多，经历了人生的巨大事变，两人之间仿佛一下子变得相当陌生。时间和灾难在他们之间垒起了一道高墙，这使他们不能不在重逢时觉得格外尴尬别扭。

刘超远仿佛忽然想起似的，揭开篮子上的黑麻纸，从里边一样一样往外取东西。有点心，有水果，还有油糕，一边往外拿，一边抱歉地说："实在没啥给你带，随便在街上买了这点东西，你不嫌弃吧？"

李娅低着头，说："不必给我买东西，我有工资，会自己买。"

刘超远腾空了篮子，又坐下端起水杯。又是沉默。

过了半天，刘超远嗫嚅着问道："这几年，你……"

李娅说："还好。"隔了一会，也问："你哩？"

刘超远说："我没关进去，又在本乡本土，咋说也比你好过。"

再也找不到可说的话了。

不长时间，刘超远便起身要走。李娅没有挽留。刘超远走到门口，折转身，吞吞吐吐地告诉李娅：他那个歪脖婆姨吃了一个老中医的几十副汤药，给他生了一个儿子。儿子已经两岁了。说完这件事，他的喉结上下蠕动了好一阵子，才劝她尽早结婚成家。“你是公家人，要解决这事不太难。”他说。

李娅什么也没有表示。送刘超远出了鸡场大门，她说：“以后你不要再来看我了。”

刘超远惶然地看着她。她又重复一句：“不要来看我。”说完，先迈开步子，径自朝回走去。

回到住室，坐下来的时候，她的心里已经变得出奇的平静。

一切都已成为过去，一切都已退缩得那么遥远。甚至连刘超远刚才来看她，也不过宛若一个缥缈的梦。一切在她心里都是淡淡的。再也很难有什么事情，能够搅动她的感情了。

几个月后，县中队的马师又来给李娅提说那件婚事。这回马师不是一个人来的，和他同来的还有宽厚地收留了李娅的食品公司的张经理。马师一个劲地说那姓屈的好话，张经理在一旁一一证实。李娅对张经理印象不错，如实地对他讲了心里话：不是她看不上姓屈的，而是她这一辈子不打算结婚。

张经理听后连连摇头：“使不得，使不得。一个女的不结婚，日子难着哩。”

她说再难也不怕。

张经理仍然摇头，说：“唉，有些难处，你想都想不来，世事千奇百怪，啥事都能遇着，孤孤单单一个女人，想应付，实在不太容易。”

老张这话触动了李娅的心。她想起来鸡场后遇到的那些事情。她不得不承认老张讲得有道理。

老张沉吟着又说："你的情况又比较特殊，不找个人家，断不了有人说闲话，谁堵得住人家的嘴?"

李娅问："说什么闲话?"

老张难为情似的，含含糊糊地说："说你不死心，还在等。"

等谁？等刘超远？李娅感到血一下子涌到脸上。胸口像堵上一块东西，致使喘息都有些艰难。她站立起来。片刻后，又像被一件巨大而无形的重物压迫着，缓慢僵硬地重新坐下。她无力地勾下了脑袋。

半个月后，她就和那个叫做屈长顺的宁夏复员兵结婚了。

县城关镇政府的后院里，有一排平房，顶头一间，就是李娅的家。一个下午，我来到这里。

李娅不在家，一个瘦瘦高高的汉子出来迎接我。我知道他就是屈长顺。他高挽着一只裤腿，走路一蹶一蹶。我看见挽起裤子那条腿的外侧，红丢丢溃烂了一大片，周围还有许多大大小小的水泡。一问，才知前几天他被开水烫伤了。我来这里前，他正给伤处抹药。

这是一间不算小的房间，约有 20 平方米。屋内收拾得挺干净，床上整整齐齐，一条淡青色的良绣花床罩，衬托着浅黄色的枕巾以及用透明白纱巾盖起来的碎花被垛，给人一种素雅的感觉。床顶头放着一台双缸洗衣机，还套着塑料套子，像是刚买的。有一台 12 英寸的黑白电视机。靠墙放着一只正准备油漆的新三开门大立柜，上了粉子，也打磨好了。虽然别的陈设不多，但这已足以使人看出，这是一个正在大搞基本建设、日子正朝上走的家庭。

屈长顺见我打量室内的家具，便向我介绍说：那台洗衣机是“金鱼牌”，双缸带甩干，300多元刚买来，还没用过。大立柜也是买的，花了140块钱，请人油漆一个柜子12块，不备料，只管油漆匠饭。本来上粉子打磨也是油漆匠的事，但这些事情他能干，就先干了。在讲这些事情中间，他还讲了些什么，我没有听清。他讲话，几乎每一句前边都冠以“就是”这个词儿，后半截常常只见嘴唇动弹，听不清说的是什么。

自一见面，他就显得拘束，坐在那里手足无措。他脚前地面上，放着一个小黑罐，罐口上竖着一根小签子。他用那签子不时地在罐里搅来搅去。我猜想那里面装着他正给伤口涂抹的东西。我让他不要误了上药。他不好意思地笑笑，拿起小签子往伤腿上抹。我问他抹的是什么，他说是獾油。

“就是只有抹獾油管用，别的啥都不顶这獾油。”他向我解释说。

我和他拉起他的身世，得知他1951年生，宁夏固原人。读过四年书。父亲1961年去世，母亲带着他改嫁，不几年也去世了。后来继父也死了。从部队复员后，在县中队灶上干了三年，在县招待所食堂干了四年，去年又来城关镇政府灶上当炊事员。户口在农村，村上有他三亩责任田，他让别人代种着，一年把口粮给他就行了。

我问：“在这里待得顺畅吧？”

他回答：“就是。这里不论啥人，对我都好得很。”

我又问：“和李娅处得怎么样？”

他难为情地笑笑，小声说：“好哩，就是好哩。她会过日子，就是啥事也要跟人比，不想落在人后头。”

正说着，李娅回来了。她带儿子去县城附近农民的菜地里买菜。儿子四五岁，看去挺机灵，说普通话。李娅见丈夫没有给我倒水，说："怎么让人干坐着?"屈长顺慌忙说："就是你看，忘啦。"说着就要站起来。李娅说："你脏手。"屈长顺便又尴尬地缩回身子，抱歉地看了李娅一眼，又看了我一眼。

看来这屈长顺的确诚实厚道。李娅找这么一位丈夫，应该说蛮不错的。

在七里坪养鸡场干了三年，李娅被调到县屠宰场工作。

食品公司调她回县上，是为了照顾她的家庭生活。但李娅开始并不同意。七里坪清闲，可以不跟那些七嘴八舌的人打交道，再说，她跟丈夫没有感情，不愿意早晚厮守在一起。但她知道领导上是好意，硬是执拗不好。她只得去屠宰场上班。

她在屠宰场当保管。

屠宰场地处县西一条小河边，离她安家的县招待所不远。她不愿意在丈夫单位吃住，要求屠宰场给她分一间房子。屠宰场没有房子，她只好将就住在招待所分给丈夫的那间房子里。

丈夫屈长顺对她很好。他是炊事员，在招待所食堂吃饭，但是家里每天两顿饭，他都要替李娅做好。劈柴搬煤之类的重活，从不让李娅沾一指头。即使连洗衣服的事儿，也是常常不待李娅动手就先干起来。他清楚李娅并不喜欢他，但他不计较，对李娅过去的事情，从不提说一个字。周围的人同他开玩笑，说他把婆姨顶在脑顶，他听后憨厚地一笑，不去理会。

尽管丈夫如此对待李娅，但李娅的心，仍然难以暖过来。不是她不领丈夫的情意，有时她看着这个忠厚老实的男人这样厚待她，心里一阵一阵发酸，觉得他实在是个大好人。但是她心头的创痕太深太重了，痛楚的感觉一直难以退去，即便想把感情调动起来，那死水般的心湖，也很难掀起浪花了。

她所干的工作不重，但责任不轻。凡进库房的肉食全归她保管，另外屠宰场有两辆汽车，汽车的油料和零配件也归她保管。工作一接手，她便发现她面对的是一个烂摊子：肉库里乱七八糟，肉不码在一起，而是东一扇子、西一扇子胡乱摆放在地上。地面好像几年没有清洗，脚踩上去，粘乎乎、滑溜溜。在一个角落里，居然堆放着不知谁的几袋化肥。另一摊子，库存的汽车零配件与账面数字不符，问司机，问场领导，谁也说不清是怎么回事。她的脑袋一下子就大了。她给场领导说：这工作她干不了。

场长老杜劝她："乱是乱点，你着手整顿一下，订几条制度，今后大家都按制度办。"

她思量了一番，回答说可以试试。

她订立了库房管理制度，老杜看了同意，就张贴在库房门上。她先请人帮忙，把胡乱摆在地上的肉整整齐齐地码起来，然后清除库房内的脏垢。她打听到堆在角落的几袋化肥是一个杀猪工给家里买的，便让这杀猪工把化肥搬走。杀猪工不搬，说他占用的不是她的地方。她说，不是她的，是公家的，私人的东西就不该放进公家的仓库里保管。几句话不对付，那杀猪工勃然大怒，哇哇吼着，揭起她的伤疤来。

"妈的，才放出来几天，就张狂起来啦！在人面前要威风也得先称称自己的分量。不搬，就是不搬，看你把老子怎么样！"

犹如闷棍打在头上，李娅脸色煞白，浑身颤抖，脚跟站不稳了。远远地有人探头探脑地看热闹，但无人过来阻止杀猪工的混闹。李娅强稳住自己，支撑起精神，走进库房，自己动手把那几袋化肥搬出扔在门口，又一言不发，锁了库门，头也不回地回了家。

一进家门，她的泪水滂沱而下，伏在床上，强抑着声音痛哭起来。

屈长顺回家，见状不知怎么回事，惊慌得不知所措。问她，她不说话。于是屈长顺蹲在一旁，陪着唉声叹气。

一连两天，李娅没有去屠宰场。

第三天，杜场长来找她，劝她去上班。杜场长说："我叫杀猪工给你赔礼道歉，非道歉不可！你看看，如果觉得保管不好当，场里可以另给你调换工作。"

李娅沉闷半晌，咬着嘴唇说："不用，我还干我的保管。"

她憋着一股子气，但她多一句话也不讲，只埋头于自己的工作。当那个杀猪工迫于场领导的压力，喝了半瓶白酒，借着酒劲装疯撒泼跪在她的面前磕头道歉时，她没有理睬，连看也没看一眼。她把库房规章制度用更大一张纸重新抄写，张贴在场内最显眼的地方。她黑红不避，严格地按照规章制度办事，谁也休想逾越制度一步。她维护着她的工作，同时也在维护着自己的尊严。她知道，只有把自己的工作做好了，自己的腰杆才能挺硬。工作上越软，越怕得罪人，别人越会把她看成一个短处叫人捏在手里的人，那她永远别想抬起头，别想直起腰杆了。

一个下雨天，几个杀猪工往库房送肉，高统靴子上带着烂泥脏水便要进门。李娅毫不客气地把他们堵在门口。

"换鞋！"她命令道。

"没鞋。"几个杀猪工嬉皮笑脸，企图打马虎眼搪塞过去。

"没鞋脱了靴子，光脚进门！"她一本正经，毫不退让。

几个杀猪工只好乖乖地脱掉了脏靴子。

本来屠宰场只宰猪，不卖肉，为了照顾县上的头头脑脑和一些有关系的熟人，场里便也常常自行销售一部分肉。在这儿买肉按批发价开钱，比市面上便宜。李娅反感这种做法，但作为一个一般职工不好讲什么。有些事情，她也想忍，但终归还是隐忍不住。

令她感到恼火的是那些常来买肉的县上大小领导。他们不光把在这儿买肉看成理所当然，而且挑肥拣瘦，趾高气扬，一句话出来别人就得顺顺贴贴照着去做。李娅特别厌恶这副派头，不光她的良心难以容忍，她的自尊心也不能容忍。

一天，县政府一个人在会计那儿开了票，一进库房，脑袋一摆，吩咐李娅："打两个尻坐子。"

李娅问："怎么打两个？"

那人说："40 斤肉嘛，刚好打两个尻坐子。"

尻坐子就是猪后臀，全是精肉。李娅冷冷地说："40 斤肉，抬半扇猪。"

那人说："我要尻坐子！"

李娅说："我没听错，知道你要尻坐子。"

那人斜着眼睛把李娅看了好大一阵，再没说话，气耿耿地去找场领导。

不一会儿，杜场长急匆匆来到库房。他知道李娅的脾气，陪着笑脸说："你不认识田局长？田局长要两个尻坐子，你就给打两个嘛，反正都是要卖人的东西，你打，你打，我给你提秤。"

李娅把库房钥匙哗啦往杜场长手里一塞，说："干脆你来当保管好了。"说罢，扭头走了。

杜场长被"晾"在那里。

库房钥匙还是交给了李娅。

类似这样的事情，李娅的犟脾气常使场领导感到头痛。他们不理解，这样一个摔过跟头的女人，如今何以要在人前表现得如此强硬？

冲突终于在一天激烈地爆发。

那一阵子是屠宰淡季，收不来猪，屠宰场每天只杀两头。县上有些头头喜爱吃心、肝、腰子、口条，这些东西四毛钱一斤，便宜不说，还都是些猪身上的好东西。猪杀得少，这些东西自然供不应求。一天下班前，杜场长早早给李娅打了招呼："明个两头猪的五脏外加耳朵、口条，全留下，马县长打发人来取。"

第二天，马县长打发的人来了。杜场长殷勤地领着来人来到库房。

"东西哩？"杜场长问李娅。

"卖了。"李娅说。

"卖了？"杜场长不信，"我昨个不是就给你打了招呼？"

"是的，但东西卖了。"李娅仍然平平静静。

"卖给谁了？"杜场长的火冒了上来。

"老百姓。"李娅说。

原来猪刚杀出不久，外边来了一个人要买猪肝。李娅一看，是在县百货公司工作的一位北京知青。这位知青的丈夫害了夜盲症，医生叫吃猪肝，她便寻到屠宰场。李娅没有犹豫，把两副猪肝全给了她。

"还有心、腰子、口条、耳朵，要不要？"称完猪肝，李娅问。

"多少钱一斤？"

"四毛。好东西，吃不完了送人。"

那位知青把这些东西全买去了。

杜场长气得快要发疯，他满口答应县长的事情，却叫李娅一竿子戳了，他如何下得了台？他气急败坏地质问李娅：“你眼里还有没有我这个场长？”

李娅说：“有。怎能没有？不过猪心猪肝猪耳朵县长吃得，老百姓也就吃得。”

杜场长见李娅竟然一点也不示弱，更觉得难以下台。这一对上下级之间，当着县长委派的人的面，叮叮当当吵了一通。

吵完架，让杜场长更为无奈的是，李娅依旧兢兢业业地上班，认认真真地工作，他找不到合适的理由教训这个身上带有“污点”而骨子里出奇强硬的年轻女人。

杜场长不了解，李娅表面上争强斗胜，心里却疲乏透了。工作上不间断的摩擦、冲突，终日紧张地绷起神经保护自己的个性和尊严，倔强而顽强地显示自己存在的价值和人格的力量，这一切，都使她产生一种透不过气来的疲劳感。她知道自己只能进，不能退，生活只给她留下一条路，那就是从屈辱中奋起。她被绑在了命运的战车上。她不光要积蓄力量对付周围世界，还要对付自己心里时时可能出现的卑怯。她并不企求赢得多么辉煌的胜利，只要赢得平等做人的权利就够了。但这也是困难的，很难很难。她深深地感到疲倦了。

然而，也正是在这种情况下，她才不经意地发现了命运对她的另一种恩赐——她有一个宁静的避风休憩的港湾。

这就是她的家庭。

丈夫屈长顺人太好了，对她简直可以说百依百顺，体贴入微。他老实，但她在外边稍有不顺心的事情，回到家来，他马上就能看出。他尽一切努力使她变得舒畅——精心做出饭菜，让她尽量吃得可口一些；不问那些让她不高兴的事情；干活儿蹑手蹑脚，怕惹得她烦躁；他笨嘴拙舌，不会讲温柔宽心的话，但他会拿行动表示对她的爱，对她的尊重，对她的担忧和关切。他对她献出了全部的情意和忠诚。所有这一切，不能不引起李娅感情的漾动。日子一长，她发现，一回到这个家，她心里就恬静平和，升起一丝柔和的暖意。家，成了她安适的后方，挺起胸膛和人生搏斗的她，不得不看重这个重要的大本营了。她开始把热情和充满爱怜的眼光，投射在她那憨厚实诚的丈夫身上。

结婚第二年年底，他们有了一个男孩。

不久以后，县上最大的食堂——东风餐厅实行承包，急需一个可靠的开票员。经理看上李娅工作的认真和不徇私情，给食品公司做通工作，把李娅调到那儿去了。

一个阴得很重的天气，我来到县屠宰场。

进大门的时候，有人告诉我里边有狗。我小心翼翼走进去，果然见一黑一黄两只大狗卧在一处屋檐下。不过它们没有大叫，只是懒洋洋地瞥了我一眼。屠宰场的院子很大。一排窑洞前，几个人正蹲在地上下棋。我问他们杜场长在哪个窑洞，他们抬起头来打量着我，其中一个说："不在，出去了。"我问："去哪儿了？"回答说："这就要问他本人了。"话落，注意力又集中在棋盘上。

我饶有兴致地打量着这几个人。我猜想他们一定是杀猪工，因为看去他们脸上都有一种凶狠的表情。我还猜想，说不定这里边就有和李娅吵架、尔后又借着酒劲跪在李娅面前赔礼道歉的那位老兄。不知他们现在对李娅是何种看法。

想跟他们拉几句话，而棋盘上激战正酣，我也只好蹲在一旁看起棋来。

汉河楚界两边的战斗仅仅是初级水平。我下棋并不在行，但我说了几步棋，一方老帅很快束手被擒。

这一来，我才跟他们拉上话。我问他们认识不认识李娅，他们问是不是从屠宰场调出去的那个李娅，我说是。于是他们都点头。一个说："嘿，李娅，全县城哪个不认得？何况我们这伙人！"

我问："你们觉得这个人怎么样？"

他们面面相觑，犹疑了一会，一个说："要论工作，这个人没说的，论脾性嘛，冲得很……"

没待说完，另一个接口说："人家李娅脾性咋？不就是棱角硬一些？我看人家硬的倒对，不硬，谁都会按住你脑顶跷尿臊。"（意即跷腿从人头上跨过）

又一个说："不过有时太硬了，听说在东风餐厅又跟人闹。"

另一个说："为啥闹？多少年啦，还揭人家伤疤，放在我没准会上拳头。"

说李娅脾气冲的那个人又说："不论咋说，屠宰场放了这个人可惜。你看现在的库房，乱得有啥样样。"

谁忽然说道："头儿回来了。"

于是大家不再说什么，我朝大门口看去，只见一个50岁上下、长得黑黑瘦瘦的人推着一辆破旧的自行车走进来。有人高声喊："杜场长，有人找。"

对这位杜场长讲明来意，他把我领进他的办公室。

招呼我坐定，用一只积满黑色茶垢的大搪瓷缸子泡上茶，又用一只小杯子倒了几倒，然后才把茶水滗进小杯子递给我——做完这一切之后，他才坐进一只咯咯吱吱作响的旧藤椅里，问道："你想了解李娅啥事情？"

我说："随便聊聊，她的工作、为人，哪一方面都行。"

杜场长听后摇摇头，说："现在不好讲啰，人家是先进，咋讲？讲不好就是给先进抹黑，还说咱不服人家。"

杜场长嘴上说不讲，但是还是给我讲了很多。显然，他对李娅有很深的看法，一方面承认李娅工作上不错，责任心强，一方面又说这个人不好领导，不会处理同志之间的关系。他举出一些事例来证实这一点，当然，他没提卖尻坐子和给县长留心肝腰子耳朵那种事情。他似乎有点儿伤感，说李娅是他一手扶持的，本来还想培养她做会计，谁知她后来一点不念人对她的这些好处，领导上说啥话，也听不进她的耳朵了。最后，这位杜场长作出结论：李娅太自高自大，有骄傲自满情绪。

"就是傲，傲得不得了。"杜场长一边说，一边痛心地摇头，"不能正确对待自己，不能正确对待领导和群众，这是李娅最大的毛病。"

从杜场长办公室出来，天落起小雨。在清爽的小雨里，我沉思着返回招待所。

半路上，我突然想：这条路，也是李娅过去每天都要走的，那时她走在这条路上，脑子里想过些什么？心里泛起过何样的波澜？

东风餐厅地处县城中心最热闹地段。小县城里，大餐馆的生意比不上小餐馆，但东风餐厅一枝独秀，生意红火热闹。

这家餐厅不光经营各种炒菜和承办酒席，也经营各式小吃。油糕、碗坨、荞面饸饹、蜂蜜凉粽子、油旋饼、豆腐脑……此类地方小吃不下七八种。经营项目愈多，愈忙坏了坐在门厅里的开票员。几十种炒菜的价格都要记在脑子里，各种主食、小吃的票码花样繁多地摆在面前，身后的架板上是要经营出卖的各种酒类，还有入手出手的钱呀、粮呀，都不能含糊。一天七八个小时下来，李娅只觉得头昏脑胀。累不说，农村人进城吃饭，往往把各种吃食的价格齐齐打听一遍，开了票，有时又来柜台前要求换另一样东西。这个烦劲李娅就吃不消。但她知道，这些生活并不宽裕的农民，下一顿馆子意味着什么，因而总是耐着性子接待他们。她和顾客的关系处理得不错，只有极为个别的情况例外。

一天，三个流里流气的小伙子来餐馆喝酒。眼见得已经喝得八成了，三人中的一个肿眼泡趔趔趄趄来到柜台前，还要10筒啤酒。

李娅没给。

“咋？怕……怕没钱?”肿眼泡从怀里掏出一把票子，甩在李娅面前，“老子有……有的是钱……”

李娅见对方目光发直，舌根发硬，把票子又甩回去，说：“你醉了，不能再给你卖酒。”

肿眼泡翻起肿胀的眼皮，斜视着李娅：“你……你是谁？不给老……老子卖酒……”接着，又难听地笑起来，“嘿嘿，以为我不……认识你，你叫李娅，……蹲过号子的骚娘儿……走，咱们一块去喝……喝……”

李娅未曾料到会受到这酒鬼的侮辱，像被人一巴掌打懵似的，短时里竟反应不上来该如何对待。餐桌旁另外两个见状，也怪腔怪调叫来起：“来呀，喝几杯解解闷儿!”

李娅觉得脸上火辣辣，周身的血仿佛全涌到头上。她推开面前的东西，从柜台后站起来。

“来，来，知道你……肯赏脸。”肿眼泡一边说，一边退回餐桌旁，擎起一筒啤酒，高高在空中摇晃。

李娅绕过柜台朝三个人走去。谁也没看清怎么一下，她已把那张杯盘狼藉的餐桌掀翻，酒洒菜覆，盘子、碟子哐啷啷滚在地上摔得粉碎，汤汤汁汁遍地流淌。那三个小子傻了眼，其他餐桌旁的人也吃了一惊。李娅用喷射怒火的眼睛，逼视着那三个呆鸡似的家伙。三个畏葸地缩首蹙肩，一丝儿声气不敢出，相互偷偷打了个暗号，慌忙溜了。

餐厅里响起嘁嘁的议论声。李娅努力使自己恢复平静，扶起餐桌，找来簸箕笤帚，把地面打扫干净。餐厅经理对于她的举动，像众人一样感到吃惊，愕然地在一旁注视着她。她把一堆盘杯碎碴端了过来。

她用淡淡的语调对经理说："四个大盘，两个小盘，三个醋碟子。"她从衣兜里掏出钱来，见只有10元左右，转身向一个服务员借了10元，一块交给经理："给，这是我的赔偿费。"

她神色平静，犹如没发生任何事一样，回到柜台前，接着干起自己的工作。

这件事情，使她在人们眼中遽增一种凛然气概。

她像一只变得勇敢异常的母鹿一样，保护着自己流血的伤口。对于触及人格方面的事情，她敏感而又泼辣，毫不含糊，毫不让步。她甚至不能容忍别人怜悯她，把她看成一个被同情的对象。在各个方面，她不光要赶上别人，而且要超过别人。工作上自然不用说，她干得比谁都卖力，比谁都好，每天早早来到餐厅，别人上班的时候，她已把柜台内外、厅前厅后打扫了一遍。下班后，别人匆匆收拾完餐具家伙回家，她必须结清一天的账目才能脱身。长此以往，她从无怨言，只为能在人前把腰杆挺得直一些。家庭生活上，她同样争强好胜。两口子工资不高，她精打细算，苦心经营，把每项花销都安排得极是地方，小日子过得舒舒贴贴。儿子丈夫，还有她自己，自然也要整扮得清清爽爽。她不愿意窝窝囊囊露出一副寒酸相，让人用半只眼睛瞧。她要活得扬眉吐气，活得硬硬铮铮，她要以一个强者的面貌，出现在这个世界上！

她征服了周围的人们。在她抱定这种生活态度默默朝前走下去的时候，谁也不能不对她刮目相看了。

1985年，李娅被评上先进工作者。先是餐厅的先进，随后食品公司、商业局，最后县上，一级一级评上去。在被评为县上的先进时，她打了点绊子——县上有些头儿心里犯嘀咕：把这么一个有着特殊历史的女人评为先进工作者合适不合适？但下边各级呼声很高，报上来的材料也很扛硬，刷下去似乎有点不好交待。研究来，研究去，无奈之中只好定了下来。

表彰大会在县剧院隆重召开。在全县千名干部群众面前，县委书记把奖状和厚厚一本书——《政治读物摘编》授予李娅手中。下了台，她把奖状卷起来，把那本书顺手送给一位正准备考大学的熟识的民办教师。

在Y县期间，我翻阅过有关李娅的一些记录在案的文件材料。我先去的是县公安局。多年前的办案材料妥善完备地保存着，打开尘封的宗卷，李娅被拘留前的谈话笔录、拘留后的预审笔录、案情报告、审议意见以及各种人物在有关材料上的签名和李娅本人按上去的指印，均赫然入目，使人不难想象当年那番情景。县法院的材料也一应俱全。可是，当我想看看李娅被评为“先进工作者”那些材料时，我的希望落空了。

我了解到，那些材料在县委宣传部保管着。我来到县委宣传部。一位副部长翻箱倒柜替我寻找，未找见。他肯定地说每位先进工作者都整理了单行材料，只是不知道放到了哪儿。他说他们再找找，叫我隔天再来。

我第二次来到县委宣传部，这回接待我的是评选先进时专门负责整理材料的一位干事。依然是翻箱倒柜，甚至把几个文件柜顶上堆积着厚厚灰尘、发黄变色的一堆堆纸捆子也折腾下来。我提醒他评选先进是去年的事情。他绝望地叹口气，说是实在找不见了。

我也只能怅然离开那里。

李娅知道我去县委宣传部找她的材料，问我："找那干什么?"

我说："想看看。"

她说："没多大意思。"

其时她正领着她的儿子去邮局寄包裹。我看见那包裹上写着寄往北京，便问："给北京谁寄?"

"家里。"

"你和北京家里的关系……"

她淡淡一笑，说："我一当先进，关系就恢复了。屈长顺先给北京家里写信，他一心要认岳父岳母。而北京家里……唉，人世上的事情嘛……"

我捉摸不透她最后的感慨包含着什么意思。她告辞我，领着欢蹦乱跳的儿子，朝大街另一端走去。

望着她的背影，我忽然想起此地那几乎村村都有的漫长的、弯弯曲曲的井坡。我爬过那井坡，知道那是一条多么陡峭、多么坎坷的路，每走一步是多么艰难。而她脚下的路，不正如同那弯弯的井坡?

苦涩的恋情

毛　弟

●墙报:《"大包头"与"花露水"臭味相投》●未婚先孕,"真凶"者谁●无辜好男明大义,自认"真凶"劫难深●我是革命的蛀虫●投河自杀为尊严●戏中伏戏,弄假成真●名门闺秀,落难荒村●白马王子竟是庄稼汉●婚姻介绍人——毛主席●放屁为媒,可谓奇观●拒返城,一心只嫁穷知青●婚服里面,臂戴黑纱

给那被忘却的年代留点真实的记录。

——作者

当年拥有12万知识青年的苏北建设兵团号称"五州四海",即知识青年来自苏州、常州、扬州、徐州、海州,集中分布在东海、黄海、淮海、临海等24个大中型国营农场。来自南京、无锡等大城市的知青就更多,还有上海、杭州、北京的知青不断调入。这些风华正茂、血气方刚的知识青年们曾在这块土地上贡献了自己的热血和青春。本文只撷取了他们爱情生活中的几个小故事,算是给那被忘却的年代留点真实的记录。

代人受过

曹慧芳可以算是连队女知青中长得最漂亮的一个。

她样子有些像电影《青春之歌》里的林道静，大大的眼睛滴溜一转，就像要与人说话一样，乌黑的头发瀑布般从头顶泻下，至耳根处自然而优美地微微一翘。鹅黄色、粉红色的衬衣领子总是翻卷在套衫外面，走到哪里都光彩照人。她在上海长大，繁重的农活不要说干，见都没见过，干活儿不是被铁锹磨破手，就是被突然蹿出的癞哈蟆、田鼠、蝼蛄之类的吓得惊叫起来，脸孔白得半天变不过色来。连队干部怜香惜玉，派她去看守知青宿舍，以免风吹日晒劳作之苦。

知青宿舍大多前不靠村，后不连户，白天知青出工以后空荡荡的容易出事，往往要人看门，照应一下。曹慧芳爱干净，她看守知青宿舍，每天都把两边山墙和门前屋后收拾得清清爽爽。可是麻烦事也来了，老是有一些想糊涂心事的人，混病号，请事假，故意不出工，留下来泡在她房里有事无事地闲聊，甚至一些当地农民、老职工也常溜进她的宿舍坐坐。这些大爷身上不时地散发出一股烟味、汗味和鞋臭味，熏得小曹头昏脑涨，可又不好作声往外撵人，只得等人走后，往床铺上洒点从城里带来的花露水。这一来又给自己惹下了麻烦，人们背后都叫她“花露水”。

连队有个男知青韩义廷是1968年从南京高中毕业下来的。他一米七八的个子，一头漂亮的“自来鬈”黑发根本不用梳理，跟洗烫过一样。这两天小伙子身上长满了大大小小的红疙瘩，奇痒难熬，有人说是他水土不服起反应，又有人说是跳蚤叮咬后引起了过敏。他三天两头请假，治了几个星期，仍不见好转，只好留在宿舍里，也时常到曹慧芳处坐坐。不久，连队就出现了闲言碎语，可两人还全然不知。

一天，韩义廷去营部卫生所看病，正巧遇上了副营长。这里过去曾是劳改农场，以后知青下放，把劳改犯迁走就组建了兵团。管教干部就留下来当了基层领导。副营长过去就是管教干部，他最看不惯上工时间在外游荡的人，见韩义廷在营部外徘徊，便狠声恶气地问：“哪个连的,你来干什么?"

"28 连的,来看病。"小韩谦恭地回答。

"什么病?"

"全身痒,都抓破了,好几个星期了。"

"痒算啥?我看你是懒病,瞧你个熊样,大包头、小脚裤,臭美!回去好好检查一下你的小资产阶级情调。"

第二天,一份"小评论、威力大"的墙报贴在了知青宿舍的西山墙。首篇文章就是《"大包头"与"花露水"臭味相投》,说韩义廷和曹慧芳不仅怕艰苦,爱打扮,资产阶级思想严重,而且还谈恋爱破坏了兵团战士要准备打战,暂不准恋爱的纪律。两人吓得从此再也不敢接触,曹慧芳被赶回大田参加劳动了,韩义廷也把漂亮的一头鬈发剃成了个平顶头。

奇怪得很,事隔数月,连队突然接到一纸调令,要调曹慧芳到位于 H 市的建设兵团机关去工作。怪不得前段时期,小曹每个星期天都要往团部跑,原来是在活动调走啊。这简直是做梦也想不到的好事,连队知青一个个羡慕得心里直发痒。第二天,知青们像欢送英雄般地把曹慧芳送上通往团部的大路。韩义廷还赶着牛车,一直把曹慧芳送上了开往 H 市的公共汽车,从此韩义廷和曹慧芳便两地茫茫,各奔东西。

这天,传来了曹慧芳在兵团出事的消息,小韩被莫名其妙地叫到营部训话,要他承担责任。原来曹慧芳在兵团机关当接话员,不知谁做的孽搞大了她的肚子。开始她用棉布带狠狠地勒住,好在那年月人们全都穿肥大的衣裤,又时逢冬季,很长时间也没有发现她的变化。凡是孕妇忌服的药她就吃,还拼命干重活,蹦跳,终于有一天她发觉不对劲了,裤腿里灌满了血,便自己挣扎到盥洗间消灭痕迹。正值深夜,静寂无人,她用冰冷的自来水冲洗自己血水滴滴的身子，终于来不及处理完就昏死过去了。次日清晨，她被人发现，送到了医院。

兵团的老头子们震怒了。女知青被某些握有权柄的人奸污屡有发生，此事非要查出罪魁祸首不可。但是有查的就有护的，曹慧芳事件的“真凶”藏得严实，却有人来做小韩的工作，让他揽过罪名，来人说得明白：“你承认了吧，小曹顶多是个未婚先孕，受点纪律处分也不至于开除，没人认这个头，她就得被说成乱搞的流氓，不但要被开除，还可能判刑。”

小韩连一个指头都没有碰过慧芳，却在内心深深同情这个姑娘，他知道弄了慧芳的男人决不会认这个账，就一口认下是自己所为。于是他被关了一阵，又在全营知青大会上被点名批判，还受了“道德败坏，玩弄女性”的纪律处分，曹慧芳却因此获救了。

非常时期的非常事件，使这一对本来已分道扬镳的男女知青，萌发了真正的爱情。

弄假成真

那年头形式主义的东西特别多，又没人敢不遵守。知青每次到团部开会，都要打着背包，排好队。有时半夜就得起身，把五六斤重的被褥，被里朝外打成三横两竖式，然后背上，来回步行几十里路，到后来简直像个磨盘压在背上，年幼体弱的女知青更是受够了罪。

王国平是连队男知青中的机灵鬼，他用牛皮纸糊成个背包大小的纸袋，装上碎麦穰，再用一块布包起来，然后打成三横二竖式背在身上，就成了既标准又轻巧的背包，平时放在床下面，吹哨子集合了，就拿出来朝身上一背，第一个去站队。等到团部开完会，解散了，就把碎麦穰倒掉，布块和纸袋朝口袋里一塞，逛趟商店再向回走，也是最早回到连队。他把自己的经验一公开，知青们个个仿效，女知青们从心眼里感激他。团里首长看到每次会后满地的碎麦穰，十分生气，下令要追查。

那年冬天，连队死了牛，走了仓（仓库被盗）。有人还发现南河边树林里升起了颗信号弹。营里派了工作组，要揭开连队阶级斗争的盖子。工作组长找王国平谈话，他没当回事，一边走，一边跟着广播里的节拍，唱起了《红灯记》："狱警传，似狼嚎，我迈步出监。"

瞧着王国平漫不经心的架势，工作组长气坏了。好个王国平，你是李玉和，大英雄，我们工作组成了狱警，这不是在对抗运动吗？后来有人揭发搞假背包是他教的。就这样，王国平被工作组定为揭开阶级斗争盖子的突破口，遭到了严厉的批判。先是排里批，然后连队批，最后在全营上千人的大会上，和四类分子站在一起挨批斗。有时，走在路上，一群下课的小学生也向他砸泥块、吐唾液，骂他是反革命、小爬虫。连队还罚他扫地，扫厕所，劳动时，别人休息了，他还要去干连队额外分配的苦活脏活。他膀大腰圆，饭量特大，每月定量总是"月头放卫星、月中吃半斤、月尾鬼转经"。这一来就更不够吃了。原来的红脸膛国字脸，变成了菜色的"吕"字形，人简直瘦了一圈。

这天，王国平在玉米地里锄草，实在饿得不行了，就随手掰下了个青玉米塞进了嘴，不料被人发现，又遭了一场批斗，还被人在胸前挂了串玉米棒，强迫他敲着锣，喊着："我偷玉米了，我是革命的蛀虫。"在全营游了个遍。当天夜里，王国平一咬牙，抱了块石头就向南河深处走去，他要就此结束这短暂而年轻的生命。

南河边是连队的养猪场。这两天母猪下崽，饲养班长李桂萍正和几个女知青忙着为老母猪接生，突然，外面传来提水女知青的惊叫声，李桂萍抓了根木棍，就来到南河边，月光下，她看清了那个走向河中心的黑影就是“王国平”。她大喊一声：“王国平，你要干什么!”然后，她就跳进冰冷的河里，向前冲去。

王国平好像根本没听到后面的声音，仍然向前走，河水已淹过小腹，漫到胸口。李桂萍哭了，颤抖着声音说：“王国平你这样死了，对得起谁！你对得起父母吗?”王国平晃了一下，站住了，接着就嚎啕大哭起来。

第二天，李桂萍找到了工作组长，要求把王国平带到饲养班批斗，罚他为猪圈清圈挑粪。工作组长答应了。王国平来到了饲养班。除了猪圈外围墙上贴了张“批倒、批臭王国平”的标语外，王国平没受到任何批判。这里的活并不重，女知青都把自己节约的粮食送给他吃，还轮流开导、安慰他。在这里，他觉得是进了疗养院。

一天晚上，李桂萍和王国平坐在猪圈旁防风林的草地上谈话。有人报告了工作组长，他带着专案组人员四面包抄过来，把两人带到了连部。工作组长一拍桌子说：“王国平，你好大胆，竟然不好好改造，去勾引女知青。”

李桂萍急忙抢上前解释说：“是我叫他到防风林谈话的。”

“你们谈什么?”李桂萍一甩头发，凛然地说：“我们谈政治、谈军事、谈理想，我在帮助他、教育他。”

工作组长阴阳怪气地说：“恐怕是谈恋爱吧，不是你帮助他，教育他，而是他把你拉下了水。”

王国平着急地哀求说：“不！不！全是我，与她无关。”

李桂萍跨前一步，拦在王国平前面，对工作组长说：“我们就是在谈恋爱，我爱他，怎么样，这不算犯法吧!”

工作组长脸红一阵白一阵，只顾生闷气，一句话也说不出来。

就这样，王国平和李桂萍成了连队第一对公开谈恋爱的知青。

虽然李桂萍受到了撤销饲养班长职务的处分，但是，连队绝大多数人都敬重她、感激她，大家心里明白，在那严酷的日子里，如果没有爱的温暖，王国平能活下来吗?

谁牵红线

吴齐眉是名门闺秀，祖上出过翰林大官，父母早年留学美国，是某名牌大学的教授。可怜她家的风水到她时败到极点，中学没毕业就被赶到了社会的底层。兵团人分几等，她因家庭问题严重，是最没希望的一等。

初到乡下，没有现成的知青宿舍，小吴等暂住当地农民家里。房东家的小伙子余正高淳朴、善良，长得也帅。他精通各样农活，只是文化不高。自从吴齐眉等三名女知青安置在他家东屋后，小伙子来了精神，他每天都把里外收拾干净，还特意给爱犬小花脖子上装了个皮圈，拴在锅屋旁，生怕吓了城里来的客人。可是城市的女知青挺喜欢小花，不但不害怕，而且与小花混得很熟，小花也经常嘴里叼着草帽、书包什么的，送女知青出工、开会。

这年冬天，大雪纷飞，吴齐眉突然收到家里的电报，“母病危速归!”她“哇”的一声哭了，几个女知青望着漫天大雪犯愁了。从这里回省城有七八百里路，大雪已把公路封死，只有到N市去坐火车，可这60多里路怎么走?知青谁认识路呢。这时，余正高带着小花来了，他朝嘴里灌了几口白酒，把酒瓶塞进口袋，抓过拎包，顶着大雪，送吴齐眉上路了。

路上行人已绝，沟坎河洼都被雪盖上了，不小心就会踩破冰掉下水。两人带着小花，滚了一身雪水，走到南河边。这时，南河已顿失波涛，渡船停在对岸，封渡了。余正高拍拍小花，指着对岸，小花窜到冰上，又跳到水里，游到对岸后就消失了。过了好一会儿，小花咬着船绳，又跑又游地送过河来。余正高接过船绳，掏出酒瓶，又灌了几口白酒，脱下棉衣、棉裤，跳到冰水里，破出一条水路，硬是拽着船，把吴齐眉送过了河。天黑前送上了 N 市的火车。归来时，余正高全身潮湿，嘴唇乌紫，他在冰天雪地里滚爬了近 30 个小时。

一个多月后，吴齐眉返回了农村，臂膀上已缠上了黑纱，唯一使她感到无憾的，只是母女诀别前终于见上了一面。后来，知青都搬到新宿舍住了，吴齐眉仍然常来余正高家。庄子上甚至流传出这样的顺口溜："吴齐眉一到，余正高直笑，烟囱不断冒，蛋壳往外撂。"不知情者都笑小余痴，人家大城市大户人家出身的小姐能看上你这地地道道的乡巴佬!

随着岁月的流逝，有门路的知青都纷纷离开了农场，参军、上学、进厂，干哪一行不比修地球强？只要有一线生机，大家都使出浑身的解数，鱼走鱼路，虾走虾路，都争着想跳出"龙（农）门"。吴齐眉是认命了，父亲是一直关在牛棚里的反动权威，母亲已在另一个世界不能为女儿奔走，一贫如洗又不愿卖贞操求靠山，她只能眼睁睁地看人家走。正高的妈说不了宽慰她的话，却拎了三只母鸡替她去活动，这才把小吴调到小学当了民办教师。

吴齐眉在泥水中滚了几年，患了严重的风湿性关节炎，发作起来疼得挪不动腿，只好用热水袋来捂。余正高和她妈捧来一副狗皮护腿，一定要她套上试试。她一眼就看出那是忠实的小花，他母子的伴儿的皮啊。她扑到正高妈怀里哭了，不知道怎么表达感激之情。

开春后，余正高卖掉自家的肥猪，换了一箱蜂放养起来。原来，他听人介绍，蜜蜂尾刺蜇入风湿性关节炎病人的患处，可以治愈此病。每天，他和母亲把吴齐眉扶到蜂箱旁，用纱布蒙住手脸，在她病脚上涂上花蜜，让蜂子叮咬，整整叮咬了两季，用去了两箱蜂，果真奇迹般解脱了吴齐眉的病痛之苦。

知青走得食堂已开不起伙了，小吴又到余正高家搭伙。一分耕耘，一分收获，多年的耕耘终于使余正高尝到了爱情的甜果。小吴满腹才学，看过无数爱情名篇，她做梦也没想到过她的白马王子竟是一句令人陶醉的情话都说不出的庄稼汉。但几年的风风雨雨，几多淳朴善良的相助，使她对这泥瓦房有了感情，愿意跟不善言辞的小余相伴终生。当她得知父亲续弦后，就与小余双双去登记结婚了。

民政助理问了一番年龄籍贯、文化程度、身体状况后，突然问："你俩是自愿结婚吗？"眼光怀疑地看着吴齐眉。

吴齐眉平静而肯定地做了回答："我俩完全自愿。"余正高抑制不住兴奋地笑着。

"谁是介绍人？"民政助理又问。

两人怔了一下，余正高随口答道："毛主席。"

民政助理长长的"嗯"了一声，疑惑不解了。

余正高快活地说："是毛主席号召知识青年上山下乡，我俩才认识的，没有毛主席他老人家介绍，我能讨到城里知青做老婆吗？"

民政助理想想这话也对，就把一张结婚登记表递上。吴齐眉认真地用笔填写着。在那介绍人一栏，她也端端正正地写上"毛主席"。

后来，吴齐眉考上了大学，毕业后分配到南京的一所著名医院。她把余家母子也带进了城市。医院内是受人尊敬的当主治医生的妻子，医院门外是没人正眼看的丈夫在卖茶叶蛋，这对奇特的夫妻丝毫没有离异的苗头。

扎根典型

一次，营部召开知识青年代表大会，代表们三五成群地围坐在会议室的四周，中间坐着一身戎装的教导员，他先传达了江青关于“坚持乡村的伟大胜利”的指示，然后兴致勃勃地做起报告来。突然东北角传来“呵——”长长的打哈欠声，接着西北角人堆里发出一声急促而清晰的放屁声，这一呼一应，顿时全场爆发的笑声快掀翻了屋顶。

“谁放的屁？”教导员站起来喝问，程晓丹羞赧地低下了头，原来屁是她放的。那时，知青食堂每天都是老三样：“黄豆、馒头、山芋干”，对于长在江南水乡，吃惯了大米蔬菜的程晓丹来说，天天塞了一肚子黄豆、山芋干，哪能不放屁？从走进会议室起，她就一直憋着，以至憋得肚子疼，刚才听到会议室东头有人打吹欠，她欠了下身，望了望，结果，没憋住，竟在会场上放了个屁，一个豆蔻年华的大姑娘这么不文雅，那不羞死人了。想到这里，她头埋得更低，恨不得地下有个洞钻进去。

“这屁是我放的。”一个魁伟的身躯在她身旁站起，“天天吃山芋，哪能不放屁。”一句话引来了大家的同情，纷纷向教导员诉起苦来。

“每天老三样，还要干活，真叫人受不了。”

“教导员你可要为我们向上反映反映啊。”

“请上面多配点大米。”

“多给点蔬菜、豆油。”

程晓丹从窘迫中解脱开，她抬起头，感激地望着站在身边的大个子知青，他就是机务连的江启涛。

以后他们结识了，相爱了，频繁地交往，相互地依托，就像煎饼贴在热锅上一样，他俩的爱情很快成熟了。可是两人一直不敢提起结婚的事，每人一个月 15 元的生活费，怎能在这异土他乡安家落户。随着年龄的增大，爱的冲动有时叫他们不能自禁。

一天，江启涛对程晓丹说："我们结婚吧，我身体好，有力气，苦活累活我一人干，一辈子也不让你吃苦。"

忠诚的话语像甘霖似地滋润着程晓丹的心田，可一想到结婚的花费，她禁不住问：

"没钱怎么结婚。"

"我这里有50元，家里再给点，我们省些用。在这里就说回城里结婚，回城以后，就说在农村已经结过婚了，两处撒些糖，不就行了吗？"

"那家具呢？"

"你我的单人床拼起来，箱子合在一起，一人又有一张写字台，我再去打张桌子吃饭。"

程晓丹心想，这也是个办法，只是太寒酸了，自己的终生大事这样凑合，还不是因为咱们是穷知青。

她向家里发了信，还特地回到省城，想征得父母的同意和支持。可是父母坚决不同意，他们企盼着女儿能回城啊！这也难怪，父亲病重卧床不起，弟弟还在读书，只靠母亲一人里外忙碌，这个家实在要人照应啊。

两天后，母亲带来个转业军人与程晓丹见面，那是父亲单位里的保卫干事。程晓丹明白父母的心事。他们是要自己在城里找个主，可她爱着江启涛啊，她一句话没说，转身出了家门，含着泪水和一肚子的委屈，失望地回到了建设兵团。

当晚，江启涛喜滋滋地告诉她一个好消息，上级号召知青在建设兵团扎根成家。营里要江启涛和程晓丹带个头。如果他们同意在农村结婚，可以给他们在营部找一间房，还要把程晓丹调到营部来工作，结婚那天营首长亲自为他俩主持婚礼。事已至此，程晓丹只好同意了。

当晚，程晓丹就给家里去信，告诉了他俩的决定，不久接到母亲的回信。

“……孩子，接到你的信，你爸爸的病又加重了。父母不是不关心你，而是为你好。上次给你介绍的对象答应把你弄回城来，已经办妥了，你要听妈妈的话，赶快回来吧！就算是父母求你了……”

程晓丹捧着信失声痛哭了。她把信交给江启涛看，小伙子一句话没说，转身离去，很长时间也没来过。程晓丹再次见到他时，江启涛已躺在床上，几天没进食了。他双眼深陷，已失去光泽，脸色蜡黄，一副吓人的模样。

程晓丹心乱如麻，一边是骨肉亲情，一边是痴心恋人。“老天爷，我可怎么办啊！”她仰脸对天，哭叫着，心仿佛被撕碎了。

不久，全团广播了程晓丹扎根兵团干革命的先进事迹，营、连的宣传栏、黑板报都在宣传程晓丹，有的地方还刷出了“学习程晓丹，争当扎根派”的标语。程晓丹被树成了知青典型。

江启涛和程晓丹的婚礼定于5月1日在营部会议室举行，届时还要全营拉上喇叭，进行婚礼的实况转播。4月29日下午，程晓丹突然接到家里“父病逝，盼归”的电报。可是这扎根兵团的婚礼，已经无法更改。

深夜，江启涛、程晓丹臂缠黑纱，对着南方长久地跪拜，祈求着父母的宽恕。第二天，他俩含着眼泪，把佩有黑纱的臂膀套进了结婚的新服，去扮演扎根兵团婚礼上的男女主角。

谁能告诉我　是对还是错

蔡　平

●留守女知青，儿孙已满堂●自己给自己接生●每别同学泪满襟●他船扳得好，很帅气●北京人有什么了不起●若和知青恋爱，判刑15年●一个因情五花大绑，一个因爱忘我相救●从此公开恋情●生别已断肠，离人又归来●你的终生大事，自己做主吧●死，也是这儿的鬼

我们这拨人生来是垫脚石，是替人类受难的。

——一位北京知青

在我之前，有作家写过她，记者采访过她，电视台拍过她，她的专题电视片，曾在中央电视台黄金栏目几次播放，据说还得了奖。

在陕北宜川，人们几乎都知道她，人们讲那个黄河船工怎样救了她，她又怎样以身相许，嫁给了他；人们讲她对黄河船工的四个儿子如何好，讲她吃苦耐劳，忍辱负重……

她的故事，就像信天游，被黄土高原淳朴的人们创作着，传颂着，完美得令人难以置信。

——王春英，北京知青。陕西宜川县医院护士。45

岁。6 个儿女的母亲，6 个孙子孙女的奶奶。

如果世上有卖后悔药的 我花多少钱也买

第一次见面，在宜川县医院宿舍院。

两间小屋，温暖，干静。外面有女儿的小床，里面是张大床，沙发、茶几、彩电、立柜……普通的家具，普通的陈设，一个很正常的县城工薪阶层家庭。

王春英很冷漠，进屋让我坐下，自己却站着，好像随时等我出去。她双手抱在胸前，面无表情，“说吧，还谈什么？该说的早说过了，没什么好说的。别再采访我，我都烦了。你们出书了，上报了，跟我有什么关系？我不还在这儿待着？”

传说中的黄河船工二缠子——周延才，站在她身后，中山装敞着怀，脚踩毛绒绒的棉拖鞋，花白的平头，一手叉在腰里，很有男子气。

“去吧，去吧，”他说，“跟北京老乡聊聊，人家老远来的，你中午回来。”

王春英没再说什么，就顺从地跟我走了。

在县招待所，她低头对我说：“我这人，吃亏就吃亏在太善良，那时太苦，谁对我好，就跟谁了，没想以后，更没想怎么带他这几个孩子。我现在唯一的想法就是回去，实在办不回去，退休也要回北京去！”

我吃惊了，这怎么不像传说中的王春英？

“我们几个在这儿结婚的北京同学，凑在一起，老是后悔。我跟他们说，后悔有什么用？如果世上有卖后悔药的，我花多少钱也买！都怪咱们当初没脑子。”

“当初不是他救了你?”我问。

“瞎扯！哪有这回事。不信你问他去。”她扬起头，非常生气。

“那你当初不爱他?”

“那叫爱呀?公社五花大绑把他绑走了，说他破坏知识青年上山下乡，那时候，这个罪名要判十几年刑！我去找人，公社说，要不你们就办结婚证吧?我说，那就办吧。事儿是我惹的，他婆姨死了以后，我老去他家帮忙，弄得人家都以为有什么事，我不想连累别人。”

后来，在采访二缠子时我才发现，这件事上，他俩的说法不大一样。王春英当初不是迫于无奈。

王春英自己生的儿子，已经转回北京，她最担心的，是她这个上高中的女儿。“我想让她在北京上大学。在这儿，没前途，没发展。”

二缠子前妻的几个孩子，除一个在县城工作外，其他三个都在村里成了家。王春英想赶快躲开他们。

“有时驴死了，牛死了，就来要个二百三百，有时带着孩子看病来了，连吃带住，我都得管。满身是土，脏了吧叽的，还老不带着钱，吃药打针，都得我垫，你也不好要，自己娃嘛，好像就应该的。将来，等我那几个孙子孙女大了，再来这儿上学，那还有完?”

她详细告诉我，如果我想帮忙，应该从哪入手。

“你回北京，你家掌柜的怎么办?”我问。

“他当然同意。我先和小女子回去，他退休再回去，可以给人看大门看自行车，他现在在医院烧水，在北京，他也可以给人烧锅炉看大门嘛。”她说得很轻松。

“你家掌柜的今年多大?”

"50。"

就是说，二缠子等到退休，还有10年。后来我知道，在这件事上，他俩的意见，也不完全一致。

我提出，去她原来插队的村里看看，她不想去。"娃家里穷，脏得很，还有虱子，你不怕？"

经再三恳求，她勉强答应，一再叮嘱："咱们可说好，我不在那住，要住，你自己住！"

周家都是老实人

破旧的吉普车，在狭窄颠簸的山路上行驶，两边没有一点绿色，王春英坐在前面，沉默不语，对车外的一切，毫无兴趣。

开车的周师傅，是二缠子本家，比二缠子小两辈，王春英知道后，开始问这问那。

我给周师傅递烟，她示意我点好了再递。然后对周师傅说："按理，你还得管我叫娘（奶奶）咧。"说得周师傅哈哈大笑。

途中上厕所，她问我："你要这车多少钱？"

我告诉她。

她责怪我："周家都是老实人，生活不容易，你干嘛压这么低？"

我说："你怎么知道他不容易，他不是承包了这车？"

她摇摇头："你看他抽烟能看出来。北京人就是这样，我妈在农贸市场买菜，几分钱还跟人家抠，我们这嗨儿人可老实，从来不这样。"

汽车经过新市河地段医院，王春英要求停车。她跳下车，带我爬上石阶。在一排破房子前，她要和几个农村姑娘合影。

我问："这都是谁？"

“同事的婆姨，那时我在药房，我家掌柜的管收费，我们带着小女子在这儿住了四年，她们对我可好。”

“你看那边，”她拉着我说，“我来的时候，我家掌柜的牵着小毛驴，就在那接我们，他这人不像一般的农民，可聪明，爱说个笑话，人可有意思。”

“他有文化吗?”

“初中。你别看他这人，什么都会，吹口琴，拉胡琴，会打石碾子，就连赌博也老赢。现在人家每天都看新闻，哪个领导访问哪，记得可清了，我老托人给他带杂志看。”

“是什么杂志?”

“那叫什么?《新华文摘》吧。”说着她脸上有了笑意。

后来我问二缠子，二缠子说：“我哪有什么初中？有小学就不错了，我现在看看还行，说写，还老写不好。”

王春英又拉我到路边，“你看，我们吃完饭就坐在这儿，看路上的汽车，脚下这是云岩河，能一直流到黄河去，水可清，可凉，夜里睡觉，能听见它哗哗的声音。”“你看这石桌，我们中午还在上面睡觉。凉凉的，可舒服。”“来，咱俩在这合张影吧。就在这桥洞下面。后面要这山，还要这条河。”

耀眼的阳光下，王春英在石板上跳来跳去，好像换了一个人。

中午，来到阁楼乡，我请她和周师傅吃饭，王春英要给村里的孩子买吃的。我说：“你看买什么？我来。”

她犹豫了一下：“买20个馍吧。咱们几个回去，得在娃家吃饭。”

我拿出塑料袋，让店主装了30个馒头，问：“还要什么?”

她拿了几包两毛一包的瓜子，一斤5元的糖，说给孙子孙女吃。想了想，又要了一个水果罐头、一小包饼干、两包一元一包的工字烟，说是给哥哥。

二缠子从小失去父母，只有村里这个哥哥把他拉扯大。王春英说哥哥心眼儿好，人可老实，嫂子不行。她嫌嫂子对哥哥照顾不好。后来我才知道，她嫉恨嫂子的原因，不只是因为哥哥。

“28 年了，你说话怎么还是北京口音？”我问。

“没变吗？”她笑了，“我有意扳着呢！一回北京，我妈老嫌我说话土。我只好扳着点，不过也老忘。”

果然，在阁楼乡，一碰上满身是土的乡亲，她又是陕北腔儿了。人们都跟王春英打招呼，让她到家里去坐，她也动不动就掀帘进去，害得我直担心上路的时间。

“这嗨儿我也待过。”她说。“那时我家有彩电，别人都来看，土哈哈的农民，还带着孩子，进屋就脱鞋上床，有时孩子就尿在屋里地上。我给他们倒水，准备吃的，我们关系都可好，没有什么北京人，也没有谁看不起谁。要是在北京，能有这感情？”说着她白了我一眼。

北京 17 年，陕北 28 年，王春英的心，究竟离哪边近呢？

下午两点，我们到了依锦村，村口站着一群农民，扛着锄头，蓬头垢面，衣服破烂。看到王春英，有叫二娘的，有叫二婶的（二缠子排行老二），叫完就站在那咧着嘴笑。

王春英随口应着，嘱咐周师傅：“把车开支书家吧，看让孩子们弄坏喽。”接着她转身问我：“明天咱们几点回去？”

甭管谁给的　都是自己的娃呀

这是一个几百人的小山村，至今没有通电，每周定期放水，5 毛钱一汽油桶。农民有买不起的，就赶着瘦弱的小毛驴，走几里山路驮水。只要有依山朝阳的地方，就会有几面窑洞，门上挂个破布帘子，就是一户人家。狭窄的黄土小路，忽上忽下，把这些破窑洞连在一起。

王春英领我走进一扇破门，告诉我："这是我三娃家，我原来就住这儿。"

低矮的土墙围出个院子，一头骡子拴在墙角，几只半大猪，绕着两只旧汽油筒走来走去。正面三面旧窑洞，左边一面住人。掀开破布帘，里面漆黑，我险些绊在门坎上。一个女人迎过来，王春英说："这是我三媳妇。"

窑洞很深，空空荡荡，足有五米长的大炕，炕上是几摞黑乎乎的被子，地上一个破柜子，和几口盛水的大缸。

一进窑洞，王春英长舒了一口气："可到家了。"说着一偏腿，坐在炕沿上，顺手拿起一条脏毛巾，掸衣服。她把馒头拿出来和儿媳妇商量晚饭吃什么。

儿媳妇望着婆婆怯生生地说："家里除了面，啥也没有了。"

王春英四外看看，"这是我老同学，不挑什么，就弄点山芋，再做上点面吧。"

她招呼一个孩子去叫几个孙子孙女。不一会儿呼啦啦跑回来六个，个个满身是土，小脸黑里透红。王春英摸着脑袋每人分了一包瓜子，几块糖，给我介绍："这是老大家的三个，这是老三的两个，这是老四的一个。"

我问："老二的呢?"

"他俩在县城，还没娃呢。"说到这儿，她忽然骄傲起来，"你没见我家老二哪，打扮得可体面，跟他们几个不一样，人家上的是省级中专，分到县水利局工作。那时老二一年年补习，考试，老是差一点点，他爸不想让他考了，我不干，我对几个娃说，你们几个，总得有一个给我念出来。我训他，逼他，给他创造条件，非让他考，后来还真考上了。”

窑洞的墙上，糊了不少《卫生报》。王春英说：“我专门为他们订的，我看完了，就留着，他们上去时，带回来，让他们两年糊一次墙，也显得里面亮些。”

她抱起老四的孩子，摸着小脸，心疼地说：“老四可怜，他哥没娃，从小把老四给了过去，我老觉得对不起他，等我将来退休了，就让老四接班。”

“老四给他哥时，你和你家掌柜的结婚了吗？”

“还没有。不过甭管谁给的，都是自己娃呀！”

“你家老大今年多大了？”

“比我小12岁，也是属兔的。结婚那会儿，最小的四岁，大的才八岁，下工回来，娃都睡着了，做了饭，一个个叫起来吃，有时看着几张小嘴管你叫妈，要吃要喝，也挺可怜的，那时他们都穿着破衣服，趿拉着破鞋，我就纺线，让别人帮着织布做衣服。我纺的线可粗咧！”

说到这儿，她笑了，并且有些得意，“这嗨儿的活儿，也就织布我不会，其他的，我都会做。”

王春英说起过去很轻松，像在说别人的事情，其实就在这条大炕上，王春英生下了自己的两个孩子。

怀儿子时，她怕人看出来，就用带子把肚子勒紧。生产时，她躺在炕上，任接生婆长长的脏指甲，在她身上胡乱动作，她连哭带叫，头往墙上直撞。

第二个是女儿，她自己接的生。那时没有酒精，她就用白酒把剪子擦干净，自己忍着疼把女儿生了下来。

她不愿在人前流泪，因为当初所有的人都劝过她。她不好意思见同学，因为好心的同学见她和二缠子结婚，都很生气。

为了多挣些口粮，村里的活儿，什么工分高她就干什么。粮食不够吃，一家人喝稀的，再不够，地里还有南瓜红薯，树上还有榆钱儿。她在地里干活，儿子就拴在家里。

在外面，她嘻嘻哈哈，有说有笑。回到家里，面对空荡荡的窑洞和满炕的孩子，就暗自落泪。

同学一个接一个地走了，回北京了。她站在窑洞前远远望着，走一个哭一场。二缠子劝她，她就和二缠子吵。

“我家掌柜的人好，善良，老实。如果这人是可有可无的，我拍屁股也走了。那年，我妈让弟弟带着路费来接我，我不走，我爸让我去兰州工作，我也没去。”

王春英的父亲曾是我国一个大水电站的党委书记，父母都很早参加革命，她从小生活条件优越，家里有保姆。现在父亲有病，也是住北京的高干病房。

“我妈来信从不提他，我弟弟妹妹也从不叫姐夫，我有时心里特别扭，结婚这么多年，儿子都这么大了，他们怎么还转不过弯来？我儿子说，妈，以后你回来，就住我这儿吧。”王春英说到这儿，伤心极了。

“现在给家里写信，我都不知道写什么，没话说。父母有什么事都是我儿子告诉我。父母在北京住着一套三居室，我儿子回去了，不在我父母那住，自己每月花200元在外面租房子。”

“你儿子现在在北京干什么？”我问。

“他复员后，在北京一个大酒店当保卫，儿子可懂事，就是自尊心太强，他在村里长大的，和前面几个哥哥关系可好，老大去北京时，儿子给他几个哥哥带回不少衣服。有回，一个北京人说了他几句，他就找几个哥们儿把人家打了一顿，打完还问，你知道我为什么打你吗？人家说不知道，他说，就因为你说我像外地人，我不喜欢听这句话。”

他在前面扳船　我就跟在后面游

出了村，一条山路曲曲弯弯，在山梁间绕来绕去，山坳坳里，经常冒出一片片洁白的羊群，匝羊肚毛巾的羊倌，就在一边漫不经心地轰赶着。

王春英在前面冲我喊：“你可看好，只要羊群往回走，咱们就赶快回去，太阳就要落山了。”

我们呼哧带喘赶到黄河边，已是满脸通红。山峦之间，那条世界著名的黄水，就在我们脚下，浊浪翻滚，轰然作响。

王春英指着黄河大声说：“你看，我家掌柜的原来就在这儿扳船，我常从那儿下水，游到对面上岸。他船扳得可好，水性也好，每天能挣10分，是最高的！”站在黄河边，王春英扬眉吐气，两眼放光，像在谈一个英雄。“他人长得精神，一站船上，可帅气。他在前面扳船，我就跟在后面游。”

“他不是什么队干部，可队里有什么事都找他商量，他脑子好使，什么事都想得周到。大家可拿他当回事咧。”

“那年，我们背着我那个男娃回北京，就从这儿游过去，到对面临汾上火车，孩子在他背上让水呛得直哭，我们把衣服放在浑退（羊皮退毛后冲气的一种水上工具）里抱着。我家掌柜的边游边对我说，回去以后，要是你妈看不起我，我就走！”

“结果呢？”

“我们待一个多星期就回来了。家里虽然烧了好多菜，就是没话，饭桌上一句话也没有，那滋味也够难受的。”说着，王春英的脸色又暗淡下来。

“每次回去，开始两三天还行，三四天以后，家里人脸色就不好看了，楼上楼下的邻居，看我们老像是外人，总不习惯，只好待几天就回来。我们同学都说，咱们不回去了，父母兄弟姐妹都看不起咱们。可说是说，还是想回去。看来这辈子，这个隔阂永远消除不了。”

王春英说着突然转头看我：“其实，北京人有什么了不起？北京人有北京人的苦恼，陕北人有陕北人的欢乐，谁也代替不了谁！

“我才来县医院几年？已经考下了护士师职称，我现在有好几个获奖证书。去年，我和我家掌柜的都是先进个人。他在医院水烧得好，卫生打扫得也可干净，大家都尊重他，叫他老周。

“我在医院每年抽查，病人对护士投票，我也总是最高。我对农民有感情，不巴结谁，也不看不起谁，出门在外，谁也不带着锅灶，人一辈子都是这样，对人好一些有什么不好？人混到这份上不容易，有时想想，回到北京，就再没有这些了。”说完她呆呆地望着脚下的黄河。

是啊，回到北京，就再没有这些了。王春英曾说，我什么苦都吃过，回到北京卖冰棍，卖报纸，白天黑夜的干都行，只要能生存，为的是小女子，不能让她像我一样。

但到了那时，王春英心中的痛苦，会比现在少吗？

瘦弱的毛驴，驮着巨大的木桶，抻脖子蹬腿，在山间小路上吃力地行走。赶驴的农民趿拉着破鞋，摇着木棍，一晃一晃跟在后面。

王春英说："别看了，看了让人难受，牲口就是这样，干了活，还挨打。过去我们走累了，就拽着它们尾巴，有时，还骑上去。"

回到村里，王春英走不动了，她拖着两腿，低着头，说话再没有一点底气。

我说："你真的这么累？"

"不是累，"她叹口气，"我是不想走这路。一走，好像又回来了，又是这儿的人了，过去的事像放电影一样。真的，不是我不想回来，我不能跟几个娃在一起，看到他们，我就发愁，心里难过，你说，将来他们可怎么办哪？"

真想脱了衣服睡 一睡这炕 心里就踏实

回到三娃家，天色已暗，饭还没有做好，老三干完活儿回来，坐在门坎上抽烟，暗影里只看见他蓬乱的头发，和嘴里一亮一亮的烟火。

三媳妇用陕北话和王春英唠叨，说着说着还哭起来。她说老大从北京带回的那几件衣服，一件也没给他们，她嫌丈夫不能干，挣不了钱；她觉得娘家村儿比这儿富，当初看王春英是北京来的才嫁给老三。说着手下飞快地切着山芋片，一边还照看着灶塘的火。

王春英用陕北话劝她，宽慰她，然后小声告诉我："她就是这样，话也说了，活儿也干了，几个儿媳妇，就属她利落。你看她身上穿的还有她娃身上穿的，都是我给的，我哪个娃也不会亏他们。"她接过儿媳妇手里的刀，麻利地切起来。

老大媳妇和老四媳妇抱着孩子掀帘进来，执意要请婆婆到自己屋里吃饭。王春英随便摆摆手："回去吧，这嗨儿都做好了，我呆会儿过去。"

两个儿媳妇没再说什么，悄没声地走了。

老三儿子的腮腺炎还没好，小脸通红，还在发烧。王春英疼爱地把孙子拽到怀里，在两边下巴处摸，“不行，这针得赶快打，药还有吗？拿来我先给他打上。”

三媳妇一听又嘟囔起来，“家里就这点花了（棉花），不卖花就没钱买药，现在卖花又价钱最低，想等等都来不及。”

王春英皱了下眉：“明天跟我去阁楼吧，我把药买下，你们带回来给娃打。”说着她蹲下身，把孩子衣服撩起来。

才几岁的孩子听说打针，乖乖地趴在水缸边上，亮着小黑屁股一动不动。

王春英打完针看我一眼：“瞧瞧，这嗨儿娃就是懂事，要是在北京，不知要闹成什么样呢！”

一大锅盐水煮面片，一盘馒头，几根炒豆芽，我们围坐在土炕上，狼吞虎咽。王春英端着大碗吸溜着：“快吃吧，吃完带你到我哥家去，再去刘堂家看看，以前我们可要好。”

晚间的山村飘着一股亲切的烧草味儿，不时听见几声细细的羊叫和孩子的哭声。走过一个柴垛，王春英站在那自言自语：“这是谁家这么勤快，打了这些柴？”

她带我来到当年知青时住的窑洞。窑洞已经完全坍塌，只有几只小羊羔，围在那里静静地舔着草根。王春英有些难过：“唉！怎么就让它塌了呢？”

刘堂婆姨看到王春英，嘴咧得很大露出满口黄牙，她拉着王春英手迫不及待拽到炕上，俩人像多日不见的姐妹，亲亲热热挤在一起。

几把花生丢在炕上，一大碗茶水摆在面前，我靠在一边，听她们用陕北话说着一些我很陌生的事情。

外面，天色已黑。窑洞里，王春英弯腿卧在炕上，团成一团，西服委得不成样子。在她眼前，似乎已经没有了北京，没有了过去，也没有了将来，只有温暖的大炕，可信赖的朋友，幽幽的油灯。

她半眯着眼睛，歪在刘堂婆姨身上，越挤越紧。黑暗中，能看出她一脸的笑容，和她声音里微带的睡意。

从刘堂家出来，四外漆黑一片，各家窑洞的油灯，都已经熄了，山村里，寂静无声，只有天上的星星，密密麻麻，显得很乱。王春英好长时间不说话，我跟在她后面，深一脚浅一脚地往回赶。

走着走着，她突然站住脚，黑暗中传来她切切的问话："你说，在北京，能有这样的感情吗?"

我一下愣住，无法回答。

是的，寂静的山村有它寂静的故事，喧闹的北京有它喧闹的声音，人，本来没有什么高低贵贱之分，出生地的区别，有时却把人拉开了。就像天上的星星，那里很亮，却离这儿很远很远……

回到老三家已经很晚。两个孩子都睡下了。三媳妇为我们等着门，并在炕头准备了一个大瓦盆，告诉我夜里在那方便。由于我来，老三已经挤到老大家去睡了。

王春英问我："还洗吗?"

我说："家里水少，我也累了，算了吧。"

"那就睡吧。"她爬到炕上，伸了个懒腰，"唉，真想脱了衣服睡，一睡这炕，心里就踏实，哪也没有这么舒服的炕呀!"

看我躺下，她把被子翻过来，为我盖上，吹灭油灯。

星光透过窗棱，洒在炕上，炕的那边，三媳妇咳嗽了两声，我闻着被子上异样的气味，听王春英用陕北话和儿媳妇拉起家常……

一个遥远的爱情故事

我不知道，用这样多的笔墨是否值得。但这都是二缠子亲口对我说的。我把它记录下来，为的是让读者了解二缠子，以及王春英是怎样走上了这样一条与众不同的道路。

那天，王春英上班去了，我来到她家，二缠子很热情地接待了我。他很细心，谈话间从不忘记给你倒茶，添瓜子。说起话来爱动感情，人很亲切。正如王春英所说，他的确不像农民。和他谈话间我经常想，如果他不是生在农村，如果他有更高的文化，如果他真的回到北京……会是什么样子？

你知道，那时候，甭说王春英，就是农村女子也不一定嫁给我。我有四个孩子呀！

我平常一般不去她们知青屋里，都是她来。国家对知青有政策，和知青勾搭，至少要判15年刑，所以我们不能公开搞。

每天下工回来，她就来我这儿，吃完饭聊天，时间过得快太太（特别快），一晃就到十点多钟。

那是1971年的农历后六月十八，我记得那年是两个六月嘛。那天，天黑太太，我送她到大门口。回来半路上，北京干部和大队革委会副主任，还有两个知青，拦住我，问我干什么去了。那时，有插队知青的村里，都住着北京干部。

我说，我送王春英回去。

他们问，她为什么来你家？

我说，你们去问她。

他们让我跟他们走，到公社去。

我说，什么事？

他们说，你的事你自己知道。

我说，可以，我回去安排一下孩子。

他们不让我回去，还要捆我，我不让捆。那时，我孩子大的才7岁。我说天大的事，让我先安排好家里。可他们上来就要捆我，我不让，就扭打起来。那时我年轻，身体可好，几个人也不是我的对手。后来我们去见了支书，支书说，让他回去吧，把家安排好。

后来我就让他们用绳子把我捆上，去了公社。当时我找个机会告诉我哥，让他赶快跟王春英说一下。结果，王春英半夜就赶到公社。

那时，都半夜了，我在床头坐着，睡不着觉，只有后门窗台上的煤油灯还亮着，我看到有个梳小刷子的身影在后门那一晃，我就知道，是王春英来了。

她来了以后，问我，他们还捆你吗？我说不捆了。她问，你害怕吗？我说别的不怕，就怕你。她说，你别考虑了。我说有你一句话，我就放心了。

这时，那北京干部正跟公社反映我的事情，王春英一推门就进去了。她进去就问，你们为啥捆二缠子？

她是北京知青，态度可硬气。公社干部都不说话。王春英说，你们非把事情讲清楚不可。公社干部只好安慰她，把她带到别处休息。

第二天早上，公社干部跟王春英说，不能跟二缠子随便接触。于是王春英写了个字条，藏在馒头下面。吃饭时，她满院子找我，见到我就大声问，二缠子，还没吃饭呀？其实馒头已经偷偷交到我手里。纸条上，她把公社干部怎么问的她，她又是怎么回答的，都告诉了我。我一看，心里踏实了，口气也硬了。

可是到了那天上午，我在屋里坐着，忽然看到王春英背着挎包过来。她在门外对我说了一声，二缠子，我走了啊，说着转身就走了。

唉呀！你想想，我当时那个心情，怕死了，感觉就好像有人拿茶杯，泼到我脸上，眼泪一下流出来。王春英不走，我不管怎样，都能回去。可她这一走，村里知青一给她做工作，还有她在另外一个村插队的弟弟，还有北京干部，她肯定会反悔，我就完了。那我还能回去？不判刑才怪呢？我当时吓得要命。

到了晚上，公社让我到一个拖拉机篷睡觉。那里离我的一个亲戚家较近，我赶快要了一张麻纸，就给王春英写信。那封信，我写了好多好多，那个话呀，就说不完，密密麻麻，满纸都是字。信的大意是，春英，咱们从一开始谈到现在，有了感情。我现在为难了，你撇下我不管。你至少应该跟我商量一下，怎么说也不说，就走了？接着，我写了我们相爱的过程，在落款处，我写上，难中的二缠子。

写完以后，我让亲戚明天早早给王春英送去。

第二天早上，亲戚把信交给了王春英。后来听她说，王春英在树荫底下看着我的信，就哭开了。我家亲戚劝她，你也别哭了，要不，你再到公社，看看二缠子？于是，王春英马上又随她来了。

在大门处，我看到王春英来了，就冲她招招手，因为我出不了大门。我只好给王春英写条。我说，春英，我现在出不了大门，连话都跟你说不上，你晚上不要走，在我亲戚家住着，我晚上想尽一切办法去见你。

然后我把字条，交给那个抓我的革委会副主任，我说王春英已经到了公社，你能不能把这纸条交给她。我当时实在是没办法了。

没想到，他答应了。我说，你可别弄丢喽。他说，丢不了。后来，他真的就帮我交了。

到了晚上，公社还是不让我出大门。我着急坏了，心里难受，都想跳墙出去。可我不敢，怕把问题弄大，当时把我急的。天黑洞洞的，我在公社大门里走来走去地想，只好又写纸条，我说，春英，我实在没办法，今天晚上我出不去了，我万万没想到，他们不让我出大门。你晚上早点睡觉吧。到明天，我想尽办法去见你。

我把纸条又交给了革委会副主任，他真的又给我送了一次。回来他说王春英看到纸条，在哭呢，眼泪直滴到纸上。

我在这边急得吃不下，喝不下，睡不下，嗓子疼得冒烟。到第二天，就基本上说不出话了。我找到公社书记，书记，你看这两天，我嗓子疼得不得了，不能说话，不能吃东西，我想到医院买点药，然后到我亲戚家喝点稀的。他看了看我，说行，你完事后上午10点前必须回来。

哎呀，我的心都快飞出来了。出了公社大门，我就往亲戚家跑。到那，王春英还没起床，我就坐着和她聊，其实她那时并没变主意，我的心这才落下来。

王春英让我到医院去买药，赶快治嗓子。我说行，我先回去，你半个小时以后再到。

回来以后，我吃了药，嗓子立刻就好了。王春英随后来了。她找到书记那里。一会儿，司法员把我叫过去，二缠子，你这事好了。不过你还不能算没有问题。谈恋爱什么人也挡不住，你的缺点是谈得太晚（指谈到晚10点多），以后要注意，免得有闲话。

我轻轻松松出了公社大门。那天王春英是跟我一起回去的。路上，我对王春英说，春英，我跟你说个事，我在公社这三天，风声太大了，大家都知道了，一路这几个小时，每过一个村，咱俩走路近点。

她问，干嘛？我说，听我的没错。

那时正是上午，每过一个村，都能碰上许多地里干活的人，我俩一直走得很近。大家都抬头问我，二缠子，你回来啦？我就高兴地喊，回来啦！

回村的那天晚上，村里正好放电影，我和王春英说，春英啊，你再听我一句，到晚上放电影，电灯泡在哪儿，我们就站在哪儿。她问，为什么？我说，咱们以前都是明明暗暗的，这回，咱们反过来。

那天我回去，把浑身上下都洗了，换了一件还没上过身的白背心，裤子也换了一条。我以前长得可好，个头不矮，人也精神。放电影时，点的是300度的大灯泡，我和王春英就站在灯泡底下。前面的人都回头看我们，问我，二缠子，回来啦？我使劲大声喊，回来啦！结果看电影的人都回头看。村里所有的人都看见我和王春英站在一起。

我那回，真是把坏事变成好事了。被抓到公社前，我还注意个脸面，怕对王春英影响不好，怕别人说我带着几个孩子还不老老实实的。从公社回来以后，我天不怕地不怕了。我们基本上像夫妻一样，王春英就在我家吃饭，晚上聊到一二点钟也不在乎。

但是到这儿，事还没完哪！就在那年农历七月二十左右，王春英的弟弟来了。

我被抓到公社的事，她爸她妈都知道了，他们马上叫她弟弟回来，说不管发生什么事，都要把春英叫回来，只要一回来，就好办了。其实如果她那时回去，可能就到兰州工作了。她爸在那边是一个大水电站的书记，最小也是地师级吧，人家十几岁就出去当兵了。

在这之前，他们先给王春英发了封电报，是她妈发的，写的是，你父病危，速归。王春英把电报拿来给我看。我说，这十有八九是假的。我问她，你打算怎么办？她说不知道。我说你最好不要回去，那时我俩感情很好，谁也不想离开谁。她就没回去。

过了一段时间，她家给她弟弟写信，让她弟弟想尽一切办法，把她带回去。她弟弟就带着信来了。

那天晚上，她弟弟还在她那，她过来了，把她弟弟来的意思对我说了。我说，我不想让你回去。她说，那就不回去吧。

又过了两三天，她来找我，说我弟弟不让我到你家来，不让咱俩见面。我说，瞧，公社的事又来了，好，不见就不见，明里不见还不能暗里见吗？

结果那天下午，她又来了，说，我弟弟晚上要和你谈谈。

晚上，我就去了。她弟弟坐在炕上，王春英在烧火，我一进去，她弟弟先打了个招呼，来啦，坐吧。接着就说，我问你一件事，你知道你和我姐结得了婚么？他口气很硬。

我说，问我，我不知道，得问你姐，这不是你姐么？我一个人决定不了。

他说，我告诉你说吧，你不可能和我姐结婚，我看你还是放聪明点，你还有几个孩子，你比我姐大几岁，我姐为什么跟你？你现在三番五次和我姐好，我要在公社搞你，把你判刑，到时你这几个孩子怎么办？你信不信？

我说，公社这样搞过，我怎么不信？我让你问你姐，让我说，我说可以结婚。

他说，我就问你。

我说，我同意结婚，就是比你姐差的我也同意。这还是得问你姐。

于是他就问王春英，姐，你说，你同意不同意？王春英不说话。他又问。王春英说，你这说的什么话，让我怎么说？

他问我，你考虑过后果没有？

我说，这事你不要再问，问我我还是同意，婚姻是双方的事，我同意了，你问她同意不同意？

当时气得她弟弟直拍床。

其实我们早在农历三月就谈过结婚的事了，那时王春英就同意了。

我最后对他说，你还是问你姐吧，我走了，我的意思你都知道了。

第三天中午，孩子放学了，我正在做饭。面都揉好了，王春英在坡上面叫我。她说，二缠子，我是跟你告别来了，我回北京了。

你想想，我当时的心情有多难受。我一下愣了，动也动不了，王春英也站在那不动。我们就那么站着，足足有15分钟，俩人一个字也吐不出来。

后来我说了一句，春英，你决定走了？

她嗯了一声。

我说，你弟弟哪去了？

她说，我们一起回去。

我说，你决定走，你就走嘛。

我们又不说话。

后来我说，你能不能下来，到我家来，再说两句话，也算告别嘛。她就下来了。

我俩中间是面盆，她坐在里边炕沿上，就那样低着头，双手扶着膝盖坐着。一句话不说。我就站在她面前，我们都不说话。当时，嗨，简直没法形容。也不知道想哭还是想笑，实在形容不出来。

我说，春英，你这一走，可能咱俩就永远见不着面了。

她说，可能的。二缠子，但是你放心，我一个星期写一封信来，我要一直坚持下去。

我说，春英，你错了，你这一走，再也不要给我写一个字，三年五年，我就把你忘了。你要写字，我就难受了。

就这样，她坐着不动，也没说起来。我也不提醒她。我们待上一会儿，说一两句话，再待上一会儿，再说一两句。她哭，我也哭。那眼泪呀，也不知道怎么就那么多。你知道，人的感情到这儿，比和父母孩子分离还难受。

最后我说，春英，我再说一句，你不走行不行？

她说，不行。

我说，原因是什么？

她说，弟弟把被子都收起来了，所用的东西都收了背走了。生活用品都没有了。

其实走的时候她弟弟就不让她来打招呼。她说，还是要来。她弟弟说，那我等你。她说，你慢慢走，我就赶上。她弟弟就在前面走了。

（实际上，听她嫂子说，那天，一直是二缠子的嫂子在通风报信。是她看见王春英要和弟弟走，追了上来，说，你就走啊，不和二缠子说一声啊？也是她，把这事赶快通知了二缠子。如果没有这个嫂子，也许又减少了一分王春英留下来的可能性。）

我对王春英说，这不是困难，没有用的，咱们再买。这不是大问题，你考虑别的有什么难题吧。

她说，我弟弟说了我好几天了，我确实不想离开你，但是没办法。

那天，时间过得快太太，到最后她决定走不走的时候，已经过了两个多小时。

我说，春英，你过来的时间不短了，你弟弟已经走出十几里地了，你要是心里还有我，干脆不要走了。

她说，不知道行不行？

我说，行！

我知道她怎么着也不想离开我，她的话一软，这事就活了。到最后，我们俩就紧紧抱在一起了。

她问我，这东西还要不要？

我说，你想要，我就追回来，你说不要，就不要了。

后来我让她给弟弟写了个条，她就当着我面把条写了，条是照我说的写的，条上说，我考虑了一下，还没跟队里说好，我不想走了。

我跟王春英说，咱们先把东西要回来，要回来再说不走了。

第二天，我让我哥哥早早把条送到她弟弟村，我和我哥讲好，把事办完，就赶快回来。

去了以后，她弟弟看完条，说了一句，拿吧，前面靠上边的是我姐姐的东西。结果我哥把东西往肩上一搭，中午就回来了。

那以后好几天，王春英都对我很冷淡，转不过弯来，我也理解她，女孩子嘛，后来我慢慢说说，她就好了。再后来，我们就结婚了。

可是，你不知道，就这个结婚，真把我难坏了。为办结婚手续，我们花了整整 33 天，到公社跑了 9 次。因为她是知青，知青和当地人结婚，没有家长的信，公社不给办手续。为这个手续，我们俩跑了3趟，我自己跑了6趟。

第一回，我俩一块儿去，公社文书说，你们去和书记说一下，我们找到书记，书记说，这事还得和县上联系，北京知青不一样。我说，行，我过两天再来。

过了两三天，书记说，县里说了，得叫知青家里来信说同意，我就给你办。

我说，现在婚姻自由，怎么还要家里同意？结婚都是双方同意就行，怎么就不一样？

他说，就是不一样。人家是北京知青。

后来我回去想了好几天，知道必须得要这封信了。我就和王春英说，你给你爸写封信嘛，把态度表明，让你爸写信来。

我想好了，只有让王春英气她爸她妈，一气之下，这信才能写来。

给她家里那信，是我和王春英商量着写的。大概意思是，爸爸妈妈，我大了，我理解父母对儿女的心情，但我喜欢黄土高原，更喜欢这个人，后面还说了许多气话。

结果这一气之下，她爸真把信写来了。

信是用毛笔写的，是写给公社书记的，大概意思是，公社党委，我的孩子王春英在你处插队落户，孩子来信说，她要和周延才结婚，请公社考虑，如没有什么问题，孩子大了，家里就听组织的，孩子的事，就由孩子自己决定。

另外，他们还给王春英来了一封信，信上说，天下做父母的，没有不疼爱儿女的，我们写信让你回来，你不回来。你的终身大事，怎么也该回来和家里商量一下，当父母的连知道一下都不应该吗？你的事情，就由你自己做主吧。

那天我去公社，她家里的信刚到，文书高兴地冲我招手。我问，信来了？他说，来了。我问，同意不同意？他说，同意。嘿！可把我高兴坏了。

第二天，我俩就一起去办了手续，上午11点就把结婚证领了，结婚证往手里一拿，我高兴太太！那天是农历八月十八，我心里特别轻松，一出公社大门，就把王春英的手拉上，哎呀，这回，是真的天不怕地不怕了！

那时，我才20来岁，脑子真好使，问题考虑得就是周到。这样的事，要放别人身上，还不难死？为这事，我在村里乡里都很有名，有些人对这事不理解，说是我救了王春英她才嫁给我，其实哪有这事？她和同学在黄河游泳，是挺危险的，不过我没救过她，她水性比别人都好，从小在北京就游，还用我救？

我和王春英的事，在宜川，在延安，在陕西，都很少有，人们不知道，我们流了多少眼泪哪！

后来任何人碰到我都说我，让我对王春英好点。我说，空口说空话，这还用你们说，不要说找个北京知青，就是在农村找个女子，谁给你？你本事再大，谁给你养这几个孩子？说实在的，我这一大家子，包括孩子都算上，王春英占第一位。我将来永远对她好。

二缠子的故事讲完了。他痛快地吸着烟，好像还沉浸在成功当中。

我问他："如果你将来对她不好了呢？家庭的事，很难说的。"

他说："一点没有可能！一般家庭小事，争争吵吵，免不了。但内心里，我们的感情，不是一般的感情，我们经历了那么多事，再不会改变了。王春英如回北京，我绝不拦着。

“我跟王春英说过，咱们都不是年轻人了，人这一生不光是再干几年的事，后面还有二三十年呢，你丢了工作回北京，将来干不动了怎么办？

“你在宜川，到处都尊重你，虽然能力不大，人都说你是北京学生，可到了北京，你算个啥？谁看得起？谁把你往眼里瞧？她老说那有儿子。可到时儿子结婚了，你又挣不着钱，还得看儿媳妇的脸。如果有正式工作就会有退休金，我们自己就能生活下去，管他看得起看不起！

“所以，我的意见是，第一，她回北京，只有户口，没有工作，我不同意！有户口还有工作，我这边退了休就过去。第二，我们回去没有房子也不行，自己租房子或者买房子都负担不起。第三，还有孩子的上学问题，也不是那么好解决的。”

我说：“你在村里的孩子，生活不容易，给你们负担也挺重吧？”

他说：“没有。原来的几个儿子，也没花我们多少钱，十几年了，还不到三千元。我常跟王春英和孩子们说，人这一生，干什么都要掂一下，站在别人角度想想。比如我们这事，站在她父母角度，换成我，我也不同意。我很理解他们。我去了觉得他们对我不错，做吃做喝，都一样的，出去还问我，回不回来吃饭？就她大弟弟，心里一直不好，我们明吵过。他不同意，那还有啥说的？”

当我提出想去王春英父母家看看时，二缠子非常认真地告诉我：“第一，她父母关系好太太，她妈心直口快，说话不一定好听，但心肠可好。到她家，你说话一定要小声点。她爸爸身体不好，有病在身。第二，去了说话时间不要长，如果说得投机，你和她妈妈在外面聊，别吵着她爸爸。不过我劝你最好不要去，免得老人伤心。”

我说：“你很能理解人嘛。”

他笑了："人一生就有这一上一下，头上是老人，下面是孩子。我能理解。那回，王春英跟我说，我爸 74 大寿，想邮 100 块钱去。我说，才 100，有啥说的？她说，你同意啦？我说，你把我看那么小心眼儿？

"在农村，我当过一年队长，两年组长，三年出纳，可惜我没有文化，才小学，我脑子不比别人差，现在看书看报都没问题，就是写不好，会认不会写，把文化都落下了，有时想写一篇文章，总也写不好，可能是写得太少了。

"我这一生喜欢乐器和喜欢水里的事情，口琴，二胡，我都会，划船，游泳，我都喜欢。我还喜欢军事，要真的有文化，有机会带兵打仗，相信我不比别人差。"

我问："王春英的父亲不是打过仗吗？你去了和他谈不谈？"

他叹口气，"跟她家人从来没这些话。"

告别宜川

王春英下班回来了，二缠子马上转换话题，然后站起身说："我得烧水去了。"说着推门就出去。

王春英犹疑地看我："他都跟你讲啥哪？"

我说："讲你们俩的恋爱史。"

她笑："就他记得清，我早忘了，不想记那些事，什么也记不得了。"

"我还听他说你弟弟来接你的那事。"

"唉，别提了！我弟弟也真是，当时他要是等我一下，我就跟他走了，就没有今天了。你说我弟弟那人，你怎么可以自己走呢？你还是男的呢，就这么没主意？我妈把路费都准备好了，他就没办成这事！"

“那你爸爸后来不是给你写信来了?”

“我们家人也糊涂，这样的信，怎么能随便写呢?”

下午，我向王春英要求：“能不能让听二缠子拉段二胡?”

她说：“找不着他了。他酒喝多了，哪还拉得了二胡? 早看人家下棋去了。”

晚上，王春英找来几个在当地结婚的北京知青和我见面。招待所对面的小饭馆里，我买了几听饮料，几袋瓜子招待他们。

口音还是地道的北京口音，相貌，已与当地人分不大出来。一位男士，嘴里叼着几毛钱一包的香烟，头发蓬乱。

他们七嘴八舌向我倒苦水，诉说着心里的不平衡。

说起来都管我们叫知青，我们还算是知青吗? 再过几年，都要退休了。我们在这儿安了家，死，也是这儿的鬼，就凑合着过吧，等将来娃大了，我们也就完了。

我们这些人，有的在北京就和父母挤一间小房，有的父母都不在了，回去也没地方住。我们的婚姻，当初家里都不同意，现在孩子回去，家里都不爱看。我们就好像被人遗弃的一样，上不着天，下不着地。

过节我给家里寄钱，还注明了接到钱来封信，看是不是寄到了。可就是没人给我回信，兄弟姐妹都把我当外人，恨不能没有我们这些人才好。

宜川现在就剩下我们十几个了，整个延安地区也不过300多个。那回，北京来了好多当年的知青，就从我家门口过，也没来我这儿看看，我心里窝囊好长时间。

我本人动脉硬化，心脏病，爱人是关节炎，照一次心电图不少钱。说着他掏出一沓揉皱了的药费单子，看看，去年花了500多块，只给报了80块，现在也不敢看了。我是合同制工人，听说这次单位要把我“优化”下去了，到时可怎么办哪？我们留在这儿的知青，折腾了这么多年，每人都有一身病。

我们知道说也没用，就是看到北京来人了，聊聊心里痛快点，有时心口憋得难受，就想哭鼻子。

过去的同学回来了，有的是在北京没权，有权的人家考虑问题也不一样，多一事不如少一事，有的说给联系回去的单位，可是得花几千元，我们上哪找这么多钱？

如果把我们户口弄回去，我们就干临时工，我们都不怕苦，因为我们都吃了那么多苦，其实我们都为的孩子，北京有政策，知青孩子可以办回一个，实际上这又制造了新问题，谁不愿意和孩子在一起，再说孩子自己在北京，当父母的能放心？现在社会这么复杂。

一说回家，我们不受排挤就不错了，走的时间长了，在家里都没地位，我弟弟说，我能把你办回来，就是不能管你，你回来我们上哪住去？

我哥哥是经理，有能力把我办回去，但我就是硬着心肠不求他。

我们这拨人生来是垫脚石，是替人类受难的。

我父亲死了，兄弟姐妹很快情绪就平稳了，他们还顾得上笑，顾得上吃，而我哭得什么似的，从此连个写信的人都没有了，我妹妹说，你也别哭了，将来我给你写信。结果，几年了，她只来了一封信。我心都硬了，再也不指望什么了。

当年我们从北京痛痛快快地来了，而现在，回到北京，不管在哪里，都是不受欢迎的人。

外面，歌厅里播放着流行歌曲《九百九十九朵玫瑰》，我问他们，你们喜欢听这样的歌吗？

回答是，顾不上或者不喜欢。他们说，只喜欢“莫斯科郊外的晚上”那类的歌，但不能唱，一唱，就想起过去，心里就难受，就想哭。

王春英对我说：“不要问我们这些人是怎么过来的，我们都记不清了，我们是有意识地忘记了，不想记住那些。我们的婚姻，家里都不同意，我们这些人都硬着这口气，不求家里。”

临走，我送他们出来，其中一个，又悄悄返回小饭馆，她用塑料袋把桌上吃剩的瓜子收起来，见我看她，有些不好意思：“还不少呢，带回去，给娃吃。”

回到招待所，我向同室的一位延安女干部讲起这些，她冷静地笑了：“你别同情他们。这些人，到现在这一步，有社会原因，也有他们个人原因，你不信，即便在北京，就是在延安，他们也混不好，他们老躺在北京人身份上睡觉哪成？心理永远不会平衡！人嘛，到哪说哪，北京人怎么了？当初全国人都在受难，北京人就不该受？现在，全国人都搞改革，你北京人就该吃大锅饭？当然，王春英例外。”

说着她告诉我：“刚才，你说的那个二缠子来找你，我一看，好嘛，头发都花白了，不过人还挺不错的，看得过去，是不像农民。”

我知道，二缠子可能是想给我拉段二胡的，遗憾的是，我来不及听了。

几天以后，在北京，我和王春英通了电话，她告诉我，听说她的那个电视片在北京得奖了。她还说，前几天，一个同学回来，在她家吃的包饺子，可热闹了。我说：“别说了，真让我嫉妒。”她笑：“谁让你时间那么紧？”

在电话里，王春英说话又是陕北腔儿了。

初　恋

毛　毛

●挥泪北去少女心●相思无日夜，云山万重隔●旷野上放声大哭●假造“电报”为重聚●谁解苦恋深●他来北大荒看我●监视爱情●恋爱属于大逆不道●妹妹被迫批判姐姐●我的心在流血●最苦涩的一幕

我的初恋就这样结束了。它来时那么自然，去时那么平静。

——作者

初恋是人生最美好、最甜蜜的时光。它有许许多多值得人们去回味，去思考的难忘的事情。即使在最困惑，最艰难的时刻，人们也能从那深深的爱中得到力量，得到激情。

16岁，多么美好的年龄。我和邻居家的小哥哥，关系日益密切。不知从什么时候开始，下棋、读书、摄影、洗相片，发展为电影院中的约会，公园里花前月下，电视机旁卿卿我我的私语。友谊升华为爱情。我们彼此倾吐衷肠，海誓山盟。

在那史无前例的年代里，我的父母因是走资派而双双被打倒，我们姐妹四人，一夜间沦为“狗崽子”。

自幼争强好胜，处处要强拔尖的我，连红卫兵也当不成了。在那种形势下，他为了能在地下室的小黑屋中见到我，特意买了一件大棉猴，每次去找我，戴着口罩、帽子，免得有人认出他来。为了使我的心态达到平衡，他带我南下串联。天津的海河，武汉的东湖，长沙的橘子洲头，广州的越秀山，都留下了我们的足迹。和他在一起，我忘记了家庭的不幸、心中的悲伤和不平。爱的火种在我们心中已燃起熊熊的烈焰。

1967年12月6日，我和大妹一同去黑龙江二九一农场（后来改为兵团三师二十八团），在踏上北去列车的那一刻，我分不出泪水是为妈妈、为北京而流，还是为他而流。当时，男女青年的恋情几乎被所有的人认为是一种耻辱，人世间最美最甜的情感受到了人为的扭曲，我们不能像现代年轻人那样大大方方地拥抱、吻别。我只能在站台上望着他那偷偷送行的远远的身影，泪不停地流。我不停地叫着妈妈，内心深处也在不断地呼唤着他。说不尽、扯不断的爱，随我远行。两天两夜的火车，我的心绪难以平静，他随时随刻都出现在我的脑海中。

我和他都酷爱写信，分手前，我们非常默契地订下了每周一封信的规矩。到1972年春节，我一共收到他256封信。在那远离家乡，远离亲人，受尽煎熬的年代里，在艰苦、枯燥、恶劣的生活环境中，每当收到他的信，我都觉得是莫大的欣慰。夜深了，同屋的战友早已进入梦乡，唯有我，还趴在炕沿上，让颤颤的油灯陪伴着，默默地读着他的来信。字里行间，有同情、安慰、鼓励，但更多的是他对一个饱经困苦磨炼的弱女孩的深深的爱。我也在不停地写着，向他倾吐着每天的疲劳、痛苦、压抑、悲伤以及偶尔出现的快乐，让他与我分享。到北大荒两年，我们没能相见。国家规定一年一次探亲假，在那时实际上是“纸上谈兵”。无法抑制的思念，驱使我们绞尽脑汁想出一个办法：一封封加急电报拍到团里、连里：“防空洞倒塌，母伤速回”。当时我和大妹已不在一个连队，阴错阳差，事与愿违，团里只批准了生产任务不太忙的大妹回京探母。这消息如同晴天霹雳。我跑到茫茫旷野上放声大哭，向老天宣泄这无望的悲伤。

我连夜赶到大妹的住处，用哀伤的目光看着她，乞求她把这次机会让给我。我忘记了她同样思念亲人，思念家乡，忘记了她也同样需要回到妈妈的身边享受慈母的抚爱，休整疲劳的身体。我不住地念叨我和他是如何相思，才想出这大逆不道的主意，我近似强迫地请大妹成全我们这一对可怜的恋人。良久，大妹默默地点了点头，没有说一句话，眼里浸着泪，头深深埋在胸前。后来大妹因此病倒了。如今想起，我仍深恨自己当年的自私，心中充满无法向大妹表示的歉意。

初冬的北疆，寒气袭人，地上白茫茫，树上光秃秃，天空灰蒙蒙，一切都显得那么苍白，那么凄凉，而我却感到了春天的气息，空气那么清新，风景那么令人陶醉。登上南下的列车，我恨不得插上翅膀，立刻飞回北京，飞到他的身边。在北京的火车站上，我飞奔着扑向他，兴奋地向他讲述着分手后的一切，两年来，在北大荒所感的苦难辛酸，一件件，一桩桩，立刻变成了一种可以炫耀的资本。

十月金秋，是北京最美好的季节，天高气爽，秋风徐徐。颐和园、香山、中山公园、北海、天坛……我们几乎转遍了北京所有的公园。尽管那时政治气候那么紧张，我们却像在世外桃源，尽情地享受这最美好的时光。他总是微笑地听我讲述北大荒的事情。春播、夏锄、秋收、冬修水利，原野上的鲜花，树林中的鸟兽，水沟里的游泳比赛，煤油灯下的故事会，各地青年的方言趣事，老职工的艰苦生活。一切的一切，他听得那么入神、那么新鲜；我讲得那么生动、那么亲切。此时我才觉得自己已不知不觉地与北大荒的山、水、人融合在一起，已成为北国边疆的一员……

1970年阴历大年三十，他来了。踩着皑皑的白雪，迎着呼啸的北风，他到我们连队来看我了。他的到来，给我带来了无限的欣喜，心怦怦地跳个不停，两颊泛起少女失去多年的红晕。我真想告诉全连人他来了，但是又怕人知道他来了。在矛盾与痛苦，欢乐与悲哀中，我度过了这一生最难忘的一天。

这一天，在纪律严明的兵团，在严禁青年男女恋爱的连队，我们竟冒天下之大不韪，在北大荒相会。

他来了，全连一片哗然。知青们像见了亲人，拉着他问这问那；老职工像见了稀罕物，比比划划议论不停；连干部们却像见了瘟神，一个个吊起了脸庞，立即召开了紧急连务会。

随着“天上布满星，月牙亮晶晶”的歌声，大桶大桶的忆苦饭端了上来，我拿了两个黑呼呼的野菜团子，和他面对面嚼着。泪水不停地流，苦水不停地咽。食堂里，几十双眼睛盯着我们，有同情，有安慰，有羡慕，有愤恨。我无地自容，恨不能变成一只小鸟，飞向天空，又恨不得变做一只小老鼠，钻入地下。我渴望逃脱这人间的一切不平。我内疚，觉得不该让他来，与我同受歧视；我气愤，难道这人世间就不允许有一丝情感？爱情啊，自古以来，多少男女为你殉情，为你牺牲，而你却被歌颂，说你是永恒的、伟大的。多少男女为得到你仍在不停地抗争！

夜深了，连部里烟雾腾腾，干部们在研究如何处置我们。他被安置在一间久无人住的房子里，我们并肩坐在火炉旁，互相凝视，倾吐着心里的一切。说到高兴的地方，我们低声地笑；讲到痛苦的事情，我轻轻地抽泣。他抱着我的肩，不住地安慰我，开导我。我们憧憬未来，甚至为在城市还是乡村建立我们的家而争个不休，我立志要回北京去，他却说北国边疆也一样大有作为……

这一夜是那么短暂，又是那么漫长。分别三年的情，三年的爱，三年的苦与累，三年的悲和欢，都恨不得在这一夜中让对方了解得更深更透，知道得更多更多。在滔滔不绝的交谈中，鸡叫了。

大年初一的早晨，天气格外晴朗。风停了，雪住了，我没有向连里请假，自做主张送他上路。我忘掉了一切：什么严肃的纪律，什么对“可以教育好子女”的各种戒律，什么兵团知青严格禁止谈恋爱的各种规定，都统统被抛在脑后。我认为自己所做的一切是人之常情，绝对无可非议！

乡间的小路上铺满了白雪，路旁的椴树上，几只乌鸦哇哇地叫着，树林深处钻出两只野兔，跑着跳着追逐着，不时停下向我们窥视。除此以外，四周静悄悄的，只有我们俩匆匆赶路的脚步声。虽然是送别，心头充满着惆怅，但和他在一起，我觉得一切都充满着欢乐和浪漫之情，我甚至忘掉了自己回连后将要受到的惩罚。我们不停地走，边走边聊，这一天来，我们几乎没有停过嘴，仿佛要把分别几年的话，未来几十年的话统统说完。突然，我听到了陌生的脚步声，那么急，那么紧。回头望去，只见连里的两个兵团战士（背着枪），在离我们不远的路上，紧紧地跟着我们。顿时，一种被侮辱的感觉从心底冲上头顶。我愤恨，但又是那样的无可奈何。他们始终与我们保持着距离，足以说明我的判断是正确的——连里派来盯梢的。难道怕我们有什么不轨行为？还是怕我们偷越国境？自尊受到了强烈的挫伤，愤怒升华为痛恨，不知是为向他们示威，还是别的什么，我把胳膊挎在他的胳膊上，和他靠得更近更近，脸上强作出的笑，现在想想那笑一定比哭还难看。我沉默了。面对现实，心里开始考虑如何去应付将要发生的一切。

30几里路很快就走完了，我们就要分手了，那两个人离我们远远的，站着、看着。我哭了，心头的委屈向谁去诉，离别之情又怎么说得清呢？离别时，情悲悲，意切切，我不顾周围人的异样目光和窃窃私语，轻轻地在他脸上吻了一下，转身踏上归途。还是那30几里路，我挣扎着，每走一步都要付出无比的艰辛。我不知走了多长时间，只知道在回连的路上，心里充满了孤独、痛苦和愤恨。

果然不出所料，在我送他的这一天里，连里紧张地布置着一切：批判会、批判稿、黑板报、标语口号……我被叫到连部，责令我写出深刻的检查，要我从思想上挖根源，“上纲上线”，彻底肃清小资产阶级思想在头脑中的余毒，要深刻认识他的到来所起到的瓦解军心的作用是阶级敌人都不能做到的……

晚上，大食堂里坐满了人，前面的气灯发出咝咝的声音，放出耀眼的光。我低头不语，坐在一个角落里，周围是黑黑的，黑黑的。人们仿佛没有感觉到我的存在，一个个念着白天写好的发言稿。这些批判稿千篇一律，义正辞严，大有把我的小资产阶级思想打翻在地，再踏上千万只脚，叫它永世不得翻身之势。

副连长也是个北京女知青，她那慷慨激昂的发言，时隔多年之后，我仍记忆犹新：“我们青年人走与工农相结合的道路，扎根边疆，就是要与一切非无产阶级思想做坚决斗争，怎能允许谈情说爱这种小资产阶级思想在我们中间泛滥？我们要坚决抵制，彻底批判……”

那么多人在发言，我没有听进去，无非是那一套。突然，一个熟悉稚气的声音引起了我的注意——我抬起头来，只见二妹（1969年来兵团）站在前面，也在读着她写的东西，她的声音越来越小，越来越小，泪水在面颊上流淌。在这个连里，只有她是我唯一的亲人！我知道她是被迫的。此时此刻，我的心在流泪，在流血，我想大声疾呼：难道我错了吗?!

真摸不透兵团的指挥员们是怎样看待知青恋爱这个问题的，难道扎根边疆就是让一个个男女青年独身过一辈子？然而几年以后，决策者似乎也明白了这条人生最简单的道理，这个人生最不可抗拒的事实。事态的严重，迫使他们定了那么多条款，想了那么多办法，绞尽脑汁为男女青年做媒，以完成扎根边疆的艰巨任务。但是为时晚矣！

1970年8月，因为我的缘故，他坚决要求学校把他分配到黑龙江密山县的一家军工厂工作，说这样离我近些。那时我们是心心相印的。

随着岁月流逝、环境的变化，在他的来信中，似乎少了些以往的激情，我很敏感，觉得事情要发生变化。在北大荒艰苦环境的磨炼中，我已从一个娇弱的女孩，成长为一名坚强的女性。此时，我经历了恋爱中最苦涩的一幕：1972年2月6日，我收到了他的最后一封来信，信中以我父母的问题迟迟得不到解决，将来他在国家保密工厂会遇到种种麻烦为由，提出结束我们的关系。后来听人说他在1975年与同厂的一位女士结了婚。

我的初恋就这样结束了。它来时那么自然，去时那么平静。在五六年漫长的岁月里，有美好和甜蜜，也有痛苦和悲伤。初恋的一切都永远留在我的记忆中。

以活着的名义

德　方

●你让她守到什么时候●买卖婚姻何以彻底消亡●谁是点燃火把的人呢●自杀是不行的——为活着的人着想●干脆站到地狱的最底层●胖儿悄悄怀孕了●剪断脐带，自我接生●扔了孩子算了●我们都是北京知青●泪雨滂沱●婴儿送人了●正常的感情为什么要遮遮掩掩●两性关系混乱说明了什么●知青一盘散沙●告别竟成凭吊●为了心灵的生存

在悲剧的大舞台上，谁能上演喜剧？

——作者

1998 年 4 月 10 日　北京

岳建一：

你好！

既然答应你写出当年的事情，就请把这封信放在开头，算是个说明。

用信的形式是因为那时我把朋友们的来信及我的复信都抄在了日记本上，而把原件都毁掉了。在那个年代，因我既不想连累我的朋友们，又不想失去这些信，就采取了这个办法。我想，只要我不说，谁又能

知道是谁写的呢?

如果没有我的日记，我是不敢答应你的要求的。我把有关的信件抄给你，达娜和她的妈妈的故事也就在其中了。我一直想把这个故事讲出来，却没想到竟用了这种方式。

我不想追究任何个人的责任，所以我把自己的名字也换了。如果我失败了，不能达到我的本意，那么希望沿着一些线索追踪当事人的人，也不致因我的失误而伤害她们及她们的亲属。我也真诚地希望知道达娜和她的妈妈的故事的人在这一点上与我一致。

德　方

1971 年 7 月 24 日　北京——内蒙

小方：

最近的一封来信收到时，信等于在信封外边一样，计算时间走了 18 天。这如果在古代，大概得用铁信封，否则就别封，不过恐怕那样信上的字也得被磨烂掉，唯一的办法是刻成石碑往里运!

你给他们的信转去了。两封信无从分辨日期，一起寄到，今天回来见到，也给你转去。两封信较厚的一封两边开了大口子，邮局代封加了印，“真是无法可想”呀!

比较一般常人，我自觉比他们更能耐寂寞与失望，近来，也颇受动摇，画不成画，干不成自己想干的工作，日子也大觉无聊与烦恼。但是大凡能生活得有点意思，不被生活摧垮的人，我想首先得有力量冲破这!否则被这一关挡倒，就将随着俗流冲下去，变成与无数人一样的、循蹈着生活的“规、矩”步下去，“竞奔”下去，直到老死算数。

看到你的几次来信和在北京谈的，远使我比一般人实际得多，什么草原、蓝天啦，什么奔马、群羊啦，什么牧歌啦，倘没有钱没有闲，这些都是吟不成的。但我要鼓励你一点的，就是对生活热爱的、不喜平淡的人在这样的境遇中，应该找到他争斗的对象的。这种争斗远非旁观者或实际参与者胜利后的伟论所表达的那样，是极其艰辛的，甚或在它的途程中是难耐的，但如能坚持下去，成为一个胜利者走过来的时候，这个人在德行上肯定有了飞跃，今后一般的困难，较大的困难，就都不能使他困扰。要做到这一点，要有根本的一条是热爱生活——我以为，还要有希望。鲁迅讲：希望附丽于存在（不是空想）。使自己在生活中主动，不被动，被动就成为它的奴隶，越过越没希望，越走越没走头，最后如不自杀就一定麻木，否则疯癫，但麻木者居多，你以为如何？

那个同学要结婚，谴责不得，除非她决心不出嫁，你让她守到什么时候？劝其“晚婚”倒还说得过去，至于为此歧视她、辱骂她都不应该，那些以斥责表现自己高尚的人，如不是自己有男朋友在大城市，过不久就得脸红。不过激动得快，忘记也快，不少人有此通病，不久也许不会脸红，但也得遭到另一些高尚者的讥笑，然后她可自有一套“苦衷”，于是不顾一切去实现自己的目标。不信你等着看。

你自己有困难的一条是自己也不知道怎么办，想换地方，有个原因是那里也许比这里强，另一原因是不愿老待在一个地方。你说得不够充分，我瞎猜，你别见怪。希望你考虑定了你的“希望”，附丽于存在的那个希望，人的一生换来换去的机会与可能性是那样少，因此定个目标，定个步骤，排上号，依次去奋斗，走到一处，利用难得的调动机会，实现一个目标，否则，自己一年年大下去，终没个了结的时候，你考虑。

有专门时间再和你讨论这个问题。

乃湘舅舅

1972年11月3日　北京——内蒙古

小宜：

我现在脑子里是一锅粥。说真的，我不知道照现在这样干下去，到最后会变成什么样子。我感到，一个人活在世界上，要想当一个目标始终如一、坚定地前进、向上，而不是混日子的人，真难呀。

一个人的成长，完全是在社会的熏陶之下，每一个人的个性，总是与这个人的生长条件、环境等外因相符的，在压力下形成了各种不同的反应，这些反应造成了各种不同类型的人，想评论一个人而不评论社会的一个局部（或是全部）那是得不到正确的结果的。旧中国培养了它的掘墓人，但新中国的领导者如不注意接班人，后代也不一定都是革命家。难道说人为的特权阶层不存在吗？但是眼看着那些考入中央艺校的横、竖三代全没事儿的孩子，已在他们心中培养起的血统论的事实，恐怕比任何批判血统论的文章更有力的反证了血统论的“正确”的。这不是简单的仅仅看了“阴暗面”，而是切实的在发愁。革命事业的接班人，应如何成长，被死板的教条控制住的青年人，经不起斗争的风浪的。

改造一个人的世界观，必须与改造客观世界同时并进，否则只会是闭门造车式的思想改造，这种空洞的改造，于个人、于国家没有一点切实的益处，只能使人谨小慎微、一事无成。真正有心致力于祖国社会主义建设的人，他们的革命事业心、责任心要求他必须抓紧思想及业务上的学习，反之，这种有目的的学习才能使他的工作真正为祖国所需。但现在，有时我总感到，很多致力于祖国建设的人，由于没有条件、没有能力争取到与他适应的发展机会，结果明明是人才的人便给埋没了。反之，也有人“腾达”了。

由于社会的地位、身处的环境、所受的待遇，必然使咱们这种非工农出身但上进心较强的人容易看到一些阴暗的东西，也是对是非的辨别力，如你所讲，因此容易产生在“阴暗的东西”包围之中的感觉，不及时觉察，就容易变得消沉、冷漠、麻木。我想，过去的许多书，写个人奋斗、个性解放，为什么至今对人影响还是那么大呢？归根结蒂，还是因为，一个人的形成，总是不能脱离社会的现实存在的。社会上的一些东西必然在各种人身上出现不同的反应，形成不同的特点，但在这个社会还没彻底摆脱那种直接或变相的追求物质、享受、金钱地位……的时候，像买卖婚姻、个人奋斗、个性解放……就同样不能彻底消亡……

你可能要责备我的太放纵自己，但在京的这段，随眼界的扩大而扩大思路，有时很害怕。不觉得吗？如果中央真的出了修正主义，那么，由无产阶级专政而变到法西斯专政，是连资产阶级的一些“平等、博爱、自由”的遮羞布都没有的呀！

也许不久我就会回去了，见面再谈，不必回信了。

小方

1973 年 3 月 3 日　内蒙古

小方：

其实，我刚和你说完，你的态度就使我意识到我干了一件蠢事。

但由于我固执于对你的“了解”和更进一步知道他，我就在第二天帮了忙（放了半天羊）。回家后听到了你对他的初步印象，我也就知道这件事得马上收场了，而他也决不是什么也不懂的人。昨天晚上我上他那儿去，他就跟我谈了他的意思，原来他打算当天就去找你，后来他又想再考虑一下。今天下午他去找我，给了我个条，我把有关你的一段摘录如下，我不瞒你，其他的一些赘语无须再让你看见，没价值也没必要。

“那天，我和她谈了一次，相互是了解些了。我感到有许多方面两人想法不一样，主要是她现在根本不打算谈这些问题，走和留的问题还没最后决定，志向和今后的打算也不大一样。所以我不准备和她发展关系，也没必要再了解下去了。对她的印象，我并没什么改变，这个人各方面还可以，相信你对她的了解，可是，我们之间还没发展到产生感情的地步。由于没有感情，也就不会有什么痛苦，这没什么了不起的，我心里很踏实的。”

这也确是我目前所需要的结果，我很希望这件事对你们俩都没什么，但由于我自找倒霉，我也应受自疚的痛苦。

其实对他怎样，根本不能说明你什么，这事之所以让我大伤脑筋，是因为我又加深了对你的了解和更明白了点世事。

你其实并不像我所想，对于生活是悲观的，你目前悲观的话，只是因为你没碰上合适的人，你的条件并不差，起码你在实际上并没那么认为。你热爱生活、对生活的追求有内在的迸发力。这种自悲情调可能会迷惑你自己，但再也不会迷惑我了。

还有我一个大错而特错之处，就是无论以后你到什么地方去，我根本没必要对你的什么“事业心的夭折深感遗憾”。我这么想，这么说，对你是太不公正、太苛刻了。没事业心的人居多数，这一点，你比有些人强得多。留在这里的人也不见得有多高尚，外界的力量比内心的力量往往强大得多，而实用的观点永远主宰世俗社会。“人各有志，不能强勉”，我根本不应该指责或表示一点不满你不愿殉身于总事业的一支，难道不愿在这儿的人是少数吗？我自己不是也在时而动摇着吗？到哪儿也有到哪儿的事业心，在这一点上，我委屈了你。

如果只指望用你对我的友谊而使你原谅我的不负责任的举动，我的良心也过意不去，所以我向你发誓，我以后再也不管你的大事了。你完全有能力走你自己的路。

小宜

1973 年 8 月 2 日　内蒙古

孔副师长：

上次在大队碰见您时，我向您提出了一个要求，希望您能够“干预”一下我们团，对我们团的领导讲讲，把那群新疆母羊给我们包放。您没有忘记吧。

我们的看法是这样子的：毛主席提出了“农业学大寨”，牧区怎么学？怎么达到稳定、优质、高产呢？要抓方向，关键在于抓好改良工作。这个工作自然不是仅仅指品种的改良，像定居、水源、草场、放牧方法的改革……是一整套的变革。我们是具体的放牧人员，在这一整套的工作中，我们希望能发挥自己的最大作用。虽然在内蒙古改革工作并不是一件新生事物，但具体到我们这个地区，改良工作仍是有阻力的。牧民不愿意放，而且用过去的放牧方法，长期下去，对改良工作也会产生不好的影响。我们希望接一群新疆羊，想在放牧方法上下下工夫，摸摸规律，这样对今后大力发展，是会有一定的用处的吧。这是从工作角度来考虑。

从知青的生活问题上，我们是这样想的：牧民祖祖辈辈在这里生活，他们的生活、生产方式虽是几千年前的东西，但是还是可以维持下去，甚至再过几千年。但这样的生活、生产方式，是与我们社会主义建设的发展、要求格格不入的，是不符合“鼓足干劲、力争上游、多快好省地建设社会主义”这一总路线的精神的。知青的大有作为，应该表现在对牧区的改变面貌上。同时，知青的生活也有了相对的稳定和保障。牧区的游牧方式，在目前对知青生活的影响已经看得出来，以后会更明显，这不仅仅是解决蒙古包与牛车的问题，这是知青今后正确的出路问题。知青的新的家庭，难道还应重复牧民的那种落后的方式？自然，这不是短时间内能解决的问题，但希望领导上在考虑知青的问题时，不要忘了这点。

现在，知青对学习新事物、新东西的要求是很迫切的，他们希望脚踏实地在牧区好好干，为改变这里的面貌真正下一番工夫，只有肯出一定的代价，才能收到良好的效果，真正想在牧区扎根的知青，必然要在草原今后的建设上下苦功。对于我们这种希望能够更好地发挥自己的作用、更多地为建设牧区出力的想法，我们希望得到领导上的帮助与支持。

第二件事，我们非常支持大刘的想法，并且希望您也支持她。这不仅是她个人的学习问题，今后知青成家立业的多了，难道个个都要被家庭琐事困在家里？那知青受党的教育这么多年，人民让我们学到了文化知识，日子就这样白白地度过吗？问题的关键不是非她不可，而是领导考虑问题的角度不对，为什么结了婚的人就不能去学习呢？我们认为，她结婚了，说明她决心在这儿干一辈子，那么，对于这种决心在牧区扎扎实实好好干的人，领导有什么理由反而因结婚而使她失去了学习的机会呢?

×团牧业队　德方

1973年8月11日　内蒙古

小方:

虽然和你认识不久，便已经彼此了解，因为你的思想和我一样简单。

现在面对这里落后的政治现状，你也非常不满，你也深感自己的革命热情被压抑。怎么办呢? 走吗? 走与留现在是由不得自己决定的。恐怕你也已经没有走的可能了。那么只有留下来了。留下来，不能消沉，不能等待，而需要以更大的热情奋起斗争。你想从一项具体工作——放改良羊去寻求斗争的快乐，这是很不错的打算，自然，前面准备迎接你的依然不会是更多的顺利，而是新的多方面的矛盾和困难，这是不言而喻的。可是，既然要到斗争中去寻找乐趣，就绝不能畏惧困难和厌恶斗争。

在我们这些渴望进步的知识青年面前展现着这样的前程，在落后的政治领导下，和这里的牧民继续从事有几千年历史的原始游牧生活，这种落后的生产方式还要持续很长时间，这样，我们过去学过的知识未必能用上多少，我们过去的色彩斑斓的幻影将陆续化为泡沫。一切都需要重新认识，一切都需要重新安排。要想为社会多做贡献，哪怕比这里普通牧民多一点贡献，都要拿出成倍的热情来努力，因为旧的习惯势力从上到下几乎充塞着社会的各个角落。这是一股很大的阻力，而我们自己的能力又很弱小。摆在前面的就是这样一条充满了困难和曲折的道路。

面对这个现实，我还是决心咬着牙关走下去。因为咱们国家的经济、政治、文化的实际发展情况，对于我们中的大多数来说，也只能这样走下去。也只能这样走到底，才有可能做些实际的贡献。而我们生活中的全部快乐，就在这向前迈进的每一步艰难的步子之中。我打算在文艺上做贡献的愿望未必能够实现，但是，做一个自食其力的普通劳动者的最起码的责任，我还是完全能够尽到的。时间在流逝，生命只有一次。我不能再犹豫了，必须尽快地计划今后的一切。不知道你愿意和我交个朋友吗？一起冲入前面的斗争中去，在斗争中为人民做出贡献，在斗争中获取我们生活的快乐。在我们面前已经有很多勇敢者在大步向前了。

我的信可能写得过于直率了，请原谅。我们不在一个连队，以后更少有接触的机会了。这些你恐怕是能够理解的吧。

上次我们讨论的那段话是这样的："走留是个人决定不了的。我们的地位低下而固定，必须完全服从社会的分配。这又有什么不平，这完全是理所当然。在刚发现自己是一个对社会没有特别用处的人的时候，是会很失望而且痛苦的，然而你也就同时加入了最广大的劳动者行列，成了推动历史前进的真正动力。这是对知识分子自尊心的捉弄与讽刺，因为他们最初只追求个人显而易见的贡献，有别于普通大众的成绩。"

我仍认为这段话是正确的。其主要意思是讲知识分子在开始参加革命时，总是追求个人表现、追求个性解放的，总是夸大个人的作用，而不认识人民群众是创造历史的真正动力，这其实就是毛主席讲的"个人主义和主观主义的倾向"，所以，他的这种思想在革命现实中碰壁之后，除感到痛苦外，才有可能改变自己的错误意识而使自己完全溶于革命阶级汇起的洪流之中。

明天我去找马，可能五六天后才回来，希望在几个连队搬出夏草场之前能来封回信。

马　倌

1973 年 10 月 22 日　内蒙古

小方：

一个条，30 元钱，全都收到了。小宜回京路过这里，住了两天，她谈了许多队里的情况，时间像流水一样匆匆溜走了，流向我们无暇顾及的地方。但是受到了时间考验的人们，却似各种模特儿一样展示在我们的眼前，许多事实已使我眼花缭乱了。

你，我们的朋友，现在又是什么样子呢？这倒是我们迫切需要知道的一个问题。马倌的事我们回来的第三天就知道了，当时一猜就是你，并下定论说：无疑是一个大钉子。小宜一走，剩你一个，这生活如何过呢？羊准交吗？

回来后，我们在众多的兵团战士的帮助下，收拾了一间房子，很好。我还没有工作。由于小孩离不开人，当然也无法下去放牧。连部的工作并不容易摊到我头上，干什么走着瞧吧。我确认，当家妇不是我们的方向。

孩子刚来时拉了十几天肚子，现在全好了，又白又胖的挺讨人喜欢，我爱得不行。不知你什么时候能来我们这里看她，让她见识一下她的小方姨。

N

1973 年 10 月 27 日　内蒙古

N：

放羊回家，阿嘎的包刚刚搭好，一切都没有，但这对我倒是无所谓的，可是一听说没信，心里顿时说不上是什么滋味，连饭也不想吃，就跑到最近的知青包去了，我想，兴许阿爸会交到那儿去。果然见到了你们的条儿。

生活依旧是那个样子，只是由于住在牧民家，省去了家务事的麻烦。说实话，我现在认为放牧对女生来讲，不是长久之计，我想放不成改良羊，去打打杂也好，能有机会摸摸各种机器的话，说不定倒是一条极好的出路。

马倌的事你们一定会知道的，我和小宜也谈过。我确实认为他是一个挺好的人，但我认为他有机会离开这里，而我可能离不开了。

我在目前的处境中，确实还没有勇气来应付这种落后的生活。我不能像子君①那样，用空虚的爱情来支持自己说出没有底气的大话，以致让自己的爱情成了生活的奴隶，最后归于死灭。只要自己不轻浮，良心就不受谴责。

我给他回了一封极短的信，说："根据我的具体情况，在这里不打算解决生活问题。"我想，其实这也不算钉子。你们是有勇气的人，而我不是，我从心里害怕。

韩比力格在这里大夸了一番你们的"小家庭"，在我，自然又加上一重去看你们那儿的心。我力争早日去看你们，我尽力从羊群上摆脱出来。

小　方

---

① 鲁迅《伤逝》中的女主人公。

1974 年 1 月 13 日　内蒙古——广西

远方的朋友：

中秋节的时候，我自己住在牧民家，深深怀念我的朋友，我在拼命的攒路费，都快成“小财迷”了。

我们包很快就会散了，而事到如今，我也对自己今后在这里的悲惨结局大致是个什么样子开始有了进一步的认识。我自认还是比较明智的人，希望今后能让我所有的理智帮助我立足于这块强者才能生存的地方。我在生活上并不是强者，但在内心力量上，还可以算是坚强的，我能忍受，能挣扎，能用自己的冷酷来回答对我不公平的事……（上面是 1973 年 9 月写的）

现在，我们包只有两个人，轮流放羊和下夜。我俩很少有喘气的时间，生活上的一切像座山压在我们头上，使我们成了它的奴隶。

南方的冬天怎么过?

除夕那天，本想庆祝一番的，还买了酒，点了 3 支蜡烛，却根本快活不起来，不知是否因“每逢佳节倍思亲”的原因，心里还挺伤感的（以上是 1 月 2 日写的）。

几次提笔，都没能够写出一封完整的信。我不知道如何告诉你我目前的处境，只是我格外的感受到了，只有不存希望的人，才不会有深切的痛苦的失望的，尤其是现在。

这里结婚的三个知青家庭中，已经诞生了两个小生命。一个现在北京，使远离他的爹娘饱尝了分离的痛苦；一个在这里，更使她的父母受尽了生活的艰辛。还有一个刚刚存在于母亲的身体之中，他（她）的命运又将如何？使我们这些旁观者也不禁为之心酸。而想到了我们的今后，又不禁更加……想到了鲁迅笔下的连殳①祖母尸

① 鲁迅《孤独者》中的男主人公。

前为自己的命运嚎啕大哭，想到了附近红旗公社摔马而死的学生的同伴们为他，而且也为自己的今后而大哭的情形，我……

就在这前面满是乌云的时刻，传来了一个消息，北京要招高中生当老师。虽然，开头我也不敢把自己的命运寄托于这可能吹开阴云的微风，但我似乎也是隐隐见到了一丝希望的光。可是五光十色的幻想的肥皂泡，甚至在它还没来得及膨胀的时候，就那么迅速地破灭了：当我听到报名的风声时，已经报完名的人马上就该检查身体去了。对于这使我心灰意懒的消息，最初在我心里是什么滋味，真无法用笔来形容。我知道，从此以后，能让我离开这里的门是越关越紧了。

傍晚，轰羊回家时，心里真不好受，于是一边轰羊一边高声唱起来："田野静悄悄，四周没有声响，只有忧郁的歌声，在远处回荡。……"

草原生活的确浪漫，尤其在这种时刻，而对这远近一片的白雪黄草，夕阳将它们染成金的，闪烁着不定的五色的光点。羊群的走动，摇下了沉甸甸的又轻轻的攀在草枝叶尖上的霜花。我们的家——小小的、破旧的毡子使它变成了黑色的蒙古包——孤零零的在山边，冒着笔直而上的炊烟。就是这荒凉的优美的草原，引出了无数诗人的歌颂，而我呢，也因面对这荒凉的、大自然的优美，更加深了寂寞的感觉。

此时，我心里唱着改了词的《怀念中国》："啊，亲爱的朋友啊！我的心没有变，她一心把你怀念！……"我的眼泪默默地流下来。

我并不是总是这样的，你不用着急，只是这次，不清楚……不，是我现在写不出来。我很久没有这样了。在我，往往在自己觉得很难受的时候，就用阿 Q 的方法来努力恢复心灵的平静。我习惯于用笑来对待自己心里非常难过的事，可是，今天却没有成功。

小　方

1975 年 2 月 14 日　内蒙古——北京

小方：

我在十几年的学生生活中，由切身的体验得出一条总结，就是好心的人往往不愿争取，而且恰恰促使许多“小人”轻而易举地得到了不应有的位置，最关键的是，“小人”利用这些权力给好心人设下了无穷的陷阱，使得好心人往往遭到落井下石的祸殃。

我们在中学的几年生活就是如此多灾多难，所以我自“文革”一度翻身，就一改过去的态度，采取了坚决争权的态度，结果也一度争得了权力，也确实利用这个地位做了许多自己认为是有益的事情。

我们都是按老一代的铸模铸出来的材料，因此具有老一代的道德观念与人生观，我们难以附就时髦的一类事物，然而并不是预告我们的消失，而是若干年后，未必没有用处。挫折只能使人变得更老练。

这里的生活保持着一种大城市的空气尚未污染得了的原始的自由、和谐与快乐，无怪乎裴多菲诗人能说出“生命诚可贵，爱情价更高，若为自由故，两者皆可抛”的千古名言。

自由是可贵的，然而她往往与愚昧、落后联系在一起，我爱自由，十分热爱这里的风土人情与牧人们。这使我想起普希金的长诗《茨冈》中吉普赛人的生活的欢乐。

我反对学潮流而牺牲自己本质的东西。

B

1976年2月10日　内蒙古——北京

拉菲克：

对于你们热切地盼我办回去，我是很明白的，但是现在不行。今年1月起转正以后，失去了招工的可能，病、困退也成了没有希望的事。地方接管后，场里的第二把手已表示要把我们留下，尤其我们几个中专生，安排适当工作以后提干，显然调动就更困难了。当然，申请退职倒不失时机，可我还有弟弟在二师，他是男孩子，实际文化程度才小学六年级，我的条件和我的处境总比他强，我想等他有了着落再下自己的棋。也许我的棋以后再也下不下去了，可我不能不为他想。

这里去年12月已交接完毕，已走了三分之二的人，现在，说句“让你回去”比一句“提你当干部”更有魔力，甚至有人在批判“当干部吃亏论”，也可看出一般的情绪。

至于改变现状，我一直是在努力的。我知道你们认为我太固执了，就像上封信中说的那样“只有像你这样的小傻瓜，总觉得一切不应该是这个样子，问题是生活不是这个样子，难道会是别的吗?”可我确实还是认为不该是这个样子的啊！而我们至今所受的理论教育，也是向着这“别样的生活”的。现实的生活违背着要我遵循的理论，那么，我的不满于这个现实，图扩大、求变革，能说是错的吗?

在内蒙古的这段生活，一般人看不出我内心的起伏，但那时，在生活还很平静，很多人对现状非常满足，并在自吹自擂的时候，因我说出这样的生活是不长久的，而受到“扎根派”们的批判。最初，我被政治生命的没保证、生活及生产方式的原始、周围人们的冷酷压得喘不过气，希望离开这里的想法苦缠着我，逼使我对自己的思想进行了清洗，并在那些人气得要命的时候告诉他们，不要斥责那已离开的人，如果安于现状，终会有你们也过不下去的时候，硬要顶着“毛主席的革命路线的执行人”的帽子来掩盖自己的安于现状，会无法自圆其说的。现在，那时期最坚定的“扎根派”都已经离开了，而宣传又开始说“学大寨才是真扎根”。晚了，在知青充满活力的时候，给他们指出的是安于现状的路，在知青热心投入生活的时候，泼以受“再教育”的不信任的凉水，就像美谛克①投军前的宣传的那种欺骗性，不是鼓励深入生活中最落后、最原始的一方去努力改变现状，而是要求从落后、原始中寻找安于现状的条件，把没有经过或缺少提高的本能作为学习的榜样……这一切的错误把知青变成了农村的普通劳动力，把需要知青尽一切力量改变现状求得新生活的“学大寨”变成了仅需要知青卖力气的“学大寨”。在时间、环境都有了巨大变化的现在，仍要高唱“扎根”，太可笑了。

那时，我认为“阶级斗争”这个问题已经与我无关了，但是，难道不能在“生产斗争”、“科学实验”上去争取突破吗？在没有尽到最后的努力之前，在眼前还摆着出路的时候，我又怎么能够回避呢?！痛斥了自己的糊涂，嘲笑着自己咀嚼着过去的痛苦充当现在的生活，幻想在我面前展开的是多么丰富多彩的生活啊！那种还没全被大城市污染的空气、那种将带有人工色彩的脱离了荒凉色彩的大自然的美，那取代互相的利用而建立在同一目标上的与牧民深切的联系……我用全部的力量追求着、用全部心灵向往着，我嘲笑着一切认为安于现状是“正统”的人们，斥责着那种种宣传的虚伪与欺骗——他们歌颂的是有勇气安于现状的人，而对不肯安于现状的人们，表示沉默、讽刺。

“曾经阔气的要复古，正在阔气的要保持现状，未曾阔气的要改

① 法捷耶夫《毁灭》中的主人公。

革。”而现在，未曾阔气的人们，却偏偏摆出了正在阔气的样子，多么可笑、可悲又可怜啊！对于能够接受“我们的牛车是木头的，但我们的牛车前进在社会主义大道上”的人们，对于看不到木头轱辘是象征死亡事物的人们，他们眼前，怎么能看见真正社会主义的美好前景呢？而让一个已经看到这前景的人，再退回去过那种致人死地的原始生活，又是多么的不可能啊！对于这“别样生活”的追求、对于认为“样样都该有高尚的意义”的我，又怎么能放手呢？

但是，“阶级斗争”、“路线”却是首位的。想回避这一问题而绕道去走自己的路，是根本行不通的，绕了那么大的一个圈子，费了那么多的心血，甚至已在力所能及的情况下让周围的人看到了我们努力的最初成绩的时候，在“嘉奖”的背后、在我自愿脱离的“立功羊群”的背后、在终于没批准我放改良羊一事的背后，我看到了回避不了的现实——你不顺从吗？那么，我们就不承认你。

幻想破灭了，带来的是怎样的精神上的空虚啊！你们在信上说“愉快哪里都有，除非你抛弃它”，我像阿 Q 一样的去用那样的“愉快”来安慰自己，而在实际上走着慢性自杀的路。没有生活的目标，生存便失去了意义。理想与现实之间的这阔大的沟，便是那没有墓碑的坟，我从“自己挖的井”里爬不出去了，这井是这样的深。哀莫大于心死，网里的鱼准备屈服了，不是向某个人，而是向这个社会、向死神屈服了。“天似穹庐笼罩四野”，这是一个悲惨的世界。

我曾说过，你们是动物园的猴子，生老病死有依靠，而我不是，我是森林中的猴子。如果我终于回到城市了，如你们所说，改变了我的现状，我那时还能是个“活人”吗？

以后的信请用新地址。我已经调到团部修理班了。队里只剩下我一个未婚女知青，就把我上交了。我的本意，只是想调换一下，到别的牧业队去。

小 方

1976 年 3 月 2 日　北京——内蒙古

小方：

生活把人的幻想一个个无情地毁灭，别的我就不能也不想说了：困退冻结了。

我感到我们的心情常常跟你的一样，但我又怕幻想的成分太多，等待我们的将还是沉寂，死一般的沉寂。都愿意做助燃的火柴，但谁是点燃火把的人呢？我感觉到这沉寂把我余下的一点勇气也快磨光了。我不是那种走中间道路的人，或者是抛弃一切为理想与幻想而奋斗，或者是沉溺得让人目瞪口呆。

我也是没有出路，没有出路啊！当 B 全心希望我能做他的妻子时，我迟疑而退缩；而当我全心希望做他的妻子时，他却给予了我"自由"。因为他什么也不能带给我，而我也不能安慰他。虽然许下了永久是朋友的诺言，但谁又能占卜未来？

为了所有的一切，我感到彷徨而苦痛！

小 华

1976 年 3 月 17 日　内蒙古

L：

"你对我是不公正的！"那天晚上，我为自己辩解。但为什么是不公正的，我说不出来。因为我没有想到会有人这样严厉地指责我，而且，在这之前，我也从没把这些认真地考虑过。现在我必须说明的是，我对你不存在“欺骗”，否则，我为什么要在你刚一进门的时候就把我的日记拿给你看呢？就是要让你知道一个真实的我！

今天早上，继续抄《果戈理的作品与书信》，但竟然到了抄不下去的地步。那些字字句句勾起了我无限的联想。我不是伟人，但是，我有着许多相同的感受。我希望自己是正直的人，所以便和这不“正直”的社会发生了很多冲突。

我反问自己，我没有在高压与严逼之下的环境中生活过，但我的生活中，就没有拷问了吗？不！面临着政治死亡的兵团“三招”①中的人们的感觉，也曾深深地压在我的心上。我在政治生命带着那样的伤的时候来到了草原，带着在这里治愈自己的希望，刚刚展开自己的生活，那深夜捕人的车灯便把一个可怕的现实照在我的心上。周围有几个人能了解这时的心情啊！“政治生命没有保证的时候。”这一句话，便把那还没有合拢的伤口又撕开了。在别人的评论声中，我掩盖了自己的伤，直到那一天，我承认“青年人应该在大风大浪中成长”是官方虚伪的空话的时候，我的眼泪滴在初开的白头翁那紫色的花瓣上，我的幻想埋葬在春天的草原上。而春天，本应该是充满希望与生命的日子。

在“辩论”对联的会场上，我理直气壮，是因为我的对手们除了谩骂之外无法驳倒我，他们人多、势壮，但我知道自己高于他们。我没想到我会安然脱身，可我在那个场合中，是实际上的胜利者。

---

① 兵团“三招”：“一招”指第一招待所，供一定级别的干部住的；“二招”供兵团战士、知青、牧民等一般旅人住的招待所；“三招”指墙上刷着“坦白从宽、抗拒从严”大字的拘留所。

可是，很多人不知道，在我内心的辩论是延续了怎样长的时间。在社会空间中到处弥漫着对联的气息的时候，与社会的这种暗中争斗，远没有明显可见的英雄气概，却在其中流着真正的血。他们用不到大声斥问："出身!"也用不到大骂："混蛋!"可是在他们一切的言论行动中，你可以听到这两句话的余音，要蔑视他们，就得蔑视他们的社会，而这个社会，又是我在其中生活的。

突如其来的压迫，逼着你扭转过去的方向，而又是自认为正确的方向的时候，由于缺少思想的基础或及时提高自己的条件，极度的思想混乱造成精神上的失常，这虽然说明了"软弱"，但也包含了反抗，这是不顺从的表示。

从学校出来之前，认为反抗的是校领导；走出学校，才发现这迫害不限于一个学校；而到了草原，才明白，这是社会的产物。反抗一个学校、一个单位的错误是容易让人坚持到底的，因为这多多少少还能使人存在一丝幻想。在看到反抗的是这社会的时候，如果不能站起来，站到这社会之上，那么，迫害导致的是疯狂，是死亡。

在这里，我碰到的是与北京相反的情形。在我带着疯狂边缘的混乱来到这里时，世外桃源的生活使我得到了一定的喘息，可是我是这样的敏感，因此，那些我刚刚知道，却并不了解的青年们的遭遇，便把我逼到了死亡的边缘。我只看到展开在眼前的死路。

而在我面前的死路有三条：自杀、安于现状（随遇而安）、堕落。

自杀是不行的——为了活着的人着想。

安于现状也是不行的，我不是安于现状的人，顶着人的名字，过着虚伪的生活。

而走向地狱，用最冷酷的眼睛来观察这个社会，抛掉了那种行尸走肉还不能舍弃的装饰，我得到的就将是最真实的结论。凡是死亡的事物都带上了死亡的色彩，而这色彩，是用什么颜色也掩盖不住的。

必将走向灭亡的社会，带着它所有的成员向地狱迈进，只要自认属于这个社会，那么，不管他给自己戴上什么样的桂冠，他也不过就是这个社会的陪葬，从甘心当陪葬的人中间，是看不到新社会的出现的。

只有站在这现存社会上一层台阶的人，他们才是希望。他们生活在现在的社会中，但是他们知道自己高于这个社会，死亡永远杀不死生命的芽，未来的社会，是在这样的人中间产生、发展的。这才是真正的新生事物，被现在的人们扼杀着的。

过去，我清清楚楚地看到了前面的死路，我没有骗自己（因为我骗不了自己），没有故意把脸扭开，甚至没有一点掩饰。我认为既然是死，那么，不如干脆就站到那地狱的最底层，看看这一切到底是怎么回事。

我不愿意死，但我不怕死。在我看不到活路而选择最惨淡的路的时候，责备我“糊涂”是可以的，可是“软弱”却是不合适的。觉得生活无意义的人很多，但是敢选死路而又不是真死的人，却是不多的。很多人虽然这样走着，他们并不认为这是死，反而认为这是生的！

有人责备我，说我不应该失望，而要从现在的社会中去找寻可以生存的缝隙，去扩大自己生活的圈子，去图变革，去争取，他们全错了。所以，他们从来没有让我心服也就在这点：在现社会，没有我生存的条件。

很久没有这样想过问题了，以致觉得这笨拙的笔追不上狂奔着的思想，甚至想得心里都隐隐作痛！

至于我们的关系，如果你认为我不是你心中的那种人，你就收回你的感情吧。你用不着对我说你的后悔，你是自由的。

小 方

1976 年 12 月 10 日 内蒙古——北京

拉菲克：

和我住一个宿舍的小茹办回家去了。她高高兴兴地离开了这破烂的小屋，走向新的地方。其实，这“新”确实是应该打个引号的，因为她是回家了，回到旧地方去了。

我所能表达的，是我的祝贺。各人都在选择自己能够更好生存的地方，自然，她的回去比留在这里强。虽然回去后的一切都还是“问号”，然而，这里向人们显示的“句号”，却多多少少太冷酷了，就像窗外不化的雪似的。

小茹一离开，胖儿就匆匆忙忙地搬了进来，打破了我的幻想——独自“霸占”一间屋子。我很不理解她的举动，虽然小茹接到病退通知时她已先跑来定下了小茹的床位，说连里通知，今年因缺煤让大家住得紧凑一些，但我们之间的不合是心照不宣的，我不知道她为什么非要住在我的小屋里。

我的小屋是从南到北一大排房子正中间的一间，本来夹在中间的屋子应该不这么冷的，可这排西房都是空屋不说，紧挨在北面的又是间破屋子，前后的门窗早就被风吹打烂了。当风在屋中团团打转，堆在屋内的枯叶草棵便也随着转起来。

这间小小的西屋是那样黑，除了因为缺少阳光的原因外，煤烟早把原先的白墙变成了深灰色的四壁及黑色的顶棚。一到狂风大作的时候，墙皮便随着风的呼啸在发抖，一缕缕细细的寒气便从砖坯的缝隙穿进屋来。我把大块的破洞用泥抹住了，然而寒气却并没被挡住。如果不是贪图这小屋的僻静，我是决不会喜欢它的。

小茹在的时候，我们总是很高兴的。我带来了捡到的一架破手风琴，拉起来用一个手指按来按去，倒也能按出曲调来，只是它同时还会发出哒哒的响声，所以，我们叫它打字机手风琴。一到晚上，我拉着手风琴，把我所能记得起来的好听的歌一首一首地唱着，忘了歌词的时候就顺口胡编，小茹开心得不得了。

一天，我按小祥寄给我的歌本教小茹唱《红河谷》，胖儿正好进来定床位，小茹马上邀请她跟我们一块儿唱歌，没料到她拉下脸说她从来不会唱“这种”歌。我觉得不可思议。她来自北京有名的女中，那是我初中的母校。记得就在我们那届入学的开学典礼上，节目中一组“四个小天鹅”把我惊呆了。我一直以为芭蕾舞是在天鹅绒幕布后华丽的舞台上才能演出，没想到在学校操场的体操台上四只小天鹅也能翩翩起舞。中午放学后，那些高中生随口哼着《莫斯科郊外的晚上》、《小路》等歌经我们教室旁的小门出校吃饭，不知有多少人能将《外国民歌二百首》倒唱如流。如果不是她十分熟悉，她又怎么知道我们唱的是哪种歌呢！而作为一个这种学校出来的高三学生，用那么鄙薄的语气说这种标榜的话，作姿作态给谁看呢？我继续拉着琴，含着笑看着她，“噢，我忘了，你只会唱《东方红》”。

小茹从保定来，名义上是初中生，恐怕还是实际上的小学生。看见她我就想起小祥，小祥来时才 14 岁，冬天穿着一件小红棉袄，套着沉重的毡疙瘩，扎着两手，走在雪地上，真像一只小企鹅。为了帮她补习功课，我们曾反复讨论为什么“1米等于3尺”，后来这成了我们之间的笑料。一天晚上，我给她描述“十一”的狂欢之夜，正在兴头上，她可怜巴巴地叹了一口气说：“我过的是真正的无产阶级的金色童年，除了学校里的勾心斗角，我什么也没见过。”小祥在北京尚且如此，小茹还能怎么样？那天晚上的好兴致，全被破坏了。吹灯以后，我们聊得很晚，主要是告诉她，碰上胖儿这种人，离她远点，她说什么也别往心里去。如果碰巧她们手里有权，就更要小心一点。小茹忽然担心地说：“那你们住在一起怎么办？”我告诉她，我还有什么？我已经从北京流放到这儿了，已经是最底层了，还能怎么样？

现在小茹走了。白天胖儿去办公室时，我常拉拉手风琴，唱唱小祥抄给我的那些歌，还有你抄给我的《草原上的家园》。其他的时间看书。调到团部最大的好处是找书容易了。然后，照例是不说一句话地各自睡下，互相听着各自的喘息。

分配给我的铣床就在院子里立着，蒙着帆布。我曾掀开一角看了看，锈迹斑斑不说，似乎还少了东西。我不知道这台铣床扔在这儿多久了，其实，它离北边的大车间仅10米左右，当初加把劲也就挪进车间里了。

由于我自己的宣传，大家都知道修理班新来了一个“休息工”。估计这一冬就这么休息下去了。到春天的时候，也许会让我去通辽学习——假如我不得罪领导的话。

如果不是只剩下我一个未婚女生的话，我还是更喜欢在北边的牧业队。不管怎么样，在那儿冬天有烧的。我屋里水缸里的水早已冻成一块大冰坨了。那天，我从伙房借了把菜刀，把冰剁碎了扔了出去，否则，屋里更觉得阴冷阴冷的。

不知是否带去了寒冷的问候？

小　方

1976年12月26日　内蒙古——北京

拉菲克：

不知道什么时候有车，这封信可以慢慢写下去了。

现在，我知道胖儿为什么匆匆忙忙地搬到我这儿了，她怀孕了。

前几天，我去家属房那边补衣服，一边踏着缝纫机，一边听那些家属闲聊。忽然，有那么一会儿安静了一下，接着一个家属就问我："胖儿有孩子了？"我一惊，说："她胖。"那家属说："胖跟这可不一样，你看不出来，我们可看得出来。告诉你，她快生了。"

我没说什么。我希望胖儿是生病了。一个人，总不该是这样矛盾的吧。要表现自己的正派，有人总喜欢指责别人的不正派，而因此，这种对别人的指责就该多多少少约束着自己。想起那天唱《红河谷》的事儿，想到那天她泼下的冷水，我不禁恨恨地想：何必自作正经？（以上是17日写的）

我到北边牧业队去了3天，过了3天又暖和又有好吃的日子。我们用木工刨子刨了大半只羊的肉，包了好多的饺子。最让我高兴的是居然还有蒜吃！蒜都被严严实实地包在被子里，怕冻着它们。冻过的蒜会变成半透明的黄色的，味道也差远了，所以要小心地保护它们。饺子都冻上了。包好了端出去，一会儿就冻得硬邦邦的，然后往麻袋里一倒，什么时候吃什么时候拿。

临走前，胖儿若有所思地问我去几天，然后略含期待地说："当然，我是希望你早点儿回来的。"

临去的头一天晚上，我们到伙房的煤屋偷煤。我把麻袋尽量装满后，她主动说："我背吧，你的腰不好。"我吓得赶紧背起麻袋，搪塞地让她看看周围有没有人，然后顺着后墙溜走了。她对自己怀孕一事的尽力掩饰使我不得不小心翼翼地、"无意地"照顾着她，不让她看出我已经明白了一切。这些煤，起码能在我走的期间起到让她睡觉前暖暖屋子的作用。

我在北边没敢多住，回来的时候，我以为她会表示高兴的，但看到她那无所谓的样子，甚至连我临走时流露出的那点意思也无影无踪的时候，我真后悔回来得早了。（22 日）

昨天晚上，我到基建连串门，为了过冬，他们备了好几大桶柴油。不知是谁发明的烧砖头的办法在这儿被大家共同效法：把浸透柴油的砖头当煤烧，砖头可以反复使用。一进门就能感到扑面的热气，墙上闪动着的火苗的红光，让心里也暖和了。小伟说我来晚了，罚我喝酒，坚决拒绝听我的任何解释与哀求，我说我得先找个地方坐下，省得站不稳摔跟头，他就让我坐到床上；然后我说必须把酒打发了才能出门，否则我可能会吐，他说你坐一夜都没事，大家聊天呗。我一咬牙，喝干了小酒盅里红红的果子酒，果然心就马上乱跳起来。小伟看着我变了颜色的脸，说："你真不能喝啊?!"你看，他就是这种"眼见为实"的人！阿明笑眯眯地不言不语地在一边调整着他们从北京委托行里淘换来的手摇录音机，《命运》① 也就忽快忽慢地在这儿敲起门来了。我把《罗丹艺术论》拿来给他们看。为了这本书上的裸体画、为了我与小伟、阿明他们的交往，这儿的人们又在风言风语了。他们哪个的孩子都没少生，怎么到了我这儿就

① 《命运》：贝多芬第九交响乐。

个个都道貌岸然了呢?!

等我在月光下踩着吱吱作响的雪往回走的时候，已经是3点多了。空气好像也被冻住了，由于我的走动使它们碎裂，它们就把哈气推到我的睫毛上堆积起来，再把帽子的两个护耳冻在一块儿。在我的冰窖小屋里，碰哪儿哪儿冰手，我用最快的速度带着身上残余的热气钻到被窝里。被我破碎的空气又冻成了一个整体。

蒙胧中在寂静里隐隐地响起一声抽泣，我把头探出来仔细分辨，又是一声。“你怎么了?”我问胖儿。没有回答。我拉严被子，闭上眼睛，然而抽泣声清清楚楚地响着，扰乱着我的心。“你怎么了?”我又问。“鼻子不通气。”一句明白的谎言在哽咽声中传来。我不出声了，心里暗自责备着自己的多管闲事——难道她该哭的理由还少吗?（23日）

不知道从几点起胖儿开始难受的。我被她的喘气声惊醒的时候，四周一片漆黑。尽管不想被她打扰了睡意，努力着睡去，但多年放牧下夜养成的警觉仍使我在迷迷糊糊中把屋里的动静听得清清楚楚。听见她粗粗地喘着气、听见她用脚摸索着鞋下床、听见她在窸窸窣窣地翻动报纸，还听见有铁器的响动……没翻身、没抬头，就像什么都没听见似的，我下定决心，不管有什么事儿，决不再自找没趣。

忽然间，传来的一声细细的怪怪的声音吸引了我的注意力，人也清醒了。接着又是一声，我忽然感到这是婴儿的哭声！在细微的哭声中我一下子翻身坐起来，同时听见剪子咔嚓响了一声。

在冰冷昏暗的屋子里，背对着我的胖儿只穿着单衣坐在铺满报纸的床上。我跳下床，把炉子捅开，返身见她手上托着一个颤抖着细声哭着的婴儿，“要我帮忙吗?”她连头都没有抬，也没出声。我穿起衣服，收拾好床铺，结满厚厚冰花的窗户已透进光来。天亮起来了。

屋外刮着白毛风，风卷着雪沙把窗玻璃打得沙沙响，电线在风中呜咽，一声高一声低。

“连包她的东西也没有……”看着这赤裸裸暴露在零下40多度寒冷中的小身躯，我痛惜地说。“还包什么，扔了算了！”这是她今天头一句话，它把我的心冻住了。我默默地看着她没有表情地从容不迫地用张报纸把孩子包上，又拿起那块1米见方的、我过去就觉得小得出奇的“压脚被”再包上一层，然后便把这个小包包塞在枕头与墙的夹缝间了。

等到胎盘下来后，她用报纸包起来，连同床上所有铺着的报纸裹成一团，扔到墙角。我看着那张平整、干净、似乎没在上边发生过任何事情的床，感到一种深深的寒意。

10点钟的时候，有人在后窗户上乱敲，大喊大叫地让胖儿到保管室查库。胖儿穿好衣服，拉开塑料床单，把孩子和床罩住，然后开门，平静得像往常一样地出去了。我站在门口，看着她在白毛风中慢慢挪动着，很长时间，才拐过了南边的房角。

屋里显得更黑了。婴儿在塑料床单下不断地发出咳嗽声。我在屋里不知所措地转着。想看看孩子怎么样了，但又伸不出揭开塑料床单的手；想看看书，但眼睛只盯在开头的几个字上，什么也没看懂。我的心在咚咚地打鼓，耳朵却格外地灵：我怕听见屋外人们的走动声，怕有人推门而入；也怕听见屋里孩子的喘息声，怕被人听见。然而外边的人们的走动多起来了，孩子也不时发出微弱的哭声。一阵阵的恐怖扫过我的全身，让我不知所措。最后，我把门锁起来，出去了。

直到晚上9点多钟的时候，我决定回去看看。白毛风仍在刮着，天黑黑的，四周的严寒包围着我。我顶着风往位于团部最北头的宿舍走着，不知道在那排黑黝黝的房子中间唯一亮着灯的屋子里还有什么在等待着我……

我推开门，呆住了。屋内点亮着我们所有的煤油灯，竟有了一种金碧辉煌的气势，炉火也烧得旺旺的，使屋子整个冬天头一次有了暖洋洋的感觉。胖儿抱着孩子坐在床上，冲愣在门口的我破天荒地笑着说："你回来了?"我靠在门上，腿有点发软。(25日补记)

我从没这样六神无主过。我不知道我心里怎么乱成这样。在给母羊接生的时候我们都拼命保护着那幼嫩的生命，而面对这个婴儿时所感到的恐怖是怎么来的呢？今天有车走，信以后接着写给你们。

小　方

1976年12月30日　内蒙古——北京

拉菲克：

知道你们一定等孩子的消息。我自己私下给她起的名字叫达娜。一方面，她能活下来，这生命力已不一般，另一方面，我希望她永远健康。蒙语"达娜"就是结实的意思。

纸里是包不住火的，消息从来都是不胫而走。26日，去师部开会的指导员回来了，后窗户又被敲得快碎了似的："小方，电话……"只有食堂管理员屋里有电话，我飞快地跑出去，一边跑一边想：谁会给我来电话?(重音在"我"上)

指导员正跟炊事班的花瓶在说话，见我进屋四处乱找电话，花瓶笑着说："没你的电话，就是指导员要问你点儿事。"旁边还有炊事班的另外两个女生。指导员问："胖儿是怎么回事?"我就把经过讲了。刚说完，花瓶就说：“胖儿真不怎么样，说我们妨碍她、影响她学习，所以不跟我们一块儿住，她倒好，自己生孩子还把屎盆往别人头上扣!”旁边小纹接着说：“也就是在小方姐那儿，要在我们这屋，半夜里忽然生个小孩出来，吓也吓死了……”指导员直截了当地打断了她们的话头，问：“小孩儿现在怎么样?”“咪咪把孩子抱去了，和她自己的孩子一块儿喂着。”“胖儿准备怎么办?”“咪咪和她丈夫跟她谈过了，让她先认个错，写份检查，反正事已经这样了，就别捂着盖着的了，再说事情一公开，别人说什么也不在乎了。”“胖儿现在干什么呢?”“休息呢。”“她那天还上班了？你怎么不拦住她?”“我看她不想让人家知道，”我说。反正她检查都写好了，也没什么可瞒的了，只是这事变成我的“坦白交代”，心里总觉着别扭。但没想到花瓶又在旁边插嘴说：“其实，好多人都看出来了。那天庞胡子就说胖儿出事了，今儿上午对完账坐在那儿半天没起来。我傻乎乎地还追着问呢，说胖儿怎么啦？出什么事儿啦？当时屋里的人全笑我，我哪儿能想到是这种事!”我又呆住了。真没想到，我为了替她保密，在团部四处游荡，可事实上却根本不是秘密了！真是要想人不知，除非己莫为呀!

其实，我也并没有完全给胖儿保密。那天我先到了一个已婚知青家，快到中午的时候，我远远地看着那道被锁上的门，心都快憋炸了。最后我向她讲了这个事情及胖儿所说的扔了孩子的话，当时她也傻了，更想不出什么办法来。后来，我又到别处去了，走到看不见那间房子的地方。最后，我到了基建连小伟、阿明那儿。我想，如果我回去的时候孩子还在，那么就根本保不了密了。而我离开那个知青家之后，她也坐不住了，又找了另外一个家属讨主意，最后她们一块儿去找了曾与胖儿在一个队的咪咪。咪咪和她丈夫听了这个消息大吃一惊，大家商量了一下，让咪咪和她丈夫天黑以后去看看情况，如果胖儿已经把孩子扔了就算了，大家就都不吭声了，没扔就先由咪咪照料一下。如果有人要就送人。所以那天我靠在门上还没挪步，咪咪就敲响了我们的门。

胖儿满眼疑问地看了我一眼，迅速把孩子放回角落里，然后抬眼迎着刚进来的咪咪夫妇平静地与他们打着招呼，说自己不太舒服，先睡下了。寒暄过后的冷场终于被孩子的咳嗽声打破，咪咪好像就等着这声咳嗽似地问："是男孩还是女孩?""女孩。"胖儿平静地回答着，随手又把孩子抱起来，低下头看着。"你准备怎么办?""反正也没奶，过几天还不就死了。"胖儿仍看着孩子说，声音仍那么平静。灯光虽然明亮，照不见她的脸，也照不见孩子的脸。我忽然明白，满屋里灯火通明，却并不是为庆祝新生命的诞生。"你看这样好吗，我们先把孩子抱走，你好好休息，明天我们过来再谈。"咪咪夫妇抱着孩子走了。我怀着满腹的疑团与欣慰睡了一觉。

第二天，我到咪咪家问，才知道了事情的经过，对自己没想到找咪咪后悔万分。咪咪抱着自己两个月的孩子和胖儿的孩子一块儿喂着，说："胖儿怎么不早点儿说？早点找个要孩子的人家，生下孩子就抱走，也没事了。"然后她把胖儿的孩子递给我说："多怪，月子里的小孩儿皱巴巴的，胖儿的孩子白白圆圆的，眼睛还挺大。"我第一次在近处仔细看到胖儿的孩子，在长长的睫毛下，黑黑的眼睛懂事地看着我，安静极了。我忽然觉得胖儿真是可怜，居然找不到可以分忧的朋友。(26 日)

自从昨天指导员说让她在屋里养着，照顾她的事由我承担，这件事就完全公开化了，我心里也轻松了。我们之间话仍不多，胖儿也从来不说要我做什么，脸上总是一种淡淡的样子，我就做着我觉得该做的事情。

我在车间里里外外搜罗了一番，什么废电瓶壳、破胶鞋、碎窗框、烂轮胎……在门口堆了一堆，补充了我们的燃料，使室温能升高点。只是有时搞得屋里一股怪味，但也没办法，暖和要紧。

今天中午打完饭路过水房，庞胡子正和几个老兵在打开水。这些老兵都是因为家乡太穷苦在组建兵团时复员跟来的。庞胡子一看我手中叠放的饭盒，与那几个人交换着眼光，冲我笑嘻嘻地说："打3个人的饭?"我站住了，看着他也笑嘻嘻地说："不，孩子太小，不会吃饭。——你还想听我说什么?"他们的笑容凝固了。

那天晚上，虽是黑夜，咪咪和她丈夫把孩子抱走时就被这些暗中注视的眼睛盯住了，今天咪咪把孩子送回来，他们又看到了。他们以一时的口舌之快求一场无聊中的大笑，并用这种无聊的大笑组成一张网，蒙向比他们的处境艰难的人，使这些人因此更加艰难。为什么他们不能以善意待人呢?

我从正在看的赫尔岑写的《普希金断片》中抄段话给你们看，我很喜欢这段话：

> "必须有另外一种气质，才能够忍受这阴暗时期的空气；必须从小就习惯于砭骨的、不断的冷风；必须适应解决不了的怀疑、辛辣的真理、本身的无力、每天遭受到的凌辱；必须从最娇嫩的童年起就养成习惯，把一切激动灵魂的东西掩藏、不失掉蕴藏在灵魂深处的东西，——相反地，必须在无言的愤怒中使心中的一切成熟起来。必须能够为爱情而憎恨，为人道而轻蔑；必须有无限的骄傲，才能够手脚被镣索捆住，还是高高地抬起头来"。(27日)

下午，我和小叶去小卖部，走了快一半儿路的时候，小叶突然不自然地说：“小方姐，真不好意思说，其实……因为在我们家乡，像胖儿这样肯定是没人理的，家里人也不理的，觉得丢人……我想了好几天了，要不是你对她这样儿，我也是不理的……我也不敢这么做的。我家还有些别人送给我们的小鱼，我拿些来给胖儿熬着吃吧，别放盐，听说能下奶。”我忽然心里很感动，对她说：“胖儿其实挺可怜的，也挺惨的。上次你们说她从炊事班那儿搬出去时说的话，我才明白，她那会儿没地方去了，她也知道我们俩没话说，但还能搬到我那儿，也算是看得起我吧。我不能在人家倒霉的时候再踹上一脚。我为了孩子谢谢你了。”

晚上，终于找到刚巡诊回来的玉莲，我问她：“家属房的人早就对我说胖儿快生了，说她们早就看出来了，那你看出来了吗?”玉莲说：“嗨，这事儿我听说也吓了一大跳，要往那方面去想，我当然能看出来了，是几个月了一看就知道，可我根本就没往那儿想过。你们住一屋，你没看出来?”“第一天就看出来了，就是拿不准。她晚上刚洗完澡，正好我回去了，她坐在椅子上喘大气，我看见她的棉毛衫绷在肚子上，肚子凸得奇怪，不是平缓的胖起来，而是一下子出来一块儿。当时我不知道我判断得对错，后来家属们也这么说。我不知道穿着衣服也看得出来。”“走路姿势、喘气也都能看出来。”“我没想到那天她没叫，如果不是孩子哭，我都不知道她生了。”“一声都没吭?”“只是喘气的声音比较粗，但也不厉害，我听别的家属说都要叫的。”“你帮她了?”“没有，我起来的时候脐带都剪断了。”“怪不得有几次接生的时候她主动跑来问我经过情况，我还带她见过一次。真是有心啊!”“我真不知道她是怎么忍的。”“唉，到了那个地步，想不忍也不行啊!”“小叶拿了点鱼给胖儿下奶，说不放盐就

行。”“是鲫鱼吗？鲫鱼才下奶。”后来玉莲去给达娜检查了身体。（28 日）

看看前边写的，现在，我已经把写信变成写日记了。

今天，胖儿给孩子换尿布，我站在旁边看，由于屋里太冷，没法洗，孩子骚骚的，我忍不住说，给她起名字吧，大名叫达娜，小名叫骚娃。小骚娃怪了，平时不哼不哈地躺着，只要一哭，肯定是饿了、拉了、尿了，省事极了，省事省得让人心酸。

今天从师部来的车带回不少信，可是没我的。胖儿家里来信说她的接班手续已经办好了，让她马上办妥这边的手续早日返京。我把这个消息告诉了咪咪，她叹口气说：“我们还在找要孩子的人，难呢！送给牧业队的牧民肯定没问题，可又觉得那样孩子太苦。当然，送给蒙族家庭是最好的了，他们不在意孩子的来历，他们互相间送孩子的多了，而且也不瞒着孩子，孩子也知道自己本来是哪家的，没有歧视问题。”我们都从牧业队调上来，太知道牧民的热情与朴实了。“最好是找个干部家庭，经济上不困难，孩子又不至于受欺负，有权也能保护孩子。”她的丈夫说。这会儿我也觉得，有特权还是有好处的。最后咪咪让她的丈夫再扩大找寻面，我们一同去见胖儿。咪咪要胖儿做好带孩子回去的准备，她说：“孩子肯定聪明。月子里的孩子没有她这么漂亮的，到我那儿看孩子的人都说她招人喜欢。你妈妈一定会喜欢她的。不管怎么讲，她是你身上的一块肉，要让我跟我的孩子分开我肯定受不了。”胖儿把孩子抱在怀里，没说话。

下午，到基建连去。小伟和阿明看见我就乐了。阿明还是不言不语笑眯眯的，小伟说：“请坐，请坐！‘团部名人’，欢迎光临！”他看见我有点真要跟他急了，忙说：“我说的也是实话嘛，现在你的一举一动都有人注意，就我们这儿，这几天也来了好几拨人了。有的什么也没说，看看就走了，有的倒说了几句，最坦率的是何云祥，他说：‘师部有人想跟小方交朋友，让我问问小方有什么条件，比如身高啦、工资啦。小方一张口就说什么第一不做饭，第二不要孩子。你说，这娶个老婆又不做饭又不生孩子要她干什么?！我看她挺喜欢到你们这儿来的，告诉你一声。’我说：‘谢谢你的关心。’就把他好好地送出去了。你现在是骑虎难下了吧?”“好像也不是，想下也下来了，但是不想下来。”“是不是认为不能落井下石？可她这种人可不会感恩的。”

是的，我对她并无好感，尤其最近，知道的事情渐渐多了，更是如此。整个事情是她把我装进去了，而现在我又成了她的挡风的墙，甚至我看得越明白越得替她挡着！我才不想让她感什么恩呢，我只是得对得起自己的良心，我们反正不是一种人，等她一回北京，谁还认识谁呀！

我认为，朋友之间应该是坦诚相待的，这样才能有信任的基础。我没有在这里结婚的勇气，而且，我也不愿因我的出身连累任何人。尽管有人对我讲，也有人这样做着，即嫁个好出身的丈夫可以改变这一切，但我不想这么做。我知道我在这儿太显眼，那些“热心肠”的人为我早已坐立不安了。尤其胖儿的事一出来，就像再次点起根导火索似的。我也知道他们说我是带刺的玫瑰，看着漂亮就是不能碰，可我从来没扎过朋友。我和小伟、阿明早就挑明了：我非常看重他们的坦率和善良，非常喜欢与他们交往，如果他们也愿意保持这种交往，我希望在其中不涉及性别，而且因与我交往可能会引起很多议论，所以他们不愿承受时我也完全能够理解。非常不善言辞的阿明讷讷地说：“我反正什么也不在乎，只是怕对你不好。”这是让人心里感到非常温暖的话。我说：“没什么，我早习惯了，我只要与男生交往就会有议论的，我只是想让你们有个思想准备，并且知道我的态度。”小伟倒是挺高兴，说咱们合伙跟他们开个玩笑，涮他们一把！你们看，现在果然如此，事事不出所料。

我跟他们讲了我对胖儿紧紧地把自己封起来的困惑，这种封闭拒绝着所有的帮助。小伟一边想一边说，根据这几天我所听到的情况，她在北边当记工员的时候，曾经非常苛刻地对待了与她观点不同的一群知青，而这群知青正是你的朋友。以己之心度人，你想过没有，如果是你生了个孩子，那她会怎样做?

我想起1973年夏有一次在河边放羊，平凡也正巧在那儿饮羊。因我在偶然间看过他的一些随笔，觉得颇有启发，如：“学风受政风左右。仅强调个人意识领域并加以斥责，不指根源，学风怎么纠正?把政治架空，学风趋于虚伪，抛开物质基础，精神从什么基础提高?……”“迂者引经而炫其学，伪者据典而饰其意，世之迂伪，孰能辨之?”……所以拍马上前问候。那天我们坐在山坡上聊了一会儿，因为我实在幼稚，他就说：“你看，在把光明都写在了报纸上给人看的时候，是不是把黑暗就写在人心里去了呢?”这时，我忽然深深地感到那包围着胖儿的黑暗的阴森。

答应过把平凡的诗抄给你们，只找到两首，均无题（我看到的时候就无题，不是诗名为无题）。

昔厌尘嚣今亦然，
放羊骑马立孤山。
一层薄雪知秋尽，
几朵浮云有雁穿。
时催候鸟担劳碌，

翅抗天风受苦艰。
规律驱人作雁徙，
可怜强者上史篇。（其一）

历历群山，
平平看去，
淡淡心情。
任风之割面，
云之压顶，
雨之断路，
雪之迷津。
无奈其来，
不怕其恶，
即在其中便挺胸。
身五尺，
已安于其所，
自认理应。

风光触目不惊，
问眼光是否已定型。
念旁观侧视，
平常神色。
哂然讪笑，
近来诗名。
灵台之诚，

轩辕之祭，
少作初衷俱自轻。
心万绪，
漫九天之外，
八极之中。（其二）（以上 29 日）

今天，我坐在窗口补我的碎成条儿的棉袄袖子，已经破了好长时间了，昨天在小伟那儿撕了他的一件破衣服拿来当补丁。他的衣服还都结实，硬伤多，油花花的。我的衣服只剩下回北京穿的没打任何补丁的一身“礼服”，其余的衣服都穿糟了，也没法洗（一洗就碎了），也没法补（挂不住补丁），就送给牧民做吓狼的假人了。

胖儿在牧业队的一个朋友来看她，给她带来一些“补品”，她们俩正说着话。忽然我听见她那个朋友惊叫起来：“胖儿，胖儿，你怎么啦?”我一回头，正看见胖儿软软地向一侧倒下去，脸色惨白。我们手忙脚乱地把她扶倒在床上，胖儿睁开眼睛，问：“我怎么了？……”

我们的伙食很不好，主食是高粱米、大碴子和棒子面，菜是圆白菜，听说也剩得不多了，过几天就得吃盐水泡饭了。今天胖儿的朋友送来的肉，正是雪中送炭。虽然也有些好心人送来了一些吃的，但和我见过的坐月子的人比，胖儿实在是生活在“万恶的旧社会”里了。

我糊了一个特别结实的牛皮纸信封，明天有车出去，可以把信带走。我的“日记”还会接着写下去的。

问朋友们过年好！

小　方

1977年1月7日　内蒙古——北京

拉菲克：

今天，北边牧业队的大啸开着拖拉机来接我参加眼镜的婚礼。我从没想到大啸的嘴上能抹那么多的蜜，话能说得那么甜。

他说，虽然他的东方红不是高级专列车，但是，这是来接我的专车，是北边知青的特别邀请，充满诚意，希望我不要让他完不成任务，而使北边的朋友们失望。

我找了许多的理由不去，他说了更多的理由必去，只见阿明仍是坐在一边眯眯地笑。我们都知道凡是说出来的都不是真正的原因，到最后只看谁能坚持到底了。

胖儿曾在大啸他们那里当过记工员，曾经对他们百般苛刻，仅仅因为他们是些思想比较活跃的青年，对事物有着自己独立的见解。而我的朋友小华她们，也都受过她的伤害。所以，胖儿在我屋里生孩子的消息一传到那里，群情鼎沸，他们异口同声地说这叫"报应"，公认应该把她晾起来，把我救出来，于是尽管冰天雪地的，大啸开上拖拉机就过来了。

可是，我实在觉得眼镜的结婚不值得庆祝。我见过眼镜随手画的一幅画：牧人躺在草地上睡着，马在他脚边啃着草。看着这简单几笔画在一张小纸片上的画，我就像听见了马嚼草的声音、闻到了草的清香，云雀在空中嘹亮婉转地叫着，阳光也软软地照在了我身上，心底里透出一种轻松、惬意（我一直认为那叫的是百灵，但有人说是云雀，既然我从没看清过它的样子，叫云雀倒更有在云端的意境）。但是我不喜欢眼镜对婚姻的轻率。他们告诉我，眼镜认为反正也走不了，不如找个牧民姑娘，还有一个家族力量可以依靠，否则知青家庭力量太单薄。因此我不认为他对那个牧民姑娘有很深的感情，这是很无奈的一种选择，所以我不高兴参加这样的婚礼。我觉得他这样既是对自己不负责任，也是对那个姑娘不负责任。这是个让人伤心的婚礼。

胖儿这里，我并不是离不开，是我不想离开。他们不知道胖儿实际上有多惨，要说报应已太够她受的了。我不喜欢她，但我可怜她，如果这会儿我去北边，就是落实着北边朋友对她的惩罚，但我不能用我的手做到这一点。

我喜欢到北边去，但是加上这些附加条件，我就不能去了。大啸走的时候，我请他代我问候大家，谢谢他们。我知道，他们都会理解我的选择的，但宣泄一下也是挺愉快的，如果我不在这个位置上，也会站在大啸他们一边的，很可能还是闹得最欢的那个呢！

随大啸的拖拉机过来的还有乌妮克。乌妮克问我知不知道胖儿的男的是谁，因为她们翻来覆去地回忆着胖儿周围的男生，只有与她在一个毛选学习小组的××比较像，而那人似乎比她小 6 岁。"胖儿有 30 岁了吧？"乌妮克说，"这是我们算的。"

我没有亲眼看见胖儿的检查，那上面写着那男的名字。指导员倒是挺同情胖儿的，他说："30 岁了，还没个家，没个孩子。"胖儿在检查中写道，她正在办回京的手续，如果结婚，她就回不去了。(1 月 3 日)

我在招待所找到刘亮，他也是办好手续准备回北京的，我跟她谈了胖儿需要早点回去的原因，请他帮助和司机说一下，让胖儿和他一块儿走，路上好有个照应。刘亮满口答应，还说万一没地儿，他可以坐在上边，让出驾驶室里的位置。

下午，刘亮来找我，表示非常为难，因为司机范革不肯带胖儿，还阻止别的司机帮忙。我们一块儿到了范革的宿舍。屋子里烟气腾腾的，围了一桌儿的人正在打扑克，吵得老远都听得见。我往门口一站，屋里一下就安静了，只听我一个人向范革提出要求。尽管屋里所有的人都知道范革驾驶室里还有一个空位，范革的眼睛仍对着我的目光说："我的车上实在没有地方了，让她等下趟车吧，或许别的司机的车还有地方，你再问问？""我问哪儿有你问方便啊，难道你就不能帮帮忙吗？咱们都是北京知青。"他一时没有回答，忽然暗影里烟气中传出怪声怪气的为他解围的话："你和胖儿可是老朋友了，多跑几趟，多帮帮忙有什么？……"我只觉得一股火儿一下顶到脑门。我冲着声音转过身去，一字一顿咬着牙说："告诉你们，我和胖儿从来就不是朋友，这是起码的人道，可惜，你们连这一点也不懂得！"我扭身出去，把门狠狠地摔上。

刘亮追上了我，看见我正在把哗哗涌出的眼泪乱抹在破棉袄袖上。他陪着我走了一会儿，一直等到我安静下来。他平静地说："跟这些人生这么大气不值得，再说，你说的是什么他们也听不懂。""可是范革懂，他也是高中生，他不可能不懂。而且，他追过胖儿，追了很久，胖儿拒绝了他。就这么块地方，就这么些事儿，什么也瞒不住人的。胖儿的事儿一出来，团部里调上来的知青就数他的态度激烈，不共戴天似的，我觉得奇怪，一问，大家都知道。胖儿已经倒了，他还要拼命踏上自己的脚。说实话，在我心里，他们倒真该是一对儿。""那你哭什么？""我觉着委屈。跟他们这种人打交道，我真觉得委屈。"（5日）

家属房那边又添了一个孩子，也是个女孩儿，也是北京知青的孩子。我去看的时候，在她暖暖和和的家里，她睡在她妈妈缝的小小的精致的睡袋里，在黄黄的小脸上紧紧的皱着小小的眉头，小小的手攥成小小的拳头。两个孩子的第一天真是天壤之别啊！（6日）

明天，车队就要出发了。下午，范革忽然在门外叫我。我站在门口，胖儿就在屋里，可以清清楚楚听见我们说话。“我明天就要走了，我的手续也办完了，以后见面恐怕就不容易了，你有什么事要我帮你办吗?”“不用了，我只有一封信，刘亮已经答应帮我带了。”“胖儿有什么事要我办的吗?”我一时没转过弯来。紧接着他解释似地说：“我本想帮她托运行李的，但是……”他耸了耸肩，摊开两只手，做了个无可奈何的姿势，“所以，请你跟她说一下，实在没办法，对不起。”

我目瞪口呆地看着他走掉了。他这个“意思意思”可真够意思的！他在背地里对胖儿的议论，我全知道了；他对胖儿所必须得到的帮助，在各方面尽心尽力地加以了阻拦，我也知道了。我以为他会悄悄地走开去，忘记了胖儿，忘记了我们，反正此次分手，一切就都一笔勾销了。没想到他却突然走过来，用笔在自己脸上勾出了一块白斑。

我走回屋里，听见胖儿说：“这才是做人的诀窍！”她脸上闪过一丝冷笑，又马上平静了。

小　方

1977年1月11日　内蒙古——北京

拉菲克：

下午，来了一辆小车，来接孩子的。夫妻俩一看见孩子就喜欢得不得了，抱着孩子的手都松不开了似的。咪咪把孩子接过来，让胖儿再给孩子喂最后一次奶。我实在看不了这样的场面，扭过身去了，只听见达娜在吧嗒吧嗒吸吮着妈妈的奶。每次吃奶的时候，她总是知足地闭着她的黑眼睛，把一只小手搭在妈妈的乳房上，不着急不着慌的样子。咪咪也像不忍再看，和我并肩站在窗口。今天阳光明媚，连风都没有一丝，但我却感到心中黯然。

那夫妻俩这时从小车上搬下一堆罐头，又拿出 300 元钱递给胖儿，胖儿板着脸，一言不发地推了回去，那女人几次想把钱放下，都被胖儿挡住了。我在旁边看不下去了，说："算了，别像卖孩子似的，这钱就给孩子花吧。"那女人缩回了手，千恩万谢地抱着孩子上了车。我把孩子的生日写了个小纸条从车窗口递给了那个女人。小车飞快地跑掉了，好像怕胖儿追出来似的。

胖儿没出屋门，等我进屋的时候，她还站在窗前，看着那条把她孩子带走的铺满雪的路。那是一张没有任何表情的脸。

夜里，胖儿把我哭醒了。我觉得天河里所有的水都变成了胖儿的泪水，这么哭过的人，今生恐怕不会再有眼泪了。(10 日)

再也没有达娜了。也不知道她的养父母会给她起什么名字。

今天有车去师部，把这封信带走。我忽然觉得能写那么多的信真是奇迹了，现在我好像一下子什么都不想写了。

小　方

1977 年 1 月 25 日　内蒙古——北京

拉菲克：

胖儿还没等坐完月子，便坐汽车走了。她终于没能坐进驾驶室里。好在这次回去的人太多，天又太冷，所以在车上支起了车篷，否则 600 里的敞篷车坐回去，恐怕她到不了家了。

孩子送人了，自己办好手续回家了，丑名声扔在这里了，很多人都表示这样最好，而我无话可说。我们之间是被达娜连到一块儿的，达娜走了，我们也就分开了。

晚上，玉莲到我这儿串门。我喜欢她的直爽、大胆，她与她的男朋友的关系被人嘲笑，因为露骨，因为坦然。正常的感情为什么要遮遮掩掩？（18 日）

前几天与玉莲聊天，不由得想到了一些事，即这里青年之间的“不正常”关系说明了什么？现在常常议论的两性关系的“混乱”说明了什么？

说明了没有合理性的标准，所以混乱便是免不了的。怎样的处罚也不顶用，因为这是社会问题，而不是个人问题。

原始性质的“群婚”，例如这里牧民之间的性关系，在他们之中只表现为一种本能，在他们心中，这并不是混乱的，是合乎人之常情的，是天性的体现。

封建性质的“一夫一妻制”，例如这里的外来户、老兵的家庭，保留着内地农村的特点，固守着家庭的阵地。

而在年轻的兵团战士的身上，已经显出的是具有更高一时期的特色了，地位的比较、物质利益的衡量……追求的是物质的享受。

但在最早到这儿插队的知青，来自大城市，在他们，组成家庭的要求偏重于感情的结合。于是，他们也把这种思想带到了这荒僻的角落，组成了第四种家庭。

而“不正当”的关系，是怎样表现的呢？

牧民之间的原始的性关系被冲垮了，公开的性生活变成了秘密的性生活，这是尽力要在“现代性关系”的时期保持那种“原始性关系”的，所以，在“现代”被认为是非法的性关系。其实，大可不必这样大加指责，真是把生产抓上去，牧民生活水平提高了，生活条件稳定了，文化生活丰富起来……这原始的性关系便自然而然没有存在的必要而消失了。单单指责这种“混乱”的人，实际上不过站在封建道德的位置上的，倒也没能显得更高，反而显得虚伪罢了。

青年中的“性生活混乱”，说明的是现在的普遍问题，取决于物质利益与感情的不可调和的矛盾。

如小珍与卫生所长的关系，是肉体的代价去换“光明前途”、去争“物质利益”。

如肖石与其妻，是因肖的物质条件不足以使他相信她不抛弃他，所以为了不失去不易得到的女人，便让“封建道德”的舆论把两人压合起来。

在没有物质保证的情况下，感情的发展只能引入“非法”的关系，如城市的青工、这里的知青等，而胖儿，结婚便失去回城市的条件，反之，自己的骨肉就是私生子。

以肉体换需求的存在，说明了什么问题？这是实质上的妓女，不管打出的是非法的还是合法的旗号。现在不是没有妓女的时候，各式各样的“妓女”多了。

然而以感情为基础的两性的关系，是应该加以保护的。在没有结婚条件时应能允许同居到有能力、有条件结婚的时候。自然，同居时应尽力不出额外负担——孩子。而如果同居是合法的话，那么，一切避免的办法都能行之有效。在此，避孕与人工流产是应无条件地给予方便的。（24 日）

在当今的这种时代，宣称着消除了私有，那样子，家庭实际上应是社会化的。

青年工人每月三四十元的生活费用，并没有包括子女的费用在其中，却要负担那样大的开支。所以，倒不如干干脆脆地同居，反正子女也不起“防老”的作用了，不如不要的好。可惜，很多人总在犯糊涂。

这样，中国人不是要绝种了吗？不！我所指的，是无产者，即工人。他没有什么财产可以留给合法的子女，在大同的时候，他们的子女是应由社会来抚养的。而像集体所有制中的农民，他们要留给子孙的可是太多了，而子孙还仍起着“防老”的作用的。所以，让他们的子孙去延续中国的种族吧（他们的子孙在逐步的变革中也进入无产者的队伍）。

哎呀，这样不就乱套了吗？工人都没有“合法”的子女，也是不行的呀，这不是太狂妄的胡想了吗？其实，实行一条这样的规定便可以了：婚生子女中，有一个可以得到国家的子女补助；非婚生的子女，由个人负责抚养。这样一来，一受到个人利益的限制，很多事情就好办多了。

现在的那种道德观念限制了什么呢？限制的是感情的结合，鼓励的是利益（买卖）的结合。因为这道德，是继承了封建私有制下的传统的。很有些“道德卫士”气愤了吧！然而，明明暗暗的“公娼”、“私娼”现在并没有消失啊！这说明了什么?！多多少少的“单身汉”、“光棍”现在还很多呀，这是为什么?！我想，如果为正常的性关系打开方便之门，可能私下的“秘史”便会少多了，到那时感情的结合便成了新的道德标准。

在社会还没能力达到大同的时候，这样解放思想的两性关系会造成相应的困难。所以，还需要以婚姻作为区别，即物质鼓励。鼓励少子女（子女补助）、鼓励合法化（安家补助、探亲补助、生活用品的安排、住房……）

随想随写。北京及这里的见闻使我只能这样思考。这里的闭塞令人难耐。小伟、阿明也回去了，这里连个说话的人也找不到。

盼你们的信，你们的信对我太重要了。

小　方

1977 年 1 月 29 日　北京——内蒙古

小方：

听说小达娜送人了，你为什么不要呢？为什么？虽说是私生子，但孩子本身是没有罪的，她的不幸加上你的不幸，也是对社会的一点讽刺。我听到你没要那个孩子，心里难过了好几天，你以后会后悔的。要是我在，我一定要好好地把她养起来。你还记得咱们喂那些快死的小羊羔吗？它们后来不是都活了？我是不管那些什么习俗、偏见的，自己想怎样生活就怎样生活，让别人去说吧！

邓至今没消息，虽传说中的 1 号文件上已官复原职，在传说中的讲话上也被称为“四人帮”夺权的主要障碍，但在正式的文件中却总是回避不谈，不知为何，估计到时不解决，清明节还有一场好戏可看。

林　林

1977 年 2 月 6 日　内蒙古——北京

小伟：

我想出了一个新计划，但新计划将借助大家的力量。

我过去的打算很简单，为了长期坚持下去，必须使自己有立足之地，这要求掌握一定的技术、学会与人周旋、对付一般舆论，这样为自己思想的提高创造物质基础，使自己的行动以至“对抗”带有不易为别人陷害（加害）的“合法”性。

基层干部，不过一小走卒而已，不必搞僵。北边的人太习惯于“对抗”而不习惯“利用”，所以你的处境更难。

从长远考虑，机运科是机械化的基地，每个地区的发展与运输力的强弱是分不开的，你应争取，现这里的技术力量薄弱，暂时的“顺从”只有好处没坏处，志同道合的人应该成群结伙（分裂是目的不一的表现），成为这范围内的“地头蛇”——造成自己的势力——这样才能互相保护并与外界的压力抗衡，才能长期坚持下去。否则，分散的后果是个人的力量不足以强到可以自立，早晚要沦落到眼镜的下场。

我的意思，在可能的情况下，让大家争取到这儿来，顺应抓生产的潮流，在修理工的范围内成为场里不可缺少的力量。这才真叫有了立足之地，摆脱受人摆布的境地，使自己的“对抗”有坚实的基础，才可能做到挺胸抬头，而在别人想损害的时候，不得不多想几层。

为北边的人的散伙不过是叹气罢了，他们的斗志丧失了，他们之间缺少一致的奋斗目标，只是凭以往的友谊及外界的压力使他们暂时还连在一起，一旦分离的日子一到，便各奔东西了。回去放牧是极不现实的，必须往远看，否则年复一年，时光如流水，几年后终于在牧业上混不下去，大好时光已过。

向机械靠拢，凡准备长期在此，只能这样争取，这不是权宜之计，而是长久之计。

机运科以后还要加强，已经强调了这一点。

理论上的学习，也需共同探讨。

总之，我主张“聚”，不主张“分”。并不想一开始便分明地结“帮”，但这能逐步做到。关键在争取，在创造条件，即使短时间内达不到，逐步向这个方面发展，咱们还是有有利条件的。

1968 年，我的一个已在阿巴嘎旗插队的朋友说知青终会一事无成，虽然他们的数量很多，也像一个阶层，但他们仅是一盘散沙。这话让人沉重，但事实确已如此。

小 方

1977 年 2 月 17 日　内蒙古——北京

林林：

关于达娜。我并不在乎习俗与偏见的，但这个孩子我不能要。

一、我没有能力哺养这样小的孩子，她又不是小羊羔。

二、我的动荡的生活也使我没有精力照管她。

三、我不能对她今后的生活不负责任。如果把她的不幸与我的“不幸”加起来，那么，你可以想到她长大以后会变成什么样子吗？

她与我生活了 18 天，这 18 天生离死别的悲剧自始至终被我看在眼里。私生子是对社会的抗议，我过去忽视了这个问题。的确，孩子是没罪的，但母亲就有罪吗？

再谈。

小 方

1977年2月17日　内蒙古——北京

小祥：

到这儿后，更时常的想到你，尤其与小伟、阿明订了合同，他们教我开摩托车、拖拉机，坏了保修。总之，天暖和了以后就是非常快乐的日子了。但得先学骑自行车。如你在此，虽没马，但有摩托车兜风，一定更高兴，一想到这儿，更想你，有你，多快乐呀！

这里今年惨极了，断水、煤、电，白天只好在外避难。晚上生火烤屋睡觉，早上都到别人家梳头。这里不许回家，三排宿舍，二排各一男生，西排屋只我一个女生，你根本无法想象我的狼狈样。春节马上要到了，都不知道这几天怎么混，书也没法看，没有人有勇气在我屋里坐上5分钟的，在屋里拿东西都得戴手套。每天晚上生火时，火着起后半小时内，不敢摘帽。这在牧业队是想不出来的。下月粮食百分之百的棒子粒，人们都不知日子怎么过了。

去拉煤的车终于回来了，我急忙背了一麻袋煤，回屋把烟囱都烧红了。心里真高兴呀！月光下我看着自己背着煤急急忙忙跑的影子，真像一个土匪。听说来了两麻袋的信，明天这信就不让他们带走了，过几天油罐车要走，让他们带吧。（12日）

小达娜在第18天被一辆小车接走了，那些日子，我心情坏得一塌糊涂，所以，虽然看了你的信和他们的信，也没写回信，就是林林也是从别人那儿知道的。

小　方

1977年10月14日　内蒙古——北京

拉菲克：

我们马上要搬家了。兵团解散以后，新团部的位置北移，这个小镇从此就要消失了。我们要把别人都搬走后才能走。我到基建连去过，告别那间曾给我带来温暖与信任的小屋。小屋已经没有了门窗，旁边的屋子甚至连顶也没有了，满目疮痍，真是一片大溃退的景象。我的告别竟成了凭吊。

最近，一直把《共产党宣言》、《家庭、私有制和国家的起源》、《恩格斯传》翻来覆去地看，很想写点东西。

我找出从北京带来的一个硬壳小本，在封面上画了浪花和海燕（当然，我认为的海燕）。

在第一页第一行写下“小说‘私生子’素材”。然后我抄下了马克思在《资本论》序中的一段话：

“无论个人主观地说可以怎样超出这各种关系，社会地说，他总归是这种关系的产物。我的观点，比任何别的观点，都更不能要任何个人对这种关系负责任。”

我写下了序言：

“窗外，飘着雪花，这是今年的第二场雪了。我的心也如同这飘着的雪花一般，随着狂风向远处飞去，飞去……

就要搬离这块地方了。这小屋虽破烂，却珍藏着多少记忆。我从这里的小屋里，又长大了多少，或许，应该把它们记下来。虽平常、虽一般，然而，这终归是发生在我身边的事情，使我成熟，使我懂得爱与恨，让我渐渐更分明的看清这世间的残忍与绝望境地的挣扎。

或许，因为如此，才使我变得越轨出圈？然而，正因为如此，使我更加向往那种纯洁的生活。

是我错了吗？告诉我，如果你是我的朋友，请帮助我分析。”

在以前写下那些信、日记的时候，我总也想不明白的是，现在的一夫一妻制保护的是什么，孩子能继承的是什么。但我终于明白了，我过去以为，现在的婚生的孩子是没有什么可继承的，这是错的。他们要继承的是血统，而这种继承的重要，是当今每个人都分明的感觉到了的。下面是主线的理论依据。

《共产党宣言》：

“消灭家庭！连极端的激进党人也对共产党人的这种可耻的意图表示愤慨。

现代的、资产阶级的家庭是建筑在什么基础上的呢？是建筑在资本上面，建筑在私人发财上面的。这种家庭的充分发展的形式，只是在资产阶级中才存在，而它的补充现象是无产者的被迫独居和公开的卖淫。”

《家庭、私有制和国家的起源》：

“……既然一夫一妻制的发生是由于经济上的原因，那么当这种原因消灭的时候，它是不是也要消灭呢？

可以不无理由地答道：它不仅不消灭，反而只有那时它才能十足地实现。因为随着生产资料转化为社会公有，雇佣劳动、无产阶级、从而一定数量的妇女——这数量可用统计方法算出来——为金钱而献身的必要，也就要消灭下去。卖淫定会消灭，而一夫一妻制不仅不会终止其存在，而且会最后对于男性也成为现实。

这样一来，男子的地位无论如何会起很大变化。而且妇女的地位，一切妇女的地位，也要发生很大的转变。随着生产资料转化为社会公有，个体家庭也不会再是社会的经济单位。私人的家务将变成社会的工业。孩子的照管和教养将成为公众的事情；社会将同等地关怀一切儿童，无论是婚生的或是非婚生的。因此，对于‘后果’的担心也就会消除了，这种担心在今日成了一种阻止少女毫无恐惧和顾虑地委身于所爱的男子的最重要的社会因素——道德的和经济的因素。这岂不会足以使更自由的性交，从而使社会舆论对于处女的贞洁及女性廉耻的更加宽容态度逐渐发展起来吗？最后，难道我们没有看见在现代世界上一夫一妻制和卖淫虽为对立物，但却是不可分割的对立物，是同一社会秩序的两极吗？卖淫现象可能消灭而不会使一夫一妻制同归于尽吗？

在这里，一个在一夫一妻制开始发展时还只有萌芽的新因素开始发生作用了。——这新因素就是个人的性爱。

“可见，结婚的充分自由，只有由于资本主义生产及其所造成的财产关系的消灭已把今日对选择配偶尚有巨大影响的一切派生的经济顾虑消除以后，才能普遍达到。到那时候，除了相互的爱慕以外，再也不会有别的动机存在了。”

“性爱就其本性来讲既是排他的，——虽然这种排他性在今日只有对于妇女才是有效的，——那么，基于性爱的婚姻，就其本性来讲便是专一婚姻。”

《恩格斯传》：

“莉希和恩格斯在一起，共同生活，相互了解，日子一直是过得很幸福的。她在病床上，请求丈夫履行一个正式结婚的手续。恩格斯一向认为，结婚经过国家批准，并在教堂举行仪式是多余的、不必要的。可是他答应了临终的妻子这个最后的要求，于1878年9月11日晚上和她举行了结婚仪式。几个小时后，莉希就在恩格斯的怀抱里去世了。”

小　方

1978年4月21日　内蒙古——北京

拉菲克：

今天和乌妮克去医院检查身体。我把在北京照的片子一拿出来，何医生就不像个医生了。他举着片子左看右看，就像看个艺术品一样赞不绝口，指着片子说，你看这肺纹理多清晰！你看，这儿有炎症！哎呀，什么时候咱们这儿也能照出这么清楚的片子！

检查完了，何医生一边给我开诊断证明，一边问："你想看看胖儿的孩子吗？我可以带你去。"

乌妮克马上兴奋地说："好啊，我正想看看那孩子呢。有人回家后见过那男的，跟他说：'喂，你的孩子送人了，你还不去要回来。'"

这时，我才想起来乌妮克曾经与他们在一块，她是我认识的人中唯一见过达娜父亲的人。也是她给我分析的事情的经过。

达娜的养母比我记忆中的那个女人老多了，她显然那时就没注意到我的存在，所以听了何医生的介绍之后，才回忆着说："啊，是啊，旁边还有一个女的。"她忧郁而紧张地望着我，说："孩子的妈妈要把她拿回去吗？""不，你放心，没这个意思。我只是想看看孩子，没有别的意思，你别担心。"

那个女人告诉我，孩子来了不久就病了，几乎死去，她陪着孩子在医院里住着，住了很长时间。"当孩子出院的时候，"她说，"我认为这孩子就是我生的。没有我，她早死了。"

她把桌子的抽屉拉开，把立柜的柜门打开，里边装的都是孩子的玩具、衣服，很多显然都是从大城市里带来的。她说，探亲回来的兵团战士、知青都给孩子带东西，吃的、穿的、玩的，什么都不缺。我忽然想起那天早上，那张报纸……

孩子醒了。乌妮克一眼望去，惊叫起来："活脱脱一个××，简直是一个模子里倒出来的。"一岁多的达娜见多识广地看着我们，又拼命拉着那女人的手要出去，"妈妈，妈妈。"她叫着，满屋都是她的声音。

"你们给她起了什么名字？"我问。然后说："我叫她达娜，是蒙语，结实的意思。"

"还是这个名字好听，可是不好改了。已经叫开了。"她诚心诚意地说。

"不要改了，就现在这样挺好，真的挺好。你们是她的父母，她应该叫你们起的名字。"

我们出来告别的时候，看着那女人欣慰的样子，我知道我以后不该来了。我不该打破这种平静，就像那女人说的："没有我，她早死了。"她是达娜真正的母亲，达娜是她心尖上的肉，是不能割舍的。

小　方

1998 年 4 月 23 日　北京

岳建一：

终于写完了你要的稿子，也还了自己的一份心债。但请你帮助起个名字，谢谢！

在这以前所有的信中都没提及到的在这封信里加以补充。

1983 年，我的前夫为了跟我离婚，曾经罗列出我的种种恶名，其中也包括了胖儿的事情，他说由于我没有拦阻胖儿在生孩子的第一天去上班，好多人都说我是个冷酷的女人。

我自己也曾反复想过不知多少遍，但是我至今仍这样认为：那是胖儿自作自受，与我无关。我真正的冷酷并不在于此，我一直不能原谅自己的是：那天，我把包在报纸里的孩子锁在了零下40多度的屋子里。我在人性的冷漠跟前吓得失魂落魄，我以为我应该尊重孩子母亲的选择，可没看到，这正是一种人性的极度扭曲。我对那个无助的小生命的无视时时刻刻提醒着我，让我自疚。

我也曾在无边的黑暗中沉溺过，是朋友们多次向我伸出了他们的手。由此使我认识到，我有责任向我认为被侮辱、被损害的人伸出我的手，尽我这份心力。为了心灵的生存，为了做人的责任。

对于上山下乡，那是政府的权宜之计，现在已经看得很分明，无所谓对错，就像胖儿到时候只能生下达娜一样。而正因为成百上千万条生命曾被冠冕堂皇地送上死路，所以，知青最终用大返城表达了活的愿望，但这时，其中又还有几个身心完整的活人？

其实，我们最初并不是都想返回北京的，在这些信件的前一部分我已探讨了这个问题。在悲剧的大舞台上，谁能上演喜剧？

鲁迅说过，悲剧是把人生有价值的撕毁给人看。

小　方

1998年6月16日　北京

小方：

你中午送来稿后，我即在下午上班时一气读完。

我不会忘记那一年风雪幢幢中的人和事，但我无力在20余年之后，执着当时的心绪，将它形诸于文字。

事后第二天，你抽空来告我，我感叹道：“既有今日，何必当初！”你当时瞪了我一眼，申斥了一声，我至今未忘，因为这才使我学会如何作人。对于人性的回归，一切都是可以原谅的。耶稣也曾斥责追打荡妇的人群：“你们之中无罪的人才可对她投掷石块！”

而我则属于旁观者的一群，想起不禁汗颜。

倒是一向有恶名声的小伟，驱动拖拉机车头，拱了几十里地的雪，去×××公社给孩子购买奶粉。

如今死者已成灰烬，我想临终时的病痛一定净化了她的灵魂，这样的灵魂是可以入天国的。而耻辱则永远地留给了社会，留给了苟活至今的如我之辈。

我也曾流下几滴清泪，但无颜去祭洒亡灵，只望能洗去自己灵魂中的些许污浊。

文中几处提到她曾任记工员克扣我连知青，我记忆中未有所闻，事实是她曾任我连会计一职，仅按记工报表发放工资，无从越权克扣。若按其人性格，不肯通融之事或许有之。

以上仅记忆所及，并非是国人“为死者讳”之意。我劝你也不必修改或删除，就当时环境而言，灌入你耳中的各种流言，这些也许是最干净的了。

阿　明

1998年6月16日　北京

岳建一：

当知道有些朋友认为删去第2~13封信及第21封信会使作品更紧凑时，我想，有必要把我的一些想法告诉你。

你给我看过你挑出来的那段作者的话，我很高兴，而我所选的第2~13封信及第21封信正是这个大舞台。我不能“拆台”。删去这些信，就会使这篇稿子变成了一个隐私故事，如果这样，我将无法面对胖儿的在天之灵。我从不喜欢她，但我必须尊重她。

我从1977年起就准备写，提过无数次笔，也没写下去。很多时候，都使我想起这件事，尤其是1989年，我站在海口宾馆临街的一个窗口前，看着那些浓妆艳抹的“叮咚妹”们在宾馆前的空场上谈“交易”，我想起了那个夜晚：天是那么黑，那么冷……

正是因为你所说的大题目“中国知青情恋报告”使我能够写出它来，因为它不再是个人的遭遇。胖儿与我的“被迫独身”不一样，但她与“妓女”也是对立面。胖儿的悲剧是无数必然悲剧中的一个，也是一场大悲剧的组成，正如水滴汇成了大海，但大海已不同于水滴一样，胖儿的沉重，是不能闲聊的。我很珍惜这个机会。

以下是我的“申诉”：

这因是由个案集成的报告，为了能较完整地显示那个特定时期造成的状况，个案应在多样化上有所表现。

第2封信，反映出在我们那个地方的第一对夫妇的处境。写信人指出了“革命的禁欲主义”的变态、虚伪与今后的出路，当时能这么说的人并不多。

第3封信，展示的是一种类型的人。是一种骨子里极“正统”，却被一些人认为极“不正统”的人；是那种脑门上贴着“罪”字，承担着“父债子还”（右派子女）的“义务”，却仍想“我以我血荐轩辕”的人；是把自己的身心虔诚地献在共产主义的祭坛上，却被人当垃圾一样扔出门外的人。

按当时的习惯，与这封信相对应的语录是：“领导我们事业的核心力量是中国共产党，指导我们思想的理论基础是马克思列宁主义。”用这条语录要求自己，又用这条语录检验当权者们，并认为，对“放之四海而皆准”的理论，首先应遵照去做的，应该是领导干部们，因为“政治路线确定之后，干部就是决定的因素”。

第4封信，是直接进入知青情恋主题的信。从情恋主题的反向切人。各种各样的恋成或恋不成甚至不恋，都是情恋整体的组成部分。如果对多元的情恋现象简单归类，会造成报告的单一、单薄。

第5封信，写给孔副师长。这不是一次朋友间的思想交流，这是一次行动，一次对话。

在以往见到的知青题材中，向领导申请“扶贫”的多，但提出“解困方案”的不多。这是一次想把悲剧舞台变成正剧舞台的努力，没经过这种努力和经过这种努力的人，悲哀的程度是不相同的。

第6~8封信，是一封情书与当时的小背景及回答。

第9封信，是感情的抒发。讲述了三个知青家庭的状况及对周围知青心态的影响。

第10、12封信，是一对知青的爱情经历的极度浓缩。后来，他们的孩子叫梦甦。

第11封信。知青情恋的最大特征就是其与“扎根”问题紧密相连，如果不谈扎根，就失去了知青的特色。对扎根的态度，决定了知青对婚恋的态度。

这封信也是对胖儿环境的直接铺垫。

第13封信，是一封“情书”（是我答应尽力在10年后给你的那份稿子的开头）。

第21封信，是面对胖儿的经历而不愿步其后尘的再次努力。

关于文学创作的“规律”等问题：

你给它起的名字已说明了它的沉重；它用过去的信件的顺序排列形成纯天然的意识流文体；它用不完整的素材与完整素材的混合，

完成内含平衡的不平衡构架；它有看似平淡的大背景的暗铺垫，同时使必要的人物性格逐步凸起；它因由极浓缩而真实的素材构成，有利于唤起同代人的共鸣，隔代人的回味；它应是你的报告所要求的第一手资料，是原始记录，是化石；它表面上是胖儿的情恋记录而实质是我的情恋基础（当这个基础被摧毁时，将是什么结果）；同时，它给挑挑捡捡看故事的人也提供了一种“故事”，即使怀着最猎奇的心理看了它，也难无动于衷。

由于你的看重，由于所有看过它的朋友们的反映（因为不管是从全部还是从部分，他们都认可了它），使我感到，它也许可以做到面对许多人，但都不失去他们。

完成那次关于孩子的谈话：所有的父母都不爱听对孩子不好的评价，可它不是我的孩子，它是我自己——可以被人评头论足，却不可以割裂。

欢迎朋友们的评论，为了完整我自己。我等待着。请帮助我转告。

小　方

无字的日记

张立华

●饮水需去几十里外担●弱女孤苦依靠谁●窑内家徒四壁，窑外流言无情●惨遭轮奸，何堪加害●更贫穷的是灵魂

哼，还慰问呢，不要脸的东西！

——妇联主任

翻开两本发黄的日记，那是些伟人的名言和“狠斗私字一闪念”的检讨，诸如，“时代在前进，事业在发展，我们要经常检点自己的作风，坚定共产主义信念”，“我们所要完成的是极其伟大的事业，既然决心投身于这个事业，就要培养自己的胸怀和气魄”；“什么叫革命？革命就是要有阻力，我们就是要同一切坏风气，旧势力作不妥协的斗争”之类文字比比皆是。偶尔写几句思念家人，流露一些感情的话语，也立刻补上几句“这是小资产阶级情调”，“自己太脆弱，还需要在斗争中锤炼”等批判的话。那年月的日记只能这样写，因为“对于无产阶级来说，没有秘密”，日记是可以公开的，稍有不慎，轻则会飞短流长，重则批斗游街——这种苦头，我还在中学读书的时候就领教过了。

然而，留在心头的记忆是抹不去的，它比写出来的更清晰。在我的记忆中，有两件事至今历历在目。

1970年末的那个冬天，我被县里抽到农村“一打三反”工作队，与几位军人一起进驻了我插队的那个大队。一天，工作队长对我说：“三生产队，有一个女的，和一个男的鬼混，有了孩子，你去看看，先批评教育，不行就开大会批斗。”说老实话，那时我也只是个20岁的姑娘，别说禁果没尝过，就是恋爱也没谈过，让我去管这种事，的确有些难为情，打心眼儿里发怵。可这是党交给的工作，是不允许讲价钱的。何况我在工作队里分工是负责妇女和青年工作的，没办法，只有硬着头皮去。

那天刚下过雪，山里的雪景确实是很美的，真是山舞银蛇，原驰腊象，本不茂密的树林，更是洁白素雅，玲珑剔透。我踏雪进村，心中虽有些惴惴，却也有一种新奇：这事毕竟没接触过。心中揣摸着那对男女的长相、作派，掂量着将对他们使用的语言。生产队长把我带到他们住的窑洞里。一掀门帘，我像被谁打了一闷棍，立时愣在了那里：原来是他们！

这三生产队与我插队的那个村相距不过1公里地，平时两个队的知识青年常来常往，本是十分熟悉的。他们队小，插队的少。我到县上参加学习去的时候，听说这个队的知青走得只剩了表兄妹俩了。没想到现在在我面前的竟然是他们！生产队长走了。昏暗的窑洞里好一阵沉默。女的怀里抱着一个很小的孩子，围着一堆棉被，坐在炕头。她那低垂的头几乎压在孩子身上。男的站在炕头灶火旁，也是低着头，任那火苗烤红了脸。是女人的哭声打破了沉寂，我的心先一阵狂跳，本能地坐在炕沿上扶住了她。男人递过来一条黑乎乎的手巾。

“我们刚从显县医院回来，是房东大娘送我们去的。”女人边哭边说，“我们队里的知青本来就少，这一年来，回北京的回北京了，调到别的队的也走了，就剩下我和他。我们虽然姓了一个姓，可谁也不认识谁。我家条件不好，回也回不去，又不愿意一个人住到老乡家，我和他先是在一块儿吃饭，后来就……”她说不下去了。其实又何必她说呢！这里的情况我很清楚。这高高的垣，实际是山上的一块平地，打多深的井也打不出水来，吃水得去几十里远的沟底去担，村里人家有壮劳力的都是壮劳力去干，没壮劳力的也都赶个小毛驴车去拉。一个孤苦伶仃的女孩是没办法的。再说，生火得去山里打柴，这也不是一个女孩子能干得了的。像我们村，十几个知青生活在一起，有事总好办得多，而她又能怎么办呢？他能照顾她，也是一片好心了。

门一响，大娘进来了。这是一位慈眉善目的老奶奶，她颤颤巍巍地走到炕边，说：“别哭别哭，月子里哭要瞎眼睛。真是造孽呀，本来就没奶，唉！别哭了，别哭了。”

我能说什么呢？我不知道该怎么评价他们之间的感情，但有一点我很清楚：我不能按照队长交待我的任务去完成了。我默默地走出去，当我再次回到那黑黝黝的土窑洞里时，我给了她 20 元钱和几斤红糖，我对他们说：“回北京去吧，不管怎么说，那里条件好些，等孩子大些再回来。”那男的接过钱和东西，低沉着嗓音说：“谢谢。”我再没说出话来，转身离开了那座土窑。

外面又纷纷扬扬飘起了雪花。天地苍茫一片。白得空旷，白得瘆人。这一天，我在日记里记下的却是这样的话：“在磨练中，我感到自己的斗争性是很差的，小资产阶级情调很浓，我要带着这个问题很好地学习毛主席的有关教导，无私者，最无畏！”

如果说这件事，我还在日记里留下了点痕迹的话，那么另一件事，却是一字未存，只深深地深深地刻在我的心里。

1971 年的秋天。我已经是县城里唯一一座高级中学的语文教员了。有一天，县妇联主任找到我，对我说：“你帮咱们办件事吧，怎么样?”“什么事儿?您就说吧，甭客气。”

“那好，明天，我们要去山口公社慰问知识青年，你也去吧——你是北京的，更好说话。”

“行啊。”有这么好的事，我还能不去吗?虽说我已分配到中学工作了，可对农村，特别是还留在村里的同学，总是有一种说不出的感情!我惦记他们。不论认识的还是不认识的。

第二天，妇联主任坐着吉普车来接我了。我的心中还真有些兴奋。车出了县城，开上了盘山公路。这山口公社我过去也去过，是个又穷又小的公社，也不通公共汽车，一条上山的路挺宽的，却是土路。我们的吉普车颠得厉害。隐隐约约，我看见后面还跟着一辆车，我并没太在意。两个小时后，车到了山口村。我和妇联主任拍拍身上的土下了车。我们后面确实还有一辆车，好像是警车，莫非公安局的人也来慰问了?没容我多想，妇联主任把我拉进了窑洞。端水，吃果子，怎么还不去看知识青年?妇联主任和公社主任嘀嘀咕咕的，好像在打听一个叫小玲的人，他们讲本地土话，我也听不很清楚。一会儿，妇联主任拉我出来，说：“走吧，到他们住的地方去看看。”我跟在他们后边，上坡转弯，再转弯，下坡，三孔土窑洞，最边上的一孔挺小，挂着半截草帘子。窗户上胡乱糊着几张旧报纸。公社主任敲门，没动静，轻轻一推，门虚掩着，我跟他们进去。嗬，真黑，眼睛一下子竟无法适应，过了一阵才看清，窄窄的一截土炕，大约只能睡一个人，炕上铺着褥子，花格床单，看上去很脏，被子也是脏脏的，分不出花样儿来。窗台上放一面镜子，还有梳子，看样子像个女孩子住的地方，门后边放着锄、镢，我这才注意到，那两扇门翘了，根本插不上。

“走吧，他们在果园里干活哪。”

我又随着这些人出来，临上坡，不禁又回过头去看一眼那小土窑，后半晌的太阳已照不到那里，只有草帘子在风中呼哒呼哒地，一会儿扬起，一会儿放下。我心中突然涌上一股辛酸：这就是我的同伴们的住处！

跟着他们到了果园，一伙女社员们确实在这里摘果子。是北京人叫沙果的那种小果子，红红的，甜甜的。妇联主任让我去和一位姑娘打招呼，说她叫小玲。说真的，我可没看出她是知识青年来，她已经和村里的姑娘们没什么两样了。我走过去，叫着她的名字，她正低头拣果子。抬起头来，答应了一声，那是北京人的乡音。仔细端详，她中等身材，不胖不瘦。一张风吹日晒，皮肤显得粗糙的脸，五官却很匀称，眉清目秀的，很耐看。眼睛大大的，笑起来，样子很甜美。一见面，我就挺喜欢她。

我帮她拣果子，和她拉家常。知识青年总是见面熟的，无论什么时候，我们都有说不完的话。她告诉我，上个月刚从北京回来。路上很不好走，从临汾下了火车，等不上公共汽车，耽误了好几天，还步行了几十里路哩。说到这里她忽然打住了。立刻把话题转到了别处，问我们队还有多少知青？问下一批知青什么时候分配？我尽着自己所知道的，都告诉她。我问她，县上分配当售货员，她怎么没去？她低垂了眼睑说："没轮上，我出身不好。"一时，我竟语塞，很后悔提起了这件事。那时候，出身是很重要的，能影响分配工作的出身，那就一定是地、富、反、坏、右了。我正想换个话题，妇联主任在叫我了。我恋恋不舍地站起来，她也站起来了，我觉得她的眼睛模糊了。我说："有时间到县里，去中学找我吧。"她点了点头，我忙转身走了，因为我怕自己会掉眼泪，不知怎么回事，一见到还留在村里的同学，我就会难过。

上了车，妇联主任阴沉着脸说："果然是她。"

“您说什么呀？对了，怎么没看见你们慰问呀？”我这才想起了今天来的目的。

“哼，还慰问呢，不要脸的东西！”

妇联主任的话让我摸不着头脑，经我一再追问，她才说：“公安局前天抓住一个流氓——也是你们北京的。他供出来一个月前，曾和另外三个人在临汾县一个山洼里轮奸了一个女知识青年，说是山口的，叫玲子。今天特意带那个犯人来，你和小玲说话的工夫，那犯人认出来，就是她，没错！”这番话，对于我，简直如雷轰顶！却原来我充当的是这样一个角色，而那位可爱的女孩却曾有过那样悲惨的遭遇。

我的头嗡嗡地响，两眼直盯着妇联主任，她还在讲：“哼，什么强奸哪，还不定是怎么回事哪，怎么那男的还知道她是哪儿的，叫什么哪？怎么她回来不报案呢？可见都不是好东西！”

我的脑子木了，我不知道该怎么来想这件事，眼前总闪现着那一张眉目清秀的脸，那一双大大的，仿佛浓云笼罩的眼睛。

“以后会怎么样？”我脱口问道。

“怎么样？公安局肯定要传她，让她提供证词，叙述事情的经过，要她签字画押。真要查出是通奸来，她也得坐大牢。”话一句句从妇联主任的口中甩出来，就像甩出一块块冰。

“完了，这女孩子是彻底完了。”我自言自语，只有我明白，我说的是什么。

“可不是完了！谁让她不争气，一个女孩家不懂得自尊！”妇联主任还在愤愤。

我无话可说了。车窗外闪过秋日山野的景致，我却一点兴趣也没有，只呆呆地望着那个山洼。那里有那座小小的土窑洞，洞口挂着半只草帘子，晚风中，它呼哒呼哒地，上下摇晃，真像一个招魂儿的幡……

大潮来自一掬泪

滕　为

●一见钟情●爱河又沉浮，几断九回肠●咱们的生活也太惨了●集资、串联、上访●一群乌合之众能行吗●从来就没有什么救世主●巧遇中央领导人●她恨透了北京知青的行动●一掬知青泪

有多少人还记得那一泻千里的返城大潮，竟是从一个北京女知青的一掬眼泪开始的。

——男主人公

我想写一部有关知青的黄土地轶事。老朋友T说："差不多每个老知青的经历都可以写出一部书。我在陕北十几年，知道的故事太多了。"我说："那你就讲一段你自己的轶事好吗?"

T答应了，讲了15年前的事情。那时他在延安市R中当教师。她——一位女士——在杨家岭纪念馆当讲解员……

那年我30岁。别看岁数不小了，可我从未谈过恋爱。我的一位老朋友——延安人——把我介绍给了那

位讲解员。老友说我也是北京学生，长相嘛，个头不矮，配她不成问题。接头地点就在杨家岭她的宿舍。

嘿！初次见面，我就被她的容貌和言谈举止完全吸住了。她个头不高，身体微胖，圆圆的脸，白净；白里微微透着一片粉红。明亮透澈的眼睛里总是放射着一种执著的光；乌黑发亮的头发，梳着当年红卫兵战士的标准发式——燕头；两只“小刷子”翘在脑后。她走起路来又蹦又跳，简直像一只小白兔。

第一次见面之后，我兴奋异常，近乎坐卧不宁了。我的心中总是想着她，眼前总是晃动着她的模样，闹心得很。人……要是到了这种状态，是有满肚子话要说的。

我有个朋友叫张二，无话不谈。我对他说，朋友，你看怎么样？我觉得她挺好玩的，无论坐着说话，还是站起走路，她都是全身心在表达什么，表白什么。嘴里说话，眼睛也在说话，总是有什么在她的体内流动。她说她一次能喝三四两白酒，我可是半斤的量呢。想不到30岁了，碰上这么一位女性……我以后去见她给她带瓶白酒怎么样？张二微微点了一下头。我更兴奋了。对，我就跟她一块把这瓶酒喝了，看她怎么样。张二笑了。

我以为她一定会满意的，在爱河中已经忘乎所以了，其实，这只是一种幻觉，爱河中只有我，并没有她。她过去已经和几个男性谈过恋爱，当然都不成功。之所以如此，是因为她对第一次的失败太伤心了。那个男人曾同她一块插队，后来分到安康修铁路。二人书信传情。在那个同学最困难的时候，是她用自己仅有的一点钱和纯真的爱帮助了他。她希望他成材。那人后来考上南方的一所大学。她非常高兴。她时常站在杨家岭上憧憬那美好的未来。但是可惜，那个同学后来与她疏远了，冷淡了……她一急之下，飞往南方找到了他。但那人只是“以礼相待”，并不恢复旧情。她终于失望了。听说她报复了那个男人，也许没有，反正她又回到了杨家岭。这次失败，对她的刺激太大了。几年后又有一次，一个消防队员与她相识。正当俩人谈得如火如荼的时候，男的飞回了北京，一去不回头。爱情的火焰被消防队员无情地扑灭了。这又是一个较大的刺激。以后她又谈了好几个都不成，谁也代替不了她心中最早的那个人。这一切我都是后来才知道的，当时是一无所知。于是很快就造成了我的莫名的糊涂。

她主动向我作自我介绍。她的父亲是清华大学教授，她毕业于清华附中，来陕北插队，1971 年被贫下中农推荐到延安杨家岭纪念馆。平时她特别好学习，在小报上发表过一些文章。她还倡议在纪念馆青年中组织过“海棠诗社”……她说话很快，常常眉飞色舞。我虽然很少插话，心里却很愉快。这是我平生从来未经历过的。可是第二次见面时，她忽然对我说：“你是属虎的，我是属龙的，可要龙虎斗呀。”我一时不知如何回答，一抬头见墙上贴着一张画，画的是一个古代仕女正用手抚摸一只大老虎。于是说道，你看这张画不是挺好吗？我们谈到晚上 10 点多，我才从杨家岭出来……在返回学校的路上，满地是积雪。刚到王家坪，突然，莫名其妙，连人带车摔倒在地，四周空无一人。我信天意，当时就预感到与她这事要完，平地摔筋斗，这不是好兆头。

果然，当我第三次带了一瓶白酒去杨家岭时，糊里糊涂，让她给关在了门外。我怎么请求进屋也不行。她也不做任何解释。我在门外等了两个小时，她仍不开门，本能的驱使，强烈的自尊，使我感到了一种难以忍受的侮辱。我把白酒往窗台上一放，走了……我没有丝毫对不起她的地方，更谈不上伤害，可是她却……您知道吗？

我连自己的背景情况，想法希望，都还没来得及说呢。

过了一些时日，我又去过一次杨家岭，想讨个明白。然而她已经变得神经质了。一见到我就大叫起来："我知道你！你是R中的！"连蹦带跳地向我扑过来。吓得我扭头就往回跑。再后来，听人说，她经常一个人往外走，一走就是很晚，很晚。纪念馆的领导和同志们都非常同情她。自那以后，我再也没找过她，渐渐也就忘了。可是没曾想两年后，在一次知青聚会上，我又听到了她的名字。由此，我也改变了自己的命运。

1983年4月17日

延河饭店二楼会议室。已经挤满了人。这是怎样的一些人呵，你无论如何也难以想象，这就是当年打起背包、扛着红旗从北京来的娃娃呀。这些人给你总的感觉是——一脸的灰色。然而那眼睛里却仍然闪动着坚定和期望的光。大家都把目光投向会议的发起者们。

发起者是延安地区运输公司的四个知青。为首的叫许靖国，北京丰台长辛店中学的六八届毕业生。他说："我们几个运输公司的同学把大家请来开会，目的是商量商量今后怎么办？咱们的生活也太惨了！"他的声音很凄苦"那么多的人都走了，不少回北京了，我们这些尚在延安的人怎么办？经过再三考虑，决定发动大家集资、串联、上访。派代表进京，向北京、向中央汇报我们的苦生活，要求解决困难！"在座的人们一下子骚动起来。"好！"一个知青大喊，"就盼着这一天哪！"会场立时有点乱了。又有人在底下叫喊：

——"可不是嘛，人家都走了，我们为什么不能走？天下哪有这样的事？"

——"不行！找北京说理去！我们招谁惹谁了？"

——"对！是得派人到北京去！"

发起者之一余光对众人说："中央领导到黄陵祭陵，来延安参观，纪念馆的W在讲解的时候哭了。中央领导了解了情况以后，让延安同北京联系。W要是能回去，我们也能回去。"知青的情绪更加激动起来："W能走，我们也能走！向北京反映反映，我们也要回北京！"

W就是我说的她。此时听到她的名字，心中顿时一怔。这是怎么回事？详细情况不得而知。我心里不禁打出了问号。

这时，又一个发起者邢伟志站起来说："……如果我们不干，不去反映我们的问题，我们也没有什么好办法了。只要大家联合起来……集资捐款，每人至少出5元钱，然后派代表进京上访，反映我们的困难和要求……"

不同的声音出现了。一个知青问："你们这样搞有多大成功的把握？概率是多少？"会场顿时冷了下来，空气紧张。"北京现在根本没有政策，要想回北京简直是妄想！假如北京不理咱们这茬儿怎么办？要是抓起几个来怎么办？如果钱捐不起来怎么办？要是派不出代表怎么办？你们想过这些没有？乌合之众能行吗……"会场大乱，有的人已经开始退场了。

参加今天的会议，我本来已经很激动了，当听到W的名字时，我自然更加激动了。我以为每一个知青都应该为知青的命运奋斗，这是天经地义的。看到形势急转直下，一股内在的冲动撞击我的心房。"啪"地一声，我击座而起，冲口说道："千万别使今天这个会冷了场！我们要支持这些发起人！谁也不能给他们泼冷水！"霎时间举座皆惊。"同学们，今天开的是广大知青们自己的会。没有外人，都是自愿来的，没有谁强迫谁。人人都可以说出心里话！用不着吞吞吐吐！"

“同学们，大家都互相看看吧，我们都成了什么样子了？一个个黑不溜秋，老眉咔嚓眼，还像当年那充满朝气的北京娃吗？我们在这儿十几年了，受尽了苦中苦，何时才是尽头？十几年的风风雨雨，我们亲眼目睹了国家的盛衰荣辱；十几年的风风雨雨，我们饱尝了人世间的苦难。谁不需要生活？谁不需要幸福？谁愿意终日劳作却妻离子散，天各一方？

“……今天能有这么多的人来开会说明了什么？我认识的同学并不多，可是，是共同的命运和要求使我们走到一起来了！

“现在谁都知道，没有后门，没有后台，没有关系，没有钱就别想办成个事。想离开延安回北京吗？没门！你走不了！说是回北京没有政策，可是那些大官们的子弟都上哪儿去了？你到北京城里调查一下，不是百分之百，但大多数都在北京呢，而且工作都安排得非常好！可我们这些平民子弟呢？回北京比登天还难！这是为什么？”……

“中华人民共和国有960万平方公里，足够养活十多亿人。每一个中国人都应该有他生活的地方，都有权享受人间的天伦之乐！人与人之间应该是平等的。同学们你们看，马恩列斯就在墙上，他们早就教导过我们，历史是人民创造的。《国际歌》唱得多好哇，‘从来就没有什么救世主，也不靠神仙皇帝，要创造人类的幸福，全靠我们自己！’是的，天上不会掉馅饼的，要争得我们这一代人的幸福，摆脱我们今天的困境，只有靠我们自己啦！

“同学们，我希望大家齐心合力，在他们几位的领导下，出主意，想办法，集思广益，千万别打内战，别搞内讧。我们一定会改变现在的处境，一定会出现一个新的局面的！退一步说，就是我们干了半天，空忙了一场，谁也没有走成，就像刚才那位同学讲的，我们也问心无愧！”

“好！好！好哇！”一片喝彩声。

四个发起者带头站起，全场掌声轰鸣。

我却坐下了，沉浸在刚才讲演的激情之中，眼前浮现出她，她跟中央领导说了些什么？她现在怎么样？她能够和同胞兄弟姐妹们一条心，共同奋斗吗？我认为她应该能够。我又想起了几天以前在报纸上看到的一则消息，清明节里，陕西各界三千多人在黄帝陵举行祭扫仪式。我当时还特意多看了几眼，但什么也没看出来。是啊，在当时有谁能想到三千祭扫黄帝陵的人中，就有那位中央领导人的身影？有谁能想到共和国领导人北上延安竟会遇见一位泪流满面的北京女知青？这不是上苍的安排又是什么？

这位领导人到延安来，参观革命旧址、纪念馆是通常必须安排的日程。纪念馆领导特意安排 W 做接待讲解员。她口齿清楚，一口标准的普通话，再加上十几年的讲解经验，驾轻就熟，肯定不成问题。但是在讲解中，她的心绪越来越重，终于失声抽泣、泪满双腮……引起了这位领导人的注意。他派秘书了解情况。纪念馆的领导和同志们反映了她的情况。他得知以后说：“像 W 这样的知识青年，30 岁了，还没有结婚，延安可以和北京联系一下。”她得知以后，忘乎所以，像从笼子里飞出的小鸟一样，跑出纪念馆，告诉了别人。其他了解内情的人有的也传了出去。一传十，十传百，延安城的北京知青差不多都知道了。于是就引发了 4・17 会议。知识青年最终要彻底结束一代人苦难命运的奋争——从 4・17 开始了。延安——这雄伟壮丽的古城，沸腾了。

4・17 会议以后，我成了知青上访主要成员。对她的熟悉和情况的掌握，给我在后来的上访中帮了大忙。北京市信访部门的干部对我们进京找人之多，对许多内幕掌握之准，非常惊讶。我对他们说：“不瞒您说，W 跟我谈过恋爱，我还能不知道她的事吗？”处长顿时一愣："你还跟W谈过恋爱？"他感到有些奇特。"这还有假？我到杨家岭去的次数多了。不过我们俩没成，她的事我全知道。她就是应该回北京。都30岁的女人了，还没结婚，还要耗到什么时候？我告诉您，W的神经受的刺激可是够大的了，再回不了北京，那可就……"这位干部接过话说："W回不来是我卡住了，她找过我两次，得先办比她困难的，要一视同仁。领导人的讲话，就是让延安同北京联系，联系不等于批准。不过我个人看W还是能够回来的。她的爸爸是三级教授，妈妈瘫在床上，姐姐精神又有点毛病。但是，也不能先办她。"

只要能回北京，晚几天又有何妨？先人后己嘛。我回到延安想把掌握的情况告诉她。这是两年后的第一次联系，当电话打通时，我又听到那熟悉而清脆的声音。她问我是谁，我说我是北京知青代表，想告诉她一些情况，没等我往下说，就听见"啪"地一声，电话挂断了，比两年前把我关在门外那关门声还大。我很快就掌握了情况，她恨透了北京知青的行动，并且知道我是干什么的……她确实比许多人回北京晚一些，而且是曲线回京，先转到西安兵马俑，再转回北京。

从1983年4·17始，历时两年，延安地区北京知青上访成功。让北京和中央了解了知识青年的苦难和要求。并以延安知青为样本，制定了一系列的新的知青政策。

又过去了十几年，全国各地绝大多数的知青已经返回城市。

由80年代开始的中国知青最后的大退潮，是延安地区北京知青发动的，但是有多少人还记得那一退千里的返城大潮，竟是从一个北京女知青的一掬眼泪开始的。

老朋友就这样结束了他的故事。

莽莽昆仑山下

刘汉太

●癞蛤蟆想吃天鹅肉●求爱者——败北●高干女儿爱上劳改犯●福兮祸所倚●误剪领袖像，大祸从天降●代妻受过，坐了四年牢●背叛丈夫●新娘进了劳改农场●有谁在唱忧伤的歌●明眸烂成一团●你再缠，我就喝这农药水●愧对初恋的男孩●反你这个狗党棍●求求你们救救他●心心相偎

远处，昆仑山的冰峰闪着玻璃样的光芒。从它的脚下，顺着大裂谷，太阳融化的雪水滚滚而下，形成了一条喧嚣的河流——格尔木河。

——作者

“天鹅”之歌

“天鹅”来了，来向连干部请假回家结婚。

“天鹅”的名字叫赵狄。

女知青赵狄何以叫“天鹅”，这个养鸡班的小姑娘？

说来有一段典故。

赵狄是山东省商业厅副厅长的女儿，出身干部家庭的背景，加上细长的脖子，高挑灵巧的身材，很讨男知青们的喜欢。

赵云飞向她发动了进攻。

赵云飞身高 1 米 80，狐眉马眼，虎背熊腰，堪称“标准的男子汉”，连里人都说他若和赵狄配对，纯粹天设地造的佳偶。

赵云飞也满怀信心。他觉得别看自己出身工人家庭，但自己的素质与赵狄不相上下。

有一天，赵云飞约赵狄国庆节去格尔木玩。

赵狄一听连连摇头：“对不起，我没空，没看见我在写诗吗?”

赵云飞笑着说：“写诗? 回来写不行吗? 假如你同我去一趟格尔木，回来路上我献给你一卷 16 行诗!”

赵狄一听，连忙打断他的话：“献诗? 谁稀罕你的诗呵，拿去喂蚊子吧!”说完，砰地一声关上门了。

赵云飞见约不出赵狄，便找到班长周文英，央求道：“周班长，帮我个忙好吗?”

周文英十分爽快地应道：“行啊，只要我能办到的，一定去办。”

赵云飞犹豫半晌说：“周班长，我喜欢赵狄，想同她谈恋爱，你帮我转达这个意思行吗?”

“这好说，包在我身上。”周文英满打满包，“问了她后，我马上告诉你。”

“谢班长!”赵云飞一听有门，开心地走了。

洗衣服的时候，周文英见赵狄也在洗，便悄悄对她说：“小赵，有个人对你很有好感，你的意思如何?”

赵狄警惕起来，问：“谁?”

周文英说：“咱连的俊小伙赵云飞。”

“赵云飞?”赵狄眼一横，下巴一挑：“想同我谈?做梦去吧，癞蛤蟆想吃天鹅肉?痴心妄想!”

赵云飞求爱失败，赵狄的外号从此也成了“天鹅”。

你甭说这赵狄也真有“天鹅”的性格，继赵云飞之后，不下十个小伙子向她求爱，都一一败下阵来。

赵狄要找个什么样的对象，谁也猜不透，谁也摸不准。没想到两年之后，一点风没透，“天鹅”居然提出结婚，她的对象是谁?颇为令人关注。

请假的时候，连长问她：“赵狄，你真的有对象了?”

“有了。”她直率地回答，没一丝含糊。

“姓什么叫什么?”又问。

“这你没必要问。”她回答得干干脆脆。

“工作单位总可以告诉一下吧?”连长不放过她。

“济南军区的。”赵狄脱口而出。

“好，找了个军人。”连长的好奇心得到了满足，便破例批给她20天假，并给开了结婚证明。在连干部眼里，赵狄工作积极肯干，吃苦耐劳，调到机耕队后还学会了开拖拉机耕收耙耧。年年被评为“标兵”，堪称“根红苗壮”，所以对她一百个放心。

“天鹅”请假的第二天，机耕队的郝传宝也来请假了。

郝传宝三十二三岁年纪，红红的长方脸，挺稳重的样子。他是机耕队的职工。原先他是兵工厂的干部，因为一起“恶攻”事件被判刑四年，刑满后留在格尔木当了职工，在机耕队开拖拉机。他本来有个妻子并且带到了青海生产建设兵团。那妻子是个江南人，粉面桃红，水性杨花，两个月前闹了离婚，所以，郝传宝提出回家找对象，连里干部毫不在意，也准了20天假期。

虽然郝传宝与赵狄同在机耕队，但谁也没有把他们两人联系在一起——一个是高干子弟的“白天鹅”，一个是刑满释放的“黑老鸹”，谁能把“爱情”二字组合到这两个身份完全不同的人身上呢？

也是凑巧，20天后赵云飞出差归来，匆匆登上西宁开往格尔木的班车。上得车去，一抬头，咦，赵狄坐在车上呢。

自从那回赵狄拒绝了他的求爱，加上她调到机耕班，赵云飞与她两年没见面了，何况他现在已经结婚成家，所以，他热情地与赵狄打了个招呼。

赵狄友好地笑笑，问道：“你做什么了？”

赵云飞说：“我给连里出了趟公差，顺便回家看了看。”

“一箭双雕，很不错。”赵狄赞赏道，“听说你结婚了？”

赵云飞摸着头皮，有些不好意思：“嗨，找了个工人，长得可不如你好。”

赵狄笑了：“我长得可不好，古古怪怪的。”说着，把手伸进提包，大方地掏出一把糖放在赵云飞的手心。

“喜糖？”他问。

“唔。”赵狄抿嘴笑笑。

赵云飞一路上与赵狄说说笑笑。两年来，他们可从来没说这么多话呀。现在好了，两人都结婚了，两人都没有羞涩了，他们可以尽兴交谈了。

在他们交谈的时候，郝传宝一直不声不响地在一旁听着，时而沉思，时而随他们一起笑，却始终没有加入他们交谈的行列。

赵云飞不由有点奇怪：咦，他们怎么碰到了一起，而且靠在一起，依偎得那么紧？

赵云飞总不相信“白天鹅”会爱上“黑老鸹”，他在心里做着种种揣测：也许他们一起出差，也许偶然碰在一起，不管怎么说，他们是师徒关系嘛！

车到诺木洪。赵狄与郝传宝同时下了车。这赵云飞更奇怪了：诺木洪是个劳改农场，赵狄到那里去做什么？

赵云飞心里更弄不懂了：也许他们到这里看什么人，也许是到郝传宝工作过的地方看一看，也许就是也许……

赵云飞回到连队一个星期了，仍不见赵狄回去，心中犯疑，便把这情况报告了连里。

指导员何一鸣很恼火，当下打电话给诺木洪农场的郝传宝：

“赵狄在那儿吗？”

郝传宝坦率地说：“在我这儿。”

何一鸣大为不快：“在你那儿干吗？”

郝传宝嘻嘻笑着：“她是我老婆呀，我正准备请你们喝喜酒呢。”

“什么！”何一鸣气得浑身发抖：“荒唐！让她立刻回连队！”

郝传宝平静地说：“对不起，她的假期还没到呢。”

何一鸣还想说什么，郝传宝已扣死了电话，气得他两个鼻孔呼呼生气。

唉唉，一个如花似玉的知青姑娘，竟同一个年纪大十多岁的劳改释放分子结了婚，这真是天大的笑话！一时间，连里议论纷纷。

然而，现实的真实性不容怀疑，赵狄就是爱上了郝传宝。连里派出去调查的人证实，他们确已履行完整的结婚手续，即使对赵狄进行“彻底帮助”，也于事无补了。

这一消息使人们纳闷极了。即使在夜晚熄灯后的闲谈中，仍然有人在问：

赵狄为什么爱上了郝传宝？

事情似乎都是跟班引起的。

机耕队大多是劳改期满的就业人员。为了加强对这些人的管制与监督，连里特地挑选了一些“可靠”分子去那儿，一方面监督他们，一方面学习技术。

赵狄的任务是跟班。郝传宝开拖拉机，她便坐在后面。无论是耕地、收割还是运输，他们从来形影不离。

这郝传宝三十多岁，却长得有几分文气，几分帅气。他有一双圆圆的眼睛，双眼皮儿，鼻子高峻，牙齿洁白，尽管开车，但每天都穿一身干干净净的衣服，这与其他机手的邋邋遢遢形成鲜明的对比。

郝传宝不仅技术精通，而且见多识广，天南海北的事能拉一气儿，同赵狄在一起，总有说不完的话。

赵狄十分惊讶：咦，这个蹲过大牢的人，怎么没有一丝犯人的自卑倒是满有男人气质？他成日说古道今肚子里那些文章哪里来的？

郝传宝呢，颇有老大哥的作风。比如他会从家里带些花生米、炒黄豆之类吃物让赵狄中途“加餐”，会从家里拿来《青春之歌》《放歌集》《红岩》等书让她看，会不时提醒她早上多穿衣，热了多喝水，晚上盖上被子别着凉。

赵狄十分感动。郝传宝这种细心的尊重和照顾女性的精神多么难得！在家里，她是父母的掌上明珠，大事小事照顾得妥妥贴贴，来到大西北就只有自己照顾自己了。可是在她内心里，她一直希望能有个大哥哥照应自己，能有个大树可以攀援，能有个宽厚的肩膀在她劳累烦恼的时候靠上去获得力量。现在她发现了这个人：师傅郝传宝。

可是，她心里又矛盾重重：不，不行，他是有家有口的人了，他最多算个老大哥，他决不会成为我终身依傍的大树。所以，她总是小心翼翼地与他保持距离。她亲切地叫他“郝师傅”或“郝大哥”。他们天天一起出工，但相敬如宾，相安无事。她把感情的种子深深埋在心底。

有一天，郝传宝请赵狄到他家里去玩，她爽快地答应了。她正想见见“师母”呢。

她叫孙雅娣，是诺木洪农场的小学教师。她是随丈夫就业从江南调来的。

赵狄注意到“师母”虽是两个孩子的母亲，依然丰韵四溢，楚楚动人。她有水灵灵的大眼睛，小巧玲珑的鼻子，白里透红的皮肤。她的身材微有点胖，但穿戴得体，举止浪漫。这样的人，在青海并不多见。

当然，她也注意到“师母”的不足，她的双目里有游移的飞光，说话中含有对丈夫的太多揶揄……

在劳动时，赵狄一个劲儿地赞美“师母”的美丽。

师傅却不以为然地“哼”出一声。

她逗他：“你娶了这么好的媳妇，今生有福啊。”

他忽地引用一句老子的格言：“福兮祸所倚，祸兮福所伏。”

“你这话怎么讲?”她问他。

他不回答她：“慢慢儿，你就知道了。”

果然，她注意到郝传宝的烟抽得猛了，话也渐渐地少了。他似乎满腹心思。

她问他怎么了，他说你还小，不懂。

她见他不愿多说，便不再问他。

农活的季节性强，机耕队常常上大夜班。空旷的原野上，只有拖拉机驰来驰去。

夜深沉。天空不时坠下一颗颗流星，远处偶尔传来鸡号的鸡鸣声。

在这样的时刻，人们早已进入了梦乡。

露水落了下来。拖拉机上湿漉漉的。一弯新月斜挂中央。是下半夜了。

郝传宝把拖拉机停了下来，对赵狄说："小赵，你继续耕吧，我想回去一趟。"

"好，你走吧。"她理解师傅，三十来岁，有家有口的人啊！

他叮嘱她："慢点儿开，注意转弯，我一会儿就来。"

她关切地说："别回来了，你干脆休息，我耕完这些得了。"

他苦笑了一下："不，我一会儿就回来。"

师傅走后，赵狄便开动拖拉机耕开了，田野上响着清脆的"突突"声。

耕了几垅，赵狄给发动机加水。

师傅回来了，但脸上满是忧悒。

"你怎么了，脸色这么难看？"她问他，"是不是病了。你快回家歇着吧。"

"我用不着回去！"他突然粗鲁地冒出这么一句，一松驾驶杆，驱动拖拉机突突地向前驰去。

在差不多一个小时的耕作中，他一直不说话，心里似乎压着一块石头。

赵狄猜不透，又怕师傅气出病来，便一个劲儿地说：“师傅，有什么心事对我说说吧，憋在肚子里要生病的。”

经不住她三劝两劝，郝传宝终于开腔了。他说：“小赵，你是我的徒弟，但我一直把你当妹妹，我这些心事可是第一次对你说，你能为我保密吗？”

她点点头：“能。”

“那好，我讲给你听。”他说。

郝传宝 1963 年参加工作，四年后提了技术员，在某兵工厂做技术工作。

郝传宝文化程度高，又善于学习钻研，人又长得很精神，工厂领导器重他。于是，他被调到研究室当技术员。

1966 年夏天，他结婚了。妻子是老家常州人，挺漂亮的一个小学教员。次年夏天，他让她到工厂休假，那时她已怀孕了。

为了给未来的孩子准备穿的用的，孙雅娣便想做双小红鞋，找来一张报纸剪鞋样，以便糊浆子，纳鞋底。

一张报纸折叠起来，孙雅娣下了剪刀，也闯下了一个大祸：

她把报纸上的领袖像剪了。

此事正好让一个工人看见了，立即加以指责并跑去报告社教工作组。

孙雅娣吓坏了，连忙打电话把郝传宝叫回家，一边诉说一边哭叫：“坏了坏了，这下要坐牢了，我可怎么办呀？”

郝传宝一边安慰她一边想着主意。狡赖是没有用的，因为那个工人把剪坏的报纸拿走了；承认便意味着犯罪，接受批斗，然后去坐牢。

坐牢？让妻子去吗？她已怀了两个月身孕啊！他于心不忍：还没有讯问，她已经哭成了泪人……

郝传宝决定把一切责任担在自己身上，他对妻子说："工作组、保卫科来问的时候，你朝我身上推好喽，就说是我剪的。"

雅娣说："那怎么行？鞋样是我剪的，再说你是男人，你怎么会干这女人活？"

郝传宝说："不，你千万不能承认，因为你不仅是我所爱的人，而且肚子里怀着我们的孩子啊，天大的事我顶了！"

郝传宝是聪明人，心灵手巧，几回试验，几番练习，鞋样便剪得像回事了。

工作组和公安局的人采了，上门便要逮捕"现行反革命"孙雅娣。

面对明晃晃的手铐。郝传宝把妻子挡在了身后："慢。鞋样不是她剪的，是我剪的。"

公安局的干部诧异了："人证物证明明白白是孙雅娣嘛！"

"不，是我干的。"郝传宝平静地说，"她刚来休假，鞋样是我早剪好了的，她只不过拿着看了一下。"

"真是你剪的？当场表演一下。"公安局没料到事情会在夫妻间有了出入，责令当场验证。

郝传宝抓起剪子，三下五除二剪出了两双鞋样。

公安局的人比画了比画，然后咔地给他戴上手铐，带走了。

就这样，他代妻受过，坐了四年牢。

出狱后，他满怀喜悦地回家去，看到屋里坐着两个小孩，一高一矮，一男一女。

他曾听雅娣给他写信说生了个男孩，那么这个才一岁的女娃是谁的？

母亲叹息一声：“还能是谁的？你的！”

他几乎一下子晕倒。四年牢狱，他没回过一趟家，她也只隔窗探过一回监，何以无性生殖，又有了一个孩子？

他意识到妻子的忠诚出了问题，非要揍她一顿不可。然而，面对母亲的一句话语，他却全然没了力气——

“你当劳改犯，她没同你离婚已很不错了，计较这些干什么？”

尽管知道雅娣的作风有问题，他还是原谅了她。他把她的工作迁到了青海，他想从此与她厮守长伴，弥补四年分离的遗憾。

然而他很快发现自己想错了。雅娣本性不改，经常与邻居王牛眉来眼去。在夫妻生活中，她也渐渐流露出厌倦感。

今晚他悄悄跑回去，听见屋里有动静，使劲敲了半天，门才开了。雅娣的话语没有一丝热情，反而冷冷地问：“你回来做什么？”

他责问她刚才做什么，她不肯说。他注意到炕里面的窗户正开着，窗台上有两个清晰的脚印。

他的心里痛苦极了，跌跌撞撞地又回来了。黑漆漆的夜色里，他望见了灯光，望见了红色的拖拉机，望见了坐在驾驶座上的赵狄，他的痛苦似乎减轻了，消解了……

听完师傅的叙述，赵狄忽地发现郝传宝的形象在自己面前高大起来——他不仅是个英俊的男人，而且是个敢于代人受过的侠肝义胆的男人；他不仅是个热爱生活的男人，而且是个珍惜爱情的男人；然而现在这个男人的一番美好感情却遭到了践踏，他昔日受难所付出的代价未得到补偿，心灵反而又烙上了伤痕，他的婚姻名存实亡，他的梦已破灭，他的心在流血……

一种由同情升起的爱意一瞬间从她身上升起，赵狄，这个20岁的小姑娘突然坚定地说：

“师傅，别伤心，假如有一个女人背叛了你，马上便有另一个女人向你伸出爱之手！”

郝传宝被面前这个小姑娘的话所震慑了。在他心目中，他一直把她当小妹妹看待，从未有过非分之想，然而现在，这个小姑娘却突然大胆地向他表露了心迹，表白了真诚纯洁的爱情，这太令他意外了。

望着他欲言又止的样子，赵狄又开腔了：“郝传宝，你还有什么犹豫的吗？你怀疑我的真诚吗？你不以为这一切是顺理成章的吗？别再胡思乱想了，有个女孩子爱你，你应高兴啊！”

郝传宝一把攥住了赵狄的手，颤抖着说：

“谢谢你，上帝，是你给我送来了一个天使！”

又是一个月黑风高的晚上，郝传宝自称要上夜班耕地，吃了饭便匆匆地走了。

其实他没有走远，而是躲在农场的一个草垛子后面观察。

孙雅娣东张西望了一番，便关死了门。不一会儿，灯光熄了。

郝传宝悄悄潜到屋后，听到一个男子正与雅娣在床上颠龙倒凤。

愤怒的他一脚揣开后窗，跳入屋内，拉亮电灯，两个赤裸裸的灵魂暴露在他面前。

一周后，郝传宝同孙雅娣离婚了。

又一周后，赵狄找到郝传宝，火辣辣的眼睛盈满激情。郝传宝说：“过去的一切都结束了。让我们从今以后好好相处吧。”

赵狄扑上前搂住了他的脖子：“不，爱不需要漫长的马拉松，让我们来写这新的一章吧！”

一个月后，他们结婚了。

何一鸣恼火极了：

怎么搞的，一个厅长的女儿爱上了劳改释放分子，这是什么风气，什么行为？如此下去，连队成了什么样儿了？

八连的好姑娘竟让坏分子占有，这世道不颠倒了？

连里的干部们气急败坏，暴跳如雷。他们决计要好好治治赵狄。

三天后，赵狄被撵往诺木洪劳改农场。

一辆胶皮大车碾着冰凌停在路上。

寒风卷着雪粒扑打，天空织成了雪网。

手提一袋面粉，肩背一床被子，赵狄爬上了大车。

当马车碾着冰凌朝原野上驰去时，她深情地回过头去望着曾经生活过的连队。

渐渐地，她的眼前白茫茫的了。

雪，把一切吞没了。

风雪中，赶车的靳明哲唱起了一支古老的歌：

冰雪覆盖着荒原，
荒原上跑着莽汉，
有谁在唱忧伤的歌？

唱歌的是那头狼！

“灰子”与盲姑娘

李庆芬的眼睛一点也看不见了。

从格尔木往回走，她一句话也没讲。

赶车的是靳明哲。他感到空气有点儿沉闷，鞭子在空中一甩，把那大青骡子赶得飞快。他抖开喉咙唱起歌来：

冰雪覆盖着荒原，
荒原上跑着马车，
有人在唱忧伤的歌，
唱歌的是那个赶车人……

李庆芬拿胳膊捅他：“哎哎哎，别唱了别唱了，唱得人心里苦心里烦……”

“怎么，连歌也不让唱吗？”憨厚的靳明哲转过脸对着她，他看到这姑娘的眼睛混沌一片，心里不由掠过一丝凄凉。

李庆芬说：“人家心里不高兴，你倒好，唱唱唱，怎么这么开心？”

“开心？哎嗨，开心个屁。我是难受呢，你不听见我的歌词中有这么两句嘛，有人在唱忧伤的歌，忧伤的是那个赶车人嘛。”他说。

“这么说，你比我还忧伤了？”李庆芬索性往前靠了靠，好听清他说的话。

靳明哲说：“我是为你忧伤。”

“为我？”她忽闪着没有光泽的眸子。

“可不是吗?”靳明哲叹一口气，“你这么年轻，农药中毒就伤眼了，今后这四五十年怎么过?四五十年，半个世纪哟!”

“你也知半个世纪?”她的话多起来，“是啊是啊，世界对我一片黑暗，我连一匹马还不如呢!”

“是匹马也好，总有人牵，它看不见没关系……”他的口里这么说着，心里却在骂自己：混蛋，你怎么把小李比做瞎马呢?

果然，车上出现了一阵难堪的沉默。李庆芬低着头，继而嗟叹，最后嘤嘤哭泣起来。

靳明哲一时不知如何是好了。他为自己的出言不慎后悔起来。他是老实人。高兴了会滔滔不绝地说一气，但话是否说到点子上自己把握不好，有时往往心口不一，想说好话却说岔了。他心里一紧张，那马也赶得松松垮垮了。

李庆芬越想越伤心。在菜园班，除了班长肖红便属她最能干的了，风风火火，泼泼辣辣，啥事也不在乎。大伙儿说她“除了模样不像班长，哪儿都像班长”。喷农药的时候，有人犹犹豫豫，嫌热，又要戴口罩、手套、眼镜，她却不在乎，啥保护用具都不拿，背起喷雾器就走。打完药了，别人去洗，她却用“药不死人”来笑对方，伸手抓起馍头就啃。以工作的积极而论，她是没说的了，每回评标兵，肖红一提名，大家便举手。她的炕头贴满了各种奖状，大伙儿背后称她是“二把手”，意思是“除了班长就数她”了。

可是，自打1973年后，李庆芬的眼睛便经常发炎，疼，肿，流泪，奇痒，溃疡，直到流出脓来，角膜烂成一片。她去找医生，医生一会儿说是“砂眼”，一会儿说是“红眼”，最后确诊为“角膜炎”，除了打打青霉素，涂涂金霉素眼膏，点点消炎水，几乎没什么好药。而她呢，也以为“眼病不是病，淌淌水便会好的”，殊不知这眼睛因为她的不停地喷施农药，反而越来越坏，及至烂成一团，求医已经晚了。

李庆芬永远不会忘记那天夜间的情景。半夜里，她起来小解，便拉了灯。可是她却什么也看不见，只隐隐约约感到面前有些许光影。她以为灯出了故障，便习惯性地叫“班长班长”。肖红问：“小李怎么了，做梦了？”那一刻，她正张着两手在屋里乱走呢。李庆芬说：“班长，我什么也看不见？灯坏了？”肖红说：“灯好好的，正亮着呢！”她一下就哭起来：“班长我怎么啥也看不见？”肖红知道坏事了，便下床为她用温水洗眼，抠去脓疤，又点了些药水，但还是不管用。肖红于是搀扶她上了厕所。

就从那夜起，世界在她面前变成漆黑的了。在格尔木师部医院里，她听到了医生们的悄悄嘀咕：“晚了。”这句话给她判了死刑，她感到了末日的来临，她伤心呵！

现在，听着靳明哲把她比成“瞎马”，她的心伤透了：盲人骑瞎马，夜半临深池……

她开始回想起管理菜地的每一个细节。草原是虫子的世界，那么一小块菜地，不可能是“世外桃源”，她们只有虫口夺菜呀！然而，她多么后悔呀——我太傻，我太傻，当时怎么就不知道戴口罩、眼镜？可上面不发，连里不买，自己也没钱呀。不是提倡“一不怕苦、二不怕死”嘛，“中国人连死都不怕，民不畏死，奈何以死惧之”？可是，这又不是战场，这是青海生产建设兵团，需要的是青春、热血、干劲，这都要健康来支撑……唉唉，我真傻呀！当时怎么不顺风打药？在旋风不定时喷什么药呢？打完药为什么不洗洗？没水。可是没水也不能让药长时间伤眼呀，没有眼便与世隔绝了。唉唉，我真傻，真傻呀，为什么不早早治疗？当时农活忙。可是，再忙也不能一味去干活、中毒而不计后果啊。不是教育我们“明知山有虎，偏向虎山行”嘛，怎么就忘记了科学？革命精神代替不了科学态度，后悔迟了……

这些都令李庆芬伤心。更伤心的是连里干部对她不闻不问。老是表扬、戴高帽有什么用？眼就是看不见了，也没让返回城里去治，也没有当回事来过问，尤其是指导员何一鸣，开口闭口“既来之则安之”，可眼看不见了，我怎么过呀，我才26岁呀，还是个姑娘呀，我连恋爱都没谈过呢！

一想到恋爱，李庆芬心里就倒了五味坛了，酸甜苦辣俱全。来格尔木的第二年，她曾看上了灰子，可指导员批评她是“小资产阶级情调”，所以再不敢同灰子接触了。有一回，灰子到菜园来收土豆，对她说：“庆芬，咱们好吧？”她一听，脸刷地白了，连连摆手：“别，别这样，要犯错误的。”这灰子有点愣精神，一边说：“庆芬，我真的喜欢你，我可不管别人怎么看、怎么批。”他上前拉她的手。她吓得连忙逃，灰子便在后面追。追到地头她逃不脱了，望见喷雾器，拿起来便朝向自己的嘴：“站住，你再缠，我就喝这农药水！”灰子给吓住了，一边退一边劝：“庆芬，别，别，你千万别……”退着退着，冷不防后面是个排水沟，一头栽了下去，而她则趁机逃走了。

“灰子……”一想到这个初恋的男孩，李庆芬哭得更伤心了。如今她仍是姑娘，但一双眼不行了，有谁要呢？

唉唉，靳明哲说得对，我是匹“瞎马”了！

靳明哲找不出更好的话语、理由来劝导李庆芬，便任由她哭，同时，他把自己的一条白毛巾递给她擦泪。

李庆芬也不推辞，泪水一把，鼻涕一把，一会儿就把毛巾湿透了。

靳明哲听得心疼，不由也哭起来。他是个软心肠的人，哭起来呜噜有声。

大青骡子仿佛也受了感染，低着头，不吭声，啼声沉闷滞重。

这苦难人的行程呵，好不伤心！

李庆芬听见靳明哲哭，不由自责起来：凭什么让一个好人也哭？

李庆芬记得刚下连的时候，就听到他这个“割麦冠军”的故事。一人四镢头地，他不抬头不直腰一气儿割过去，那手臂如风，那镰刀如电，硬是只用了一个小时。当别人才割到一半时，他开始又割另四镢头地了。干起活来，真是个“拼命三郎”。

由于他能干，便被分到马车班去了。这活儿不轻松，要割马草，备马料，照料马的生活，赶马车运输，连里有个什么急事儿，也是利用马车当交通，无论早晚，随叫随到，任劳任怨，有口皆碑。据说有一回半夜里回来，遇上一头“哈熊”拦路。那家伙冲马就扑。靳明哲站在马车上，用鞭子噼啪地抽打，打得哈熊头破眼出血，最后又被骡子踢了一脚，吓跑了。

此刻，这汉子一个劲地哭了，哭得李庆芬止住了泪水。

她想把那白毛巾递给他拭泪，可她没有这样做，她怕传染给他眼病。

想了半天，她朝前靠了靠，试着用胳膊轻轻碰碰他：“都是我不好，惹你伤心……”

“哪里哪里，是我刚才的话伤了你……”

“没有，没有。”李庆芬摇着他的背，“你要再哭，我可跳车了！”

“别，别！”靳明哲真怕李庆芬做出什么傻事来，这个绝望的人呵！他连忙停止了哭泣。

车上的气氛重又变得轻松，大青骡子跑得也分外欢快，不一会儿上了大坝。

放眼望去，格尔木河像一条绿色的带子迤迄北去，而两岸的树木则呈现一派青葱。大坝的北面是一望无际的平原，青稞正显出一片金黄。清爽的风习习地吹着，风中传来草原上的羊叫、马嘶以及牧人的歌谣，还有云雀箭一般地冲向天空撒下的鸣叫声。

秋天的高原是多么美呵，可车上的姑娘却什么也看不到了。

靳明哲忽然想对李庆芬说几句安慰的话。

“庆芬，你怕吗?”

“你指哪一方面?”

“今后的生活。”

“这怎么说? 今后的事我不敢想，你看我这个样子……唉!”

“别叹气，或许能治好。”

“是的，我有这个念想。怎么就不行了呢，我才26岁呀。”

“我想医生会想办法的，关键你要有信心。退一万步说，即使有什么，也没什么，为公负伤，这是光荣的，大伙儿不会忘了你，不会不关心你，不会不照顾你。”

“明哲，我是个要强的人，让人照顾真不是个滋味……”

“别这么想，再强的人也有弱的时候，人人需要别人的帮助，庆芬，真的，假如你需要……我会去做……”

“别……别……谢谢你……”

靳明哲又找不到合适的话了。他是个实在人，实在的话一砸成团儿，便没有了任何水分。

车上重又现出沉默。

大青骡子的蹄声十分清脆。

李庆芬第一次与靳明哲说这么多话，第一回感受到一个男子的心的跳动。

在马蹄的起落声中，她的思绪也交叉叠印着，她常常把靳明哲当成了“灰子”。

灰子现在换了一个人。

自从土豆的事件爆发，他受到了处分——尽管是为了连队改善伙食，但上面压着，不处理他不行。

灰子感到冤得慌。

他找到何一鸣：“指导员，你看我为了大伙儿弄点吃的，落了个罪名……”

何一鸣眼一横：“谁让你做去？谁又给你这任务？”

“还不是为大伙儿解解馋？没菜，这肚子，肠子拐弯儿，口水都流不出，人没劲，人是铁饭是钢……”灰子嬉皮笑脸。

何一鸣一脸严肃：“灰子，你得老实点儿，别不当回事。开除留用，不错了。要在别的连，早逮了，蹲监狱去吧！你这是偷，盗窃！”

灰子的头皮又要炸了：“盗窃？我是为大伙儿去要呀，况且有的知青知道，我也是为了改善连队伙食，20天没菜，只啃咸菜，你当干部的不心疼？”

何一鸣不愿同他啰嗦：“说完了？没说完快说。有什么想法，简明扼要。”

“指导员，能否看在我为大伙儿办事的份上，减轻点儿处分，现在这处分太重了，把我的腰压弯了！”

“别磨了别磨了，不可能！你要老实改造！”

这“不可能”三个字已粉碎了灰子心中的一线希望，而“老实改造”四个字则把他彻底激怒了，他吼道：

“狗东西，再说一遍！”

何一鸣立刻暴跳如雷：“好啊灰子，你竟敢冲撞领导，骂人，反党！”

“我就反党，反你这个狗党棍！”灰子一火，嘴里词儿多了，一下变得铁嘴钢牙了。

“好，你反党，反党！”何一鸣叫着：“卫黑皮，过来！”

卫黑皮正在后院里聊天，听见何一鸣叫，便跑过来，一看场面，便明白了八九分。

“把他捆起来！”

卫黑皮却迟迟不动手，说：“灰子，你什么事火气这么大？好汉不吃眼前亏，认个错算了！”

卫黑皮从知青管建生的死悟出了点什么，“斗私批修”后不大热衷于以打人为乐了，但又不想下地干活，所以还吃“专政小组”的饭，但不想再多得罪人。他有意息事宁人。

何一鸣见状，又叫：“卫黑皮，你耳朵聋了？快把这反党分子抓起来！”

灰子顺手抓起门后一柄圆头铁锹，做好了拼命的准备，也叫道：“哪个狗东西敢上，我劈了他狗头！”

卫黑皮仍想平息这场风波，便朝前凑：“灰子，放下铁锹，放下没你的事！”

灰子气懵了头，见他步步逼来，却把铁锹朝向前：“卫黑皮，你他妈的站住，要不我不客气了！”

这一骂，把卫黑皮激火了。他猫着腰三步两步便冲上前来，一把抱住了灰子的腰。

何一鸣上前夺下灰子手中的锨，女知青赵芳草也赶来助阵，三个人一合力，三下两下便把灰子制服在地，绑了个结结实实。

灰子哪里服气，一边在地上挣扎，一边骂不绝口。

何一鸣、卫黑皮、赵芳草便你一脚我一脚地朝灰子的关键部位踢。

灰子一边唉唉叫，一边高声咒骂。

咒骂成了他唯一的武器。

此刻，靳明哲的马车停在了连部门前。连部前面围满了人。

李庆芬听见了灰子的叫骂，却不敢上前去问个究竟，她的眼看不见呀!

灰子疼得在地上打滚，骂得也更恶毒了:

“何一鸣，我操你八辈子祖宗!”

何一鸣见自己在众人面前丢了面子，便下了狠心要整治灰子。他见靳明哲赶了马车回来，大青骡子在一边吃草，便喊道:

“老靳，把骡子牵来!”

靳明哲以为他要拉灰子，便将车赶来。

何一鸣连连摇手，示意他卸下车。

靳时哲未反应过来，卸了车，牵来马。

何一鸣朝赵芳草、卫黑皮一使眼神，二人立即打出一根麻绳，拴住了灰子的双手，然后又系在大青骡子的尾巴上。

“使不得，使不得!”靳明哲大惊失色，哭腔都出来了。

何一鸣用力推开他，随手一抽马鞭，噼地一声，大青骡子便拖着灰子，在沙砾地上朝前狂奔。

可怜那灰子啊，立时衣衫破败，皮开肉绽，身伤血流……

人们惊呆了，发出了“啊啊”声，有几个高叫“要出人命了！”

突然一个女人尖叫起来：

“求求你们，求求你们救救他！”

跪在地上的人是瞎眼姑娘李庆芬。

她不停地磕头作揖，疯了似地叫着：

“求求你们，救救他！”

在她的身旁，女知青陈玲跪下了。

归矬子、方笠民、朱估民也跪下了。

人们面面相觑，不知所措，也纷纷跪下了。

最先反应过来的是靳明哲，他疯了似地朝原野上追去，一边追一边唤骡子：

“儿住，儿住！”

大青骡子终于停了下来。

呼啦一声，人们蜂拥上去。

可怜的灰子，身上血肉模糊。

“灰子灰子灰子……”

昏黄的马灯下，靳明哲用剪刀一点一点地剪破衣裳，然后用盐水给灰子清洗伤口。

他的伤口里嵌满了砂子，翻卷的嫩肉惨不忍睹。

靳明哲一边清洗一边呼唤，灰子慢慢呻吟起来。

受伤最严重的是屁股、背部和肩膀，手背磨得露出了白生生的骨茬。靳明哲一面帮他清洗一面流泪。

马厩里的灯光灰黄灰黄，灰子的脸经灯照射更灰更黄。

靳明哲急得无计可施。灰子仍处在昏迷之中。他赶忙去找卫生员，偷偷要点药。

灰子趴在木板上，腹下垫着被子，上身赤裸无遗。

“灰子灰子灰子……”

这是第六天。当他早晨睁开眼来，便听到了一个熟悉的声音。

哦，是李庆芬，她怎么来了?

灰子想挣扎着站起来，但周身的创伤如万箭穿心。他颓丧地趴在木板上。

“灰子灰子灰子……”

他听到她在屋外叫，可就是摸不到门，找不到入口，急得团团转。

灰子的眼泪流了下来，他既感动又盼望，他既想同这个喜欢的人谈谈，又怕自己影响她的情绪——她已很不幸了。

灰子的心里矛盾着，趴在床上不敢哭出声。

李庆芬急得火烧火燎，一声比一声叫得颤抖：

“灰子灰子灰子……”

灰子终于抑制不住，应声叫了起来：

“庆芬庆芬庆芬，我在这里……”

李庆芬终于听见了他的应答，心中充满了喜悦，踉跄着朝灰子发出声音的地方摸去。

她摸到了门，进到了屋里。

“灰子灰子……”

“庆芬庆芬……”

她终于摸到了他的床沿。

他终于看见了那张除了眸子仍不失清秀的脸。

“你怎么来了？庆芬!?”他急切地问。

“我能不来吗?”她的胸脯起伏，声音急促：“我能不来吗，这些王八蛋，害人精，打人手太黑了!”

灰子眼里噙着泪，却说：“庆芬别担心别担心，我挺得住，我得同王八蛋斗!”

“你疼吗?”

“不疼。”

“骗人！他们把你整成这样，哪有不疼的?”

“真的不疼。你怎么样?”

“我老样子，我盼着眼睛能好，我真想看看你的伤……”

“别……别，我挺好，你别担心，你自己身体要紧……”

“唉，灰子啊……”

“庆芬，你真好，我听明哲说了，要不是你求情，我就没命了。”

“我怎么能忍心他们伤害你呢?”

“庆芬，你真好……”

“我以前对你不好，我伤害过你……”

“没有，没有……”

“不。我拒绝了你的好意，我还用药水吓唬你，我对不住你……”

“不，不，没有，没有对不住的地方……我这辈子都感谢你。”

“为什么要感谢?”

“是……是你给了我这条命……”

“是明哲喝住了骡子。”

“明哲是好人，最好的老大哥。”

“是的，他是一个好人，你也是个好人。”

“庆芬，你不仅是个好人，而且……我……我一直喜欢你……”

“不，不，我现在老了，丑了，你看我的眼完了，一点也看不见了……我现在心里看到的是你以前的模样，它在我心里印一辈子。”

“不不，庆芬，我现在伤了，残了……我完了……”

“不，你永远在我心里……”

“你也一样。”

“唉，灰子，以前我不该拒绝你……”

“那么现在呢……”

“我这个样子，我不能连累你，我来看看你就心满意足了……”

“不，这几年来我的心……庆芬，我爱你……”

“灰子灰子灰子……我也一样……”

慢慢儿地，两个人的手握在了一起。

李庆芬坐在床边，两手把灰子的头抱在膝头，亲着，吻着，而灰子的两手则紧搂着她的腰，在她的怀里，他嗅到了温馨的少女气息。

灰子和李庆芬，这两个相爱的年轻人，终于走到了一起。

“砰”地一声，瓷盘摔在地上，鸡汤洒了一地。

灰子从庆芬怀里抬起头，看见靳明哲愣怔怔地站在门口。面前的事显然是他想象不到的。

见到他，灰子和李庆芬几乎同时呼喊起来：

“靳大哥……”

“靳大哥……”

两行热泪，从靳明哲脸上的皱褶里慢慢流下来，流下来：

“灰子、庆芬，我祝贺你们，花好月圆！”

那悄然来去的春天

曾渝陵

●好阴险啊，居然悄悄约会●快刀乱斩单相思●胆敢恋爱者，整得像劳改犯●假戏假做者福，假戏真做者灾●“喜儿”真的和“大春”相好了●聪明人因爱乱吃糊涂醋●教导员庄严教导之●批判“小资情调”●成双成对，肆无忌惮●因为失恋，痛不欲生●结婚突击与离婚突围●老者观掌断言●她渴望一双有力的臂膀●恋爱有罪，私奔不遂●从此天各一方

只有人生的春天，一去不复返。

——作者

那是20世纪70年代初的春天，也是我们难忘的春天。我们千万名刚刚迈进青春年华的少男少女，像一把把种子，远离巴山蜀水的故土，被撒向云南边陲。

在那既肥沃又荒芜的土地里，我们拼命汲取，苦苦挣扎，向往着属于我们自己的青春生活。

然而，我们却生逢一个充满“火药味”的年代。那些负有管理和教育我们责任的人，头脑中的弦紧绷着。出于爱心，他们密切注意着我们生活中的一举一动，随时准备围歼侵袭我们肌体的“邪念”。

于是，朦胧的意识，那青春的躁动，往往改变了一个人的半生，甚至一生……

故事A

天黑尽了，大田变得寂静起来。山腰上只有我们连队驻地灯光通明。照例的“晚汇报”已经结束，整齐划一得像砖块一样的寝舍里，传出阵阵谈天说地，骂天骂地的嘈杂声。

突然，一声接一声的口哨响，镇压了那些嘈杂。值班排长呼喊着“紧急集合”，到一个个房间催促人。

那天我因感冒而卧床不起，不能参加集合，两眼望着蚊帐顶子，侧耳捕捉晒坝上的训斥声。

“什么恋爱？这叫乱爱！”

“恋爱？”这真让人心扉颤动。刚到兵团。我们所有知青的年龄都仅在17岁左右。“恋爱”——对我们这样的年龄，那时还是一个羞于提及、似带贬意的词儿。连长这是在骂谁呢？

我便十分注意地听起来。可是，山风呜呜作响，把连长的声音刮得断断续续，除了听得出那是一番强调意识形态领域里的“阶级斗争”的演讲而外，别的一概搞不清楚了。

队伍解散后，宿舍里几个女孩神色诡秘，议论纷纷。说什么真看不出，琦云好阴险啊，居然悄悄地和秦国建耍上朋友了！那个秦国建就是分配到我们连食堂里的一个男知青。据说，每次琦云去打饭，秦国建给她舀的那勺菜总是旺旺的，比给别人的多得多。今天“晚汇报”刚完，他俩就胆大包天，敢去田坝上约会。连里发现了，就杀鸡给猴看，引出这次紧急集合来。

过了一阵，排长来到我床前，叫我立即去找琦云谈话。“思想工作不能过夜”……

来到她们宿舍门前，听见里面叽哩哇啦的，十分热闹。我见那扇床板做的门上有两条半寸宽的缝，就隔着门缝往里瞧。只见琦云伏在被子上泣不成声，那凄凄的悲鸣，使我本来就头晕胸闷的感觉更加严重。她床边上大个子黎蓉和小个子古玉芳，两个女孩正高高低低地劝慰她。

“到底有没有这个事儿？有啥子委屈说出来嘛！”

“要是真的是有人造谣，我们给你扎起，到连部找连长说清楚！”

琦云没有回答，自管自地抽泣。忽然，有人“砰”地拍响了桌子，吼着：“哭啥子嘛！英雄有泪不轻弹！”

这句话管了用，琦云猛地止住了哭泣，从被褥上直起了身子，愣愣地端坐在床沿。

我见这势头根本不是谈话的时候，况且自己还病得支持不住呢，也就不管什么思想工作了，赶紧回去睡觉了。

关于琦云和秦国建如何大逆不道的“风流”故事，一直疯传着。秦国建因此被踢出了我们连队，调往团里最苦最脏的基建连，接受体力惩罚。琦云虽然留了下来，却好长时间不苟言笑，郁郁寡欢，出工时扛着锄头走得飞快，把我们一起上工的人甩在后头。干活儿时她闷着头使劲儿干，有时根本不休息。我为了自己的任务，不得不跟前跟后，关注着她。

终于有一天，我尾随她下山去卫生队拿药时，琦云忽然停在一丛仙人掌旁边。待我走到跟前，她便冷不丁地说：“我晓得你要找我谈什么。你都等了这么多天了，现在就谈吧！”

原来，琦云和秦国建本是同一所中学同一个班的同学。在学校时，秦国建就对琦云特别关心，似乎有那么点意思。而出身不好的琦云总是躲着秦国建这个正走红的班干部。毕业时，秦国建已经过了征兵的政审和体检几道关，大家都以为他要光荣地当正规军去了。可不料想他也遭了个“发配”的命。前不久，秦国建的好朋友捎话给琦云，说秦国建真的喜欢她，而且就是为了她才到云南生产建设兵团来的。当时，琦云是向有关领导写了血书才得到了扎根边疆的资格，面临从此音讯两茫茫的危险，秦国建心一横，舍了参军入伍的光辉前途，转而报名支边了。

听罢此言，琦云心头翻了五味瓶。想不到竟然有人为了自己作出这样大的牺牲！可是，她并不想就此而依傍并未爱过的秦国建，为了对秦国建，也为了对自己负责，她约请秦国建尽早一谈。哪知会有好事者密报了连长。

当晚，连长接到信息，立即率领几个民兵扑到田坝里，想来个“捉奸捉双”。结果呢，琦云快刀斩乱麻，早就三言两语，了结了秦国建的单相思。连长一行人扑了个空，在冷嗖嗖、空荡荡的田坎上转了一圈，回来就气急败坏地紧急集合，大抓“意识形态领域里的阶级斗争”。本来是不成其为事实的一个幻影，反而无中生有的作了被批判的众矢之的。

这以后，我义不容辞地成了琦云的辩护人和支持者。后来，我和琦云成了好友。

一天，我和琦云被派到县城去买宣传队做服装的布料。秦国建不知从什么地方钻了出来，等候在路旁。我俩猛地见了，大吃一惊。

秦国建低声喊着琦云，要她等等，说有话要讲。琦云反而捏紧了我的手，硬着头皮往前走。秦国建又诚恳地说：“琦云，我只说一句话。行不行?”琦云还是拉着我急急往前走，速度越来越快。我也紧张得气喘吁吁，好像是怕遭人打劫一样。不知秦国建还叨叨了些什么，我们已经小跑起来，只听见他绝望地大喊：“琦云——！”喊声嗡嗡地回荡。我们已经跑出老远，把这条“尾巴”甩掉了。

我原以为这事儿就这么过去了，可后来偏偏又出了岔子。

那时，林彪完蛋了，“早请示、晚汇报”也随之取消了。我们宣传队去营部礼堂排练新节目，每天都要路过一个建筑工地。工地上正在盖房子。脚手架上的工人全都光着上半身。裤脚挽起，浑身的泥浆和灰尘，乱蓬蓬的头，脏兮兮的脸。大太阳的时候，他们背脊上的汗都有些反光。有人指指点点地叫起来：“哎呀！那不是秦国建吗？大家议论说，秦国建原来一表人材的，现在整得像劳改犯一样……

刚才还谈笑风生的琦云背转了身子，不再正眼看秦国建，也不去看那片工地，脸上阴沉沉的，像吴清华挨了一鞭子。

又过了好些时候。一天晚上，琦云约我到山坡上散步。月亮很亮，干涸的防洪沟里，鹅卵石也被月亮照得一个个清清楚楚。打老远，我就看见有人从山下上坡来。那人快走到防洪沟时，琦云告诉我说，那就是秦国建。他们约好了在这里见面。琦云让我在坡上等她一会儿，以免她晚上单独出来的事招惹闲言碎语。

我蹲在坡上，望着坡下一男一女两个相对伫立的人影，害怕而兴奋。既有一种冒险的快感，又有一种做了亏心事的自责……回去的路上，我坚决地劝阻她说：“你不能和他好！尽管他这人不坏，但你们不是一路子人。”

琦云故作轻描淡写的样子，挽起我的手。我又尖锐地说：“你是不是觉得你坑了他？要负罪？要忏悔？”

她沉吟片刻，低声说：“唉！咋给你说呢？你不懂，你不理解……”

秦国建的痴心是有目共睹的，可他俩志趣不投也是有目共睹的。此后，他们共同经历了调离兵团的艰难，在极平常的气氛中，例行公事地结了婚。琦云凭自己的努力考上了大学，因才华出众，当了高等学府的教师，有学术专著出版。而秦国建成为一个踏踏实实的工人，业余牌手。两人始终没有情投意合，前不久协议离婚了。他俩都曾分别告诉我：总算了结了一个梦……

故事 B

又一个“莺歌燕舞”的元旦节到了。团宣传队编排了一台包括舞蹈、相声、表演唱和样板戏片段的文艺节目，到附近专县去慰问亲人解放军。

演出结束已近 11 点了。部队战士整着队，喊着口令有秩序地退场。演员们在后台急急地卸妆。冯敬祥照例扔了一个信封过来，里面塞满了消毒药棉花。那是他找卫生队的朋友要的。我和柳萍萍、蓝媛丽瓜分了药棉，蘸着凡士林抹脸上的油彩。

宣传队每次卸妆，都只发给演员几张粗糙廉价的黄草纸。脸上生青春疙瘩的人最怕用那种纸卸妆。消毒棉花用起来确实舒服得多。

我们的《白毛女》剧组里，冯敬祥扮演王大春，柳萍萍扮演喜儿，我和蓝媛丽跳窗花舞。常在一个剧目里泡，关系比较融洽，我们就跟着柳萍萍沾了光，提高了卸妆的待遇。

回连队时，寒风凛冽，二十几个宣传队员在大卡车上冻得缩头缩脑。按政治部某首长的命令，男生靠左边站，女生靠右边站，中间用道具箱隔开。一路上，有人紧裹军大衣打着瞌睡，有人余兴未散，低声哼着歌子。柳萍萍靠在我背上，身子随汽车的颠簸晃动。那两天她一直病着。

中途，蓝媛丽拥过来，边挤边闲聊，柳萍萍却没有搭腔。蓝媛丽凑近柳萍萍看了看，突然叫我说：“不对，柳萍萍好像昏过去了！”

我转过身抱住柳萍萍一看，她满脸痛苦状，嘴唇抖着，眼睛虚眨了两下，又闭上了。

我和蓝媛丽一阵惊叫，车上的人都围了上来。我呼喊着："萍萍，醒一醒！"可柳萍萍一个劲儿往下倒。昏过去的人真沉，我和蓝媛丽使足了劲儿也扶不住她。蓝媛丽慌忙在人群中扫视了一圈儿，大声喊起来："冯敬祥！你'老婆'都昏过去了，你还在傻站？"

冯敬祥稍一愣神，呼地挤进人圈，搂往柳萍萍，一边在道具箱上坐下，一边叫人把自己身上的军大衣拉下来，盖在柳萍萍身上。他又用大拇指掐住柳萍萍的人中穴位，招呼大家闪开一点，说让病人呼吸到新鲜空气。

卡车开到连上停稳，冯敬祥把昏昏沉沉的柳萍萍抱进女生寝舍，小心翼翼地安放在她床上。待卫生员背着药箱子，带了医疗器械进来，冯敬祥才退了出去。

那年头，文艺节目都不能随便沾男女恋情，拥抱接吻的场面一概禁止。冯敬祥竟敢在众目睽睽之下，抱了柳萍萍那么长时间，弄得在场的人惊心动魄。当晚，在蓄水池边打水洗脸洗脚时，男生女生的目光便躲躲闪闪，说话也吞吞吐吐。第二天，宣传队以外也无人不知这个精彩场面了。又羡慕又气愤者不乏其人，恨不得在其中扮演一个角色者亦有之，上上下下炸开了锅。肃清流毒的全连大会当然势在必行啰。

"冯敬祥！出列！"指导员喝道。

冯敬祥规规矩矩站了出来，临了回过头朝我们这边偷偷一笑。

"冯敬祥，你考虑过你的行为吗？"指导员厉声问。

"当时我没多想。现在我想，这不就是救死扶伤嘛！"冯敬祥一板一眼地回答。

指导员气得直瞪眼，厉声质问：“那你去抱柳萍萍时，为啥还说她是你老婆?”

这下倒轮上冯敬祥瞪眼睛了。他仿佛追忆着此语的来源，好一阵反应不过来。

“快说!”指导员又吼道。

“她……在台上，就是我老婆呀!”冯敬祥终于有所反应。屏声静气的人群哄然大笑，老半天平息不下来。本来庄严的批判被毁了。

连部决定关冯敬祥两天禁闭，让他反省。可是，那些天总有演出，指导员又没法取代他，只好照样放他去跳王大春。

柳萍萍恢复健康以后，像躲蚊虫似地避着冯敬祥，连句感谢的话也没对他说过。演《白毛女》中的双人舞时，柳萍萍再也不和冯敬祥交换眼神，搞得喜儿对大春没一点儿欢喜的样子。为此，团政治部批评了宣传队。

半年后，柳萍萍当上工农兵学员，远走高飞到了上海。蓝媛丽接替了柳萍萍，成了我们宣传队的“第二代喜儿”。与柳萍萍不同的是，这个“喜儿”真的和“王大春”相好了。台上的“老婆”成了台下的老婆。冯敬祥和蓝媛丽回成都以后旅行结婚，还到了上海，看望在那里安了家的柳萍萍。

本来冯敬祥和蓝媛丽挺合拍的，大家都说他们是天生的一对。可后来传闻，他们关系也挺微妙。蓝媛丽脾气越来越大，时常为芝麻点儿小事和冯敬祥顶牛。全然没有了台上喜儿的那股甜劲儿。开头，冯敬祥还嬉皮笑脸的，逗一逗她。后来则忍无可忍，也摔摔打打地，报销了好儿只碗和杯子。

去年春季，支边的同学又串联起来，举行纪念支边的聚会。每一个从云南回来的同学都为此而激动、振奋。蓝媛丽却莫名其妙地伤心掉泪。我去问她为什么，她才老实告诉我。听说柳萍萍为此专程从上海回来，她心里很不是滋味。因为当初冯敬祥和柳萍萍总有那么一层关系……

“一想到要和柳萍萍面对面，我心里就像猫抓一样……”

我哑然失笑，戳着她的头说：“蓝媛丽呀蓝媛丽，你怎么聪明一时糊涂一世的？柳萍萍和冯敬祥哪有什么关系？那不都是‘抓意识’乱抓出来的吗？你又不是不在场，还非要哪个来给你专门解释？”

“要是没那回子事儿，冯敬祥敢当着全连人的面说柳萍萍是他老婆吗？这叫什么话！”

蓝媛丽苦笑着说，他们结婚，冯敬祥为啥不选别的路线旅行，偏偏要去上海？还偏偏要见柳萍萍？“虽说当年柳萍萍没理冯敬祥了，可那次见了面，她一个劲儿说，想不到我蓝媛丽会和冯敬祥结婚。这话又是什么意思？柳萍萍还提起当年被‘抓意识’的事。冯敬祥一点儿不叫屈，还嘿嘿直笑……”

我这才恍然大悟。原来蓝媛丽和冯敬祥不和睦的原因在此！虽然我就可以作柳萍萍无辜的见证人，可无论如何，也不能消除那次“乱点鸳鸯谱”对一个女孩子的深深刺伤。

故事 C

我们连有两个特殊人物——黄青和古玉芳。

黄青的父亲和古玉芳的母亲是同事，黄青的父母又和古玉芳的姑姑是同学，所以两家关系挺好。虽然那些年在学校里大伙儿还分着“男女界线”，可黄青和古玉芳却一直没有断了往来。下云南之后，黄青的父母怕儿子像有些知青那样，成天价打群架，“跳丰收舞”，就写信给古玉芳，说黄青是个楞头青，要她多提醒提醒黄青，别学坏了。

古玉芳非常守信用，像个小老师似的，三天两头检查黄青的言行。久而久之，黄青的什么事她都要管了。黄青的口粮不够吃，她就省下自己的饭票送去；黄青的被子脏了，古玉芳去拆洗。黄青被惯得更懒了，脏袜子都是一堆一堆地扔出来，让古玉芳给收拾。当然，古玉芳的劳动定额完不成时，黄青也不会坐视不管。同学们都知道黄青家和古玉芳家是世交，所以，对他们的友情大伙儿都不见怪。

有一回，我们连队上孟获山收包谷。要从山上把包谷秆担回连里做猪饲料。古玉芳担到半山腰就担不起了，扁担一扔，坐在山路上呜呜大哭。黄青晓得了，连忙过来，二话没说，把两副挑子一并，咬牙一撑，一肩就挑走了。古玉芳跟在后面脚歪手歪的，眼泪没干过。

赶巧，他们刚好碰上了来连里检查工作的营教导员。教导员颇觉纳闷，质问连长说："这两人是怎么回事?"连长如此这般地解释了一通。教导员略一思索，语重心长地嘱咐说：

"老郝啊，对小青年的男女之事可不能掉以轻心啊！这批知识青年可是交到我们手上的，我们就要对他们的再教育负责任！这些小事搞不好哇，就要从量变到质变！还是要加强教育，防微杜渐。思想意识形态领域里的阶级斗争一刻也放松不得的……"

这回农闲时，大会小会都点了黄青和古玉芳的名，要他们注意其行动，检查思想，铲除"小资情调"……

黄青写得一手好字，原来连里的墙报都是他在搞。那回他气坏了，有人交来批判稿，他抓过去三把两把地撕得粉碎，扔出窗口去。

在班务会上，古玉芳说，她其实没有什么"意识"不"意识"

的，就是爱帮忙。她帮助洗臭袜子的何止一人！黄青他们寝室四个男生的床她都收拾过。又脏又臭的男生寝舍，每回经她一打整，就焕然一新。人家男生都没说她有不轨之心。现在这么一想，好像她真的干了啥子见不得人的事一样，将来有什么脸面去见父母哟……说着说着，古玉芳又伤心起来。

过了大年，第一批回成都探亲的知青名单批下来了。其中有我和古玉芳。临走前，全连知青穿梭般来找，有的往回捎白糖、红糖；有的要带沱茶、核桃、白药……还有人让我们去他们家取腊肉、香肠、豆豉、卫生纸等，返回时带到连队。我们纷纷表示，一定要走遍全连每一个同学的家，把我们两年来的情况，向每一位家长汇报。

回去的同学都说，在古玉芳家总找不到她，而每次去黄青家却总碰上她。黄青的父母当着同学的面说，古玉芳为黄青受了委屈，他们要把古玉芳当亲生女儿看待。他们不但热情款待古玉芳，甚至留古玉芳在他们家住宿。古玉芳也勤快得要命，黄青家洗洗涮涮、缝被子、补蚊帐的事全被她包了。同学们议论说，黄青的家才像古玉芳的家，古玉芳自己的家好像反而不存在了。

探家归来，古玉芳简直是给黄青搬回一个“小伙食团”。他们的伙食费也合起来用了，还成双成对地去逛县城。其他知青谈对象都偷偷摸摸，生怕别人晓得。他们却肆无忌惮，搞得连部也莫奈何，只好睁只眼闭只眼了。

过了一段差不多是“饭来张口，衣来伸手”的生活以后，黄青因其书法美术特长，由他父母疏通门路搞回成都了。古玉芳又在思念和奔波中苦熬了三年，好不容易也回了成都。

这天，我满心欢喜地去古玉芳家，祝福她好事多磨，总算如愿以偿。古玉芳一听，就扑进我怀里，抱住我浑身抽搐。我百思不解地等她抽搐了个够。她抬起泪眼，痛苦不堪地告诉我说，黄青并不爱她。

自打黄青走后，信就少得可怜。古玉芳却坚持十天半月给他一信，每年给他织毛衣，带去他喜欢的食品……为了自己的感情和尊严，三年来，古玉芳一直向同学们隐瞒着事实真相。

我含着泪从古玉芳家出来，立即赶到黄青的工作单位。面对我的质问，黄青态度坦然。他说他没有欺骗古玉芳。古玉芳心里明白，黄青当初和她那样粘糊，完全是对"抓意识"的一种报复，一种发泄。然而，自从被点名批评以来，古玉芳死认着一个理，那就是她的清白名声，她的纯洁感情，全被系到了黄青身上。她拒不接受黄青不娶她的事实，任黄青怎么解释也没用。眼看着古玉芳那样巴心巴肝地对待自己及其父母，硬把关系往深处发展，黄青也苦恼万分。

"我从未觉得她像做妻子的，只觉得她是个出色的管家。或者说她像个阿姨，像个姐姐。"黄青说。

……

谁知过了不久，我出乎意料地接到了黄青和古玉芳送来的喜糖。他俩到底还是结婚了！这又一次让我惊讶不已。

原来，古玉芳受不了黄青的拒绝，终日痛不欲生的。黄青的父母对儿子的负心也痛心疾首。指着儿子咬牙切齿道："你们可是患难之交啊！只要我们还活着，就不准你甩了古玉芳！"

黄青觉得无路可走，硬着头皮和古玉芳办了结婚手续。然后，他不是加班就是出差，不是出差就是旅游写生。总之，黄青找出种种借口，就是不回这个新房来住。眼见事情越来越僵，毫无转机，受尽屈辱的古玉芳，最终也选择了离婚的路……

如今，提起那个倒霉的"抓意识"来，古玉芳就会尖酸刻薄地自嘲一番。

故事D

陆小静的运气很不好。我们绝大多数支边青年都是分在以知青为主的新建连队，她却被分到了一个以归国华侨为主的老连队。

刚刚一阵火车一阵汽车地颠到苍山之下，洱海之滨，远远离别了父母，这下又离开了同窗同龄的学友，那孤单的日子不晓得多够呛！看在同学份上，我们几个要好的同学，逢假日便去串队看她，或者约她回来串。

每次去看陆小静，听见那些归国侨胞们相互间故意说印尼话，或者广东客家话，叮零哐啷的，我们什么也听不懂，像是到了外国。

老连队和新连队大不一样。我们连在光秃秃的山腰上，盖起一模一样三排房子。没有绿树环抱，秀水穿流，隔不多远还有一片坟地，好不荒凉。不过，知青们打打狂狂，倒也闹热。

小静的连队溪流环绕，每幢房子式样不一，前后栽有芭蕉树、梧桐树、桉树、凤凰树等。归侨们都有家有口的，各家院里花卉繁茂，还有鸡、鸭、狗、兔。下了工，他们老老少少，一家子团聚。小静却一个人关在自己的小屋里，看着家里人的照片掉眼泪。

时间长了，我们发现这些“假老外”对人挺热情，也挺“四旧”的。他们的生活习惯实际上比我们更传统。对“天地君亲师”的崇拜和电影、小说中我国的古老习俗一样。听说陆小静的父母是当教师的，便表现出十二分的尊敬，加之她又背了一张“知识青年”的皮，许多大大小小的孩子，就爱来询问些课本上和课本外的问题。有位老华侨扳着陆小静的手，细观其掌纹，断言她非这边山远水中的久留之人，将来必然舞文弄墨，满腹经纶，爱情事业兼得，合家幸福美满。

其实，当时的陆小静仅仅是个孤独、怯懦的弱女子，期待一双有力的手臂，支撑她那悲苦多愁的心境。

有个星期天，我去看陆小静。见他们连队晒坝上，一群青年在那儿嬉戏。有人拉着手风琴，唱着歌，还有些人用麻袋套住双脚，一跳一蹦地往前跑，看谁先到晒坝终线。不时有人摔倒，惹得唱歌的人停下来大笑大叫。有一个中等个子、十分潇洒的小伙子跑来询问我和小静是否能一起参加比赛。我因为跟这帮人不熟，也怕出洋相，就一口回绝了。小静要陪我玩，也只好婉言推辞。小伙子失望地走了。可他在游戏时不断回头来观察我们。

小静说，这人叫倪兴旺，人挺好的，是团支部书记，常帮她的忙。

又有一回，我碰见小静在给一群华侨小孩讲几道题。这个倪兴旺在一边看着，一言不发，只有那眼神充满了关切和喜悦。我立即对此人警惕起来，提醒陆小静对他留点神。陆小静很不满意地瞪了我两眼。

这事儿不幸被我言中。不久以后，陆小静与倪兴旺被“抓意识”的消息传遍了全团。因为这个事件涉及了知青，又涉及了归侨，所以影响更大。营里点名批判了他们，倪兴旺的团支部书记职务也被撤销了。我赶到小静那里去时，小静瘦得像根草了。她一反过去那林黛玉似的哭天抹泪的形象，一张脸冷静得跟雕塑一般。

“我们惹到哪个了？一不杀人，二不放火，又没有破坏‘抓革命，促生产’！倪兴旺年年都当标兵，我也不是白吃饭的，样样活路都完成了。难道我们一起谈谈话，意识形态就出轨了？我们一起学习，一起唱歌就是阶级斗争……”

我一时无言以对，后来，陆小静又告诉我，有当官的告诉她，上面曾有一个机密文件，说对归侨不能重用。从国外回来的人很复杂，保不准有美蒋特务混在里边……那文件是林彪在的时候发的，林彪垮台了却还在沿用。归侨们知道了这件事，差点要把团部砸了。谁服这口气呀！都认为自己是赤胆忠心，回来报效祖国的，没想到落得这个嫌疑。连归侨青年和知青往来多点，也值得这么整啊！

小静不住叹息着，要我以后别再去找她了，她不想连累朋友。

正说着，有人敲门来了。陆小静一开门，脸又沉了下来。我一看，是我们团长的夫人，政治部副主任。她带着营里两个干部立在门外。陆小静一步上去，用身子堵住房门，冷冷地说：

“你们又来干什么？现在才想起来关心我，太迟了——！告诉你们，我的事用不着你们操心，我爹妈还没死呢！”

“砰”地一声，陆小静把门关上了。团长夫人在门外苦口婆心，口口声声说，这是为了小静好，为年轻人着想。任外边的人敲门喊话，小静整死也不开门。

团里营里对陆小静都非常头疼，专门发函到成都，通知了陆小静的父母。两位可怜的老人吓得不行，一面写信威胁小静，说如果她不听组织上的话，就跟她断绝关系；一面恳求兵团方面放人。他们四处托人找门路，要调陆小静回城去，哪怕是回去扫大街。

后来又有“爆炸性传闻”，说陆小静和倪兴旺合谋私奔，还没跑到外五县就被拦截，押了回来。这一下，建设兵团立即给陆小静办了个病退手续。陆小静的父母亲自来云南接她走。

她要走时，我还是去了。趁上厕所之机，她避开了父母等人，给我讲了几句知心话。她说她太傻了。她和倪兴旺过去连手都没拉过一次，竟被“抓意识”搞得一塌糊涂。现在倪兴旺为了她吃尽苦头，却又在躲她了，说要成全她的回城梦。早知如此，真该把身子给了他呀！如果那样，就是死了也了然……

如闻炸雷，我心惊肉跳。跑出厕所四下侦察，确认无人听见，心里石头才稍有放下。

“四人帮”粉碎后不久，倪兴旺和海外的亲戚重新挂上了钩，很快又出国去了。陆小静至今没有结婚。她忙着学习，补习完初中又补高中，然后一次一次参加单科考试，直至拿到大学文凭。

同学们说，她是以学习为借口，想回避家里人对她反复催促的婚姻大事。还有人说，小静八成是想考个出国留学生，好找到她的心上人，在异国他乡喜结良缘。听了这话，有人一笑，说倪兴旺在外国已经结了婚了，恐怕儿女都早已成行啰！

春天年复一年，一年一个春天。年年春天一个样——花开花落，花落花开。只有人生的春天，一去不复返……

多想再看看亲手栽的树，多想再摸摸当年住过的房。祖国的山川名胜何其多，唯有兵团那些不起眼的山，无名的河，让我们千呼万唤，魂绕梦牵！

那一片被我们开垦，又遭我们遗弃的土地，为什么有如此魅力？或许，我们生命之树中最美好、最宝贵的那几圈年轮，是那山那水勾画；或许，是那山那水记载着我们当年的困惑……或许什么也不是。只因为，我们有失落，有希冀，有追悔，有寻找……

梦萦相思树

夏　溪

●情书——传递爱情的天使●少年不识累滋味●苦酒一杯●从春盼到夏，从夏盼到秋●他关进了牛棚●风声不尽恋人恨，天意无情草木秋

我在心里呼唤："作为女人，我是幸福的一个！"

——作者

如果说人生是花，那么爱情便是花的蜜，而情书就是传递爱情的天使。

一只旧式的樟木箱，珍藏着丈夫亲自为我装订的"远方信笺"，封面精心绘画一枝雪梅。那是我初恋的印记。25年前，一对遥隔千里的青年男女用纯洁的白色相互碰撞，幻化成七彩贯天长虹。

感谢丈夫的大度与理解，他说这是一代人的精神财富，让我们一起好好保存。当我们的孩子到了恋爱季节，一定要拿出来让他们看看，知道长辈们的青春年华。那枕边堆满了席慕蓉诗抄、琼瑶小说，墙上贴着费翔、秦汉画报的孩子听了，也许会增加一点历史感吧！

1964 年高中毕业的我刚满 20 岁，正为一张刊登着黄宗英写的报告文学《特别姑娘——侯隽》的《人民日报》激动着。祖国在召唤！有志青年到农村去！一群热血青年涌到区政府报名，向市长表决心，迁户口、戴红花，十几天工夫，100 多名上山下乡的带头人怀着改天换地的决心来到江苏省金坛县茅山脚下，当年陈毅司令带着新四军打游击的地方插队落户。我的恋人，已考上北京某大学，寄来了热情洋溢的信，支持我的选择，愿伴我风雨同行。

信尾还用粗笔狠狠地描了两句：船已开出，就要顶着风浪前进；弓已举起，就要射出有力的一箭。纸短情长，初踏征途的少女尝到了爱情的温馨与甜蜜。它将陪伴我用希望之光照亮旅途，用毅力之火燃尽荆棘。来到广阔天地的第一个晚上，我给他写了一首小诗，至今还记得："让我们的青春在红旗下闪光，让我们的理想驰骋在社会主义田野上……"

那确实是一个令人难忘的年代，共和国刚战胜了三年自然灾害，人民都在为中国人用"洋油"的年代一去不复返而欢欣鼓舞。自力更生、奋发图强成了每个公民的天职。那时青年心中的偶像是邢燕子、侯隽、董加耕。枕边放的是《红岩》、《青春之歌》、《青年运动的方向》，最流行的歌曲是《毛主席的战士最听党的话》。我那千里来鸿封封都要祝愿我"早日成为一个合格的新农民"。

为不辜负这个祝福，我与小组的姐妹披星戴月，迎狂风、顶毒日。滚一身泥巴，练一颗红心，我们打赤脚、穿草鞋，我们用手捧着猪粪撒向田间，我们和贫下中农一起三天三夜不离麦场。就因为割稻没有老农快，我们会乘着月光悄悄下地先割一垅。黎明上早工的哨子一响，准是我们知青第一个跳进田间，栽秧、耘稻、割麦、打场，什么农活都抢着干。太阳晒得蜕皮，一块块撕下来。没有下饭菜，用筷子蘸盐。晚上，我们自带煤油在村校教室里教贫下中农子女认字、写字；和农村青年一起排戏、练舞，什么《芦荡火种》、《俺是公社饲养员》。不论刮风下雨，只要知道村校在排节目，教室的里三层外三层都挤满了人，连不出门的老头老太都挤在门口。回乡青年说，城里的知青来了，我们的日子“快活”多了，干活也觉得轻快了。那时的我们确实感到快活。每天总要“疯”到月亮爬进西墙，大有少年不识“累”滋味的气概。只要一想到有人在伴我风雨同行，我浑身仿佛有使不完的劲。

烈日当空，汗水淋漓，望着一望无垠的麦垅，捶着酸痛的腰肢，只要一看到远远田埂上越来越大的“小绿点”，准会弯下腰去一口气把一大垅麦子刈倒在地，迅速跑上田埂从“绿衣使者”手中接过淡蓝色的信封，匆匆往口袋一塞，那一天一直割到天黑再也不会感到腰酸背痛。旁边的姐妹准会交上好运，我会帮她接上一大截。迫不及待地盼着天黑收工，匆匆扒完用“颈罐水”泡就的剩饭，到村边的塘里擦过身子，洗好衣服，一头钻进蚊帐打起手电一张张细细读着、读着。亲切的问候、殷殷的叮嘱。当他说，看着你寄来的照片，黑了，瘦了，但我更爱现在的你……阵阵暖流淌过心田，悄悄抹去眼角的泪花，忘掉了一天的辛劳与疲倦。他信誓旦旦：待他毕业后，一定要到我插队的地方来教书，与我并肩战斗。我会想象着到那时，我们一定会盖几间草房，白天他去学校上课，我在田间劳动。晚上他在油灯下备课、改作业，我坐在他的对面写诗、编戏……我们还会养上一群小鸡，一只小山羊，屋前屋后多栽一些槐树，我太喜欢槐花的清香了。因为我和他的第一次幽会就在毕业晚会后校园的槐树下，那时的槐花好香好香……。

一遍、二遍、三遍，我感到有一种无言的快慰，阵阵清凉充溢心头，令我体验着生命的欢乐所在。读得差不多背得下来时，便开始写信。现在的少男少女，你们见过这样写情书的情景吗？把叠好的被子往小竹床中间一拉，加上一个枕头，再放上一块洗衣板，左手打着手电筒，按着信纸，右手提笔，手腕悬空，一不小心，手臂上的汗水就会把信纸沾湿。帐外蚊虫轰唱，不时飞进蚊帐。先是跪着写，腿麻了就坐，坐着腰酸就趴……一张张薄薄的信笺，曾记下我们多少倾心的交谈，共同的探求，美丽的憧憬。直写到月下西厢，万籁俱寂，只有蛙鸣虫啁。

上早工的哨子一响，我悄悄地把用米饭粘好的信封放进口袋，眼巴巴地盼着邮递员出现在我的视野中。要是碰上下雨天，生产队休息，我准会打着赤脚，披着雨衣，一步三滑十几里羊肠小道，亲自把信封塞进邮筒。当然不会忘记在信封中塞进几张邮票，我那“秀才”每月靠的是国家二元钱助学金买笔墨纸张呢。中午三分钱一块烧饼打发，非得等到晚班邮轮靠岸，哀求邮递员帮忙查查，当邮递员抱歉地说：没有，真的没有，那遗憾的心情甭提了。要是哪一天能从邮包里翻到一封远方来信，归途准是十里欢歌……

在炽热的夏天，即使是浮云一朵也能给劳动者带来无限欢情……流年如水，往事如烟，逝去的岁月此刻一一掠过我的心头，当年我们选择了一条现代人难以理解的路。那段历史，且留给后人去评说，当事人不必多话。现在如果再叫我上山下乡，我也许不一定会去。不过，我信奉歌德说的：“倘不是就着泪水吃过面包的人，是不懂得人生之味的。”尽管命运多舛，我们作为有血有肉的人，毕竟切切实实追求过，相爱过。那么真，又那么深。苦酒一杯，青春无悔。

那时，我们一天只能挣七八分工，一个工才一毛八分钱，每月的零花钱还得靠父母寄来。每餐的萝卜干一根根数着吃，可电池却一打一打地买，邮票几十张、几十张地买。“真想到你插队的地方来看看”，“秀才”不止一封信中提起。从春盼到夏，从夏盼到秋，大雁南飞，收获的季节到了，农人们在田里收获着金灿灿的希望。在这样美的季节，我也在心田播下美好的愿望：待明年秋分，我就可以积攒足够他回乡的盘缠。漫漫冬夜，伙伴们回家过年了，我为与农民过一个“革命化的春节”，留下了。大雪飘舞，北风呼啸，我在心中无数次的构思着相会的情景，“沾一身清香的泥巴，开两手光荣的茧花；脸上闪着广阔天地的朝晖晚霞。亲人，你就看个够吧！还像不像当年那个学生娃?”我在心中默颂一首首小诗，真想依偎在他的胸前，轻轻呼唤着他的名字，倾诉着我的思念。他一定会张开双臂紧紧拥抱我疲惫的身躯，抚摸着我长满茧花的手，凝视着我的眼睛……那该是怎样的美好、安详和宁静。

等呀，等呀，等来了暴风骤雨。通信中断了。后来，听说他关进了牛棚……后来，又传来他发配很远很远山区的消息……后来，我的父母全家下放，身为长女的我为一家人的生活奔波……后来，一切的一切成了一个梦。他有了妻子儿女，我也成了人妻人母。

现在的我已不再有当年的狂热与虔诚，已把一切甜酸苦辣深深埋入心中。美梦破碎后的那种阵痛与失落也渐渐淡化。但人的一生中“美丽”的东西终究不能忘怀。“美丽”并未完全破碎，它造就了我的个性与素养。今天，再来捕捉那流逝的悲欢，就像窗前那盆盛开的茉莉花，飘过一缕缕沁人的幽香……能在丈夫的鼓励下写完这篇文章，我在心里呼唤：“作为女人，我是幸福的一个！”

单 相 思

宇 宏

●老乡热心保媒拉线●既心痒好奇，又假装不屑一顾●我不要彩礼，我要自主，我听你的●世事混浊谁过错，无端受辱为哪般●是泪别，是魂断，她无奈远去

每当我回忆起自己的知青生活，总会情不自禁地想起那坐落在群山深处的小山村；想到煤油灯下那双顾盼甚渴的泪眼；想到使我至今仍感怀深切的那一生最苦涩的一页……

——作者

刚到塞北高原深处的这个小山村时，我年仅18岁，涉世不深，却担任了知青小组的组长。因为离家远了，没有父母的关心，一下子承担起生活的重担，有时候总不免心里空落落的；幸好我们年轻，心里存不住事，整天也没有烦恼，所以日子就像流水一样，随随便便地打发着。

时间不长，我们就和村里的男女老少都混熟了。可能同当地风俗习惯有关系，老乡们常常对我们谈男女间的事情，有时还热心地为我们知青保媒拉线，撮和婚事，不久，还真有知青同当地人订婚的事发生。

不过，我们组里知青的态度都很明确：不赞成年纪轻轻就谈恋爱、结婚，应该把精力更多地投入到战天斗地的农村建设中去。话虽然是这样说，但老乡们都认为“不懂情理”，对待我们的态度也不似以往热情，相处之间不免有些尴尬，勉强了。

现在看来，青年时期谈恋爱是性生理与性心理发育成熟的正常现象。但那个时候人们对这类问题尽管相当敏感，却常常要挂到“作风”如何的线上去，吃不了兜着走。然而，我们虽然感到这事很神秘，但认为这种身不由己的情感生活并非坏事，所以既想接触，又不敢接触；既心痒好奇，又只能假装不屑一顾——只有在合得来的同学面前才毫无顾忌地乱说一通，发泄一番心中的矛盾和郁闷。

有一天，同组的知青小黄悄悄告诉我，说是村里姑娘张玉梅对我“有些意思”。我将信将疑，却也特别观察了一下，果然是“有些意思”。比如她总是偷偷地看我，遇见我就脸红，当面说话抿嘴笑等等，确实与别的姑娘不同。张玉梅人长得端庄，结实，勤劳能干，虽然文化上差了些，但在这一些农村姑娘中间，还是个心高气傲的拔尖人物呢。然而，我那时确实没有心思多想，更不要说同一个农村姑娘建立恋爱关系了。

一次劳动中，碰巧我同张玉梅的父亲张老大一起干活。他对我说，玉梅要退彩礼，让我说说怎么办好。我那时少年气盛，正统观念很强，随口就说：好！新时代的青年人，应该婚姻自主。张老大意味深长地看着我，若有所思地说：“你们要是不走就好了。”我不知深浅地笑着说：“张大爷，我们响应党的号召，扎根农村，不会走了。”

这事一过，我也就把它忘了。可是，张老大待我却更加热情，他不但常常找我帮他做些事，有时还悄悄送些好吃的东西给我。对张老大的关心，我只当做是“阶级感情”而泰然处之，没往深处想。时间一长，我慢慢觉出张玉梅没精打采的，常常流露出哀怨的神情，像是有什么心事，不仅如此，连老乡们都以一种异样的眼光看着我，弄得我挺不自在的。不久，我从公社参加“赤脚医生”培训班回到村里，便发生了一件令我终生难忘的事情。

这天傍晚，有人转告我说，张玉梅生病了，想叫我去看看。到了张老大家，屋里只有张玉梅一个人。我坦然地问她有什么病，哪里不舒服？她只看着我，昏暗的煤油灯下，那双眼睛好像红肿着。我又问了一次，她才指着自己的前额，说是头疼。于是，我坐下来，用针灸给她扎针，她无言，我亦无语，只在捻针时问问：“疼不疼？”她以点头或摇头示意。我感到她不像有病，也就安慰了她一句，准备走。

正当我起身要走时，她叫住了我：“我想跟你说几句话。”我回头看着她，不知她有什么话要跟我说。

“我不要彩礼。我要自主。我听你的……”她说得很仓促，很快，却又很含混，像是憋了一肚子话，又不知怎么说明白。说着话，她走到我跟前，泪眼汪汪地看着我，接着就泣不成声：“你人好，我喜欢你。可你……看不上我，我……”

我完全明白了她的心思，但我无法回答。我端详着她那清瘦下来的脸庞，心中涌出一股难言的羞愧和怜悯，我呆呆地站在那里，脑子里竟像是一片空白。

不知过了多长时间，张玉梅也平静了下来。我对她轻声规劝：“你看，我们都这么年轻，今后的日子还长着。不要着急，好吗？”

张玉梅噙着泪花，满怀期望地点点头：“我全听你的……”

转天，村里像是发生了什么重大事件，人们交头接耳，议论纷纷，连平时不上山的大队干部也跑来“处理问题”。到底是什么事？同组知青告诉我：人们说我借看病的机会，“调戏”张玉梅……一听这话，可把我气懵了！我实在想不到村里有些人的心地竟是如此险恶，如此肮脏！当时，知青们都为我抱不平，摩拳擦掌地要去“教训”那些搬弄是非，恶言诽谤的人。我强自镇定自己，脑子里想到了各种对付的办法，最后，决定去公社说明真相，洗刷蒙受的冤屈。

下山到了公社，没想到有人比我去得还早，而且当着我的面，在公社主任面前无耻地做着下流动作，说我就是这样“治病”的。气得我再也按捺不住，拔拳相向！公社主任把我拉到他的办公室，开导我说：农村的情况很复杂，凡事一定要冷静。像今天的事，就不能“认真”解决，因为有些事往往会越描越黑，还不如当做什么事也没有的好。公社主任说：“你没有瞎搞女人，怕他们什么?!”

事到如今，我还能说些什么呢？我已经被那些居心叵测的人挤到最见不得人的地方，就是浑身是嘴，也不能辩白清洗！这使我有生以来第一次感到了无端受辱的羞愤，深切地体会到做人的艰难！

张玉梅被迫离开了山村。她是在张老大苦苦劝说，甚至以下跪恳求的情况下，不得不离开的。听人说，她临走时哭得死去活来，几乎是被人搀扶着送到远处的亲戚家。从此，我们再也没有见过面。

后来，我有机会专程去了一次那个小山村。张老大已经过世。张玉梅也出嫁了。据说，张玉梅给她父亲办过丧事便匆匆离开了这里，连头也不回地走了。我听说过这些以后，只去张老大的坟上看了看，就毫无留恋地走上了下山的小道。

转眼之间，二十多年过去了。世事沧桑，往事如烟，已经渐渐被人所淡忘，然而，每当我回忆起自己的知青生活，总会情不自禁地想起那坐落在群山深处的小山村；想到煤油灯下那双顾盼甚渴的泪眼；想到使我至今仍感怀深切的那一生最苦涩的一页……我很想知道，张玉梅怎么样了？也许，她也有了自己的孩子，也像其他农村妇女一样日夜操劳，知足常乐吧？——人，总归是要活下去的；而挫折，往往是使人们更坚强地直面生活的一种催化剂，成为人们走向各自生活道路的转折点……

路

李　棣

●红五类突变黑五类●以愧以义，结同兄弟
●别想在这里拔份●我们手挽手，舍身堵激流
●她就要走了

当我们的眼光相遇时，又赶快避开了，一股难以言传的感情在我的心头流动着。

——作者

1968年农历腊月二十，我们八个北京知青踏着一条泥泞的小路，来到靠洛河岸边的一个小村——店子坪，开始了新的生活。

刚过完春节不久，一场大雪盖满了山梁和平川，在阳光的照耀下，高原显得那么豁亮。我们踏着鹅毛般的雪嘻闹着，感到心旷神怡。积雪渐渐融化以后，我们开始在队里干活了。第一次劳动是往地里送粪，一天下来，我们累得连走路都两腿打颤。

这天晚上，天黑蒙蒙的，煤油灯在土窑洞里闪烁着豆大的光。沉沉的黑暗，给我们带来一股莫名其妙的恐惧。我们几个男生围坐在土炕上，小瘸子从锅里捞出炖好的羊肉，这羊是从崖上掉下摔死的，队长昨

天送来，盛在一个饭盆里，放在炕中央。大伟从包里掏出一瓶酒，给我们每个人倒了半碗，又往炕上摔出两盒“红舞”烟：“咱们是在家靠父母，出门靠朋友，今天咱们喝个痛快。”

大伟说完从烟盒里抽出一根叼在嘴上，我们每个人也抽出了一颗，凑煤油灯上点着了，大伟喷出了一口烟说：

“想当初在北京，我也是第一批扯旗造反，算得上老红卫兵了，和别人辩论过‘老子英雄儿好汉，老子反动儿混蛋’的对联。总觉得我这骨头都是红的，一说打倒‘走资本主义道路的当权派’，我就组织给校长贴大字报。”

“咱哥们那会为了表现积极，在小组会上一天发过32次言哪。”赵连生也插嘴说，“动员插队时，班主任老师一到吃饭时就找我老爹，说什么落实毛主席最高指示，更绝的是给每个人发张表，给毛主席献红心，去插队就是献红心，如果不去就是对抗最高指示，你说能不下去吗？吓得我老娘整夜睡不好觉。”

大伟又喝了一口酒，把上衣扣解开：“我带着红卫兵抄家，在社会上也折腾了一阵子。”

他用手指了指小瘸子，叹了一口气：

“咳，小瘸子家就是我们总部那个叫‘油条’的带着抄的，都是居委会主任使的坏，愣告诉我们说，小瘸子他爸是反革命，国民党军队的连长，被政府给镇压了。我们到他家里，他姐姐搂着小瘸子直打哆嗦，小瘸子他妈一再对我们说：‘我丈夫是烈士啊，我丈夫是烈士啊！’那个‘油条’别提有多坏了，他坐在椅子上，黄军装上衣袖口挽得高高的，手里不停地摆弄着皮带：‘好哇，是烈士的话，拿出证据给我们看一看。’不知小瘸子他妈吓蒙了，还是记错了地方，打开箱子，在里面翻了半天没有找到，‘油条’等得不耐烦了：‘他妈的，我看你就是不老实！’站起身来，一脚踢翻了椅子，把桌子一掀，暖壶和茶杯哗啦啦摔了一地，让小癞子他妈跪在玻璃碴子上给毛主席请罪。那几个女将也横眉立目，抖着威风骂咧咧地用皮带抽了他妈一顿，还给小癞子和他姐剃了一个阴阳头，要不是我拦住了‘油条’，还要打小癞子。抄了半天，最后在立柜上面，翻出一个小铁箱子，里面放着一枚‘解放勋章’和一张‘烈士证书’，是解放军连长，在抗美援朝时为国牺牲了。你说缺德不缺德，原来居委会主任跟他妈有意见，挑我们报私仇来了，气得我回手给那臭娘们两皮带。没想到两个月后，我那当局长的老子也成了‘黑帮’给揪出来了。我从红五类变成了黑五类，也给扫地出门了。那年秋天，我爬上了香山的‘鬼见愁’，真想一头栽下去。你们是敲锣打鼓欢送来的，我可是挟着铺盖滚来的。我一想起那次抄家的事，就觉得对不起小癞子，从今后小癞子就是我兄弟，谁要欺侮他，就是欺侮我！”

大伟的脸通红。那碗酒已经喝干了，我和小癞子也喝得头昏脑胀。赵连生也喝了不少，跌跌撞撞地往外走，过了一会，又跑了进来：

“大伟，我告诉你一件怪事。”

“什么事，你就说吧，别让猫尿给你灌糊涂了。”

“我到外面去撒尿，你猜怎么着，从坡上过来了一个黑影，时隐时现，我以为是撞见了鬼呢？吓得我趴在玉米篓旁边不敢动窝，等走近一看，原来是队里的××，他轻手轻脚摸到咱邻家窑跟前，我想邻家男人不是一早进城去了吗？他是想来偷东西？没想到他把邻家的门一推就进去了，和那婆姨嘀咕几句，一会儿门就上死了，煤油灯也灭了，我趴在门上听了一会，只听到那婆姨哼哼叽叽笑。”

“操他妈的，丫挺的跑这犯硌来了，看我把他抓出来。”大伟仗着酒劲，跳下炕来，拿起一根棍子就往外走。

“管那闲事干什么。”我连忙拉住了大伟，赵连生也上前夺下了他的棍子。

“我看不如到外面喊，给他一个哄，把他吓走，怎么样?”赵连生小声说。

我们一起走出窑门，在外面大喊：“狼来喽，狼来喽！噢，噢！”然后静静地站在玉米篓跟前，盯着窑门。一会就听邻家的窑门吱的一声，一条黑影朝山下窜去……

艰苦的劳动，我们慢慢地适应了。最困难就是粮食，一个月45斤供应粮，3两油，常常吃不饱。

一天晚上赵连生上厕所，非让我陪他去不可，在外面他对我说：“我看窝头越来越小。往常捉不到人家的鬼，今天让我撞见了，原来都是孙桂兰和张英那俩个。每到她俩做饭时，就多蒸几个，留给大伟和小瘸子，坑咱哥们，我跟冯淑琴和王丽华商量好了，咱们分灶，你看怎么样?”说句实话，看着小窝头，我心里也有气，可大伟跟我关系也不错，不好说什么。

“我看咱们一块出来，还是不分的好。”

“大成，你别犯傻了，桂兰和张英整天追着大伟，都热乎上了。大伟每次背柴，颠颠地往前跑，转回身去就接她们俩；桂兰有病时，大伟亲自把饭做好端过去；大伟一来，孙桂兰就脸颊发烫，说话发颤。我告诉你，这个月的粮快完了，眼看就要断顿了，你好好想想吧。”赵连生走开后，我自己一个人进窑去了。

连生的话，果然灵验了，离月底没有几天就没粮了，我们之间爆发了一场争吵。那天赵连生指着大伟鼻子问：

“你们吃独食，别以为我不知道，我都给你们记下了，每天多蒸那几个窝头，都喂狗了。我饿死也不让孙桂兰做饭。”大伟气得脸色发白，攥紧了拳头。

“你再骂一句，看我抽你。”大伟说着就想扑过去，我和小瘸子紧紧拉住他。孙桂兰和张英也一旁起哄：

“你看见我们多蒸了，你看见了，看你那份德性，真叫人恶心。”

“偷吃才叫人恶心哪，那才叫没德性。”冯淑琴和王丽华一边把赵连生往外拉，一边也跟着骂。

晚上队长从队里仓库盘出两斗小米借给我们，平息了这场风波。

两斗小米解决了暂时的危机，今后怎么办？还是赵连生有办法。一天晚上，他带着小瘸子抱回了两只南瓜，孙桂兰他们女生赶紧生火，大伟也笑眯眯的，我们吃了一顿南瓜饭，分灶的事大家也不提了。每当饿的时候，我们联合出动，趁着夜色，趴在地里，挖回点洋芋或掰回点玉米棒饱吃一顿。

“大伟，我跟你说件事。”队长来了。

“我知道你们这些娃饿哩，可是咱村的粮也经不住糟贱。你们饿，可以到对面河岸的李家川的地里去掰。不然乡亲们的意见可大哩。”大伟“嗯嗯”，不经心地应承着。

秋天来了，这是收获的季节，它把这块土地打扮得五彩缤纷。乡村的柴草烟味，庄稼的清香味，牲畜的粪便味，构成了乡村的独特气息。这是一年最忙的时候，我们都上工去了，只留下小瘸子和有病的王丽华在家做饭。

这天上午，邻队的“大头”和“臭蛋”到了我们队，走进窑里：

“瘸子，给咱借 10 元钱，要说个不字，我这巴掌就打你脸上。”“大头”伸出巴掌对着小瘸子的脸说，眼睛死死盯着小瘸子。

小瘸子看了看王丽华，王丽华对“大头”说：“我们的钱都花完了，哪有什么钱借给你。”“臭蛋”从书包里抽出一把雪亮的菜刀，“啪”的一声拍在锅台上：

“没有钱，拿东西也行，不然别说咱们不客气。”“臭蛋”冲着王丽华吼叫着，吓得王丽华脸色刷白，浑身直打颤。

正好我和大伟回来喝水，看到这情景，大伟一步窜了过去，伸手抓住“大头”的脖领子：

“你在这挤兑谁呀，你说咱们哪儿练，我陪着你。”“大头”看着大伟一米七八的个头，健壮的身材，也知道大伟倔强的性格，心里发怵，立刻堆上了假的笑脸：

“咳，大伟，我跟小癞子开玩笑，闹着玩呢，咱哥们之间有什么可说的。”大伟顺手把“大头”向后一推，“大头”蹬蹬倒退几步就摔在地上。

“我告诉你，别想在这里拔份，以后我再看见你欺侮我兄弟，打瘪了你。”“臭蛋”一看大伟气势汹汹的样子赶紧收起菜刀，拉起“大头”就跑。大伟哼了一声：

“这些流氓痞子，什么事都干得出来，‘大头’跟人打赌，为了20元钱，从坝上往下跳。在西沟，让王支书领着民兵追的满村跑。害群之马。”

光阴似箭，转眼一年多过去了。队里派我和大伟去水电站出民工，我们打好铺盖，准备走的时候，桂兰走进我们窑里。她上身穿着一件蓝色女式上衣，下身着一条黑色的裤子，脚上穿着黑色女式布鞋，显得那么洁净苗条，俊美的脸上总带着微笑，两道弯弯的浓眉下面的一双大眼闪烁着一股异样的目光。她递给了大伟一双白线手套：

“大伟，我跟你说件事；村里的魏支书跟我说，小学校的高老师生小孩了，让我顶着去教书，你看好吗？”

“好哇，省得你上山劳动了，村里初中生都挑不出几个，你这高中生在这也算状元了。”大伟开玩笑地跟桂兰说着。

“我不是问你这些，我是怕以后你们全走了，就留我一个人在这穷山沟，所以跟你商量商量。”

“以后的事，以后再说吧，谁知道以后怎么样。”

我知道，桂兰对大伟很好，常常把大伟汗味十足的衬衣和臭气熏天的袜子拿去洗，把大伟的破衣服缝好，叠得整整齐齐放在原来的地方，谁跟大伟吵嘴，她总站在大伟一边，我不清楚这是在寻找保护者，还是爱情的开始？

到了水电站工地，我们拉架子车，运石头，有时还得夜战。河水已经解冻了，激流顺着河道哗哗的向下游冲去。有一天河水冲破了坝基，水流打着漩涡涌了过来，指挥部的杨指挥来了，脸上露出焦急的神色，站在一个高台子上对大家喊：

“共产党员、共青团员、民兵们站出来，赶快下河堵水。”话音刚落，北京知青和老乡呼啦啦的站到了队列前面。我们每人喝了两口酒，脱下衣服，跳进水里。冰凉的河水刺骨般地浸泡着我们的肌肤，我们手挽手在河里站着，一堵人墙阻挡着水流。其他民工赶紧搬运石头，填堵着缺口，水流渐渐地小了，小了……

大伟睡到半夜，一个劲地咳嗽。睡在旁边的老乡二狗，伸手摸了摸他：“唉，不好，赶快送医院。”说完穿起衣服跑出窑去，一会就拉回一辆架子车，窑里的人全起来了，七手八脚的把大伟抬到车上，铺好盖好，一个老汉还不放心，又脱下光板羊皮袄盖在大伟身上。二狗在前面拉着，我和几个北京知青在后面推着，到了县医院，大夫一检查是感冒。

过了几天，小瘸子、张英陪着桂兰来了。桂兰一进窑门，就递给大伟一袋奶糖和五盒烟，这糖是她当内科主任的妈妈从北京给寄来的，大伟掏出一把扔给我。

“队里的发财回来取粮，说你病了，我就赶紧来了。”她坐了一会，似乎有话要对大伟说，就拉着大伟出去了。

我问小瘸子和张英：“赵连生怎么样？”

“别提了，你们走后，赵连生一个劲地给冯淑琴献殷勤，不是担水，就是劈柴，照顾得可周到了。冯淑琴一到供销社买东西，准给赵连生带两盒烟，俩人可好了。”小瘸子满有兴趣地说。

张英坐在我的旁边，悄悄地说：

“有一天，我和冯淑琴、赵连生进沟里去背柴，等我把柴捆好后，怎么也找不到他们俩了，天都快黑了，我又害怕，又着急，无意中发现在树林中他们俩的柴捆放在一边，赵连生把冯淑琴搂抱在怀中，在她的脸上亲吻着，还在她胸前抚摸着，冯淑琴像一只听话的大猫，紧紧偎依着赵连生又说又笑。羞得我捂着脸跑，响声惊动了他俩。他俩站起身来，非常热情地喊叫我。赵连生那天可真卖力气，柴就数他背得多，还经常招呼着我们俩。”张英说到这，两颊绯红，不时地抬眼看着我，当我们的眼光相遇时，又赶快避开了，一股难以言传的情感在我的心头流动着。

八月初，我们听到了招工的消息，很快赵连生和王丽华就要招工到延安去了。小瘸子因为残废，大伟往县里跑了几趟，另一方面照顾又是烈属，经过当地政府和北京联系，就要回北京了。临走前，我和大伟去送小瘸子，赵连生和王丽华也要到县里集合去延安。走到水电站的时候，赵连生拉住我和大伟的手说：

“咱们一块出来，在队里也吵过，也打过，现在就要分别了，想起来真不是滋味。”大伟听完后，沉思了好一阵。

到了汽车站，大伟把手搭在小瘸子的肩上：

“兄弟，回去吧，好好照顾多病的妈妈，别忘了咱们这段生活，别忘了给我来信。”他说着，眼里涌出了泪花，紧紧拥抱着小瘸子。

之后冯淑琴和张英到了西安铁路，听说孙桂兰和大伟回到北京，结了婚，张英走的时候，是我送她上的汽车，我总忘不了，在我劳动汗流浃背的时候，她掏出手绢递给我擦汗，当我登高的时候，她总让我注意，怕我摔着。她就要走了，就要远离我的时候，我心里酸溜溜的，好几天心里不好受。

为了看她一眼

胡承斯

●不准知青谈恋爱●偷偷摸摸的爱也是爱●夜奔山路70里，加乘火车5小时，只为看她一眼●藏身粪桶后●化险为夷

为了这渺小而坚定的目标，付出多少精力和汗水也值。

——作者

火车终于到站了。从臭哄哄的车厢里出来，我长长地松了口气。5小时的“罚站”，腿好酸啊。

走出眉山车站，前面是70里山路；今天是星期六，我拥有一个完全属于自己的、完整的24小时，去看望尚来调回成都的女友。“只看一眼也好啊！”这个念头一刻不停地躁动着，从农村回城读书的这两个月中，好多天晚上睡不好。最后，攒下平时的零花钱出发了。

我们相爱快一年了。同在一个生产队，都是1969年1月上山下乡的知青。下乡两年以后，不少知青先后调走回城了。开始大家还相信只要表现好，迟早总会回去的。到后来，规矩更多了，不成文的“王法”第一条就是知青不准谈恋爱，更不准结婚。除非有谁甘

愿永远留在这块硬邦邦的红土地上。

偷偷摸摸的爱也是爱。在干巴巴的生活中，在这一片光秃秃的山野间，爱依然成活了，尽管她比我年长三岁。

夕阳终于被大山挡住，天色渐渐暗下来。山里极静，只有脚下单调的回声。绕过山岩绕过松树林，绕过大队书记的房侧，绕过米面磨房，绕过曾经险些让我们“抓”到嫩鸭子的大水塘……前面只有两座山了。每一步都让人更加亢奋：“看一眼、只要能见到她，只看一眼!”夜把一切都美化了，我渴望那金黄色的，如同宝石一样闪闪发光的煤油灯，还有烧得劈劈啪啪作响的火塘。

借着星光，看看表，快到夜里 11 点钟了，那熟悉的小草房就在山下，心在欢快地歌唱。总算在 7 个小时里赶完了这 70 里山路，一切艰难都过去了。余下的只有等待——等待全生产队的人都睡安稳了，等待那些守夜的狗都睡安稳了，才能下山去。

狗，还是叫了。“二黑”和它的那帮娘们恶狠狠地扑过来了。我轻轻地唤了几声，它摇摇尾巴，叫得更来劲了，热情得让人受不了，像要把全生产队吵翻一样。我只好冲下坡硬着头皮敲门了。门吱的一声开了。她的弟弟站在门口，我们是同班同学，他认出是我以后告诉我的第一句话是公社干部正好来生产队检查生产，为了不给姐姐调回成都增加困难，绝不能让人知道，“唉，你来得太不是时候了!”

她也起来了，披了件衣服，眼睛中流动着惊喜，说：“看你一脸的汗!”她递过来一张喷香松软的毛巾，温存地微笑着。

不能大声说话，轻轻的细语还得留神外面，土墙有缝太不隔音了。我们默默地注视着对方。看一眼，再看一眼。

她清瘦多了。眼圈有一层淡淡的黑影，两条乌黑蓬松的长辫子垂在胸前，使她细小的身子显得更加单薄。她微笑着，使我如痴如醉。这是我们分别两个多月来第一次见面。

墙外仿佛有人轻轻地走来。喜悦瑟缩了，忧郁在瞳孔中放大。然后就听见外面又是拍墙，又叫我的名字。天啦，我到底还是给人发现了！

怎么办？我是不能见人的啊！两间房子，四壁空荡荡的没有任何可以容纳一个人躲避的角落。

土墙外面的人越来越多。都兴奋得像过年一样。狗叫得更欢了。有人在敲门了。我听见公社干部的笑声。这脆弱的门板，这油灯下腊黄的三张苦脸和充满恐惧、绝望的眼睛……我们本能地退到了里间，还是一筹莫展。

我们在慌乱中发现单人床挡头有一只粪桶，两只旧箩筐，在黑糊糊的角落如同剪影。

这是唯一的去处了。我迅速移开粪桶，钻进一只旧箩筐，弟弟用另一只箩筐反扣上来，再把粪桶挡在前面。轻声地说了句："我尽可能把他们堵在外面。"便端起油灯出去了。屋子里一片漆黑。黑是我唯一的掩盖了，我好希望永远这么黑下去！永远！

姐弟俩装疯卖傻地开门去了。一心想看场"好戏"、在外面等了好久的男男女女一窝蜂涌进来。几个半大小子操起手电筒乱射。透过箩筐的缝隙，能看见一道道白色的光在床上床下各个角落里交错翻腾。谢天谢地，幸好我没有躲到床下面。

公社干部和生产队几个有头有脸的人进来了。不知是多喝了几杯，还是被即将揭幕的"好戏"所陶醉，开始粗声大气地问寒问暖了："我们来看你们还有没有粮食。"看粮食？在这半夜三更！

干部仍然不失其风度地先查看了外间。捡起几根劈柴敲打了一阵子，似乎确信暂时不缺柴烧后，才领导起凑热闹的大小老少们往里间走：“看看粮食喔。”

姐弟俩根本没有办法挡住这人流。里间顿时塞满了人，空空的四壁之间，只有米柜子大大咧咧地蹲在那里。手电筒光和所有的人的目光都聚焦在铁条扭成的锁扣上，等待掀开柜门那一刻的到来。

静场。都屏住了呼吸。公社干部开口了：“把米柜子打开嘛，看看你们还有好多米。”

“哪儿还有米哦，只有半筐红苕。”

“吱嘎”，柜门还是慢吞吞掀开了。

“哦!”一阵尴尬的哄笑，果然只有半筐红苕。

人们无法面对这样的讽刺和失望。几个半大小子，迫不及待地搜寻新目标。手电筒光又一次集中到了床下，连成年人也忍不住随着手电筒光往床下探头。

“床挡头有两个箩筐!”终于还是让一个爬到床下面的孩子发现了。

我想：完了！我害了她！就为了看她一眼，她就再也调不出来了。

手电筒光刺破箩筐缝，把耀眼的白光撕扯成狰狞的怪虫，爬满了我的头、我的手、我的已经蜷曲成一小团的身躯。血往上涌，雷鸣般的心跳震耳欲聋，我不敢再呼吸了，一点细微的颤动都会像大地震一样可怕。

“箩筐里面装的啥子哦?”还是半桶尿起作用了，成为一时的天然屏障。可能谁都不想动手提一下粪桶，公社干部的询问也犹豫不决了。

“没有啥子，是空的。”她说。

“算球啰，走吧！”人们默默地跟在公社干部身后走了。门又重新关上了。把一阵兴高采烈的狗叫声关在外面。

“那么远一趟，还是睡一下吧。”弟弟建议道。

已经深夜一点半了。这不辞劳苦来回140里山路，外搭10小时火车，不就是为了看她一眼？可现在，还有多少时间属于我们自己？

我们的手摸索着握到了一起。是安慰？是理解？还是谁向谁表达歉意？时间像加足了力气补回刚才的迟缓一样，没命地往前跑。灶膛里的火点燃了，我坐在灶门口光溜溜的石头上，“看她一眼！”这被灶火映红的温暖的侧影，终于又真实地出现在我面前了。大铁锅里刚煮的红苕正咕嘟嘟地冒着热气，饥饿和神经高度紧张之后，我一身软瘫没有一点力气，在暖洋洋的灶边，我好想睡一觉！

生活原来是这样。有时候，并不是你给自己安排生活，而是生活安排你。鸡叫头遍了，凌晨三点钟，我又悄悄从来路走了。辽阔的夜空中，蓝色的星星在刚刚升起的薄雾里直打寒战。这一次，狗没有叫，这会儿它们大概才真的睡熟了。

毕竟，我见到她了，看了一眼！为了这渺小而坚定的目的，付出多少精力和汗水也值！

后来，我们的房子在兴建黑龙潭水库后淹没了，沉在几十米深冰冷的潭底。我好想再看看在水底浸蚀了十多年的土屋和土屋里的故事啊！

女大当嫁

陆庆和

●光棍们喜迎女知青●当地流行弃婴风俗●男女比例严重失调●他就像个活死人●苦命甘肃女●买卖婚姻猖獗●诱、逼、压女知青嫁农民现象●组长疯了，婚事告吹●一年挣钱40元●难忘土默川

我不想伤害他们，我还心存回城的希望。

——作者

1968年9月9日，我登上了开往内蒙古的列车。记得头一天晚上，妈妈在给我整理行装时，突然哭了："你们这些女孩到了那儿，如果坏人把你们强奸了，怎么办呢?""这怎么可能呢?"我安慰她。我当时把要去的边疆想象得非常可爱，对北京那可怕的无休止的政治斗争感到厌倦，觉得只要我好好劳动，或许会有一种新的生活等待着我。我的母亲十分明智，只送我到家门口。否则当她亲眼看到火车站上痛哭离别的场面也许会昏倒的。说实在的，我当时很想离开北京，父亲被审查，给我带来了巨大压力，我的行动常常受到一些人的监视，在北京我感到窒息，所以当火车开动

时，我只感到一阵轻松。当我坐下，回头一看，只有我和另外一个男同学坐在位子上，一百多人还都挤在窗口不停地哭着喊着，这时我才突然感到一种从来没有过的凄凉——从此，我就不是北京人了，是内蒙古的农民了。而那里到底怎么样呢？

当我们来到土默特左旗北什轴公社南什轴大队第一生产队的时候，受到了比我们想象中要热烈得多的欢迎。前来看热闹的社员把我们包围了。人们微笑着，叽叽喳喳地用我们一时还听不懂的方言议论着。年近60岁的老队长给我们一个个地端来了红糖水（当地的水又涩又苦，当地的农民怕我们嫌水不好喝，特地往水里放了许多糖）。看着那一张张陌生但热情的脸，使我深受感动。所以，我很快给母亲写了一封信，把这感受告诉她，叫她放心。

不过，一年以后才从一位当地的媳妇那里得知，在我们未去之前，小队开全体社员大会，讨论要男知青还是女知青时，大家以队里光棍多为理由，一致决定全要女的。因此，当我们9个女知青一进村，马上就被人们评头品足了一番。据她说，社员们都称赞老队长有眼光，挑的闺女，个个都长得“拴正”（当地方言，即“五官端正”之意）。队里的光棍以及他们的父母们为我们的“入社”着实兴奋了好几天。

大概是由于这个原因，在一开始，生产队从干部到社员，都十分关心我们。队长亲自教我们用灶和风箱做饭。每人在经历了火的洗礼——烧掉眉毛和前额头发之后，终于逐步学会了当地农民的生活方式。我们家里，时常有人来串门，有成群的青年男子，也有已婚的男人，还有年龄与我们相仿的闺女们。总之，开始的一个月，我们是在十分新鲜极度兴奋的状态下度过的。那里有不少成年男子结不了婚，只好打光棍。因而，在农民眼中，我们的到来，真是给他们带来了结婚的希望。慢慢地，大家混熟了。有人就开始问我们，有没有找婆家。大家觉得很可笑，回答说没有。但社员们并不完全相信，因为在当地农村十五六岁定亲的非常普遍，而我们9个人当时都已超过了这个年龄。他们在暗中自己做着调查。

“你们别瞒我们了，”一天，一位媳妇跑到我们住处，“你们当中的×××就已经有了男人。”她说的是我们之中的一位同学，她在北京就和一位男同学谈恋爱了。那个男生在离我们不远的一个公社插队，大概是他与那个村的农民说，他有女朋友，而农民则按照他们的推理认为一定订了亲。大家听了这话十分不高兴。那妇女的一席话，也使那个女同学十分的难堪。在那个极左的年代，我们这些受过“大革命”洗礼的青年学生中，恋爱与婚姻当时被视为不洁甚至是禁区，大多数人都以不谈不想为正确。即使那位正在恋爱的同学，也有一次对我说：“人为什么要结婚呢？想想太可怕了。”

秋收过后，有些同学回了北京，但大部分同学留下来，与贫下中农一起“干革命”。当时内蒙古揪所谓内人党搞得较凶，知青们因为有些文化，所以大队小队指派我们记录或整理材料。为了调查核实情况，我常常往农民家中跑，接触了各种各样的人，倾听并记录他们的意见，再向大队干部汇报。由于自己的父亲还在受审查，我从不对村中的大的分歧发表意见，主要是听，并且尽量比较客观地汇集他们的想法。通过调查，渐渐地也得到了队里不少人的信任。许多人除了向我表示对这种人整人的运动的厌倦外，也跟我谈了不少他们个人的经历，婚姻的痛苦与烦恼。这使我对当地农村妇女及其婚姻状况有了较深的认识。

那里的农民祖上大多是从山西和陕西逃荒来的。那里的土地肥沃，辽阔。最大的不足是缺水。遇到大旱之年，有时会颗粒无收。

到这时，妇女首先被卖掉去换取粮食。一位60多岁的老婆婆告诉我，她因家里穷，13岁作为童养媳被卖到这个村的一个姓韩的人家。她的婆婆，是把她作为一个女仆来使唤的。要她做许多家务，喂猪，农忙时还要下地劳动。她的丈夫当时是一个非常老实、勤劳、沉默寡言的青年，只知道劳动，对母亲百依百顺。而他的母亲，也就是这位妇女的婆婆不准许两个年轻人在一起。晚上婆婆睡在他们俩当中，人为地把他们隔开。随着年龄的增长，情窦渐开，她有意识地接近她的丈夫，但只要 走近，那婆婆一定会咳嗽暗示禁止。而她的丈夫很怕自己的母亲，总是低着头从她面前走过。到晚上，她有时睡不着，等着婆婆睡着后，就瞪大了眼睛朝她的丈夫那边望，多么希望他能醒着……“他就像个活死人”，这位老婆婆一边回忆着，一边流下了眼泪。在她17岁的时候，当地遇上了大灾荒，韩家为了活命，把她卖到了河北的一个农民家。她与那人生了一个女孩。但不幸得很，河北省闹瘟疫，她男人死了，为了生活，她被迫改嫁。后嫁的丈夫又死了，这时她想到了老韩，她带着孩子沿途要饭，千里迢迢又回到了她第一个婆家。那时婆婆已死，老韩虽人到中年，但因为穷，仍是独身。他什么也没说，收留了她们母女俩。老韩与这位妇女没有再生孩子。她的女儿已经出嫁，常回来看两位老人。她很爱自己的后父，说他非常善良，对她像亲生父亲一样。这位老婆婆的最后结局还是不错的，很多妇女被卖后，也未必逃得脱死亡的命运。

我本以为像老婆婆这样的遭遇都是新中国前的事，新中国后的妇女是彻底翻身了。但越和村里的妇女接触，就越感到事实并非如此。

内蒙古的冬天太冷，什么活也不能干，我当时每天用一两个小时教五六个闺女识字和算术。当地女孩子从小失学的人很多，一方面是因为穷，另一方面是父母认为女孩子反正要出嫁，是人家的人，用不着花钱送她们去上学。不识字，闺女们深感不便。经队长同意，在生产队的一间屋子里，闺女们每晚学习两节课（白天女孩子在家要做家务）。几天之后，一位中年妇女也主动跑来学习。她叫兰花，甘肃人，是两个孩子的母亲。有严重的关节炎（关节已经变形），走起路来摇摇摆摆。自从进了识字班，她每天总是第一个到，最后一个走，非常认真。但没想到，一个星期之后，兰花的丈夫在我们上课时闯了进来，命令她回去看孩子。我知道兰花的孩子大的9岁，小的6岁，她离开一会儿是没什么问题的，就对她丈夫说："你在家看一下不成吗？她在这学点文化有什么不好?"她的丈夫一听，大叫道："我从来没看过孩子，我们家出了事，找你算账。"说完，愤愤地走了。我当时很奇怪，怎么会出事呢？在场的闺女们说："他哪是为了孩子，他是怕把兰花给学跑了。"这一解释，更让我莫名其妙。

一天下午，兰花到我家，跟我讲了她的身世。她是甘肃人，家里很穷。15岁那年，家乡闹饥荒，家里人饿得没法，就把她许配给离她家一百多里地的一个姓张的人家，换来了150斤小麦。她到张家以后，那个男人对她非常凶狠，常常动不动就打她。两年后一天，她趁人不备，偷偷地跑了，跑了两天两夜，回到了娘家，没想到，她的哥哥大骂她，说既然到了张家，就不该偷跑回来，再苦也得呆在那儿。因为已经吃了人家的粮。但兰花表示，她死也不肯回去。她哥哥不由分说，用绳子把她捆起来，放在驴车上，给张家又送了回去。在离开娘家时，她大声地向妈妈哭喊着要求留下，母亲哭着对她说："苦命的孩子，娘实在是没办法啊！"她被送到张家时，天已经黑了。她哥哥给张家赔了不是，当时就走了。她被关在一个柴房里，只听门外有人议论说，“等明天再收拾她，打死她也活该。”她想，与其在这儿等死，还不如再逃。她磨断了身上的绳子，趁着天黑，从村里逃了出去，她认准了北斗星没命地往北跑，因为她听村里人说，北边有一个火车站。在天刚亮的时候，她终于到了车站。在那个车站，一个穿得很体面的男人，给她买了吃的，并告诉她说，他是内蒙人，正在招女工，问她去不去？她一听，就乐了，马上说：“去！去！”那男人指了指身边年龄与她相仿佛的几个女孩子，告诉她，她们都是他招来的。那些女孩子像她一样面黄肌瘦，那年甘肃遇到大灾，灾民遍地，许多农民特别是女孩子都为饥饿所驱使，盲目地向外跑。不幸的兰花，也加入了她们的行列。那男人实际上是个人贩子。一到内蒙，马上以500块钱一个，把她们分别卖到了几个村里。她被卖给了本村姓孟的农民。她毕竟是经历过一次磨难的人，面对着眼前这位长得十分端正，态度比较温和的男人，觉得也许他比前头的男人要好得多。因而她并没有反抗，就与他同居了。婚后，丈夫对她虽从来没打过，但因为有外遇，常常夜里不回家。她很苦闷。但这个村里，她举目无亲。她想跟这个村里的人谈话。一开口，大家都笑她的甘肃口音，她只能闭门不出。她本希望跟现在的丈夫好好过日子，但发现她的丈夫对她越来越冷淡。她的婆婆早死了，只有一个小姑子一直对她很关心，常常陪她说话。她的公公是个非常忠厚的农民，在生活上保证她有吃有穿。她还能说什么呢？她只是得不到丈夫的体贴。最使她伤心的是她坐月子那一阶段，男人整天不回来，她生了孩子，头一天就下地自己洗脏物，照料孩子，没有婆婆，小姑子太小，一切都得自己来。这样，她生第一个孩子就在月子里得了病，浑身骨头痛。第一个生的是女孩，第二个又是女孩子。男人就更不高兴了。渐渐地，她得知丈夫在村里是有名的

“浪男人”，有些已婚的妇女常与他打情骂俏。她们常在自己男人外出时招兰花的丈夫去过夜。兰花有时晚上出去找他，但她不知道哪个女人把他的男人夺走了。不但一无所获，还常会受到村民们的讥笑。

她已经对丈夫完全失去了信心，她只想识字，要自己写信给自己的亲人，让他们来找她，给她撑腰。兰花经过一年的努力，终于给亲人发出了第一封信。在 1970 年 6 月的一天，兰花的哥哥突然来了。他向妹妹表示歉意。说是当时太糊涂，他事后听说那张家是如何残暴地待她，并准备把她往死里打时，非常地后悔。她的母亲临死时，还一再说对不起自己的女儿。哥哥本以为她可能死了。一听说她还活着，就马上赶来看她。听她哥哥说，当地生活比以前好多了，早要是这样，也不会让妹子吃那么多苦。但他觉得内蒙的生活还是比甘肃好，让妹子好好在这过日子。“你男人说什么?”我问。“他怕我跑了，一个劲儿地在俺哥面前说俺的好话。”打那以后，村里的人们都发现，兰花的男人收敛多了。当地的农民，能组成一个家是不易的。尽管有些人在外面“浪”，但也并不希望失去自己的老婆。兰花哥哥的出现，对她的丈夫是有一定威慑力的。后来我才知道，困难时期，被卖到内蒙的甘肃和河北的妇女相当多。有些男子对外来的妻子很尊重，两口子日子过得很和睦。但也有兰花这样不幸的妇女，与并不爱她的男人在一起。更有甚者，有些女青年因为年龄太小，当关起来面对一个要与她同房的强壮的男人，竟有吓死的。在我们队，有人指给我们看一位老实巴交近 30 岁的农民，说他曾花 400 块买了一个 13 岁的甘肃女孩，可能那孩子是害怕，或是长期的饥饿，身体病弱，到他家几天后就死了。听说她的母亲一同被卖到邻村，当那个母亲听说女儿暴死的消息，差点疯了。

当地土生土长的女孩子，命运比这些外来妇女要好些，但买卖婚姻的风气很甚。女孩子大多十五六岁由父母定亲，然后男家每年要送彩礼，我们在的时候，多的已达到1000多元才能娶得起媳妇。而1000多元，对60年代的农民来说，是一个很吓人的数字。女家拿了人家的钱，就是人家的人了。不管你爱与不爱。当然，也有自由恋爱而结合的，这需要男女双方都有相当的勇气，双方的父母也比较地开明。在这样的背景下，许多男子因为穷，即使人到中年，也无结婚的财力。我终于明白在这样的地方，我们这些女知青要想独立地生活，实非易事。

半年后，我们就渐渐听到了有北京女知青嫁给当地农民的消息。村里的男女老少都对此话题十分感兴趣。有时故意在我们面前大谈特谈。“青年们结婚不要钱”这个诱人的消息，在农民中迅速地传开了。渐渐地，从我们知青的内部也得到了证实。在这些女知青中，有属于出身不好，觉得前途无望的人，只想嫁给农民了此一生的。也有情投意合，相爱而结合的（为数甚少）。还有属年幼无知糊里糊涂与农民同居的。我就听一位有这样经历的别村的女知青对我说，她因为父母都被关起来审查，非常孤独，有家农民一直照顾她，后来把她“照顾”到了自己家去。他们的儿子就与她同居了。后来她的母亲从“牛棚”里放出来，一听说此事，就马上打电报让女儿回北京。直到跟母亲长谈之后，她才知道究竟发生了什么事。“我真奇怪当时怎么那么糊涂？”一回忆此事，她就非常后悔。回村后，她再也没到那家农民家去，因为并没有履行任何法律手续（当时两人也都没到结婚年龄），所以，那家农民也没有再找她的麻烦。

到了1969年下半年，不少地方出现了诱、逼、压女知青与当地农民结婚的现象。例如：凡是与当地农民订婚的女知青，工分就比一般知青高。有的村干部主动当红娘，如遭到拒绝，就降低那个女知青的工分，使她靠那点工分活不下去。我们因为9个人在一起，加上大队小队的干部没有这样出格的，所以当时在本队并没有感到有特别大的压力。

但是，我们并不知道，我们小组的组长，已悄悄地与当地的一个姓秦的农民儿子订了婚。当时，男方还在当兵，所以知青谁也不知道。但村里的农民早已察觉了。那年冬天，我们都回了北京，只有组长还留在村里。因为她当时被另一个小队借去当会计，要年终结账，不能走。但不久，我们在京的知青就听说她疯了。为了弄清到底是真是假，我就先回了村。进村后，直奔我们家，但家锁着。有人告诉我，她在秦家。我找到秦家，她果然躺在他家的炕上，脸色发青。但跟她交谈，并没发现有什么不正常。我把她接回了自己的家，问她到底出了什么事，她笑笑说，什么也没有，就是有两天，她想哭，想笑，就把农民吓坏了。不一会儿，曾在前一阵陪过她的两个当地的闺女来了。她们告诉我，组长是被吓疯的。那天晚上大约已经10点多了，她们三个人正坐在炕上说笑，突然一个闺女发现窗外的风片片上有一双眼睛，直勾勾地盯着她们。内蒙由于天冷，是两层窗，里面是玻璃，外面再加一层纸糊的活窗（当地叫风片片)。估计那人是先把窗纸舔破了，然后才凑上前来吓唬她们。三个人一见此状，都吓坏了。不一会儿，那人走了。两个闺女回头一看组长，只见她浑身不停地抖着，按也按不住，叫她，她也不答应。她们俩怕极了，只好开着灯睡觉。一开始，谁也睡不着，但后来实在太困，两个闺女朦朦胧胧地睡着了。等她们一觉醒来，天已大亮，看见组长瞪着大眼，望着天花板。她们摇摇她，她大笑起来，这可把两个闺女吓坏了。赶快往家跑。路上碰见一位大队干部，告诉他我们的组长疯了。“瞎说！我昨天看见她还好好的。”那干部头也不回地走了。到了快晌午时，有人从我们知青屋前走过，听见里面有人大声唱歌，那不是唱，简直是嚎。不一会儿，许多人都好奇地聚在墙外，那位大队干部走过，一了解才知确实出事了。他和几个干部进屋一看，组长还躺在床上，头发散乱着，一见他们进去，一下子由唱变成了哭。当天，跟她订婚的秦家农民，就派人把她接走了。为什么要吓她？两个闺女天亮时，曾听见有人从门前走过，说“昨晚可把××（组长的名字）吓坏了！”说完哈哈地笑着走了。听不出是谁，但肯定是青年。而与组长订亲的秦家人说，肯定是他们的仇家××人，他们听说她要和秦家结亲，想害她。据大队干部推测，可能是当夜值班的民兵开玩笑。于是找到那两个民兵，他们死活不承认。事情已经闹得这么大，又没有别的证据，谁会承认呢？等我回到村里时，组长谈吐都很正常，我劝她回了北京。当时大家都以为她只是一时的错乱，过一段就会好的，谁知这一次恐吓竟造成了她终身的大害。

她的第二次发病是在第二年春天的知青大会上，大家都看到了她是怎样地失去了常态，又哭又笑。我们相信她是疯了。组长因此很快地调回了北京。她的病时常发，所以婚事自然告吹。这件事对我们其他 8 个人的刺激是太大了。

内蒙由于与苏联边境关系紧张，很快就军管了。军管会在进驻内蒙后不久，连续拘捕或处分了几批强奸女知青的流氓以及以权欺辱、奸污女知青的干部。情节恶劣者执以死刑。

从 1969 年开始，就有知青上调进城工作的了。这样，随着一个个知青的调离，农民们与知青结合的希望也就日渐淡薄了。到了 1971 年，我们队只剩下我一个人了（因为父亲的历史问题，我当时是没有资格进城工作的)。我的母亲听说这一结果，跑到调回北京的同学家里大哭了一场。已经调到旗里或呼市的同学，也常回来看我，替我担心。一位1971年初已经调回北京的同学，特地又从北京回到内蒙，陪着我一直到秋收。直到她母亲一再打电话催她回去分配工作。我知道她们担心什么，但我在她们面前仍表现出若无其事的样子。说不担心，那也是假的，但直到我真的一个人留在了村里，才知这种担心是多余的。也只有在这时，才真正了解了农民的善良与纯朴。

首先是队里的干部格外地照顾我。不管大队还是小队，一有会，就派我去。因为开会的工分最高，又最省力。农忙将开始之时，我就被派到了瓜地与两位老农相伴。瓜地是技术活，活不重，一到瓜熟，每天都可吃到上好的瓜。粮食收下来，我又被派到场上，经常参与分粮记账一类的工作。即使一年一度的兴修水力，是比较苦的，队长不让我去挑担（而我们刚去的两年，都被派去异土，我的腰可能也是那时扭伤的)，而让我挖土方。每次量方，总给我多报些，有时看见我惊讶的样子，向我眨眨眼笑笑。冬天，妇女们在场上摘麻，我总摘不多，记工员拿到我的麻，总是多说点。这样，一年干下来，我成了队里能拿到分红款的七家中一家。当时因为工分值太低，大多数农民，一年干下来，除了分到粮食外，一分钱也得不到，他们只能靠养鸡养猪来换钱。所以有的农民跟我开玩笑，说我是全村的“地主”。如果按人均收入来说，我大概是最高的了。不过，那一年我也只分到40多元。但在前一年，我只拿到10元，并靠着这10元过了一年。相比之下，我当然十分满足了。

冬天到了，天渐渐冷了，但村民们却用他们那坦诚的胸怀，温暖着我的心。

每天早上吃完早饭，会有七八个八九岁的孩子跑到我这里来，讲童话、唱歌给我听。我呢，尽可能地拿一点糖果招待他们。下午，每星期有两次妇女们的集会在我家举行，那时常常要读文件，读完后，自然是张家长李家短地拉呱，会听到许多趣事，有人说起笑话来，会笑得大伙都倒在炕上。有时一些男青年成伙地跑来串门。有聊政治、生产的，也有对我去留婚嫁的试探性发问。晚上 7 点半以后，就有两个闺女来陪我，她们把针线活拿来做，边做边说话，不到 12 点是不会睡的。我曾试着跟她们学做布鞋，忙了好久，做出来的鞋两边向上翘。两个闺女见了大笑起来，说："这是哪家的船?"我的这双船鞋，常常成为她们的笑料。我呢，也说："这证明我做不了你们农民家的媳妇。"当地的妇女结婚后，她们的女红技术，是通过丈夫身上衣、脚上鞋看出来的。在这方面我自叹不如。

这样，自秋收以后，我的家几乎从早到晚地不断人，日子倒是过得很充实。但随着年关的接近，人们都忙着准备过年，到我家串门的人也就少了。一天晚上，天已经黑了，我正在吃饭，突然听到门响，我问："谁?"没有回答。过了一会儿，门又响了，再问，又是沉默。我有点火了，就说："是哪个王八蛋，快点说!"但依然只听门响没有人声。我马上想起了组长的遭遇，确实有点害怕。但一想，时间还早，不会有什么事的，因为一个小时之后，两个闺女就会来了，我只要不开门就是了。不一会儿，声音消逝了。但之后我也没有去开门，谁知道那人走了没有。第二天晚上，又有人把门弄响了几次。我警告说："你明天再来，我就杀了你!"第三天我下定决心，不能再这么下去。我在门栓上涂上了油（为防止开门时有声音)，把菜刀放在门边。到 6 点多，门又响了。我轻轻地打开门，右手持刀，左手突然伸出去，一把抓住了门后人的一只胳膊。在抓住的一刹那，我的心抖了一下，我没有想到这人离我这么近，但也就在这同时，我听见了一声尖叫，定睛一看，原来是个十四五岁的男孩，他一看见我手中的刀，马上说他是闹着玩，让我饶了他。但我仍声嘶力竭地对着他喊道："你再敢来，非杀了你!"我当时听见自己的声音都有些异样，是气愤？恐惧？还是什么，我也说不清楚，反正我事后想起来仍有点害怕。在冲出去之前，我是打算拼命的，但是若真是个成年男子，我是否敢举起这把刀？我也不知道。因为等那孩子走以后，我浑身还有点发抖。

这事很快在村里传开了，那孩子的父亲亲自上门来道歉，希望我不要向上汇报。大队的治安主任跑来安慰我说，今后要让民兵每晚多从我门前走过，保证我的安全。他也会时常来看看我的（后来他确实是那么做了）。我想，也许我那天表情很可怕，把那个孩子也吓坏了，才会引起村里人如此关注。后来听说村中人可为那孩子担心了几天，说要是我到上面去汇报，说不定警察会把他抓走，所以在大家的劝说下，他的父亲赶紧来说好话。此事使村里不少人改变了对我的看法，有个跟我关系很好的青年说："我们原来看你成天笑眯眯的，当是个好脾气，没想到你还挺厉害。"我笑笑，还能说什么呢，也许是一种出自本能的自卫吧。

一年一度的春节到了，这是我在农村过的最愉快的一个春节。妇女们教我做当地的点心，青年们和我一起包饺子。他们叫我大年三十一定要熬年（年三十晚上不睡觉等财神爷下凡）。因为往年在农村过年时，我都不熬年，农民说所以我运气不好。年三十，两个十五六岁的男孩受他们父母的派遣，特地来陪我（陪我的闺女要在家中接神）。到1点多钟，我看他们困极了，还强打着精神，我让他们回家，但他们不肯，说是父母怕我害怕，才让他们来陪我。现在不能回去。听了这话，我十分感动，从心里感激这些善良的人们。

年后，大队会计跟我谈了一次话，问我将来打算怎么办？是等机会进城呢？还是在农村找个对象？如果是后者，大队会另外安排工作，让我去教书，保证我结婚后也饿不着。他让我好好想想，给他个答复。我知道他完全是好意。这个问题，我确实也认真地考虑过，对那些经常来串门的未婚青年，我也一个个地作过详细的观察与比较，不知怎的，也许是太了解了，没有一个人能使我动心的。虽然我也曾收到过他们之中有的人的情书，但考虑再三，决定不予答复。我不想伤害他们，我还心存回城的希望。不过，有时身体不好，病在床上，一种无名的孤独袭来，真有点支持不住。有时我问自己，到底能支持多久？我没法回答。所以，过了两天，我对大队会计说，我还想等一年。他点点头，说他知道了，他和大队的领导都会帮助我的。在1972年里，凡是有上调的机会，大队的干部都一再把我推荐上去，大队的书记还直接与招工的干部进行了长谈，帮我说了不少好话。多亏他们的帮助，我在1972年底，终于被调到旗里做了中学教师，结束了四年的农村生活。

现在，我虽然已回到了自己的老家苏州，但还时常回想起那难忘的土默川，忘不了那些与我朝夕相处，给了我无限关心与爱的人们。

插队小夜曲

邢天佑

●情书尽是学毛选的话●谈个小对象还挺磨人的●断肠沙野伤别离●相见时难别亦难●可怜女知青，凄凉有谁知●你给老子盖章●我真该疯一回

你可以回家侮辱你爹你妈，你不能侮辱你插队的爷爷奶奶，哪怕他们现在已沦为乞丐，懂吗？

——男主人公

插队头两年，大男大女的，整天价在一块儿干活吃饭，有说有笑有哭有闹的，若是两情依依，谈个小对象什么的，是常有的事，L君和我就是这样被别人议论的。

其实，我们之间连一句那个方面的话也还没说。我报名上内蒙，她也报名，我们那个红卫兵组织报得倒不少，真走的就这么俩。牧区头一个年三十晚上，她端来一碗红烧带鱼，我说她是给我们男娃儿们端的，可男娃儿们都说是给我端的。过完年，接到她妈一封信，唤我儿，叫我好好照顾她。就这些，我寻思也差不多是那么回事。可那时男女之间就算是有这么一点

点萌芽的意思，也是不轻易说，总憋着。要说也是从一块儿学习毛选、交流心得体会上开始说。知青男生偷偷给女生写信，也这么着。有回一个知青给心上人写信让我参谋，我一看，几张纸尽是学习哲学著作的读后感，到了关键地方，就来一句：我要向你学习。一共来了五六回，临了"致以革命战友的敬礼"。他那心上人后来跟人家走了。而我们，就连学毛选的话都还没来得及说。

生活越来越艰苦，她无论什么苦都能挺得住，就是常望着南方唱"我的家在东北松花……"，哭腔哭调的，叫人听着难受。特别是后面三个字"九一八"，听着真让人觉得心给揪了一把似的。后来，她决心走，见上面下来了下乡工作干部，就跟在人家后边。我心想也没准哪天人家走时就能把她给解放了，奔了好地方。于是那"学毛选"的事就彻底打消了念头，挺闷气的。两个男娃儿劝我说："别气，男子汉大丈夫，拿得起放得下。天下的美满姻缘实际上都是瞎碰的。——你能相中S君吗？她和你才正合适。"奇怪，他们自己都单吊着，怎么就都来替我牵红线哩？

你别说，旁观者清。我细细一琢磨，S君还真不赖。诚实，勤劳，脸红扑扑的，尤其跟我一样爱穷开心，于是便大有相识恨晚之感慨。从此，S君烧饭我挑水，S君出门我找驴。她呢？也是：我在前面掏柴她在后面踏，我在前面打架她在后面拉。慢慢地，一天不见就想着她。

有一年冬天，天冻得邪乎。灶台后面大锅中的水早晨都结成厚厚的冰。这天吃罢晚饭，她就着灶膛的余火，坐了条小凳边烤火边想她的心事。见我进来，下意识地往里挪了挪，把外边的半截空了出来。我们那伙插队的，平日里男男女女都随便惯了，一个个跟亲兄弟姐妹似的，在一块挤着蹭着的，从没生过啥邪念。今儿却不知咋了，似乎非要说出点不寻常的话来。两人就默默地坐着。灶台上的油灯燃着豆大的火珠儿，把两个人的世界照得朦朦胧胧的。偷偷去看她那袅娜的神态，正如古人所说的观赏“月下美人”之情趣，再也恰好不过了。我终于开了口：“你愿意以后一直和我在一块吗?”她没回答。“我们……以后……会好起来的。”她还是没作声。我心里咯噔一下，撞南墙了！忽然觉得肩膀头怎么一下子沉甸甸的，扭脸一看，哈，她的头正枕在上面哩！顿时浑身像通了电，外边的一条腿就拼命地颤，拼命地抖，命令它停都停不下来。从那以后一活动紧张这条腿就犯病。正在这时，厨房门突然被推开，闯进来个男娃儿找水喝，大概近视，径直地走到跟前三步远，才一愣神儿，“唔”了一声，跟着一个后转弯，水都没舀又出去了，还把个门给带好。从此，我这门亲事就算定了。

可是——知青谈对象“可是”就是多。那年月这般事儿三分由人，七分由命，人拗不过命。——有一天，她突然要和我吹。问她咋回事，就是光低着柳叶眉呜呜地哭。追问半天，才从那且呜且咽中搞清个大概：她家成分高，她是怕。我知道其中的道理。我父亲向来都是让我妈写信传达指示给我的，前几天听说我与她私订终身，一下子急了，连着洋洋洒洒数千字，来了两封信。养儿不教父之过。他“八路”的出身，多年学习研究政策，自然要在这严峻时刻点化我这块愚顽之石出迷津。可是，我心想：这乌兰夫领导过的蒙古人对成分这码事不是没打算认真搞吗？况且我又是“将在外”，撑死了咱们随旗就是喽，于是就劝她放宽心。

从这以后，她总是时时现出一副愁容万般的模样，像个病西施。我整日价看着她不知如何才好。她若是晴，我便也春光明媚；她若是阴，我便也云横雪涌。渐渐地我才明白：这谈个小对象什么的事儿还挺磨人的呵！没办法，只好自己叹自己一天天英雄气短，儿女情长，变得没出息了。

招工了。走算了。管它煤矿铁矿。有了前次做大丈夫的经验，心想此番走了，也就是一走了之了。

走的那天，她送我。走出三里半，我们分了手。一个往北，一个向南。走在沙梁上，我停步回头看她，只见在那苍苍茫茫的天底下，她一个人在长满荒蒿的沙野小径上正匆匆而去，头也不回。我低头又要赶我的路，猛觉得心头像少了一块似的，有说不出的伤心说不出的难受滋味，耳边也仿佛响起一曲悲凉高亢的歌，是西北粗实的汉子用最简单的音符喊出来的歌，从前听了都取笑为五音不全的，此刻却是再撼人心弦不过了，这一声喊便叫人心乱如麻，泪涌如泉。这时，我才明白我是多么不愿意离开她脚下的这片土地，多么不愿意离开她。

我一定要回去看她。

我几乎每年都回去看她，并希望她能早些和我结婚。我这个人喜欢小夜曲，不喜欢悲怆大调，但她总是显出十分为难的样子。后来听说邻队的一个女知青，丈夫在煤矿，她一个人背着孩子挣工分，冰里来雪里去，十分地不易，我的头脑才开了窍。是呵，在她那破旧的土屋内，全部家当只有炕上的一只旧皮箱和一卷结满补丁的铺盖。我们如果就这么洞房花烛夜，以后的日子怎么过？面对现实，别说她怕，就是我这会想着也怕。没有正式工作，一个工分4角多钱。插队，结什么婚！

渐渐地，留在下面的知青已经不多了，可老天爷就是爱跟我们过不去。尽管公社多次推荐她招工上学，可总是轮不到她调上来。我每回牧区看她一遭，路程去五百来五百，往往一个单程就要耗掉四五天假。好不容易见到她，归期已屈指可数，待不到两天，就又要吟唱“相见时难别亦难”了。

一次探了S君回程途中，在一个知青点歇脚，看见这里原有的十多名知青现在也是人去屋空，仅留下一个女的。她生性耿直，素来为我所敬重。见我年年来往于此，她不禁触景生情，长吁短叹了半天。我明白这些留下的女知青的难处。插队五六年后，该调走的都调走，该结婚的也结了婚，被困下的多数是由于人所共知的那种原因。但年龄不饶人，女知青都到了二十五六岁，当地的小伙子都是18岁就成了家。说句难听话，此时就是想嫁人，当地也找不到个像模像样的了。我听讲过不久前有人领着一个外地人来偷偷地“相”过她，便问她，本想让她高兴高兴，提提精神。谁知她竟落下泪来悲愤地诉道：像这样插队的生涯，你们男孩子就够艰难的，我们女孩子比你们更要多几重难。你看，我们已经到了由别人来挑选的地步，而我们此刻的家境和个人遭遇又有什么样的权力来对别人进行平等的选择呢？一点点也没有。假如那人相中了我，我也只能是点头或摇头两种表示，可摇头之后的前途又是什么呢？我的周围还能有什么比他强的人会来相我吗？再拿你和S君来说，你尚可以在两三个女知青中选择她，而她呢，何曾有过这种权力在周围的男知青中也做一次自由的选择？恐怕从未有过。——这当然不怪你。——呜呼，可怜我们这些在大城市受了12年教育的女学生，命运将最终对我们作如何的安排！如果我们留在城里，或者留在南方，我们都不会落到这种凄凉的地步。

听完了她的话，我心头蒙上了一层冰霜，神情怔怔的，回到工厂也整日神情怔怔的。我想到S君曾要和我吹，曾且呜且咽地哭，曾谈到结婚就显出为难的样子，以及她平时疏懒于给我写信等，我开始怀疑自己，是不是有点儿强人所难了。

第二年，我回宁探亲，专门拉着S君的哥哥，从“知青办”到医院四处奔跑，我们为S君办病退，她视力高度近视。我想，病退回了南京，她就彻底翻身了，她可以做一次自由的选择。

1976年9月底，我最后一次回牧区看望S君，告诉她做好准备，病退年底前有望。8年前从南京一块儿来到这个公社的百名知青，此时留在队上见到面的仅为四名女知青，分在两个大队。国庆节那天，阳光灿烂，她们四个“抗战八年”的老知青聚在一起，谈笑中坐在门前的一个小车架子上，让我为她们摄影。虽然身在牧区艰苦之中，她们仍充分表现出乐观向上的知青本色，都在笑。两天后，北京打倒了“四人帮”。

11月，大专院校招生，公社领导和招生老师好不容易为S君争取到一个“可以教育好的子女”的名额。她拎着行李来我工作处向我告辞时，左边口袋里是张病退通知书，右边口袋里是张入学通知书。她说她作了右边的选择。我又得等她三年。我想：上学也不错，班上有那么多男知青，她可以在他们与我中间比较比较，自由自由。她要是也被别人解放走了，我顶多再做一回男子汉大丈夫。说句老实话，我当时身在的重工业区，女青年金贵得了不得，她要是真离我而去，我恐怕就要打光棍。但我还是拿定了主意，从不上学校去看她，1~2个月才给她去一封信，淡淡的一张纸。倒是她信来得比乡下勤，放假回来看我。唉，S君，老实人。

我决心试着往南京调，反正整天闲着也无聊，征求她意见，她坚决支持。1979年底我调回了家，来到一个基层单位，跟在一位50多岁的老头儿后面当徒弟。师傅说：“我没文化，不识字，可我徒弟中的姑娘有一大群。你30来岁还打光棍，明天我叫一打来让你见见面。”吓得我赶紧给S君写信——她这时刚刚毕业分配——让她马上开介绍信回来结婚。人非圣贤，久而久之，我可挡不住这来自方方面面的诱惑。

春节前，我把家具办好，和S君一块去登记。不让登，她的介绍信上没注明自己是未婚。再写信让补寄，得费多少日子？街道干部说可以由我的单位出证明。

人事科的一个粉面小生正在看画报，听我说了来意，立即摇头说不行。为什么？他说：“我怎么知道这个女的没跟别人结过婚？”我一听恼了，让他再说一遍。他以为我听不懂，又说：“我怎么知道你的新娘没和别人结过婚？”我一伸手拉过他的衣领，他竟被我扯起来横在桌上。我说：“你给老子盖章，否则让你躺到下班。”他被勒得喘不过气，甚至翻起了眼睛，旁边几个见事不妙，忙来调停，一个说：“管他呢，给他盖，要倒霉他自己倒霉。”我放了这小子，折好证明放进口袋，对他说：“你可以回家侮辱你爹你妈，你不能侮辱你插队的爷爷奶奶，哪怕他们现在已沦为乞丐，懂吗？”出了门，我听见背后一起在叫：“他疯了！”

是的，我这个出门11年多的游子，倘若将那些流逝的年华和今后为恢复我在这个城市应有的位置所需耗费的时光细细地算一算账，我真该疯一回。

我终于成家立业了。回顾我的“谈个小对象什么的”历程，整10年。都说小夜曲是在有明月的晚上对着情人的窗户弹唱的，我的小夜曲是个马拉松。听说中国也有人在搞“吉尼斯大全”，不知道我够不够申报资格。

婚　　礼

马桂梅

●新郎新娘成了“扎根”教育的道具●剥夺上学资格●相识相知订终身●一夜之间，“逃兵”变“英雄”

我和丈夫时时在想，应当对促成我们婚姻的那些人表示感谢。

——作者

新婚之喜，洞房花烛，怕是人生最令人激动和终身难忘的时刻了。回忆往往会是甜蜜的。然而，每当我回首自己的那一刻，甜蜜中总是含有丝丝的凄苦，品味以往，别具一番滋味，久久萦绕在心头。

人生有时是在瞬间决定的。我已在黑龙江生产建设兵团度过了七个年头。6 月 15 日团机关在五师五十团的小礼堂为我举行了婚礼。前面就座的是佩戴领章帽徽的领导，桌上摆放着烟糖水果和一些单位赠送的镜子、红宝书……

团长主婚，政委致词，这是团领导班子集体参加的一次结婚仪式。政委说这次婚礼意义不同寻常，因为这是五十团举行的第一例知识青年同本地青年相结合的婚礼，他说这为那些自愿扎根边疆的兵团战士开了一个好头，也为徘徊观望的知识青年树立了榜样，并祝新郎新娘“扎根边疆、美满幸福”……

说什么呢？如此光彩隆重的婚礼，叫一个当炊事员的知识青年如何承纳呢？

可作为新娘的我，却无论如何也体验不到这是一次婚礼，倒像是在接受一次“扎根”教育，新郎新娘充其量不过是教育的“道具”。殊不知致词中的宏论正是成为我兵团前七年历史的评判，又是对我未来命运最后的、权威的裁决……

我承受不了舆论的压力，那仅仅是一年前的事……

大学在兵团招收工农兵学员，这消息对参军无望、返城无门的知青心理影响之大是可想而知的。上大学的资格形式上是“贫下中农”举手决定。在团直知青中，我得票第二，只比另一位男知青少一个“拳头”。这一个“拳头”就是高考分数线上的关键一分，更是人生道路上至关重要的一步。

我又担心又激动。担心的是怕只给一个名额去不了；激动的是即使这次上不成，下一次不也就有希望了吗？当晚，就着昏黄的灯光，我把这决定命运的大事写信告诉妈妈：我有希望上大学了，只要女儿能上大学，也就有可能回到妈妈的身边……指望这消息能给时时为我发愁担忧的妈妈带来一点喜悦和安慰。可万万没有想到，这封信竟成为自己未来命运的宣判书。

信被同室的“好朋友”“捡去”拆看并交给了全团最高首长。一夜之间“光荣的兵团战士”成了“一心想返城的逃兵”。上学的资格立时被剥夺，人们对我也疏远冷淡。一时间我感到未来渺茫，去死的心都有。

可我活了下来并被一朵突起的浪花带进了另一条走向的生活之路。打击，促使我对人生道路做出了新的抉择。我们食堂有位老管理员，老两口都是 1958 年随王震将军转业北大荒的“老八路”在“文革”中被打倒，兵团成立后当了个“伙伕头”。平时这一家人待我们知识青年很好。对我的遭遇，他们也和许多善良人一样感到惋惜和不公。在我精神最痛苦的时候给了我不少安慰。事也凑巧，他家在外当兵多年的儿子这时休假探亲，很快我们便相识了……

立在寒风中，他曾静静地听我倾吐一肚子的委屈。屈辱与愤怒使我指天发誓：一辈子不回城，行动将为我正名。就这样，我们订下了终身。

又是一夜之间，又是天翻地覆的变化。对我的指责烟消云散，“逃兵”成了“英雄”，“可耻”变为“光荣”。当第二年他再度休假时，终于被导演出来那一幕不寻常的婚礼。

在我女儿出生的时候，兵团撤销了，政策变了。那些出席我婚礼的人们：台上的军人、台下的知青，以及那位拆信的“好朋友”，一个个陆续离开了都曾公开表示要为之奋斗一生的黑土地，而我却为家庭，为孩子，为自己，更为爱我和我爱的人，或者也为了当初的誓言留下来了。尽管丈夫一再表示，如果我愿为今后的道路再做一次选择，他将十分理解。

青春无悔，我本应该是我，我最终得到的东西还是超过了我付出的牺牲。比起那些为返城而拆散家庭、妻儿子女各属一方的人，比起那些为等时机错过年华酿成婚姻悲剧的人，比起那些回城后无处就业靠父母养老金过活的人，更比起那些信誓旦旦，后因政策“光荣”而返的人，还有许多同我一样，因种种原因等不到政策转变而在当地成家立业、最终把一生留在了北大荒的人，我都应是幸运的。

我走过了一段艰苦的历程，然而最终在北方的土地上找到了落脚点，建起了一个安定如同婚礼祝词中说的“美满幸福”的家庭。我和丈夫时时在想，应当对促成我们婚姻的那些人表示感谢，而绝不去多想他们的初衷，更无须再分辨那些是是非非了。

初识夏娃与亚当

周　平

●傻得够水平●初悟生命真谛●村里情场野史满箩筐●没有知青异性的花季

千百年、千百代过去了，在那片黄土高原上，人类对自身的灵与肉理解了多少？追求了多少？

——作者

插队三个月时，我们抱来一条三个月的狗，它的年龄与我的插龄正好相同。给它起的名字叫书记，也不知它最后客死何方，只记得在我们的喂养与爱护下，它长得精悍漂亮。黑色的毛，缎子般发亮；眼圈、尾尖是黄的，身材匀称，充满活力。它虽然漂亮，但不善战，我们经常要充当它的保护神。

一天晚上，我们和北京干部老钟正在炕上聊天，忽听窑外我们的狗在尖声叫唤，绝无往日狐假虎威的神气。这如同一声号令，老钟抄起小镢一马当先，我们五人紧随其后，迅雷不及掩耳般冲出窑洞，隐约见几条黑影窜跑，只剩我们的狗和一条白狗在那里。这条白狗是远近几个村十多条狗中的“交际花”，虽已是半老徐娘，但因是唯一异性，吸引得屁股后面成群结队的公狗为之拼搏。早听村里人说，它情有独钟，只喜欢我们的年轻英俊的“少男”，以致招惹得“少男”总遭众多第三者的袭击。今天眼见“交际花”与“少男”纠缠在一起，尾巴还缠绕着，怎不令我们气愤。“打，快打它！”我呐喊着。但老钟却掉转头回窑里去了。我忙招呼站在旁边的一个娃说：“大臭子，快帮我打呀！”说实在的，我怕白狗咬我。谁知大臭子嘟囔着：“我打不开它。”年轻媳妇莲子说了一句“傻女子”便转身走了。这时，我们才如梦初醒，心中懊悔不迭。想来，我们真傻得够水平！

我们要强，要跟男社员一起出工，干重活。总共十来个壮劳力，有时缺几个，便忍不住打听：“××干啥去了?”“劁羊去了。”“敲哪搭?”羊又不是鼓。“劁蛋子。”“蛋子是哪搭儿（哪里)?”男社员无法再解释，我们便仍不明白，忘记后来是如何开窍的了。

地里耕地时，本来挺安分的牛却横冲直撞，吓得我夺路便逃，眼见牡牛直冲到牝牛身上，直看得我目瞪口呆。就在这目瞪口呆中，我逐渐明白了宇宙间有生命物质的繁衍与生息，初悟了人如何生人，马如何生马，这与“爱情”不相同。

我自以为明白了些事体，长大了，但还是不断犯傻。一天晚上，走出窑门，只见左邻右舍窑洞的窗户都已黑了。村里人累了一天，晚上无事，又怕熬油，大都早早睡下。忽听旁边莲子窑里传来低沉的骂声及粗重的喘息声。莲子是我的好朋友，别看当了媳妇，还小我一岁，我要保护她！跑到窑前，只听时而似在发生一场格斗，我忍不住叫道：“莲子！莲子！你怎么啦?”里面不理我，声音略小了些。第二天干活时，我对身边的一个社员说：“昨黑里平川和莲子打架来。”谁知那个社员似笑非笑地说：“人家小两口狂（闹着玩儿)

来。”我立时定在那里，一下子大彻大悟，心里又是追悔莫及，一个年轻女子，在男人面前说这些话，成何体统！

随着年龄的增长，耳边听到的这一幕常浮现出来，也渐渐能更多地理解那低沉的骂声。那个地方的女子，十三四岁若不提亲就算“大龄”了，从定亲到结婚的若干年中，每年过年时牛郎织女见上一面，见过若干面后，就成夫妻了，有何爱情可言？更不要讲究夫妻生活的质量了。当年亚当与夏娃创造人类时，或许比他们还多几分恩爱。千百年、千百代过去了，在那片黄土高原上，人类对自身的灵与肉理解了多少？追求了多少？在法律认定的婚姻范围内又实现了多少？听年轻人悄悄讲，老辈子人没几个不风流，没几个没有相好的，一个村里，情场野史满箩满筐。大概这是他们不愿意压抑心中对美与爱的追求的一点抗争。于是这自然形成了矛盾的婚恋现象：一面是稳如泰山的婚姻关系，一面是比城里人还大胆的婚外恋。这是我后来才弄明白的。

所以写这些，是着实感叹我那远离父母、没有电视、电影、广播、没有教科书、没有同等异性（我们大队的知青是青一色的娘子军）的16岁的花季！

可怕的 18 岁

樊北虹

●青春少女的无地自容●好像 18 岁是妖魔、罪孽的深渊●报告连长，全体女生唱黄歌●罕见的洗礼

……我们的 18 岁却是可怕的 18 岁，
在暴风雨中接受人世间最罕见的洗礼。
——作者

20 世纪 70 年代初，我们这些十七八岁的女知青一个个都出落成青春少女，这也是最令我们头疼的一桩事。北方的气候一年四季不刮风的天少得可数，正如当地人说的那样："盘锦的风，一年刮两次，一次刮 6 个月。"尤其是在野地里干活的姑娘们，最怕的就是夏季里的大风雨天气，那被雨淋透的胸部"特征"叫人无地自容。那时候，我们常常是穿着又大又厚的军装，走起路来抱着双臂低着头，像五类分子一样走在人群的最后面。

地处偏远地区的这儿，没有卖什么妇女用品的，好像所有的商品都是男女通用。为了解决这个令人烦恼不安的问题，冰慧想出了一个好办法：她买来一件

男式背心，用剪刀在背后从下到上一通到头，然后将4个角交叉地系在一起，从而达到了束胸的效果。于是，大家纷纷仿效，直到第二年放大假回到城里买到合用的，才把这个专利放弃。

那年，我们连的李小敏刚满18岁，又创造了一个“奇迹”。一夜之间，从18岁就变成了20岁。她曾悄悄地告诉我：“如果有人问起我多大了，你就说20了。”我也懵懵懂懂地答应着。后来一问才晓得：当地俗话说：“十八九岁的大姑娘，再不嫁就没人要了。”我的天哪！那时的我们，一听到“嫁人”这两个字眼，简直如五雷轰顶，太可怕了。所以我们不少女生最忌讳这十八九岁的年龄，到了18岁就一下跨到20岁。现在想来，真是又荒唐又可笑。但那时的我们，似乎能从这里寻找一种安全、一种吉利、一种平衡。好像18岁是妖魔、罪孽的深渊。

一次为炊事班砍柴，在山林里不知哪个女生先哼了一句：“一条大河波浪宽”，几乎是同时，所有的女生都附和着，当唱到“姑娘好像花一样，小伙儿心胸多宽广”时，就听到男生那边传来：“报告连长，全体女生唱黄歌。”一听到“黄歌”二字，山林里顿时一片哑然。伸舌头的，装着没唱的，溜边的，一时间大家不知所措。“快干活，还愣着干啥！”连长大声喊了一句。本来轻松欢快的气氛被一棒子打得死一般的沉寂。沉默的山林，此时只有噼哩啪啦的砍柴声，像是在道出我们心中的不平。

18岁，美丽动人的18岁，是人生最灿烂的年华。然而，我们的18岁却是可怕的18岁，在暴风雨中接受人世间最罕见的洗礼。

欲说当年好困惑

张治玲

●都走了，丢下我一人好孤单●我才不想养一个鼻涕兮兮的“小知青”出来呢●最痛苦最孤独最绝望中的求助信●永远珍藏在心底

那年月，我这个黑狗崽子连说话的权利都没有！还有爱的权利么？

——吴艾

“悠悠岁月，欲说当年好困惑……”

对于从那个时代过来的我来说，这首歌特别亲切。

时过境迁，物换星移。

20年以后，他终于说出了一句那时想说而又没权利说的话。

此刻，当记忆把我牵回那下乡的7年时，我才惊诧地感到：那些自己极力想忘却的，却早已刻骨铭心，难以忘怀了！

我终于明白了，过去的永远不会忘记！它永远不会被新的东西所替代。

刚下乡的那阵，恰是农闲时间，闲得人心发慌脚发痒。于是，我们也加入了知青串门大军。只要听到

哪里有知青，我们就往哪里串。方圆七八里，一家家知青屋硬是都让我们串过了。

几个回合以后，我们便有了自己的知青朋友。与我们的住所相隔一片乱坟包，再跨过一座桥就是一个祠堂，那里面住着三个成都女知青。她们又给我们串来了几个成都男知青和几个本县的知青。

这十来个知青便你来我往，经常聚会。而聚会得最多的地方，要算是我们的住所。

然而，好景不长。

自从1971年3月姐姐被调走后，这伙人都各找门路，一个接一个地跳出了"农门"。都走了，丢下我一人好孤单好孤单。

往往在我端起一碗饭的时候，就会突然想起那伙人在我们这儿"杀伙食"的热闹情景。心里酸酸的，泪水在眼眶里直打转。饭也咽不下去了，把饭往潲水桶里一倒，就趴到床上去痛哭起来。

每逢如此，我便把自己关在屋里，整整一天不出门。

那年秋天，我割完谷子，天已擦黑。刚要进门，便听到一阵自行车铃响。回头一看，是吴艾，他已凭表现调到A县去当工人了。他是跟我们来往得最多的本县知青。

据说，他的父亲是一个解放初期被镇压了的恶霸地主，母亲是一个场镇上的"现管分子"。

"你来干啥？"我冷冷地抛出一句。

"路过，顺便来看看。"

怎么会是路过呢？我这儿离公路少说也有十几里。我知道他是特意来的。

于是，他拿起扁担，帮我挑了满满一大缸井水。接着，他帮着点燃了火，坐在灶下，一把一把地烧，我站在灶前一铲一铲地炒。

饭做好了，我们各自舀了一碗，站在灶头边上就吃了起来，都闷闷地吃，一声不吭。

末了，他说了一声，“我走了”，便立即推起自行车消失在浓浓的夜幕中。

打那以后，每隔十天半月，他就要“路过”我这儿一次。从县城到我们生产队有三十多公里的路程，他下班后就开走，走垄往往擦黑。从我这儿再到他妈妈那里还有十几里路，就只得推着车子步行了。农村没有路灯，弯弯曲曲的田间小道晚间是无法骑车的。有时，我回成都去了，他也来。听别人说，他走垄见门锁着，转身就走，从不打听。好像“路过”这里，是他的一种习惯，与我毫无关系。

渐渐地，我也习惯了他的“路过”。

当我独坐愁闷黄昏时，他的车铃就会突然在窗外响起；当我缸里的水快舀完了的时候，他就会突然出现在我面前，拿起扁担。帮就帮吧。我想，反正姐姐在时，他也是最勤快最爱帮忙的。

有一次，他帮那三个女知青推了300斤谷子去碾米，弄得满身满脸全是白灰灰，两个黑眼珠儿直打转，有个人还骂他没弄好。我在一旁都为他愤愤不平了，而他呢，只是尴尬地笑了一下，又脸红筋胀弯腰驼背地帮她们把米推了回去。

一切都和过去一样，什么也没有改变。

一天，大队支书请我去吃晚饭。饭后，我们便坐在月光下喝茶。经过几番转弯抹角之后，他终于对我说：

“吴艾的父亲是被镇压了的，你知道么?”

“知道。”我说。

“知道我就放心了。”

“放心吧!”

我们的对话就这么简单而含蓄地结束了。

当时，我觉得很可笑，可笑极了！不过，我还是领受了支书的一片苦心。

我和吴艾怎么了？他从来就没有越雷池一步！而我呢？曾赌咒发誓如果在农村调不出来，八辈子不耍朋友九辈子不嫁人！我才不想养一个鼻涕兮兮的“小知青”出来呢。

那时，我满脑子只装了两件事：一是挣工分填“无底洞”；二是何时能调走。至于谈情说爱，完全没有感觉，真的，一点也没有。

走自己的路，让人家去说吧!

一切照旧。

就这样，他的“路过”一直伴我在农村度过最后的年月。

1975 年 12 月，我戏剧般地调回了成都。

要返城的前一天，我到县上去办手续。7 年的问题 1 小时就解决了，乌拉!

我在 A 县街上转悠了几圈，实在找不到事要办。我终于想起了他。去通知他一声吧，我想，免得他再从我那里“路过”。

我立即赶到他们工厂。

“明天我要回城工作了。”我说。

“哦……”他轻轻地感叹了一声，如释重负。

“送送你吧。”他说。

“不用了，有同伴在等我呢。”

我连蹦带跳地走了，走出很远，突然回过头去，只见他还呆呆地站在那儿，呆呆地。

两年以后，我在工厂突然收到一封他的来信。他回忆了过去的日子，字里行间充满忧伤，并“隔山隔水”、不明不白地邀我去爬峨嵋山。

我却漫不经心而又莫名其妙地给他回了封信说：“过去的当然不会忘记，特别是使我饱尝人生艰辛的岁月。但我们不应该老是沉溺在过去的辛酸与不幸之中。

“我相信，随着时间的推移，它将会被新的环境、新的工作、新的生活、新的朋友所替代。”

他没有再来信。

时光如水，转瞬就流过了20年。

那年，我出差到A县，顺便去看望他。在那家工厂的一间设计室里，我见到了他。

“你还没忘记我?”他激动地说。

提起往事，我们都感慨万端。

他谈到了他的女儿，还谈到他在工厂的革新和创造，并给我讲了一段令人屈辱的往事：我返城的第二年夏天，他们工厂女工宿舍发生了一起强奸案。据受害者讲，扭打中，她发现作案人的腿上有许多汗毛。很快，大家的眼光就集中到吴艾身上。他那不争气的腿上偏偏长满了毛。

先是保卫科长找他谈话，后是公安局的向他调查。理由很简单：吴艾是进厂那一批人中唯一既没结婚又没谈恋爱的人，外加毛脚杆。但是，没有证据，又说不出个所以然，这事也就不了了之。但他却从此在工厂里抬不起头。人们总是用异样的眼光瞄他。

人言可畏!

一年以后，那个罪犯在另一次作案时被抓获了。审讯中，他交待出在女工宿舍施暴的罪行。吴艾的“罪名”这才得以洗清。

很快，他在别人的撮合下，找了一个纺织女工，匆匆地结了婚。

“遇到这等麻烦事，怎么没告诉我？要是我早知道，一定帮你去找那个保卫科长理论一番。”我激动了。

“你不是说，过去的已被新的生活新的朋友所替代了么？”顿了一顿，他又说：“那封信，就是我受到侮辱后，最痛苦最孤独最绝望的时候给你写的。我仅仅是想约你到大自然中去，痛痛快快地哭一场而已。”

哦，我恍然大悟。

我无言以对。叹息道：“要是你一进工厂就找个女友，早早就范，就万事太平了。唉，像你这样才貌双全的男子汉，在大城市也是姑娘们争着‘上’的对象，在这儿反倒找不着女友，太奇怪了！”

“那就得问问你了！”

我震惊了！我的心在紧紧地收缩，我的记忆在苦苦地搜寻。

“在农村相处7年，你可从来没吭过一声！”过了好一会儿，我才抓到了这根救命稻草。

“那年月，我这个黑狗崽子连说话的权利都没有！还有爱的权利么？”

面对眼眶湿润，像是受了委屈的小孩般的他，我还能说什么呢？

我又能说什么呢？

我自己都不知道是怎样从他那里逃出来的。

那晚，我梦见自己来到海边，捧起一把海水，舔了一下，好咸好苦好涩，它渐渐地从指缝中漏掉了，却意外地留下一颗珍珠，闪闪发光。

我把他那被时代埋葬了的爱挖掘出来，珍藏在心底，直到永远永远！

那年我19岁

任思淑

●居高临下的怜悯●大意失荆州●少女们都爱花●非礼勿视勿听勿言勿动●承受不白之冤——妈妈把女儿卖到西藏●两个黄毛丫头鬼鬼祟祟地打一个小伙子的主意●这小子准是爱你爱得发疯●年少不识情嘛

在我当知青的艰苦岁月中，月季给我带来的温馨是不能忘却的，当月季花瓣枯萎凋零的时候，也给我带来过些许愁思。

——作者

妈妈说，她这一辈子还从没被人如此当众羞辱过，哪怕是在“文化大革命”中，她由于家庭出身资本家进了学习班，也没有这样被人指着鼻子骂过。我想妈妈有些夸张，学习班的经历不堪回首，她就违心地想忘却它。人嘛，谁都不愿记住那些悲惨的事。而火车上的那场辱骂就有些不同了。作为一个阅历很深的母亲，她当时就明白了怎么回事，她会觉得可恨可笑，还会觉得有一份做母亲的骄傲和对那个骂她的人居高临下的怜悯。这是我多年以后才悟到的，年轻的时候，我为此内疚不已。妈妈在乏味的某一时刻提到它，作为一种调味品在我面前使用。

妈妈的抱怨让那个在我头脑中早已模糊的形象重新变得鲜明起来，月季花瓣于是在我的头上纷纷扬扬的飘落。

我很喜欢花，在我乡下的那间茅草房里，常常有我在田埂上采摘的各种野花，如果野花也没有，我会采来几枝青青的竹叶，它们给我的生活带来了情趣。那时候，我是一名知青，我所在的那个生产队就在火车站附近。我常去火车站交信。火车从车站缓缓驶出，年轻的火车司机会对铁路边上走着的我大喊一声："喂，知妹，回成都去。"车站外面有一个很大的花坛，花坛上常年开满粉红色的月季。每次，我都要在花坛前站上很长时间。后来，我偷着摘花了，偷得不多，每次只摘一两朵，很幸运，次次顺利。俗话说大意失荆州，一次我被当场抓获。我现在还记得起那副狼狈的样子。一声浓烈的重庆腔"妹崽儿"把我钉在花坛前，手上的花不知该扔还是该藏在身后。那是一个戴着铁路工人帽子，佩戴着铁路徽章的小伙子，他瘦高的个儿，20岁的模样。他说，我注意你很长时间了，摘花摘上了瘾吧？当时我一定脸红得厉害，这个毛病直到现在也改不了。我盯着那块攀摘花木罚款五元的牌子，一声不吭。

妈妈说，在我去西藏之后，她坐火车去眉山为我办理户口迁移手续和粮食关系。我是在当了两年知青之后离开这里的，我走得很匆忙，我来不及也不想告诉我的朋友们。妈妈说，上车就碰见了他。他就是抓住我偷花的那个小伙子。在这里，我不想写下他的名字，暂且用一个字母来称呼他，L。妈妈认识L，妈妈来乡下看我的时候，在我的茅草房里碰见过他。

我爱花，少女们都爱花，可我对花格外痴迷，它源于我的童年。

我刚学会走路，就被一辆马车从成都送到了川北曾祖父的乡间庄园，那是一座远近闻名的“王家大花园”，这座私人花园的保存，是因为曾祖父是名震一方的开明绅士，他对和平解放川北重镇起到过举足轻重的作用。后来这座花园还是没有了，在它的上面盖起了民宅，还在余下的土地上修了一个很大的货运停车场。我在花丛草木中长大。

我没想到我会因祸得福，那位L在奚落我之后没有处罚我。他折下一大把月季递给我，那双嘲弄人的眼睛故意还眨了眨，我拿着花傻了，然后高兴得晕头转向。

后来，他常常送花给我。那个年代，没有男孩子喜欢女孩儿会想到送花，那会像被封存和扫荡的小说里写的那样小资情调，而且显得傻里傻气。那个年代，花、爱情，还有一些别的美好的东西都被蒙上了一层厚厚的尘埃。我对他的送花没有什么异常感觉。我喜欢花，而他又有权力采摘那些不花钱的月季，顺水人情，如此而已。

我们成了朋友，他对我讲他的经历、他的工作、他的家庭、他的烦恼，甚至于他的恋情。他说，铁路的那边，有一位女知青爱他爱得要命，可惜她不是一个喜欢花的妹崽儿。我已经是一个情窦初开的少女，却在当时没听出他的弦外之音。也许听出，并没在意。妈妈在茅草房里，看见他送花来问过我，这小伙子对你有意吧？我矢口否认。我是在一个非礼勿视非礼勿听非礼勿言非礼勿动的旧式家庭长大的，面对着一个手拿月季花晃着脑袋唱“可爱的一朵玫瑰花，圣母玛丽亚”的小伙子的话，我不会去多想，何况，他是位极爱开玩笑的人，嘴又尖刻，你根本不知道他哪句话是真的，哪句话是假的。而我的兄弟，我的亲朋们，都极严肃。拿小弟的话来说，我们这种家庭出身的人，天生缺乏幽默感。

妈妈说，那个L从看见她那一刻就开始骂她，说她是个很坏的母亲，竟然把女儿卖到西藏。妈妈说，岂有此理，简直把我气蒙了。妈妈说，他的情绪很激动，我无法让他安静下来。我能想象妈妈那时的样子，她一定是面无表情，侧头望着窗外，有什么办法呢，可怜的妈妈只能这样承受不白之冤。妈妈说，这个小子是有病还是怎么的?

认识L的还有我的朋友蓉儿，她是个极勇敢的女孩儿。她喜欢上这位爱说爱笑的小伙子。她要我帮忙，我满口答应。为了朋友，何况，这也挺好玩。我现在坐在书桌前，看着这两个黄毛丫头嘀嘀咕咕，鬼鬼祟祟地打一个小伙子的主意。

那天，我们约好三人一块去三苏祠玩，大文豪苏轼父子的故居现在是供人游玩的公园。走到半道，我停住了脚步，我对蓉儿说，对不起，你和L去玩吧。难得太阳这么好，我得回去晒晒被褥，我的床上都快长蘑菇了。打道回府的路上，细细品味成人之美的得意感受。我顶着太阳，还没走到两里地，肩头就被人重重拍了一下，回过头，是满头大汗的L，他还是那副嘻皮笑脸的样子。他说，你把前边两条腿放下来啦?跑得这么快。我很沮丧，计谋破产了。他看我不满地瞪了他一眼，连忙说，他突然想起车站还有一场篮球赛在等他，没有他这个中锋，球赛就得泡汤。我知道他在撒谎。想到蓉儿我就不想多搭理他。

在我当知青的艰苦岁月中，月季给我带来的温馨是不能忘却的，当月季花瓣枯萎凋零的时候，也给我带来过些许愁思，但19岁少女的愁思也很美丽。后来我途经那座火车站的时候，我下车去过花坛，花坛重新整修过了，没有月季花。

妈妈说，L从成都火车南站一直骂到眉山火车站，足足两个小时，他怎么会有那么多的话骂不完？他说，你竟然让她一个人去了那么远的地方，你太狠了。妈妈说，这小子准是爱你爱得发疯。你还对他骂我感到吃惊。你是在骗我还是真的很傻？我很傻，妈妈，年少不识情嘛。

我想，缘分这东西真怪，如果无缘，哪怕擦肩而过呢。

畸　魂

方正　金汕　陈义风　孟固

●绝情女断绝父母恩●吃苦壮举惊煞人●几个月内不洗脚●众皆酣睡，独学毛选●整整12年，从不回城探亲●彻底决裂一切亲情●为了划清界限，言必称父母“老混蛋”●革命女偷尝不革命的爱情禁果●未婚先孕●沉重的代价

为了表现自己的“革命”，她在那个极左的年代，将自己的人性降低和禁锢到了最低点。

——作者

黄琼，女，北京知青，“文革”前“老高二”的学生。1967年11月，北京市从崇文区有组织地动员了第一批中学生去北大荒。黄琼是最积极的响应者之一，有所不同的是她的积极里还含有和家庭划清界限的“革命”因素。

“文革”前，她的父亲是西南“三线”某兵工厂的厂长，她算“革命干部”出身。但“文革”开始不久，她的父亲就被打成了“叛徒”。她为了不变成“狗崽子”，在去北大荒前，就毅然断绝了和父母的关系，搬到城里已经就业并结婚的姐姐家去住了。黄琼的母亲

早在1957年就被打成了“右派”。

姐姐劝她不要做得这么绝情，父母毕竟有养育之恩。她听不进去。她“义”无返顾地去了北大荒。

在连队，她的谦虚、诚恳，甚至到了卑躬的地步，只冲这一点，她就很快赢得了全连贫下中农的一致好评。她干活儿能吃苦的劲头，让后来去的同样以能吃苦著称的北京知青们也敬畏三分。在刮大烟炮、零下40℃严寒里，她竟能站在风口处，挥镐刨猪粪，一干就是很久。镐尖砸下之处，只泛起点点白痕。没一会儿，她的鼻子都变白了。知青们闻此“壮举”，都禁不住咋舌。可过后一琢磨，这种基本上没有什么成效的“壮举”，可能不过是一种“自我表现”吧？

为了表现自己的“革命性”，作为一个大姑娘，她甚至可以连续几个月内不洗一次脚（当时的风气是越脏越革命）。同宿舍的女知青们，都不愿意挨近她睡，以免嗅到让人难耐的臭脚丫子味和浑身上下的汗臭味。

黄琼学习毛选的刻苦劲头和虔诚精神，更让人仰目。每天辛苦一天之后，睡前必要在炕沿板上点个煤油灯，摊开《毛主席语录》，学习到全屋知青都早已酣然入梦。大早上醒来，也天天照样儿学上它一阵子儿。有一天晚上，由于学习过久，第二天早上一下子便睡过劲了。以至乘坐在拖拉机拽的木爬犁上的全班知青战士都奇怪他们的班长到哪里去了。

两年一次的探亲假，绝对是所有知青最向往的日子。哈尔滨的知青们梦中都思念着他们美丽的“太阳岛”，天津的知青们则叨念着他们喧哗、热闹的劝业场，北京知青们的想头就更多了：琳琅满目的百货大楼和东安市场；风光旖旎、文化内涵丰富的颐和园；清秀妩媚的北海；珠市口大街山东风味的丰泽园，崇文门近旁的新侨饭店和北京展览馆莫斯科餐厅的西餐大菜……这些地方，均是北京知青探亲回京后，要猛趟一遍的地方。并且，北京知青们都有一个不成文的规定，谁要返城探亲了，均要义务为大家购买一批美味佳肴，供大家猛餐一回：广东香肠、义利厂出品的巧克力豆、奶油炸糕……红牡丹香烟是最受欢迎的，可以替换一下北大荒的“迎春”烟、“葡萄烟”和“哈尔滨”香烟的口味……

有的知青掐着手指头算日子，恨不能一年就能和连领导申请一次；有的知青在返回北大荒路上，神情沮丧：说是一坐火车，在路上颠上三个白天两个晚上，才深知自己离家是那么遥远。

黄琼呢，竟能在1967年到1980年，整整12年中，没有要求回京探过一次亲。一方面表示了她虚心接受“再教育”和“扎根”边疆的坚强决心；另一方面，她也无亲可探，为了表露和家庭彻底绝裂的心迹，她在来北大荒最初的日子里，甚至斩断了和父母还保持着藕断丝连关系的亲姐姐的亲情。也就是说，在“家庭关系”这一栏目中，她已是形单影孤的“孤家寡人”了。

1976年，“四人帮”被粉碎。四年后，她父母的问题逐步得到澄清。但由于黄琼这十多年来，对父母做得太绝情，她即使有心“找回这个家”，也是“覆水难收”了。想当初，在父母极难捱的日子里，她对父母言必称“老混蛋”，在感情上深受刺激的两位老人，可能也不再愿接受这个亲生骨肉了。人与人之间的情感，不就是在关键的时刻，才能分辨出它的甘甜与苦涩吗？

时光荏苒，转瞬间，黄琼已经26岁了，她在北大荒度过了“茹苦含辛”的整整8年。黄琼也是人，也具有人的情感和欲念，可是为了表现自己的“革命”，她在那个极左的年代，将自己的人性降低和禁锢到了最低点。但当返城思潮在兵团渐渐泛起时，她以往的

“表现”就显得越来越无价值。人，总要过一种人的最起码的正常生活。26 岁的姑娘，在那个年代已是晚婚的年龄。在孤寂的生活中，她萌动了偷尝爱情禁果的念头。一个曾这么革命的青年，竟突然间走到了这一步，这其间的距离真是又远又近。黄琼要在单调、冲天的革命口号和无尽无休的体力劳动中，找到一种解脱的方式。姑娘的春潮早已顺着她青春的热血，激荡着她勃勃跳动的心和周身的每一个部位。

黄琼瞄准的“目标”是一个比她小 5 岁的天津知青王伟嘉，69 届（“文革”开始时小学六年级的毕业生），1970 年来北大荒。小伙子这一年 21 岁，面颊写满了青春的朝气，上唇细细黄黄的“胡须”显示了他的单纯与稚气。他是连队的马车驭手。

此时早已是中共党员的黄琼，也开始注意清洁和打扮自己了，这原本也是不用非议的事。而且黄琼本人虽非靓女丽人，却也绝非“面目可憎”：稍高的健美体形，端庄、秀气的椭圆脸盘，洁白、坚实、整齐的牙齿，面颊上还生有两个浅浅的酒窝。

黄琼盯上王伟嘉自有道理，同龄的男知青大都因她的“那一套”而看不上她。黄琼便把女人在这个问题上特有的目光盯在了王伟嘉身上。俗话说“女人是一座山，男人是一道门槛”，意思是女人如果在两性交往的问题上稍微矜持一些，男人便不敢造次，而稍具“水准”的女性，如果对她看上的男性不择手段，“大举进攻”，那么男人的抵御能力便只能是一道浅浅的门槛，不需多长时间，就会成为女人的“猎获物”。

王伟嘉始于意乱情迷，终致“土崩瓦解”。挺老实的男孩子，偷尝爱情的禁果后，觉得有滋有味。一种不可抗拒的魅力，使得偷情的男女双方均丧失了理智。王伟嘉自此变得目光如炬，神清气爽。

黄琼也从精神和肉体（劳动）的苦海中，涉入了自己挖掘的爱河中，并情意绸缪。她不是图一时的苟欢，而是想为自己寻一条生活的“后路”。从这一点上，我们又能深深地理解她……

终于有一天，黄琼感到了恶心，并伴有呕吐。她随马车到营里的卫生所去看病。待她说完症状后，卫生所的老大夫看着她脸上明显的蝴蝶斑，对她轻轻吐了一句让她仿佛遭了雷击一般的话：“你怀孕了……”

适逢北大荒麦收开镰会战的日子。每个连队都搞“战前”的会餐，各种酒菜摆满了食堂一地，全连就地会餐。黄琼又羞又怕，端的是不敢出屋，怕人们看见她脸上羞辱的印记。

这种事瞒也瞒不住，她只好鼓足勇气向连队党支部讲明了一切。党支部为此事连夜召开小会“研讨”“对策”。黄琼此时得福于平日和贫下中农的融洽关系。她和党支部每个成员的私人感情也不赖。党支部经过一番切磋，最后表态说：“黄琼同志在各方面一贯表现很好，她这次是‘一次失足’，可以免予批评，处分。由于她平日患有妇科病，怀上一次孕，也不容易，可以不必打胎。并批准黄琼和王伟嘉立刻即刻结婚……”

已珠胎暗结的黄琼，终于在个人的婚姻大事上“修成了正果”，在生活的海洋上，给自己找到了一叶可以躲避风雨、寻到呵护的小舟。

1978 年，黄琼为再一次改变自己的生活命运，又进行了一次拼搏，她报考了黑龙江省某大学的理工科，但未能如愿。北京已不是她的家乡，她如能考上大学，可让王伟嘉带着孩子先返天津，待她毕业后便可随夫喜聚津门。

现在，黄琼还在北大荒，真正实现了她“扎根边疆一辈子”的初衷。实则是一种没有办法的选择。她后来又给王伟嘉生了两个孩子，北大荒那个时候计划生育控制得并不严，成了三个孩子的母亲。不过还好，由于城里的知青于1979年后已经在北大荒基本“告罄”，黄琼这个老高二的学生愈发显得“金贵”了，她被调到团里的学校教书，生活条件还算安逸。王伟嘉也调到了团里教书，也难为了这个当年的小学毕业生，教不了别的，就撵着鸭子上架，教地理吧。

1980年，黄琼在迈上北大荒这片黑土地的第14个年头，终于第一次随夫携子，到天津探了一回亲。王伟嘉的老人也曾千里迢迢到北大荒探视过他们的“小窝”。人们都说王伟嘉“够意思”，能舍弃了城市的生活和自己的前途，甘心陪黄琼在北大荒走完自己的后半生。

那个时代，我们年轻的共和国犯下了许多不该犯的错误。正像毛泽东在1962年7000人大会闭幕式上指出的那样：我们还没有从“自由王国”走向“必然王国”。如果没有“反右”斗争和“文革”这两场政治运动，黄琼的父母便不会成为“右派”和“叛徒”，黄琼的生存“小环境”便不会变得那么残酷，以至逼她一步步“铤而走险”，直落到今天这步田地。当然，这里也有她个人的“责任”，并不是每一个同她有同样处境的人，都像她这样“直面人生”。不过，即使是这样，我们也不必去过多地责难她。一方面是因为她已为她的做法付出了沉重的代价；一方面是因为她现在还在以自己的工作，为建设北大荒更加美好的明天，继续做出自己的努力。

灵　囚

野　荷

●草原上来了不速之客●爱上了知青领袖式人物●状告牧场造反派●生活在他的理想光环里●我丢失了自己●职业革命者的共产主义爱情观●心灵的折磨●精神奴隶●我生怕他抢走了你●“此人不除，必有后患”●烧毁日记●思想的魔力●终于明白了

他们不断地制造革命中的悲剧和悲剧中的革命，一如他们不断地制造爱情中的悲剧和悲剧中的爱情。

——作者

不断地有消息传来，北京现在果真在搞清理阶级队伍，清得鸡飞狗跳，过不了几天，草原上来了个不速之客，他就是余汝明日盼夜想——“抬头望明月，低首思仁倍”的那个铁哥们儿——瞿仁倍。

瞿仁倍是逃难来的，逃避清理阶级队伍的又一次运动飓风。

内蒙古草原是他的避风港。

他站在了蒙古包的门口，一张方脸，像余汝明一样苍白，一双木鱼眼，冷漠而又无光彩，脸始终绷着，似乎不会笑，天生一头黑卷发，不像纯种汉人。他手

里拎着褪了色的帆布提包，鼓鼓囊囊的，穿一件褪了色的绒衣，蓝学生布裤。他皮笑肉不笑地同我们打了招呼，进了蒙古包。包外狗在吠，是邻居们来看远方来客。奥玛额吉和挝姬阿娘探头探脑向包里的客人望着。瞿仁倍有些尴尬，在地毡上半跪起身还礼，咧着嘴似笑非笑。几个妇人简单应酬了他几句，就退了出去，顺手拉了我出来。奥玛额吉像北京居委会的大妈似地问我："余汝明的朋友来这里干什么？要住多久？"然后，她伏在我耳旁，小声说：

"洪军姑娘，这个人是个坏人吧？"

我立刻解释："不是，不是，他是我们北京的同学，您们为什么认为他是坏人呢？"

挝姬阿娘说："这人眼露凶光，不像好人，所以他可能就是个坏人。"

简单的直观，然而却如此斩钉截铁地肯定，牧民的眼睛真厉害！阿娘这么一说，我更不敢透露出瞿仁倍的身世，更不敢说他是为了躲北京的清理阶级队伍才到草原避风的。又一天，宝蔓阿娘也来看了瞿仁倍，她也拉了我到包外说："这个人不像好人。"奇怪，为什么牧民们对他的第一印象都得出相同结论？为什么不说我像坏人？我来草原又迷路，又惊马，又固执，又麻烦，搅得昏天黑地，牧民们怎么不说我是坏人呢？人为什么可以一眼就看出好人坏人来？我又替他解释，然后问阿娘："从哪一点可以看出他像坏人呢？"

阿娘说，他那双眼睛很冷很凶，好人的眼睛绝不是那个样子，他脸笑眼不笑，皮笑肉不笑，是个心口不一的人，千万要提防这个人，还问余汝明怎么会有这样的朋友？我哑口无言。阿娘再三叮咛，千万要小心这个人。

听了阿娘们的叮咛，我自然是留了心，但是，怎么也看不出瞿仁倍哪点像眼露凶光的坏人。牧民成了火眼金睛的孙悟空，我呢，凡胎俗眼，当然看谁都是好人，没坏人。最主要的是因为他是余汝明的好朋友，他的朋友当然也是我的朋友啰，哪有二话可说的呢。

瞿仁倍勤快，来的当天就帮着干活，第二天就帮着赶羊、放羊，他像来我们草原插队落户一样，恨不能立刻学会全部草原人的干活技术，样样事动手去做。没几天，他就跟余汝明不相上下了。我的小阿力克成了他的专骑。因为我给羊下夜，白天一般不出门，很少骑马，阿力克全由瞿仁倍来饲奉，由他绊马、饮水、溜马。阿力克长得又漂亮又乖，人见人爱。瞿仁倍也很喜欢它，但是认为它不漂亮，像个马戏团小丑，骑了它去放羊，自己也像马戏团里的人，很没面子。余汝明说，你就凑合点吧，别只想到马戏团，阿力克还有其他名字呢。有的北京知青也说阿力克很漂亮，白蹄子很像芭蕾舞的鞋，干脆叫它芭蕾舞好了。于是阿力克又多了个名字叫芭蕾舞。

再后来，北京又来了两个同学，他们利用七八两个月的暑假来草原玩，也住进了我们蒙古包。于是，我就搬进了哈马车去住。我的小马阿力克成了公共汽车，由北京同学们共同使用，共同管理，我还乐得不管呢。同学们又要帮助做事，连我给羊下夜的活儿也被他们代替了，我就专做炊事员，拾牛粪、打水、烧茶，分工合作，倒也清闲。小阿力克的名字又改成了“万人骑”，谁想骑就骑，我不干涉，阿力克也不排斥任何生人。所以“马善被人骑”，真的是那么回事。

自从余汝明收到白露苹女同学的信后，尽管他流着泪对我解释，我心里依然结着疙瘩，久而久之，积成了心疾，常头昏，只要他说一句不合适的话，心里就特难受，就想掉眼泪。他说我“痴了心”，跟林黛玉似的，小心眼儿。我很少梳头了，无心收拾自己。我得了心病，被瞿仁倍看了出来。那天晚上，灯光将我的一头蓬发照在哈那壁上，影子随着灯火摇曳。余汝明在灯下看书。瞿仁倍坐在我身后，他对着壁上的影子自言自语："这影子是不是叫人毛骨悚然？蓬乱的头发像不像精神病患者？洪军，你有了病，我看，你还是治治吧。"

我低语道："也许，我是病了，总是头昏，是不是该用新医疗法才可以治治头昏病呢？"

瞿仁倍开始翻他的旧提包，从里面掏出小金属盒子，打开盒子，取出铮亮的银针，在炉上煮了消毒，说要给我扎针治神经衰弱。他拨开我的蓬发，在头上扎针，穿刺。余汝明在灯光下冷冷地看着他的朋友做的一切。他说扎针他还信，试试看也好，看她大脑已麻木，扎了也不觉痛，强刺激也不晕针，所以早该治治了，说着继续看他的书。等瞿仁倍施治完毕，他才将眼睛从书本上抬起，望了我一下，说："不是头痛医头，脚痛医脚吧？针灸和中医一样要辨证施治，头痛不扎头，扎手上列缺、合谷穴，再配足三里，或用另一组，扎头顶正中的百汇，脑门两侧的太阳穴，两组各选一二针就行了，全身调理才能好……"他滔滔不绝，就是不动手。瞿仁倍呢，属于少讲多做。他不满地斜了余汝明一眼。他俩的目光碰撞到了一起。这是两双男人的眼睛。瞿仁倍的眼里充满的是疑问：在学校里骄傲的公主，为什么到了草原会变成了这种半疯半痴的模样？旁观者最清，他看到的变化是鲜明的。我从他的目光中照见了我自己。他分明在疑惑，为什么在学校里完全不相干的两个男女同学，到了草原，竟如此火速地变成了这么让人难堪的紧密关系，公然住到了一起，他为这种"文革"重压下的大胆行为感叹不已。

我已经麻木了，麻木的神经比敏感好受得多，让我一醉解千愁，不是喝酒，是精神麻醉。麻醉的人会觉得少许多痛苦。爱情是什么？爱和痛苦是相伴的，当丘比特之箭射穿两颗心的时候，首先就是疼痛和鲜血淋淋，这太形象了，恋爱和受伤是连在一起的，所以当我接受了他的爱，痛苦就紧跟而来，他带着对几个女人的依恋跟我结合，从一开始就深深地伤害了我，一直演变到今天，心灵的痛和肉体的痛交织在一起。我意识到自己变了，变化是那么大，我的快乐哪儿去了？我的自信和自尊哪儿去了？为什么无忧无虑的我，变成了整天愁眉不展、伤心流泪的林妹妹？为什么？为了他的称之为崇高的事业，所以需要我的牺牲和奉献，因为他不是为自己，而是为了革命。要革命就要牺牲，懂牺牲才懂革命，不要埋怨，不要后悔，向前看……他是当年的红卫兵头头，今天的知青领袖人物，博览群书，深通谋略，目光远大。他常说，他以天下为己任。他领我走的路自然充满阳光，也许现在只是黎明前的黑暗……这样的信念支撑着我，克服心灵的苦痛，克服失眠和头疼，让瞿仁倍在头顶扎针吧，强刺激吧……

文旭来了，这些日子，他这个生产队长在蒙古包之间串来串去，忙碌得很，老是跟余汝明一起叽叽咕咕，兴致勃勃，没完没了。他俩决定，去旗里盟里直至呼市上告，状告牧场造反派抢班夺权，成立伪革委会，要求不予以承认，要求允许牧民民主选举出真正符合绝大多数牧民拥护的新领导班子，并为三个牧业队群众组织平反。他们还决定由余汝明、文旭、场里工人阶级代表韩圣生、牧民代表巴特尔，一起进城，完成这项使命。韩圣生懂汉蒙两文，有他同行会在语言沟通上更多便利。临走，他们二人安顿了家事，文旭将石梅托给韦强照顾，余汝明托瞿仁倍对我多多关照。其他两个北京同学的假期已到，顺便也跟他们一齐走。余汝明匆忙收拾东西，文旭的人马已到。北京的两个同学带了些草原的奶豆腐、黄花、野韭菜花之类。他们组成一只小马队出发了。马队变成了一串黑色，小点消失在遥远的地平线。

蒙古包里剩下了我，还有瞿仁倍和童君。童君整日放羊在外，只有瞿仁倍留在蒙古包里。因为余汝明对他有托，所以他对我照顾更加周到，令人感动。我做饭，他就打水。我拾牛粪，他就牵牛车。他每天依然给我扎针。我变得沉默寡言，他就总是讲些有趣的事，渐渐消除了我对他的戒备和隔膜。我肯跟他说话了。我感到，他在探知我心里的秘密，因为他说我变化太大，我们从北京到内蒙的时间并不长，为什么跟余汝明一下子发展到这么特殊的关系？为什么我会变得痴痴傻傻，心情沉重？头不梳衣不整，像一朵盛开的鲜花，一朵谁也不敢采摘而又一下子凋谢了的鲜花。我的骄傲和活泼哪儿去了？我的自信和理想哪儿去了？我的男孩子一样性格哪儿去了？……是呀，瞿仁倍刚从北京来，他的感觉必定是最敏感和准确的。他说，他看见一个病怏怏的我，让旁观者寒心和疑惑，我相信他说的是真话，这些日子，我生活在余汝明的影子里，生活在他的伟大理想里，理应充满阳光和奋进，而我，为什么却变得如此痛苦和疲惫？为什么会丢失了自己，不知所措？我已不认识我自己。难道我已是他的附属品，泄欲器？难道他要的只是我的身体。我知道，在精神上，我已变成一副不会思索的躯壳。他根本不尊重我，他根本看不起我，可是，为什么他还一定要我？因为塔斯淖尔草原上只有我这一个女生，而无可选择的缘故吗？我不敢想下去，也没有能力继续想下去，一切都不明白，一切都无法解释。

瞿仁倍在启发我，试探着让我说说心里话。我知道，他想跟我谈心，打开我的心结，可是，我不能说，别看我的外表像男生那样大大咧咧，敢跟余汝明公开住在一起，大胆得出格，其实，我很封建，很传统，很害羞。我总在跟自己心里的痛苦斗着，挣扎着，因此，我很累很累。我唯一的能力是紧闭女性心理的大门，守住自己心灵的门户，不再让人入侵。我不能理解，一个立志献身于伟大事业的人，为什么在睡觉的时候，总是让别人用身子暖被窝，然后等他做完了那事，又总是把一个赤热的身子推到零下十几度的冰被子里突然冷却，这样很痛苦他难道不知道？这样会生病他难道不明白？可是，这些话每到嗓子眼就全咽了回去。这是我的耻辱，怎么可以面对他人？……

还有余汝明的共产主义爱情论，为什么会让我感到那么痛苦。他会同时爱很多女性，每当他充满欲望地谈到她们，就会像锯子在锯我的心。我深深地懂得了"折磨"这两个字的含义，从前是不理解这个词的。心灵的折磨像磨盘在心上无止境地磨、磨，磨得很痛很累……恩格斯谈到的爱情理论真是像他解释的那个样子吗？如果共产主义的爱情会让人那么苦痛，又为什么要提倡？……我不懂，我想懂，可又羞于开口，因为"无产阶级文化革命"的今天，"爱情"这个词本身就是小资产阶级的产物，是"黄色"的代名词，人人都回避它，更有卫道者们的铁面无情。我灵魂深处在颤栗，人言可畏啊！我的脑里一团乱麻，无法理清，越理越乱。

终于，我开始觉醒，我不能对余汝明百依百顺，我发觉我已成了他的精神奴隶。这是多么可悲的境地。我不再是那个人人喜欢的单纯的洪军，像被埋葬了一切……我开始反省，我将我的想法和疑问写进了日记。瞿仁倍在帮我找回我自己，找回我的自信。从前，我从未跟这个皮笑肉不笑的人接触。在学校里，人们都对他有一种戒备，只有余汝明是他的挚友，到了草原对他朝思暮想，生怕他忘了自己。我在他心目中的地位比不上瞿仁倍，我曾为此而妒忌，如今这个瞿仁倍就在面前，的确，他对人那么友善，与他的外表很不一致。他来这里以后，该我干的活被他包了一大半，……

整日蹲在蒙古包里胡思乱想，无遮无拦。我手里搓着马鬃绳，备做马肚带用，已经搓了很长很长，身旁地毡上，还放着许多新剪下的各色马鬃。我不停地搓呀搓，无意地抬眼，一下触到了一双火辣辣的目光，瞿仁倍正盯视着我，已经入了神。他发着呆，对我与他目光的相撞竟毫无觉察，吓了我一跳。他依然盯视着我的面孔，定定地看着，不知他要从我的脸上看出什么来？我被他看得心神不安，他为什么要这样看我？这是一双炽热的男人的眼睛，我被盯视得真想立即逃离蒙古包。话说回来，看人又不犯法，想看就让他看吧，我这样对自己说。以后的几天中，他总是这样默默地盯视我，话也少了。有一天，他就给我讲故事，说男女恋爱应有选择，也有竞争云云。我傻，听不明白那些曲里拐弯的话。他跟我说话时的距离越挨越近。我很传统，除了余汝明，我绝不会再跟任何男人拉近乎。他近一寸，我就退一尺，像拉锯战一样，在蒙古包里转圈子。蒙古包是圆的，无论移动了多长的距离，他都感觉不出来。我隐约地感到了什么。但是，我相信他，绝不往坏处想。他的身世使他的个性含蓄，说话拐弯抹角，艰涩难懂，偏遇上我这么个直肠子，傻脑袋，阻碍了他与我之间的沟通与思想交流，一切全在无言中，顽固的封建意识抗拒着情感的攻击……

余汝明回来了，他带回了旗里、盟里、市里的种种新闻，还有厚厚的调查材料，只是，他的情绪并不高昂，上告并未得到明确答复，他说各级革委会新干部们处处官官相护，“大衙门朝南开，有理没‘权’别进来”。他的到来，使蒙古包里立刻聚集了很多人，有知青也有牧民。他是一个很有号召力和凝聚力的领袖式人物。人们进进出出了好几日，渐渐安静下来。他的目光开始转向我，很深邃很深邃，像是在透视我的一切。

那天去拉水，是瞿仁倍与我同去的，回来时，我的日记在他手中，他一脸的阴云，久久地扫视着我，又去盯住瞿仁倍的每一个动作。他开始去放羊，让瞿仁倍呆在家里，说中午他在牧民家里喝茶，不回来了。到了中午，我煮茶的时候，他突然神不知鬼不觉地出现在蒙古包的门口。这时，童君正坐在炉旁喝茶，瞿仁倍坐在蒙古包的一角，依然默默地盯视着我，入了神，对四周的一切竟全不觉察。余汝明悄然走到他身旁，默默地观察着他，又看看我。瞿仁倍依然如故，目空一切，眼中只盯着我一人，让我难躲难逃。他要看我，我又有什么办法，不是我看他呀。这样过了几天，余汝明也沉默了，一切都在不言中。余汝明的情绪在变化着，只有我看得出来。女人天性敏感，男人天性粗心。男人只顾他们自己的感受。

入夜，余汝明在我身边躺下，我用背对着他。他抓住我的双臂，将我扭向他。我将他的两手挪开，告诉他，今天不舒服。他眼里射出恼怒的光，但没有发作。我学会拒绝他了，心里有一种说不出的快感。瞿仁倍说不能让他太霸道了。他说得对！瞿仁倍还说，没有想到余汝明对女同胞会这样专横。他说，对一个人的评价，的确应当一分为二，过去没有看到他的另一面，这次在草原上发觉了他的大男子主义，竟然会这么严重，严重到将一个骄傲的公主折腾得成了痴呆症。他说的这些话被我理解了。现在，我开始注意自己的头发是如此蓬乱，衣服也不怎么换洗。对了，我的那些衣服，大都是南方穿的短袖衣、小绸衫儿、短裙、短裤，在这儿完全不能用了，搬家搬来搬去，衣物丢的丢，送的送，剩了没几件。几条内裤被余汝明拿去两条，他说我太奢侈，居然还穿花裤衩，是资产阶级小姐的表现，与无产阶级格格不入。他说，自从他妈妈去世后，他就从未穿过裤衩，人为什么要穿裤衩呢？于是，我的内裤就成了他的。在他眼里，我是他的人，所以我的一切都是他的，我所有的东西，他全有权享用，不用跟我商量。现在，我才想起，我有好久未洗内裤了。南方人爱干净，不换内裤怎么行？可是，它穿在他身上，他快把它撑破了。对了，我该再买点布缝一条，连长袍我都会缝了，缝内裤更没问题的，对了，还有些不能穿的短袖衣，可以拆了改成内裤。

第二天起了床，我就找布头、剪子、针、线，做自己想做的活，对他的指使不再百依百顺。每当我违抗他的命令，瞿仁倍就一唱一和地给我打气。他在注视我的变化，也在注视瞿仁倍的一切。他一下子变了，不再天天嘲讽我，不再肆无忌惮地指责我大傻瓜、头发长，心眼儿短……他小心地对待我，就像他最初追求我时那样，他又变回了原来的他……男人多么容易变啊！他又邀我跟他一起去放羊了，像在恰干陶勒盖山下，我们一起给小羊羔们起名字，一起傻看着小羊羔踹烂我们的毡子……他常常谈起我们热恋时的故事。似乎已经很遥远了——他很久都没有跟我说这么多的话了。他似乎在找回什么，对我的殷勤又似乎过了分。我注意到瞿仁倍与他之间开始有了摩擦。

余汝明这些日子把我抓得很紧，几乎天天要我陪伴在他身边。他常常问道："我不在的时候，瞿仁倍没把你怎么样吧?"我奇怪地望着他："汝明，你想到哪儿去了？人还能怀疑自己的朋友吗？你说他会怎么样呢?"

他像挤牙膏一样，一点点试着，挤出他的想法来，转着弯儿说："我看他看你时的眼神不对，一股邪气。"

"对呀，我也奇怪他为什么老那么盯住我呢?"

"你知道男人盯女人的含义吗？你不知道，百分之九十以上的男人都很邪，你懂吗?"

"我不懂。"

"唉呀，我的傻丫头哇，让人又气又爱的傻丫头哇!"他没像从前那样，拼命地搂住我，在脸上乱吻乱咬，他一定知道，在我与他之间，已经有了一种界线，他不敢贸然逾越。他明显地在克制自己的冲动，规规矩矩地坐在我身旁的草地上，揉碎了一株小草。马儿低着头，在一旁啃着草根。羊儿散开得像一片白云，在我们脚下缓缓移动。感情的云弥漫在我们的身旁，19 岁的我，又被这片云雾包裹了起来……

放羊归来，瞿仁倍已经做好了茶饭。童君、姜毅和杨亦森正坐在饭桌旁聊天，人到齐了就开饭，喝茶，侃大山，这就是我们知青业余时光的最大娱乐了。瞿仁倍谈到我们赴内蒙古后，北京政治运动的种种发展变化，全国各地掀起了"文攻武卫"高潮，武斗风、抢枪热，风靡一时。有的城市还出动了飞机大炮打派仗，比起当年全国最先兴起武斗的江城，那些工人战斗队的丈把长的原始铁矛先进了一千倍。大家说，那些在派战中阵亡的人算什么呢？算烈士还是英雄？如果算烈士，那么对方一派一旦翻了案，输了的一派的烈士又得挖坟鞭尸吗？两派打来打去，全说是为了捍卫革命路线，捍卫毛泽东思想，其实，双方都是群众组织，所以说，在这种情况下去送死太不值了。

姜毅说，算老瞿还说对了一句话，打派仗死得不值，幸亏咱们来草原插队走得早，没赶上武斗。

杨亦森、童君和我都觉得没见过武斗场面，多少有点遗憾，就是说缺了"文革"中的一课。

杨亦森说，他虽然没参加，但他的朋友却参加了。他串联去西北的时候，正遇上好朋友学校的一场枪战刚刚结束。他找到这位朋友时，那男孩已经中了流弹，倒在窗口的机枪旁。杨亦森将他背回宿舍。他的背、胸都中了弹，流了很多的血，学校教职员工早逃光了，找不到校医，他撕掉自己的衣服包住同学的伤口，伤口血流如注。好朋友在奄奄一息中，那微弱的声音里依然流露着骄傲，夸耀说："你看，多好的一挺机关枪，是那天'文攻武卫'抢的解放军的枪，死又何所惧，一片丹心朝阳开，20年后还是一条好汉，照样捍卫革命路线……”说着说着，他就死了。天黑了，月光照着他年轻的躯体，照着那张稚嫩的娃娃脸，嘴唇没有了血色，让人感到那么凄凉，他才17岁啊。杨亦森掉着眼泪将他背到学校的后操场，那里已经有了许多新埋的坟茔，有个守校的老校工帮着他，挖了个坑，埋葬了他儿时的朋友、同学……

他叹息着，为什么他们这么不珍惜生命，他说，望着那一片坟地，心中是怎样的感叹，人们为什么要那么疯狂呢？为了一种思想，人人不顾性命，无故地死掉这么多人，这个账应当算在谁的头上？他们死了，究竟算不算烈士呢？

大家都说，当然不能算，谁又知道谁捍卫的是真理呢？那不就是白死嘛。

瞿仁倍转移了话题，说：他还在北京北边那个小镇上的部队里锻炼过呢，部队的战士可好了。但是，提起那个小镇真让人憋气，中央直属文艺院校的人全到那里集中锻炼，这地方，跟梵蒂冈那么小，小得只有“一条街，一只猴，一个警察看两头”。

为什么只一只猴？就说动物园里只养一只猴，可见这小镇的规模如何了呗。在这么小的一个地方，人无聊了尽闹别扭，现在部队战士也变了，造反精神特强。瞿仁倍眉飞色舞地说。

“部队要什么造反精神？部队就是要搞愚兵政策才对。”余汝明说。

“愚兵政策不是无产阶级的政策，部队也要造反，我待的那个连的战士就好，造反精神特强，那儿的战士敢打指导员。”

瞿仁倍一句话触动了我的神经，我想起了被打瘫在床上的父亲，心中顿时激起了一股火气，说：

“瞿仁倍，我不能同意你的观点，打人并不代表造反精神，革命部队绝不是国民党部队，同志之间应当团结友爱，绝不应拳脚相向！”

我知道我言重了，无意中将他的话与他的出身连在了一起。就这样，我第一次与瞿仁倍发生了口角，我一直是很敬重他的呀。这样一争，我又忽然发现，他是不是该我敬重？为什么牧民们都说他是坏人？他又为什么赞美军队内部相斗呢？于是，我头脑中阶级斗争的弦又紧绷了起来。

瞿仁倍久久地注视着我，那目光不仅是复杂的，而且饱含着太多难以言清的东西。他跟余汝明一样让人难懂。想不到，用了这么多天精心培育出来的信任，竟然在无意的口角中，突然裂开了一个大缝。余汝明把我拉出了蒙古包，走出很远后，轻轻地用手抚着我的肩，口气温和地说：“洪军，今天，你终于看清瞿仁倍的本质了吧？我相信你的无产阶级天性，你会自然抵制一切非无产阶级的侵蚀和错误，所以我选择了你。”我的心一下子激动了起来，我被他吹得又不认识自己是谁了，我真的那么好么？一次无意识、本能的口角，一下子被提到那么样的觉悟高度，有一种云里雾里的感受。望着夜空中满天的星斗，我又回到那种虚幻般的境界中。我又发觉，瞿仁倍和余汝明之间的友谊不像我认知的那么牢不可破，他们各自心中似乎都有所保留，不然，瞿仁倍为什么背对余汝明说了许多话，当着他面却又不说？余汝明又为什么对瞿仁倍的出身及思想意识有着与以前不同的看法？朋友间难道不应该肝胆相照吗？……

当秋风扫荡草原的时候，瞿仁倍收到了一封北京来信，是学校“三人小组”中的另一人——穆实写来的，信中说，北京的清理阶级队伍已经结束，同学们面临分配，劝他速速回京，并祝福余汝明和我“幸福美满、白头偕老”……看着瞿仁倍手中的信，余汝明的目光又灰暗了下来，他一定是又想到了什么。瞿仁倍喜形于色地收拾行装，他将要去一个做事业的地方，而我们却将永远留在茫茫大草原上放羊。余汝明备了马匹和一些草原奶制品，送走了瞿仁倍。

余汝明从场部回来了。他一乘人马，手里还牵着带鞍的阿力克，从远处走来。骑在阿力克身上的人再也不会回来了，我心中像缺少了什么，替我撑腰的人走了……可是，为什么要人撑腰？我洪军原先的腰板不是挺得直直的吗？为什么需要别人来支撑呢？

他卸了鞍子，牵马到草地上绊了，两匹马儿在吃草，像从前一样。他进了包，一把将我紧紧抱在怀里，让我喘不过气来。

“洪军，洪军，”他声声呼叫着我的名字。

我问：“他走了？”

“不提他！”他吻住了我，过了许久，他松开我，怔怔地看着我，说：“洪军，我的傻丫头，你不知道，这么多天，我心里是怎样的难过？我生怕他抢走了你。”

“不会，他不会，他是出于看不惯你欺负我。”我冷静地回答。

“不，我不是有意欺负你，也怪我脾气不好，你要原谅我，我心里真的爱你，你不知道，他跟你一唱一和的时候，我心里是多么难过，如果我不是真心爱你，我就不会这么难受了。”

“不！你不是真心的，你还有白露苹、季茵、李曼莉……你说过，你真正爱的是白露苹！”

“傻丫头，你想到哪儿去了，对白露苹她们，我只是说说而已，我真的去追求她们了吗？没有哇，你放心，我绝对不会娶她呀，我还要为自己的前途着想。她是地道的资产阶级小姐，她的出身注定了她不能有什么政治前途，作为将革命作为终身职业的我，肯定不会选择她的，我不会因小失大，干那种捡芝麻丢西瓜的蠢事，这些话，我早就跟你说过，我以为你就不再计较了，没想到你还这么计较！”

他噎得我说不出话来。不是这样的呀，爱应当是专一的，怎么可以同时爱几个人呢？我要的是一颗真心……

“洪军，你难道看不出瞿仁倍对你不怀好意吗？

“不！瞿仁倍不像你说得那样，他对我好，是想帮助我，因为他讲义气，这也是你对我说过的，他重哥们儿义气，所以才打抱不平，才处处帮我。”

“的确，我的确对你不注意，有时粗鲁，但是，洪军，你要明白，你是我老婆呀，虽然没登记，实际登记只不过是一张纸，没有意义的，实际你是我老婆，咱们对天起了誓的。古人结婚登什么记，不就是拜了天地就成了亲嘛，咱们也算拜了天地的，老天作证，你是我老婆，也许我真的大男子主义，将老婆据为己有，那是我爱你，把你当做和我是一个人，我脾气不好，我想你会谅解的，可是，我没想到你心里会这么计较，更没想到，瞿仁倍，我认他为我最好的朋友，弟兄，他却背后破坏我的家庭关系，他还会对朋友的所爱垂涎，真太孙子了！想到这些，真让人伤心、痛心。幸亏我回来了，不然，他再耍些诡计，他就会占有你啦，我的傻丫头！”

“不会，难道你不了解我？有了你，我绝对不会再跟第二个男人的。”

“唉，你是不会，可是，他会想办法让你会的！男人，你不了解男人呀，男人见了喜欢的女人会不顾一切，为什么欧洲人讲决斗，你死我活，男人为了女人会决斗，你懂吗？普希金就是为了他的妻子与人决斗死掉的。说实在的，我也曾有这样的冲动，为了女人，朋友反目的事也有，你懂吗？”

“我不理解。”

“唉，傻丫头，傻丫头，让人不放心的傻丫头呀，幸亏他走了，一切都平息了。”

“嗨，就你们男的事多，心眼儿多！”

“头发长，心眼儿短，女人啊女人！”

“哎，汝明，你为什么总不提穆实呢？他不也是你的朋友吗？你们三人领导小组大名鼎鼎，怎么总听到你讲瞿仁倍，没听过你提穆实？”

“提他干什么，这人不值一提，他是个野心家，我警告你，千万别跟他联系，他不是好人。”

我又睁圆了眼睛，百思不得其解。他们三个红卫兵头头到底是怎么凑一块儿的？怎么都这样人心隔肚皮？

余汝明问我：天下事最难的是什么？我没有答话。他又说，最难的是识人。认识一个人，有时要十年八年，甚至用一辈子的时间。人这种动物所以称之为高等动物，是因为有思维，思想这东西太复杂，看不见，摸不着，在每个人的头脑中，人心隔肚皮，难猜。人的语言只是思想的表象，更多的思想是潜藏在心灵深处的，所以识人难，认识人是有过程的，对穆实的认识也是由浅及深的。跟他有共同观点聚在一起之后，逐渐认识了他，他有野心，是个野心家，他知道的太多了。”

他的声音低了下来，几乎耳语式地轻声说：“此人不除，必有后患！”

我愕然了，满脸的惊讶。

他盯住我的眼睛说：

“穆实是个野心家，口是心非，阴险狡诈，你千万别上他的当，你头脑简单，不懂事，最好别接近这狼子野心的小人！”听他的语气，好像穆实马上就要来搞破坏似的，我觉得好笑，而且我并不认识穆实。再说我们在内蒙，相距遥远。余汝明太多虑了。我笑道：

“你怕他跟我接触，可是他没来内蒙呀，这不正好？省了许多麻烦，对吧?”他也笑了，说：“傻丫头！一点心眼全没有。”然后，他又紧紧地搂住了我，半天不放手，像怕谁抢去了似的。

又有一天，余汝明当着我的面在翻稿纸、旧本子，乱七八糟弄了一小堆。他拉我坐在他身边，要我跟他一起烧。我问为什么要烧，他说是以防万一，被人看了不好，容易惹麻烦，要接受“文革”的教训，不是看到“文革”里许多人就因为抄出了日记，断章取义打成反革命了吗?所以要防范。他说他哥哥汝斌就是怕别人使坏，所以总是将写的日记付之一炬。他总觉得可惜，辛辛苦苦写那么多札记感想，都是思想的结晶，化为了灰烬，是一种损失，但想想也有理，做职业革命者，小心谨慎是必须的。

我想也对，“文革”里确有人因为在日记里写了几句什么话，就被揭发、挨批，想着就说出了口：“对了，我也别再留日记了。”

余汝明淡淡地一笑说：“你瞧瞧，你自己的日记里都写了些什么?差不多把我写成大坏蛋了，真让人伤心。这些东西，我看看不要紧，别人看了会怎么想?”说完闭了嘴，朝炉里扔撕碎的纸片。炉火照着他的面孔，很有些神秘的味道。

晚上想想他的话，觉得很有道理。解放前，地下工作者都这样，写了东西就烧掉它，以防国民党特务拿到证据，使组织遭受不必要的损失。我决定，明天也烧掉日记，将它付之一炬。

第二天，我像余汝明那样，也翻找我的日记本、信纸，然后撕掉它扔进熊熊燃烧的火炉里。烧本子的时候，神秘兮兮，好像地下党烧什么神秘文件似的，心里有一种戏剧性的有趣感受，表情古古怪怪，像在表演地下工作者。正烧得来劲，余汝明不知什么时候站在了我的背后，“哼哼”地冷笑道：

“傻丫头，你烧个什么劲?我烧东西你也烧?你那日记里有什么?全是报纸上照抄的玩艺儿，丢到外头没人看的东西，还神秘兮兮地烧来烧去的，可笑!”

哗！像当头被泼了一盆冰水。他把我给贬得这么惨，我的日记竟然连烧的价值全没了?! 还烧什么秘密文件呢，像小孩子在玩游戏。哎？不对呀，好像……明明是余汝明提意让烧的嘛，等我烧完了，又来嘲笑我说不值得烧，他到底是赞成烧还是不赞成烧呢？我又被他弄糊涂了。

又是连着许多天，他的大道理说来说去，瞿仁倍让我逐步认识到的一些事，又全糊涂了回去。我抗拒不了他的旁征博引、滔滔雄辩和他思想的魔力。

俗话说：“嫁出去的女，泼出去的水。”余汝明也常说：“做人媳妇就要嫁鸡随鸡，嫁狗随狗。”反正也是他的人了，随他爱怎么着就怎么着吧，事事弄那么清又干什么呢？乱七八糟和成一团泥，就那么着过吧。

就这样，我生活中真正的悲剧从此开始了。

就这样，我终于明白了：有一种人需要革命，其实仅仅需要的是革命中的个人崇拜和实现自我。他们常说的“人类解放”，实际上是让更多的人丧失自我，甚至丧失起码的个性和尊严。他们具有领袖的意志和谋略，但是，他们缺少领袖的人格与品格。因此，他们不断地制造革命中的悲剧和悲剧中的革命。一如他们不断地制造爱情中的悲剧和悲剧中的爱情。幸运的是——我、我们毕竟明白了。

寻找海燕

边小燕

●起于轰轰烈烈，终于惨惨凄凄●男知青偷鸡摸狗●衣服上有47个补丁●女儿论战父亲●反复辟万言书●大批判、大改组、大会战●知青拉屎都比农民臭●赫赫俱瞻女典型，至今孤苦无婚嫁●两情纯洁相向，四目彻夜生辉●离人因离志，谁怜绝望人●曾经呼风唤雨，今朝凄寂人生●执著信念者的代价

寻找的失败是必然的，今日的结果似乎有了一种象征意义。

——作者

一

我下车的这个地方叫双井。它偏居在这座巨大都市的东南角上。十几年前，这里给我的感觉是远离着这座都市的繁华。

记得十字路口的西南角上，曾有一个不大的百货店。百货店的对面是一家副食店，里面出售腌鱼冻肉酱豆腐。十几年前，我有幸在这座城市中读过几年书。当年母亲的一个远房表妹就居住在这座城市里，而且

就离我今天下车的地方不远。

十几年后的今天，我再次来到这个地方，并不是为了去重访我母亲的那位亲戚，而是去寻找一位我曾经的朋友——海燕。

这个念头于我来说已是由来已久，只是随着时间的流逝，它在我的脑子里越聚越厚。

18年前，我乘坐一辆手扶拖拉机离开我们的知青点，从那以后，我就再也没见过海燕。最后的离别给我留下的印象并不深刻。那时候，已经有消息要恢复高考，点上的许多人早已经卷铺盖回城里复习功课，准备参加这场“世纪大考”，不打算参加考试的人也都纷纷托熟人找工作或者办病退，整个知青点早已经退却了昔日的热闹而变得冷冷清清。在剩得为数不多的几个人中，就有海燕。

再后来，有了政策，知识青年一律返城。一夜之间，人们欢呼雀跃。这对于那些既考不上大学又没有门路的人来说，无异于天上掉下了馅饼。谁也没想到，就是这一纸条文给了海燕一个致命的打击。

据说那个时候她已经有一些恍惚，在人们搬行李办手续的忙乱穿梭之际，她却闭门不出，谁也不知道她在里面干些什么。忙乱的人们无暇顾及她的反常，直到有一天她的父母从城里来到点上。

开始时，她还能与父母对坐，听他们苦苦的劝说。到后来，她干脆把自己反锁在屋里，十几个小时不吃不喝，听任她的父母在外面心急如焚。最后她的父母不得不采取极端行为，从村里找了几个小伙子，硬是把门撞开，强行将行李和她一起从屋里拖出塞进卡车。

海燕的离去带了一种惨烈的情状。也许这个场面在我的脑子里留下了太深的痕迹，它常常使我难于平静。当我完成了学业，从都市返回我的小城时，我便决定去看望海燕。然而这个时候，我的这种想法已经变得难以实现，因为其时与我反其道而行之，海燕的父母已携她从我们这个城市举家北迁。谁也不知道海燕的下落。以后的几年，对于我来说，海燕确实销声匿迹于这座人海茫茫的都市之中。

二

基于十几年前我对这一带的了解，我肯定那个叫“松榆里”的地方离双井并不很远，于是我决定这一段路步行。

当年我的表姨一家四口挤在一间不到9平米的小屋里。那时候她的两个双胞胎儿子正疯狂地迷恋着武术，在那间拥挤不堪的房子里墙上地上床底下随处可见刀枪棍棒。那时电视时代刚刚开始，我的姨母家中已经有了一台九英寸的小屏幕黑白电视机，电视里播映着一些人们过去未曾见过的港台武打片。当时适逢全国都在上演着一部激动人心的片子，片名叫《少林寺》，李连杰因此成为万众瞩目的英雄。表姨的儿子已决意要去少林寺当和尚，这使我的那位老实而又本分的表姨和她的丈夫内心焦灼不安。我的出现恰到好处，使他们如同在黑暗中看到了一线曙光，他们立即把我推到了前沿，让我充当一个传道士的角色去现身说法。他们坚信榜样的力量是无穷的。

面对如此境况，我似乎责无旁贷，而且我也不知不觉进入了角色。我给他们搜罗了一大堆书，其中有高考复习资料，有《青年知识手册》，还有关于“理想、事业、人生”一类的演讲小册子。

最终我的表姨的两个儿子到底没当成和尚，这并非因为我的那一摞书的功劳。暑假里，这哥俩终于找到了个机会，他们双双离家出走，扒火车拦拖拉机，终于来到他们心中的圣地嵩山。但他们没想到，和尚并不是人人都可以随便当的，人家将他们两个身五分文的“朝圣者”拒之门外。在经历了从未经历过的千辛万苦之后，他们终于黯然地回到了这个家中。

得到海燕的地址是我回到我的城市很多年以后的事。那是一个漫长而又无聊的夏日的傍晚，我和小保姆带着孩子到马路上去散步，有人叫了我的名字，我回头看，竟是原来我们一个知青点的谢丽，她比我早一年下乡，又早一年被选调回城，我们之间已经很多年未见过面。谢丽与海燕是同一个中学毕业，又是同一批下乡，于是我又向她问起海燕的消息。她摇摇头，但告诉了我一条线索，海燕虽然与她的父母一同北迁，但她还有一个姐姐留在我们这座城市里。

几天以后，在一家医院充满草药味的中药房里，我见到了海燕的姐姐。我自我介绍说我是海燕下乡插队时的朋友，一直非常惦记她，想去看看。

她用疑惑的口气问了我的名字，说：“怎么没有听说过你呢？你们点上的好多人我都知道。”她说了几个人的名字，其中有谢丽。

她的话语切中要害，其实我把自己说成是海燕的朋友的确十分不准确，虽然我与海燕在一个知青点共同生活了两年多，但年龄及思想上的差距使我们交往并不多。那时候在海燕的眼里，我们不过是一群无忧无虑不知轻重的黄毛丫头，我与海燕关系的实质在于我曾经把她当做我的精神偶像。

我对海燕的姐姐说：“我和海燕不是一批的，她比我下乡早，也比我走得晚，但在知青点我们关系很好，我非常敬重她。”

也许是我的最后一句话打动了海燕的姐姐，她说：“难得你有这一片心，我妹妹现在也还没有结婚成家，这里有点毛病，”他指了指太阳穴的位置，“一直在家休养，你去看看她也好，或许能开导开导她。”

她的话最后终于证实了我所听到的许多关于海燕的传闻，在这之前，对那些传闻我一概不信。

那一天，走在回来的路上，我想，我这样历尽艰难处心积虑地要找到海燕，我的真实的目的是什么呢？难道仅仅是为了亲眼证实一下那些传闻吗？

三

“将来等我老了，我一定要重新写一部《艳阳天》，我觉得我一定能比浩然写得更精彩，因为我经历的斗争比《艳阳天》里更激烈。”很多年后，每当我想起海燕，总是会想起她对我说过的这句话。20 年前那个阳光灿烂的午后，她对我说这句话的时候，目光里充满了一种献身的豪情与渴望。

在我们来到这个知青点以前，海燕在我们这个城市早已声名远播，那时作为优秀知青的典型，海燕回到我们这个城市，在几所中学里做过巡回报告。给我留下至深印象的是，海燕曾经用她充满激情的语调，为我们朗诵高尔基那篇著名的散文《海燕之歌》。

“海燕像黑色的闪电，在天空中高傲地飞翔……让暴风雨来得更猛烈些吧！”

我常常回忆起那个令人心潮澎湃的时期。激情曾经是我们那个时代的特征。

后来我们便浩浩荡荡义无反顾地奔向了农村。记得那天按照程序，在欢送会之后，我们应该步行绕城半周，然后在市郊登上送我们远行的汽车。我们这一列锣鼓喧天彩旗飞舞的队伍吸引了不少街头市民的驻足观望，让我们喜气洋洋，人人心里充满了一种自豪。一切都非常顺利，只是在我们完成游行就要踏上汽车的一刹那，有一个女生突然嚎啕大哭。同行的女生围过去试图劝解，话未出口，却也个个泪水涟涟。这种情绪迅速蔓延，此后的路程人们眼泪长流。这场出征起于轰轰烈烈，而终于惨惨凄凄。

但是知青点的日子并非人们想象的那样可怕。至少我们这里是这样。在这里几乎称得上是安居乐业，虽然各种农活的确累人，但毕竟年轻，每个人都显得精力过剩。

白天我们分散到各个生产队去劳动，晚上我们便聚在一起疯闹。看电影是我们的快乐时光，那时候周围的十里八乡我们都跑遍了，只要一听说什么地方演电影，我们便兴奋难抑，从不拉场。也有误传的消息，走了七八里地扑了一个空，但我们也不觉沮丧，大家一路豪歌，穿过麦田或棉花地。记得有一次邻村上演《闪闪的红星》，而这天恰巧管理干部通知我们政治学习，他大概已经知道关于电影的事情，晚上吃了饭便搬一个凳子守在知青点的大门口。到了学习的时候，整个知青点悄然无声。原来所有的人都已逾墙而逃。

我们从这些恶作剧中获得快乐，不管什么样的破电影都能让我们心满意足。回来的路上，往往我们中的一位就有了一个新的绰号。随着看电影的增多，各种各样的新名字便在点上逐渐流传。“毒蛇胆”、“乌贼鱼”、“白桃花”、“六百工分”……有的绰号甚至历久不衰，沿用至今。

男生们的游戏比我们要刺激多了。偷鸡摸狗是他们的拿手好戏，但他们也有一个小小的默契，就是绝对不偷本村老乡的。知青点上常常弥漫着一股暧昧的香气。偶尔，女生们也能得到邀请。记得有一次和我同在一个小队的梆头邀请我和另一个女生去他的宿舍，他请我们吃一种似鱼非鱼的东西，那东西盛在盘子里，白亮鲜嫩。他问我们是否吃过，我的女伴用肯定的语气说吃过。他暗笑。但我们已顾不上追根寻源，大吃大嚼风卷残云。待我们吃完，梆头带我们到隔壁的房间里，那里的景况令我们惊骇不已，原来墙上挂了一张一尺多宽两米多长的大蛇皮。

梆头几乎是我们知青点男生们的精神领袖，他的光头赤脚，腰间扎根白薯蔓，身上衣服有着47个补丁的怪诞形象，令其他男生纷纷效仿。那时候在乡村里不用问，衣服穿得最破的准是知识青年。知识青年们常常凭了这一身，在回城的火车上来去自如，从不买票。

我也曾经穿过一条11个补丁的裤子。现在想起来，那样的装束，含有一种矫情的味道。我们炫耀般地穿着它们走来走去的时候，难免让人看出我们其实是一群心性浮躁的人。从我们内心中，我们从来没有把自己与这块土地深刻地联系在一起，对这片土地我们缺乏一种责任感，我们不过是这里的匆匆过客。虽然前途渺茫，但我们都相信总有一天会离开这里。

只有海燕与我们格格不入。只有海燕是真真正正的做出决定，要在这里生活一辈子。她确实已进入了角色。在我们欢天喜地四处赶场的时候，海燕却奔波在田间地头。那时她已是一个生产队的队长。如何安排农时，这对于一个土生土长的农民来说可能驾轻就熟，而对一个来自于城市的学生恐怕并不轻松。整个知青点起得最早的是她，最后一个回来吃饭的也总是她。她的认真还表现在她一丝不苟地组织农民上政治夜校，评《水浒》，批宋江，批判资产阶级法权。只可惜面对海燕那些高深的理论，村民们总是报以此起彼伏的鼾声。

曾经有一段时间，几乎每星期，海燕总要收到一封寄自我们那个城市的一所大学的来信，信封总是鼓鼓囊囊，上面贴满了邮票，上写着“许海燕同志收”。人们纷纷猜测，想到能把信写得那么厚，一定与爱情有关。后来人们才知道，那是她父亲的来信。其时在他们父女之间正在进行着一场以“资产阶级法权存在的基础”为题的理论大战。那时候海燕的武器是摆在她床头的一部厚厚的《资本论》，每天深夜，海燕伏案疾书。论战的结果，海燕赢得了胜利，她的父亲诚恳认输，并特意给海燕寄来整套的《列宁全集》。

不知道是不是从那个时候开始，我的目光有意无意地追随着海燕，我看着她的时候，觉得自己已被吸引，那是一束精神的光芒。

四

也许我对这座都市的变化估计得太不充分，所以当我面对气魄宏大的三环路两侧那些成群结伙的高层住宅时，我真的被迷惑了。我一次又一次向路人询问，我所遇到的每一个人都诚心实意为我指点迷津，但每次他们都将我指入歧途。我并不怀疑这些指路人的诚实，我觉得这只能证明这一带的沧桑巨变。就在我几乎要失去信心的时候，我找到了一个小派出所。里面的民警为我画了一张详细的路线图，这使我绝处逢生。在经过一段艰苦的跋涉后，我终于站到了找寻已久的这座高楼之下。我仰视着这座淡绿色塔楼，我知道，一个期待已久的时刻就要来到。这一刻让我怦然心动。

> 也许漩涡将把我们冲刷下去，
> 也许我们将到达幸福的岛屿，
> 但在到达终点之前还有些事情，
> 一些高尚的工作尚有待完成。

当年，海燕从赫胥黎的著作中抄录了这首诗。很多年以后的今天，我想起这首诗，觉得它更像一句箴言。因为在那个时候，我们每一个生命的个体都无一例外地卷入了一个令人难以抗拒的大旋涡里。

那年冬天发生了一系列事件，至今令人难以忘记。

秋天过去冬天来到的时候，地里的庄稼该种的种了，该收的收了，农民们总算松了一口气。他们盘算着，塌了角的土炕该重新盘了，漏雨的房子该重新挂瓦了。为了能给儿子娶上一门好亲，就得先盖上三间新房。于是，这个时候，散落在农民中间的那些手艺人，比如木匠、瓦匠、弹棉花的、做粉条的，此时就纷纷活跃起来。他们走村串户，哪儿有活就到哪儿干，趁着农闲挣下一点活钱。这年冬天，从上面传下来了文件，说是要坚决制止农民离开土地外出去搞资本主义。文件传达到大队，大队传达到小队。为了拴住冬闲的农民，大队还开了全体社员大会，决定开展冬季深翻土地的运动，所有的冬闲地一律深翻三尺。

作为七小队生产队长的海燕深感自己肩上的担子非常沉重。她所在的七小队是木匠窝子，多年来这一片的人们就有做木工的传统，每年到这个时候，父子兄弟结伴出门干活的为数众多。海燕在生产队下了一道命令，所有的劳动力一律不许外出，全部留下来深翻土地，要求家家锁门，送饭到地头。

农民们一向散漫惯了，他们辛苦劳作了一年，就指着这个时候出门挣上几个零钱。只是他们并不知道，他们这种行为已经被上升到一个吓人的高度，一张大网已经撒开。一夜之间，海燕组织了几十个基干民兵，将生产队的大路小路全部封锁，想出村的人被全部拦回。同时海燕已经到各家各户做工作，让他们出去叫回在外的家人，如果谁家缺一个劳力，每日罚工分10个。

第一天被阻挡回村的人还没回过味来，懵懵懂懂地回了家。第二天早晨，当海燕还在村口亲自布置堵截时，挂在生产队猪圈旁边的那半根铁轨被人敲响了。海燕的心里莫名地一震，一种不祥的预感袭上来，她匆匆赶回村里。在生产队的晒坪上，聚集了全小队的男男女女，一个穿黑棉袄的后生站在猪圈的矮墙上正大声鼓动着："……大家说说，还有没有咱们的活路，咱们这些土生土长的庄稼汉，为什么非得受这外来的丫头片子的治，她凭什么罚咱们的工？我宣布，从今儿开始，这个生产队长我当了。大伙同意不？""同意！"晒坪上自然是一片欢呼声。

领头闹事的是本队一个叫王长锁的小伙子，他们兄弟三人皆外出做工。这天他联络了队里几个好事的后生，敲响了集合钟。按照他们事前的策划，任命了新的生产队长、政治队长、记工员、保管员、会计等，并当场派了工。

一连几天，海燕敲钟没人出来，而王长锁一声长哨，全队的男男女女竟然倾巢出动。王长锁示威般领着众人浩浩荡荡出了村，只有几个老眼昏花的老妇人糊里糊涂地跟在海燕身后。

海燕痛心疾首，想到王长锁一个走资本主义道路的典型人物竟然夺了社会主义的权，而且竟然能在村民中一呼百应，由此可见农村中阶级斗争的长期性和复杂性，也说明对农民思想意识改造的艰巨性。海燕毅然执笔，给县委写了一封万言长信，从小农意识即是资本主义产生的土壤，谈到反资本主义复辟的必然性，从现实中发生的夺权事件，谈到在农村中进行无产阶级专政理论教育的必要性。

海燕的万言上书引起县委的高度重视，立即派了工作组进驻大队。工作组经过调查取证，最后做出处理决定：首先对策划并参与夺权的王长锁等几个人拘留审查，在全公社范围召开现场批判会，改组大队党支部，在此事件中行动不力的大队党支部书记给予撤职，由海燕担任大队党支部书记一职。

在这场惊心动魄的斗争中，海燕取得了全面胜利。关于她将来一定要重写一部《艳阳天》的话就是在这时对我说的。我知道，海燕那时内心中充满了献身的渴望，在这个风云变幻的小村庄里，她的渴望得以满足。

目睹了事件的前前后后，我为海燕的胜利而暗自兴奋。这一年在我的床头贴上了一张印刷的油画。画面上展现的是暴风雨之夜，一位女电话兵凌空站在一根电线杆上，对着话筒高声呼喊的情景，画的题目叫《我是海燕》。我看着它，内心充满了一种激情与豪迈。只是后来发生了一件事，我的心里悄然涌起了一种前所未有的不安。

这是一个接近年根的时候，当时的口号是“家家锁门，过一个革命化的春节”。腊月三十，在村北的地里召开了全村人参加的现场批判会，王氏三兄弟被五花大绑推上了临时搭起的土台子。王家的老大王长锁因抗拒而被左推右搡，最后终于将他穿在外面的黑棉袄扯破了，露出了贴身的内衣。

那时插队已数月的我，自觉对农民的生活境况已有所了解，但我还是被眼前的这件衣服所震撼。

这是一件打了无数个补丁的衣服，甚至补丁上面还有补丁，花花绿绿，颜色各异，早已看不出本身的质地与色泽。王长锁就穿着这件单薄的衣服在寒风中站了两个多小时。

这天晚上，莫名的焦虑和不安笼罩在我心头，我的眼前总晃动着那些补丁，新的旧的红的黑的……我知道这些补丁与我们身上的补丁有着多么的不同。我们的补丁里含着太多的做作、夸张甚至炫耀，而这些补丁却是如此真实。因此它们就更加触目惊心。

海燕领导了那年冬天的深翻土地的大会战，那个壮观的场面我至今不能忘记。田野上红旗招展，人山人海，全大队的男女老少无一遗漏地加入进来，除了冬麦以外的所有土地都被深翻一米。人们挥动着大镐与冻土作战，大有一副人定胜天的气势。人们有理由相信，这些被巨大的热情翻了个底朝天的土地会给他们带来回报。然而事实却并非如此。

由于翻挖过深，将多年来未经耕作的生土翻至表层，而富含有机物的熟土被埋在下面，第二年又发生了未曾预料的干旱，松动了的土层难以保住墒情，更加重了旱情。村里虽然有几眼机井，关键时刻却因电力不足而难以发挥作用。这一年，全村的农作物发生了前所未有的大幅度减产。整个冬天饥饿的阴影笼罩在每个村民的头上，人们目光黯淡，神情萎顿，一天只喝两顿稀粥。食不裹腹的村民，为了保持身体里那一点点可怜的热量，只好每日缩在自家的土炕上。

海燕为饥荒而痛心疾首。为了阻止农民外出逃荒，海燕决定回城想办法。她心急如焚到处托关系找门路，最后终于联系到农业大学一批淘汰的玉米种子。大学的校长是海燕父亲当年的同窗好友，他为海燕的诚心所感动，决定低价出售给受灾的农民。海燕又马不停蹄地跑供电局，那年冬天，她赶着一辆毛驴车，装上农民们舍不得吃的红豆绿豆，一趟一趟地往返在城市与乡村之间，终于为村里要来了比往年多一倍的用电指标。

开春，为小麦浇返青水的时候，海燕坐镇大田，三天三夜没合眼。那时正赶上她拉痢疾，全身发青，站着都打晃，但她说什么也不肯离开，直到有一天昏倒在地头。这年的夏收，全大队获得了空前的好收成。饿怕了的人们总算松了一口气。也就是这一年，海燕被选为优秀党员、知青模范、人大代表，出席了各种会议，并由此获得了一系列的称号及耀眼的头衔。

五

我插队的地方在冀中一望无际的平原中部，与周围相比算是一个富裕的村子，每个工值4角2分，就是说一个男劳力干满早晨、上午、下午三晌活，挣来10个工分，就算挣到了4角2分钱，而女劳力即使是最强壮的一天也只能挣7分半。队里照顾我们，让我们挣7分半，其实在队里像我们这样软弱无力的女孩子一般只能挣5分或6分。实际上，我们早晨常常因为贪睡而误了早工，这样除掉早晨1分半，我们一天实挣6分。在农村没有星期天节假日，一个月上满了30天可挣180个工分，合计人民币7元5角6分。一年下来，我们净挣了90元7角2分。对于我们来说，这真是不少，这几乎等于我们平白地分去了应该属于农民的90元7角2分。因为没有我们，队里的庄稼该什么时候种就什么时候种，该什么时候收也一定能什么时候收，而且该长成什么样一定还是什么样。实际上，有了我们反而给队里添了不少乱。比如该运到地里的粪往往让我们给翻倒在途中，该除去杂草的我们除去了秧苗，该留下打籽的白菜又让我们当成普通白菜给砍下来了……我们的所做所为实在有些对不起这90元7角2分。那个年代，我们这90元7角2分如果分给农民，他们是能派好大用场的。虽然我们也确实起早贪黑，日晒雨淋，脸朝黄土背朝天，汗珠子摔八瓣，但是比起农民来，我们过的简直就是一种贵族的生活。我们不愁吃不愁穿，因为有国家兜底，我们的粮食没有断过档，我们把山药当成点心，而农民们一年中却有好几个月要以山药充饥。农民们说，知识青年们拉屎都比他们的臭，知青点上的厕所因此常常失盗。虽然我们外表褴褛不堪，但在他们面前，我们总有一种优越感。因为我们每一个人心中都存有一个希望，就是总有一天我们会离开这里，回到我们的城市去。而农民们则不敢存半点非分之想，他们注定永远要与土地厮守为伴，在这里劳作，在这里生息，他们因此而不敢有丝毫的懈怠。与他们付出的艰辛相比，他们得到的实在是太少太少了。但是他们并不因此而丧气，他们对生活怀有一份永远的认真。无论是老人还是孩子，从早晨一睁开眼到晚上闭上眼，一刻也不能闲着，默默地干着他们一生一世也干不完的活。与我们相反，他们把最完整的衣服穿在外面，借此遮掩着他们千疮百孔的破衣烂衫。

很多年来，社会上流传着我们这一代人太多的抱怨，我们因此得到了人们的认同，人们觉得我们有理由抱怨。然而，那些农民们呢？与我们相比，他们应该是更有抱怨的理由，但是我们似乎并没有听到什么，而且也没有人想到他们会有何抱怨可发。

近几年来，电视报纸常常能够看到这样一类消息，当年插队的一些知青，如今纷纷组成还乡团，他们不远千里到当年的村庄，有的甚至带去了他们的子女。我真希望如今这些手中握有权力或者技术或者财富的人们，能够为农民们实实在在地做点什么，而不是仅仅去凭吊一下自己逝去的青春，或者向下一代炫耀自己所经历的“苦难”。古人有话：“受之以木桃，报之以琼瑶”，何况我们昔日受人的是琼瑶，而如今也未必能够报之以木桃。

我现在居住的城市距离我当年插队的地方并不是很远，但我从来没有回去过。每次当我乘坐火车出门，我会目不转睛地注视着窗外，在天气晴朗的日子里，我几乎能够隐隐约约地辨认出很远的地方一个砖窑的烟囱，那是我们村子的标志。看到它的时候，我的心里便有一种悄然的感动。这是我怀念的方式。我想我大概是不会回去了，我缺乏一种勇气，因为我清楚我从来不曾如今也没有能力给那一方土地带去任何的实惠，这使我有一种深刻的自卑。但是我愿意保存着这样一种思念，这种思念于那一方土地不再会带去什么损害，而于我却是一件精神的藏品。

我常想，我们认知世界的道路漫长而又曲折，经验告诉我们，我们常怀了一种美好的愿望出发上路，为自己的理想进行着不懈的努力，我们害怕我们懈怠会为历史添上阴影，然而很多年以后，我们才发现，我们越努力，实际上离开我们的初衷已愈远，甚至南辕北辙。

六

在这栋淡绿色的高层住宅第 14 层，我终于找到了海燕的家。

举手敲门的一瞬间，我踌躇了一下，我不知道与我一门之隔的海燕会是什么样子。我还是敲响了门。出来开门的是一个 60 多岁的妇女。她是海燕的母亲。当她知道我的来意后告诉我海燕并不在家。

这是一个语气平和朴素温婉的知识妇女。知道我是海燕插队时的朋友、专程来看海燕的时候，她的目光里露出了一些感激。我们坐在一套布沙发里交谈，我环顾四周，发现屋子里陈设简单但很干净。对面的墙上挂着一幅照片，海燕、她的父母和她的姐姐。这大概是她们姐妹中学时代的全家福，照片上的海燕目光纯洁，两条辫子垂在她单薄的肩头，她直视着前方，既无媚态亦无怅意。她的身后是她的父亲，他目光平和却略带着一种他那个年龄所不应有的天真，这使得他看上去更具学者气。这位当年与海燕共同讨论《资本论》的父亲，在墙上的镜框里留下了他永远的微笑。海燕的母亲告诉我，海燕的父亲因心肌梗塞已于前年去世，海燕在她父亲工作的大学里的一个印刷厂工作，已病休在家多年，现在她们母女俩住在这所房子里。

我问起海燕现在的情况。她告诉我，海燕一直没结婚。她每天早晨6点起床，乘公共汽车大约一小时到达天坛公园，在那里与二百多人一起，跟一个著名的气功师学习太极功，9点去吃早饭，然后乘车去北京图书馆，在那里读书，一般到12点再乘车回来，到家大约一点多，吃完饭午睡一会儿，起来后做些家务，晚上看电视，天天如此，不曾间断。

我的思想跟随着这位母亲的叙述，追随着一个身影，去往想象中的天坛和北京图书馆，我目光中的海燕，依旧是那个充满了激情和沉着而质朴的女孩儿。

就是那一年的冬天，海燕出席了全省的知青代表大会，在这次会议上，她认识了邻县的北京知青高原。

高原长得瘦高而白净，常穿着一件褪了色的学生蓝中山装。同海燕一样，高原担任着他所在大队的党支部书记，一看便知这是一个聪慧质朴的青年，与海燕相比，他似乎更多了一些冷静与成熟。此后的数月，他曾许多次出现在我们的知青点。他常常傍晚来，每天下午6点有一趟班车从邻县开往我们这个县城，他乘了这趟车来，便没有返回去的车了。

每次他与海燕一起在我们的食堂吃饭，然后一同走进海燕的宿舍。于是这便是一个不眠之夜。那盏20瓦的灯一夜不熄。知青点上一些好事之徒隔一会儿到海燕的窗前晃荡一次，但是让他们失望的是他们看到的永远是同一幅画面。

海燕总是坐在她的床头，高原坐在她对面的一张椅子上。他们就这么面对面的坐着，甚至连姿势也不曾改变。他们就这样彻夜长谈。

当曙光初露之时，高原便背上他总是随身背着的那个军挎包，去搭乘早晨第一趟班车。人们能够看到，这两个彻夜未眠的人目光熠熠生辉，毫无倦意。人们惊异地猜测他们一夜一夜地都在谈些什么。

我敢说那是海燕一生中最美好的时光。她的理想在结着果实，她的内心充满着纯洁浪漫的爱情。

然而美好的时光总是过于短暂。几个月后，海燕与高原之间发生了一场严重的争吵，起因是关于是否去上大学。

那个时候高原已被确定推荐去上大学，他希望海燕也能一同去读书。如果海燕想去，名额是绝对没问题的。海燕是全县的知青典型，又是模范党员，而村里的干部们实际上也是非常希望她走的，因为海燕毕竟是个外来人。

我常想，如果当初海燕真的走了，那会是什么样子呢？她的命运绝对是另外一个样。

海燕却坚持不走，她坚守着她的诺言和信念。在连续几次的彻夜长谈中，高原最终也未能说服她。

我想高原是怀了一种绝望的心情离她而去的，他和她终于走了两条截然不同的路。事实证明，高原的离去无疑是幸运的。因为在这一年的10月发生的大变故中，海燕再一次被卷入一个变幻莫测的政治漩涡中去，她作为"第三种人"被撤职审查。而高原那年顺利进入北京一所著名大学新闻系，四年后他分配到一家大报社当了记者。十几年后的今天，他已成为一位颇有成绩的国际新闻评论家，足迹遍布全球的上百个国家。

许多年后的今天，我依旧记得当年我贴在床头的那幅画。画面上一个女兵在暴风雨中呼叫："我是海燕"。

七

中午，我与海燕的母亲共进午餐，饭菜简朴清淡，我们慢慢地吃，席间她并不劝菜，而是用一种忧虑的目光看着我，几次欲言又止，最后她终于对我说："海燕这些年不很顺心，她不愿见过去的熟人，很多朋友来了她都不见，也不知道……"我说："我们过去是很好的朋友。"

午后，我独坐门厅沙发上静静等待，内心充满了一种激动。

大约一点钟，门口响起了一阵脚步声，接着便有开门锁的声音，我不由自主地站了起来。

门开了，她站在我面前——一个陌生而又熟悉的海燕。面前的海燕与我的海燕相隔了整整 18 年。这 18 年沧桑巨变，人物全非。

我看着眼前的海燕，她穿了一身棉质的宽松套服，身体稍微胖了一些，额头上有了几道并不明显的纹路，她依旧质朴谦和，但是目光中少了昔日的锐利与热情。

"你还认识我吗？"我有些急切地问。

她看着我，目光中流露着茫然的笑。

"真的不记得了吗？"我说出了我的姓名。

她依旧茫然地笑。

这真让我失望，我原以为当我说出我的名字的时候，她一定会记起来的，因为我一直以为，当年海燕在点上虽然表面风光实际上是非常孤独的，那个时候，对于她的敬意，使我总是找机会去接近她，她也因此对我说过许多内心真实的想法。

“在知青点上，东庄子。”

她仍旧摇摇头。

“你住第四个宿舍，我住第三个。”我有些失望地看着她。

她的母亲从屋里走出来，为她端上温在锅里的饭和菜，她坐下大口吃起来，很饿的样子。吃了几口她忽然问：“你怎么知道这儿的？”

我说：“是谢丽告诉我你姐在医院，我到医院找到你姐要的地址。”

她停下来看着我说：“谢丽？我认识。”

“咱们点上你还记得谁？”我满怀希望。

她摇摇头，继续吃饭。她的母亲已退到卧室里去了，在一个能够看得见我们的角度，用了一种忧虑不安的目光注视着我们。

“你来干什么？”海燕问。

“我……来看看你，”我顿了一下说，“好多年了，我一直非常想你，总想来看看你，好不容易打听到你的地址，这次正好出差就来了。”

“我挺好的。”她冲我一笑。

这一笑，让我看见了昔日那个质朴纯静的海燕，她那个比常人大一号的前额也一如昨日那样可爱地向前突着。我忽然记起海燕唯一一次与我们同去看电影的情景，那场影片的名字早已忘记，只记得里面有一个反面人物叫“大头鱼”，回来的路上，大家一致同意将这个外号赠给海燕。那时海燕也是这样的笑着。

我说：“点上有好多人都想来看你。”

“谁呀？”

“梆头，你还记得梆头吗？经常剃光头的那个。有一次他看见我，我说想去看你，他还想跟我一起来呢。”

“你千万别让他来。”海燕突然严肃起来，饭也不吃了。

“为什么?”

“我不想见他们，你不要把我们家的地址告诉任何人。”海燕的表情严峻而又冷漠。

我不知道为什么谈话会突然转向，我停顿了一下，想扭转这个局面，我说：“我不会把你家的地址告诉别人，我只是挺想你才来了，你还记得那时我们点上……”

“你不要再提过去的事了，我不想听。”她突然打断我，表情烦躁，“你也一样，以后最好不要再来了。”

我不知道谈话还怎么继续下去，但我不甘心就这样走，我想做最后的努力：“海燕，你还记得你曾经跟我说过，你将来一定要写一部小说……”

“不，我没说过!”

海燕的母亲从卧室走出来，她用了一种乞求的目光看着我，同时对我摇了摇头。

我明白她的意思。我低下头，难过地说：“好吧，我该走了，看见了你，我心里很高兴，真的。”

海燕放下手中的碗筷，如释重负般赶着去为我开门，我只好随她往外走。出门的时候，我再一次回头环顾着海燕的家，我的目光又一次落在那张全家福上。海燕跟着我走出来，我说：“你回去吧。”她搓了搓手：“我送你到电梯口，不然我妈会生气的。”她的脸上露出一些笑容，那笑容有些勉强，也有些顽皮。

隔着缓缓闭合的电梯门，我凝视着眼前的海燕，这一刻我知道我和海燕的故事就要画上句号了。海燕站在门口，脸上露着古怪的笑，这就是我苦苦寻找的那个海燕吗？我的海燕呢？那个20年前激情澎湃地朗诵着高尔基的《海燕》的姑娘呢？那个曾经对我说过要重写《艳阳天》的豪迈的勇士呢？那个与心爱的人彻夜长谈的纯情的女孩儿呢？我的心随了这电梯在一寸一寸地沉下去。

八

几个月后的一天，我坐在家中看电视，无意中在《东方时空》节目里，看到了个叫蔡立坚的女知青重返昔日插队的村庄的故事。那个小村子看上去依然很贫困，而当年也是知青模范的蔡立坚决定重返故地，为那里的农民做一点事情。

我的心为之一震。也许这在某种意义上来说，是对我的寻找的一种呼应。让我感悟到，有一种精神，在我们那一代人身上被埋藏得有多么深。如果没有如此的执著，如此的投入，海燕又何至于到今天呢！我的内心充满了痛惜。

那天，我心情沉重地告别那座高层住宅，沿着我来时的道路独自前行。

道路两侧的楼厦愈来愈豪华，道路中心是川流不息的各种车辆，某家大型商场开业的广告车载着一群如花似玉的美女招摇过市。置身于这纷忙的都市之中，内心却格外落寞。

我想到，实际上我应该感到安慰，因为海燕找到了她今日的生活方式。我又有什么理由去搅扰她呢。

每个人都有自己的路要走。这让我记起同样居住在这条街上的我的那位远房表姨，以及她的两个儿子。通过书信，我知道了她的两个儿子后来的故事。

痴迷武术的他们最终还是背叛了他们的初衷。他们越长越大，对更具吸引力的现代生活充满了前所未有的兴趣。靠了他们的智慧和肯干，终于走进了他们希望走进的那个世界。如今他们一个成为一家著名国际旅行社的导游，而另一人则成为一家三星级酒店的大堂经理，同龄的青年们侧目而视。我想，如今他们离开昔日的武术时代该有多么遥远了呀。

这又让我记起我所认识的一位信奉宗教的青年。20 年前，我们还在冀中平原的小村子里，夏天的一个傍晚，我们知青点上出现了一个八九岁的男孩子。那孩子眼睛黑亮举止斯文。他跟在梆头后面，那漆黑的头发令梆头的光脑袋更加刺目。他是梆头的弟弟，过暑假到这里来玩的。有一天那男孩拿了几页纸，让我为他修改他的暑假作文。我接过来看到那是一篇学校里常见的命题作文，题目叫《暑假里的一天》。20 年后的今天，我依稀记得上面的一些文字："太阳出来了，照着金黄色的庄稼，麦子如同一条金色的地毯，一直铺到天边。农民伯伯在烈日下挥汗如雨……"

就是这个孩子，20 世纪 80 年代中期考取了南方的一所专门培养神职人员的神学院。缺乏宗教了解的我，一点也不能知道他的思想轨迹，我只是想，他一定是在宗教里陷得很深了。后来的一件事证实了我的想法。这是我回城几年后，有一次我难得地到梆头的家里去看他，那时他已是一家工厂的保卫且蓄起了头发。谈话中，他说起他们家最近遇到的一件事，这让我对这位未来的神职人员有了一些了解。

当时在我们省内的一家青年刊物上，发表了一位大学中文系实习生的一篇谈青少年教育的文章，文中提到梆头的弟弟，是作为反面典型提出来的，并由此引发一个结论，对于青少年的教育要从家庭学校社会几个方面同时抓，不然青少年就有误入歧途的可能。梆头一家读到文章后非常气愤，上诉到省宗教事务委员会，委员会对那家青年刊物正式提出书面抗议。他们指出，宪法规定公民有宗教信仰的自由，信仰宗教怎么能视为误入歧途？他们要求作者公开道歉，并收回刊载此文的全部刊物。在这场笔墨官司的关键时刻，榔头的弟弟分别致信于各有关方面，谈了他对这件事的态度。我有幸读到了他写给父母家人的一封信。

他在信中告诉他的父母对这件事不要过于计较，要宽厚为怀，因为“主对一切无知的人总是宽容的”。在这个居高临下、悲天悯人、少年老成的年轻人与那个写下“农民伯伯在烈日下挥汗如雨”的男孩之间，我不知道隔的是怎样的一段距离。那个时候我想，这个青年一定会成为一个出类拔萃的神职人员。

几年后，当我再一次有机会得知他的消息时，却让我大吃一惊。因为这个时候他已摇身一变，成为海南一家拥有数千万资产的公司总裁。我再一次因我的迟钝而困惑，我仍想不出，在一个虔诚淡出的宗教信徒与那个呼风唤雨的商界英豪之间，该有怎样的一段故事。

我们这一代人内心深处充满了一种从一而终的古典主义的固执，我们对初次的许诺难以忘情，对过去的一切耿耿于怀，我们是不习惯忘却的一群，我们从很小的时候就被告之：忘记过去就意味着背叛。因此我们的身上所背负的东西与日俱增，我们的行囊日益沉重，这使得我们的跋涉也愈显艰难。也许正因为如此，我们这一代人恐怕是难以走得更远了。

所幸的是我们终于有了一代背叛者。他们能够迅速遗忘过去而面对明天。他们向往着一个又一个背叛，背叛昨日，背叛传统，甚至不惜背叛一切被认为是有价值的东西，他们从中感受到快乐。因此他们浑身轻快无比，因此他们更能够义无反顾地去追赶今日的潮流。他们是弄潮儿。这个时代更需要弄潮儿。这时候，我渐渐明白了贯穿在那个青年的故事里的，实际上只有两个字——寻找！宗教曾经是他寻找到的一个果实，海南是他寻找到的一个新的果实。我想，不远的将来，也许还会有更新的果实被他找到。

世界上的每一个人穷尽毕生总在寻找，人们要找的究竟是什么？

寻找，实际上包含着两种意义，一是寻找我们曾经拥有过而又失去的，这是一种溯源而上的寻找；一是寻找我们向往的但却未曾得到的，这是一种循着大潮顺流而下的寻找。这后一种寻找或许更具有积极意义吧。

如今，我一个人在两侧耸立的高楼之间踽踽而行，我想着像我这样一个物质时代的人，循着时间的隧道，溯源而上，希望去寻找到精神时代的光芒，希望那光芒一如昨日般照耀，但我失败了，我看到的只是精神时代留下的悲剧的果实。寻找的失败是必然的，今日的结果似乎有了一种象征意义。这使我记起了西方哲学一个古老的命题——人不能两次踏进同一条河流。历史具有它的不可逆和不重复性。历史即使能够重演，又有谁愿意回到那个悲剧丛生的时代呢？然而我们却又忍不住总是回头张望，因为那个时代实在是留下了我们太多的激情。

我知道，我的这种寻找实在具有太多的虚幻和荒谬的色彩。

虚幻也罢，荒谬也罢，所幸我的心是至诚的。

戈壁噩恋

龙　升

●侃吃喝聊女人不犯法●向南方姑娘进攻●男人女态●他们打架都像女人●我爱上了大阿訇的女儿●为戈壁滩上的活貂婵决斗●屡恋屡败●童贞失给了同性男人●公审同性恋者

我在进攻爱情碉堡的路上踩上了地雷，受到了挫折，弄得灰头灰脸的，但幸亏还有一点阿Q精神。

——男主人公

这是一桩令我深感耻辱和内疚的事。在讲我的往事时，这一段经常被抹去：我将童贞失给了一个同性男人，是在新疆支边时被偷走的。那个男人又因此为导火线，被戴上了“坏分子”帽子而失去了他仅存无几的自由。

人们大概都有过蒙受耻辱的事。久经考虑，那次还不是什么不可告人的耻辱，而且自疚终年隐藏心头，令我窒息沉闷，常有如牛负重之感，我还是把它诉说出来，解脱压在自己心中铅一般的重负，也让他原谅一半是因为我给他带来的深重的痛苦吧。

步入青年时期，失去了接受高等教育的机会，没能参加正式工作，失学失业，自上高中报出出身，便失去了平等做人的资格，进监狱后失去了宝贵的自由，残酷的阶段斗争中失去了亲人（失去在这里并不全意味死亡）。长年的改造，使我失去了不能挽回的青春……但是我的躯体血肉还在，尽管不是特别健康地成长，但还保留着没有失去的童贞。

但那次我唯一保留住的童贞失去了，失得那么窝囊，就像我进公安局一样也稀里糊涂，不是将它那么浪漫、诗一般地献给一位女人，竟被一个男人偷走了。所以我感到蒙受了莫大耻辱。

我是天生的男人，可以毫不含糊地说天生喜欢女人，这喜欢由小到大，一步步深化。记得上小学时，我家住在西单商场对门“恩成居”饭庄后面的一个大院子里，经常有机会在饭庄后窗里看到大人们结婚的宴会。小孩子是爱模仿的，我们一群小孩子就玩过家家，玩结婚游戏。我们也吹喇叭打鼓，也坐花汽车，乘花轿。吹喇叭是用手比划，花轿是两个人左手搭在自己右腕上，再用右手抓住对方的左手就成了。男孩儿和女孩儿争着骑上去当“新郎”、“新娘子”。我们也拜天地，也一鞠躬、二鞠躬、三鞠躬，也起哄亲嘴儿，不过不像大人那么真亲，而是两张小嘴儿隔开一点距离，同时咂咂儿下子，碰上自己喜欢的小姑娘做“新娘子”时，那“亲嘴儿”的咂咂声会小一点，大概就是大人的温存腼腆，“亲”完了还脸红，大概就是大人的羞涩害臊。我想，那可能是最早的喜欢女人吧。

上中学时，我们学校在南长街，北长街有个有名的女子学校，她们和我们的男子学校是友谊学校。她们学校操场很小，运动会常在我们的操场举行。届时我校男生都非常积极地事先帮她们整理场地，画跑道，我曾非常仔细地捡跑道上的小石子，生怕扭伤了女学生的脚丫子。我们还组织拉拉队，在她们比赛时鼓红了掌，喊破了嗓子。我就曾望着一个把小辫子盘在头顶上跑在最前面的女孩儿产生过朦朦胧胧的爱的感觉。

高中时代，苏联的列宁格勒省巴甫洛夫市有许多女学生给我们男校俄语班的同学写信，建立友谊关系，那时中苏两国两党关系正向冰点下降，而两国间的男女孩子还在频繁地写信祝愿着“千里共婵娟”的感情。我的信友叫谢尔盖娃·卡丽娅，从照片上看去，是亚麻色的头发，深深的大眼睛，鼻子周围密密麻麻长着雀斑，笑得甜甜的。信写得多了，不能总是讲政治，歌颂伟大的领袖，于是就有了蔚蓝色的大海，翱翔着的海鸥，我们之间只有友爱，没有国界之类的热情洋溢的词句充满在字里行间，以至拿着信去找俄语女教师请教看不懂的名词和动词变格时，老师开玩笑地说：“卡丽娅爱上柳莹啦。”后来我们互赠礼品，我寄去了小扇子、小手绢、电影明星的照片，卡丽娅寄来自己拍的照片、小玩具和她在照片里扎头发蝴蝶结用过的绢绸丝带。我经常摸她照片上亚麻色的头发和密密麻麻的雀斑，睡觉时将那些红绿绢绸丝带放在枕头边上。那些带有异国气息的女孩绸带，常常会使我心驰神往，现在回忆起来，那是一种介于友谊和爱情之间的感情吧。那纯洁的感情，促进了我们的学习。我们每个学期都交换成绩册，两国都用五分制，两人都没得过三分。

后来我接触过许多女人，比如一四川大学的女学生、一起做临时工的小金子、小学校里的女教师……也喜欢过她们，但都没有超越过友谊和爱情之间那种感情，是因为始终没有一个飞跃的条件和升华的温度。但是我渐渐感觉到自己身上充满了一股强烈的男人的神秘力量，它像一个小耗子，在体内钻来钻去，却总钻不出来。从16岁就一年比一年多地在脸上、后背上长出许多青春痘儿，老是下不去。我开始乘家里没人时，对着立柜上的穿衣镜做些表示喜怒哀乐的充满爱意的怪脸，经常在没人处伸胳膊伸腿地发泄一下积聚在身体里的神秘力量，但小耗子仍钻不出来，青春痘仍下不去。

后来，我就因为有“海外关系”被抓起来了。在强制劳动时，我们很少很少见到女人，只是大家躺在大宿舍、大地窝子里侃大山，扯女人。别以为改造单位是极端死气沉沉的，除了定额极重的监督劳动和学“毛选”的时间外，大家还是有说有笑的，否则日子没法过，那些终年沉闷不乐的人都变精神病了。侃些什么呢？吃喝和女人。在那“革命”的年月里，国事不好谈，文化生活也没有，就那八个“样板戏”，早看贫了。侃吃喝聊女人不犯法的，精神会餐也很香，但最后弄得滚肚饥肠，胃里只咕噜，还是聊女人的多，精神安慰：

“女人劲头儿最大了？”

“瞎说，女人劲儿能大过男人？”

“是女人劲大，能把龙头弄歪了。”

“胡扯。”

“你不信？那不是我说的，是刘罗锅子刘庸说的。当年乾隆爷下江南，过水乡见一美女，死盯不舍，女人走过去很远还回头瞟着。刘罗锅子就说女人劲大，把龙头给弄歪了。”

“你他妈的那是从天桥说相声的那儿学来的。真有那么漂亮妞儿，要是给我那个像拔小葱似地拔一回，明儿个判死刑都认了。”

“瞧你那骚德行，三年不见一个妞儿，看老母猪都觉得赛貂婵，还用得着美女？是块烂膏药就能拔了你那脓！”

先说的人得意扬扬，哼起自编的小曲儿：“墙抹得白白的，妞儿脱得光光的……”

有人烦了：“闭上你那狗臭嘴，低级下流。”

“我下流，谁不想那个？你没听说大字报上揭发的大司令员，老帽儿都站不住了，还让两个护士扶着在沙发上来呢！”

……地窝子里每天学完规定的“毛选”之后，上床就能听见侃这些大山。我和另外几个人和侃大山的人不一样。我们常在一起写几首歪诗，“小丫家，山脚下，粉红袄，葱绿裤……”“深处的白杨林中传来了阿娜尔古丽那百灵鸟般的歌唱……”我们管侃大山的人叫耍“嘴包”，他们反讥我们为“笔包”、“焉儿包”。

转眼到了1970年春，九中队大部分人已经长到二三十岁，“嘴包”也好，“笔包”也好，都挡不住到男大当婚的年龄。强制只能针对思想改造和劳动改造，而情欲是强制不了的，宪法上也没有写着强制劳动者不允许谈恋爱和结婚。于是有些俊俏小子或“色胆包天”的人，开始到外面蹚路子去了。

新疆生产建设兵团各团场多的是各地支边青年，尤以上海、江浙为多，他们是由城里按比例来的，但也没规定谁和谁配好了对儿。“去追，去发掘！”北京青年们打出了响亮的口号。

开始，南方支边青年对我们这批北京人视如洪水猛兽，因我们被宣传为一群杀人放火无恶不做的人，他们对我们既鄙视又害怕。

九中队组成了一支篮球队，我们去征战各革命连队，以展现我们北方人特有的身材和筋骨，开始有纤细苗条的江南少女羡慕我们油亮结实、肌腱饱满的肌肉啦。我们也学起古代欧洲人在情人窗下唱小夜曲，利用晚饭后一小时那一天中唯一的自由时间，跑到她们能听得见的戈壁滩上去拉小提琴、弹六弦琴，勾来了些会拉二胡、吹笛子的男青年，“收买”了他们做内线，帮我们挖他们自己的姑娘。要是大家都进胡杨林伐木时，我们还白送给他们伐好的材木，帮他们拉出树林。

当然，各连队顽固的领导们拼命在大会小会宣布女孩子们不准和北京青年接触，有些视女同乡为己物的男南方青年，还携了皮恰克来向我们警告，但都挡不住我们青春的热火在胸中燃烧。向上海姑娘进攻！向南京姑娘进攻！向无锡、南通、绍兴、温州的姑娘进攻！那一个个碉堡不是坚不可摧的，姑娘们也有春心关不住的时候。通过接触了解，南方支边青年们发现北京人并不是流氓、骗子，毕竟都是大城市的青年，有共同语言，上海的小碉堡首先被攻克，九中队有三四个人交上了女朋友。

有上海姑娘从连里到我们队上来做客了。她们来时虽然仍是绿军裤，上身可套着花罩衣，叽叽喳喳的讲上海话，给我们大地窝子里带来了鸟语花香。她们还带来白面馍和窝窝头给自己的男朋友。大家啃着姑娘送的东西也像吃了蜜。我们杀毛驴子煮了请她们吃，一边吃一边唱歌，快活极了（尤其是我们唱的许多民歌和外国歌曲迷住了许多女支边青年，她们大多只会唱语录歌和当时的革命歌曲），后来有许多对婚姻就是在那种气氛下促成的。

戈壁滩的女孩子送给男人最珍贵的定情礼物还不是窝窝头，是一双布鞋。上海姑娘大多会打毛衣（她们叫接丝线），而她们到了新疆，特别是有了男朋友之后都学会了做懒汉鞋（上海叫松紧鞋子，北京叫紧口便，后来又叫练功鞋）。那一针一线纳的鞋上，系着姑娘的深情，也送到了我们队上，得到了“情鞋”的几个北京人神气活现，在工地上穿着它跑得比兔子还快，因为他们在阶级斗争和大批判的声浪中，在强制劳动的压抑下，听到了姑娘们的甜言蜜语。

九中队出现了两个会做懒汉鞋的男人！一个是二十五六岁的青年叫姜晓波。一个40多岁，是当年唱京剧旦角的文玉香。他们的手工胜过上海女知青，精细得令人吃惊。他们在我们队里叫“别棍儿”，官话叫兔子，现代名词叫同性恋者，外国叫做“基”。明明是男人，可是谈吐仪态，行动坐卧，甚至面貌声音都像女人。大家认为他们是心理变态、性变态，可他们生活得很正常，很快活，尤其在那男人成堆的地方，尽管政治压力沉重，但他们生活得比其他男人自在。那叫文玉香的男人女态说不定是长年在舞台上咿咿呀呀地唱，绣衣水袖地甩扭出来的。可姜晓波硬说他自己天生本应是女人，只是从娘肚子出来前的一瞬间阎王爷硬给他安了个男性生殖器，给搞错了。

大凡那种人多才多艺。姜晓波会唱歌儿，1967、1968、1969 年，他都敢唱 30 年代的流行歌曲。他天生的女人嗓子，那时没有录音机，录下来那甜蜜蜜的声音，给任何人听准会以为是周璇的金嗓子。他会画画儿，尤其是工笔画，擅长牡丹和猫。他会做女人活计，他心地非常善良，经常给大家缝缝补补，裁个褂子裤衩之类的。当有上海姑娘给几个情郎做了鞋子后，他立刻买了把锥子，没经学习，第一双鞋就做成功了，底子上的针脚密过了女青年。他那用针的动作也像小媳妇似的，纳几针就在分头上蹭点儿油磨磨。他做鞋不是送单一的情人，而是给大家，他的爱是大公无私的，我也得到过他做的一双懒汉鞋。

他们也吃醋呢！那文玉香也学会了做懒汉鞋。有一次他们做的鞋同时送给了一个人，于是相互贬对方的针脚，以至打起架来。他们打架都像女人，都用反手叉腰，嘴里“老不要脸的”、“小挨刀儿的”，不停地骂，最后竟搂起来各抓对方头发、抓对方脸，直到和他们要好的一声大吼才住手。

我穿上姜晓波做的鞋，总觉得没人家穿上海姑娘做的鞋子带劲。后来，我也开始向女人进攻了，那是有一次赶完巴扎之后决定的：

那天我在巴扎民族商店里买“绿洲方糖”。在每月甚至几个月才配给一百克的砂糖，在我们眼中，一公斤一包的方糖自然是珍品了。碰上一次卖方糖很稀罕，买的人极多，我举着钱拼命往柜台前挤，但始终挤不到第一排，轮不到售货员接我的钱。突然，我背后透进一股烘烘热气，一股软软的肉体的感觉反射到大脑之中。回头一看，是一位漂亮的维吾尔族妇女的乳房紧紧地挤在我的后脊梁上。当我知道背后是个女人时，那股烘烘热气更加炎热，似乎变成了一股电流通遍了我的全身，产生了一种说不出的快感，觉得那股电流快要把长年在我体内钻来钻去的小耗子赶出来了。这时候，我已经不是当年那个单纯得可爱的学生娃了。过去，我总是把对女人的爱情看成纯洁神圣的感情。我是经过强制劳动改造过了的北京知青，隔着那维吾尔族妇女薄薄的孔来克（连衣裙），那么紧迫地接触到一个女人的肉体，惹起我一种像是犯罪的邪念，我不急于买“绿洲方糖”了，我狡猾地随着人群的移动而移动，不动声色地让那温暖人心的乳房不离开我的后背，挤在一群阿拉伯人似的维吾尔人的中间，做起了“天方夜谭”似的美梦。我的背也在有意无意地搓动着那对令人心惊胆战的乳峰，不知是人太挤的缘故，还是那维族妇女对这种搓动并不反感，我们贴得更紧了……

方糖卖完了，那美梦也跟着云消雾散。我长久地反手抚摸着自己的脊背，下了决心，要向女人进攻！

是维吾尔族妇女温暖了我的心，我要和别的北京青年走一条不同的路，向维吾尔族姑娘进攻。我想：那介乎东方人和西方人之间的身材、皮肤、言语、动作多么迷人啊！语言不通怕什么？可以用手比划，用眼睛传情达意，多么罗曼蒂克呀！吵架时只要流露愤怒的目光即可，不必讲粗言野语，那多高尚文明啊！将来带个维吾尔族小媳妇回城里，准能叫妈妈、亲人、友人、同学，甚至叫街道积极分子的小老太太们大吃一惊。

那时，在土木休克巴扎附近来了一批维吾尔族的上山下乡青年，是从喀什噶尔来的，这一群姑娘非常显眼。每星期天，她们都聚齐来巴扎游玩。她们有时穿着鲜艳的爱得来丝绸的孔来克，头上扎着烫了金线的尼龙纱，一派民族打扮，那爱得来丝绸上有如彩云飘游的花纹，有春天的浪漫，使她们在巴扎上游来荡去，犹如争芳斗艳的鲜花。有时她们头后插把弯月似的梳子，白衬衫肩上披块丝围巾，细细的裤子下登双瘦瘦的长筒靴子。那时，她们都高高地挺着胸脯儿，表现出一派有修养、高贵的气质。在她们中间，有一位总是被大家簇拥在中间的姑娘被我选中了作为进攻的对象：她长着乌黑的浓发，有两小缕青丝在耳边自然地打成小卷儿，嘴角朝上弯弯着，眉毛向下弯弯着，最迷人的是那双乌黑明亮的眼睛，迷人之处不在于大而在于那深沉的眼光。从那深沉的眼光里，难以看出她是个维吾尔人，还是个俄罗斯人，或者是个吉尔吉斯人、吉卜赛人。总之，她的眼睛融化了许多民族女性的美。那是一双喀什噶尔的眼睛，稍一微笑，长长的睫毛便会上下扑闪……我被她给迷住了，千方百计打听到了她美丽的名字叫依努塞尔。

我和几个有了上海女朋友的人商量，借用他们每月一次赶巴扎的权利（他们有女朋友陪着，不去巴扎了），穿上国外寄来的漂亮衣服（我第二次逃跑之后和爸爸及由台湾搬到日本的舅舅取得了联系），也邀上几个朋友簇拥着我，每星期也游来逛去地跟着那一束鲜花。她们嗑瓜子，我们也嗑瓜子。她们蹲下买酸奶子吃，我们也蹲在旁边的摊子上买酸奶子。时间长了，便可以看到当我们没出现在巴扎时，她们会站在巴扎大商店前的小空场上左顾右盼。我们一出现，她们就窜到人群中去，真有点采茶扑蝶似的。我们像两群哑巴似地在巴扎上游荡了两个月后才搭上话。我们问好，她们答礼，而且常常是我问，依努塞尔答。但只要说句进一步表示友好、友情的话，她们就捂着嘴笑着跑掉了。

她们，尤其是依努塞尔，笑得我心里直痒痒。终于有一个巴扎天，乘她们跑散之机，我单独地跟上了她，追出了巴扎，追过一片玉米地，追得依努塞尔放下了捂在嘴上的小手，回头使劲摇着说："不卖的（不行），不卖的"。

我哪肯放过这个千载难逢的机会，一定要追上她说句求爱的话。

依努塞尔差点儿跌一跤，我也差点跌一跤。她快步跑到一个"胖子"（房子、家）前的葡萄架下了，我停住了脚步——葡萄架下站起一个维吾尔族男人，亮出了腰间的皮恰克（腰刀）。

那男人和依努塞尔交谈了几句，朝我看看，收起了皮恰克，冲我扬了扬手。我不好逃掉，只得忐忑不安地被他请到葡萄架下的印花毛毡上坐下。他精通汉语，经过一阵寒暄，解开了疑团。他把我当成了追逐调戏妇女的坏小子，我将他当成了依努塞尔的丈夫或对象。他朝"胖子"里招呼了句什么，不一会走出一个和依努塞尔长得一样漂亮的女人来，手里托个铜盘子，摆上些桃杏。

他们是依努塞尔的姐姐和姐夫，是乌鲁木齐新疆大学毕业分配在巴扎中学的教师（也正是这个原因，依努塞尔到这里上山下乡）。从最初的谈话中，发现他们很了解我，因为簇拥我的朋友们都是华侨，混血儿，那黄、白、黑几种皮肤和穿的外国服装在巴扎上很招眼。依努塞尔的姐姐、姐夫很和善，使我看到了希望，勇敢地将我爱慕依努塞尔的心情和求婚的决心表达了出来（依努塞尔家如是汉人，我还不会那么大胆，也许有了这种经验，两个不同民族人对话时，一个人可以很自然地对另一民族人说出对本民族人难于启口的话)。

“不卖的。”他的姐夫也笑嘻嘻地蹦出和依努塞尔同样的话。姐姐跟着笑，依努塞尔闪着长睫毛，做了个怪脸儿，就是说都表示“不卖的”了。

我要求他们说出为什么“不卖的”，引起一串对话，对话结束时，连我自己也觉得“不卖的”了。

“我们早知道你在追依努塞尔，很高兴，很自豪。我们不反对你们做朋友在巴扎上玩，但不能爱上她，不能结婚。”她姐夫说。

“您这话很矛盾。既不反对做朋友，为什么不能爱呢?”

“天下的人都可以做朋友。我们是维吾尔人，我们也学习毛泽东思想，但是我们信仰伊斯兰教。”

“我可以改变自己的生活习惯，从今天起不吃大肉。”进疆几年没吃过多少猪肉，忌了它没啥。

“伊斯兰教不仅是不吃大肉，在于相信胡达，信奉‘古兰经’的教义。我们，依努塞尔的达当（爸爸）原是喀什噶尔的大阿訇，现在在土耳其的伊斯坦布尔。我相信将来你会去日本，而依努塞尔肯定会去土耳其。你不可能去伊斯兰教的国土，她也不会去佛教的地方，你们相爱了，结婚了，怎么又能分开呢?”

“现在到国外去是不可能的事，您听谁出去过?我们在新疆结婚，哪儿也不去。”

“形势会变的，那是胡达告诉我的。将来你们会一西一东永远见不到，这是先哲的话，要信。”

“那么我可以信仰伊斯兰教。”

“仅为和依努塞尔结婚而信伊斯兰教，心是不诚的。你要信仰毛泽东思想。你喜欢维吾尔姑娘的话，可以找别人结婚，依努塞尔是伊斯坦布尔大阿訇的女儿，不卖的。”

我碰上的是正宗的伊斯兰大阿訇的女儿！对话还进行了半天，我举了巴扎上有几个维吾尔人和汉族人结婚的事，甚至驴唇不对马嘴地举了文成公主嫁了松赞干布，依伯尔汗嫁了乾隆皇帝的例子，都没能说服他们。

我们是好言好散的。我吃了依努塞尔递给我的桃杏，但却尝不出滋味了。

在依努塞尔处不算失败，只是攻错了碉堡，我没灰心。还是走群众路线，和大家一样去攻上海姑娘吧。我选中了土木休克巴扎大商店的售货员小夏（和她熟的人买东西时都这么叫她），是上海支边青年，水粉似的白净脸儿，小鼻子小嘴儿，水灵灵的眼，细细的腰像水蛇似的，在那干燥的戈壁滩上就像是大观园里的林黛玉。九中队的人，谁都没能和她搭上过话，可都熟悉透了她，什么她铺的是蓝格子床单啦，用的是“玉兰”牌香脂啦，有十一二件花罩衫啦，都如数家珍一般，不知哪儿打听来的。大家对她的吹捧赞美，简直到了无边无际的地步：什么万绿丛中一点红啦，戈壁滩的明珠啦，赛西施活貂婵啦……大家躲在地窝子里那么评判着，也不知人家打喷嚏不？还竟有两个人为谈小夏打得头破血流，一个人说小夏没他知道的一个姑娘漂亮，结果让吹捧小夏的开了瓢儿（脑袋），那打人的甚至扬言为维护小夏美丽的名誉，可以接受任何不服气的人向他提出决斗。

但是，谁都知道小夏很高傲，一方面是因为她很漂亮，另一方面是她的“地位”造成的：新疆建设兵团的人分成多少个等级，除了有军衔的没有军衔的干部之外，第二等人有被内地人看不起的

"八大员"（卫生员、驾驶员、炊事员、售货员等），那都是交通不便、物资缺乏造成的。他们的社会地位高于一般支边青年，当然更高于我们这群被强劳的北京知青。但是大家都没有说这些。

追完依努塞尔之后，我被"区分"了，不必每月一次或借用别人的权利，就可以赶巴扎。几个有上海女朋友的北京人正式打了结婚报告，使我鬼迷了心窍。我照了多少次镜子，觉得自己虽不是大明星般的美男子，却也身材均匀，五官端正，仪表堂堂，没什么配不上美丽姑娘的地方，便下了决心追小夏。

于是，我打扮得整整齐齐，穿得漂漂亮亮去赶巴扎。这回不在街上转了，而是在大商店里买我需要或不需要的东西，为的是让小夏记住我的脸。我还趁她招呼别的顾客时，瞅在一边儿死盯她那漂亮的水粉似的白脸儿，向她眉目传情。有一天，她终于对我害羞似地笑了一下，害得我自作多情地以为她也对我有意思了。我给她写了一张纸条儿：

> 小夏，我是您的顾客。您不认识我，我却熟悉您。我对您抱有好感，很想和您做个好朋友，如果您同意，就冲我再笑一笑。

我在柜台前磨蹭了近一小时，看到她的脸不是高傲而是平易待客时，去买了一支牙膏，顺便将纸条儿递了过去。

小夏接过纸条，不肯打开，我骗她说是有件非常重要的事要通知她，说完闪在柜台稍远的地方，心情激动地等候春讯。

她将信将疑地打开我折成叉字形的纸条儿，匆匆看了两眼，两根细眉毛蚕一样地扭起来，小嘴拧成了麻花儿，小鼻子一扇一扇地，白脸儿发了青。我感到大事不妙，一溜烟儿跑出了商店。

我在巴扎上胡乱转，嘴里不停地嗑葵瓜子，嚼沙枣，可心总定不下来。隔了半天，又后悔自己跑出来得太快。她脸上异样的表情说不定是太突然、太紧张、太激动才表现出来的吧？

怀着侥幸，我又肚子里装个小兔子似地溜回商店。哪知刚一露头，就听得小夏一声凄厉的尖叫："就是他！"

说时迟那时快，上来汉族、维吾尔族各一个背枪的民兵，将我按倒在地，一根小绳儿把我的双手绑到了背后。

上木休克的民兵把我绑着押回了九中队，全队上下都轰动了。民兵向队领导转达了商店指导员的话，说我光天化日之下向女售货员要流氓，还交上了我的信，要求我队领导严肃处理。

民兵走了。马队长粗骂了我句："阿娘斯气，看你挺文明的，竟要他娘根儿粗的流氓！写了什么下流信，念给大家听听！"

"马队长，您给我松了绑我才能念呀。"我说。

"你就贱骨头，根儿粗的多绑会吧！叫别人念。"

于是那纸条儿由别人念了。

念完了，大家哄笑起来——他们笑的不是我：

"不就是封求爱的信吗？何必小题大作！"

"土木休克那个团也太封建了，就这也值得绑人？"

有人对小夏不满意了："有什么臭美的，不笑就结了，不愿意就拉倒呗。"

"小脸儿白白的，心黑啦。"

马队长那次居然心善，一来我们刚被"区分"完，二来他是玩妞儿的老手了，倒也没当太大的事，没让我挨很长时间的绑，只是松绑时骂了我几句："娘的根儿粗，癞蛤蟆想吃天鹅肉，根儿粗的不撒泡尿照照自己是什么？以后不准出去给我惹事了。”

我并没为自己做的事感到唐突、害臊，被绑了半天也没觉得吃了什么亏，倒觉得小夏这么一来太不值得，让很多崇拜她的人一下子扭转了对她的好印象。我老思量着，她为什么将纸条儿交给他们领导，还忍心看我被绑起来。想着想着到半夜在梦里又见到了她：

梦和现实总是相反的，小夏满脸桃红地来找我道歉。大地窝子里就我一个人，她对我亲切地讲：“哎呀，白天委屈你了。”一看她白白的小脸儿变得桃红，想起“打是疼，骂是爱”的话，那小麻绳绑得两腕上的红印子的痛楚早丢到九霄云外，连用学来的上海话回道：“末啥，末啥。”她说是从来没人那么给她递纸条，她以为那么做是坏人做坏事，报告领导说明她与阶级敌人划清界限，现在才知道我是好人。一下子我的疑团解除了。她又说：“我现在就冲你笑一笑。”两个小酒窝露出来无限娇丽妩媚，笑得我心花怒放。

那梦中方一日，世上已数年。没多大工夫，我和小夏走完了恋爱的全过程。不知什么时候都变成了两个一丝不挂的小肉人。我搂紧了小夏，轻轻地亲吻她的小嘴，抚弄着她的柔发。她软软的手指流水似地抚弄着我的脖子，又漫向胸、背、腰、臀……我的心里像有千万条小虫子在蠕动，难以言状。

突然，小夏那窈窕雪白的身子贴着我的身体不动了，像条滑溜溜的水蛇缠住了我。我觉得体内血液在撞击，在沸腾，在汇入波峰浪谷，在沉没……要是有镜子照照，肯定眼珠子里也盈满了血，觉得下身灼热得烫人，脸上、背上的青春痘开花似地崩开了，体内那只钻来钻去的小耗子终于钻出来……我的生命终于消失在她那美好无比的温柔之乡深处……

随着全身肌肉的一阵痉挛，我的眼睛睁开了，从梦里醒转。我发现在我的被子里确实有一个人，一个光溜溜的人，他的头深深地埋在我的两条大腿中间……

但是，那绝对不是小夏！

“干什么哪？”我惊叫着坐了起来。

有人被吵醒了，大地窝子里点亮了煤油灯，灯影里竟是姜晓波！

我要是个女人就哭了。可我是个男人，我怒火三千丈，生平第一次伸出手，打了他两记耳光——我感到我的童贞被他偷走了。

第二天收工，班里开了姜晓波的批斗会。在会上，他毫不隐瞒地承认了事实，说明着自己的行动：他认为我在追求女人时失败了，受了委屈，他怜悯我。追求女人就是追求爱情，而爱情发展到高潮就会发生肉体关系，最后都要来那么一手的，而他这么做是为了安慰我，他能和女人一样地给予我爱情的快乐。一番话说得我没有了再给他两耳刮子的决心，只恨自己倒霉。但在那种环境下，憋得无聊的人非要追根问底，于是他又交代出许多事来。

一说出来不禁令人吐舌头，原来他不但“口奸”了我，还和队里很多人搞了“鸡奸”，就是平常骂人说的卖屁股。和他“发生过关系”的竟有十七八个人，还有两个班长呢！他一点也不觉羞耻，如诉光荣历史一样，他是主动地变着法儿将屁股送给别人，好像他将爱情献给了全人类似的。

会再开下去就没意思了，有几个人对我讲：“算了，你又不是大姑娘破了身。”

但事情并没算完，后来的又一次清理阶级队伍运动中，那事又被领导兜了出来，姜晓波被拉到中队里批判，然后升级了，在团里一次公审大会上，被戴了“坏分子”帽子。

那时公审大会判刑的人，一般都是由师部或团部的拘留所里提出来，事先押在台上。而戴帽子的人，为了加强群众专政的气氛和戏剧性效果，大多是由台下的群众里突然揪出来，一般来说当事者事先并不知道。队里事前在被揪者排列的队尾安排好两名警卫，专等台上一宣布名字，警卫便冲出来，将毫无准备的被揪者飞快地推上台去。台上的政法股长或干事一宣布，大帽子就算戴上了。那时我们一去参加公审大会，总要提心吊胆地查看后面是否站有警卫。

姜晓波那天也是狼狈不堪地被拖上台去的，被宣布因搞“鸡奸”而被戴上“坏分子”帽子。我没有和他搞“鸡奸”，但他戴上“坏分子”的帽子是由我被“口奸”作为导火线的，所以我在台下一直坐不住。我想了许多，为什么搞“鸡奸”和搞“强奸”会一样判罪？听说在国外就算正当的，为什么搞“鸡奸”的是奸人的没罪，被奸的人有罪？为什么男人搞同性恋有罪，女人搞同性恋没罪？男人和男人之间可以不可以有爱情？男人搞同性恋是自然现象，是生理、病理还是心理的阴阳倒错？

我自己想的问题自己无法解决，但我想到了姜晓波以后的处境：他要干比别人多的活，星期天不准外出，要额外打五百块大土坯，别人自由活动时他要加倍学习《毛主席语录》，开斗争大会、公审大会时要站出来陪斗陪绑……总之他被剥夺了比原来强制劳动时还少的自由。

我由当初对他的愤怒转为对他的同情了。我感到内疚，后悔当初不应大喊大叫。

我还想到了我们北京青年来新疆后的处境。有“无湘不成兵”、“无宁不成市”之说，在这里“不判北京青年成不了公审大会”了。有许多干部和支边青年犯了事、多亏有这批“运动员”替他们上场。甚至我们被“区分”成了“革命同志”还逃不脱这命运。我气自己失去童贞的窝囊，气北京青年的命运。正在这时，坐在我们九中队旁边的一个革命连队的几个上海姑娘望着我们北京青年叽叽喳喳地议论："什么叫鸡奸？"我忘了自己要追上海姑娘的事，大着声音丢过去一句："就是操屁股。"许多人听见了，男人们笑起来，姑娘们羞红了脸，低下了头。会场上引起一阵小骚乱。

后来回队，领导批评我搅乱了公审大会的严肃气氛，我认了错，但觉得小小地出了点气。

我在进攻爱情碉堡的路上踩上了地雷，受到了挫折，弄得灰头灰脸的，但幸亏还有一点阿Q精神。我想：为什么非得去追女人？不能让女人向我来进攻？我硬等了，守株待兔地等！……

姜晓波的"坏分子"帽子戴了五年。除了在公审大会上他低了头外，后来的日子并没像我想的那么过不去。他一直挺着腰板子做人，仍旧有说有笑，仍旧唱30年代的流行歌曲和中外现代名曲，仍旧画工笔画，越画越活越神，仍旧做懒汉鞋送人。也许他改了，也许他嘴巴严实了，以后再没听说他和谁搞"鸡奸"。他的苦难他自己承担了，大家也替他分担了。他不能外出，我们大家帮他买东西，他完不成的定额大家偷偷帮他补上了，只有读《毛主席语录》和公审大会的陪斗没人能代替。

虽然感到被他偷了自己的童贞，总觉得是个耻辱，但我是帮他买东西和干活中最卖力的一个，因为那件事成了导火线，使他戴上"坏分子"帽子，我一直感到内疚。

情劫无情敌

方正　金汕　陈义风　孟固

●女主人自焚成焦炭●剪破丈夫阴囊●女知青们身手非凡●不幸起源于算卦先生●蔫人出豹子●悲剧来自文化落差

"再教育"者居然感受到了来自教育"对象"的威胁，于是，她的悲剧便在所难免了。

——作者

1974年冬。某夜。黑龙江生产建设兵团五师某连。

北大荒北从抚远，南到密山；东从虎林，西到鹤岗，老职工的住房大都是一排可住四家的红砖平房。一家无论老少几口，均是一间半房。外屋半间，前半截砌有生火做饭的锅灶（做饭的同时还能烧热里屋的大通炕），后半截打上间壁，盘一小炕，一般给成年未成婚的姑娘用。

一个叫李杏花的老职工，脸色灰暗，目光呆滞。她在自己的住房内，机械、无力地将提灯中的煤油洒在棉被上。炕的西头，两个小女孩已经甜甜地入睡了。女主人漠然地望了望她们，将划着的火柴往浸透了煤油的棉被上一丢，尺把高的火苗腾的一下蹿了起来。

火舔着墙壁，很快就蹿上了房，并向左右隔壁三家蔓延而去。被浓烟呛醒的邻居们于蒙蒙中得出“火灾”的可怕结论后，立即搀扶着老人、抱着孩子，夺门逃命。很快，大火将四家的房顶全部燎着，闻讯赶来的连队领导突然拼命喊道：“快快砸开李杏花家门上的锁，救出里面的人，快!”连领导像悟出了什么，“怎么这家人没人往外跑?”屋里的两个孩子被人们奋力救出，李杏花却早已被烈火所吞没。

人们对裹挟着北大荒“大烟炮”的大火，毫无作为，只能任其肆虐猖狂。不要说“火借风势”，这里有便利救火的水源和工具吗?火使四家的全部财产丧失殆尽，还留下了一具让人叹息的被烧成焦炭的尸体。

此时，李杏花的丈夫李旺辰正躺在团部医院的病床上。前天夜里，李杏花用酒灌醉了他，趁他鼾声如雷时，用剪刀剪破了他的阴囊……李家为何遭此劫难?话还要从头儿说起。

李旺辰这年35岁。在连队干了多年的机务。他，精明能干，文化不高，记性和口才却极好。他是1959年和刚结婚不久的年轻妻子李杏花一起从山东老家支边来北大荒的。

1973年初，老李在本连队学校担任了校长。老李兴冲冲上任的第一天，四五个当教师的女知青便找上门来，这个说，学校光有老师讲课用的白粉笔还不够，还应有学生出黑板报的彩色粉笔。那个说，有几个教室的火墙不能取暖，是因为火炉没砌好，影响了教学。还有的建议在晚间利用业余时间办个教师进修班，以提高教学质量……老李二话没说，一边让这些女知青马上去营部商店买彩色粉笔，一边抄起铁锹、泥铲、瓦刀，大步流星地到教室去翻修火炉……

老李对这些女知青最初的印象是热情，有朝气，有事业心。在以后的工作中，这些女知青给他留下了深刻、美好的印象。

连队马车老板的二小子王小禾天资还行，就是太能折腾，因为数学不及格，已留过一级了。可自从让这些女知青接过手去后，在全师的统考中，数学竟得了全营第二！光彩得让他这个“校长”亲自驾驶着“尤特兹”，把女知青和王小禾拉到营里介绍经验。“六·一”儿童节，营里搞汇演，女知青往那儿一站，双手一比划，连队老职工的孩子们把《我爱祖国的蓝天》和《我爱北京天安门》两支歌，唱得声震屋瓦，直冲霄汉。女知青配乐的手风琴也拉得锦上添花、出神入化。孩子们整齐的服装也受到了表扬，那也是女知青们出的主意，并由他们挨门挨户动员家长们买的……台上，声势夺人；台下，好评如潮。老李兴奋得满脸红光闪耀。不用说，这回又捧回了第一名的奖状。每逢这个连队的学生“毕业”，要上营里去上八九年级时，女知青们总是要亲自跑上十来里路，向同是知青的营里的老师，一一介绍每个孩子的全面情况。有一个学生是“劳改新生”的后代，其父本人曾在关内某大城市供职，不知触犯了什么刑法，被送到北大荒兴凯湖服役。刑满释放后，被就地分配于北大荒的某个农场生产队当职工，即“文革”两年后这些女知青所到的连队。女知青向这个孩子未来的老师介绍，这个孩子天资甚高，是个名符其实的高材生，但因其身世，政治上不开展，性格极其内向、孤高，恳请营里学校的老师多发扬其长处，克服其短处……同去的老李，在一旁听得直受感动，心想“可怜天下父母心”，可这些女知青简直比这些孩子的亲生父母还动心思。后来，那个“劳改新生”的后代，在1978年，第二次参加高考后，果然凭其真本事，考上了长春市吉林师范大学中文系，从而改变了自己人生道路的轨迹，成了北大荒老职工孩子中少有的“金凤凰”。

也难怪，这些女知青来自北京赫赫有名的市重点中学——某大学的附中。其气质、教养，以至那个年代并不提起的“风度”，都自不待言。每当女知青来找老李商量工作时，他总是积极配合，奋勇当先。老李本来就是一个热心肠的人，被这些女知青一“鞭策”，这工作的热情就一发不可收了。在他看来，连队学校能搞得井井有条，生龙活虎，全仰仗了这些女知青。老李敬重女知青，尊重知识，而女知青也敬重贫下中农老李，这本来是一件好事。但却不幸从中演绎出了一件震动全团的“悲从中来”的惨剧……

一个女人在“暗中”盯着老李的一切，并且慌乱到了神不守舍的田地。这个女人就是老李的爱人李杏花。

李杏花比李旺辰小两岁，长年家里、家外的劳顿，使她有些过早地衰老了。在她眼里，北京来的女知青，个个都是从天而降的“七仙女”，就甭说这些女秀才肚子里还有不老少的墨水。李杏花自己是大字不识一个。

可当她看到丈夫和当老师的女知青工作在一起时，竟无端地感到不安了。在家里，他的丈夫有绝对的权威，她是个什么也拿不起来的女人，什么都得听老李吩咐，自己干就是了。她有什么心事，也只是在自己心里瞎琢磨，绝不会对别人说，包括自己的丈夫在内。

有一天，李旺辰很晚才从学校里回来，两个学生打破了头，让他又忙了半天。脱了鞋，上了炕，老李便呼呼入睡了。

李杏花躺在炕上，翻上了“烙饼”。一件令她恐惧的事，又在噬咬着她的心：1959 年，她的丈夫决定带她离开吃不饱饭的山东老家到北大荒去。临行前，她找了一个算卦的先生，卑怯地递上十几个鸡蛋：“先生，俺男人要带俺到北大荒去，你看俺的命如何？”算卦先生看着这个无知、懦弱的女人，信口胡诌道：“可怜呀，15 年后你的丈夫将要休了你，另娶一个城里的姑娘……”

这些年来，李杏花的心灵，时时处在一种阴影的笼罩之下。

这年的元月元日，是人们喜迎新的一年到来的一天，对于李杏花来说，却是“凶年”的到来。她眼看着丈夫和城里来的姑娘成天价在一起，感到自己被丈夫休了的日子要来了。其实，李旺辰本人根本没往那儿想，女知青们就更不用说了。

“天哪，这往后的日子可怎么过呀……两个孩子，李旺辰是不会要的，自己又拿不起来……这脸也没地儿放了。这么不死不活的，还不如死了，死了也不能便宜了李旺辰这个负心汉……对，死……不能便宜……”许多天来，李杏花就这么胡思乱想地瞎琢磨，她脆弱的神经再也挺不住了，她要用极端的行为来结束这眼前的一切！

这天上午连里开大会，指导员传达了师里的紧急通知：苏修从边境线上放了许多患有口蹄疫的狗来，为了防止建设兵团的大牲畜染上这种不治之症，全师各连都要将狗杀绝、限期三天。

“狗……”呆坐在会场上的李杏花，突然涌起一个念头，“把家里的大黑杀了，做成下酒菜……”她边想边感到自己猛烈的心悸……

“万家灯火”的时节已到，家家烟囱里都冒出袅袅炊烟。李杏花把满满大半脸盆的蒜、盐凉拌的狗肉端上桌，桌上还有一瓶她特意从连队小卖部买来的70度“北大荒”白酒。李旺辰的酒量本来就不小，有了可口的酒菜，这一晚上自然喝得有些过量。

待老李鼾声阵阵时，老杏花从抽屉里摸出了锋利的剪刀，她掀开老李身上的被子，径直朝老李的阴囊剪去。她的想法很简单：让像陈世美一样的李旺辰，到阴间地府也断子绝孙！

疼痛至极的李旺辰从酒精和睡神的缠绕中一跃而起。他虽受了伤，但自卫的本能和男子的力气，使得李杏花连连倒退。愤怒的李旺辰一面撕打，一面高呼叫人……连领导来了，将呻吟不已的李旺辰用卡车立即送到了团部医院，把李杏花监视在家里不许出来，她的两个女孩自然也一起留在她的身边。“过两天再做处理，这毕竟是一场‘家庭纠纷’，虽然闹得有些过分。”连领导是这样想的，可惜他们太不了解这个蔫人出豹子的李杏花，他们甚至没顾上和李杏花好好谈一谈。

事发之后，李杏花是在极度混乱的思绪中度过的。但有一条她是认定的：“自己完了，彻底完蛋了。李旺辰饶不了她，连领导也不会宽恕她……李旺辰这回娶个女知青也是‘光明正大’了。没了爷儿们的女人，还是个坏分子……”她一想起连队里的那几个专政对象，心里就哆嗦……李杏花的一生在她的愚昧和“自我封闭”中，终于走到了尽头……

李旺辰虽然不久便痊愈了，但由于遭此精神上的巨大创伤和家庭变故，面色苍白，身体虚弱，意志消沉。他自己主动要求退出学校，以求得内心上的平静……

这是一个很“寻常”的故事，但我们不难从中看出其中更深层次的“内涵”：李杏花的悲剧在于她深切的自卑感，而这种自轻自贱主要的一方面，又来自她朦朦胧胧的“文化落差”感。人们只知道让众多的知青去补教师的“缺”，却忽视了从内心深处建造一个欢迎知识、尊重知识的氛围，以至使钦定的“再教育”者居然感受到了来自教育“对象”的威胁，于是，她的悲剧便在所难免了。事实上，上自兵团师、团首长，下至营、连领导，都关切地注视到了知青们已在兵团各师、团、营、连所有的学校里所起到的举足轻重的作用，由他们传授的文化知识对于当地老职工的子女所起到的切实效果。

1971 年 10 月起，兵团三师等各师相继举办了为期半年的语文、数学和理化等师一级的培训班，旨在提高知青中学历最高的“老高三”的教学水平，以使他们能胜任教育当地老职工子女中的第一批高中生（八九年级）的重责。

营、团一级的单位，也不惜启用营部和团部的优秀宣传报道员，到营直和团直学校去担任教学工作。这些领导从切身的实际利益出发（有些领导自己的孩子就在兵团就学），真正做到了爱才和惜才。以至当后来有些当老师的知青按照政策返城时，这些领导均扼腕长叹：真是剜了我们的心头肉了！

这些当年当老师的知青们，在 1977 年恢复的高考中，大都大显身手。北京市某重点女校的一个老高三的女知青，她就学时，高中三年，年年是金质奖章获得者，她从小过继的姑妈就在这个女校任数学特级讲师，幼承庭训，濡染家学，接受了严格的“饱和”教育。1977 年后，成了北京师范大学第一批数学硕士生，后来和她同是数学硕士的丈夫在婚前相约，这辈子就是这么回事了，为了事业，不要孩子了……走上了她姑妈为事业终生没有自己亲生孩子的“老路”……她目前已是北京师范大学数学系的教授，以她发明的“张氏定理”而享誉学术界。

由这样一些知青教育出来的北大荒老职工的孩子们又岂能是无能之辈？1979 年，经过返城大潮的冲击，兵团的知青所剩无几。这时，在营、连级等基层单位担负起各个岗位重责的，不少就是当年知青们培养出来的第一批高中毕业生。他们当中不乏副连长和连长，有的还是主管全营生产的副营长……

从这些事实中，我们不难得出这样的结论：当年的“教育者”和“再教育者”们，其实从某种意义上说，很难划分“主”、“从”。

知青们学到了老职工的吃苦耐劳，并把它带回到城里自己后来的工作岗位上。用北大荒基层领导的话说：干了北大荒的活儿，今后对什么体力活儿都不会怵头。其实，又岂止是“体力活儿”，这是造就人素质的一个极其重要的方面。

老职工和老职工的孩子们则从城市知青的手中，学来了文化和知识，拓宽了他们的视野和精神领域。在知青大返城时，不少老职工们怀有一种复杂的感情：你们（指知青）都走了，这里的许多“活儿”该由谁来“充填”？这至少说明了知青们在北大荒所起的不少作用，是不可替代的。

“吃苦精神”与“文明精神”的传播，你能说清楚这两者哪个更重要些？前者隶属于“经济基础”的范畴，后者显然是“上层建筑”中最高一层的东西。按照马克思主义的“基础”决定“建筑”，“建筑”又“反作用”于“基础”的理论而言，“教育者”和“再教育者”们的地位是很难分出高下的。似乎只能说是两者缺一不可，或说是两者互相交融，相得益彰。用今天的眼光来看，对于一个急欲发展的民族来说，可能“文明精神”的传播更具长远和战略的意义。

李杏花如果在天之灵有知，她当年闯出的那场“祸事”竟引出了我们今天这样一段议论，真不知她该做何种感想？她可能会对自己的愚昧无知愧悔，也可能已从心底原谅了那个“负心”的李旺辰……一个民族如果没有文化与教育，将不成其为真正的“民族”。李杏花由“文化落差”引出的那场小小的人为的悲剧，是我们民族的极大耻辱，我们不应该让这些类似的耻辱，再来玷污我们民族躯体了……

生命的赌博

张国良

●未婚先孕●冒险的堕胎手术●竹棍代替子宫探针●孕妇像待宰的羊羔●别无选择●我们胜利了

未婚先孕……一旦泄露出去，被那些“左”得发疯的领导和同事知道了，就意味着什么都完了……

——作者

1978年的冬季，是我一生中最难以忘怀的一个时期，当时我在云南生产建设兵团四师十六团二营综合排当卫生员。就是在那个难忘的冬季中的一个傍晚，我刚送走了最后一个前来看病的职工，倚在那既是连队医务室又是我新婚的家门旁，眺望远山的红霞，想念我那远在四营的新婚妻子。突然，我看到通向我们综合排的大路上急匆匆走来一个人，她叫张岚。就是这个张岚，她的这次来访，揭开了我生命历史中最冒险的一页，将我推到了以生命作赌注的赌台旁……

张岚这次来访，是受了她的一个朋友的重托，来要求我帮助，替一个未婚先孕的重庆女知青刮宫的。未婚先孕，这个问题在当时是一件不得了的大事情，如果一旦泄露出去，被那些“左”得发疯的领导和同事知道了，就意味着什么都完了，所以许多女知青在那些困苦的岁月里一旦遇上了这个麻烦，其悲苦程度，所受的心理和生理上的熬煎，是现在任何一个人也难以想象的。未婚有了身孕，孩子当然不敢要，但在那年月又不能悄悄地去堕胎，因为当时的任何医疗部门都必须见营一级的机关出具的证明或出示本人的结婚证明才能做这一类手术。因此，张岚的好朋友在遇上了这个麻烦后，思前想后，万般无奈，求告到我这个当了多年的卫生员头上，要求我想办法在人不知鬼不觉中悄悄地消灭那这个世界上不需要的小生命，去充当一个既是救命的天使，又是杀人的恶魔的角色。要做这件事，张岚说起来很轻松，但我做起来可就“恼火”了，连队卫生室既没有一切必要器械和设备，而且我也从未做过这样的“好事”，一无技术，二无经验，当然更不必说我将要为此事所担的风险；弄不好就是两条人命，那我就什么都完了，就算真搞好了，一旦有人泄密，我这个卫生员怕也要戴上一顶什么帽子杀血示众了。但不知是人太年轻没有慎重的处世经验，还是出于“哥们义气”，抑或完全是因为大家都是重庆知青，最后我竟冒失地答应了张岚的这个过于轻率的要求，并相约第二天下午连队的职工都外出上班无人时给这个苦命的重庆女知青做“手术”……

送走了张岚，我怀着忐忑不安的心情，连夜找来了我的好朋友——八营的剑娃和槟榔寨的王老九，同他们商量怎样做好这件事，并请他们出出主意，想想办法，解决一下我目前所遇到的主要是缺少手术工具及缺乏信心的困难。不知剑娃和王老九是出于同情心或是为了好奇，他们竟都对此事很热心。老九懂得一些医道，他出主意说：“没有器械可以找一些代用品，只要消毒严格，准备好一些急需药品，在操作上小心一点，可能不会出什么事情……”剑娃出主意，“有些东西我们想办法各人做，我想还是可以用，”最后老九又给我壮胆打气：“龟儿怕啥子嘛，我明天给你当助产士，用针刺和按摩给她镇痛，你龟儿放心，不得出问题的……”

就这样，几个人像决定明天怎样杀只鸡一样就把这人命关天的大事情商量定了。干！

第二天天还未大亮，几个天棒就开始了“创造”手术器械工具的工作，一块龙竹竹片弯个圈栓好就成了阴道窥视器，弹性不够，剑娃出主意：“把自行车内圈的钢丝弄一根上去看得不得行了！”一弄，嘿，要得，将就用！没有子宫探针，不是有竹子吗，于是几截铁丝，大小不一长短不齐的竹筷，竹棍代替了子宫探针、子宫扩张器等；止血钳代替双爪钳；大剂量的复方奎宁代替不可能有的催产素；两张长条凳加一张方凳就当手术台，没有白布单，算了，将就点……就这样，极其简单地完成了迎接“病妇”的准备工作，赤身裸体地站到生命的赌台上……

下午三点多种，张岚如约带来了牺牲品。我望着这位受尽折磨的女知青那双忧伤浮肿的眼睛，心里油然生起一种负罪感，真有着一种说不出的惊慌的恐惧，但同伴们都在看着我，箭已上弦，在这时候已无法退身了。我暗暗咬了咬牙，定了定心神，开始给这位女知青讲解了注意事项，要求她跟我们配合。剑娃悄悄走出了门，并将门从外面反锁上，就站在门外不远处放哨。王老九神情严肃地站在我身边，随时准备给我当助手。这位女知青听完我的话，看了看我们，望了望我们准备的所谓工具，又看了看我们为她准备的“手术台”，知道别无选择，便像一只待宰的羔羊，心甘情愿地将命运交给了上帝，顺从地躺在了“手术台”上。在手术过程中，这位女知青始终咬紧牙关，一声不吭，任凭我粗陋的工具在她体内拨动，只是痛苦使她大汗淋漓，脸色煞白。不知是上苍有眼怜悯我们知青，还是这个女知青有着奇异的耐力和顽强的生命力，不管怎样说，她终于熬过来了，她体内的包袱被干干净净地卸除了。经过几十分钟的努力，我们胜利了，完完全全胜利了……可是我们赢得了什么呢？

虽然这位“病妇”百般感谢我们为她解除了痛苦，我心里仍然不是滋味，我望着她惨白的脸，虚弱的身子，劝她回去一定要注意营养和休息。但是据我后来所知，她从我这里“手术”回去后，第二天便扛着“剽草刀”冒着冷雨寒雾上了胶林，整个手术过后未得到休息，而因经济原因只吃了20个鸡蛋。

我赞美生命的顽强。

但我为知青的命运哭泣！

拒 婚 记

赵幼兵

●该找人家了……屁股大好生娃娃●山里兴抢婚●“丑丫头”不甘嫁给大黄牙●瞎编为拒婚——对象是英雄刘英俊

想我的是大黄牙！我就惨到这个地步？

——作者

一次在田里薅秧。一个20世纪50年代被下放该地的有点文化的中年汉子问我多大了。

“16岁。”我不假思索地回答。

“该找人家了。”那汉子的建议竟得到一片回应。

“这女娃子是不错，”一个白胡子老头叹息道，“可惜晚了点。农家女14岁就嫁人的。”

“不算晚”，另一个半大老头说，“这女娃好嫁，瞧她好高的个头！正好干活的身板。”

“还有，屁股大好生娃娃，奶子大孩子也有奶吃呢！”

“胡扯什么？”同队的男知青不乐意了，一坨稀泥朝那汉子劈脸摔去。

“嘿！你这狗东西！”泥花脸也动了气，“听得来人话不？这是真的哩！不信问问小伙子们。”

“是哩是哩！”田里的农家伙子们表情认真地齐声肯定，“讨婆娘就是看这些哩！”接下来便开始讨论谁家后生合适。

“余家老三就挺好。”还是开头问我岁数的汉子说，“他家是村里的首富哩！”

“是哩！人家弟兄六个全都在挣工分，老爷子又会喂猪又会种菜，老婆子缝衣裳做鞋的手可巧，一家子都是挣净钱的能手！”

那老余婆子也在田里干活，听着议论没吱声，红扑扑的长脸上写满得意。

“赵丫头，好福气呀！”我旁边的胖娘们压低了嗓门，“余家老三眼睛好高哇，说了好几家姑娘他都没瞧上。那后生上过高小，干活净挣高工分，还会跳锅庄唱山歌，连社长的女子都想嫁给他呢！”

“哇，我可高攀不起。”我拼命忍住笑，煞有介事地作羡慕状，“我爹不是社长，连队长都不是哩，咋办？”

“你是成都省的读书人呐？”后边的年轻媳妇也凑过来，“你们知青又走不掉，年岁再大些，只怕余家老三这样的后生打着灯笼也难找哩。”

“你们……”好容易咽下几乎冲口而出的嘲骂，继续作戏，“你们嫁人都那么早？”

“可不。女人早晚是人家的人，”年轻媳妇低下了头，“12岁就说了人家，只想着到哪都是干活吃饭。13岁嫁过来才知道是个又丑又傻的老爷们儿！”

“怎么！嫁人之前没见过？”我吃惊了。

“咳哟！谁家女子嫁人前见过汉子？”胖婆娘比我还奇怪，“山里兴抢婚。挑个月黑夜，叫开门，使麻袋一套，皮绳一捆扔在马背上驮起就走。事先许给娘家些钱和布，跟娘家串通好，由你哭死闹死，嫁个瘸脚瞎眼汉娘家也不管。”

“啾，天哪！”似听天方夜谭，我只能对这野蛮传统表示新奇。偷瞥那年轻媳妇，说起来和我岁数不相上下却拖儿带女老气横秋，一副逆来顺受的落拓相。

第二天干活是在几里地外的向阳坡上锄洋芋草。中间歇气时，老余婆子竟坐在我身边，塞给我两个嫩玉米饼。接着又像看耀眼的太阳般望着我，笑开了花的脸和轻抚着我肩头的手，每一个汗毛孔都是赞美。没等我问玉米饼的由来，她竟自顾喋喋地絮叨上了，说他儿子如何能干，家境如何殷实，说当了她家媳妇如何享福，不用再下地挣工分也不用做家务活，还将成为一家之主……

“喂！快来吃好东西！”我被她絮叨烦了，转身招呼三个女同学，把那甜滋滋的玉米饼狼吞虎咽地分而食之，然后一阵大唱疯跑，摘野花野果去了。

从那以后，余婆频频塞给我好吃的，有时会在我们午饭时打发小儿子端来一大碗青椒炒肉丝。肉在成都当时也只是每月定量配给，我们这帮不知天高地厚的大娃娃面对此种奢侈品，除了大叹人间烟火之美妙外从不问其用意，连送回去的碗都不曾洗过。

渐渐地，我发现在田边地头，只要有余婆子在我身边，别人都躲得远远地窃笑。那位叫余大江的三小子居然开始穿着崭新的“洋服”干活（那是他用一只肥母鸡跟男知青换的）。尽管也一本正经学知青系好了每一颗扣子，衣襟下仍露出一圈脏破内衣和大红裤带。那个头不高的门板身材顶着一颗无颈大头，小得出奇的五官，每每呲出 32 颗夹着菜屑的大黄牙，两眼闪光地笑。尤其看我时，目不转睛地笑里完全是露骨的贪婪。

不久，我便明白了那些不稼而穑的赏来之物可不是好随便享用的。一个月后的傍晚，村里一位长着巨大疱颈的权威长老和换洗一新的余婆一起神色庄重地来知青户找我。先是一顿训戒小辈子的女儿经，然后伸出掌心朝上的双手讨要我的生辰八字，即阴历的出生日期。

“呀，我可记不得，”按捺住恐惧的心跳，我终于找到了借口，“城里人只记阳历。要不我马上写信给家里问问，如何?”

“可得快点”,余婆满脸不悦,“最晚不过今年秋天——你都16岁了!”

“婆婆”走后，我们四个女知青滚到床上足足笑了半个钟头，差点笑断气。

可是到了后半夜，我笑不出来了。无声的泪淌出眼角洇湿了枕头。

没有镜子，也在井边研究过自己。我是个丑女孩。是全家人的难过。因为又丑又笨，家里来了客人得把我锁进里屋怕丢了父母的脸。尽管在校是学习尖子和文体明星，还是经常听到外婆对母亲的叹息：“这丫头是嫁不出去的，没有男人会看她一眼，除非不安好心!”

上了中学，成绩全优和当学生干部仍改变不了我的形象，“丑八怪”和“黑丫头”几乎取代了我的名字。曾崇拜过简·爱，同样贫穷丑陋的女子，靠勤奋和善良竟赢得了家财万贯的美男子罗切斯特真挚的爱。后来我发现自己错了，除了《简·爱》，再没有任何文学文艺作品会讴歌丑女人，而满眼是对绝代佳人的赞美哪怕是妓女泼妇！所以没人知道我这“强人”骨子里的脆弱，“什么都不怕”的背后却什么都怕。

下乡以来，水土不服和繁重的农活并没带来多少痛苦，反而使委屈的情愫得以发泄。不出三个月我竟又能吃又能干，背百十斤牛粪爬山，架两头大牯牛犁田。缺油少菜的伙食，我倒长胖了，一反自卑的忧郁，我爱笑爱唱。女同学们会脸红了，还悄悄议论男同学。可那情窦初开的羞涩不属于我，把身边的俊男俏女只当做一幅美好的画远远欣赏，自己不敢也不曾有任何非分之想。

但我却不能不叫别人想，想我的是大黄牙！我就惨到这个地步？这是我唯一嫁人的机会，还是那男人“不安好心”？母亲在一年前的批斗中死于非命，父亲还被关在牛棚，姐姐和弟弟也被轰下了农村，一个“走资派”的丑丫头除了嫁给大黄牙还能怎样？

可是衰老病残的父亲怎么办？戎马生涯一辈子，如今从精神到肉体都饱受创伤，谁给他做饭洗衣服？谁伴他度过孤苦的晚年？尽管当了知青毕竟还有机会探亲，且能在家多赖几天。那看见我和同学打闹都要翻白眼的余婆子怕是不会给我多少自由。

过了几天，我从箱子里翻出一本《英雄谱》（一位朋友送我下乡的礼物），胡乱撕下一张刘英俊的印刷相片和一封自编的“父亲来信”，带着歉意同时交给了疱颈长老。偏远山村没几个人识字，更不知刘英俊为何物。我便趁机羞答答作了番“婚姻大事要听父母之命”的解释，最后还对余婆“偷鸡不成蚀把米”的愤慨，发出“破坏军婚要犯法”的警告。

可想而知，那余家三小子随即脱去洋服，失去笑容，每逢遇见我都匆匆背过脸去。当然农家小伙子们也没放过“癞蛤蟆想吃天鹅肉”的奚落。

19 岁，“老女子”的我离开那个地方时，却从内心感到沉重和不安。不仅是“天鹅肉”的内疚，而且是空有知识文化却终未能为养育了自己的父老乡亲做点什么就惭愧地撒手而去。

不是为了爱情

王洪江

●五人读书小集团●六个孩子的爸爸●哪有什么爱情●我决心要养她●寂寞时有人陪着了

她曾经对我那么一心一意，我如果就这么撇了她，情理上过不去。……

——男主人公

他那时特怵在农村，白天教一群山里娃，晚上无所事事单调乏味苦闷，这时已有3个孩子的她走进了他的生活……

去陈寿桢家，需要走过一段城墙，城墙高十几米，一侧是依傍山坡建筑的一群窑洞式平房，只留了一条宽不过两米的平台土路，一侧则是陡峭的悬崖，让人过往时朝下一看头都有点晕。

这连个安全护拦都没有，要是掉下去怎么办？

你放心，越是危险的地方越是出不了事，出事的都是大马路和高速公路。

陈寿桢的家是一式三孔比肩相挨的窑洞。正中一孔当做客厅，摆了一尘不染的沙发和茶几，墙边摆了好几盆生机勃勃的花卉，让人觉得主人挺有生活情趣。

陈寿桢个头不高，面皮白净，言谈举止彬彬有礼，一看就具有一定的文化素质，黑明说明自己打算拍摄100个知青，出一本报告摄影集；陈寿桢特别赞赏，说道："你这么办，等于让人们面对一个不可回避的现实，那就是如何看待那个特殊历史条件下的特殊历史事件。"文革"后，国家所有发生的一切都被推翻了，但对于我们知青还没有一个相对准确的定义。可以说这代人赶上了当代中国所有大的运动，上山下乡也不过是主席的一句话，马上就形成了一个社会潮流，我们从北京一下来这穷山僻壤，为农村和贫困地区增加了一些活力。不能说是背井离乡可也是千里迢迢，听党的话，一辈子放到这里了，确实有生活得很惨的。当然，这些人已经剩得不多了，但那些回去的也和剩下的同样都存在很多问题。回可以回，怎么回，留可以留，怎么留？需要有这么个政策……"

黑明说："这些不是你我能办到的，但我能办到的只有一点，就是真实地记录下你们的经历，把这100个知青的100种活法变成史料，好为后人提供借鉴……"

"你都采访过谁？"

"我从去年腊月开始跑，已经采访过好几十个了。有的确实很惨，我来之前，在北京刚采访过一个叫付泽光的人，他原来在延长县郑庄公社插队落户。他在农村当过地区学毛选积极分子，1971年招到延安机械厂当工人，第二年查出他得了严重的肾炎，治了5年病情才有所好转。1992年，他费了九牛二虎之力，终于调进了北京钢琴厂工作，他的妻子陈显英也在朝阳区一个饲料公司找到了工作。他们生活刚有点滋味，付泽光突然老病复发进入'尿毒病期'，不久便瘦得皮包骨头。到我去采访时，他已花了9万多医药费，一家3口不得不靠东挪西借过日子。他女儿付晨上小学5年级，曾经荣获过朝阳区百名优秀少年的称号。可是因为天天要给他爸爸吃药打针，家里已经快要给她掏不起学费。我问付泽光和陈显英，会不会因为家庭困难中断付晨的学业？他俩谁也不敢肯定，只有付晨说了一句：我捡破烂也要念书！……”

“是够可怜的。”

“还有一个叫刘德亮的，原来是海淀中学六八届初中毕业生。他自愿下到延川县禹居公社康家村大队插队，能够吃苦耐劳，多次被评为‘好社员’。1972年底招工到延安变压器厂学开车，不久经人介绍和延安蔬菜队女青年冯萍结婚。正在他戴上安全行驶数十万公里大红花的时候，突然脑血管破裂，尽管经过西安、北京多方治疗保住了性命，但脑神经严重受损，造成了严重的半身不遂，说话也不清楚，一个耳朵有用一个耳朵没用，半个脸会笑半个脸不会笑……”

“你怎么尽遇到这么不幸的，有没有挺走运的？”

“有哇，还有给江泽民李瑞环当翻译的。”

“谁呀？”陈寿桢很感兴趣地问。

“他叫艾平。当年在延川县插队，后来在县副食品公司工作。当过店小二，在食堂里洗过碗端过饭还下乡收过猪、羊和鸡蛋。后来考上了大学，回到北京。毕业后分到中央工作。”

陈寿桢听完后，感叹一声：“不认识。”

“要说你们这些知青真正靠老天爷给的机遇走运的还真没有，但却有不少是通过个人奋斗外加机遇成功的。我采访过一个叫做舒展的，他原来在延川县文安驿公社插队，整天除了劳动就钻在窑洞里学习，没想到有一天他和另外4名同学被打成了‘五人读书小集团’说他们没明没黑地看书是想回北京夺毛主席的权。他们被拉到公社办‘学习班’，整了三个月，多亏一名带队的北京干部说了一句公道话“学习有什么坏处”，这才了事。1973年各大专院校开始招收工农兵学员，他被录取到了北京外国语学院英文系，后来被分配到中共中央对外联络部西亚非洲局工作。1981年他又以优异的成绩被选送英国留学，获得了硕士学位，又被派往埃塞俄比亚中国使馆从事调研工作，1988年回国后先后被任命为中联部综合调研处副处长、处长并获得了国家教委、人事部颁发的‘在祖国社会主义现代化建设中做出突出贡献的回国留学人员’奖牌……”黑明如数家珍一般滔滔不绝地说道，“还有一个叫做杨卫的，原来在延川县冯家坪公社插队落户。他利用劳动之余在土窑洞里昏暗的油灯下自学了高中的全部课程。1973年，他以优异的成绩考入西北工业大学材料与热加工系锻压专业。1978年他调到清华大学机械工程系当了教师。在清华大学对300多名青年教师的一次考核中，他取得了数学、外语两项第一的佳绩。不久清华大学开始招收‘文革’后的第一届研究生，杨卫改换专业后在百余名竞争者中名列第四。研究生毕业以后，他又作为清华大学的公费生前往美国布朗大学学习固体力学专业。1984年末他以优异的成绩通过了论文答辩，获得博士学位。他参加并主持了16项国家的重大科研项目，获得了国家教委科技进步一等奖，1992年他又获得亚太会议颁发的‘特殊贡献奖牌’和‘中国青年科学家奖’……”

“和人家一比，咱这等于是虚混光阴了。”

“回到刚才我的主题，就是各人都有各人的活法。我在陕北采访了这么多知青，你这家庭条件也算是上等的。”

“我在政府工作，和企业相比较，工资有保证。”

“你爱人在哪上班?”

“在志丹县工会做一般工作。”

“她原先就在县工会?”

“不是，原先是民办教师，是顶替她父亲回了县城才安排的。”

“你呢?”

“我原来也是民办教师，后来调换过好几个工作单位，现在是志丹县经济贸易局质量管理科主任科员。”

“你几个小孩?”

“6 个。”

“6 个小孩?”黑明以为听错了，机械地重复一句。

“我爱人以前有 3 个，和我结婚以后又生了 3 个。”

黑明想起宜川采访的一个王春英，她找了一个有 4 个孩子的农村丈夫，后来又生了两个，成了 6 个孩子的妈妈。想不到在志丹又访到了一个 6 个孩子的爸爸。当初王春英是为了救下犯了“破坏上山下乡罪”的周彦才，一声“愿意和他结婚”免除了他的 10 年牢狱之灾；陈寿桢又是什么原因娶了个农村的“孩儿妈”呢?

“那你们之间该有一段感人的爱情故事吧?”黑明试探地问。

“哪有什么爱情?”陈寿桢一摇头说道。

他是 1949 年生于北京，北京 34 中学六八届高中毕业生。当时他的父母都在中国人民银行总行工作。由于“文革”的冲击，父亲被“专政”了三年，没有工作的四兄弟和上初中的妹妹全靠着母亲的工资过日子。为了减轻母亲的负担，二哥报名去了东北，他和弟弟将户口迁往陕北，于 1969 年 2 月 9 日双双来到了志丹县双河公社寺山大队。农活干到 1974 年初，村里因为办学将他抽去当上了民办教师。在一起教书的还有当地一名已婚妇女叫做米亚萍，比他大将近 10 岁。她勤奋好学、纯朴善良、待人热情大方，带有 3 个聪明的儿女，她那位从小包办的丈夫为人忠厚老实，在公社营业所上班，工作较忙不常回家。她便带着小孩吃住在学校，于是陈寿桢和她的接触渐渐频繁了……

“我经常放走学生回到窑里，她便帮我做好了饭菜，时间一长我俩就合了灶，慢慢就偷偷地好上了。”陈寿桢说道。

“当初你没想过，她比你大那么多又有丈夫又有3个小孩，你们这种结合合适吗?”

“她的前夫我倒没觉得怎样，因为他们是近亲血缘，说白了就是亲姐姐的儿子和亲妹妹的女儿结的婚。这在宪法上是不允许的，所以一提，他的前夫根本就不反对，要离就痛痛快快离了。”

“那近亲血缘，孩子是不是有影响?”

“她的3个孩子还看不出，我倒是觉得挺聪明的。”

“那怎么3个孩子都跟了你?”

“1975年4月初办的离婚手续。3个小孩公家断给她两个。我们是她离婚不到10天去公社领的结婚证。她名誉上带来两个，其实3个都在我家吃住，我们婚后生了3个孩子，等于我们养大了6个孩子，不过现在她带来的3个孩子都有了工作。我们的大儿子1988年转回了北京，因为找不到工作，1990年又将户口转回了志丹，接着又参了军。大女儿高中毕业安排在了自来水厂工作，小女儿京莉在上高中，学习也不错……”

“她带来的那3个孩子都在哪上班?”黑明想再深入探问，又惟恐唐突，就随便问了一句。

“大儿子在乡政府开车，大女子出嫁到西安了，小女子出嫁在本县征稽所。”

“当初你从一个快乐的单身汉，一眨眼就带了两三个孩子，后来不久又变成6个孩子，你不觉得心理上有点沉重吗?”黑明觉得这样提问有点好像是“哪壶不开提哪壶”，但不问又如鲠在喉，不吐不快，索性舌头一转滑了出来。

“倒退十多年，每家人都养五六个小孩，甚至还有更多的，普遍都那样，我想人家能养得活，咱们也能养得活，也就不当回事了。”陈寿桢不以为然地回答说。

和知情达理的人交谈，沉重的话题也变得轻松。黑明继续“无所顾忌”地问道：

“你和她结婚以后一直那么恩恩爱爱，什么变故都没有吗?”

“结婚初期是那样，到了中期，遇到大回城的冲击，那时完全可以离婚，也可以搞个假离婚，只要能把手续办回北京就行，这种情况我们县也有。可是，我觉得我自己属于心地善良的人，我想她是为我离了婚，岁数又大了，再离了就孤单一人，不像我离了还能再娶。她曾经对我那么一心一意，我如果就这么撇了她，情理上过不去，所以我决心要养她……”

“你这是不是可以称做传统美德?”

“看怎么看，有的认为是美德的，有的很可能不屑一顾。各人有各人所受的教育，各人也有各人的具体情况，所以用不着管别人怎么看，关键是看自己怎么着好!”

黑明推测他当初和米亚萍的婚姻恐怕也不会那么顺当，但他耳朵根硬，只听从自己的意志，不在乎别人的闲言碎语。这是个很有主见的人!

“她以前的3个孩子和你亲吗?”黑明想了解的几乎都了解到了，但他似乎意犹未尽，顺口问道。

“那当然在心理上还是有一点无形的隔阂的。我那时看了她的孩子在我面前的畏畏缩缩，也想到以后我成了家我的孩子在后妈面前的样子，觉得大人可以忍受很多难以忍受的事，可如果放在幼小的孩子身上就有点残忍。这也是我没下决心和她离婚的因素之一。”

“想当年，你是个北京知青，文化修养和人品长相都挺不错，应该说你是想找个什么样的对象就能找个什么样的对象，那么你之所以看上了比你大不少岁数，又有3个孩子的米亚萍，是不是因为你们之间确实产生了非同凡响的爱情?”

黑明预感到这个问题弄得不好会让对方尴尬，这倒是无关紧要，倘若提问不当让对方反感给一个似是而非的回答，那也就失去了提问的意义。但他又不知道怎样把这个分明是不好让人家回答的问题提出来，可如果不提以后更没有机会，头脑里稍微措了措辞，趁着陈寿桢看来谈得还挺投机的时候插了一句。

“爱情嘛，”陈寿桢略一停顿，仿佛因找不到一个合适的词就绕开了正面回答，“以前在北京过的是大城市的生活，从小没吃过什么苦，也就对吃苦没什么思想准备。当初来到贫穷落后的寺山大队，给我的感觉就像回到了旧社会一样，农民衣不裹体，七八岁的女子不穿衣服，吃不上喝不上，晚上连个电灯都没有，就找个墨水瓶弄点棉花蘸点菜油照个亮。干农活那么受累，当民办教师挣的低工分，给人觉得对生活和前途没什么奢望，那时我特怵在农村，白天教一群山里娃，晚上无所事事单调乏味苦闷，就像被抛到了一个愚昧荒芜的小岛上，心里别提多压抑。跟农村人谝闲篇去，谝不到一起去。那种生活，与其说是生活，倒不如说是活着，谈不上有更多的感情方面的东西。就是在这样的背景下，我遇到了这么一个女人，虽然她结了婚有了孩子，可更知道关心人爱护人，饭有人做了，衣服有人洗了，寂寞时也有人陪着了，我也觉得生活有了一些滋味了，也就这么自然而然地结合在一起了。可我一直没认为这就是爱情，似乎说是一种义务更合适一点。既然组成了一个家庭，那就你尽你的义务，我尽我的义务。大多数中国人的家庭结构都不外乎如此……”

1979年初，他被招到县建筑公司当小工，随后米亚萍辞去了她那民办教师的职业，带着小孩进了城，不久赶上父亲退休，她顶替工作安排在了县工会。几年后，他们花了近万元在城里建起了三孔窑洞。

陈寿桢有点自我安慰地说：“我的前半生过得很不容易，赶上这个政策了，这辈子就这样了，好在后半生看来还不错。”

并非唱出来的颂歌

王国臣　范一农

●爱上了东北姑娘●女友疯了●谁来救救她●买卖婚姻成交●无助的悲唤●情无反顾，有难同当●婚后复发疯病●大人无粮，小孩没奶●苦咸的丈夫泪●感天动地百姓心

小凤是为我疯的，我能丢下她走吗？

——男主人公

盼望中的两封来信

毕竟是隆冬时节，上海城里凉气袭人。可是，在一间不被人注意的斗室里，空气似乎是燥热的。屋里一个二十多岁的小伙子扇着自己敞开的衣襟，焦灼不安，辗转躁动……

他，叫戴建国。1970 年下乡到黑龙江省逊克县边疆公社黎明大队插队，在共同的劳动生活中，他与当地土生土长的姑娘程玉凤深深地相爱了……

他回沪探亲，跟老母亲和小妹妹团聚好多天了，小凤怎么还不来信？

“信，这是你的信！”

一直伴随儿子忧愁的母亲，像个孩子似的从外面跑了进来，好像她手中举着的那封信，是能解千愁、除百患的灵丹妙药。

小戴迫不及待地打开一看，是程玉凤的母亲托人代笔写来的：

……目前小凤的病势很沉重，你火速寄一笔钱来，至少300元。否则，谁出了这笔钱，将来小凤就得嫁给谁！

小戴扔下那封信，愤愤地捶打桌子。

糊涂的父母啊，你们穷怕了，苦够了，你们想从姑娘身上得到一笔钱，可你们这样做会给女儿带来什么？那后果比穷苦更可怕！况且，小戴那个大城市的平民家庭，哪会有许多积蓄？这“最后通牒”，即使是全家认可，又上哪去弄“至少300元”呢？

小戴病了。

“信，又是你的信！”

信，是他没有返沪的同伴写来的：

“……小凤出嫁了，是哭喊着你的名字，被人摁在马爬犁上抢走的……”

不行，我得起来，我得回去——单是为了看看小凤，我也该回到那风雪弥漫的山村去——回去！

在从前的老地方

通往黎明村的大道上，戴建国夹着棉帽子在飞奔疾走。

近了，那熟悉的村口。

到了，这村北的河套。

那棵白桦树下，是他们约会表露心意的“老地方”。小戴很习惯地向那棵白桦看去，不禁一愣。他迎着风雪，向前紧走几步。

是一个人，一个披雪依树的人伫立在那里。那熟悉的背影把小戴惊呆了！

“小凤？——小凤！”

随着这颤抖的声音，那个人慢慢地转过身来。是她！那匀称的身材，那端正的面庞，……小戴不顾一切地扑了上去！

“啊！”她尖叫了一声闪开了。

小戴诧异地一怔，定睛看去，才发现小凤那直愣愣的目光是那么陌生、惊惧、厌恶、仇恨、委屈。

“小凤！是我呀！你怎么……”

“呸！我管你是谁？我爹我妈花你钱了，我没花，为啥强迫我？你们干的那叫人干的事吗？……呸，呸！我讨厌你，恨你，你滚开！我要找我的小戴去了，你滚……小戴呀——戴建国——！”

小凤那凄厉的呼喊，像一阵啸叫的寒风，从周身的毛细血管钻进体内，一下子冻住了小戴的心。

怎么？小凤疯了。

谁来救救她

小戴回上海探亲，离村没几天，程家就来了给小凤提亲的媒人。男方是邻村的老陈家。

看女儿不乐意，当妈的不吐口；

觉着男方不对心思，当爹的不点头。

媒人再三再四，最后干脆领着陈家父子上门来软磨硬泡。

夜深了，酒桌上还在“掀高潮”。程玉凤站在背灯影里张目侧耳，揪着心关注着“局势”的发展，等待着命运的裁决。

“中啦！这事今儿个就算定……定了……”是爹那含混不清的声音。

喝进去了，酒桌上那杯决定买卖成交的“尿水子”；

流出来了，程玉凤心底那伴着血和胆汁的泪水。

她冲出家门，一口气跑到那棵白桦树下。

她那一双泪泉般的眼睛凝望着惨淡的月亮，一声又一声地哀叫：“小戴！你快回来呀……小戴我被爹娘卖啦……”

她哭，她喊，她求助，她求救！

可是，朦朦月夜，茫茫旷野，哪里会有救助她的人？

“喜”日子到了。

“我不去呀——我不去呀——”小凤裂人心脾地哭叫，压住了杂乱的喧闹，打破了虚假的欢乐气氛，勾出了许多人同情的泪水……

这有什么用？她还是被人硬摁在马爬犁上拉走了。

多可怜的姑娘！“合理合法”的婚姻夺去了她的一切！她只剩下了死的权利。她之所以没有死，是因为过早地丧失了理智——她一下子疯了。

有难同当

人们七嘴八舌地把事情的前前后后告诉了戴建国。巨大的悲愤压住了他。一连好多天，小戴没有一句话。

幻想破灭了，爱情夭折了，你还在这里守个啥劲！——同伴们这样说。这些，他想过。可是，他还想到了别的。

从某种意义上来说，小凤是为我疯的，我能丢下她走吗？我不该尽我的力量去救助她吗？就算我什么也做不了，我也应该守在这里，“有难同当”！

在人生的十字路口上，小戴选择了布满荆棘、吉凶难测的小径。

同伴们一个又一个地走了，他默默地送行；

阴晴雨雪一次又一次地交替，他默默地劳动，勤奋地学习。

1977 年，因为小凤的疯癫，陈、程两家解除了那个把小凤逼成疯癫的婚约。离婚手续办完了，疯姑娘得由娘家供养、管理了。爹娘心头已经结痂的伤口又被女儿的啼笑和尖叫刺破了……

有人出主意：小凤是因为小戴疯的，如果能跟小戴结婚，兴许那病能好呢！

这话不无道理。可是，如今的女儿已不是当年小戴热爱的贤淑、健美的姑娘了，她是一个跟别人结过婚，生过孩子的疯女人！现在让小戴娶她？这句话怎么跟人家说呀……

心病，压住了老两口，愁云笼罩着程家，就在这时候，戴建国出现了。

"我愿意跟小凤结婚。"他平静地宣布。

"什么？真的……？"

"当然是真的。……做人不能光想自己！"

寂静的盛夏，是什么呜呜作响？是痛悔在哭，是感激在叫，是受到自责的良心在呐喊！程家老老少少一时间全成了泪人。

人们哪里知道，为了这个决定，小戴经历了多少不眠之夜，拿出了什么样的勇气呀！

爱的苦果

"小凤，你看！"

自从疯癫以后，程玉凤时常不停地吐唾沫，像是要把她所受的污辱全部吐出去。可是，当戴建国把结婚证书递到她面前的时候，她骤然停止了唾沫，奇迹般地清醒了。

“啊，结婚证！咱们俩的结婚证！给我，放在我这儿吧……。”

1977 年 8 月 16 日，是他们结婚的日子。这一天，程玉凤欢欢喜喜，兴高采烈，点烟倒茶，忙里忙外。又惊又喜的乡亲们，看着“当年的”小凤，忘了烟烧手，忘了茶湿鞋……

然而，好景不长，结婚的第八天小凤又犯病了。

这一点，小戴早有思想准备。一个有思想、有感情、有过炽烈的初恋的姑娘，遭受了那么野蛮的摧残，经历了那么沉重的屈辱，一旦恢复了正常的理智，那心灵上的负担她怎能承受得了呢？

他节衣缩食，东求西借，为她寻医讨药，给她治病。

他挑水、劈柴、洗衣，做饭……担负着全部家务。还要抱着又哭又闹的孩子，去哄又哭又叫的妻子。

每次上街办事，他宁肯自己饿肚子，也要摸出兜里仅有的几角钱，给小凤买两根麻花或者一两糖块儿。

每天下班回家，一出校门他就疾步狂奔，他知道小凤常在这个时候在门前等他。远远的看见人影，他总要提着心往她怀里触摸，急于分辨出她怀里抱着的孩子是头朝上还是头朝下……

天黑了，小戴锅上锅下，房前屋后地忙完了活计，发现小凤不见了。他急匆匆地赶奔村北的河套，他知道她常常往那儿跑——即便是不认识自己的时候她也认识那棵白桦树。人找回来了，把她哄睡着了，小戴舒展一下疲惫的身子，悄悄地到小屋里去打开书、铺开纸……他要备课，他要自修文学，他要练习写作。可是不行啊！他刚刚艰难地把心神收拢起来，大屋里的人又醒了，又闹起来了，他跑过去一看，见小凤用手倒拎着孩子，正在载歌载舞：“我们的生活充满阳光，充满阳光……”

“她的病得彻底治一治呀!”

别人不止一次地这样说，小戴也不止一次地这样想。可是，他没有钱。想送小凤住进精神病院，他拿不出那一大笔押金。从买房子安家到零打碎敲地给小凤治病。他已经欠了好多债。他当了小学教师，每到发薪的日子，从会计室到他的家，都有不少讨债要钱的人在等他。当他红着脸把最后五块钱掏出去，没拿到的人还嘟嘟哝哝地不肯走……因为迟迟交不上生产队的粮款，队里的负责人为了保护集体的利益，不让他“白喝贫下中农的血汗”，把他米缸里仅有的一点儿苞米粒子都给背走了!

大人没粮，孩子没奶，幼小的孩子那有气无力的哭声，像一根根钢针，刺得他心脏绞痛，扎得他心灵淌血! 好心的邻居来了，带来几个烤熟的土豆儿，他剥掉皮，用嘴嚼碎了，一口一口地喂孩子……男子汉哭了，苦咸的泪水，无声地流进自己的嘴里。

人常说：结婚是爱情结局，孩子是爱情的果实。

爱情，无疑是甜蜜的。小戴与小凤组成这个家庭，能说不是出自崇高无私的爱吗？那么这果实呢？

苦，小戴很苦。可是他不懊悔，不动摇，不退却，他挺着，坚持!

暖风八面吹来

善良的中国人民，自古以来就相信“好人终有好报”。戴建国的高尚情操终于感动了上帝——无神论者的“上帝”是人民。

1981 年 3 月 20 日，《黑河日报》发表了报道他那感人事迹的长篇通讯。这篇报道有如一石击水，立即在黑河地区引起了强烈的反响。地区电台、艺术馆、报社、文工团、工业局、银行、地委办公室、宣传部、团地委、地妇联等单位的许多人纷纷写信问候，并捐了款。

一封封热情洋溢的信，一点点治病救命的钱，给戴建国的行为，作出了中肯的鉴定。小戴捧着自己暖融融的心，蘸着激动的泪水，写了一封感谢信。这封信，先后在《黑河日报》、《黑龙江日报》、《人民日报》上发表了，随即，全国各地的工人、农民、医生、军人、老干部、大学生、科技人员、工厂、机关干部的慰问信，雪片般地飞来，人们替小凤感激他，替我们的社会、我们的时代感激他，用各种方式来支持他。

山东省农村，有一对青年夫妇给小戴寄来了3元钱，附信说，他的生产队一个劳动日值才几分钱，寄给他的钱，是用他家仅有的一只老母鸡下的蛋换来的。钱太少了，但这是他俩的心意，如果不表示这点心意，他们觉得良心过不去。

有一位解放军战士寄给小戴30元钱。小戴想：一个战士每月才有多少津贴？这么多钱不定是怎么挤出来的呢！他决定领情不收钱，原款寄回。可没有想到：汇款单因为“查无此人”又给退回来了——寄钱的人，根本没留真实姓名。

福建有位老中医，写信向小戴详细介绍了精神病的类型，让他根据小凤的症状辨认她属于哪类。小戴回复之后，那位老中医寄来了30丸用自己的祖传秘方配制的药。给小凤一吃果然见效。小戴给老人写信，感谢之余询问药价，老人在回信中嗔怪地说：“我的药费你根本付不起！”

广州有一位退休的老干部，像对待自己的家庭成员、亲生儿女那样，每月寄给他5元钱，一直坚持到现在……

呵，暖风！来自天南地北的暖风，一丝丝、一缕缕，渐渐吹化了小凤心上的冰霜，使她日趋康复，从 1981 年 7 月起，她已经能洗衣、做饭、看孩子，能待人接物，能像正常人那样喜怒哀乐，能感知我们的社会有雨雪，更有阳光了！

啊，支持！来自相识不相识的朋友们的支持，使小戴人生的意念更坚定，奋斗的精神更旺盛，前进的步伐更坚实，他在平凡的岗位上，做出了一项又一项不平凡的贡献！

这，不是一曲壮丽的颂歌吗？

这颂歌不是文人写出来的，不是歌手唱出来的。而是一个新中国的青年用他的生命、情操和血汗，一点一滴谱出来的。

编委会说明

如此大规模地组织和编辑出版《中国知青文库》，在国内尚属首次，工作浩繁，尽管倾注了大量心力，仍难免存在种种缺憾，且由于联络方式的限制，以及作者地址的变动，更由于我们力图在知青上山下乡50周年之际，将此书奉献给广大读者，故有部分文章在编入时未及时与作者取得联系。恳请这部分作者见书后即与武汉大学出版社联系，以便领取样书与稿酬。另外，武汉大学出版社已经研究决定，凡属作者购买此书，无论册数多少，一律享有30%的优惠。

我们期待着读者、作者以及专家和同行的校正，以便今后的续编工作做得更好，以使《中国知青文库》当之无愧为一代知青的精神碑林。

谨此。

张　璇

2013年4月28日